ウィリアム・D・ハウエルズ

近ごろよくあること

A Modern Instance

武田千枝子／矢作三蔵／山口志のぶ　訳

開文社出版

主な登場人物

フレイヴィアス・ジョシーファス・ゲイロード
メイン州エクイティの弁護士。一人生き残った末娘マーシャを溺愛し、娘の結婚に危惧を抱いている。

ミランダ・ゲイロード
ゲイロード夫人。娘の教育は言うまでもなく、教会通いからも村の社交生活からも身を退いて、ひっそり暮らしている。

マーシャ・ゲイロード・ハバード
ゲイロード夫妻の末娘。父親に甘やかされて十分な躾を施されずに育ち、プライドが高く、嫉妬深い。父親の反対にもかかわらず、バートリーとの結婚を強行する。

バートリー・ハバード
『エクイティ・フリー・プレス』の編集長。両親を早くに亡くしたが努力して学問を修め、ダンディーで切れ者との評判をとる一方、道徳心に欠け、好き勝手に振る舞う傲慢な男でもある。マーシャと駆け落ち結婚をしてボストンに住み、ジャーナリズムの世界に足場を得る。

フレイヴィア・ハバード
ハバード夫妻の一人娘。祖父の名に因んで名付けられる。

ハンナ・モリソン
エクイティの貧しい大酒のみの靴屋を父親に持つ利発な娘。エクイティ・フリー・プレス社で働いている。

アンディ・モリソン
ハンナの弟。エクイティの宿屋の馬丁。バートリーのスマートさに憧れている。

ヘンリー・バード
エクイティ・フリー・プレス社の若い印刷工。作業長としてバートリーを補佐する。ハンナにひそかに思いを寄せている。

ウィレット
エクイティの北、数百マイルの森にある伐採場の所有者。

キニー
ウィレット所有の伐採飯場の料理人で典型的なアメリカの自然人。バートリーと親しい。

マカリスター夫人
ウィレットの友人。モントリオール在住の黒い瞳のコケット。

ミセス・ナッシュ
ボストンの下宿屋の女主人。エクイティから出て来たばかりのハバード夫妻に部屋を貸す。

ウィザビー
ボストンの夕刊紙『ボストン・イヴェンツ』の編集長。経営方針は金銭第一主義。

リッカー
ボストンの『デイリー・クロニクル・アブストラクト』の編集長。ウィザビーとは正反対の倫理的考えの持ち主。目をかけていたバートリーの堕落をいち早く見抜く。

エズラ・B・ハリック
ボストンの皮革業界の成功者。変化を好まぬ、古い型の素朴で善良な紳士。

ミセス・ハリック
エズラ・B・ハリック夫人。信仰心篤く、やさしい女性。

オリーヴ・ハリック
ハリック夫妻の三女。活発で鋭い目の持ち主。両親とは異なる、より自由な立場に立つユニテリアンであることを恥じていない。弟ベンの理解者でよき相談相手。

ベン・ハリック

ハリック夫妻の一人息子。少年時代の事故がもとで脚が不自由である。両親の意向に従いハーバード大学を諦め、メイン州の大学に入学しバートリーと知り合う。

クララ・キングズベリー

ボストン社交界で慈善活動に取り組んでいる資産家。両親を早くに亡くして、父親の友人ハリック氏に面倒をみてもらい、オリーヴとは親しい友人。

ユースタス・アサトン

弁護士。クララの法律顧問。ベン・ハリックの年上の友人。マーシャの身を案じて結婚を考えるベンの相談相手となっている。

第一章

I

その村は広い平原にあり、周りには山々がそびえていた。夏になると山は頂まで緑に覆いつくされ、冬になると雪が松の木に隙間なく降り積もり、漂う霧とともにあたり一面を白一色に染めた。それでも、いつの季節も山は厳粛で美しかった。土地にはくぼみが畝のように走り、鉄灰色の角張った岩が群れて広がるところには陽も差し込む。川は平原をくねりながら滑るように流れ、ついには目に見えぬ水路となって南へ消えていった。わずか三、四マイルの空間を二十マイルもの流れとなって川は進むのだ。土地はきわめて地味豊かであった。たいして見所があるわけでもなく、もっぱら耕作地として美しいだけの土地ではあっても草木が実に豊かに生い茂った。北側の畑に七月の太陽が照りつけるころ、植物は熱帯さながらに絢爛たる姿を見せる。とうもろこしやからす麦が山裾までたわわに実をゆらし、馬鈴薯の葉がけばけばしい濃い緑の線を引いたように何エーカーにもわたって広がっていた。草地は川辺まで小糠草《こぬかぐさ》で深く覆われ、川岸では榛《はん》の木や白樺が葉をぎっしりとつけ、蛇行し折り返す川の様子がはっきりとわかった。

しかし、冬はゆうに半年にも及んだ。雪は感謝祭の日に降り始め、春の種蒔日まで堆積した雪の上になおも降り積もった。吹雪かない間は解けるには解けたが、春の本格的な雪解けに逆らうように、雪はますます固くなった。大地は三フィートの高さまで一面雪に閉ざされ、うず高い吹きだまりとなり、五月に入ってもなかなか太陽を寄せつけなかった。雪の降らない日は、凛として空気が澄みわたり静まり返っていた。昼は雲一つない空に太陽が高く燃え、あたりの景色は立体鏡を通して眺めるようにきらきらと輝き、日没には空と雪原とが凍てつくようなピンクや紫の色に染まった。そんな日には、農夫や製材所の人たちが村の雑貨屋にやって来て、戸口のあたりで寒さに身をこわばらせ、力なく体を揺り動かすのであった。学童たちが赤や青のウールの服にくるまって登下校するようになると、通りは色彩を帯びて少しばかり活気づいた。製材所では、労働者に始業と終業とを告げる笛が日に四度吹き鳴らされた。鋸の喘ぐような甲高い音はすでに日常のこととなり、静けさの一部になっていた。だが、笛だけは希薄な大気にぶつかって砕けるように鳴り響いた。音らしい音といえばそれだけで、あとは極寒の北国の静寂だけが広がっていた。

見渡すと、通りの両側には楡の木が一列に並び、大枝が灰色の細かな狭間飾りを描いていた。黒々とした幹の背後には、雪の吹きだまりに民家が深く沈み込んでいた。一家の主が玄関から道路まで切り開いた通路は、大理石を削り取ったかのように白く美しかった。通りに交差して、貧相な家並の道が何本か東西に伸びていた。だが、平原を南北に走るこの通りこそ本通りであった。ニューイングランドの北部ならではの、かなり立派に建てられた四角い白い家が連なり、いかにも本通りらしかった。どの家も几帳面に手入れがゆきとどいていた。それでも、長年にわたる霜の影響で、ここかしこに垣根が浮き上がって傾いているところがあり、なにかの記念にと松材にペンキを塗って門柱の上に飾った壷飾りは、傾いて今にも落ちそうになっていた。窓の日除けは、前庭の櫟《いちい》の木の色にあわせて深緑に塗られていたが、北に棲息する動物の毛が白くなるのと同じ法則がここでも働いているかのように、建物そのものは雪景色の色合いと同じであった。この荒涼とした景色には白い佇まいが実に似つかわしく思えたが、なかには、まわりを暖色に塗り、屋根のつくりは腰折れ式で、入り組んだ回廊やバルコニーをめぐらした今風のつくりの家もあり、どうみても、よそものが割り込んできたようにしか見えなかった。

通りの一方の端には、鐘塔を構えた正面の作りがまことに古風な学校があり、その手前には、ホテル、商店、印刷所、教会が棟を並べ、通りの反対の端には、一軒だけ家並みから突き出るように四角い白い屋敷が建っていた。その屋敷は深く落ち込む谷の頂に位置し、背後にそびえる山にくっきりと輪郭を描き、まるで山の暗い木立の斜面を切り取ったかのようであった。二月のある土曜日の夕暮れどき、日没のあとの太陽が残した桃色の光にくっきりと映し出されて、この屋敷の表門から一台の小型馬橇が猛烈な勢いで飛び出してきた。赤い裏地の膝掛けもあざやかに、金具のぶつかる音を小気味よく立てながら、すっかり葉を落とした楡の並木の道を下って行った。道の両側では、村の女たちがそれぞれの家の窓辺に座って仕事をしていた。明かりをつけてよいものか、ためらいつつも、揺らぐ残光を求めて、外の寒さに耐えられるぎりぎりのところまで椅子を窓際に寄せていた。女たちにとっては、こんな時に橇を滑らせて行くこと自体が嘆かわしいまでに苛立たしく思えた。それでも、寒い季節には路上の動きはどれも貴重なもので、冬の囚われ人たる女たちは、満たされない好奇心を満足させようと目を凝らしていた。だが、小型馬橇に乗っているのがだれなのか、見分けがつかなかった。バートリー・ハバードとマーシャ・ゲイロードだ、とどうしてすぐに思いつかなかったのか、女たちはあとになって悔しがった。半時間前に、バートリー・ハバードがゲイロード弁護士の家へ向う姿を目に留めていたからだ。ロウアー・エクイティの教会の懇親会にマーシャを連れ出すところだと考えついてもよかったのに、と女たちは今さらながら自身のうかつさを責めた。ひとたびあのふたりだとわかると、ほかにわずかな証拠が出るだけでも、詮索好きの身には体面を傷つけられたような気がした。こうした動揺もおさまり、あたりの家のランプが消えたころ（夜が更けるとともに、羽目板の奥のねずみの匂いや地下の馬鈴薯の匂いが強くなったころ）、ひっそりとした月明かりのなかをバートリーとマーシャが戻ってきた。弁護士の屋敷も窓の明かりはすべて消えていた。ただ、居間のブラインドからはわずかに光がこぼれていた。橇の鈴の音を静めたいとでもいうのか、門のかなり手前から、青年は馬の速度を落とした。

門の所で橇を降りたバートリーはマーシャに手を差し出した。その手を取ってマーシャは馬橇から飛び降り「お入りになる」と誘った。

「馬に毛布をかけて薪小屋につなげばいいね」青年はそう言って馬の頭の方にまわり、薪小屋へ引いていった。

バートリーが戻ってくると、耳をそばだてて足音を待っていたかのように、マーシャは一方の手で玄関のドアを細開きにし、もう一方の手でランプを高くかざし敷居を明るく照らした。すると暗闇にくっきりとマーシャの姿が浮かび上がり、胸と肩の線が現われた。と同時に、その顔にもランプの光があふれ、バートリーを見ては背後の物音に驚くかのように一瞬視線をそらす姿が映し出された。狭くなめらかな額、濃く赤みを帯びた唇と頬、丸みのあるやさしげな顎にはかすかにえくぼが浮かんでいた。鼻はといえば、短く「く」の字型の曲線を描いていた。瞳は黒く、そして、黒みがかった髪の毛は、これまたみごとな黒い眉毛の上に波打ち、美しいうなじに垂れていた。上唇の形には独特の魅力があった。優美な孤を描きながら口の端までくると、上唇は下唇よりもいくぶん前に突き出て、ほほ笑むと口元がきりりとしながらもやさしそうに見えた。取り澄ましてはいても清純さがあるため、ローマ人のようなつんとした横顔も、きついものではなくなっていた。ほかにどれをとっても、マーシャの美しさは、年齢を重ねれば重ねるほど熟し豊かになる一方であった。三十歳になれば、二十歳の時よりもはるかに美しく、頬にみえる北国の色は薄くなり、いかにもマーシャらしい南の国の色彩がますます浮き出てくるだろう。玄関口のマーシャを見上げた青年はブロンドの口髭をたくわえていた。鳥の羽根のように、ゆるやかに伸ばした幅広の髭で、唇の両側に影が生じていた。下顎はどうみても口元で深くえぐられたようで、いわば、顎を前に突き出そうにも突き出せない格好をしていた。頬はふっくらとした卵形で、それ以外はまさしくアメリカ人らしい整った顔つきであった。くすんだ灰色の瞳に、重そうな目蓋と長い睫毛。顔の中で目がもっとも際立っていた。その目で青年はマーシャの美しさを愛でながら、足を軽く踏み鳴らして雪を払い、長い手からあざらし皮の手袋をはずした。

「どうぞ」見つめられた嬉しさから顔を赤く染めたマーシャはささやくようにそう言って、バートリーが中に入ってしまうと、この寒さにはどうしても耐えられないとばかりに、すばやくドアを閉めた。部屋にバートリーを案内して、マーシャはピアノの隅にランプを置いた。バートリーは外套を脱ぎ、ソファの端にさっと投げかけた。ふたりはストーブの近くに椅子を引き寄せた。くすぶっていたストーブの火は空気穴を開けると、ゴーと音をたてて燃え出し、火がぱちぱちと跳ねた。台所から木製の時計が鋭い音で時を告げた。もう真夜中であった。ここにいるのはふたりだけで、家人はみんな休んでいた。若者たちがその場の運命を握り、状況そのものにもっぱら身を委ねる。これは文化が違えばほとんど考えられない状況だが、この土地ではごく当たり前のことである。事の健全な成り行きを大切にするのであれば、どこであれ、それはいかにもニューイングランド文化と呼んでもよいものかもしれない。ふたりのことは人目をはばかることでも秘めごとでもなかった。村全体に知れ渡ったとしても、関心を寄せこそすれ、だれも仰天はしなかったはずだ。娘の両親が口やかましいといっても、せいぜい、眠っているのを起こさないで欲しいと言うくらいであった。

「嫌ね、体が少しも温まりそうにないわ」そう言ってマーシャは前かがみになると、ストーブのほうへ両手を伸ばした。バートリーはロッキングチェアーに座っていたのでマーシャよりも低い位置にいたが、すぐに立ち上がり肩に羽織らせようとしてマーシャの上着を手にした。しかし、それをもとに戻すと自分の外套をつかんだ。

「光栄に浴するのは僕の外套にしよう」バートリーは言ってのけた。恋に自分を見失い、当意即妙にお世辞が言えなくなる、そんな男の言い草ではなかった。

「外套にありがとうと言わなくてはいけないわね」そう応じてマーシャは肩をすぼめ、それを羽織り衿を立てた。「あら、栗毛の馬にかけてやればよろしかったのに。首まわりに袖を結んでやれたでしょう」

「君の首に結んでやろうかね」ふたたび低いロッキングチェアーに深々と腰をおろしたバートリーだったが、身を乗り出して言葉どおりに実行するふりをした。

「あら、結構よ」と楽しげな声をあげて身を引き、マーシャはさらにこう言った。「父によると、いずれあの栗毛は私たちの命取りになるそうよ。赤は馬にはよくない色だとも。栗毛の馬はいつだって忌まわしく、興奮すると、狂ったようになるのよ」

「あの馬の橇に乗っていても、君はそんなに怖がっている様子ではなかったよ」

「ええ、あなたの手綱さばきをとても信頼しているから」

「それはどうも。でも、毛の色によって馬が扱いにくいと考えるのは、いただけないな。お父さんが本気で言ったのでなければ、これはどうも迷信というやつだ。でも、弁護士どのは迷信など信じない」

「それはどうかしら。左肩越しに新月を見るのは不吉だと言われているので、いくら父でも嫌でしょう」マーシャは言った。

「それはお父さんに申し訳ないことを言ってしまった。迷信ではなくて信仰心と言うべきだったね。信仰を持っておられない」青年は人をなだめるような豊かな響きの声の持ち主で、造作なく人を楽しませ、聞き手の心をしっかりつかむ術も心得ていた。魅惑的な声で、このように面白おかしくあてこすりながら、バートリーはしばしば相手を傷つける言葉を口にした。しかし、うっすらと翳《かげ》を帯びたユーモラスな目で、ちらりと見つめられると、聞き手はたじろぎはするものの、いくらかいい気分になり、冗談に魅入られてしまうのだ。マーシャもたじろいでいる様子だった。わかってはいても、父親の信仰心を目の前ではっきりと疑われて傷ついてしまったかのようであった。だが、相手が黙っていたのでバートリーは続けた。「そういえば、昔、赤毛の男の子が怒りっぽいのは、髪の色のせいだと考えられていた。でも、赤茶頭と呼んでいた子だけが、別段、気性が荒かったわけではなかったな」

マーシャはすぐには答えず、こんな話題にはさほど関心がないといったそぶりで、それとなく別の話をした。「あなたの事務所に、ひとり、ずいぶん怒りっぽい赤茶頭の女《ひと》がいるでしょう。学校に通っていたころと、今もたいして変わっていなければ」

「ハンナ・モリソンのことかね」

「ええ」

「ハンナか。悪くはないね。元気がよすぎる娘《こ》だが、仕事はすすんで覚えようとしている。うまくやっていけそうだ。どうやら僕に気に入られたいようなんだ」

「まさかハンナが。でも、ハンナも確か十七になるのね」

「恐らく。あの娘はあの娘なりに別嬪さんでもある」青年はなにげなく応じたが、すべて承知のうえであった。

「あら、赤茶頭を褒めているの」

自尊心の強いマーシャでも案じる気持ちが口調に表われていた。それに気づきはしたが、バートリーはなにごともなかったかのように答えた。「僕の髪だって赤毛のようなものさ。赤毛が流行《はやり》そうだと言うじゃないか。僕自身は、当然、黒髪派だ」

マーシャは椅子にもたれかかると、外套のビロードの衿が型崩れを起こすのもかまわずに頭をそらし、壁面高くに飾られた銅版画と家族写真をじっと見やった。褒められた嬉しさのあまり笑みがこぼれて唇が開き、声は喜びにかすかに震えていた。「エクイティでは、きっと、すべてがとんでもなく時代後れなのでしょう」

「僕がエクイティをどのように思っているか知っているね。君がここにいてくれるので、時には遠慮なく気持ちを話せる。でなければ、どうしたらよいかわからない」

狭い世界だというバートリーの不満をひそかに知っていることがマーシャには誇らしく、私こそエクイティそのものよというようなふりをして、この村の悪口をさらに言わせようとした。「よりによってどうしてこの私に、ここの悪口を言うのかしら。学校時代のふた冬を除けば、ほかの土地に出かけたことはないのに。気をつけたほうがいいわ。私こそ、あなたのことを暴露するかもしれませんよ」マーシャはやさしく脅しをかけた。

「いっこうに平気さ。ふた冬も向こうで過ごしたのはたいした違いだ。よその土地から来た娘らに出会ったのだから——出身地はオーガスタに、バンガーに、そしてバース」

「でも、エクイティの娘とどこが違うのかわからなかったわ」

「その娘たちだって君と比べたら、そう思ったろうさ」

マーシャはもっとお世辞を言って欲しいとばかりに、嬉しそうな目つきをしてふたたび身を乗りだした。「まあ、いったいぜんたい、なぜ、この私がほかの女の方たちとそんなに違うのかしら。ぜひ教えて」

「まさか、面と向って言わせるつもりではないだろう」

「あら、面と向ってよ。褒めてもらえるとは思わないけれど」

「無理だよ、それは」

「あら」マーシャは声をあげた。「私をからかっているだけね。私が気づいていないとでも思うの。私に向ってほかの女たちのことをからかってみせるのとまったく同じように、私のこともみんなの前でからかっているのでしょう。みんな、あなたは嫌味な人だと言っているわ」

「君に嫌味を言ったことがあるかな」

「私にはとても耐えられないことよ」

バートリーはそれには答えずに振り向くと、すぐそばのテーブルから、一冊、そしてまた一冊と本を取り上げ、それぞれについて二言、三言、冷やかすような言葉を口にした。簡単に評価を下せるこの男の能力にマーシャは感心した。ついに一編の詩を選び出すと、バートリーは朗読の腕前を発揮して読んで聞かせ始めた。知性豊かに言葉を操るバートリーの姿に、マーシャはなおいっそう深く感服した。声は低かったものの、詩を読む声の響きに反応し、ついに頭上の部屋から物音が聞こえてきた。バートリーは本を閉じると目を天井に向けて、災いを免れたいという姿勢をとった。

「シカゴこそ」バートリーは手にしていた本をテーブルに置くと、片膝を両手で抱えて言った。次々と浮かぶ考えにうっとりする人のように話しかけ、マーシャを幻惑した。その姿は、一つの考えにじっと思いを凝らしているようなものとはまったく別のものであった――「シカゴこそ、僕の居場所だ。もうこれ以上、エクイティには耐えられそうにない。話したろう、僕の親友のことをね。やつが手紙を寄こしたんだ。シカゴに出てこないか、すぐにふたりそろって法律家になろう、と言うのさ」

「あちらにいらしたらどうなの」気持ちとは裏腹にマーシャは勧めた。

「うん、まだ準備が整っていなくてね。万が一、シカゴへ行ったら手紙をくれるかい」

「私の手紙などたいして面白くないわ。エクイティのことなど、なにも知りたくはないでしょう」

「エクイティのことを知らせてくるようでは、手紙をもらっても面白くないさ。エクイティ抜きならば、興味も湧く。その時には君自身のことを書いてくれ」

「でも、書いても、興味を持ってくれる人がいるかしら」

「いや、僕がシカゴへ行きたいのは、どうも、それを確かめたいからなんだ」

「でも、お手紙を差し上げる、とまだ約束したわけではないわ」相手のユーモアを解してマーシャは笑った。

「手紙をくれると約束するまで、僕はエクイティを離れない。手紙を書くと今すぐに約束したらいい」

「それってまるで、追い払いたい男と結婚するようなものよ」

「そこまでひどいことを言っているわけではないさ——男にとっては」バートリーはマーシャの返事を待ったが、この手の話となると、マーシャはもうこれが限界であった。「バイロン曰く、

『男にとって、愛は人生とは無縁なもの——

女にすれば、男の愛は人生のすべて』

そう思うかい」遠慮のない眼差しで、バートリーはじっとマーシャを見つめた。嬉しさを感じながらも当惑して、マーシャは頭《こうべ》をたれた。

「わからないわ。男の方の生き方など、わかりません」つぶやくようにマーシャは言った。

「僕が聞いたのは、女の人の生き方のことさ」

「私に答えられるとは思わないわ」

「それでは言わせてもらおう。バイロンは間違っていると思うんだ。経験からすると、男はいったん愛すると、もう愛しかない。僕がここ何年かまったく恋をしていなかったのは、それが理由さ。恋をするな、これが僕の忠告だ。恋は時間がかかりすぎる」これがおかしくて、ふたりとも笑った。「ところ

で、手紙のことだけれど、君は書くとも書かないともまだ答えていない。書いてくれるね」

「様子を見守れないのかしら」そう言うと、愛情を込めずにはいられないといった眼差しをバートリーに送った。

「駄目だ、駄目だ。手紙を書いてくれなければ、シカゴには行けない」

「では、たぶん、すぐに約束しなければいけないのね」

「ということは、シカゴに行ってもらいたいのかね」

「行くとおっしゃったのは、あなたよ。全力を尽くして取り組もうとしているのに、邪魔になるものがあってはいけないわ」

「でも、僕がいなくて少しは寂しいと思ってくれるね。時々は、寂しいと思ってくれるよね」

「ええ、あなたはしょっちゅうここに来ていますものね。寂しいと思うのは至極、当然よ」

「ありがとう。ありがとう。これで気を楽にして旅立てるというものだ。では、これで」バートリーは立ち上がる振りをした。

「あら、今すぐに発つの」

「そうだ、今晩だ――あるいは明日。いや、明日は行けないな。明日すませたいと思っていたことがある」

「もしかして、教会へ行くことかしら」

「ああ、もちろんそれさ。でも、明日の午後やるつもりでいたことだ。待てよ。そうだ。どうかな、明日の午後、僕と一緒に橇で遠出しないか」

「どうしましょう」マーシャは言いかけた。

「わかりきったことさ」バートリーは言った。「待って。文章にしてデートの申し込みをするから」テーブルに置いてあったマーシャの紙バサミを開いた。「実に品のいい便箋だ。この品のいい便箋を少し使ってもいいかね。この手紙はある淑女に宛てるもの——文通を始めるためにね。いいよね」マーシャは笑って同意した。「書き出しはどうしよう。だれよりも親愛なるマーシャ様、それともただ単に、親愛なるマーシャ。どちらがいいだろう」

「どちらにしても、そんなこと、書かないほうがいいのでは」

「いや、書かないわけにはいかない。君は、このどちらかだから。君は親愛なる女《ひと》だ——君の家族にとっては——そして、君はマーシャ。これも否定できない。唯一の問題は、マーシャと名のつく娘は大勢いるが、君がもっとも親愛なる女《ひと》かどうかだ。僕は思い違いをすることがある。間違いないと思っているところで、人は誤るものなのだ。親愛なるマーシャ」バートリーはそのように書いた。「これは恰好がよい。わかりやすい。とても自然だし、一編の詩のようだ——無韻詩《ブランクバース》、確か、韻を踏まないものなのだ。親愛なるマーシャ、明日の午後、二時ちょうどに、僕と一緒に橇で遠出願えませんか。えーと、結びは、敬具——それとも、謹んで、それとも真心から、あるいは、愛情を込めて、あるいはほかに。親愛なるマーシャで始めたのだから、結びは平凡なものではどうも合わない。愛情を込めて、これがよいだろう」皮肉のこもった勿体振った調子でバートリーは案を示した。

「真実をこめて、それがよいのでは」マーシャは注文をつけた。

「それでは、そうしよう。君の言葉は、いわば法律——作られ定められた上記の訴訟での規約だからね」「言葉に尽くせぬほどの献身的な愛とともに、真実をこめて、バートリー・J・ハバード」と書き終えてバートリーは声に出して読んだ。

マーシャは身を乗りだして相手の手からさっと手紙を奪い取ると、破るふりをした。バートリーはマーシャの手を掴んだ。「まあ、何をするの」小さな声でマーシャは咎めた。「どうか、その手を放して」

「それには、条件が二つある――僕の手紙を破らないと約束することと、手紙にして返事を寄こすと約束することだ」

手首を掴ませたまま、マーシャは長いこと返事をためらっていたが、ついに「ええ、結構よ」と言った。その言葉を聞いて、バートリーは手首を放した。強く握られていたために、白い肌に指の跡が赤い輪になって残った。マーシャは一言書いてテーブル越しに手紙をつき返した。それを掴んでバートリーは立ち上がり、マーシャの傍らに行った。

「まったく素晴らしい返事だ。でも、字が正しくない。これは、だれが見ても「いいえ」だよ。「はい」と書くつもりだったんだろうね。ゲイロードさん、鉛筆を握りなさい。きちんと文字が書けるように、震える神経を落ちつかせてあげるよ。待ってくれ。少しでも抵抗しようものならば、大声を出すよ。そして、家中をびっくりさせてやる。もしくは――」指に鉛筆を握らせると、バートリーはマーシャのやわらかな拳を包むようにして握り、「いいえ」を「はい」に書き改めさせた。忍び笑いがこらえきれず、マーシャはバートリーの言いなりになっていた。「今度は、住所だ。親愛なる――」

「駄目よ、いけません」マーシャは抵抗した。

「いいんだ。これでいいんだ。親愛なるハバード様。ほら、それで結構。今度は、署名だ。感謝を――」

「そんなものは書きません。絶対に書きません」

「いや、もちろん書いてくれるさ。書くまいと思っているだけのこと。感謝の気持ちをこめて、マーシャ・ゲイロード。これでよし。ゲイロード、この字はあまり読みやすいとは言えないな。恐らく無理な姿勢をとったから腕が少し震えたのだろう。ゲイロードさん、ありがとう。きちんと約束の時間に伺うよ」

また頭上で物音がした――だれか人が動きまわっている気配であった。テーブルに置いたマーシャの手に自分の手を重ねると、ハバードはおどけてびっくりしてみせながら、ぎゅっと握った。マーシャはおかしくてしかたがなかった。ハバードはその手を放し、芝居がかった大股の足取りで戻り、それまで座っていた椅子に腰を下ろして身をすくめていた。やがて物音が止むと、低く真面目くさった声で話を始めた。ハバードは自分のことを語ったのではあるが、最近聞いた講演内容を組み込んだ結果、まるでその講演そのもののようであった。話題は性格形成についてであり、自分の性格がどのように形作られてきたかをバートリーは述べた。その形成過程が実に素晴らしいようにマーシャには思えた。つい今しがたまで浮ついていたのに、いとも簡単に真面目になれるバートリーにマーシャは驚いた。人から受けた影響に話が及ぶと、マーシャは強い興味をそそられ、身震いするほどだった。「これまで知った、あらゆる婦人の中で」バートリーは言った。「僕にもっとも強く影響を与えてくれたのは、マーシャ、君さ。君に命じられれば、どんなことでもする。でも、僕に影響を与えてくれたのは、常によい方向に向かってだ。君から受けた影響は、僕を気高く向上させるものであった」

褒めないで、とマーシャは拒みたかった。だが、褒められてみると、すっかり嬉しくなり自尊心までくすぐられて胸が高鳴った。出かかった言葉も口にする前に消えてしまった。ふたりは黙って座っていた。バートリーは、椅子の脇に下ろしたマーシャの手を取った。ランプの火が消えかかっていた。話すきっかけをつかんだマーシャは「ランプを替えたほうがいいわね」と言ったが動こうとはしなかった。

「いいよ。替えなくても」バートリーは言った。「もう帰らなくてはいけない。マーシャ、そこのランプの芯をご覧よ。芯は今かろうじて油に届いている。もうしばらくしたら届かなくなり、炎は消える。優れた、立派な人間になりたいという僕の野心も同じことさ。君の影響力から命の息吹がこれ以上得られなくなると、野心は消えてしまう」

バートリーの言い回しにマーシャの想像は膨らんだ。それは実に美しいたとえのように思えた。相手からなおも褒められて、高ぶっていた自尊心を抑えに抑えた。

「おやすみ」バートリーは低く悲しげな声でそう言い、これを最後にマーシャの手を強く握り、外套を羽織ろうと立ち上がった。バートリーの言葉はなんとも素晴しく、自分も褒められて嬉しいという気持ちが、ワインを注いだようにマーシャの脳裡いっぱいに広がった。マーシャはこの美酒にふらつきながらもランプを手にして、玄関までバートリーの足元を照らそうとした。「疲れさせてしまったね」そうささやいてバートリーは手をまわし、ランプを持つマーシャの腕を肘から支えようとした。マーシャは拒みたかったが、それすらできなかった。

玄関まで来ると、バートリーはうつむいてマーシャに口づけをした。「おやすみ、愛する——友」

「おやすみなさい」マーシャは息をはずませた。バートリーが去りドアが閉まると、マーシャは身をかがめてバートリーが手を置いたノブに口づけをした。

ふと振り返ると、ろうそくを手に階段を下りてくる父親の姿が目に入り、マーシャははっとした。首には黒いスカーフが結ばれ、襟《カラー》こそつけていないが、それを除けば、いつも仕事をするときと同じ古びた黒のいでたちであった――カシミアのズボンにサテンのチョッキと燕尾服。どれも十年も前に流行から取り残された地方の弁護士が、フロックコートやサックコートより好んで、なおも身に付けていた代物である。階段の下までやってくると父親は足を止め、自分を見上げる娘の顔を鋭い眼差しで見下ろした。向かい合って立っていると、ふたりは瓜二つとも好対照ともいえ、いかにも血のつながりを感じさせた。鷹を彷彿させるつんとした父親の横顔は、鷲にも似た娘の顔の輪郭に引き継がれていた。年が年だけに白いものが交じってはいるものの、深く細い皺が刻まれた額の後退した部分を除けば、父親の髪は隙間なく頭全体を覆っていた。黒くて硬い巻き毛は、娘の色白の額にうねるように流れる髪の毛にそっくりであった。両目に垂れた眉毛も、娘の瞼の上になだらかに弧を描く眉毛に似ていた。マーシャの顔色は母親ゆずりであった。父親の肌は黒ずみ黄ばんでいた。それでも、口元は似ていて、娘の口元を見れば、父親が若いころのそれはさぞかし素晴らしかったのであろうと思えた。眼窩に深く窪んだ父親の目には暗い炎が燃え、娘の目にもすでにそれは灯っていた。年ごろの女らしく和らいだ表情になってはいても、マーシャの顔立ちはどうみても父親似であった。そのよく似た顔を見上げて娘は言った。

「あら、お父さん。私たち、起こしてしまいましたか」

「いや、一睡もしていなかった。本を読もうと下りてきたところだ。それにしても、マーシャ、もう休まなければいけないよ」

「ええ、すぐに休みます。居間のストーブがよく燃えていてよ」

階段を下りきると、老人は居間の入口で振り向き、もう一度ちらりと娘を見た。父親の視線に引きとめられ、娘は階段に一歩足をかけたまま佇んだ。

「マーシャ」父親は厳しい口調で言った。「お前はバートリー・ハバードと婚約でもしたのかね」

突然、血液が心臓から顔へと火のように上るやいなや逆流し、マーシャの顔面は蒼白となった。マーシャはうなだれて顔をそむけ、父親から視線を完全にそらしたまま一言も答えなかった。父親が部屋に入ってドアを閉めると、自分の部屋へと階段を上った。父親の燃えるような視線を浴びながら部屋へ這い上がっていくような気がして、マーシャは恥ずかしかった

第二章

月明かりのなか、栗毛の子馬を駆って宿の厩《うまや》へ戻ったバートリー・ハバードは、馬丁に起きろと声をかけた。馬丁はカウンターの奥で毛皮の膝掛けを敷いただけの簡易ベッドで眠っていた。あどけなさの残る少年は簡単には目を覚ましてくれず、からかわれたと思い込み、いたずらをするなと言い返してきた。ついにバートリーは相手の襟首を掴んで立ち上がらせた。少年がランプのつまみを探り炎を低くすると、嫌な匂いが立ち込めた。さらに、自分用のカンテラに火を灯すと、息苦しい空気と競い合うように悪臭までも漂った。少年はフランクリン式ストーブ（前開き式ストーブ）の火床でくすぶる燃えさしを足で寄せ集め、相手のことなど構わずにストーブの前に座り直して新たに松の根を火にくべると、カンテラを手に思わずうとうとし始めた。「おい、若いの」相手の肩を揺すりながら、バートリーは言った。「外へ行って、子馬を小屋に入れろ。こんなふうに火の前で眠るのは、俺さまのやることだ」

「子馬などしばらく放っておいても大丈夫だよ」ぐずぐず言いながらも少年は外へ出た。バートリーが窓越しに眺めていると、白い月明かりの中で黄色い染みのようなカンテラの光が馬小屋に向かって揺れていくのが見えた。さきほどまで少年が座っていた椅子にバートリーは腰を下ろし、今度は自分の番だとばかりに、靴のかかとで松の根を突っつき、部屋を見まわした。楽しくて素晴らしい一日だったな。でも、おかげで腹ぺこだ。こんなせりふが口をついて出てきそうであった。部屋の中央にあるテーブルのまわりには椅子が雑然と並べられていて、さながら食卓を思わせた。だが、バートリーにはわかっていた。これは、宿の亭主が意味もなく置いただけのことで、毎晩、仲間がホイスト（トランプ遊びの一種）をやりに来ても、真剣勝負の妨げになることを避けて、飲食物は出されたためしがないのだ。ずっと以前には、カウンターの後ろの棚に、夏に泊まる子供らの喜びそうなものを並べていた。だが今では棚に置いてあるのは、せいぜい糖蜜をからめたポップコーンや高級なクラッカーくらいのものだった。しかし、そうしたご馳走も時季はずれで瓶は空になっていた。馬丁が戻るのを待ちながら、バートリーはひもじさにあれこれ食べ物を想像し、かえって腹が空いてくるようであった。そうこうするうちに少年が戻ってきた。少年はもうすっかり目をさましていて、一緒に寝ずの仕事をやらせる気にでもなっているのか、重たい長靴で床をあちこち踏み鳴らしていた。

「アンディ」傷つけられたと言わんばかりに哀れな口調でバートリーは言った。「なにか食べ物をみつくろってくれ」

「貯蔵室には、ミートパイしかありません」

アンディがミートパイと言えば、それは挽肉入りのミンスパイのことだとハバードにはわかっていた。魚肉入りのパスティパイではないのだ。腹を空かせてはいたものの、ハバードはためらった。「まあ、いいや、持って来てもらおう」ようやく口にした。「この石炭の火のそばに置けば、いくらか温められるだろう」

バートリーが大学を出たのはそれほど前のことではなかったが、変な時間に夕食をとるという考えも思いついてみると、それはそれなりに魅力あるものに感じ始めていた。アンディが食堂の奥の食料貯蔵室に行っている間に、バートリーは幅広の石炭シャベルを取り出し新聞紙できれいに拭き取って、松の根の下から掻き出しておいた燃えさしで温め始めた。アンディがなま生地のパイを運んでくると、なにも言わずに皿から石炭シャベルに移し変えた。そして、椅子を引き寄せて腰を下ろし、それをじっと眺めた。パイからは湯気が立ち上り、風味のよい匂いが漂った。温まるにつれて、アンディの体からも馬小屋の匂いがますます強く放たれた。真夜中だというのに、どうしてもミンスパイを温めたいだなんて、そんなバートリーの好みを、アンディは軽蔑しないわけにはいかなかった——かと言って、敬意を払わぬわけにもいかなかった。このやかましい好みは、きっと身だしなみにもいくぶん通じているに違いない。ハバードさんのいでたちは実に華やかだ。都会仕立ての服、首にまいたスカーフ、手入れの行き届いた爪と口髭。確かにこれらひとつひとつを見慣れたあとでも、最初の印象が薄れるどころか、むしろ、ますます深まっていくのをアンディは感じていた。バートリーは日ごろからこんな格好をしているのであって、アンディが初めに想像したように、特別な装いというわけではなかった。

「アンディ、冷たくてもかまわないから、どこかにお茶かコーヒーはないかね。温めたら飲めるだろう」バートリーは考えにふけりながら、パイから目を離さずに言った。

少年は首を横に振り、「ミルクを持ってきます」と答え、期待はずれの言葉を相手が受け入れるのを待ってさらに言った。「それとも水にしますか」

「いや、ミルクにしてくれ」バートリーは呻くように言ったが、いずれもひどい選択肢だけに、かえってほっとした様子であった。アンディは重い足取りでミルクを取りに行った。戻ってくると、すでにバートリーはパイを皿にのせなおし、椅子をテーブルに引き寄せていた。少年がミルクの入ったゴブレットを置くと、バートリーはパイを口にほおばったまま「ありがとう」と言った。ほかの人がナイフを使って食べるパイをいとも簡単にフォーク一本でたいらげる。そんなバートリーの姿をすみずみまでもらさず眺めようとアンディは椅子を近づけた。「君の姉さんは、機転がきくな」ゆったりとパイを食べ続けながら、バートリーはまた話し出した。

はっきりとした言葉にこそならなかったが、お礼めいたことをアンディは口にした。そして、ハバードさんがこんなふうに言っていた、と姉に話そうと心に決めた。

「君の姉さんときたら、きびきびしているな」バートリーは続けた。

具体的な言い方であった。こんないい方もあるのか、覚えておこうとアンディは思った。「なにかほかのものを持ってきましょうか」パイ皮の最後の薄片まで実にうまくフォークにのせるバートリーの手際のよさに感心しながら、アンディは尋ねた。もうパイは跡形もなくなっていた。

「だって、ほかになにもなかったんじゃないのかね」バートリーは問いつめた。もっと気のきいたものを食べられたかもしれないのに、一時の飢えをしのごうとして、目の前の料理に飛びついてしまった人のように、その口調は悲しげで惨めだった。

「チーズがあります」アンディは答えた。

「お、そうか」そう言ってからバートリーは少し考えていた。「このフォークにのせて火であぶれるな。でも、ミルクはもうないのだな」

アンディは皿とゴブレットを持って下がると、中身を入れて戻ってきた。

バートリーはフォークの上にどうにかチーズをのせ、フォークをまき台にもたせかけて、チーズが灰の中に落ちないようにした。チーズが焼けても、バートリーはパイを食べた時と同じように一人で食べるだけで、少年にごちそうを分けてやるとは言い出さなかった。「あれでいいんだ」バートリーは言った。「うん、アンディ、あれで。君の姉さんは、今までどおりにやれば、なんの問題もない。姉さんは利口だもの」ふたたび火の前に両足を広げ、しばらくしてから欠伸《あくび》をした。

「ハバードさん、ランプがご入用ですか」アンディは聞いた。

「ああ、そうだね。アンディ」バートリーは同意した。「もう休んだほうがいいかもしれない」

しかし、少年がランプを持ってきても、バートリーは火の前に両足を大きく広げたまま動こうとしなかった。ハンナ・モリソンの話をしたせいで、バートリーはマーシャを、そして、ハンナを語るマーシャの口ぶりを思い出していた。頭を椅子の片側にもたせかけてバートリーは快い気分に浸っていた。かわいい娘にほれられているだけではない。ほかの娘の名を言えば、すぐにやきもちを焼かれる。そんな確信に浸る若者の心地よさであった。空想にふけりながら暖炉の火を見て、バートリーはにやりと笑みを浮かべた。アンディはバートリーのズボンの柄と履き具合をこっそりと事細かに観察し、観察しては、ちらりと自分のズボンに視線を戻して見比べていた。

マーシャ・ゲイロードとの関係にバートリーが満足している。そう思わせる事柄がいくつもあった。マーシャはまぎれもなく村一番にかわいらしく、たとえほかの若い娘に気品が芽生えても、マーシャにかなう者はだれもいなかった。マーシャ・ゲイロードと部屋で過ごす、これがバートリーのお気に入りであり、とても楽しいことであった。マーシャはれっきとしたお嬢さんで、立派な教育を受け、在学中は二年間この土地を離れていた。二年目の冬の終わりにマーシャが戻ってきた時のことである。バートリーはマーシャが自分に一目ぼれしたと気づいた。当時のことはたとえ一分一秒までも思い出せるとバートリーは信じていた。通りがかりにバートリーが視線を上げると、マーシャは顔を赤らめ、知らない振りをして窓から顔をそむけていた。バートリーはそんなことを思い出した。今でもバートリーは相も変わらず風来坊を決めこんでいたが、エクイティのようなむさ苦しい所でも、ひとたび腰を落ち着けようと決心すれば、マーシャなど簡単に手に入るはずであった。もちろん、マーシャも人の子、欠点はあった。自尊心が強く、ともすると嫉妬深かった。しかし、いかに自尊心が強く、よそよそしく振舞っても、バートリーには自分に好意を抱いていることを悟られているのだ。バートリーの方は、だれからも縛られるような言葉は一言も口にしていなかった。

「おい」バートリーが急に大声を出したので、アンディはびっくりした。バートリーのズボンに心を奪われることはやめて、今は靴についてじっくり考えていたのだ。「俺さまの靴が気に入ったかね。明日の朝、教会に出かけるのにふさわしいように光るだけ光らせてくれ」バートリーは手を出してアンディの頭を掴み、こんもりとした赤い毛に指を入れた。「栗毛色の髪か」そう言って、愉快そうに思い出し笑いを浮かべて白い歯を見せた。「みんなの顔はきれいさっぱりとなったのに、お前ときたら、まだそばかすを残して——そうだろう、アンディ」

バートリーが人気者なのは、一つには遠慮会釈なく冗談を言うからであった。バートリーのおかげで、名誉なことに頭のよい人間の占める割合が面積当りで世界一高い共同体でのこと。バートリーは人と気軽に挨拶し、褒める人に言わせれば、互いに譲歩し合う態度を初対面から見せたのであった。現在就いている『エクイティ・フリー・プレス』紙の編集委員の職を求めた時のことである。委員会との折衝を重ねた際、卒業した大学に問い合わせたところ、大学当局からお墨付きをもらった結果、間違いなく切れ者だとの評判が立った。学識は多岐にわたって確かであり、関わった研究分野ではいずれも傑出していると教授陣は推薦文で述べていた。さらに、両親を亡くして幼いころより恵まれていなかったために、生活の糧を求めて努力し、苦しい状況にもめげず、やっとの思いで入学を果たしたことは、賞賛に値するとも記されていた。この推薦文で状況は一変し、委員会は採用へと傾いた。構成員全員が貧しい少年期を過ごした経験者である委員会では、会の基盤が世襲の上流階層に侵されてしまうことを当然のように恐れていた。黒く磨き上げられた靴の上に、グレーのズボンをぴったりと合わせて上品に履きこなし、綾織りのコートの襟元高くにあるボタンをひとつだけ留め、チョッキのポケットに親指を入れた男が目の前に立ち、委員の詮索の目をものともせずに、相手の賢さ加減を値踏みするように口髭越しに床を見ている。この姿には委員側も恐らく不安を覚えたはずだ。バートリーは数多くのスーツからこの一着を選んだと言わんばかりに一張羅を着込み、身のまわりをすべて流行のもので固めている。このことにも、委員らはきっと怒りを覚えたはずだ。だがこうしたことも、すべて、自らの才覚でものにしたものとわかると、委員側が採用に二の足を踏むことはもうなかった。委員の中には、確かにひとりだけ留意点を挙げる者もいた。バートリーの学力については詳細に記されているが、倫理観については、大学当局はなにも言及していないではないかと。だが、ほかの委員は無言のままゲイロード弁護士に視線を向け、この点について意見を仰いだ。

「どうかね」弁護士は口を開いた。「新聞の編集員は大いに品行方正でなければならないのかね。そんなこと、聞いたことがない」この冗談にほかのメンバーは笑った。弁護士は言葉を続けた。「推薦文にあるように、苦学生であったのであれば、よからぬことにうつつを抜かす暇はなかったはずだ。閑居して不善をなす、ということではないかね、ドクター」

「それはそれで道理です」と医者は言った。「しかし、必ずしも真ならず。多忙にして不善をなす、ということもありますから」

「ごもっとも」弁護士は認めた。「類を見ないほどのならず者でも意欲的な男がおった。人は精を出して働くのをよしとする。この男の芳しからぬ点について、教授会がなにか気づいていたら示唆したはずだ。この男は採用するのがよい。それしかない。投票にかけるかね」

ゲイロード弁護士のおかげで、バートリーは頭がきれると評判になった。数カ月後、バートリーはいつまでも『エクイティ・フリー・プレス』紙の運営に関わるつもりはないという話に発展し、評判はさらに確かなものとなった。噂話はこうである。十月のある土曜の午後のこと、バートリーはこの弁護士の事務所に立ち寄ると、ブラックストーンの法律書を森に持って行きたいと申し出た。そして、数時間後、片手に法律書を抱えて事務所に戻ってきたというのだ。

「で、ブラックストーンをどのくらい読んだのかね」皮肉まじりの口調で弁護士は聞いた。

「四十頁ほどです」そう答えて、バートリーは空いている椅子にどかっと座り込み、肘掛けにだらりと片足をのせた。

弁護士は笑って法律書を開き、思いつくままに六つ質問した。バートリーは冷淡な表情も無関心な態度も改めることなく答えた。試験はさらに厳しく長く続いた。文言そのものが切れ目なく記憶に刷り込まれているようで、バートリーは著者の考えはもとより、しばしば著者の言葉まで引用した。

「以前に、この本を見たことがなかったかね」弁護士は尋ね、眼鏡越しに鋭い視線をちらりと送った。

「いいえ」うんざりだというようにバートリーは欠伸《あくび》をすると、さらに退屈まぎれに伸びまでした。どんなに立派な人であろうと、バートリーは敬意を示さなかった。だからといって、老弁護士はバートリーを嫌ってはいなかった。弁護士自身も人に敬意を払うことはなかったのだ。

「法律を勉強しようと思っているのかね」しばらくして弁護士は尋ねた。

「そのことについて伺いたくて来ました」足を揺らしながらバートリーは言った。

書物に目を戻して、老弁護士はさらにいくつか質問をした。そして言った。「わしのところで勉強するかね」

「まあそんなところですかね」

弁護士は本を閉じると、テーブル越しにバートリーの方へ滑らせた。「まあ、やってみることだ。君ならできるさ——簡単にはいかないにしても」

こうしたことがあって、次の春に寄宿舎での最後の学期を終えたマーシャが家に戻り、初めてバートリーに出会ったのである。

第三章

夕食にミンスパイやあぶったチーズを食べると、得てして悔やむことになる。日曜日の朝、バートリーは目を覚ますと、食べなければよかったと思った。悪い夢から目覚め、頭が重かった。コーヒーを一杯飲むと頭痛は和らいだが気分は晴れず、だれかに慰めてもらいたいと思った。肉体的にしろ精神的にしろ不快になると、バートリーがよく経験することであった。そうした場合には、同情してくれと素直に人に訴える。これこそ、バートリーが人に好かれる理由の一つであった。だれかれなしに最初に会った人の哀れみにすがろうとした。ひょっとしたら、前に会ったとき、別れ際に辛辣な言葉や傷つける言葉を吐いた相手かもしれない。それでもかまわなかった。同情を得られさえすればよいのだ。これまでほとんど人に裏切られたことがなかったため、バートリーは人を信用し、過去のいきさつなど気にしなかった。皮肉を放ち機転のきく利口ぶりを発揮すると、今度は気分を損ねた相手に取り入って、本気で言ったわけではないとわかってもらった。そのため、バートリーは人情味のある気立てのよい男だ、ということになった。

朝の食卓で、バートリーはほかの泊り客に気分がすぐれないとこぼし、誰もが事務所に移動してフランクリン式ストーブを囲むと、教会には行けないと弁解した。まわりの人たちは顎の髭をあたったばかりか靴も黒く磨き直し、今日は日曜日だと意識していた。エクイティ村では教会に行く習慣は根強く、広く守られており、よそ者でもホテルに宿泊していると、いつのまにか、さまざまな宗派の人から先を争うように誘いをかけられた。だれでも人は教会へ行きたがっている、と考えてのことである。それでも宗派だけは好きなように選ばせてくれた。信者席を勧めるにも、けっしてかたくなではなく、ただ単に自分たちの教会に来て欲しいと心から期待してのことであった。だから、安息日のたびごとに違う教会を渡り歩いても、村の人の気分を害することはなかった。バートリーの教会通いはこうしたものであったが、不利益をこうむるよりも、むしろ事は都合よく運んだ。宗教心が無秩序なまでに自由なエクイティでは、地域全体のために貢献する新聞の編集長たる者は特定の宗教観を持たなくてよい、とひそかに容認されていた。

エクイティではだいたい宗教といっても、もはや魂の宗教体験を経たかどうかの事実を問題にすることではなくなっていた。社交面で村人らの求めに応じることで、教会は目に見える存在として隆盛を誇っているにすぎなかった。魂の救済をあまり重苦しいものにしてはいけない、そうでなければ若い人にそっぽを向かれてしまう、と実際には考えられていた。もっとも厳格な教義を説く人でさえも、罪人たる人間に迎合していて、天国に行ってもらうには、まずこの世で楽しく過ごす助けをすることだと考え、そのためならば、どんなことでも行った。教会は俗世間を抱き込み、そして取り込んでしまった。社交ダンスを目にしても、もはや眉をひそめることはなかった——かつて、社交ダンスをすることはひどく忌まわしい罪に映っていた。通俗的な講話にも扉を開き、宗教音楽でなくても、ぜひ地下の部屋で演奏会を開くように勧め、冬には慈善行為の一環として牡蠣の夕食会を催した。日曜学校も、子供たちや、子供たちを教える若い男女にとって、魅力に富むものにした。感謝祭はもとよりクリスマス、そして最近では、復活祭のときに特別の行事を組むようになり、教会の福祉に意欲的に心を砕く人たちは、それぞれの行事を会員にとって快く意義深い親睦の場になるように努めた。洗礼を勧め、教会での結婚を促し、手厚く祝った。切り花を使って意味ありげな意匠に飾りつけようとも、さすがに人の死だけは別であった。来世を嫌なものと感じさせないように明るい葬式にしようと人びとが努めても、教会はそこまで手を貸すことはなかった。傲慢で傍若無人なまでに信仰を持たないゲイロード老弁護士ではあったが、教義の目的が緩められ曖昧になった当節の宗教に比べれば、今ではもう人々に信じられなくなったとはいえ、ピューリタンの教義にずっと親しみを覚えていた。ところがバートリー・ハバードといえば、今日の宗教事情がすっかりお気に入りであった。教会のお楽しみ会では率先して行事に携わり、初めてこの村に来た年の冬には、それぞれの教会のために、順次、一連の詩を朗読し、集いに文学的な雰囲気を与えようとした。こうした講演で、バートリーは厳格な長老たちに好印象を与えた。もっとも、どこそこの牧師には開式の祈りを頼んだり、どこそこの牧師には閉式の祈りを依頼したりして、若造にありがちな軽率な振る舞いをしては困惑させることもままあったのだが、これには特別の関連性などなかったものの喜ばれはした。バートリーは最初からずっと人の注目を浴びようとしていた。公の会合ではどこでも演説をし、熱弁を褒められた。私的な集まりでは、いわば水の分子が固まり凍りつくように村社会が氷のかたまりと化してしまうと、バートリーは率先して氷を割り、角のとがった氷片をこすり合わせ粉々に砕いてみせた。

食後、部屋に戻ったバートリーは、読まずにいた郵便物を取り出してみようとなんとなく考え、机の引き出しを開けた。以前、新聞への関心がまだ失せていなかったころは、日曜日の暇な時間を見つけて送られてきたものを選び、よく新聞に短評を書いていた。最近は手紙を受け取ったまま開封せずに机に山積みにしていたが、今やっと、ごそごそと手をつけ始めた。ほとんどが文通していた若い娘たちから届いたものであった。その中には写真同封のものもあった。このような容姿だとバートリーに思われたいと願って、写真写りに精一杯気を遣っていた。女たちからの手紙といってもラブレターではなかった。楽しい出会いののち、双方ともはっきりとした結婚の意志もないまま、気がすむだけ交換し続ける、そんな若者の手紙であり、社会生活の規律の緩みが招いたようなものであった。書いたからどうこうということはない。通常はこれといった結果につながらず、節約する価値もない時間をただ空費するだけである。アメリカ流の生き方を経験した人であれば、きっとこのような手紙をたくさん書いたに違いない。青春が続く限り心の高まりを得られはするものの、あとになって振り返ると、このどこに魅力があったのか理解しがたいのである。

文通の相手は通っていた大学の町に住む若い娘らで、バートリーは多少なりともそこで交際というものを経験した。だが今思えば、当時はまだほんの青二才の日々に過ぎなかった。時間にしたらたいして昔のことではなかったが、その後、ボストン出身の学友と休暇を過ごすようになり、これまでになく広い世界に接してみると、当時のことはどれくらい前かすぐには思い出せないほど、気分的には遠い過去のことになっていた。ボストン育ちは当然ハーバード大学に進むものだという宿命をあえて無視して、学友の家族は宗教がらみの理由から息子をバートリーと同じ大学に送り込んだ。一家は裕福で、それなりに信仰心があり、その家なりに善意にあふれていた。宗教心に富むとか、知性豊かで将来有望だとか、家族がもてなすのにふさわしいと思われる友だちを、息子は休日や短い休暇にいつも家に連れ帰った。誰を招いたらよいのかは、教授陣のひとりに推薦してもらった。友人を招いている限り、学友は形だけでもできるだけ礼儀正しくみんなと触れ合った。そんな休暇中、学友ハリックとバートリーは大いに楽しんだ。ハリック一家は上流社会の一員ではなかったが、暮らしぶりは実に豊かであった。お抱えの御者と屋敷内の使用人がいた（バートリーは、最初、使用人に丁重に接してしまい、あとになって思い出すと癪に障った）。屋敷はふかふかのソファー、毛足の長い敷物、どっしりと重いカーテンなど、豪華な調度品で飾られ、階層を同じくする同じ裕福な人たちが訪れた。その中にはボストンのはやりの文化にかぶれている者もいて、特に若い婦人らは流行のスタイルに身を包み、バートリーのような田舎育ちの学生が聞くと、ただただ驚きと賞賛でいっぱいになるような考えをふと口にした。理解できない話も多く耳にしたが、なにか印象に残ることがあると、バートリーはすべて懸命に心に留め、質問するか、さらに観察するかして、ひとつひとつつなぎ合わせて心に描いてみた。たいていは自分が置かれたその時々の状況にぴったり一致するものとなったが、滑稽なまでに的外れになることも多かった。まずいと気がつくや、バートリーは相手に失礼がないように振る舞った。教会に行くことが多かったが、ふたりは講演やコンサートにもでかけた。オペラにさえ足を運んだ。さすがに劇場へは友の内々の承諾を得て、バートリーはひとりで出かけた。芝居がそんなに悪いものとは僕自身は思っていないけれど、家族は悪い見本だとして行かないのだ、と学友は言っていた。バートリーまでもがそんな理由に同意する必要など確かにどこにもなかった。

夏休みが終ると、バートリーは洋服の寸法をハリック家お抱えの仕立屋にあずけ、ボストンの壮麗さと気品すべてに心を残して大学へ戻った。住まいの天井がやけに低く、村は流行にひどく遅れていると感じたが、できるだけ我慢した。大学を卒業して自分で事を始める必要に迫られると、バートリーは本当に緊張した。法律を勉強するつもりでいたが、その間、暮らしを立てていかなくてはならなかった。幼くして孤児となっただけでなく、並外れて学才のある実にかわいらしい子供でもあったことが、バートリーに幸いした。両親がいたならば、人からこれほどよくしてもらえなかったはずであった。衣食住をじゅうぶんにあてがわれただけではなく、孤児として同情され、才能ある美しい子供として、かわいがられもした。それでも、お前は自分で道を切り開いて世間を渡っていく貧しい少年である、と常々教え込まれていた。後ろ盾になってくれていた人が、ゆくゆくは伝導の仕事に就かせたいので、聖職者向けの教育をしてやりたいと申し出たときには、さすがにバートリーは反発した。バートリーは自分から村の印刷屋の見習いになり、いち早く印刷業の知識を身につけ、十九歳にしていくらか金を貯めこみ、大学進学も考えられるようになった。頼った制度には苦学生援助基金があり、教授陣から受給生として認められた。そして、本人だけでなく大学にとっても大いに栄誉あることに、立派な成績で学業を終えた。その結果として、これまで人にしてもらったことは、自分がまだ青くさく世間知らずであったからだ、とバートリーが考えたがるようになったのも当然であった。人に支えられはしたが、こんなに立派にやってきたのである。人の支えを思い出すのも嫌であった。あれほど勇気をくじかれる状況にいながら、無益に過ごしたわけでも悪の道に入ったわけでもなく、自分だけを頼りに、一人前の男として苦境を脱してきたではないか。感謝すべき人は、自分をおいてほかにはいなかった。バートリーのこの考えには一理あった。だが、これこそ一番始末に負えない点であった。

こうした満ち足りた熱い思いも、大学卒業後、二年が過ぎると冷めていた。実際は、田舎の学校で教える傍ら、バートリーは暮らしを立てるために村の新聞社で働かなければならなかった。現場で印刷工をやっていたとき、同業者の組合を通じて、こんな話が舞い込んできた。エクイティの委員会では、『フリー・プレス』紙をだれか新人の手に委ねたい意向だというのだ。大学で優等をとったからといって、考慮してもらえるはずもなく、その職に自分のことを真っ先に考えてくれた仕事仲間に、バートリーは感謝しなければならなかった。後々、アメリカの大学生の間で広まってきたジャーナリズムを職業と見なす議論は、当時まだ始まっていなかった。ほかの大学生と同じように日々新聞作りに励みたいと考えていたならば、バートリーは顔を都会に向けていたであろう。都会では、励めば励んだだけのことはある――二十五ドル取りの記者生活、そのために、大学で四年間古典を勉強するのも高すぎる授業料ではない。しかし、実のところ、バートリーにしてみれば新聞作りは、せいぜい、人生の一時しのぎでしかなく、人生の難しく不安定な一時期を乗り切り、やがて自分の力にもっと見合う仕事ができるようになれば、それでよかった。バートリーはジャーナリズムに幻想など抱いていなかった。仮にジャーナリズムを高尚で立派な職業と考えたことがあるとしても、そんな思いは村の印刷屋で働くうちに消え去っていた。バートリーがエクイティでの仕事に就いたのは、当座の現実的な目的からであり、委員会にとっても、それはかえって喜ばしいことであった。この村で新聞が創刊されたのは、そんなに昔のことではなかった。思えば、エクイティは郡の中心なのにいまだ郡都になっていない、村人らがそう考え、時折、大それた望みに浮き足だった時期のことであった。郡都移転の問題は以前から定期的に起きていたが、この時ほど熱く議論されたことはなかった。新聞の発刊については、ある地方政治家の名案で、印刷人さえ見つかれば発行に際しては委員会で簡単に編集できるはずだ、という経営感覚でいた。

しかし、数カ月やってみると創設者たちにとって『フリー・プレス』紙はひどい重荷となった。支えきれず、かといって廃刊すれば、最終的には村の人々に不利益を被らせることになる。そこで、委員会は編集も発行もできる人物を探し始めた。白羽の矢を立てられたバートリーは、全身全霊とまではいかなくても、全精力を仕事に注ぎ、社友らがここまでやるとは思っていなかったほど、みごとな働きぶりを示した。郡都移転という懸案の問題に関して、新聞人としてバートリーは、まるで傭兵のように熱心に村民の主張を支持し、皮肉を含ませながらも誠実さを失わず職責を果たした。移転話が議会で否決され、当分の間、村の悲願がついえたときでも、バートリーはなおも新聞を牛耳り続け、ゆくゆくは新聞資産を手中に収められる、という明るい見通しを立てていた。と同時に、政治家になるには、結局、法律の出であろうと新聞の出であろうと同じではないかという考えが芽生え膨らんできた。バートリーの新聞経営は、かなり切り詰めたものであった。仕事は数人の年若い見習いの女子にやらせ、手伝いは少年一人で独立採算がとれるようにした。地方紙は公の事柄に影響を及ぼすことがあってはならず、せいぜい隣近所の噂話を綴った公開の手紙のようなものだという今風の考えに基づいて紙面作りがなされた。しかし、市井の人たちの動静を詳細に記録し、さまざまな土地のありふれた日常生活について知りうる限りのことを細かに記して新聞に盛り込む一方で、最近の移転の闘争でエクイティに敵対した者を鋭く攻撃し、なおも地域の人々の公共心をかき立てた。村が夏のリゾート地としてどんなに素晴らしいのかを宣伝するために、最近バートリーは仕事を引き受け、美しい景色、健康的な空気や水について賛辞をふんだんに盛り込んだ記事を連載した。おかげで、当地はかの有名なホワイト・マウンテンの地域のいくつかと肩を並べられると思われるまでになった。バートリーは外部資本の企業招致を行っただけでなく、峡谷沿いに通り抜ける登りの細い道を新たに作るように提唱し、地元の絵のような美しさを強みとして生かそうとした。ところが、なにをやってもバートリーには人をからかうところがあったため、また冗談を言って楽しんでいるだけだ、と識者らにとられてしまった。バートリーは切れ者だという印象を人々はますます強く持った。

バートリーには、このように少しばかり皮肉癖があるものの、年配の人にありがちな皮肉屋ではなかった。恐らく、感情や考えを抑えきれない青年の姿といってよく、人は笑って許すか、通常、本来の姿とはほとんど相容れないとして、あの世では水に流す類のものであった。茶番劇ぎりぎりの口調で、バートリーはエクイティを持ち上げる長文の記事を書いた。また、ユーモアに富んだ風刺記事を定期的に掲載する欄を設け、自ら書き、ほかの人に書かせもした。記事の中には州の日刊紙に転載されるものもあり、「エクイティ村『フリー・プレス』紙のひょうきん者」としてバートリーは紹介された。さらに、バートリーはボストンのある日刊紙に手紙を書いて、それを『フリー・プレス』紙に再録し、田舎の編集者としてはいくら努力しても得られるはずもない箔を身につけた。地方の印刷屋としてのバートリーの社会的な地位は、当然、製材所の職工長よりいくぶんか上であった。だが、学校の教師と比べれば明らかに下であった。とはいえ、バートリーは人柄が人柄だけに、社会的には校長さえもしのぐほど高く見られていた。しかし、優秀さを示すなによりの証しは法律を勉強していることであった。田舎の町では法律という学問こそ、尊敬に値する人物たりうる要因となるのである。経歴からいえば、バートリーは『フリー・プレス』紙の編集長などにおさまりきるような人物ではなく、仕事を続けているのは本人の都合によるものだった。それはそれとして立派なことであった。

女友だちからきた手紙を前に、バートリーは長いこと椅子に座って写真を眺め、ともに過ごした楽しいときを振り返っては物思いにふけっていた。その姿は、どうみても若い男が若い娘に想いを馳せているようであった。明るくてやさしい娘たちのことで心がいっぱいになる。はっきりと恋をしていなければ、若者には結婚する気などさらさらない。いや、思いを寄せていても、多くの場合、結婚する気などまったくないのである。当然、バートリーは娘たちに良心的に接した。だれをも悲しませることなく、最初から遊び半分につき合っただけであった。手紙を手にしてバートリーが心底後悔したことは、ボストンで出会いながら、二、三人、文通を始めなかった娘がいたことであった。最初は素晴らしさにおじけづいてしまったものの、崇拝するまでにはいたらなかった。なおも交際を続けたいと相手は思っていたかもしれない。しかし、バートリーはどのように文通を始めてよいかわからなかった。それはハリックに相談するには恥ずかしい問題であった。ボストンで会った娘らと比べると、ここに手紙をよこした大学生たちは、美人とはいえ滑稽なほど見劣りした。思いはめぐり、おのずとマーシャ・ゲイロードのことが甦り、こうした娘らは、容貌といい、スタイルといい、そして自分に寄せる熱い想いといい、マーシャには勝てないとバートリーは悟った。マーシャを思うと、女たちの多少世慣れた遊び半分の恋がますます嫌になり、バートリーは娘たちを否定する形でマーシャに有利に考えをめぐらした。寄せる想いを隠せなくても、マーシャを責めるわけにはいかない。でも、愛を悟らせようとしていると当の本人がわかっていたならば、悟らせるくらいなら、いっそ死んでしまいたいと思うはず。俺が魅了され、感動すら覚えるのはここなのだ。ところが、面白いことにマーシャは気づいていない。バートリーは、もう前の晩のように勝ち誇った気持ではなかった。甘く、いとおしく、どうしてももう一度マーシャに会って、この気分を本人の前で味わってみたいと思った。時々、ストーブの継目から煙が軽く吹き出して鼻をつんとつき、バートリーは悩まされた。ついに書類かばんを閉じると、バートリーは散歩をしようと外へ出た。

第四章

ポーチの縁にうっすらと積もった雪に午前の日差しが強く照り返し、雪がわずかに解け出して、そこかしこにまだら模様を描き出していたが、通りの雪は層になってしっかりと固まり、日の光を寄せつけなかった。教会から聞こえてくる牧師の説教のくぐもった声のせいで、あたりがよけいに静まり返るなか、バートリーは押し黙ったまま道の真ん中を歩いた。まさに説教もたけなわのころゆえ、ゲイロード弁護士の家へと向かう通りを独り占めにしていた。屋敷に近づいてみると、門の左手にある住まいとは別棟の法律事務所として使われている小さな白い建物の煙突から煙が立ち上っているのが見えた。バートリーには事務所の中であの老人が本を読んでいるのがわかっていた。髭も剃らず髪もとかさず、帽子をかぶり、長い足をストーブに向けて投げ出し、最近いかがわしいキリスト教がはびこっている、と手厳しく非難しているはずだ。手にしている本はヒューム、あるいはギボンかもしれない。もしかすると聖書かもしれなかった——老人は聖書にかなり詳しかった。片時も聖書を離さない相手でも、反駁すべきときには論破してやるとばかりに、いつでも聖書の言葉を用意していた。聖書は文学として実に素晴らしい、と老人は言ってはばからなかった。聖書を広義に解釈することの誤りを指摘する段となると、白熱する議論のなか、いつの間にか老人は聖書の教義を擁護する側にまわっていた。進歩的なキリスト教をひたすら軽蔑して一笑に付し、村の教会がとかく俗に走りだすと容赦しなかった。教会の親睦会に顔を出しさえすれば魂は救われるという考えには、抑えようもないほど憎悪の念を燃やした。親睦会よりは昔ながらのピューリタンの規律が第一と、古い規律が復活でもしない限りおさまりがつかないとばかりに熱弁をふるった。牧師様が辞めなかったのは、たぶんにゲイロード弁護士の働きかけがあったからだと噂されていた。信仰をもっと自由にと願う会衆から、厳密に正統派と呼べる唯一の牧師は、ここ何年か不平不満を言われ続けていたのだ。だが、そんな噂話も恐らく土地柄、ユーモアをこめた大げさな言い方にすぎなかった。ゲイロード夫人は以前からこの教会に属していた。その後、教会から正式に身を引いたという話はない。夫のほうは、常々、牧師の手当支給に力を尽くしてきた。牧師がついに執事らの手によって辞職を迫られたとき、独立して暮らしていけるように、牧師のためにわずかながらの資産をなんとか手に入れてやった。

バートリーはこんな気分でなければ、マーシャをたずねる前にその父親を訪れたかもしれなかった。意見を異にする者、あるいは、意見らしい意見もない者同士にとかく見られるようなつき合いをふたりとも楽しんでいた。バートリー本人の言葉を借りれば、しだいに話に夢中になる弁護士が好きであったし、弁護士は弁護士で、この若者に魅力を感じていた。バートリーは頭がきれ、電光石火の早業で話の要点をつかむ。だからゲイロードは、「正義面をした物欲の神」にしか思えない目に見える存在としてのエクイティの教会とバートリーが懇意にしていても気にしていなかった。分け隔てなくさまざまな教義の後ろ盾となり、新聞を通じて熱心に教会を支援する。そんなバートリーの姿を見て、むしろ嬉しく思った。ゲイロードには考えを胸に納めておきさえすれば大いに出世できた機会もこれまで多々あったのだが、立身出世のためにそんな代価を払うことはしなかった。なにごとにも縛られていたくはなかったし、毒舌をふるうのがいたく好きだったので、末は裁判官か下院議員になってもおかしくなかったのに、指導的な立場にあるとはいえ、エクイティの一介の地方弁護士にとどまっていた。ある点までならば、一緒に不可知論を唱えられると本気で思っていた連中までもが、最近では愚かにも進化論を唱え出し、人間はすべて猿につながると言う始末。そうなってからというもの、ゲイロードは以前よりもずっと我慢強くなっていた。なおも時代遅れの理神論にしがみついていたが、考えが違うからといって人を悪く思うことはなかった。クリスチャンでも善人かもしれないという考えを、捨ててはいなかったのである。

地方弁護士という職業柄、ゲイロードのユーモアには人を食ったところがあり、冗談好きにはたまらなかった。この老人の不信心ぶりを改めさせようとしても、これほどの年齢になってからではほとんど無理なことである。できることならば、住民投票にかけたいところだが、それでもまず改めようのない代物であった。妻にとってみれば信仰心の薄い夫はいわば重い十字架であり、妻は人知れず祈りをささげ、涙を流して耐えてきた。その夫人でさえ、夫の不信心をまったく諌めなくなっていた。結婚に際しては、信仰を持たない男と一緒になっては駄目だと身内から反対されたが、夫人は回心させられるはずだと淡い期待を寄せていた。女が酒浸りの男に尽くしながら酒を止めさせられると希望を抱くようなものので、ご多分にもれずに夫人は夫の習慣を変えられず、不信心という一大事を前にしては愛といえども無力だと思い知らされることになった。魂の問題で相手を苛立たせるよりも、自己犠牲に自己犠牲を重ね、あくまでも夫に尽くし続ける。そして、夫の魂が迷わざるを得ないならば、自分だって救われなくてもかまわないと思って行動する。ついにはその方が楽だとなったのだ。夫は夫人の教会通いに一度も干渉しなかった。女は教会に行くべきだと思っていたので、むしろ出かけるように妻に勧めた。しかし、やがて妻もひとりで教会に行く気を失い、いつの間にか教会員ではなくなった。実際、今なお信仰を持っていればの話だが、同じ宗派の人たちと一緒に祈ることなどもう長い間してはいなかった。夫人の暮らしぶりはどこから見てもひっそりとしたもので、外出することはほとんどなく、個人的な付き合いであれ、公の付き合いであれ、村の儀式に姿を見せることはけっしてなかった。その点では、田舎町の老けゆく女房たちとほとんど同じであった。夫人の世界は夫と娘のふたりに限られていた——話題といえば、いつも夫と娘、このふたりに関することであった。かなりの年齢になっても、夫人の金髪は色褪せなかった。若い時の顔を赤らめる癖が残っており、今でも頬の赤みは乙女のものを思わせた。夫人は土地の人の言う容姿端麗な女性であり、若いころはさぞかし美人であったに違いない。内面の穏やかさが物腰まで控え目にして、いつもひっそりと静まり返った場所から抜け出てきたかのようであった。

バートリーが取手をまわすと、ドアの中央の皿型のベルが鳴り、戸口に夫人が姿を現わした。応対を待つ間、表通りを眺めていたバートリーは、夫人と顔をつき合わせてはっと驚き、「これは、これは」と口走った。「マーシャとばかり思っておりました。おはようございます、奥さま。お嬢さんはお留守ですか」

「今朝は、教会へ行っています」夫人は答えた。「お入りになりませんか」

「ええと、そうですね。そうしますか、ありがとうございます」マーシャの留守に気落ちしたバートリーは、どうしたものか決めかねて口ごもった。「お邪魔ではないでしょうね」

「さあ、どうぞ居間にいらして。娘はほどなく戻りますから」そう言うと夫人は狭い玄関ホールの奥のドアを開けて、四角い大部屋へとバートリーを案内した。鉄製の薪ストーブからは眠気を誘うような熱風が吹き出して部屋に充満している。部屋の隅の棚では時計が単調に時を刻んでいた。「おかけになりませんか」と言いながら夫人はバートリーに椅子をすすめ、自分は揺り椅子に体を沈めた。座面には深々とした羽毛のクッションが置かれ、背もたれの半分の高さにも同じ薄手のクッションが紐で結ばれている。家事で体を使ったあと、夫人は毎日この椅子に腰をおろして編物や縫物をし、棚の時計が時を刻むままに日々の生活の長い時間を過ごした。手織りの絨毯の上で足元に横たわる猫か、日だまりに置かれた窓のゼラニウムの鉢のように、時の長さにいらだつことも、退屈だと感じることもこれといってなかった。「今日は、ご機嫌いかが」夫人は尋ねた。

「いえ、どうもいけません、ゲイロード夫人」とバートリーは答えた。「気分がよくないのです。胃の具合が悪くて。こんなこと久しくなかったのですが」

夫人は絹のドレスの膝のしわを伸ばした――教会に着て出かけることはとうの昔にやめてしまったのに、安息日にはつい着なれた薄手の黒い絹のドレスを身につけた。「最近では悩まされることもなくなりましたが、結婚したてのころは主人もよく胃をこわしましてね。特に日曜日はひどい、と主人は思っていたようですよ」

「僕の場合は、日曜日だからというわけではありません。夕べ、ミンスパイとあぶったチーズを食べたのですが、どうもそれが合わなかったようです」バートリーは言った。人にやさしくされたいと思うと、自分が犯した過ちでも平気で口にできる男なのだ。そんな隠しだてをしない姿に、悪気のない男だと人は思いこんでしまうのである。

「ミートパイがいけなかったのですって。そんな話は聞いたことがありませんわ」思いをめぐらしながら夫人は言った。「主人は胃の具合が悪い間もずっとミートパイを口にしていましたが、なんら障りはありませんでしたよ。それに、チーズは消化を助けるはずです」

「まあ、どうしてこうなったのか、僕には見当がつきません」この話はもう勘弁して欲しいと哀れにもお手上げ状態でバートリーは答えた。「憔悴しています。でも、明日までには元気になります。いや、気分の悪いことなどいっさい忘れます」陽気を装ってバートリーは続けた。「こんなこと、気をもむほどのことではありません」

ゲイロード夫人の考えは違うようだった。「いくらか頭痛がしますか」夫人は尋ねた。

「今朝はしました。最初に目を覚ました時です」バートリーはうなずいた。

「お茶を一杯飲むのが一番よいかもしれませんね」判断を下すように夫人は言った。

バートリーはエクイティの村人に取り入る社交術をこれまでにも本能的に実践して、人から慕われるほどの同情を求めてきたが、面倒のかけ方がいつもとは違っていた。この時はこう言ってみせた。

「えーと、お茶を一杯いただきたいのですが、奥さま」

「ああ、そうでした。ほんとに。今、差し上げようとしたところでしたのよ」夫人は答えた。部屋を一つ隔てた台所に行くと、すぐにお茶を持って戻ってきた。手際の良さは夫人の取り柄だが、かえって気がとがめたように説明した。「主人がお茶を飲みたいときに、いつでも準備ができているように、日曜日の朝はたいていストーブの炉床にポットを置いておきます。主人はお茶の入れ方が上手でしてね。昔からいつもそうでした。そうね、ミルクは入れないほうがよいでしょうね。砂糖は受け皿に添えておきますから、入り用でしたら使って下さいな」。羽毛入りのクッションに夫人はふたたび静かに腰をおろした。立ち上がって夫人から茶碗を受け取っていたバートリーは、そのままの姿勢でお茶を飲んだ。「患部に染み込んでいくようです」お茶をすすりながらバートリーは言った。お茶が不快な気分にどれほど効くのかを考え、確かめているようであった。「僕の世話はぜひとも奥様にお願いしたいものです。馬鹿なことをしでかして世間の笑いものにならないように見張っていただければ」お茶を飲み干して言い添えた。夫人が茶碗を受け取ろうとすると、バートリーは「いえ、いえ」と大声でさえぎった。「自分で片づけます。ここに置いたままだと気をもまれるでしょうから、台所へ運びましょう」夫人が止める間もなくバートリーは行動を起こし、ハンカチで口髭を拭きながら戻ってきた。「奥さま、あのように素晴らしい台所で私も毎日過ごしたいものです」

「ここにいなければならないとなると、好きにはなれないものでしてね」お世辞を言われて嬉しくなり、夫人はほほ笑みながら答えた。「マーシャが言うには、家の中で台所が一番居心地がよいの、ですって。で、私、こう申しましたの。そうは言っても、子供のころよく出入りしていただけのことでしょって。台所仕事をやりたがっているようには見えないし、座っているだけねと娘にはいつもこう言ってやるんですよ。なにをすべきか、じゅうぶんに心得ているはずなのにね。主人も台所をうろつくのが大好きです。夜、眠れないとベッドから起き出して、火が残っていれば、ランプを持ち出して何時であっても台所で本を読みたがります。居間よりいいんですって。若いころは主人とふたりでよく台所で椅子に座って過ごしました。それが夫には習慣になってしまったのです。なにごとも習慣ですね」夫人は物思いにふけるように続けた。「そう言えば、最近、マーシャはメソジスト教会通いをすっかり習慣にしてしまって」

「ええ、姿を見かけました。僕はあちこちの教会で食事をごちそうになっていますから。昔、学校の先生がいろいろな生徒の家に食事に招かれたのと同じです」

時計を見上げると、夫人は気をもむように少し笑った。「お友だちを居間に通したと知ったら、マーシャはなんと言うでしょうね。今日は帰りがとても遅いわ。でも、もうすぐ帰ると思います」

娘本人を、さらには娘の下す判断を、恐れるような口ぶりで夫人は話した。これはアメリカのある階層に属する母親によく見られる痛ましい姿である。娘の教養にはかなわないと感じ、絵空事にすぎないにもかかわらず、自分の人生経験よりも娘の世間知を重んじてしまう。そして、後生大事に娘の意見に平気で従うようになる。自分自身は一歩退いて主婦として忙しく立ち働き、社交に関しては娘の指図にまかせてしまうのである。ゲイロード夫人としては、バートリー本人はどうということはなかった。しかし、マーシャの友だちだと考えるとますます落ち着かなくなった。夫人は夫からマーシャへ、マーシャから夫へと話題を変えながら、つまらない話を聞かせて客をもてなし、もう十五分が経とうとしていた。玄関のドアをぱたんと閉め、玄関ホールをこちらに向かってくるしなやかな足取りが聞こえた。マーシャに間違いないとわかると、母親は娘をたしなめるようにかすかに咽をならし、椅子に腰かけたままでそわそわし始めた。マーシャが居間のドアを開けるとすぐに夫人は遠慮がちに立ち上がって台所へ出て行った。娘の友だちがいるのに部屋から出て行かない母親がいるとすれば、エクイティではめったにお目にかかれぬ変り種といえた。

バートリーの姿を見かけると、マーシャはさっと頬を染めて喜びの色を顔に浮かべた。バートリーは夫人が部屋を出て行くのももどかしく、差し出された手を握って体を引き寄せた。マーシャはそのまま体を委ねた。だが、すぐに手を離すと、一、二歩あとずさりし、真正面からバートリーの顔を見すえた。新たに決心したことがふとマーシャの心に甦り、バートリーに会えた喜びさえも脇へ押しやられたようであった。

「おや、マーシャ」バートリーは尋ねた。「どうしたんだい」

「なんでもないわ」マーシャは答えた。

本当は深く愛しているのに、その分だけかえって挑戦的な態度を取ってくる。体調さえよければ、バートリーはそんな女の姿を恐らく喜んだはずである。しかし、この時ばかりは別であった。娘らしく穏やかで、そして自分を慰めてくれるマーシャに会えると期待していただけに、バートリーはがっかりした。マーシャをじっと見つめ困惑して立ち尽くしたが、マーシャは見たところ落ち着きを取り戻しているようであった。もっとも頬は真っ赤で、喉元で結んだ帽子のリボンほどにバラ色に染まっていた。

「なにかいけないことをしたかな、マーシャ」口ごもりながらバートリーは尋ねた。

「いいえ、なにも」マーシャは答えた。

「だれか僕を悪く言う人がいるとか」

「だれもいないわ」

「それでは、どうしてこんなに冷たいのかな。こんなにもよそよそしく、こんなにも――こんなにも、君は変わってしまった」

「変わったかしら」

「うん、昨夜の君ではない」バートリーは悲しそうに答えた。

「あら、昼間の光に当たると、違って見える物もあるわ」浅はかにもこんな説をマーシャは口にした。「お座りにならない」

「いや、結構だ」バートリーは答えた。悲しげではあったが腹は立てていなかった。「帰ったほうがよさそうだな。どうもなにか変だ――」

「どうしてそんなことを言うの」マーシャは言い返した。「この私がなにかしたとでも」

「とんでもない。それどころか、僕になにもしてはくれなかったではないか。いや、それは取り消す。そんなことはどうでもいい。今朝ここへ来て――僕、その気になって――思いが同じならばいいなと思って――でも、どうも君はなにもかも忘れてしまって、型どおりのつき合い方しかできないようだな――いや、もちろん、それでもかまわないさ。僕が文句を言う筋合いではない。でも、いいかい、僕に言わせれば、驚かずにはいられないんだ」唇が震え胸が波打つマーシャの姿がバートリーの目に映った。「こう言いたくて来たんだ。こう言いに来たんだ。愛している、と。それなのに、冷たくされて傷ついてしまった。マーシャ、それも僕のせいだろうか」すっかり取り乱し、同情してもらいたい一心からバートリーは愛を告白しに来たのだと自分でも本気で信じた。「そうさ」そして痛烈な調子でつけ加えた。「でも、いいかね、これは君に向かって、とうてい口にできない言葉のようだ。もう帰る」

「バートリー、帰らないで」声を張り上げてマーシャは行く手をはばんだ。「私があなたを好いていないとでも思っているの。キスをしてもかまわない。さあ、殺したっていいわ」

熱い涙がこみ上げてはきたが、マーシャは泣き声を上げることも顔をゆがめることもなかった。抱きすくめられるのを待ってもいなかった。自分からさっと手を相手の首にまわすと、体をしっかりと抱きしめて泣きながら言った。「唇を許さなかったのはあなたのせいよ。たとえ死んでも――ゆうべ、私は死にたかった――あなたに言ってもらうまでは、もう二度と口づけを許すまいと思っていた――言ってもらうまでは――言ってもらうまでは――今という今までは。わかるでしょう」いっそう強く抱きしめ、相手の首元に顔をうずめると、マーシャは喜びと恥じらいに泣き、そして笑った。少し戸惑いながらも、バートリーは抱きすくめられたままになっていた。「今、話しておきたいの――説明しておきたいの」顔を上げ、首にまわした腕を伸ばすと、マーシャはバートリーの体を出来るだけ遠くに離した。相手がどのように思っているのか、わずかな気配も見逃すまいと熱い視線を送った。「まず、黙って聞いてね。きのうの晩、ドアのところで、私たち、父に見られてしまったの――父は眠れなかったものだから、たまたま二階から下りてきて――ちょうどその時、あなたが――だめよ、バートリー、おっしゃらないで」口髭を震わせてバートリーがかすかにほほ笑むのを見て、マーシャは頼みこむように言った。「婚約しているのかと父に聞かれたの。はい、とは言えなかった。その時、父がどう思ったのか、私には察しがつくの。父は私を軽蔑していたはずよ。そこで、口づけはもう許さないと決心したの。好きだ、とあなたに言ってもらわない限り――。それが理由よ、バートリー。違うのよ――あなたのことがとっても嫌になったということではないの。だから――だから――もう気にしていないわよね。あなたがいけなかったのですもの。ねえ、あなた、そうでしょう」

この言葉に何気なく示されたマーシャの感情をバートリーがすべてきちんと読み取れたかどうか。いずれにせよ、マーシャ・ゲイロードのような可憐な乙女に抱きつかれ、バートリーは実に楽しい思いに浸っていた。マーシャはじれったそうに相手の首に巻かれたスカーフにさっと顔を押しつけると、今度はなにごとにも物怖じしないほどうっとりとした表情を浮かべて大胆にもまともにバートリーを見た。そして、思いを熱く訴えようと、バートリーの体を軽くゆすった。心理学の研究すら及ばぬほどの根っからの放蕩児であれば、いくら愛に酔いしれようとも女を惚れさせたならもうこちらのものだ、と思い出すものだ。しかし、それはそうだとしても男が愛に恍惚としていることも、また確かであった。これまで味わったことのない心地よい愛。その愛にバートリーは今、魂がとろけるのを感じた。

「おや、マーシャ、こんな君は初めてだ」椅子にふたたび深々と身を沈めると、バートリーは相手の腰に腕をまわし、子供を扱うように膝の上に引き寄せた。

マーシャは腕を伸ばして相手から体を離して言った。「待って。すでに婚約した間柄だと見られないうちに聞いておきたいの。そうすれば、あの時だって今と同じようになんということはなかったはずでしょう。婚約する前から口づけを許してしまった私を軽蔑したかしら」

「いいや」バートリーはふたたび笑った。「かえって好きになったさ」

「私がほかの男のひとに口づけを許す、と考えたら、あなただってつらくなるじゃない」

こう聞かれて、バートリーは気が晴れる思いがした。「たまらないな」

「そうよね」マーシャは考え込むように言った。しばらく相手の肩に顔をあずけ、自分と戦っている様子であった。顔を上げると、「これまでにそんなことを——したことがあったの」とマーシャは喘ぐように言った。

「言って欲しければ、言うさ。君にかなう女《ひと》などこの世にひとりもいない。君の髪の毛ほどの値打ちもない。嘘ではないさ」

これにはマーシャも笑ってしまった。「あなたの髪の毛を少し束にして、私にくださいな」それまで、ただ互いについての話をしていただけというかのようであった。

「君の髪の毛ならば全部欲しい」バートリーは応じた。

「だめよ。ばかなことをおっしゃい」あら探しをするかのように、マーシャはバートリーの顔をうかがった。「あら、なんとしたことかしら。眉毛に黒子がある」マーシャは指を当てた。「初めて見たわ」

「こんなに近くで僕を見ることなどなかったもの。君の上唇の隅にも傷がある。気がつかなかった」

「よくわかったわね」マーシャは顔を輝かせて迫った。「あら、本当に目ざといこと。子供のころ、猫につけられた傷の跡なのよ」

ふたりが大喜びをしている最中にドアが開き、ゲイロード夫人が秘密発見を祝いに来たとばかりに姿を現して恋人たちを驚かせた——いや、むしろ驚いたのは夫人の方であった。ドアに手をかけ、動くに動けぬまま立ちつくしていた。もっとも、退散しなければと思っていた夫人は、邪魔をしてごめんなさいとつぶやいた気になっていた。バートリーも狼狽した。しかし、男ならまごついてしまうような男女の差し迫った状況にあっても、マーシャはいかにも女らしく平然と腰を上げた。「あら、お母さん、お母さんなのね。すっかり忘れていました。さあ、どうぞ。いえ、テーブルの用意なら私がするわ」呆然自失のゲイロード夫人が娘からバートリーへとなおも視線を注ぐなか、マーシャはただこうつけ加えた。「お母さん、私たち婚約したの。善は急げというでしょう。まず、お母さんに知らせたほうがよいと思って」

ドアを握る手をゆるめては危ない、母親はそう思っているようであった。バートリーは孝行心から夫人を救おうとした――顔を赤らめるだけでほかに身を守る術のない人を、この若者のように敬意をもって迎える。これを救いというならば、まさにバートリーは夫人を救ったのである。この婚約の手続きは尋常ではない、ひょっとしたら不適当なのかもしれないと戸惑いを覚えたのは、夫人の心に夫の姿が浮かんだからなのかもしれなかった。あるいは、判断力を失いながらもなにか話をしなければ、と思ったのかもしれなかった。

「お父さんにはお話したのかしら」夫人は尋ねた。バートリーとマーシャ、いずれに聞いているのか、ふたりに聞いているのか、それとも、どちらにも聞いていないのか。受け取り方はふたりに任せる。その返事を委ねられたマーシャはこう応じた。「いいえ、まだよ、お母さん。まだ話していません。ふたりが気づいたのは、今さっきでしたから。お父さんには食事に戻って来るまで待ってもらうわ。バートリーには証人としてここにいてもらいます」

「この方ときたら」夫人はバートリーに支えられて椅子にたどりつき、クッションに腰を下ろすと切り出した。「入ってくるなり頭が痛いとおっしゃって」そうよね、とばかりにバートリーに同意を求めた。その間も、バートリーとマーシャが目の前で婚約したという一大事に取り組むべく、必死に力を呼び起こそうとする。だが、それは無理な話だった。

マーシャは腰を落とし母親の体を抱きかかえるように椅子から立ち上がらせた。「さあさあ、お母さん、こんなことで驚いていては駄目よ」母親をいたわるようにやさしく声をかけた。「お父さんがなんと言おうと、私は平気よ。お母さんだってわかっているでしょう。お父さんがバートリーを――そうね、ハバードさんと呼ぶのがいいわね。ハバードさんをどのように思っているか。さあ、お母さん、急いで二階に行って、とっておきの帽子でもかぶってみてはどうかしら。テーブルの準備と食事の支度は私がするわ。バートリーに手伝ってもらいます。お母さん、お母さん、お母さん」マーシャは声をあげて泣いた。涙でしかこの幸せな気持ちを表わすことができなかった。マーシャは若々しい腕に力をこめて母親の体をいっそう強く抱きしめ、熱烈にキスをした。そのあまりの激しさに、夫人は青年の前でふたたび顔を赤らめた。

「マーシャ、マーシャったら、だめよ。見苦しい」夫人はたしなめた。しかし、そのまま押し出される格好で部屋から出たときには、この方がかえってありがたいと思った。乱れた心を落ち着かせ、どうしてこんな事態になったのかを理解しようと努めた。マーシャをハバードさんとふたりきりにするのが礼儀というものだわ。もう単なる友だちというわけではないのだから、今ではなおのこと。夫人はそう感じていた。言われるままに自室に戻った夫人はあたふたと衣服を整えると、一度部屋の窓からゲイロード氏が座る事務所を見た。ゲイロード様はどのようにおっしゃるかしら。夫人にとって、夫はゲイロード様であった。ゲイロード様であり続けることが夫人の夢でもあった。だから、どんなに打ち解けた時でも、それ以外の呼び方をしたことがなかった。そして、問題の解決策は夫と娘が決めることであった。夫人は以前から難しい問題が起こると、ふたりに解決をまかせることにしていた。

「さて、バートリー」マーシャは用件を述べるだけというような素っ気ない口調で言った。およそ女というものは、肝心な事柄にもはや疑いの余地がなくなると、日常の雑事についてはこうした口のきき方をするようになる。「テーブルの準備をするので手伝って。こちらの袖板は私が起すから、あなたはそちらをお願い。これからは、今まで以上に母を助けるつもりよ」マーシャは喜びに浸りながらも、これまでのことを悔いるように言った。「恥ずかしいけれど、母に頼りきりだったから」マーシャの心には家事に対する本能がすでに芽生えていた。

マーシャが反対の端を持つテーブルクロスをバートリーはまっすぐに引っ張った。そして、マーシャと競い合うようにして、ナイフとフォークをすばやく正確に皿の脇にきちんと並べた。重い皿は交代で運ぶことにした。マーシャの番になると、バートリーは手を伸ばして肘を支えた。「ゆうべ、ランプを落さないようにこうしてあげたじゃないか」

その言葉にマーシャは笑い出し、落とした皿が一枚割れた。「母さん、ごめんなさい」マーシャは叫んだ。「きっと聞こえたはずよ。どの皿が割れたのか知ったら、母は辛い思いをするわ」

夫人は遠く離れた自室にいたが、皿の割れる音は確かに耳に届いていた。夫人は体を震わせるほど心配し、とうとういたたまれなくなった。

「マーシャ、マーシャ」夫人は声を震わせながら階段を下りてきた。「何を割ったの」

マーシャはドアを開けて大声で答えた。「青い縁取りのある古いお皿よ、お母さん」そう言い終るとバートリーに駆け寄って「駄目よ。駄目」とたしなめ、バートリーの口を手で押さえて笑い声がもれないようにした。「バートリー、母に聞こえるわ。母は自分が笑われていると思うかもしれないわ」そう言いながらも、もがくバートリーの姿がおかしくて、マーシャのほうが笑い出してしまった。マーシャはとうとうバートリーの腕をつかみ台所まで引っ張り出した。台所ならだれにも声を聞かれずにすむ。心ゆくまで喜びに酔いしれ、はしゃぐマーシャの姿にバートリーは今までにない魅力を感じた。

「へえ、マーシュ。こんなに浮かれる君の姿を見るのは初めてだ」

「婚約した私を見るのも初めてでしょう。女の子はだれでもこうなるのよ——婚約すれば。こんな私、嫌いかしら」一瞬不安にかられてマーシャは尋ねた。

「いや、好きだ」バートリーは答えた。

「本当なの、バートリー」嬉しそうにマーシャは言った。「私、子供に戻ってしまったのかしら。あなたを驚かせてしまったけれど、私自身がびっくりしているの。自分はとても大人びていると以前は思っていたし、こんなふうに羽目をはずせるとは想像もしていなかったわ。でも、こうしていると好きなだけ馬鹿になれるのね。ひとりでいるよりも、あなたと一緒のほうが、なぜか、かえって気兼ねがないの。そう聞いてどう思う」

「そりゃいい気分さ」バートリーは答えた。さきほど言いそびれた微妙な話に乗ってくれるよりも、この返事のほうがマーシャには嬉しかった。第一、ずっと男らしかった。バートリーはふたたび腕をまわした。マーシャはその手を胸にぎゅっと押しつけた。

「もちろん」はしゃいで相手をびっくりさせたことに話を戻すと、マーシャはその時の気持ちを説明した。「あなたまでお馬鹿さんにならなくて結構よ。私だけでじゅうぶん」

「そうだね」バートリーは同意した。「でも、どうすれば、そうならないですむのかな」

「あら、今すぐどうこうと言うのではなく、一般論としてね。あなたのことが好きなのは、私よりずっと物知りだからよ。尊敬できるから。やがてあなたは立派な人になるとだれもが期待していてよ。私もそう」

買いかぶりだとも、世間の期待は度を越しているとも、バートリーは言わなかった。ただ、若くてかわいらしい娘とせっかくこうして並んで座り楽しんでいるのに、なぜ、こんな冷たく観念的な言葉を耳にしなければならないのか。恐らくバートリーには合点がゆかなかっただろう。だが、口には出さなかった。

「知っているかしら」マーシャはなおも言葉を続け、かわいらしい仕草でバートリーの方に顔を向けた。だが、質問が質問だけに、個人的な感情をできる限り交えずに答えてもらおうと、顔は少し遠ざけたままであった。「あなたがこれまでに言ってくれたことの中で、私が一番嬉しかったことは何だと思う」

「さてな」バートリーは言った。「エクイティのほかの娘らとの違いを僕に言わせようとしたことがあったね。その時に僕から引き出した言葉かな」

自分でも同じことを意識していたので、マーシャは嬉しくなって思わず吹き出してしまった。「ええ、あなたにお世辞を言ってもらおうとしたのよ。確かに。でも、きっと、その報いを受けたのね。あなたときたら、言って欲しいことはなにも言わなかったもの。でも、あとから言ってくれたけれど。覚えているかしら」

「いいや、いつのことだろう」

マーシャは一瞬ためらった。「私に影響されて――よくなった――と言ってくれたわ。そうでしょう――」

「ああ、そうだ」バートリーは言った。「そうだ、それだ」深く考えもせずに、バートリーはさらに言った。「一言たりとも嘘はない。信じなかったのかね」

「信じられるように思われて、嬉しかったわ。だから、私も決心したの。振る舞いにしても、言葉にしても、あなたの評価を下げるようなまねは絶対にやるまいって。それから、玄関でのことだけど——あれはすべて互いをもっと幸せにしようと思ってすることでしょう。それなのに、あのように父に見られて、婚約しているのかと聞かれたのはまったくの屈辱よ。でも、あなたときたら、ただ、笑って面白がっているみたいだった。それで、私はかっとなって見境がつかなくなったの。あの時どうしたかったか、あなたにわかるかしら。私、父のところまで階段を駆け下り、あなたが私に話してくれたことを打ち明けて、そして、父に聞いてみようと思ったの。ほかの女に好意を寄せたことがバートリーにあると思うかと」少しの間、マーシャは言葉を切ったが、バートリーがなにも答えなかったのでさらに続けた。「でも、今となっては、そんなこと聞かなくてよかった。あなたを問いつめることも、気にすることも、もうけっしてしない——なんであれ、今日より前に起きたことはね。大丈夫よ。あなたが楽しく幸せになるようにいつも励む、そう思ってくれるわね」

「僕は今が一番幸せさ。僕をこれ以上幸せにすることなど、だれにもできないと思うよ」バートリーは答えた。

真面目に応じようとしないバートリーを、マーシャはかすかに笑い、甘えようと相手の肩に頭をつけた。マーシャの指に指輪がはめられているのに気づくと、バートリーはそれを何度もまわした。

「ほほう」しばらくしてバートリーは言った。「ゲイロードさん、この指輪をどなたさんからいただいたのかな」

「父よ。おととしのクリスマスに」バートリーに体をあずけたまま、マーシャは即座に答えた。「聞いてくれて嬉しいわ」一段と声を低くしてマーシャは言った。その声はバートリーに注ぐ乙女の愛が我ながら実に誇らしいという気持ちにあふれていた。「私には、これまであなたしかいなかった。あなた以外の男《ひと》を想ったことなどなかったわ」マーシャはさっと体を離した。

「さあ、お食事のまねごとをしましょう」ちょうど食事時となった。かけ声に続いてコーヒーが沸いた。マーシャは蓋を取ってスプーンでかき混ぜ、事なきを得た。湯気が天井まで立ち上り、コーヒー豆の香ばしいかおりがキッチンいっぱいに広がった。

「コーヒーをいただけるのは、ありがたいわ」マーシャは言った。「じゃがいもだけね。それ以外の食事は火の入っていないものばかり。でも我慢してね。その代わりに温かいコーヒーがあるわ。眠気覚ましに一杯いただかなくては。どうも、ゆうべは明け方近くまで眠れなかったようなの。あなたもコーヒーをいかが」

「きのうの夜は、なにをおいても一杯のコーヒーにありつきたかった」バートリーは言った。「ホテルに戻った時には腹ぺこだった。ところが、あったのは一切れのミンスパイとわずかばかりの古チーズ。冷たいミルクで我慢しなければいけなかったんだ。今朝、目を覚ましたら、まるで友達をすべて失ったような気分だったよ」

恨みつらみを思い出し、バートリーの声は震えた。バートリーを哀れとも愚かとも思いながら、マーシャは相手の腕に頭をもたせかけた。「かわいそうなバートリー」マーシャは悲しそうに言った。「それで、少しのやさしさを求めて、ここに来たのね。わかっているわ。で、どうなの。やさしくしてもらえたの」

「ああ、でも、最初は駄目だった」バートリーは言った。

「そんなことないわ。最後にはやさしくしてもらえたのだから、文句は言えないはずよ」マーシャは言い返した。最初と最後では少しは違う扱いを受けられたと認めてもらえて、マーシャは嬉しかった。するど、今度は大胆さと茶目っ気と移り気がマーシャの心の中で頭をもたげてきた。それはある女にとっては媚を売る元凶となる一方で、すべての女を神々しく変える可能性を秘めたものでもある。プライドが許さないからとありったけの力で抑えつけてきたのに、重石が取れてみると崩れた堤から水があふれ出るように、マーシャの心からやさしさがいっきにほとばしり出た。相手が当惑するのもかまわずに、マーシャは愛の喜びを込め自らをさらけ出して浴びせかけた。こうした場合、男の心は捉えどころのない思いに襲われる。こちらが仕掛けたわけでもないのに、女がこれほどうっとりとするのは男には信じられないのだ、とバートリーは残酷にもマーシャに伝えた。だが、なんの反応もなかった。

「ところで」バートリーは言った。「僕が初めて付き合った男だ、と言ってくれてよかったよ。そうでなければ、君は男友達と派手に遊んできたと勘違いするところだったよ」

「そう思ったのは、ご自分こそ派手に遊んできたからでしょう」大胆にもマーシャは言い返した。「ことによると、以前、私は婚約していたかもしれなくてよ」

ふたりの話は大方が取るに足りないもので、その場限りの思いつきに過ぎなかった。だが、少なくともマーシャにとって、話は突然ひどく真剣なものになった。これまで、すべてのことが抑えつけられてきたようで、印象、着想、感情、恐怖、欲望がどっと吹き出し、矛盾もかまわずにいっきに言葉になって表われたのである。「あら、どうして無理におしゃべりしようとするのかしら」ついにマーシャは言った。「ものを言えば言っただけ、言い足りない気分よ。しばらく黙ることにしましょう」そうは言いながらも、マーシャはしゃべらずにはいられなかった。「バートリー、私のことが最初に気になり出したのはいつのこと」

「さあ」バートリーは答えた。「そうだね、きっと、君の姿を初めて見かけた時かな」

「そうでしょうね。だって、私があなたを好きと初めて気づいたのもその頃だったもの。きっと、あなたのことがずっと好きだったのよ。でも、あの日、家のそばを通りかかるあなたの姿を見て、ようやく気づいたのね」しばらく考え込んでからマーシャはふたたび尋ねた。「バートリー」

「なんだい」

「あなたにはなにか気になることはないのかしら――いや、待って。まず私が話すわ。それから聞くわね。今では恥ずかしいことはないけれど、でも以前は、人に自分の気持ちを知られたら耐えられないだろうと思っていたの。私のことなどなんとも思っていないのでは、とひどく心配だった。あなたの言動から真相を探り出そうとしたのよ。でも、確かなことはわからなかったわ。駄目だと諦めるのが一番の慰めだった。それで、自分にこう言い聞かせたの。『ああ、もちろん、好いてくれるはずはない。どうして、あの男《ひと》が私のことなど。あの男《ひと》はいろいろな場所に出かけ、たくさんの娘と会っているもの。文通している女もたくさんいるもの。どう見ても、ボストンで会った娘のだれかと、婚約しているにちがいない。ここで私とつき合っているのは、ひと目をごまかすため』だって。時々、あなたに褒めてもらっても、ただこんなふうに言いきかせた。『ああ、たくさんの娘たちにお世辞を言ってきた男《ひと》ですもの。今の今でも、ボストンで言い交わした若いご婦人のことを思っているはずよ』私、生きた心地がしなかったわ。好きだよ、と少し思わせぶりな態度をとられると、こう考えたものよ。『私を好きなことなどあるものですか。私を嫌い、軽蔑している。そうよ。きっとそう。きっと、私を嫌いで軽蔑している』歯を食いしばり、息を留めて、こうして耐えてきたの。ずいぶん長い間ね」絶望したマーシャの姿が心に浮かんで、バートリーは吹き出してしまった。それでも、マーシャはやさしくこうつけ加えた。

「私は、あなたをそんなふうには苦しめなかったでしょう」

「どんなふうにだい」

「それを言ってもらいたいのよ。あなたも、あなたの方でも、気をもんだことがあったのなら。私が――いえ、あなたは――あなたは私のことを好きとはずっと言ってくれなかった。それは心配したからなの。恐かったからなの――もしそうならば、そのお詫びになにかできないかしら。私に気に入られていないと心を痛めたことがあったのかしら」

「いいや」バートリーは大声で答えた。マーシャはすでに腰を上げ、バートリーの前に立ちつくしたままでしきりに訴えていた。マーシャの腕を掴むと、バートリーは両脇にしっかりと抑えて身動きのとれないようにした。そして、一度笑みを浮かべてから笑い出した。「君が僕にすっかりまいっていることくらい、最初からわかっていたさ」

「バートリー、バートリーったら」マーシャは叫んだ。「放して――今すぐ放して。そんな恥知らずな話は聞いたことがないわ」

そう抗議しながらも、事実、マーシャはまったく逃れようとしなかった。

第五章

幸せのあまり、マーシャは家の中にじっとしていられない様子であった。食後、ゆうべ交わした約束を忘れないで、とバートリーに念を押した。そして、ホテルから馬を連れてくるように頼んで、自分は部屋へ駆け上がり、遠出のための外套とマフラーを身につけた。食事の後片付けをすませた母親はテーブルを居間の片側に押しやり、羽毛のクッションの椅子に腰を下ろして、夫が気分よく話し出すのを待っていた。普段なら、日曜日は食事がすむと、ゲイロードはテーブルを離れて事務所に戻った。しかし、その日はストーブの前の椅子に腰かけたままで、何とはなしに帽子だけはいつものようにあみだにかぶり、体重を後ろ脚にかけて椅子をかしげ、両足をストーブの炉床に置いて体を支えていた。

男というものは、通常、ある程度は厳しく力を行使して家の長に納まるものだが、ゲイロード弁護士ときたら、なにもかも承知の上で素知らぬふうを装い家庭を治めてきた。いつも家にいながらこれほど控えめにしている男などほかにはいなかった。もっと精力的に仕事をこなしていたころは、村の中心部に事務所を構え、昼間は一日中、夜は毎晩ほとんどの時間をそこで過ごした。だが、蓄えができて風向きが変わり、仕事上どのような損失をこうむっても心配ないとなると、村外れのこの広くて古めかしい四角い屋敷を購入し、以来、離れの小さな事務所を仕事場としてきた。

すぐそばにいるのだから、もっと頻繁に夫の顔が見られるはずだ、と夫人は漠然と思ったのかもしれないが、実際は夫の顔を見る機会は以前よりも少なくなった。今では昼夜を問わず、どのような天候であっても、夫が事務所に出かけられないことはなかった。そうかといって、村の集まりに夫が行くのかといえば、それもなかった。夫人も同じであった。世間を少しのぞいてみるのも悪くはない、と時には思ったかもしれないが、口に出して言うことはなかった。宗教生活をやめたように、夫人はもう人と交わることもしなくなっていた。室内にはその時代のその地方の趣味に合わせて、立派な家具が備え付けられていた。客間のブリュッセル産の敷物、バス織の布を張った、どっしりとしたマホガニー製の椅子。そこにはマーシャのピアノもあった。マーシャが学校での寄宿舎生活から家に戻ると、両親は娘のために夫人の言う「お集まり」なるものを二、三度、催したことがあった。しかし、夫妻はふたりともお祭り騒ぎにはなじめず、弁護士は事務所に、夫人は居間にいた。その居間で、今、夫婦はいつになく打ち解けて腰を下ろしていた。

「ねえ、ゲイロード様」妻が言った。「似合っているといえば、マーシャにはとってもお似合いね」

娘の結婚問題に夫妻が触れたのは、この時が初めてであった。だが夫人の言い方は、あれやこれや思案し、それでも決めかねているように聞こえた。

「うーん、そうだな」夫は溜息交じりに鼻にかかった声で同意した。「むしろ、似合いすぎだな」やせた手を震わせながら、髯面の頰を片方ずつこすり、耳障りな音を立てた。

「バートリーはとても利口ですよ」口調を変えずに夫人は言った。

「うーん、利口すぎる」多少早口になって夫は答えた。「マーシャはともかく、やつは利口だからマーシャが自分に夢中だと最初から勘づいている。これでは新婚生活を始める上で上々の滑り出しとは言えんよ。わしはそう見ている」

「バートリーを恋人にできなかったら、マーシャは死んでしまうでしょう。日を追うごとに、ますます神経が苛立っていますもの。ドアをノックする音が聞こえると、そのたびに、はっと驚いて。私、気がつきましたよ。マーシャは相手が来ないのではないかと心配になるのでしょう。そうすると、きっと、会いたい一心から外に出て行きます。でも、本人は認めなかったはずですよ――自尊心の強い娘ですからね」

「うーん、そうだな」夫は言った。「確かに自尊心は強い。自尊心の強い女が男のことで馬鹿なまねをすると、生きるか死ぬかの問題になってしまう。自分でもどうしようもない。すべてどうでもいいとなってしまうのだ」

「実を言いますと」夫人は話を続けた。「いつのことでしたか、家に帰ってきたマーシャを見て、私、すっかり気が動転してしまいました。マーシャの表情ときたら、まるでバートリーがほかの娘たちといるところを見てしまった、というようではありませんか。二階の部屋からマーシャの泣きじゃくる声が聞こえてきました。ほかの娘さんのように、ただ恋に戯《たわむ》れているのだったら、私もさほど気にはしないのですが。でも、あの娘《こ》は違います。お慕いする男《ひと》にすっかり参ってしまったんです」

ついに、ゲイロードの口から夫人に同意する言葉が出た。心の奥底から絞り出すような言い様であった。ゲイロードは一度、椅子から立ち上りはしたものの、ふたたび腰を下ろした。マーシャはわが娘であり、父親は娘を心から愛していた。「うーむ、そうだね」深々と溜息をついた。「ともかくこの話はおしまいにしよう」これまでの娘の苦しみを思いやり、父親の心は痛み疼いた。「わかるだろう、ミランダ。初めてあの男を連れてきた時、マーシャがどのような顔つきでわしを見おったか――すっかり勝ち誇り、自尊心に満ちあふれていた。それでいて、かわいそうに、父親に気に入ってもらえないのではないかと不安げな表情をしおって」

「ええ、わかりますとも」

ゲイロードは落ち窪んだ目を覆うように帽子を目深にかぶり、老いて肉が落ちた顎をぎこちなく動かした。

「あの娘《こ》には感情をあまり外に表わさないように修養を積んで欲しいのですが」夫人が言った。

「ぜひそうしてもらいたいものだ。しかし、そうはいくまいし、外に表わすなといっても、それは無理だろう」ふたりとも口をつぐんだ。しばらくして、ゲイロードは椅子の座面から籐をほんの少しはがし、切れ端をストーブに向けて飛ばし言葉を継いだ。「ミランダ、こんなことになるのではないか、とわしはかなり前から心配しておった。それで、どのような仕事にバートリーを就かせるのがよいか考えておいた」

夫人は前かがみになって今しがた夫が飛ばした籐の切れ端を拾い上げた。じっと目を凝らしていたせいか、籐が落ちた防水布の敷物の上に糸屑まで見つけて指に巻いた。夫は話を続けた。「あの男は新聞の仕事を辞めて弁護士になるほうがいい。新聞については立派にやった。なかなかの記事も書いた。しかし、新聞の編集は男子一生の仕事ではない。独身の間であれば、それでもかまわない。しかし、妻を養わなければならないとなれば、きちんとした仕事に就くほうがよいのだ。わしの仕事はかなりうまくいっているから、そっくりそのままあの男に譲ろうかとも思っている。もう一、二年待つとなると、わしの仕事もあれこれと若い者に食い込まれ、今までどおりとはけっしていかなくなるだろう。バートリーには寄り道をせずにただちに法曹界に入ってもらいたい。あの男なら、すぐにでもできる。じゅうぶん頭のきれる男だ」いくらか厳しい口調で老弁護士は最後の言葉をつけ加えた。そして一瞬考え込むと、ふっと溜息をつき、また話し出した。「うーん、そうさな。今朝、こんなふうに考えたのだ。悪い時節であればいざしらず、わしは、近々、財産の管理だけをするつもりだ。そこまでバートリーにやらせる気はない。金の面でも仕事の面でも、幸先よいスタートを切らせてやりたいが、財産はわしが管理する。機会があり次第、バートリーに話すつもりだ」

階段に軽やかな足取りが聞こえたかと思うと、遠出の身支度を整えたマーシャが部屋に駆け込んできた。「出かける前に体をよく温めておきたいの」そう説明すると、ストーブの前にかがみ込み、片手を父親の膝にのせて体を支えた。父親の口からも母親の口からも、婚約を祝う改まった言葉は出なかった。必ずしもそれを口にしなければならないということもなかったし、言えば言ったで、多少わざとらしくなったであろう。両親としても、その時、娘ひとりを前にして祝いの言葉を述べるのは、恐らく恥ずかしかったはずである。それでも、ゲイロードは膝の上で娘の手に自分の手を重ね、二度、三度なでさえした。

「バートリーの例の栗毛の子馬に橇を引かせるのかね」

「もちろんですとも」マーシャは小生意気におどけて答えた。「栗毛の子馬でもバートリーなら上手に操れるわ。困ったことなど、これまでなにもなかったし」

「以前は、いつだって自分ひとりに全神経を集中できたからな」父親は意味ありげに娘の手を握りしめて放した。

その意味をすぐに悟ったが、マーシャは口に出してはなにも言わなかった。部屋の時計を見上げて向き直り、父親のチョッキのポケットから懐中時計を引き出して時間を見比べた。「あら、両方とも進んでいるわ」

「たぶん、バートリーの来るのが遅いのだ」そう言うと、話が思ったように面白い方向に進んだため、くすりと笑った。

外で橇の鈴の音が響くと、マーシャはさっと立ち上がった。「遅いことはないでしょう」声を張り上げ、長いこと父親にしがみついて、髯でごわついた頬に唇をこすりつけた。「行ってきます。お母さん」肩越しに言って、マーシャは部屋から出て行った。腕が届くぎりぎりのところまで前にマフ（保温のための円筒状の毛皮）を粋に垂らし、体内の音の調べに合わせるかのように、リズミカルに体を傾けながらマーシャは動いた。毛皮をまとっていても、マーシャの姿は品よくほっそりとしていた。

老いたふたりが身じろぎもせずに押し黙っていると、やがて橇の鈴の音は聞こえなくなった。ゲイロードは立ち上がって台所の先の薪小屋へ行き、腕いっぱいに薪をかかえて戻ってきた。それを見て妻は驚いた。「ゲイロード様、いったい何をなさっているの」

「いや、娘らのために、客間のストーブに火を灯しておこうと思ってね。戻ってきた時、そばにいられると、あまりいい気はしないだろうから」

「あら、私、そんなまねをしたことありませんよ」夫人は言った。夫が客間から戻ると、夫人はさらに言葉を継いだ。「安息日なのに、ずいぶん妙な過ごし方だと人に言われかねませんよ」

「大変結構な過ごし方ではないかね。教会に行っているからといって、わしらの半分も幸せ者がいるかね。いいかね、あのジョナサン・エドワーズ老師だって、恋人に会いに行く若者に『しかるべき機会』を与えたではないか。そればかりか、『必要ならば炉の火の燃える部屋』まであてがっている。伝記にはそう書いてある」

「でも安息日には、お許しなさらなかった」夫人は言い返した。

「どうかな。伝記には、許さなかったとは書かれていないぞ」夫は忍び笑いをもらした。「いや、ミランダ、わしがこんなことをするのもマーシャのためを思えばこそなのだ。婚約一日目ではないか。お前もよくわかっているだろう」こう言うと、ゲイロード弁護士はそれまで抑えてきた感情がほとばしるに任せた。突然身をかがめて妻に口づけをした。しかし、すぐに事務所へと姿を消して午後の間ずっとそこにこもっていたので、それ以上、夫人は夫の言動に面食らわずにすんだ。

バートリーとマーシャはエクイティの「遠出の道」と呼ばれているところを進んだ。ゲイロード邸を離れると道はいきなり暗い木立の峡谷に入り、それから東へ折れ、川が幾重にもうねる辺りで屋根付き橋をいくつか渡った。道幅の広いところでは、近隣の住人がすでに除雪をすませ、しっかりと固められていた。谷や雪に遮られることのない物陰では、路上の邪魔ものはなにもなく、途中行き交う牛馬もお互い難なくやり過ごせた。しかし、つま先上がりの丘を登るか、樹木のない高所を横切るときには、道は狭く単線となった。そのため、いくつかの常設点に退避所が設けられ、御者は待機して反対側から来るものがいないかを確かめてから進んだ。この地方では、冬は村をすっかり包囲してしまう占領軍のようなもの。冬将軍に支配され、自然は寒さに身をすくめ、人間は甲斐なくも死に物狂いであがいていた。霜で曇った窓ガラスから生気の失せた世界がのぞけはするものの、ほぼ窓の敷居までうず高く雪が積もり、村の家は吹きだまりの中でこの上なくちっぽけなものに見えた。斜めにさす陽の光を受けて家は青みがかった不思議な影となって雪原に点在し、真白な海原に浸水して沈んでいく船のようであった。民家が道路に接するところでは、明らかに人間と雪との容赦ない格闘が続いていた。所々、雪がスコップでかき出され、表通りの真ん中、そして納屋まで小道は作られていた。しかし、家が道から少し入りこんだところでは、これといって雪との闘争の跡は見られず、かすかに揺らぐ煙突の煙の輪だけが息づく命の気配を感じさせた。

道路が走る窪地では、積もった雪の重みで松やカナダツガの低い枝が垂れ下がり、吹き溜まりに半ば埋もれていた。それでも、風に雪が叩き落されて軽くなると枝は互いにすっと近づき、道路の上で緩やかなカーブのアーチを結んだ。川はうねり小波《さざなみ》を立て、白とねずみ色の不規則なまだら模様の流れとなって姿を現した。あたりは荒涼として寂しかったが、愛する人とふたりきりのマーシャには人の気配のない場所といえどもいとおしく、バートリーにさえ話しかけたいとは思わなかった。バートリーは手綱をさばくのに忙しかった。しかし、マーシャが腕をからませることにどちらも異存はなかった。膝掛けの下で身を縮めながら、ぴたりと寄り添い、頭を相手の肩にもたせかけ、マーシャは計り知れないほどの満ち足りた思いで飛び去る景色を眺めていた。バートリーが身をかがめ、冷えて赤くなった頬をマーシャの毛皮の帽子の上に載せて暖めると、マーシャはほほ笑みを浮かべながらも目に涙をためていた。

この上ない幸せに女が言葉を失うと、その瞬間、確かに男は天にも昇る気持ちになる。「マーシャ、どうだい」そうした瞬間を捉えて、顔をのぞき込もうとマーシャに視線を向けながらバートリーは尋ねた。「恐いのかい」

「いいえ――ただ、すぐ家に戻るのが嫌なだけよ」

この言葉を聞いて嬉しくなり、バートリーはマーシャの震え声を返事の代わりにして子馬をシッとせき立てた。馬はいっそう荒々しく躍り出ると、駿馬が突進するときのように蹄を前に放り出し、蹴り上げて宙に舞うときは後脚が前脚に追いつかんばかりであった。「永遠にこうして乗っていたいね」

「永遠に」マーシャは繰り返した。「ずっとこうしていたいわ」

「ああ、マーシュ。なんともすてきな娘。どれほど好きと相手に悟られても一向に平気なんだね、想像もしなかったよ」

「私も思ってもみなかったことよ」夢みるようにマーシャは言った。「でも、今、そう、今一つだけ困ったことがあるの。相手にどうやって気持ちを伝えたらよいのかしら」しがみついていた腕を発作的にぐいと握ると、マーシャはさらに強く相手の肩に頭を押しつけた。

「そうかね、僕の不満もまさしくそれさ」バートリーは言った。「君のようにはうまく言えなかったが」

「いいえ、そんなことないわ」小声でつぶやきながらも、マーシャはバートリーが誇らしかった。表現に値するものであれば、このひとはどのような考えでも心に残る言葉にしてしまう、と思っているようであった。褒められたバートリーは、この熱い崇拝の念に匹敵するほど激しく、そのたっぷりとした感情に劣らぬほどいっそう強い自己愛に浸っていった。

「マーシャ」バートリーは応じた。「あらゆる点で、君の期待通りになるように励むさ。君の理想に合わないことはけっしてやるまい、と思っている」嬉しさに言葉を失い、マーシャはただ相手の腕をふたたび強く握り締めるだけであった。そして、この言葉はいつまでも覚えておこうと心の中で自分に言い聞かせた。

出発した時から風は吹き荒れていたが、ふたりがそれに気づいたのは左右の木立がまばらになりかけてからのことであった。バートリーはまず橇を止め、樹木のない広漠とした雪原にすぐ飛び出しては行かなかった――白銀の荒野には疾風が吹き荒れていた。風はさながら波を押える竜巻のように山間の峡谷をなめつくすと、雪だまりを吹き飛ばしてなだらかにした。道は広々とした大地を走り、そのくっきりとした道筋は土地のわずかな窪みにそこかしこで姿を消すことはあっても、それ以外の所では行く手に黒く浮き上がって見えた。

次の木立までは、ゆうに半マイルはあった。途中には側道があり、反対方向から来る橇は側道に寄せて本道を譲らなくてはならなかった。バートリーは馬を止め、入念に本道を見渡した。

「誰かやって来るの」マーシャは聞いた。

「いや、だれの姿も見えない。たとえ向こうの木立に人がいたとしても、こちらが渡りきるまでは向こうが待つべきだ。退避所まで行くのに、この子馬に勝てる馬などエクイティには一頭もいないさ」

「でも、ねえ、よくよく確かめてね、バートリー。だれにしろ、退避線の先で出会うことにでもなれば、避けようがないわ」すがるようにマーシャは言った。

「相手がどうするか、知れたものではない。来るというのであれば、注意するのは向こうさ。君は顔をすっぽり覆うか、そうでなければ頭を膝掛けにもぐらせるかだ。僕はこの先半マイルは息もつけない」手綱を緩めると、バートリーは止めていた子馬を木陰から勢いよく駆り出した。ふたりの顔に風が鋼の刃のように突き刺さった。馬の蹄に蹴られて舞い上がった粉雪は風に運ばれ、ぐるぐる渦を巻きながら、きらめく雪原を遠く風下へと流されていった。ふたりは急流を飛び越える小型船に乗っているようなわくわくした胸の震えを味わった。バートリーが風をまともに受けているとすれば、マーシャも自分だけ顔を覆うわけにはいかなかった。しかし、二、三度、息を詰まらせると、マーシャは言われるまでもなく前かがみになり、毛足の長い熊の毛皮の膝掛けに顔を埋めた。顔を上げると、橇はすでに側道を通り過ぎていた。すると、マーシャの目に小型の馬橇が一台、木立の陰からこちらに突進してくるのが見えた。「バートリー」マーシャは悲鳴を上げた。「橇が」

「本当だ」バートリーは叫んだ。「馬鹿者め。面倒をかけやがる」そう付け加えると、バートリーは走らせていた馬を全力で止めにかかった。「相手はどうも馬の操り方を知らないようだ——女の二人連れ。止まれ、止まるんだ」バートリーは声を張り上げた。「脇に寄せるな、こちらが寄る」

ひどく取り乱した様子で、二人の女は手綱をあちこちに引いた。バートリーは半狂乱になって押しとどめようとしたが、馬橇は進路をそれて傍らの道なき雪の中に入り始めた。橇は雪だまりにますます深く沈み、馬は雪に突っ込んでもがいた。そして、悲鳴と助けを呼ぶ声が響くなか、橇は横転した。

自身の橇をその横につけてバートリーは言った。「動くな、ジェリー。マーシャ、心配しなくていいよ」マーシャの手に手綱を委ねると、橇から飛び降り救助に走った。

ふたりの女のうち一人は、橇から遠く離れたところに放り出されたものの、すでに落ち着きを取り戻して立ち上がり、手をもみながら叫んでいた。「まあ、ハバードさん、ハバードさん。ハンナを助けてやってください。その下です」

「わかった。モリソンさん、静かにして。馬の頭を抑えて」何はともあれ、バートリーは轡《くつわ》をつかみ手綱を引いて馬を起こした。老練で以前から聞きわけがよい馬は辛抱強く動かなかった。小型橇を掴むと、バートリーは渾身の力を振り絞って、まっすぐに引き起こした。子馬は驚いて体を震わせていたが、マーシャがバートリーの声をまねて「落ちついて、ジェリー」と声をかけると静かになった。

転覆した小型橇の下で身動きができなかった娘も、橇が持ち上げられると、野性の動物が罠を抜けるように這い出してきた。娘は数歩前へ進み、助けてくれた恩人に顔をくるりと向けた。すでにフードはまっすぐに引かれ、美しく見えるように被り直されていた。「ハンナ、骨は折れなかったかい」バートリーは尋ねた。

「大丈夫です」大声で娘は答えた。「母さん、母さん、泣いちゃだめ。わかるでしょう。私は無事よ」娘は飛びまわり、あちこちに散らばった膝掛けを拾い上げ、粉雪を払い落して橇に投げ返し、興奮しきって笑いころげていた。バートリーも娘を手伝って横転した橇の破片を拾い集め、一緒になって、予期せぬ出来事を面白がった。風が吹きつけたが、ふたりで陽気に騒ぎながら忙しく動き回ったため、体は温かく平気であった。

「どうして外側に寄らせてくれなかったのかね」橇をはさんでハンナと向かい合い、膝掛けを橇に敷き直しながらバートリーは問いただした。

「だって、うまく曲れると思ったの。それに、まっすぐ進む権利はそちらにあったのよ」

「なるほど。でも、今度、退避線を通過する橇の姿を見かけたら、木立からは無理に進まないことだ」

「あら、木立でもここと同じ、すれ違う余裕などないわ」娘は大声で言った。

「風や雪からはもっと守られている」

「寒くなんかない」健康で若さにあふれ、赤く火照り才気走った顔で、娘はバートリーをちらりと見た。笑いながら目を伏せた瞬間、娘の視線にマーシャの姿が入った。気づいたそぶりも見せないまま、マーシャとハンナはすでに互いの存在を認めていた。「さあ、母さん。もう大丈夫よ」

母親は馬の頭を離すと、やっとのことで橇に戻り、その中に転がり込んだ。娘は横から乗り込みかけたが、体の重みで橇が傾いて下に落ち愉快そうに声を上げた。

バートリーは反対側からまわり込み、娘を抱き上げて橇に乗せてやった。娘は馬に声を掛け、橇を道に繰り出して走り去った。

ほんの少しの間、バートリーは娘の後姿を見送った。足の雪を踏み落とし、手足から雪を払い除け佇んでいるときも、視線だけはなおもハンナの立ち去った方に向けていた。それから、ふたたびマーシャの横に乗り込み、握らせておいた手綱を受け取って馬を出発させると、バートリーは興奮して声を張り上げ早口でしゃべった。「あの娘ほど元気のいいお馬鹿さんはいないね。まっすぐ進む権利がこちらにあるからといって、曲らせてくれないんだから。あんな古ぼけた方舟まがいのものをもう一度水に浮かべるなんて。そんなことは僕にしか頼むつもりはなかったろうな。連中の馬ときたら、ジェリーのようにはいかなかった。ジェリーの落ち着きぶりはたいしたものだ。怖かったかい、マーシュ」バートリーは身をかがめて顔をのぞきこもうとしたが、マーシャは頭を肩にもたせかけることも、体を寄せて座ることもなかった。「ぞっとしたろう」

「いいえ、大丈夫」素っ気なく答えると、マーシャはできるかぎり離れて座ろうと端に身を寄せた。

「馬を道まで引いてやればよかったのに。そうすれば、あなたの手を煩わせなくても、あの娘は橇に乗れたわ。母親だってひとりで乗れたのだから」

左手に手綱を取ると、バートリーは右手をマーシャの体にしっかりとまわして傍らに引き寄せた。マーシャは抵抗するにはしたが、その力も徐々に失せ、最後には言いなりになった。そして、しかたなく前のように相手の肩に頭をもたせかけた。マーシャをぐっと抱き寄せるだけで、バートリーは慰めの言葉をかけようとはしなかった。村に戻ると、マーシャは顔を上げ、涙を流したことなど嘘のように輝く笑みをバートリーに向けた。

だが、その晩、バートリーを送って玄関まで行くと、マーシャは探るように相手の目をのぞき込んだ。「バートリー。あなた、本当は私を軽蔑しているのではないかしら」とマーシャは尋ねた。

「確かに」バートリーは茶化すように笑って答えた。「でも、いったい何を軽蔑しているのかね」

「私が感情をあまりにも表に出してしまうことよ。あなたのことなら何から何まで気になってしまうというわけではない、そういう素振りさえ見せられなくて」

「素振りを見せようとしても無駄さ。どうも僕にはお見通しのようだ」

「ねえ、笑わないで。バートリー、笑わないで。素振りはいけないことよね。そんなことされれば嫌になると言うわね。でも、しかたがないの――しかたないの。もしも――もしもマーシャという娘はいつもこうなると思うならば――ますますひどくなって悲しい思いをさせられると考えるならば、すぐにでも婚約を解消するほうがいいわ――手遅れにならないうちに」

「なぜ君が僕を不快にさせたというのか、教えて欲しい。自分では、かなり楽しくやってきたと思っていた」

マーシャはバートリーの胸に顔をうずめた。「あなたがあの娘とあそこにいるのを見て、ほとんど生きた心地がしなかった。体は冷え切り——手綱を握っていた手は凍えかけ——子馬が怖くて、どうしてよいかわからなかったの。それでも、あなたのためと思って勇気を奮い起こし続けたのよ。それなのに、あなたときたら、ずいぶんとごゆっくりなんですもの。あの娘は橇に難なく乗れたはずよ——母親でも乗れたのだから——手を貸さなくても」声が途切れ、マーシャは惨めそうにむせび泣いた。それでも、体はしっかりとバートリーに寄せていた。

バートリーはマーシャの髪の毛をなで下ろした。「いいかね、マーシュ、僕が嫌な気持ちになったとでも考えたのかね。手を貸すことくらい、どうということもないさ。何が問題なのか、あの時、僕にはわかっていたんだ。でも、なにも言う気はなかったね。じっくり考えてくれれば、君にはわかってもらえると思っていたからな。僕が少しでもあの娘に気があるなどとは思わなかっただろう」

「思わなかったわ」悲しそうに声をつまらせて、マーシャは答えた。「でも、できればあの娘とは関わって欲しくないの。いずれにしても、あの娘はあなたに災難をもたらしかねないから」

「でも」バートリーは言った。「あの娘が仕事をこなす限り、首にするわけにはとてもいかない。僕が不快になったなどと心配しなくていいよ。なにか起きても、むしろ僕の望むところだった。君がいかに僕を好きかわかったからね」からかうような表情で、バートリーはマーシャの方に身をかがめ、別れの口づけを求めた。「さあ、一度目の口づけ、二度目の口づけ、三度目の口づけ——これがお休みの口づけ」

男よりも女が尽くす、そんなごたいそうな恋愛の光景はとても見るに忍びない。そこで、女が男に尽くすのは女の属性のようなものだ、と人は得てして考えがちである。必要以上に男に愛を注ぐのは、自ら買って出た自己犠牲とでもいうかのようである。こうして崇め奉るほどに同情を寄せて女を眺めるのは、ほかの男たちはもちろん、女たちも同じである。女は自分であればどうなのか、と活発に想像力を働かせて、恋に苦しむ同性の立場に立って考え、共同戦線を張って互いに不憫だとしきりに同情したがるからである。それぞれの女が、自分も最愛の男に騙され、あるいはないがしろにされたと想像し、愛するほどには愛されていないことがどんなに残酷なことかと感じる。事の経緯《いきさつ》を認識しようとして、さしあたり女は自分を顧みない罪をすべて男に負わせる。その量刑たるや、色恋沙汰とは異なる裁判で重罪人が罰せられるほどに重い。だが、与える割には受ける愛情が少なくても、愛してさえいれば、ひょっとしたら報われる恋もあるのかもしれない。

その晩、バートリー・ハバードは横になって、その日一日に起きたことをあれこれと考えていた。その時の気持ちや感情を少しでも推論すれば、間違いなくこういうことだろう。この恋はマーシャにはよいこと尽くめ——たぶん自分よりマーシャの方がよいのではないか。しかし、公平に言えば、その時バートリーは考えをきちんとまとめていたわけでも、相手に寄せる思いがどのようなものかわかっていたわけでもけっしてなかった。婚約したばかりの許嫁《いいなずけ》にじっと思いを寄せながら、自らの思いのたけを量ることなど、二十六歳の青年がするはずはない。ただ、嬉しさに心が乱れていただけのことである。自分がどんなにマーシャに好かれているかを考えたいばかりに、バートリーは相手をどれだけ好きなのか自問することなど思いもよらなかった。本格的に眠りが訪れる前のまどろみ、意識が溶けて消えていくなかで、この恋を真剣に考えすぎては駄目だ、とお告げにも似たものが、どこからともなく、誰へともなく、そっと漂ってきた。しかし、夢とも現実ともつかない神秘的な状態に陥ると、何が考えで、何が夢なのか、はっきりしなくなる。真剣さが足りないと人に言われても、そのように非難されるには当たらない、とバートリーはいつも否定した。だが、恐らくバートリーの言い分にも一理あった。

目覚めた時、バートリーの気分は確かにすぐれず、まだどことなく頭が痛かった。マーシャに同情されたいという思いがなによりも先に湧いたのは、本当に愛しているからだとバートリーは悟った。漠然とであれ、わずかであれ、マーシャを思う一途な心が揺らいだことはなかったとも。昨日はマーシャの深い愛を感じて、バートリーは病気のことなどすっかり忘れ、自分は元気だと思い込んでいた。今ようやく、体調がすぐれないことに気づき、土地の人の言う「病の発作」が起こるのでは、と思い始めていた。看病してもらわなければ仕事はできないと感じた。しかし、慰めてもらいにマーシャのもとへ出向くことができずに腹立たしく——腹を立てるのが関の山——バートリーはいらいらと怒りっぽく、その日の仕事に取りかかった。

『フリー・プレス』は毎週火曜日が発行日のため、月曜日はいつも準備に追われていた。休日が宗教上の祝日と重なった場合でも、休みの翌日には職工たちの士気はどうも上がらなかった。また、『フリー・プレス』の版組み担当の女たちにしても、女の権利と特権を優先させ、技術改善に身を捧げることもできたのに、それをせずに、日曜日の夜には、ほかの若い女らと同じように恋人と一緒に過ごした。その結果がこの始末であった。月曜日になると、みんな正常な神経の持主とはいえず、自分を抑えられない。前の晩の甘い思い出話に花を咲かせては、突然楽しそうに忍び笑いをもらす。そうかと思えば、不機嫌になって、寝不足のためどうしても醜態を演じる。しかし、ふだんはバートリーと局員の関係はうまくいっていた。どの社会階層の人もすべて平等、これがエクイティでの建て前だが、人柄のすばらしさ、伝え聞く大学や広い世間での数々の武勇伝から、職場の人々はバートリーに人知れず畏敬の念を抱いていた。だから、冗談交じりに褒められても、辛辣に皮肉られても、相手がバートリーとなると、誰もがなるほどと受け入れてしまう。そのうえ、バートリーにはヘンリー・バードなる有能な片腕がいた。若い印刷工で、ここで仕事を覚え、印刷所が存続するかぎり、作業長を勤めるはずの男であった。ヘンリーは規律正しく勤勉で、まわりの人々を感化せずにはおかなかった。分業が進んだ現代では職人たちの間でも見かけることはまれなほど仕事好きであった。この若者――というのもほんの十九歳――は、朝早くから夜遅くまで仕事を楽しみ熟練の技に励んだ。自分よりも優れていると思えば、なんであれ喜んで崇め奉るような素朴で従順な性格の男であった。世の中には人から仕えられたいと思う者が多いなかで、この若者は人に仕えることを生きがいとしており、仕事好きなのは、仕事そのもののためなのか、それとも、仕えているバートリーのためなのか、どうもはっきりしない。華奢な体つきで丈夫とはいえず、バートリーに目をかけられるのは当然であった。バートリーはお気に入りの遠出の散歩にこの若者を何度か連れ出した。謙虚な腹心に仕立てて、身の上話やさまざまな計画について話してやった。話は大雑把で、ほらを吹くように取り留めのないものであった。多くの点で、バートリーはバードを頼みとし、バードも期待を裏切らなかった。バードの心根には変わることのない忠誠心が宿っていた。「いや」と近くの材木切り出しの飯場の哲人が言った。この男は新聞を買うと、よく印刷所のあたりを長いことうろついていた。「ヘンリーのやつには、やる気というものがあまりねえ。吼《ほ》えることもせんしな。じっとしているだけだ」バートリーはヘンリー・バードによく耳打ちをし、新聞から足を洗って法曹界にいく暁には、あとを継げるのはお前しかいないと約束していた。わざわざそんな約束をしてくれなくても、バードはバートリーの終生変わらない友でいるつもりであった。それでも、いざ約束されてみると、そのような純な思いにも野心の火が点き、心をまっさらなままにはしておけなかった。新聞を編集して発行するというこの野心に富んだ情熱――これだけがバードの夢であった。政界入りするかもしれない、とバートリーに度々ほのめかされていたバードにとって、政治家バートリーに有利な紙面作りをする――これこそ、首尾よく引き継いだ際に手にする一番ありがたい特典だ。すでにバードは『フリー・プレス』に短い記事を書いていた。また、都市の新聞との交換記事からひとつ選び、一部を書き足しながら、ニュース欄を埋める仕事も任されていた。

バートリーは、月曜日の朝いくぶん遅く、手に新聞を持って事務所に姿を現わした。新聞は土曜日の夜に配送されてはいたが、日曜日は一日中、封を切られずじまいになっていた。印刷室をのぞきもせずに、まっすぐ執務室に入った。なんとなく熱っぽく苛々していたので、交換記事から文章を選んで社説に仕立てるか、バードに書かせるか、どちらかにしようと決めた。バートリーは仕事に飽きただけでなく、エクイティにもうんざりしていた。怒った不満げなバートリーの表情を見ると、マーシャは悲しそうであった。だから、マーシャのもとへ慰めてもらいにいく気にはもはやなれなかった。扉が開いたが、バートリーは目の前に広げた新聞に視線を向けたままで尋ねた。「バード君、何かね。原稿かね」

「いえ、ハバードさん」バードは答えた。「今朝の人数でこなすだけの原稿は揃っております」

「では、どうしたというのだ」新聞をさっと置いてバートリーは詰問した。

「リジー・ソーヤーが病気だと言ってきました。それに、ハンナ・モリソンがどうなっているのか、姿も見せなければ連絡もありません」

「若い娘たちときたら、ひどいものだ。いつもなにかある」鈍く残る痛みを頭からすり落そうとでもするかのように、バートリーは手で額をこすった。「それでは、この私が仕事にかからなければ」バートリーは立ち上がり、上着を脱ごうとして折り衿を掴んだ。だが、バードのただならぬ様子に手が止まり「どうしたのかね」と尋ねた。

「編集長が来る寸前まで、この部屋にモリソンの父親が来ていました。編集長に会いたいとのことで。どうも酔っている様子でした」心配げにバードは言った。「また来ると言っていました」

「わかった。来たければ来ればよい」バートリーは答えた。「自由な社会だ。特にエクイティでは。いつものように、ハンナの給料を上げて欲しいのだろう。ヘンリー、紙面作りはどのくらい遅れているのかね」

「編集長、大幅な遅れというのではありません。こうも人手不足でなければ」

「たぶん、昼前までにはハンナを仕事に戻せるはずだ。いずれにせよ、親父殿が姿を現わしたら頼めばよいことだ」

モリソンはどこで酒を手に入れるのか。時々、その問題でエクイティは騒然となった。警察は町に強い酒が持ち込まれないように監視する権限を与えられており、当惑の色を隠せなかった。材木切り出しの飯場でも酒を入手することは無理であったし、医薬品としてならば取り扱ってもよいはずの薬屋でも、いつもアルコールを販売できるわけではなかった。こんな状況下でも飲まずにいられない、という訳のわからぬ力に突き動かされると、モリソンはきまって酔って浮かれ騒いだ。恐らく、質の悪いりんご酒かなにかを飲んで、酒浸りになっていたのであろう。だが、それですらなかなか手に入らなかった。

モリソンの酒盛りの日は、さながら移動祝祭日であった。不定期で、二週間に一遍か三週間に一遍、時には六週間も間があくことがあった。しかし、たびたびのことなので、老人はいつも文無しで、家族は村八分に遭っていた。生来のやさしさから近所の人達が努力しても、村八分はどうにもならなかった。エクイティのような村には、洗濯女に身をやつし、希望とは縁を切ってしまう文無しがいる。モリソンのかみさんは、そうした類の女であった。だから、学校で手に負えない娘のハンナが印刷所に勤められたことは、間違いなく大出世であった。いつもの長い酔いから覚めて、体の震えに飲酒を後悔しながら、父親が身を低くして娘のためにこの職を申し込んだのだ。その後、目をかけてもらっていると娘から聞かされ、父親はバートリーに感謝していた。

しかし、酔っぱらいの靴屋が一人前気取りになるのは、諺《ことわざ》にあるとおりである。気質はおとなしいが、モリソンは少しでも酒を飲むと舞い上がり、横柄で傲慢になった。この態度の変化の兆しを地域住民は掴んでいた。どうだといわんばかりに店を閉め、急ぎと言われたり、ぜひにと迫られても、客を鼻であしらって断わってしまう。そうなると、靴屋からは継ぎ接ぎされたままか、底半分の靴が戻され、村中の人たちは外に出ようにも破れ靴を履く羽目になる。今後だれからも恵みは受けないと決心した証に、靴屋本人はわずかな修繕代を集めては金が続く限り借金返済にまわる。それがすむと、今度は裏通りの家に引きこもり、徐々に酒に酔いつぶれ、自分からは攻撃を仕掛けなくなる。言うまでもなく、モリソンがバートリーのもとを訪れた際には、まだ攻撃気分が残っていた。娘が時間どおりに姿を現わさない場合には父親が来るもの、とバートリーは心得ていた。問題はいつも簡単にけりがついた。皮肉こそ好きなだけ連発しはするが、バートリーは即座に相手の求めに応じ、わざわざ論じ立てて要求するには及ばないと慇懃に断った。さらに、ハンナほど才能もたしなみもある娘は知り合いにはいないと大いに持ち上げ、家族ひとりひとりの健康を親身になって気遣うのであった。モリソンは帰ろうとして立ち上がり握手をしながら、いつもこう言った。「なるほど、エクイティにも、あなたのようなお方がもっといれば、貧乏人でもなんとかやっていける。あなたは紳士でいらっしゃる」玄関の扉から数歩離れると、転ぶようにして階段をまた上り、「紳士でいらっしゃる」と繰り返す。ハンナは昼間のうちに姿を現わすが、賃金は元のまま上がらない。当事者はどちらも賃上げを細部まで詰めて同意したとは考えておらず、ありがたいことに、モリソンはしらふに戻るとすぐに、取り決めたことを気にかけなくなった。それでも、頭のどのような拍子か、また酔って大騒ぎをすると、先の議論を蒸し返し、前回要求した賃上げをも上回る額を新たに要求した。娘の収入は名目上、週四十ドル、しかし実際受け取る額は四ドルであった。

バートリーの方も、こうした折衝を快い刺激として、また、事務所でのありがたい退屈しのぎとして楽しんだ。けっして用件をせかさずに、相手を褒めちぎって扱い、即座に譲歩しては相手の傲慢な態度に肩すかしを食わせて面白がった。ところがその日の朝は、ただならぬ形相でモリソンが再度姿を現わした。バートリーはふたたび読み始めた新聞から視線を上げると、落ちつき払ってただこう言った。「あ、モリソンさん、おはよう。私に話とは、いつもの多少の賃上げの話かね。どうぞ、座って。今回はいかほどお望みかな。もちろん、いくらでも言われるとおりにしましょう」

相手が口にする数字を書き留めようと、バートリーが鉛筆を手にして前かがみになると、飲んだくれのモリソンは進み出て、眼前のテーブルを拳《こぶし》で叩きつけ、さっと起こしたバートリーの顔を怒りに燃える青い目で見つめた。

「いや、結構。座りはせん。そんな用件で来たのではない。断じて違う」またモリソンはテーブルを叩いた。あまりの勢いにインクスタンドがひっくり返った。

バートリーはとっさに飛びのいて難を逃れた。「おい、こら」バートリーは大声を上げた。「どうして、こんなとんでもないまねをするんだ」

「娘に言い寄るとは、あんたこそ、どうなんだ」飲んだくれは言い返した。

「馬鹿者」バートリーは声を張り上げた。「この酔っ払いが」

「馬鹿かどうか、酔っ払いかどうか、見せてやる」モリソンは言った。そして扉を開けると、妙に威厳ある態度でバードに入るよう手招きした。「若いの、さあ、こっちに来るんだ」

ほろ酔い気分から気まぐれを起こしてもモリソンを大目に見るのは、バートリーのいつものことなので、バードは慣れっこになっていた。だから、自分が呼ばれたのは、ふたりがハンナの昇給で新たに合意し、バートリーの同意のもと、その立会人になることだと思っていた。一刻も早く邪魔者を追い出す手伝いをしようと、バードはすぐに顔を出した。ところが、いきなり「バード、来なくていいよ」とバートリーに言われてびっくりした。

「はい、わかりました」そう答えると、若者は向き直り扉の外へ出ようとした。

しかし、モリソンが扉を背に陣取って行く手を阻み、いかめしく手を振って戻るように合図した。

「用があるのは、このわしだ」いかにも酔っ払いらしく相手にしっかり印象づけるようにモリソンは言った。「立会人になってもらいたい――立ち――合い人に。どういうつもりか、わしがハバードさんに聞くから」

「黙らないか」バートリーは怒鳴った。「こんなまねはよせ」モリソンに向かってハバードは一、二歩進んだが、モリソンはじっとして動かず、体をかわすこともしなかった。

「さあ、あんたこそ――あんたこそ、静かにしろ」モリソンは言うには言ったが、酔っ払いらしくすぐに気分は変わり、横柄に糾弾していたのに、恩着せがましくその場を穏やかに治めようとしていた。「このわしはな、こうしたことはすべて、えん――まん――えんみゃんに解決したいと思うとります」

しらふでも言いにくい言葉「円満」を、モリソンがどうしてもうまく発音できないのを見て、バートリーはこらえきれずに吹き出した。かまわずモリソンは話を続けた。「お互い相手を悪く思っている場合ではねえ。わしが知りたいのは、ただ、そっちがどういうつもりかということだ」

「ええ、それで」バートリーはやさしくけしかけた。腰を下ろし両手を頭の後ろで組んで、椅子を後ろに傾け、モリソンの顔を見上げた。「何をどう思うというのかね」

断定的に言う気など――詳細な項目をバートリーに突きつける気など、恐らくモリソンにはなかったはずだ。バートリーに問い詰められて、モリソンはしばらく言葉に詰まった。「どういうつもりかね、いつも娘を褒めちぎるとは」やっとのことでモリソンは言った。

「僕はこう言ったのだ。お宅の娘さんはとても気立てがよく、かなり聡明だと。そうではないかね」

「そうだとも。どう打ち消そうとも、そりゃほんとのこと。娘に本をあんなに貸すのは、いったい――どうしてかね」

「教養を身につけさせたいのだ。文句はないでしょうが。娘に目をかけていただきありがたい、と前に言っていたではないかね」

「わしがなにに反対しようが、なにに感謝しようが、あんたの知ったことではねえ」威厳をこめてモリソンは言った。「自分がしていることくらい、わかってる」

「それはどうだか。まあ、いい。先を続けてくれ。今朝は、かなりせかされているもので」バートリーは言った。

モリソンはため込んできた批判を心の中で検討しているように見えた。まっすぐな姿勢を無理やり取り続けたためにつらくなり、扉を背に体が前後に揺れていた。「土曜日の夜、せがれに託した伝言、あれはいったい何かね」

「娘さんは賢いから、如才なく振る舞えばきっとうまくいく。そのようなことであったな。モリソンさん、怒るようなことは、なにもないではないか」

またしばらく思いめぐらしていたが、ますます訳がわからなくなった、とモリソンは恐らく気づいたのであろう。しまいには、ポケットというポケットをまさぐり始め、最後のポケットから、くしゃくしゃの紙切れを一枚取り出した。「どうかね――これ、どう思うかね」

バートリーは差し出された紙切れを気軽に受け取った。「娘さんが書いたものだね」相手の目の前に紙切れを掲げると、バートリーは声に出して読み始めた。「『Hという頭文字の男《ひと》が好き。ハンサム(Handsome)にきまっているから』どうもこれは詩神に打ち明けた娘さんの内緒話ですな。誰のことを言っていると思うのかな、モリソンさん」

「何かね――あんたの頭文字は何かね」モリソンは緩み始めた厳しさを引き締めて問いつめた。

「Bだ」バートリーは即座に答えた。「ヘンリー、これは、どうもお前さんのことだぞ。おまえの頭文字はHだね」バートリーが紙切れを頭越しに渡すと、バードはだまって受け取った。「いいかね」バートリーはさらに言葉を続け、バードに語りかけながらも、視線はモリソンに向けていた。「ハンナの心を奪おうとした罪で僕を告発したい、とモリソンさんはお考えだ。それ以外に急ぎの用事でもあるかね、モリソンさん」

窮屈そうな姿勢から、やっとのことで椅子に体を滑り込ませると、モリソンは体が前のめりにならないようにもがいた。「どういうつもりか、教えてもらいたい」モリソンはしつこく繰り返した。

「それでは、教えてやることにする」バートリーは言った。意地悪く落ちつき払ってはいたものの、口髭がぴくりと動きかけた。さっと立ち上がり、モリソンの衿をわし掴みにして、体が宙に浮くほど椅子から引っ立てた。そして、もう一方の手で扉を開けた。「二度とここへ面をさらすな。お前も、娘も、どっちもだ」なおも衿を掴んだまま事務所から追い立て、これを最後とばかりに外側の扉から突き飛ばした。

バートリーは激怒して部屋に戻った。「哀れな飲んだくれ」息をはずませながら、バートリーは言った。「唆《そそのか》したのはいったいどこのどいつだ」

バードは青い顔をして黙って立っていた。手にはしわくちゃの紙切れがまだ握られていた。「あの恥知らずの小娘が親父をけしかけたとしても不思議はない。あの娘ならば、けしかけることくらいはやれる」バートリーは怒りながらテーブルの上をあたふたと手探りし、バードには目もくれなかった。

「そんなの嘘だ」バードは言った。

まるで相手に殴られたかのように、バートリーはぎょっとした。しかし、バードをにらみつけていると、驚きだけが先に立ち、怒りは顔から引いた。「ヘンリー、気でも狂ったのかね」バートリーは穏やかに尋ねた。「今朝は、たぶん、君も飲みすぎだ。どうも、酒という悪魔はおよそ誰かれなしに蝕むようだ」

「そんなの嘘だ」若者は繰り返した。涙がどっとあふれた。「あの女《ひと》はいつだってよい方ですよ。マーシャ・ゲイロードさんに負けないくらい」

「ヘンリー、お前は下がっていい」バートリーはずいぶんとやさしい口調で言った。

「僕、辞めます」若者は答えた。涙で顔は歪んでいた。「編集長の下で働くのは今日が最後です」まくり上げていた袖を下ろし手首のボタンをとめると、涙が若者の顔一杯にあふれた――とめどもない涙であった。女々しいほどやさしい、女々しいほど弱々しい涙であった。

バートリーはなおもバードをにらみ続けた。「おや、君はあの娘に惚れているのだな。馬鹿だな」

「そうです、僕は馬鹿でした」バードは声を張り上げた。「ええ、僕は馬鹿でした。編集長をたいした人間だと以前からずっと思っていましたから。ええ、僕は確かに馬鹿でした。編集長は紳士だから、薄汚い真似をして人を利用することなどできない、と信じていましたから。なるほど僕は馬鹿でした。編集長が顔を出してはあの娘を褒め上げ、おだて、うぬぼれさせるのを目にすると、あの娘によかれと思ってやっていると思い込んでいましたから」

「それでは」バートリーはとげとげしく横柄な口調で言った。「もう、馬鹿なまねはしないことだ。あの娘に惚れているのであれば、私と口論することはない。あの娘は、つまらぬ新聞の編集者などに飛びつきはしない。君の上司はウィレットの材木切出しの親方がうってつけだ。飲んだくれ親父のところへ話に行くがいい。な、ヘンリー、あの娘のことが好きではないのかね」

「ハンナさんがここに来てからというもの、あの方をのぼせ上がらせようと、あなたは手連手管の限りを尽くしました。まさか否定はしないでしょう。学校にいたころは僕にぞっこんだったのに」男というのは、女の取り合いになると一様にまるで子供のようになり、なにも見えず嫉妬深くなる。哀れなことに、この若者も情熱のあまり虎と化していった。「この僕にこそ、嘘はもうけっこうだ」これを最後に怒りは頂点に達し、やみくもに「わぁ」と叫ぶと、若者は手にしていた新聞でバートリーの顔を殴りつけた。

怒りというか、悔恨というか、誇りというか、恥辱というか、悪鬼のごとき感情がバートリーの心にも湧き出た。バードに触れられて、自然と腕が動いたといわんばかりに、バートリーは一撃を返した。

相手は弱いものと侮り、平手打ちではあったが、それでも事足りた。バードは頭から倒れこみ、頭を床に打ちつけて脳震盪を起こし、万事休す。意識を失って横になったままであった。

第七章

のびてしまった若者の上に身を乗り出したバートリーは、これまで味わったことのない恐怖感を抱いた。相手を殴り殺してしまったにちがいない、そう思い込むと、夢の中でいくつもの事柄が同時に起こるように、すべての責任をいっきに感じた。殴り返したことなど、もうまったく取るに足りないことに思われた。悪いのは殴ったことというより、むしろ殴るような事態に導いたことであった。弟分を殴り倒した卑劣な自分よりも、あの愚かなお転婆娘にちょっかいを出した中身のない浅はかな自分が嫌でたまらなかった。戯《たわむれ》れている最中は、面白おかしくその場限りのこととしか思えなかった愚行でも、時がたってみると、結末はこの苦い味であった。悪いのは主に自分であってあの娘ではない、とバートリーは承知していた。どのように話したにせよ、ハンナが自ら暴露したことで、自分よりもハンナのほうが真剣だとわかったのだ。気が向くままにやったことだ、と言い訳にもならぬ言い訳を自分自身にするわけにはいかなかった。自責の念に苦しみながらも、なんとしてもこのことは隠さなければならないという思いが心をよぎった。バートリーはバードの頭を両腕に抱きかかえながら、低いかすれ声で「ヘンリー、ヘンリー、目を覚ましてくれ」としきりに懇願してはみたが、扉の方に向き直ると錠を下ろした。言い逃れの嘘がさっと口から出かかった。「発作を起こしてバードは死んだのだ」つぶやきとなって口をついて出ると、本当にそんな気がしてきた。外傷もなければ、あざもない。ヘンリーの体に触ったことを示すものはなにもない。しかし、その嘘にバートリーは急に息苦しさを覚えた。新鮮な空気を入れようと窓を引き下ろすと、暗く淀んだ心に天の清らかな空気が吹き込み、次第に厚く垂れ込めていた霧を少し吹き払ってくれた。万一、今は逃れられるにしても、白髪の老人になって死ぬまで、嘘をつき通さなければならず、永遠に真実を口にできないのだ。この恐怖は耐え難い呪縛のようであった。「ああ、どうしよう」声に出してバートリーは言った。「とても耐えられはしない」嘘をつくことが嫌なのは自分が哀れに思えるからであった。真実ゆえに真実を愛する人などまずいない。バートリーも同じであった。本当のことを話すのは、嘘は手に負いがたく心の重荷になると経験上知っていたからである。バートリーは物事を率直に口にする人間ではなかった。隠し立ても、はぐらかしも、厭いはしなかった。それでも、明らかに嘘とわかるようなことはこれまで退けてきたし、命拾いできる嘘があるなどとは思ってもいなかった。バートリーは扉の錠を開けると、助けを求めて外へ走り出した。あとになってどのように理屈をつけようとも、ともかくも助けを求めなければならなかった。最後の審判で人間の行動と動機とが天秤にかけられる時、願わくは、力を持つのは厳正な裁きではなく、慈悲心であって欲しいものである。

きっと慈悲がまさっていたからなのであろう。折しも通りの向こう側の薬局に医者が来ていたので、バードが発作を起こしたようだと説明した。だれに見られることもなく、バートリーは医者を新聞社まで連れてくることができた。医者はバードの頭を持ち上げ、胸に手を当てて診察した。

「こいつは——こいつは死んでいるんですか」喘ぐようにバートリーは聞いた。言おうとするまでもなく口をついて出てしまい、自分の言葉ではないように思い始めていた。医者は答えた。

「まさか、どうしてこんなことになったのか、きちんと話してくれ」

「喧嘩をしたのです。こいつが僕を殴った。そして僕がこいつを殴り倒した」バートリーは本当のことを話した。戦争の捕虜――あるいは、捕まった山賊が――武器を一つまた一つと引き渡すかのようであった。

「よかろう」医者は言った。「水を持って来てくれ」

バートリーはテーブルの上の水差しから水を少し注いだ。医者はハンカチを浸すと、バードの額を繰り返し拭いた。

「怪我をさせるつもりはなかった」バートリーは言った。「向こうが殴ってきても、こちらから殴り返す気などなかった」

「体がこうなってしまっているのだ。つもりの有無など言っても始まらない」きっぱりと医者は言った。「ヘンリー」

一度は目を開けたが、蚊の鳴くような声で「頭が」とつぶやくと、若者はふたたび目を閉じてしまった。

「この箇所に脳震盪を起こしている」医者は言った。「自宅に連れ帰った方がいい。わしの橇をこちらに回してくれんかね。スミスの店にある」

外に出ると、ぎらぎら照りつける陽の光がまるで世間の目のように激しくバートリーに降り注いだ。だが、通りにはまったく人気はなかった。昼間のエクイティではいつものことである。バートリーが医者の馬の手綱を解いているのを薬屋が見かけて、戸口まで出て来ておどけて言った。「こんにちは、ドクター。誰ぞ加減でも悪いんですか」

「俺が病気なのさ」真面目くさってバートリーは言った。すかさず答えたので、薬屋は面白がった。ふだん農夫らが薪を運び込む印刷所の裏手へ橇をまわし、「裏手にまわった方がバードを連れ出しやすいと思いまして」とバートリーは釈明した。職業柄、医者はひと目を避けたがるあまたの事情に理解を示さなくてはならず、バートリーの嘘を黙って受け入れた。

　ふたりでぐったりとした体を両側からはさむように座り、勢いよく橇を走らせると、冷気がさっと吹きつけて若者は意識を取り戻した。目を開いた若者は体を起こそうとした。だが無理であった。自宅の暖かい部屋に運びこまれると、ふたたび気を失った。小さく粗末な家の戸口で迎えたのはバードの母親で、顔には悲しみも恐怖の色もなかった。ヘンリーを除いてすべての子供に先立たれた未亡人は、病気や死とはすっかりなじみになり、驚きはしても、それを顔に出すことはしなかったのである。「ああ、バードさん、この僕のせいです」嘆かわしい告白がバートリーの口をついて出た。母親は手をかたく握り締めながら、「まあ、あなたがハバードさんなのですね。息子はあなたのことをとても尊敬していました」とだけ答え、経緯《いきさつ》や理由を聞こうともしなかった。ヘンリーをベッドに寝かせると、バートリーはもはやその場にいても仕方がなかった。それでも、部屋を出るようながされもしなかったので、隅に引き下がったまま留まり、ことの成行きすべてをじっと眺めていた。唇は渇き、息をつくのもおぼつかなかった。このような不幸な事態に巻き込まれるとは、俺はまだ若いと思い始めていた。いったいどうしてこんな事態になったのか、理解できぬままに自分に向かって誓っていた。生きていてくれ。あらゆる点でもっとまともな人間になるように努力するから。

すっかり絶望して、バートリーには時間の進み具合が滅法遅く感じられた。ベッドの若者はふたたび目を開けると、あたりを見まわした。バートリーは両手で顔をおおったまま座っていた。「どこに――どこにいるの。ハバードさんは」力ない声でバードは聞き、当惑した表情で母親と医者を見た。

弱々しい声を聞きつけて、バートリーはよろけるようにして前に進み出て、ベッドの傍らに跪《ひざまず》いた。「ここだよ、ここにいるよ、ヘンリー。僕はここだよ。ああ、ヘンリー、こんなつもりではなかった――」ここでバートリーは言葉を切ると、ベッドの上掛けに顔を埋めた。

若者は横になったまま、何が起きたのか理解しようとしている様子であった。気を失ったのだと医者が話した。しばらくして、若者は手を出してバートリーの頭に置いた。「そう。でも、この人、どうして泣いているの」

みんなバートリーの顔を見た。その時はもうバートリーは顔を上げていた。ハンナ・モリソンに関わることは除いて、事の顚末を労を惜しまずにバートリーは語った。懸命になって自分を責めれば、相手の同情を買うことができるはずだ、とバートリーは経験から知っていた。それに、すべて告白してほっとしたい。こう思うのがバートリーの気質であった。しかし、最後まで話を聞いてもヘンリーはぽかんとしていた。「覚えていないのかね」とうとう哀願するようにバートリーは尋ねた。

「ええ、思い出せない。覚えているのは、今朝、頭の具合がおかしかったことぐらいで」

「俺も同じだ。頭がおかしかった」バートリーは言った。「俺はきっと気が違っていたのさ――気がふれていたのさ――おまえのことを殴った時のことだ。なぜあんなことをしてしまったのか」

「覚えていない」ヘンリーは答えた。

「それで結構だ」医者は言った。「無理に思い出そうとしなくてよい。そろそろ、ひとりにしてやった方がよい」医者はバートリーにこう言い添えた。医者の意味ありげな表情に気づいて、バートリーは枕元から退き、ぎこちなく離れて立った。「よくなるよ。ここに詰めていなくても大丈夫。ひとりにしておく方がよい」

医者が言おうとしていることは取り違えようもなかった。「なるほど、それでは」と、バートリーは身を低くして応じた。「帰ります。でも、本当はここにいて寝ずに看病したいのですが――病人がふたたび元気になるまでは食事も喉を通らないし、眠ることもできないでしょう。バードさん、あなたに許すと言っていただかなければ、立ち去るわけにはいきません。夢にも思っていなかった――そんなつもりもなかった――」バートリーはその先を続けられなかった。

「本気になって息子に怪我をさせようとしたのではないのでしょう」母親は言った。「いつも息子のことを気にかけて下さっていたようですね。息子もあなたのことが大好きでした。でも、どうしてこんなことをなさったのでしょう。問題はなかったはずだと思いますが」

「いや、僕がすべて間違っていた――というか、ほとんどすべて間違っていた。だから、そう承知の上で許してもらわなければなりません。僕は息子さんが好きでした――高く買っていました。むしろ僕こそが、もっともっとずっとひどい怪我を負えばよかったのです」拝むようにバートリーは言った。「許すと言ってくれるまでは、この場を立ち去れません」

「ヘンリーの容態は私が見ます」母親は言った。「許すと申してよいものやら、今はまだわかりません」確かに母親は自分自身にもバートリーにも正直であった。「口に出して言うからには心底そう思いたいんです」夫人はつけ加えた。

バートリーに続いて医者も玄関へ出た。慰めの言葉をかけてもらいたくて、バートリーは後ろを振り向かずにはいられなかった。「ヘンリーの母親の見方は公正ではありません、先生。僕はできるかぎりのことをしました。事の次第を説明しようとなにもかも話しました。僕に落ち度があるとは思えないことでも自らを責めました。それなのに、あのように僕に抵抗し続けていたでしょう」

「たぶん」と医者は素っ気なく言った。「母親が言うように、息子が快方に向かえば気持ちも変わってくるさ」

バートリーの手から帽子が床に落ちた。「快復に向かうって――なんだって。今すぐにも元気になる。これが先生の見立てでしょう」

「そうだ。すぐにも元気になる。いや、わしはただ夫人の言葉を使ってみたまでのことさ。あの若者は元気になる」

「でも――頭までおかしくならないでしょうね。妙だと思ったのです。バードのやつ、あの時のことをなにも覚えていない――」

「それはよくあることなのだ」医者は言った。「脳震盪を起こすと、たいていはしばらくの間、患者の記憶から事故前の出来事はすべて消えてしまう」その言葉にバートリーはぞっとした。だが、それ以上尋ねることはできなかった。「君に話しておきたかったのだが」医者は言葉を続けた。「これは長引くことになるかもしれない。捜査だって避けられないかもしれない。君は弁護士志望だから、どういうことかわかっているはずだ。わしも当然ながら知っていることを証言しなければならない。君が話してくれたことしか知らないけれどね」

「まさか、疑っていないですよね——」

「もちろん、疑ってなどいない。話を聞いた限りでは、君が真実を話していないとは思えない。私に言わないでおくほうが得策だと考えているならば、弁護士にあらいざらい話すといい」

「ウィルズ先生、僕はなんの隠し立てもしていません」バートリーは言った。「なにもかも——なにもかも先生にお話ししました。喧嘩に関することはなにもかも。モリソンというならず者の飲んだくれの老いぼれが事の発端です。娘に言い寄ったと僕に難癖をつけてきたのです。そして、ヘンリーがやきもちを焼いたのです。ヘンリーがあの娘に気があるとは知らなかった。母親の前でこんな話などしたくなかったのです。でも、これが真相です。本当です」

「そんなところだろうと思っていたよ」医者は答えた。「気の毒に。こういう事柄は外に漏れると必ず醜聞となる。だが、どうしても知れ渡ってしまうかもしれない。ゲイロード弁護士に会いに行くことだな。ゲイロードはいつも君の味方をしてきたことでもあるし」

「僕も——僕も、そうしようと今、思っていたところです」バートリーは言った。その言葉に偽りはなかった。

名誉のようなものを回復する——なにか驚くような離れ業を演じて、再び自分への評価を高めることが必要だ、とバートリーはこの間《かん》ずっと感じていた。思いつく方法はただ一つ。自分を犠牲にして事を無事に収め、耐え難いほどの屈辱を味わう分、たっぷりと慰めてもらわなくてはならぬ。バートリーがそう思っても、それはいたしかたのないことであった。決心は揺らぐことなく、潔く自分からマーシャとの婚約を解消する、とバートリーは決めていた。この事件の法律上の問題について、マーシャの父親に会わなければならない。そうなると事は複雑となり、あっぱれなはずの行為もたいしたことではなくなった。当然、バートリーはできるだけ格好のよい振る舞いをして見せたかった。それには、まずどちらに会えばよいか。最初にマーシャのところへ行き、そこで責めたてられれば、どの面下げて父親に接したらよいのか。逆に、ゲイロードに会いにいけば、暴力をふるったことを盾に、婚約はすでに破棄されたものと主張してくるのではないか。そのような男を娘に会わせることすらできない、と拒否してくるはずだ。重い心を引きずりながら、通りの真ん中をのろのろ歩き、バートリーは問題の解決をぎりぎりまで先送りすることにした。しかし、ゲイロード弁護士の家の門にたどり着いてみると、先に父親に会うほうが簡単に思えた。どうも、その方がよさそうであった。

門の横手の小さな事務所へ向かうと、バートリーはノックもせずに扉を開けた。ぎらつく雪の光をいっぱいに受けたため、取手を握ったまま目を部屋の薄明りに慣らそうと佇んでいると、「まあ、バートリーなのね」と嬉しそうなうっとりした叫び声が聞こえ、首に腕がさっとからみつくのを感じた。心に重荷を負っていたバートリーは、これまで感じたことなどないほど優しい気持ちになり、マーシャがいとおしく感じられた。これが最後かもしれないと思うと抱き合うことの意味深さに気づいたが、唇を重ねることまでは思い切れなかった。少しいぶかしげに顔を引いたマーシャの目に、やつれたバートリーの顔が映った。バートリーは父親に見られていると気づいた。父親がいてもこうして怖じずに愛を示せるとは、マーシャの愛の炎はどれほど純粋で強いものか。バートリーは気が滅入った。すると、マーシャが首から腕を離すのが感じられた。「あら――まあ――どうしたの」

事の発端から入りそのまますべてを話そう、となんとなく鷹揚に構えていたバートリーであったが、気がついてみると、最初はうわべを取り繕い、あとは事がすべてうまく収まっているように見せたいと思っていた。バートリーはすぐには口を開かなかった。マーシャはバートリーを無理やり椅子に座らせると、知りたがりの子が知りたいことを教えてくれなければ帰さないとでもいうかのように、バートリーの膝の上に座り手を肩に置いた。バートリーはマーシャではなく父親に視線を向け、かすれた声で言った。「ゲイロード弁護士、僕はヘンリー・バードと問題を起こしてしまいました。そのことをお話したくて伺ったのです」

老弁護士は黙っていた。マーシャは驚いて、おうむ返しに言った。「ヘンリー・バードと」

「やつが僕を殴ったんだ――」

「ヘンリー・バードがあなたを殴ったの。マーシャは声を張り上げた。「こともあろうに、どうしてヘンリー・バードがあなたを殴ったのかしら。あなたに、ずいぶん目をかけてもらっていたのに。いつも感謝している様子だったわ――」

バートリーはなおも父親を見ていた。「それで、僕、殴り返したのです」

「バートリー、あなたはけっして間違っていません」強い口調でマーシャは言った。「やられたままであれば、私、軽蔑したと思います。あなたを殴ったなんて――」

マーシャの言うことなど気にも留めず、バートリーは父親をなおも見続けた。「怪我をさせるつもりはなかった――平手打ちだった――でも、ヘンリーのやつ、倒れて床に頭を打ちつけた。ひどい怪我でなければよいが」この言葉を聞いたマーシャの体に痛みが走るのをバートリーは感じた。肩にかけられていた手が震えていた。だが、マーシャはその手を引っ込めはしなかった。

今しがたまで娘と一緒にほこりを払っていた本の山から前に進み出ると、老人はストーブの向こう側の椅子に腰を下ろした。帽子をずらしてあみだにかぶり、素っ気なく尋ねた。「どうしてそういうことになったのかね」

バートリーはためらった。事件のこの部分こそ、まず父親としての目で見てもらってから、マーシャに伝えたいと思っていたのだ。ひょっとして好意的な見方をしてくれたら、父親の口からマーシャに話してもらおうとも思っていた。バートリーが答えを渋っていることに老人は気づいた。「マーシュ、お前は母屋に行っていたほうがよくはないかね」

答えずに唖然とした表情のまま、マーシャはその場を動かなかった。声も立てずに笑みを浮かべると、老人は「話の先を続け給え」とバートリーに言った。

「モリソンとかいう飲んだくれのごろつきの親父。これが事の発端です」怒りで捨て鉢になってバートリーは怒鳴った。マーシャはバートリーの肩から手をさっと下ろした。父親は薪の山から拾い上げ口にくわえていた楊枝のような木切れを噛んで顎を動かした。「なにしろ、あの男ときたら酔って浮かれて事務所にやってきては、ハンナの給料を上げたがるのでね」

さっとマーシャは立ち上がった。「そうよ、私にはわかっていましたわ。わかっていましたとも。ハンナと関わると面倒なことに巻き込まれると言ったでしょう。確かに言ったわ」マーシャは立ったまま両手をしっかりと握りしめた。父親は鋭く詮索するような視線を、まずは娘に、そしてバートリーに注いだ。バートリーは渋い顔でマーシャをじっと見つめていた。

「その男が今日来たのは、賃金を上げてくれと言うためだったのかね」

「いいえ」

「それではなぜ来たのかね」知らず知らずのうちに、父親は証言がおぼつかない者を尋問する弁護士の態度になっていた。

「来たのは――来たのは――僕に難癖をつけるためでした――この僕が――あのどうしようもない娘に言い寄ったと言うのです」

マーシャは息を呑んだ。

「どうしてかね」

「やつに理由など要りません。酔っぱらっていましたから。僕はあの娘にやさしくしてきましたし、できるだけ目をかけてきました。仕事を立派にこなそうとしているように見えましたから。意気込みを褒めてやったんです」

「ふーん」弁護士は寸評を加えた。「で、ヘンリー・バードがやきもちを焼いたというわけだ」

「バードはどうも惚れていたようです。そんなこと夢にも思いませんでした。老いぼれを事務所から追い出して戻ってみると、バードのやつが僕を嘘つき呼ばわりして顔を殴ったのです」。バートリーは視線を落としたままで、マーシャと目を合わせることはしなかった。灰色の服に身を包んだマーシャは灰色の影のように佇み、身動きもせず口を開くこともなかった。

「その娘に一度も言い寄ったことはなかったのだね」

「ありません」

「キスをしたんだね、時々は」弁護士は誘い水を向けた。

バートリーは答えなかった。

「相手を褒めちぎり、どんなに大切に思っているか、言ったのだろう。折に触れて」

「それがどうしたというのです」バートリーはむっとして食ってかかった。

「いや、君はかわいいとなると、たいていの娘にそうしているのではないかね」そう言葉を返すと、弁護士はしばらく黙っていた。「で、ヘンリーを殴り倒したのだね。それからどうなった」

「意識を取り戻そうとしました。それから医者を迎えに行きました。意識が回復したので、母親のいる家へ連れて帰りました。医者の話では、よくなるとのことです。でも、ゲイロード弁護士に相談に行ったらよい、と言われました」

「襲われたことを証言できる者はいるのかね」

「いや、私の部屋にふたりきりでいましたから」

「このことをだれかほかの人に話したかね」

「医者とバードの母親です。ヘンリーにはまったく記憶がありませんでした」

「モリソンについて覚えていなかった。とすると、ヘンリーはどうして君のことを怒ったのかね」

「怒る理由などなにもありません」

「これですべてかね」

「はい」

二人の男はストーブをはさんで面と向かって話し、離れて立っていたマーシャは、事実上、無視された。その顔からは血の気が引き、着ているドレスの色のように青ざめていた。体を石のように固くしながら、マーシャは烈しい怒りをぐっとこらえた。

「さあ、マーシャ」父親はやさしく声をかけた。「母屋に帰るがいい。これでおしまいだ」

「いいえ、終りではありません」マーシャは答えた。「バートリー、私の指輪を返しなさい。これ、あなたの指輪」指からするりと指輪をはずすと、しかたなく広げたバートリーの手にマーシャは指輪を置いた。

「マーシャ」マーシャに向き直って、バートリーは哀願した。

「私の指輪を返しなさい」

バートリーは言われるままに相手の手に指輪を渡した。きのう他愛もなくはずさせて交換した指輪にマーシャはふたたび指を滑らせた。

「お父さん、私は母屋へ戻ります。さようなら、バートリー」マーシャの瞳は澄み切り、涙もなく、声は抑揚がきいていた。バートリーが黙ったまま目の前に佇んでいると、マーシャは首に手をまわし、一度、二度、そして、三度と顔を押しつけた。青ざめた表情には、愛情と容赦しない厳しさと絶望とがすべて現われていた。いく度もバートリーの体を抱き、本人であることを確かめるかのように相手の目をのぞいた。最後にもう一度、顔を押しつけると、体を離して扉の外へ出て行った。

「今朝、あの娘《こ》はずっとここで君の話ばかりしておった」何事もなかったかのように、そして、ことによったら興味を持つかもしれぬと、ごく些細な事実を口にしてみたかのように、弁護士はどこか上の空で物静かに言った。木切れのようなものをくわえ、しばらくあれこれと考えをめぐらしてから、さらにこうも続けた。「娘が君の話をすることはもうないだろう。ハンナ・モリソンのことで、君の本性がいくらか明らかになったからな。君がどんな人間か、娘にわかってもらいたかった。いいかね、娘が失望したのは、君がヘンリー・バードと問題を起こしたからではない。その原因が原因だったからだ。あしたことでなかったなら、マーシャは君の味方になっていたはずだ。いいかね。ほかのことならいざ知らず、あれには耐えられなかったのだよ。後でなくて今でよかった。ハバード君。わしが思うに、君はそうした類の人間なのだ」

「ゲイロード弁護士」バートリーは声を張り上げた。「名誉にかけて誓いますが、申し上げた以上のことはありません。そんな——そんなことで——恋人に捨てられるのは実につらい」

「女の子がその気だと見ると、この時とばかりに手を出したことでかね。それは確かに、つらいといえばつらいだろうな。マーシャと婚約してからというもの、その娘に会うことすらしていないのだろう」

「もちろんです。今度の件は——」

「今度の件は、マーシャ側が婚約前にまで遡って法律の適用を求めるようなものだな」顎をこすりながら弁護士は言った。「これは法の第一原則に反すると言えば反している。しかし、どうも、ご婦人方にはこの考えがのみ込めないようだ。事柄によっては、女は妙な考えをする。結婚となると——将来ばかりか過去も含めて——男の全人生と結ばれると考える。どうりで女はやかましいわけだ。女はいろいろなタイプの男の良し悪しを判別してかかる。なにもかもたっぷりと経験済みの男だからと信頼を寄せ、頭から信じきってしまう場合。そうかと思えば、たいしてひどいこともやっていないのに、ものの三十秒も姿が見えないだけでたちまち信用しなくなる場合。そうだな、どちらかといえば、マーシャは嫉妬深い性質《たち》だ」バートリーがそう主張していたかのように、弁護士は話を結んだ。

「マーシャは僕を公平に扱っていない」バートリーは口を開いた。

「おう、そのとおりだ。あの娘《こ》はけっして公平ではない」父親は言った。「否定はせんよ。でもな、マーシャに話しても無駄だろう。いくらか弁解をするかもしれないが、もう悩みは結構だと恐らく見向きもせんよ。それで万事休す。こんな経験などもう御免だと言うのではないかな。君もさほど気にしていないから楽なもんだ」

「気にしていますよ」バートリーは気色ばんだ。「大いに気にしていますよ。僕は――」

「いつからかね」ゲイロードは言葉をさえぎった。「昨日あの子に聞かされて初めて、惚れられていると気づいたとでも言うのかね」

バートリーは黙っていた。

「恐らく、一年も前からわかっていたはずだ。ほかに知らぬ者などだれもいない。でも、いっそのこと、相手がハンナ・モリソンか、それともだれかほかのかわいい娘であったらよかったろうに。今度のことは、君にはどうでもよいことだったのだ。でも、いいかね、マーシャはそうはいかない。見た目がよければ、どんな男にでも気を許すような娘ではないのだ。なにせ相手が君だったからな。それは君もわかっていたことじゃないのか。ハバード君、間違いなく君は今回の事件だって乗り越えられるだろう。すぐに改心したって全然驚きはせんよ」

こうして冷静に皮肉られてみると、バートリーはどうしようもなかった。いっそのこと、怒りか、毒舌の嵐のようなものであれば、立ち向かうこともできたはずだ。ところが、取り繕うのを小馬鹿にするように皮肉られ、動機を探られた挙句《あげく》に冷ややかな詮索まで受けるのは耐えられなかった。抗議をする態勢を立て直そうとしたが、結局は黙ってうなだれるしかなかった。ゲイロード弁護士に気に入られているとバートリーは常々思っていた。ところが、今ここで、ゲイロードは仇敵《きゅうてき》のように自分を扱い、惨めな姿を見て楽しんでいるかのように見える。バートリーには合点がいかなかった。まったく不当であり、度を越した扱いだと感じた。恐らく、そのとおりだろう。しかし、非道の罰としてこの程度の苦しみを味わうことは当然だったとしても、バートリーがそれを甘んじて受け入れたかというと怪しいものであった。うなだれ、苛立ちを抑えながら黙って座ってはいたが、心の中では老弁護士に憎しみを募らせていた。

「さて」ゲイロードは口を開くと、ついに椅子から立ち上がった。「もう行かなければならん」

バートリーは驚いて飛び上がった。「まさか、僕を見殺しにしないでしょうね――まさか――」

「もちろん、お前の面倒はみる。いいかね、若いの、心配するな。わしは長いことお前の味方をしてきたんだ。それに、お前の名前を聞けば娘の名前を思い出すくらいに、ふたりの名は結びついている。だから、できることならば、人前でお前に恥をかかせるわけにはいかない。お前のことでウィルズ先生に会ってくる。バードの母親にも会うつもりだ。なんとか事を収めなくては」

「それで――それで――僕はどこへ行けばよいでしょうか」喘ぐようにバートリーは言った。

「悪魔のところへでもどこへでも行けばよい。わしの知ったことではない」小馬鹿にするように老弁護士は言った。もうわざわざ皮肉を交じえる気さえなかった。「まあ事務所に戻って、何事もなかったかのように仕事にとりかかることだ――そのうちに事件発生となるはずさ。わしはできるだけ早く新聞業から手を引く。廃刊しようと考えていたのだ。そうしたら、ちょうどお前がやって来た。お前にはわしと一緒に弁護士をやらせようと考えていたのさ。ここでマーシャとふたりでそんな話をしていた。でも、もうそんな考えは気に入らないであろう」

こうしてバートリーをあざ笑うことで、ゲイロードは苦々しくも満足感を得ているようであった。だが、実際には、その苦さはバートリーが嘗める苦さとまったく変わらなかったにちがいない。悲しそうに、ほとんど同情するように、ゲイロードはこう締めくくった。

「さあ、さあ、バートリー、お前はお前で再出発を期さなければいかん」やがて、バートリーは鉛のように重い体を引きずりながら戸口を出た。バートリーが出て行くと、弁護士はドアを閉め、表の通りまではついていかなかった。これ以上バートリーとふたりきりになりたくないことは明らかであった。ゲイロードは俺と一緒にいるのを他人に見られたくはないんだ。そう思うと、バートリーは恥辱に胸がきりきりと痛んだ。

第八章

次の一週間、この厄介な事件を考えれば考えるほど、バートリーには犯した罪のわりに罰が厳しすぎるように思えてきた。バードに重傷を負わせずにすんだことや、ゲイロード弁護士とウィルズ医師がヘンリーの母親と協力してくれたお陰で、世間に恥を晒さずにすんだというのに、今のバートリーには人の情けを思いやる気になどまったくなれなかった。なるほど、医者が事件を隠蔽したのは、恐らくバートリーを哀れに思ったというよりも、職業意識が強く働いたせいであったのかもしれない。この問題については、科学的な見方をしたのだろう。心理的な影響をもたらすような物理的な原因に、より多くの注意を向けていたのだ。ウィルズは医者として口をつぐみ、それ以上に事を詮索しなかった。それでも事情が事情だけに、バートリーに弁解の余地がないとはいえないとも考えていたはずである。この種の事件ではどちらにより過失があるかという話になるが、女のなんたるかを知っているだけに、医者はほかの女たちと同じように、ハンナにも責任の一端があるという見方ができたのである。

しかし、バートリーはウィルズ医師に大目に見てもらっているのも気づかず、この一週間エクイティで村八分になったのは、ゲイロード弁護士だけでなくこの医者のせいだとも考えていた。時々、この青年には同様の考え違いをすることがどうしてもあった。マーシャと父親の前で厳しい批判に晒されても反抗できる。ハンナ・モリソンをひどい目に遭わせたと言われても、これまでの例や慣習から笑い飛ばせる。それでもハンナとのことはマーシャへの裏切りであった、とバートリーはふと気づいた。確かに、婚約以前のことをとやかくいう権利はマーシャにはない。だが、マーシャは僕を愛し、死ぬか生きるかの心配をして愛の言葉を待っていたのだ。そうと知りながら別の女と恋に戯れる。それはマーシャにはあまりに悲劇的なこと、残酷なまでに不実なことなのだ。この思いは何度頭から払い除けても首をもたげてきた。実は、こうして繰り返される思いこそが、ここぞとばかり湧き上がる、人を思いやり人の苦しみを和らげる心なのである。バートリーは果たしてこのことに気づいていたのであろうか。

ハンナ・モリソンは新聞社には戻らず、バードは依然として具合が悪かった。もっともバードの職場復帰は、もう時間の問題に過ぎなかった。バートリーは毎日数時間バードのもとを訪れて傍らに腰を下ろし、母親の物言わぬ非難の視線を浴びた。母親はバートリーをかたくなに許さなかったのだが、それだけバートリーの秘密をしっかり守り通してくれた。だから、バードの失神は病気の兆候だという説を、村人は表向き受け入れ納得していた。それでも医者が特に口止めをしなかったため、ほかにいくつかの憶測を生むには生んだ。バートリーの慰めはもっぱら仕事であり、仕事さえしていれば、人からいろいろと聞かれずにすんだ。バートリーは夜遅くまで働いた。社から退いてしまった戦力を補うために、自分が働かざるをえなかった。と同時に、以前にもまして記事を多く書くようになった。二重の生き方だとバートリーは気づいた。罪を犯すか悲しみにくれる者であれば、早晩、だれでも気づく生き方である。知が働き、魂が苦しみ、奇妙にも両者がばらばらの状態にあった。知性は懸命に頭をめぐりつつも、魂をしめつける激痛には皮肉にも関心を示さない。良心がなくても脳みそだけで立派にやっていける、とバートリーは悟った。

この頃、バートリーに同情する声もかなり聞こえていた。エクイティでの生活が終りを迎えようとしている今、バートリー人気はこれまでになかったほど高まっていた。懸命に働くバートリーの姿に、人々が実に強い印象を受けたからであった。正統派の教会の説教壇をすでに引き継いでいた若い牧師は、翌週の日曜日、聖句「野の百合を想え」（マタイ伝六章二八節、ルカ伝十二章二七節）を引いて、勤勉のうるわしさについて説教した。それを聞きながらずっと、バートリーの姿を思い浮かべていた者が会衆の中に多くいたという。ある人は――女の人だが――サヴィン牧師にこう尋ねた。牧師さまは、ハバードさんのことをお考えになって「凛々しき働き手」をお話くださったのではありませんか。バートリーにもその説教を聞かせたかった、と多くの人は思った。

その週の初め、マーシャはかつて通っていた学校のある町を訪れた。俺の手の届かぬところに行くためなのか、あるいは、俺の姿を見て気弱にならないようにするためなのか。マーシャがいなくなったのは、このいずれかの気持ちの表れだとバートリーは考えた。マーシャのことは、だれとも話題にしなかった。食事のための行き来は日によって時間を変え、仕事をしていないときでも部屋に閉じこもって、人から話しかけられる機会をほとんど作らないようにした。それでも、バートリーとマーシャとは心が通じ合っている、と世間では勝手に思い込んでいた。気を許すとわずかな機会を捉えて、マーシャがお留守でお寂しいことですね、と悪戯っぽくあてつけてくる婦人もいた。マーシャが町を留守にしてからというもの、バートリーはほかの若い娘らには一言も声をかけていない。実際にこの事実を見て知り、人々は憶測していたことが本当であったと思うようになっていた。

「おい、いいかね」伐採飯場の哲人は、次の火曜日の午後、新聞を取りに来るなり言った。「このあたりの噂では、どうもお前さん、この新聞に死ぬほど尽くしているというではないか。それは駄目だ。いいかね、それは駄目だ」

女事務員の一人が新聞を折り畳むそばから、バートリーは郵送用に宛名書きをしていた。「どうするというのかね」気難しく不機嫌な口調で、わざわざ相手の顔をのぞきこみもせずにバートリーは問いつめるように言った。

「まだ決めたわけではねえ」ひょろりと上背があり、立派な茶色い顎鬚をたくわえた飯場の哲人は答えた。「わしは、方々どこへでも顔を出すからわかっている。体を酷使すると死んでしまう」

「それは人によってだいぶ違う」バートリーは言った。「死ぬ、死ぬとは古臭い。死刑廃止論者の古いお題目のようだ。なにか新しいことを言ってみてくれ。俺のことを縛り首にするという噂はまだないね」バートリーは宛名書きを続けた。飯場の哲人は当意即妙の返事を喜び、おどけて目を輝かせ、バートリーを見下ろす格好で立っていた。

「まあ、古臭いには古臭い」哲人は認めた。「ホメロスも古臭い」

「確かに。だが、まさか、ホメロスを書いたのは俺様などとは言わんだろう」

キニーは大笑いして前かがみになり、バートリーの肩を新聞でぴしゃりと叩いた。「おい」声を張り上げてキニーは言った。「俺はお前が本当に好きだ」

「ほかに言いようがないのかね。好きと言ってくれる人間ならばごまんといる」

バートリーはなおも宛名書きを続けていた。「新聞を渡したよな、キニー」

「出て行けということかね」

「とんでもない」

バートリーのこの言葉にキニーは喜んだ。ほかの人なら最高に洗練されたもてなしを受けた喜びであった。「おい」キニーは言った。「わしらの飯場を見に来て欲しいもんだ。ここで、これ以上、お前さん相手に油を売るわけにはいかねえ。わしらのことを見に来て欲しい。記事になるようなネタをやるからな。どうかね」

「招いてもらうのはいいが、今は動きが取れないんだ。断るしかないな。キニー、あんたは実に抜け目がない」

「とんでもない。今度は本当の話さね」キニーは言い返した。「一日休みを取って、形だけの広告で紙面を埋めておくことだ。『イーグル』の人手が足らなくなると、アルカライ市で以前よくやっていたやり方だ。結構この新聞も気に入っていた」

「道理の通った話だ」相手の顔を見上げながらバートリーは言った。「飯場までの距離はどのくらいだ」

「行くのであれば、二マイル。行かないのであれば、三マイル半だ」

「いつ迎えにくる」

「ただ今参上したところ」

「今日は一緒に行けないな」

「それでは明日の朝はどうかね」

「明日の朝ならいいぜ」バートリーは言った。

「わかった。マリラ、もし明日の朝、編集長様にお客人があったら」キニーは女事務員に言った。「編集長様はご気分すぐれず、材木の伐採にお出かけになった。土曜日まで戻らない。こう言ってやってくれ。おい」バートリーの肩に手を置いて、キニーはさらにこう言った。「冗談じゃないだろうね」

「冗談を言っているようであれば」バートリーは応じた。「そう言ってみてくれ」

「よーし」キニーに言った。「それじゃ、明日だ」

バートリーは新聞の宛名書きを終えると、郵送用に帯封を巻いたものと小包を作った。「マリラ、もう帰っていいよ」バートリーは女事務員に言った。「君とキティに原稿を置いておく。朝、私のテーブルの上にわかるようにしておくから」

「承知しました」女事務員は答えた。

バートリーは食事に出かけた。面倒なことになってからというもの、こんなにもおいしいと思って食事をとったことはなかった。以前の大胆さが多少戻り、バートリーは食卓での会話に加わった。食事をとっていた女たちはバートリーの態度の変化に興味を持ち、きっとマーシャから手紙をもらったせいだ、とだれもが同じ見方をした。事務所に戻ると、バートリーは交換紙から話題を選んで記事にまとめ、九時まで働いた。『フリー・プレス』の人気記事、漫画欄の準備に時間の大半を費やした。翌朝、女事務員の目につくところに原稿を置くと、バートリーは施錠もしないまま、ゲイロード弁護士の屋敷に向かって通りを進んだ。

事務所に行けばゲイロード弁護士に会えるとわかっているので、バートリーはノックもせずに扉を開けて中に入った。退散させられた朝を最後に、弁護士とは会っていなかった。バートリーになにを期待し、事件をどのように処理するつもりなのか。この八日間、ゲイロード老はバートリーになにも示さずにいた。

　互いに顔を見合わせはしたものの、ふたりは挨拶らしい言葉をいっさい交わさなかった。バートリーは勧められもしないのにストーブの反対側の椅子に腰を下ろした。弁護士は読んでいた本から目を離さなかった。

「『フリー・プレス』をどうなさるつもりか、確かめたくて伺いました」バートリーは言った。

　老弁護士は鬚のごわつく顎を撫でた。この間目にした時より、顎はだいぶほっそりしたようであった。バートリーが待つこと一分近く、ようやく弁護士の口から返事が返ってきた。「そんなことを君に話す筋合いはない」

「それでは、どうしたいのか、こちらから申し上げます」バートリーは言い返した。「僕は辞めます。新聞の最後の日の仕事はもう済ませた。いいですか」バートリーは怒気を含んだ大声で言った。「僕がいつまでも闇の中に居続けるとでもお考えですか。将来をどうするか、あなたの意向を伺うとでもお思いですか。とんでもない、あなたは配下の気持ちがきちんとわかっていない、ゲイロードさん」

「もう恐怖を感じなくなったのだな」弁護士は言った。

「ええ、なくなりました」バートリーは言い返した。

「もう怖がっていないということは、身の危険は脱したと考えているわけだ。わしはお前さん程度には配下の気持ちがわかっておると思うがね」

「わが身の危険を案じている、と僕が考えているというのであれば、それは間違いだ。好きにして結構です。あなたがなにをやろうとも、親切心からでないことくらいはわかっています。司法の手が僕に及ぶとは最初から思っていなかったし、そのことで不安になったこともありませんでした。でも、お嬢さんのために世間のスキャンダルに巻き込まれたくなかったのです。愛の義務はもうないと言ってくれたのですから。どんどん好きにやってもらって結構です」こうした言い草にどれほどの真実が含まれているのか、ふたりともわかっていた。しかし、その瞬間、怒りに駆られてバートリーは本気であった。食ってかかっているのは間違いなかった。ゲイロード弁護士はなにも答えなかった。何らかの反応を期待して少し待ち、バートリーはこう付け加えた。「とにかく、僕と『フリー・プレス』の関係は切れました。新聞は廃刊にして、ヘンリーが元気に動けるようになったら、事務所はあの若者に譲ってやってはどうですか。僕は明日ウィレットの伐採飯場へでかけます。エクイティに戻るのは土曜日です。僕の居場所がわかるのはその時までになるでしょう。それ以降は、会いたければ捜してください」

バートリーは立ち上がり去ろうとした。だが、ゲイロードが咳払いをし、話を始めそうな気配だったので、ドアのノブに手をかけたまま足を止めた。喧嘩の口実をさらに得られればと期待し、バートリーはそのままの姿勢を取り続けていた。だが、弁護士は「鍵はどこだい」と尋ねただけであった。

「事務所の扉に差し込んだままです」

ここにきてようやく、ゲイロードはバートリーの顔を見た。見納めだというような目付きであった。目的の一部を阻まれたまま、バートリーは外へ出た。阻まれただけよけいに腹が立った。

それから一時間、ゲイロード弁護士は部屋にとどまっていた。やがてランプの炎を吹き消して、夜を母屋で過ごすために小さな事務所を出た。台所には明りが灯っていた。裏口にまわって家の中に入った。妻がストーブの前に腰を下ろしていた。一日の終わりに、ベッドに就く前のなんとも言えず心地よいひととき。家全体がほんのりと暖かく、ふたたび暗く冷たくしてしまうのは忍びない。気の毒にも長いこと心の慰めなどいらないと拒んでいたこの夫人にも、楽しみともつかない楽しみがあった。テーブルに並べられたちょっとした珍しい食べ物、それにくつろげるクッションなど肌触りがやわらかく暖かいものが好きであった。年をとるにつれ、夫人は夫に厳しくあたるようになり、その肩に重荷を背負わせるようになった。これは夫人の素晴らしい人柄が崩れ出したからに違いなかった。夫の生き方に従いはしたが、妥協はしてこなかったのだ。夫婦の間にいろいろな相違点があっても、結婚生活というものは見かけ以上にずっと対等なものである。世間の同情を集められるという強みから、気弱なかわいい妻でも、暴君の夫に対して権力をふるえると気づくものだ。これまでもっと粗暴な攻撃を受けてきた積年の恨みを、夫の惚れた弱みにつけ込むか神経の弱いところを突くかして、晴らすことができるのである。いつも夫のことを話題にしながらも、宗教のような重大な問題に及ぶと、ゲイロード夫人は心ならずも自分だけを大いに頼りにして生きてきた。夫が夫だけに、自分の魂は救われないものと当人からして諦めていた。しかし、わずかではあっても、夫には夫としての責任を取らせるつもりでいた。ゲイロード夫人は感情が傷つけられそうになると、うまく身をかわした。そして、夫の鉄の意志と不屈の勇気に守られて、穏やかに心地よく生きてきた。子供が次々と死んだ時のことである。夫人は茫然自失となることはなかった。二人の子供の死に夫はいやというほど苦しむはずだと思うと、夫人の心に形にはならない漠然とした勝ち誇った気持ちが湧いた。

　マーシャは末っ子であった。母親は娘の躾をほとんどすべて父親に任せていた。この娘《こ》はひとりでは生きていけそうにない。こんな言葉が母親の口から漏れることが時々あった。実際のところ、それは弁解めいた口調ではなかった。どう考えても本気で言っているように聞こえた。父と娘の関係から少し距離を置いて、一歩退いたところで穏やかながらも批判的な眼差しを向けていた。父娘は自分たちだけになると互いを甘やかしがちになるものだ。このふたりの場合も例外ではなかった。確かに、甘やかされたことでマーシャのよさが台なしになることはなかったし、やんちゃといっても、特にひどいものではけっしてなかった。感情が激しかったものの思いやりもあった。この先不幸を招かずにはおかないほど嫉妬深い気質があると認めても、愛情の深さではだれにも負けないほど娘に好かれていると思うと、父親はたまらなく嬉しく、さしあたり上機嫌でいられた。

マーシャの教育は場あたり的であった。父親はマーシャが嫌がる家事を無理やりさせはしなかった。幼いマーシャを学校に通わせたのも、主として娘が行きたがったからだ。行きたくはないが、義務で通っているのではなかった。年ごろになって遠くの学校へ通いたいと望むと、父親は娘の望みどおりにした。父親に寄宿学校への思い入れがあったわけではけっしてなかった。行ってみたいとマーシャが言い出せば、何はともあれ言うことを聞いてやるつもりだった。

その結果、マーシャは好きなことには大いに才能を発揮するが、それ以外のことはなにも知らぬ娘に育ってしまった。父親からピアノを買い与えられても、練習らしい練習はしなかった。気に入ったといえば、洋服はなんでも買い揃えてもらえた。旅に出れば、父親は決まって娘に土産を買ってきた。よその土地へ出かけるときには、娘を連れ出したがった。おかげで、マーシャはポートランドに何度か、モントリオールには一度、足を運んだことがあった。父親にとっては自慢の娘で、器量にしても、着こなしにしても、わが子にまさる娘はいないと思っていた。

台所にやってくると、ゲイロードは帽子も取らずに椅子に腰を下ろし、つまむように顎鬚を指でいじりながら落ちつきなく体を動かした。

「こんなに早くお帰りなんて、どうかなさいましたか」

「ああ、仕事が終ってね」夫は言葉少なに説明した。少し間をおいてからまた口を開く。「バートリー・ハバードが事務所に来たぞ」

「まさか、マーシャのことを知られたわけではないでしょうね」

「大丈夫だ。そのことに関しては、やつはなにも知らない。この土地を離れると言いに来たんだ」

「でも、あなた、どうするおつもりなの。私には見当がつきませんよ」ゲイロード夫人は聞いた。責任をすべて夫に押しつけた。「バートリーはもとの鞘に納まりたい様子でしたか」

「とんでもない。偉そうであった。もう自分の身に危険はない、と言わんばかりだった」

「バートリーが永久に戻って来ないとわかってごらんなさい。あの娘《こ》はひどく取り乱しますよ。あなただって気をもんでいらっしゃるのでしょう」夫人は尋ねた。その口調には、マーシャが取り乱したところで私には関係ない、と漠然と考えている節があった。

「心配だな」夫は言った。「あの娘《こ》はたぶん取り乱すだろう。でも、どうしたらよいものやら。あの日、ふたりの仲をおさめようとすればよかったのかと時折頭をよぎる。だが、結婚するならば、自分がのぼせ上がっている相手はどんな人間なのか、きっぱりわからせる方がよいと思ったのだ。今となってはなにをするにしても手遅れだ。今晩、あの男は喧嘩を売りに来たのだ。それ以外には考えられない。ぴんときた。だから、喧嘩のきっかけになるようなことは、なにひとつ言わなかった」

「マーシャが気難しすぎる、ということはありませんでしたよ」どちらにも肩入れせずに夫人は言った。

「いや、ミランダ。はっきりしたことはなにも言えない。ただ、もうベッドに入る時間であることだけは間違いない。休むがいい。わしはもうしばらく起きている。向こうでは落ち着いて仕事ができなかった。だから、こっちに来たのだ」

残った夜の時間を母屋で過ごすつもりなのか、ゲイロード弁護士は帽子を脱いで傍らのテーブルに置いた。

妻は膝の上で繕いものを始め、夫の勧めに従うとは言わなかった。「あの男がいなければ、あの娘《こ》はやっていけません。それははっきりしています」

「もうこうなっては、嫌でもなんとかさせるのだ」夫は答えた。

「心配です」穏やかな口調で夫人は言った。「あの娘《こ》、病気で倒れなければいいのですが。向こうへ行ってからというもの、どうやらあまり眠っていないようです。いつものマーシャらしい姿をぜひとも見てみたい。マーシャをどこかへ連れ出していただけませんか」

「そうは言っても、マーシャは家を離れたばかりではないか。ここにはいられなかったからな」

「そうしたのは、バートリーがまだここにいると思ったからですよ。でも、いないとなれば、事情は変わりましょう」

「とにかく、やり合ってでもなんとか解決しなければならん」夫は言った。「ここで屈するわけにはいかない。どう考えても、今度のことは何から何までバートリーが一方的にしでかしたことだ。今、こちらから関係の修復を画策するのは滑稽というものだ。あいつはもう戻っては来ぬ。仮に来るとしても、同等の条件では戻らんさ。なんでも自分の思いどおりにやりたがるはずだ。いかん、いかん」心の中ですでに何度となく達していた結論を確かめるように言った。「今夜のバートリーの切り出し方からすると、やつには手の打ちようがない。最初から喧嘩腰であったからな」

「まあ」半信半疑のまま、事の成り行きにそっと関心を示して、ゲイロード夫人は言った。「そうとお決めになったのであれば、最後までおやりになれればよいですね」

「そう決心したのだ」夫は言った。

夫人は縫い物を丸めて裁縫かごの隅に詰めると、繕ったばかりの靴下とストッキングをきちんと折りたたんで上から押さえるように重ねた。ゆっくりと時間をかけて片づけ、部屋を出ようと裁縫かごを手にようやく立ち上がった時である。目の前で扉が開き、マーシャが入ってきた。夫人は身を引くと娘の背後にするりとまわり姿を消した。娘は母親の姿に気づかないまま前に進み、父親の膝の上に座ると、さっと腕を首に巻きつけて、やつれた顔をその肩に埋めた。エクイティの近くを通る道を避けて十マイル離れた駅から馬車を走らせて、数時間前にすでに帰宅していたのだ。不意に帰宅して気性の穏やかな母親をこれ以上ないほど驚かせるまねをしておきながら、マーシャは部屋に行ったきりで父親とは顔を合わせていなかった。父親は老いてしなびた手を上げてマーシャの髪をなでた。しかし、どちらもすぐには口を開こうとしなかった。

ようやく顔を上げてマーシャは父親の顔を見た。娘はほほ笑みを浮かべていたが、父親として見るに耐えないほど痛々しいものだった。「ねえ、お父さん」マーシャは言った。

「マーシュ、何かね」かすれた声で答えた。

「私のこと、今、どうお思いなのかしら」

「戻って来てくれて嬉しいよ」父親は答えた。

「どうして帰ったのか、知っているの」

「うん。わかっているつもりだ」

父親の肩にふたたび頭をあずけると、マーシャは呻き、そして涙を流さずにむせび泣いた。「お父さん、お父さん」顔を上げて父親の顔を真正面から見すえた。「私、どうしたらいいの。どうしたらいいの」マーシャは心細くなって問いつめた。

娘になにか声をかけようと父親は咳払いをしたが、言葉が口をついて出るまでには、もうひと苦労しなければならなかった。「わしと一緒にボストンへ行くのがよいと思う。週の始めに出かけるつもりだ」

「行きません」マーシャは静かに言った。

「場所が変われば気分もよくなろう。ここのところ長い間、家を離れたことがなかったではないか」父親はしきりに勧めた。

率直に言ってくれない父親に、マーシャは悲しく責めるような目を向けた。「わかっているでしょうけれど、私には問題はないわ。何が問題なのか、お父さんにはおわかりよね」父親は黙っていた。真正面から問題を見すえることができないのだ。「心痛についてみんなが話しているのを耳にしたことがあります」マーシャは続けた。「心痛など本当にあるのかしらと思っていました。でも、今はわかるの。確かにあるものなのね。ここが痛むのよ」マーシャは胸に手をぎゅっと押し当てた。「疼いて痛いの。どうしたらよいの。痛くても、どうにか生きていかなくてはならないのね」

「本当に具合が悪ければ」父親は言った。「医者に診てもらってはどうかね」

「お医者様にはどこが悪いと話せばよいの。バートリー・ハバードが欲しいとでも」マーシャのこの言葉に父親はたじろいだ。だが、言っている本人は平気であった。「私のこの気持ちをバートリーは知っているはずよ。町中に知れ渡っていますもの。もう秘密でもなんでもない。最初にあの男《ひと》を見かけたときから、この気持ちは隠せなかった。バートリーのためならばマーシャは死んでもかまわないと思っている、いっそのこと、そう言われてみたいの。死んだら死んだで、また、なにやかや言われるでしょうけれど、私は平気よ」

「マーシャ、いけないよ。そんなことを言ってはだめだ」父親は穏やかに諭《さと》した。

「だからどうだと言うの」軽蔑するような口調で娘は問いつめた。信条に関する限り、言い方などうでもよいことであった。正直者の父親は言葉以上のことを匂わそうとはしなかった。「私、どうしよう」さらに娘は続けた。「祈ろうと思ったのよ。でも、そんなことをしてなにになるの」

「マーシャ、わしは神様のような存在を否定してはこなかった」父親は言った。

「ええ、知っていてよ。例の神様みたいなものね。あらまあ、こんな言い方をするなんて、正気の沙汰ではないわ。あの朝、バートリーが入ってきた時、お父さんと事務所に居合わせたのは神様の思し召しかしら」

「いや」父親は答えた。「そうは思わない。偶然であろう」

「お母さんは神様の思し召しと言っていたわ。手遅れにならないうちに、相手の正体を見抜けたのだから」

「それはそれでよかった。あの男には第一級の悪党になる素質がある」

「もうすでに悪党になっていると思いますか」穏やかにマーシャは聞いた。

「そんな羽目にはまだ陥っていない」バートリーを良心的に大目に見て老人は言った。

「だったら、バートリーの人柄を知らずにおけばよかった。そうよね。知らなければ、結婚したかもしれない。そして、私がすぐに死ねば、恐らく本当の姿を見ずにすんだはずよ。一年か二年は私にやさしくしてくれたでしょう。そして、私が死ぬ。そうしたら、こんな目に遭わずにすんだ。結婚するまで、騙し続けてくれたらよかったのに。そうすれば、あの男《ひと》を諦めるなどという辛い思いをしなくてもすんだのよ、恐らく」

「結婚しても同じことになったさ。そう思えばこそ、この事態もしかたがないと受け入れられる。かわいそうに、お前。でも、あとからこんなことになったら、もっとかわいそうだ。あいつは、いずれ、お前に辛い思いをさせる男だ」

「もう辛い思いをしています」娘は静かに言った。

「いや、違う。こんなものではない」父親は応じた。わざと明るく振る舞ったが、娘の目はごまかせなかった。「お前はまだ若い。こんなことは乗り越えられる。しばらくの間、お前を連れてここを離れるつもりだ。ボストン、さらにニューヨークへと足を伸ばそう。ワシントンまで出かけてもかまわない。広い世界を少しでも見れば、バートリー・ハバードが世の中の唯一の男とは思わなくなるはずだ」

娘にじっと見つめられ、父親は娘が申し出を喜んでいると思った。「私、バートリーを連れ戻せるかしら。教えて」マーシャは尋ねた。

父親の堪忍袋の緒が切れた。怒ったことで父親はほっと一息をついた。「いいや、できないね。できはしないと思う。そんなことを口にするなんて恥ずかしいと思いなさい」

「まあ、恥ずかしいですって。そんな気持はもうとっくになくなっているわ。バートリーに関することならば、もう恥ともなんとも思わない。呼び戻せるならば、なんでもするわ――やってしまったことを取り消せればいいのに。取り乱していたのよ。理性を欠いていたんだわ。あの男《ひと》の言うことに耳を貸そうしなかった。一言も弁解する機会を与えないまま追い払ってしまった。今では、私のことを憎んでいるに違いない。当然のことね。戻ってこないとどうして思うの」マーシャは聞いた。

「わしにはわかるのだ」父親は呻くように言った。「まず、あの男はエクイティを去ることになる。さらに――」

「エクイティを去る」マーシャは虚ろに繰り返した。父親はマーシャの体が震えるのを感じた。「バートリーがここを離れるって、どうしてわかるのよ」マーシャは父親に怒りをぶちまけ、鋭い眼差しでじっと見つめた。

「あんなことがあったのだ。もうどうしようもない。これ以上、ここにいると思うかね」

「ここを離れるって、どうしてわかるの」マーシャは繰り返した。

「わしにそう言ったのだ」

マーシャは立ち上がった。「言ったですって。いつのこと」

「今晩だ」

「まあ、どこで――どこで会ったの」マーシャはささやくように言った。

「事務所だ」

「私が戻っていたころには――すでに――すでに。バートリーはここにいたのね。それなのにお父さんは言ってくれなかった――教えてくれなかった」ふたりは黙ったままで顔を見合わせた。やがて「いつ発つの」とマーシャは聞いた。

「明日の朝だ」

今しがたまで母親が座っていた椅子に腰を下ろすと、マーシャは別の椅子の背もたれをぐいと掴んだ。震える指を開いては閉じ、呼吸を乱して喘ぎながら一息ついた。突然、マーシャは低く呻き、自分との戦いに惨めにも破れ去ったとついに言った。父親は哀れに思いながら、黙ったままマーシャを見つめた。「マーシャ、寝たほうがいい」父親は素っ気なく静かに声をかけた。夜がすっかり更けるまで楽しい夕べを過ごした娘を寝室に送り出す。そんな口調であった。

「どうなのかしら――どうなのかしら――発つ前にもう一度お父さんに会う必要がないかしら」マーシャは声をしぼり出した。

「いいや、あの男はもうわしには用などない」老人は言った。

「まあ、それならば」すがるように娘は声を上げた。「あの男《ひと》のところに行って、お父さん。連れ戻して。私にはどうすることもできない。諦められない。お父さんに行ってもらわなければ――どうしても、どうしても、行ってもらわなければ。お願いですから、連れ戻して――後悔していると伝えて――謝りたいと――考えが至らなかったと――あなたをわかってあげられなかったと――なにも落ち度はないとわかっていたと言ってやって」マーシャは立ち上がると、父親の肩に手を置いた。懇願するたびに、わずかに肩を押して思いに力を込めた。

父親は憔悴してはいたが、思いやりに満ちたほほ笑みを浮かべて娘の顔を見上げた。「正気の沙汰とも思えんぞ、マーシャ」父親は穏やかに言った。

「笑わないで」マーシャは声を荒立てた。「今は正気よ。でも、あの時は——私、どうかしていた。そう、すっかりおかしくなっていた。ねえ、お父さんに話があるの——説明したいの」父親の膝の上にふたたび腰を下ろすと、マーシャは震えながら父親の首に腕をまわした。「いいこと、あんなことがあった日の前日、私、バートリーにこう言ったの。婚約前のことであれば、なにがあっても気にしない、と。それなのに、事があるとすぐに、愚かにも追い出してしまうなんて。そうする権利など私には全然なかったのに。あの男《ひと》はそれを知っているものだから、こんなにもつれなくしているのよ。でもね、もしお父さんに行ってもらえれば、今では悪かったと認めて許しを請うている、と伝えてもらえれば、そして、あと一度でよいから、チャンスをくれるように頼んでもらえれば——お父さん、私のためならば、そのくらいのことはしてくれるわね」

「かわいそうに、なんということを考える娘だ」父親は呻いた。「あの男の人間性が問題なのだ。特にこれをやったからというのではない。あの男はまったくのならず者。本人が気づいていないから、いっそうひどい。あいつの頭にまず浮かぶことは、自分のことだけだ」

「いえ、いえ、そうではありません。お父さん、今からお話します——今からその証を立ててみせます。あれはふたりで橇で遠乗りした日曜日のことです。母親と娘の二人連れに出くわして向こうの橇が転覆したの。橇の下から女を引き出さなければなりませんでした。あの男《ひと》が女を引き出すのを見て、私、気が狂いそうになって。そのあとは、あの男《ひと》の体に触る気にも、話しかける気にも、ほとんどならなくなってしまったの。それでも、私に向って一言も怒ったような言葉は口にしなかったわ。私をただ傍らに引き寄せて、腹を立てないですむようにしてくれました。その晩、言ってくれたのよ。君が僕をとっても好きだとわかっているから、まったく気にしていないと。あの男《ひと》の素晴らしさがこれでわかるでしょう——私などよりもずっとずっと素晴らしい人なの。頼みに行けば許してくれる。ベッドにはまだ入っていないはず。いつも遅くまで起きているから——そう私に言っていましたもの。部屋に行けば会えるわ。お父さん、泊まっている部屋へ直接行ってちょうだい。フロントで顔を見られてはだめよ。そんなことにでもなれば、私、耐えられないわ。できるだけこっそりと一緒に外へ出てくるのよ。さあ、急いで。一刻の猶予もならないわ」

父親が立ち上がると、マーシャの顔に喜びの色がさっと浮かんだ。だが、それも父親が口を開くと消えてしまった。ゲイロードは見るに忍びなかった。「いいかね、マーシャ。そんなことをしても無駄だ。わしが出向いたところで、あの男は来はせん」

「いいえ——いいえ、来ます。私にはわかります。もしも」

「来はせん。お前は考え違いをしておる。このわしが頭を下げるなど、そんな屈辱的なことはできん。いいかね、やつは、ひどい男だ。諦めなくてはいかん」

「お父さんは私が憎いのね」娘は声を張り上げた。老人は両手を固く握りしめて落ち着きなく動きまわった。これまでふたりの人生はいつも共感の糸でしっかりと結ばれてきた。実に長いこと、娘の幸せが父親の唯一の生きがいであった。だから、娘が心を痛めることがあれば、父親の心も鋭い痛みに苦しんだ。「いいわ、私、死んでしまうから。そうなれば、お父さんは満足でしょう」

「これ、マーシャ、マーシャ」父親は哀願した。「なにを口走っているのか、お前はわかっていない」

「私からバートリーを遠ざけようとしている──あの男《ひと》を失うように仕向けている──私を殺す気ね」

「いいかね、お前。あの男は来ない。わしが出かけてもまったく無駄足になる。いいかね──マーシャ、いいかね。ぜひとも冷静になっておくれ。こうするよりしかたないのだ──ほかに希望はない。お前の言っていることは自分の名誉を傷つける。恥を知りなさい。少しは自分に誇りを持つことだ。あの男とつき合うようになってから、どうかしてしまったのかね。分別を失くしてしまったようだな。がんばれ、がんばるんだ──マーシャ、ここを乗り越えることだ。戦う気概があれば、やがては乗り越えられる。お前はどんなことに対しても勇気がある。わしもお前の力になるぞ、マーシャ。どこへでも連れて行く。なんでもやってやる──」

「バートリーのところへ出向いて、ここに戻るように頼んでくれないのね。そうすれば、あの男《ひと》の命を救うことになるのに」

「そんな気はない」必死に穏やかな口調を保って老人は言った。「わしは行かん」

父親の顔を見ながらマーシャは立ち上った。すると突然、マーシャの体が床を突き抜けていくようにまっすぐ下に沈んだ。父親は娘の体を支え起こしたが、すっかり気を失っているのがわかった。気絶している間は、惨めな気分を味わわないですむ。娘の痛々しい姿にすっかり胸を締めつけられていたせいで、今、父親は娘の生気の失せた顔を見て、安堵に近い気持ちを味わいながら、娘の体をふたたびそっと寝かせ直した。寝ている子供の目を醒ますまいとするかのようであった。それから階段の上り口まで行くと、低い声で妻の名を呼んだ。「ミランダ、ミランダ」

第九章

翌朝、キニーが町にやって来た。本人は余裕をもって早目に来たと言い張ったが、バートリーを迎えにホテルに立ち寄ったときには実のところ九時を回っていた。「なあに、朝飯をゆっくり食べてもらおうと思ってね」キニーは大声で言った。「で、わしは生活用品をゆっくり買い込めたというわけさ」

晴れ渡った素晴らしい朝、目が眩むほど太陽が輝き、雪できらめく通りに橇を走らせながら、バートリーは瞬きを繰り返した。最初の木立に入ると薄暗がりがありがたかった。そこは寒くはなく、雪も暖かく感じられた。橇の通った跡は湿った雪が固まっていた。空気はしんと静まり返り、少し離れたあたりの山腹はダイヤモンドダストが立ち込めているかのように煌めいていた。鳥が数羽、頭上高く鳴いていた。

「陽が高くなってきたな」そう言ってバートリーは軽く溜息をついた。もう春だと思っても、なんの希望も持てない人のそれに似ていた。

「そうさね。それでも、とうもろこしの植えつけをまだ始めるわけにはいかねえな」キニーは答えた。「わしら人間の姿を見ていると、おかしなものさ」と続けて言った。「なんでもそうだが、夏だろうと冬だろうと、わしらはしきりと物事にけじめをつけたがる。でも、必ず次があるとわかっていなければ、恐らく気分はずいぶん違うはずだ。来世がどうなっているのか、神様はわしらにはっきりとは教えてくれない。それもそうだ。来世のことがはっきりしてみろ、現世では一分たりとも我慢できない人間がごまんと出る。あんたみたいに。川向こうの生活が間違いない、とわかってみな――気候はいいし食べ物も着る物もたっぷりあって、仕事もたいしたことはない――すると、誰一人としてお迎えが来るまで待たなくなる。いつまでも長く待ち続けることなどしない。だが、いいかね、それはみんな紙に書かれているってだけで、証明できやしねえ。だから、人は用心をして、川のこちら側でもう少し踏ん張る気になるのさ。きちんと整備された通り、公共の広場、屋根つき音楽堂、教会、切れ目なく続く今風に作り変えられた家並み。地図を見た限りでは実に素晴らしい。だが、実際にその場に立ってみなけりゃ、そんな町の存在すらわからねえ。しかも、行ったのはよいが、気に入らないとする。その時は、もう、この世、合衆国に戻る道はねえからな」バートリーのほうを向くと、キニーはこれは冗談だといわんばかりに口を大きく開けた。

「キニー、君のありがたいお説教は有料かね」青年は聞いた。

「そうだな。余分にはけっしていただきはせん」キニーは言った。「一日中ひとりでいると、考える時間がたっぷりあってな。哲学には金はかからんし、みんなも喜んでくれる。やつらはやつらなりに辛い生活を送っているが、およそどんなことでも耐えられるよ。おい」バートリーに向かって口を開くだけではおさまらず、キニーは肘で横腹を突っついて大声で笑った。

キニーは料理番であった。人の住めない場所でもあちこちに出向き、地球上で行っていないところはほとんどなかった。生まれはメイン州の森、故郷を離れたころは痩せて不器用な少年であった。大雑把で馬鹿げた楽天主義を持ち続け、中年を過ぎてメインの森に戻ってきた。海での生活、太平洋の島々では難破を経験し、パナマでは雨期を過ごし、ベラクルス（メキシコ）では黄熱病の流行期に遭遇した。地震が頻発した時期には津波に遭い、ペルーの奥地深くまで流された。カンザス州のボーダー・ラフィアン（奴隷制支持派）の戦いに参加してカリフォルニアに居ついたが、パシフィック鉄道完成（一八六九年）後にカリフォルニアは繁栄に見放された。キニーは行く先々に不幸を運び、自らもまた不幸に見舞われた。それでもホレス・グリーリー（米国のジャーナリスト、政治家、一八一一—七二）の哲学を心の糧とし、解釈は突拍子もないものの、エマソンのいくつかの警句にも勇気づけられ、人間は素晴らしいといつも信じてきた。もうすぐ至福千年で、あと十日、あと十マイルと離れていないから、この千年をまわりの人たちは立派に迎えられるはずだ、と思っていた。キニーが相変わらず貧乏から抜け出せずにいたことは言うまでもない。鉄道の敷設、製材所の建設、エレベーターの設置、町や都市の建設。これらはいずれも確実に実行されることになっていた。だが、どこへ行っても、キニーには寄付金を出すだけの余裕がなかった。そしてついに、エクイティの北、数百マイルのメインの森に戻って来た。そこで、若いころからの夢を実現した人がいるのを知った。美しい湖のほとりに避暑用のホテルを建てたというのだ。キニーは羨ましがるどころか、その男の倹約ぶりに感心して、その地に腰を落ち着け、ホテルから森にキャンプに向かう若者たちのために道案内を兼ねた料理番になった。お陰で本人が心の底から望んでいたように教養のある人たちと親しくなれた。いつも頭の中で色々な考えをもてあそんでいるキニーのことである。自分よりも優れた立場の人間と話すことで、自分自身の考えを確かめたいと思っていた。境遇がよいからといって、相手を妬むことはけっしてせず、素朴なやさしさをもって素晴らしいと人を褒めたたえた。じっくり人間観察をしては、翌年の夏も一行を案内しようと、好意的に人物を分析することに余念がなかった。秋も終わりに近いころ、キニーはいわゆる伐採飯場の一員となった。そこで、必ずといってよいほど何人かの素晴らしい人間にめぐり会えた。しかし、冬の森では春まで人と触れ合うこともなく、三、四ヵ月間も代わり映えのしない毎日で面白くない、とキニーは本音をもらしていた。だから、エクイティに近い伐採飯場で働くチャンスがめぐってきた時には喜んだ。前年の夏、ある飯場の主《あるじ》が北の森で料理を試食して、料理番をやらないかと申し出てきたのである。村が近いので、最低でも週に一度は文明に触れようと、キニーはふらりとやって来て、新聞発刊日には『フリー・プレス』の事務所で時間の大半を過ごした。これまでも、常にジャーナリストとの付き合いを求め、可能であれば所を選ばずに自ら進んで記者と交わってきた。ほどなくして、キニーはバートリーが鋼《はがね》のような切れ者だと気づいた。そして、植字工の若い女たちを愛称で呼び、肩を軽く叩くようになり、当然のようにバートリーとも心の底から親しくなったのである。

飯場への道すがら、森の奥深くに馬を走らせて行くと、道は踏みならされて狭くなり、両側には切株が連なり潅木が生えていた。地面は起伏が激しく、橇はたえず小高い丘の斜面を突っ込むように滑り降りては、小さな谷の斜面をよじ上った。時々、エクイティの製材所まで丸太を引く馬橇に出くわし、二人が乗った橇は道を譲らなければならなかった。馬橇にはそれぞれ、四、五人の威勢のよい若い衆が乗っていて、すれ違いざまに皮肉まじりにはやしたて、陽気にやじを飛ばしてキニーに挨拶した。

「みんな、まさにあんな連中だ」最後の一行が通り過ぎてしまうと、キニーは誇らしげに説明した。

「だれもがみんな紳士、申し分のない紳士さ」

ついに、ふたりはこれまでになく広々と切り開かれた場所に出た。この丘の中腹の平地には、低くて細長い丸太作りの飯場の建物が軒を連ねていた。長屋の屋根の一部からはストーブの煙突が突き抜け、壁をくり抜いて不揃いの小窓がはめこんであった。建物の周辺には、馬小屋や納屋とおぼしき小屋がいくつか、雪の吹きだまりに潜るようにうずくまっている。

広々とした土地には、太陽がまばゆいまでに照りつけていた。森からは遠くで叫ぶ声やリズミカルに斧を打つ音が聞こえてきた。だが、飯場には人影はなく、しんと静まり返ったなかでキニーの声は聞き慣れたものとは違って響いた。「さあ、中へ。さあ、中へ」愛想よくキニーは言った。「わしは、馬の面倒を見なければならんのでね」

しかし、バートリーは勧められても戸口に佇んだままであった。陽の光に目をしばたたき、あたりに広がる静寂の音に耳を傾けていた。すると奇妙な気分に襲われた。まるで他人を嫌うように、自分自身に対する嫌悪感が、どうしようもないこととは知りつつも、だれか別の人間になりたいという思いが湧き上ってきたのだ。慣習にしても、ものを考えて希望を抱くにしても、自己中心的で自分の役にしか立たないものに捕われている思いがしてきたのである。

「このあたりは恐ろしいほどのどかですぜ」バートリーのところへ戻るなり、一緒にあたりの景色を見渡しながらキニーは言った。腰に手をあててオオアワガエリの茎をくわえて口から突き出していた。

「そうだね。まったく」バートリーは頷いた。

「若いうちであれば、こんな生き方も悪くはねえぞ。ただ、自分の部屋を持つより連れを欲しがる輩と一緒だと、そういうわけにもいかない。ここをお前さんの住処《すみか》にしてしまいな」

「何でそんなことを言うのかね」バートリーは冷めた調子で尋ねた。その間も山の頂を見つめていた。

頂は森の谷あい遠くに顔をのぞかせていた。

キニーは自分の出番になったとばかりに屈託なく面白そうに笑った。「いいかね、本当に住めと言いたかったわけじゃねえ。だれでも知的な仕事をしていると、時々は外へ出て自然と親しく交わりたがるもんだ。そういうことさ」

「『エクイティ・フリー・プレス』の仕事を知的と言うつもりかね」馬鹿にしたようにバートリーは質した。「知的といえば知的か」バートリーは言葉を継いだ。「いいかね、俺は今ここにいて——確かに自然と親しんでいる。だが、自然は馬鹿でかいもの。だから、親しむには、ひとりではなく、ふたりは必要だと思う」

「そうだな、あとひとり、娘がいればいいな」キニーは同意した。

「特に若い娘を考えていたわけではない」いくぶん悲しげにバートリーは言った。「自然と親しく交わろうとしても、最高の精神状態でなければ、とかく自然にやり込められてしまう、ということだ」

「まあ、そうだろう。なにか心に引っかかりがある者には、場所としてはだだっ広い停車場のほうがいいな。だが、停車場では列車に轢かれてしまう。ここへ来て仲間に加わり、男の中の男になってみてはどうかね」こうキニーが話したのは、ひとつには、ともかくたくさん喋りたかったからであった。またひとつには、純粋に途方もなく善良な気持ちからであった。

バートリーは扉の方を向いた。「この中には何があるのかね」

キニーがさっと扉を開くと、客人はその後から続いた。丸太小屋の手前三分の二は宿舎として使われ、両側には床から天井まで粗末な簡易寝台が備えつけられていた。いたるところで山から切り出してきたままの木が姿を晒していた。割れ目の中には苔の茂ったものがあり、そのおかげで壁には隙間がなくて暖かであった。寝台に挟まれた場所は暗いが、その奥は比較的明るかった。はるか端の方に大きな調理用コンロと三台の長テーブルがあり、テーブルの両側には備えつけのベンチが見えた。コンロの上には大きなコーヒー・ポットが置かれ、まわりには様々な鍋や薬缶《やかん》が並んでいた。

「食堂に入れや。休憩室に座ろうぜ」キニーは奥に進み、上着を脱いで言った。「ソファーにでも座ってくれ」とさらに言い、持ち運びのできる長椅子を指差した。キニーは上着を釘に掛けてシャツの袖を捲り上げ、調理用のコンロの扉をさっと開き、焚きつけを数本差し込みながら、陽気に口笛を吹き始めた。まるで仕事を楽しんでいるかのようだった。暖気が垂れ込め、部屋いっぱいに暖かさが広がった。火が点くと、薪はぱちぱちと気持ちのよい音を立てた。

「ここがわしの机だ」平らな幅広の天板を載せただけの樽を指差してキニーは言った。「ここで、好きな作品を書くんだ」キニーは向きを変えて、ブリキのこね鉢の中にあるパイ生地の大きな塊から適量をちぎり、テーブルの上に投げつけ、ねり棒で伸ばしにかかった。「ハーバードさん、こいつはパイだ」キニーは説明した。「パイと言えば、ミートパイ——いざとなれば、かぼちゃパイ。今日はパイを焼く日でね。でも、だからといって、心配は御無用。明日もパイの日。昨日もパイの日。週二十一回はパイ、パイ、パイ、パイだ。それが合言葉。忘れないでくれ。世間の噂では、アガシ老（ルイス・アガシ、米国の博物学者）が」キニーはさらに言葉を続けた。アメリカ人は、素晴らしいと思い込むと気安く馴れ馴れしい言い方をする。この時のキニーがそれであった——「アガシ老が脳味噌に一番よいと言って魚を勧めたと世間では噂している。ない話ではないな。でも空想を刺激するにはパイほどよいものはない。夢を見させてもらうには、ミートパイほど結構なものはねえ」

「そうさ」バートリーは頷いたが、ふさぎ込んだ様子であった。「僕も試したことがある」

キニーは笑い声をあげた。「あのな、俺やお前のように、机に向かって仕事をする者にはパイなどなくても結構だ。だがな、一日中、雪を踏み歩いているやつらには、想像力を刺激するものが必要だ。それにはパイがいい。ともかく、どうも、やつらはパイをじゅうぶん食べているようには見えない。仕事中にりんごを食ったことがあるかね。噂では、グリーリーは、机をどこもかしこもりんごで一杯にして、社説を書きながらぱくついたというではないか。ガッティ老だったか、ドイツの詩人の中には、こともあろうに、引き出しに腐ったりんごを入れていた奴もいた。りんごのすえた匂いが好きだったのだ。そう、ミートパイにも、りんごはたっぷり入っている。パイが想像力にいいとされるのは、たぶん、りんごが入っているせいだ。どうだろう。座って仕事をする者には、別にりんごだけを食べる方がいいのだろうよ」

バートリーはなにも答えず、ようやく興味を覚えたとでもいうような目つきをしてキニーの手もとを見ていた。キニーはパイの皮を伸ばすと、いくつかのブリキの缶の型に合わせてそれを貼りつけ、瓶からミンスミートを詰め込み、それぞれの缶に矢はず模様に穴を開けた薄い生地をかぶせた。そして、いつでもオーブンに入れられるように、片側にきちんと並べた。

「仮に魚が少しでも頭の働きによいとして」キニーは言葉を続けた。「ここのやつらは魚がないと文句は言えん。少なくとも、塩漬けにしたものについてはな。一週間に三回、朝飯で団子にした魚にありつけるんだから。日曜、火曜、木曜に、きちんと。金曜日には、フランス系カナダ人のために、チャウダーのようなものを調理してやっている。やつらはカトリックだよ。でも、人の宗教のことをとやかくいうのはよくないやね。どんな宗教であっても」

「お前さんはエクイティの第一教会の執事になるといいぜ」バートリーは言った。

「そうかい。どうしてよ」とキニーは聞いた。

「だって、あそこでも、人の宗教に干渉するのはよくないと思っている」

「でもな」キニーはのべ棒を握ったまま手を休め、考え深げに言った。「自由が過ぎる、ということもあるからな」

「世の中は、長い間、逆のことをやってきたではないか」キニーの言うことを遮り、面白がってからかいながらバートリーは言った。

善良な人間の楽観主義に冷水をかけられたかのようで、キニーは必ずしも納得がいかないまま同意してみせた。

「まあ、そうとも言えるな」そう言ってパイの残りを黙々と作った。

「さてと」ついにキニーは声を上げた。なにか不愉快な夢を体から振り払おうとするかのようであった。「なんとかやっていけるものよ。豚肉や豆は好きかい」

「ああ、好きだね」バートリーは答えた。

「晩飯はそいつにしよう。わしらのところへ寄ってくれれば、食事にはいつも豆が出てくる。パイみたいに、週二十一回、豆だね。そろそろ温めるかな」そう言うと、キニーはコンロの傍らの大きな深い土鍋を持ち上げてオーブンに入れた。「俺は方々に出かけているが、豆にかなう非常食に出会ったためしがない。今日はじゃがいもとキャベツも出すことにする。茄でもの料理の甘みたいだな。でも、昔からここに住んでいる土地の人と比べてみろ。この料理に手をつける者は、十人に一人もいはしない。料理をちょっとおいしくするには、じゃがいもやキャベツがいいのにな。添えもの料理だ。木になる実のようなものさ。でも、食事の定番としては豆だ。いいかい、遠く離れたチリでも、きちんきちんと豆を食って生きている。いや、ここの豆とそっくり同じというわけではない。幅があって平たいやね。でも、豆に変わりはない。ホラティウスかウェルギリウスだったか、古代の詩人がいただろう。詩の中で、豆についてなにか高らかに歌い上げていたよな」

「そうした話は覚えていないね」バートリーは気乗りのしない調子で言った。「いや、俺も思い出せない。これについてなにか言われているというぼんやりした記憶はある——マシュー・アーノルドであったか。いや、エマソンが書いたものの中にあったのかな」

バートリーは笑った。「キニー、お前がそこまで本を読んでいるとは思わなかったよ」

「いや、チャンスがあればどこでも聞きかじっているからな。たいていは新聞だ。俺には本を読む時間など、ふつうはないから。新聞にはほとんどなんでも書いてある。どうも豆は頭脳食になるらしい」

「キニー、お前は自分がたまたま気に入ると、どんなものでもそいつを頭脳食と言っているのではないか」

「違うさ」キニーは大真面目に答えた。「でも、機会があれば、物の道理というものを知りたいのさ。たとえば、お茶がある」コンロにかかっている大きなブリキのポットを指さした。

「コーヒーのことかね」

「いや、お茶だ。あれはお茶だ。みんなに日に三度、出している。濃くておいしいお茶だ。糖蜜は入れるがミルクは入れない。仮に、頭脳食になるものがあるとするよな。お茶こそ、それだ。やつらはお茶を飲むと、いつも、しゃきっとする。頭がすっきりして風邪をひかない」

「どうも、お前さんは伐採飯場ではなく、若いお嬢さん向けに女学校を経営しているみたいだな」

バートリーは言った。

「そうじゃない。いいかね。俺はお茶のことを真剣に考えている。世界中にはお茶好きとコーヒー好きとがいる。俺たちの国じゃ、どうだ。お茶を飲んでいるのは、北部の人間と野心的な人間だ。コーヒーを飲んでいるのは、ペンシルヴェニアの人間と南部の人間だ。なんと言うことかね、俺たちニューイングランド人は、コーヒーのほどよい入れ方すら知らない。この点に関しては、ヨーロッパのどこも同じだ。ロシア人はお茶を飲む。お茶好きのイギリス人が止めたからよかったものの、そうでなければ、ロシア人はコーヒー好きのトルコ人をとっくに征服していたはずだぜ。北欧のどこでも好きな場所に行ってみるといい。みんな、お茶を飲んでるから。メイン州のアルーストゥック郡のスウェーデン人もノルウェー人もお茶を飲む。家でもお茶を飲むんだ」

「では、フランス人やドイツ人はどうなのかな。連中はコーヒーを飲んでいるぜ。それでいて、頭がよくて活動的である」

「フランス人とドイツ人がコーヒーを飲むかね」

「飲むさ」

キニーは話を一般論に持っていこうとしきりだったが、立ち往生してしまい、毛むくじゃらの頭を掻きむしった。「そうさな」とキニーはようやく口を開いた。「やつらは、ダーウィンが言うところの、失われた環というところか」キニーはバートリーと一緒になって腹の底から笑い、丸太の釘に掛けてある丸い時計を見上げた。「とにかく、そろそろ食卓の用意をする時間だ。ところで」キニーは話を途切らせたくなさそうに、仕事の手を休めずに聞いてきた。「『フリー・プレス』はどんな具合かね」

「これからは俺がいなくてもやっていけそうだ」バートリーは言った。「エクイティも、今週で見納めだ」

「よしてくれ」仰天してキニーは言い返した。

「いや、俺は週末には辞める。役員会にかけるため、ゲイロード弁護士が新聞を引き取っている。しばらくはヘンリー・バードがやるか、もしくは、恐らく、完全に廃刊だろうな。役員会にしてみれば、赤字続きの事業であったからな」

「おや、お前さんが役員会から買い取ったのではなかったのかね」

「まあ、そうしたいとは思っていたが、儲かっていなかったからな。俺が手にできたものといえば、子馬に引かせる橇だけさ」

「あの栗毛の馬のことかい」

バートリーは頷いた。「発つ時も、来た時と同様に貧乏のままさ。これ以上ひどい貧乏になりようがない」

「これはこれは」キニーはふさわしい言葉が見つからず、平皿やナイフやフォークを黙々とテーブルに並べ続けた。どれも正真正銘の鉄製で、盛皿やマグカップも割られるのを心配して、安レストランの経営者が用いるようなどっしりとした作りの重いものだった。事実、安レストランでは使用人のせいでことごとく縁が欠けていた。キニーはめいめいの皿の横にパンとクラッカーを置くと、皿の上に平たく大きいコールド・コンビーフを載せた。それから、深鍋の蓋を持ち上げて、キャベツとじゃがいもの煮物をフォークで突いた。ブリキの深鉢に次々と豆を盛ると、間隔を置いてテーブルに並べた。それからまた話を始めた。「そうかね。そいつは残念だ。お前さんと本当に親しくなり始めたところなのに。正直なところ、最初は、お前さんをあんまり好きにはなれなかった」

「そうかね」バートリーは聞いた。相手に本心を言われてもさほど動揺することはなかった。

「そうなんだ。まあ、要するにだな」真実を追究する段になると、キニーは筋道を立てて説明してやるというように言った。「お前さんの上等な服が好きになれなくてね。体にぴったりと合うスーツなど俺は持ったことがない。店にいくと、まあ、恥ずかしくてさ。で、ユダヤ人の店主が売りつけようとするものをすぐに買ってしまう。お前さんはボストンのマッカラー・アンド・パーカーがお馴染みなんだろう。そこで自分好みの服を手に入れているのだな」

「いや、ある洋服屋に寸法を預けてあるのだ」誇らしい気持ちを隠し切れずにバートリーは言った。

「まさか」キニーは大声をあげた。「そうなのかね」こんな嫌なことは言う気でいるうちに言ってしまうほうがよい、とばかりに言った。「いったい何のためにそんなまねをするのかね。いずれにせよ、俺は服が似合う体型ではない。小さいころはのっぽでひょろりと長かったし、大人になってからはやせのなで肩。しばらく前にわかったのだ。金持ちだからといって必ずしも悪人ではない。金がないからといっても必ずしも善人ではない。でもな、自分なりのスタイルを持っているとなると、そいつのことが憎らしくなる。タイラー老が言うように、スタイルとは生きながらえるための術、そういったものなのだ。でもな、いいかな、お前さんを受け入れようと決心する前に、俺はお前さんについてだいぶ嗅ぎまわっておいた。洋服に関してはなんとか我慢できても、わかってみると、持ち物には慌てたぜ。子馬を持っていることなど、どうってことはない。だれでも栗毛の馬に橇を引かせて走りたがるものだからな。橇を持っていても驚かない。だがな、裏地が赤で縁がピンクの膝掛けと鞭の柄のくびれに巻いた赤いリボン。これには参ったぜ。鞭のあの赤いリボンを見た日には、畜生、お前を殺してやりたかったさ」バートリーはどっと笑い出したが、キニーは大真面目に言葉を続けた。「でも、俺はひそかにこう思うのさ。『さあ、これでよしとしろ。待つのだ。まず、やつに自分の人生を生きさせてやるんだ。あんな鞭のリボンでやっていけるのか、それを示す機会をまず与えてやれ。うまくいくようであれば、面白くとっちめてやればいい。まずは、機会を与えることだ』で、チャンスをくれてやったわけさ。ふさわしいとおまえさんは示してくれたではないか。いいことを教えてもらったと思っている。事務所に行くといつも、仕事をしているよな。なんやかや、せっせと働いている。だれとでも元気一杯にやっている。そして、町のお偉方に挨拶するように、この俺にも挨拶してくれようとしている。そんな姿を見ると、俺は自分にこう言い聞かせるのだ。『キニーいいかな。この男を駄目にしたら、とんでもない間違いだぞ』俺は今、お前さんを好きになると決めたのだ」

「ありがとう」皮肉っぽい感謝の仕方であった。

キニーはすぐにはなにも言わなかった。考え深げに歯の隙間からヒュっと空気を鳴らすと言った。

「いいかね。一文なしで出ていくというのであれば、金を貸してくれる大金持ちを知っているぜ」

バートリーは、一瞬、押し黙って真剣に考えた。「その友人が二十ドル出してくれるというのならば、遠慮はしないぜ」

「わかった」キニーは言った。キャベツとじゃがいもを皿に盛ると、キニーは新しいお茶の葉をポットに一握り投げ込みお湯を満たした。そしてブリキの角笛を取り出して戸口の方へ行き、人のいびきのような長い音を鳴らした。

「今度もまた身なりがまずかったな」キニーは言った。食事が終わり、皿とブリキの深鉢を洗い始めていた時のことであった。男たちはすでに仕事に戻っていた。「入ってくるなり、奴らはじろじろと見ていたからな。お前さんの格好が気にくわなかったのさ。そのうちに印象は薄れる。それでも時間はかかる。まずは印象を薄めるようにせねばな。そんなことは、お前さんにとってはどうでもよいことだろうが」

「いや、奴らとは馬が合うと思ったぜ」そう言ってバートリーは陽気にひとつ欠伸《あくび》をした。「でも、知り合いになるチャンスは多くはなかったな」伐採人の中には、バートリーに負けないくらい男前で均整がとれ、生まれも育ちも立派な者がいた。ただ、バートリーには教育を受けているという強みがあった。その上、二つボタンのモーニング、体にぴったりのズボン、飾りピンのついたスカーフ。なにしろ飯場の若い連中は長いドタ靴にネルのシャツ姿。みんなバートリーのいでたちにすっかり圧倒されてしまった。男たちはバートリーを横目でちらりと見ると、いつにもましてそそくさと食事をすませ、会えて嬉しいというそぶりも見せずに森の中に姿を消した。

若者から妬まれているとバートリーは気づいていた。そう思えたのは、若いころ、自分も人を妬んだ経験があるからだ。しかし不愉快な気分にはならなかった。キニーは長いこと伐採人たちにバートリーのことを自慢してきた手前、客として招いたことはまずかったと感じて臍《ほぞ》を噛んだ。しかし、そんなことはバートリーには痛くも痒くもないことであった。

「奴らだって、しまいには機嫌を直すさ」キニーは言った。バートリーは粗末な料理ではあったが腹いっぱいに食べ、この暖かい空気に包まれて何度となく欠伸《あくび》を繰り返した。外套を畳み枕代わりにして長椅子に横になりながら、立ち働くキニーをもの憂げに眺めていた。すると、ほどなくキニーがストーブの傍らで大きな木片に腰かけている姿が目に入った。片方の手で肘を支え、雑誌を拾い読みしているのだ。眼鏡をかけたキニーの顔は異様ではあったが、バートリーは改めて少しばかり興味をそそられる思いがした。気がつくと両側に空の樽が置かれていた。どうやら長椅子から落ちないよう配慮してくれたものらしい。

「やあ」バートリーは言った。「キニー、礼を言うよ。こんなによくしてもらったことなど、これまでなかったよ。俺、眠ってしまったのかい」

「なぁに、一時間ほどだ」時計をちらりと見てキニーは言った。気持ちよく過ごしてもらいたいと気を遣っていることなど、自分でもまったく意に介していなかった。

「確かに、脳にいい食事だったな」バートリーはそう言って起き上がった。「そんな気がするぜ。なにしろ、完全版新アメリカ百科事典の夢を見たからな。発音表記付き地名辞典もついてたな」

「そうかね」キニーは言った。今、この調理法には言われたような効果があると見事に試されて喜んでいるかのようであった。

バートリーは心ゆくまで寝たとでもいうように欠伸《あくび》をして片手で顔をこすった。「こう思うのだが」

バートリーは言った。「キニー、飯場についてなにか書くとすると、見るべきものはすべて見ておくほうがよくはないかね」

「そうだな。俺もそう思う」キニーは言った。「伐採現場へすぐに行こう。一時間あれば現場にあるものすべて見られる。そうは言っても、見れば、立派な記事にまとめたくならないかね。まあ、そうなったら、それでいい。だが、やってみたところで、それをどうするつもりかね。お前は、もう、『フリー・プレス』の人間ではないんだから」

「どっちみち『フリー・プレス』などに掲載する気などないね。無駄骨もいいところさ。いいかね、キニー、俺の考えはこうだ。まず、俺が記事の骨組みを作る。次に、お前が俺に実際の事柄を郵便で知らせる――風変りな人間ども、偶然の出来事、ロマンティックなエピソード、雪ごもりの様子、飢えの恐怖とか野性動物相手の冒険――で、俺が読みごたえのある記事に手直しする寸法さ。日曜版に掲載してもらうには、長さは二、三段分取ればいいかな。それから、俺はそいつを持ってボストンに行き、出世を求める」

「なるほど、やろうではないか」詩情あふれるロマンティックな考えに心を掻き立てられてキニーは言った。「郵便で知らせるよ。畜生、俺様が自分で書ければいいのだが。以前、農業新聞に寄稿したことがあったっけ。だが、あんなものは書いたうちには入らない。これまでも伐採について知っていることを書き上げようとした。散々やってきたんだ。六十回もやったかな。材木切り出し業について知っていることを描き出そうとしたのだ」

「待ってくれ」大声を上げると、バートリーはさっとノートを取り出した。「その言葉、最高だね。見出しの一行目に頂戴する──『私の知る材木切出し業』──大文字。結構ではないか」

キニーは読んでいた雑誌を閉じ、両手で片方の膝を抱え込むと、記憶を甦らせようと片目をつぶった。すると、目撃したことや個人的な体験などの入り混じった思い出が、ほとばしるように口をついて出た。バートリーは鉛筆を動かして話を聞き取り、要点を手早く書き留めては小見出しを思いつき、時々、「いいぞ」とか「第一級」などの言葉を差し挟んだ。「申し分ない宝の山──話の宝庫だ。すごい」バートリーは歓声を上げた。「これで六段はいけるぞ。どこかの雑誌社に持って行こう。挿絵入りの記事になる。キニー、どんどん話してくれ」

「静かに」と言って、キニーは首をすっと延ばして聞き耳をたてた。「どうも橇の鈴の音が聞こえたような気がしたもんで。でも、どうやら空耳だったらしい。そうさ、さっきの話だが、足が膝まで凍傷にかかったその男を飯場まで連れて来てな。おや、やっぱり橇の鈴の音だ」

キニーはさっと身構え、丸太小屋の向こう端まで急いで行って扉を開けた。すると、午後の澄んだ日差しが差し込み、橇の鈴の音が雪の中から湧き上がるように聞こえてきた。男の声と女の叫び笑う声が混じっていた。

「さて」キニーは戻ってきて、急いでシャツの袖を下ろし外套を羽織った。「厄介なことになるぞ。御一行様──橇二台で──私どもに御到来。どなたがどこからいらしたものやら。それでも、連れて行きたい場所はわかっている。もちろん、当然、伐採飯場が見たいのだ」迎え入れる気がないのを自らたしなめるかのように、キニーはこうつけ加えた。「と言って、不都合があるわけではない。だが、前もって少しくらい連絡しておいてくれてもいいはずだ」

人の声と鈴の音が次第に近くなってきた。扉がノックされるまでキニーは出ていかなかった。これがこの男の作法であった。

「キニー、キニー、やあ、キニーや」鈴の音が静まると、扉の前で男の叫び声がした。馬が一頭、頭を振ると、鈴が一度、シャリーンと調子のよい音を立てた。

「やれやれ」キニーはそう言って立ち上がった。「ウィレットに違いない。この飯場のオーナーで、住まいはポートランドでさ。友達を連れて行くからと冬の間ずっと脅かされてきたのだ。ちょっと、じっとしていてくだされ」キニーは言い添えた。アメリカ人ならだれでも、雇主には敬意を払うものである。キニーもウィレットに対して例外ではなかった。扉の外では一行のほかの連中も加わって「キニー、キニー」と大声で連呼していたが、当人は急ぐことなく落ち着き払って戸口へ向かった。

キニーがふたたび扉を開けると、「どうしたのかね、キニーは死んだと思い始めたよ」と挨拶代わりに言われ、周りからどっと笑いが起きた。

「いや、そんなことはねえ」バートリーの耳にキニーの返事が入ってきた。「わしを殺すには、予想外に手間がかかりますぜ」すぐにキニーは外へ出てしまい、バートリーの耳には話の内容は伝わってこなかった。

ついに、ウィレット氏らしい声が聞えてきた。「では、中に入って見ることにするか」女たちはしきりに叫び、笑いころげ、姿こそ見えないが、どうやら手を借りて橇から降りている様子だった。やがて一行はどやどやと音を立てながら入ってきた。

バートリーの血は騒いだ。こうしたことが好きなのであった。両方の親指をベストのポケットに突っ込み、両肘を下げ、落ちつき払って立っていた。すると、人懐こい態度でウィレット氏が近づいてきた。

「ああ、ハバードさん。あなたがいらしているから、馬の世話をしている間、自己紹介しておいてくれ、とキニーに言われましてね。私はウィレット。ここにいるのは私の娘たちです。こちらはマカリスター夫人、住まいはモントリオール。ウィザビー夫人、住まいはボストン。ウィザビー嬢、それにウィザビー氏。あなたほどのお方であれば、当然、お互い知り合いであるはずだ。ハバードさんは『エクイティ・フリー・プレス』の編集長ですよね。ハバードさん、ウィザビー氏は『ボストン・イヴェンツ』の編集長です。あ、申し訳ない。それと、マカリスター氏」

ウィレットとウィザビー家の女たちにお辞儀をすると、バートリーはウィザビー氏と握手をかわした。ウィザビーは大柄な男で、もったいぶったところがあった。口はおちょぼ口、髪は硬い巻き毛の白髪で、えらそうな態度でバートリーに接した。片田舎の編集者に会う都会の新聞のオーナーにお決まりの態度であった。

マカリスター氏は、丈の長いアルスターの外套にあざらしの皮の帽子をかぶり、背筋こそ伸びてはいるが、体つきはきゃしゃで小柄であった。名前を告げられると、滑稽にも爪先立ってもじもじと進み出てバートリーに手を差し出して言った。「あ、はずーめまして。はずーめまして」

マカリスター夫人は浮気相手を見るような眼差しで、バートリーをじっと見つめた。黒い瞳の英国人ふうの女で、目はかなり大きく、丸くぽっちりとし、なめらかな黒髪は後ろに引きつめて、派手な毛皮の帽子のすぐ下で一つに束ねられていた。毛皮の上着をゆるやかにまとい、寒さに備えた艶やかな姿は、暑さから身を守る南部の女の艶やかさに引けをとらなかった。リボンやスカーフには暖かみのある色が散らされていて、そこかしこできらりと光った。ゆるやかな上着の前をさっとはだけると、ボタンとビーズ飾りとバングルが、アメリカ人にはみられないほどふんだんにつけられていた。夫人はさっきまでバートリーが座っていた持ち運びできる長椅子に腰を下ろすと、一本の薪の上に両足を載せて交差させた。防寒靴におおわれていても、足は小さくスマートであった。整った横顔をさっと上げて夫人は部屋の隅々に視線を走らせた。「まあ、とても気持ちがよいこと。こんな快適な場所は初めてよ。こんな所で余生を送りたいものですね」喉のずっと奥から声を出して、夫人は一文ごとに末尾を上げた。「ここで思いがけない楽しさを味わわせて下さる、とどうして前もって教えて下さらなかったの。ウィレットさん、文句の一つも申し上げたいところですわ。でも、まったく知りませんでした。本当に」

「ええ、マカリスター夫人、お気に召していただいて嬉しく存じます」ぎこちなくウィレット氏は言った。婦人に慇懃な言葉を求められたときの、いかにもアメリカ人の中年男らしい言い方であった。

「中身をお知らせしていたら、不意の贈りものでもなんでもなくなってしまいますからね」

「そんなふうにお逃げになろうとしても無駄ですわ」マカリスター夫人は言い返した。「ほら、いらしたわ。私、この方にぞっこんなの」キニーが扉を開け、大柄の体をぬっと前に押し出すと、夫人は言った。

それには、だれもすぐにはなんとも応じず、ついにバートリーが笑い出し、大胆にもこう切り出した。「そうであれば、あなたに代わって僕がキニーに結婚を申し込みましょう」

「恐らく、私」すばやく機転をきかせようとして美女は大声で言った。「キニーさん、私がぞっこんなのはあなたの飯場です。わかっていただけて」キニーが近づくと、夫人はさらにこう言った。「でね、ここに来て、みなさんのお仲間として生活ができないものかしら。ウィレットさんにぜひともお願いしようと思っています」

「それは」この申し出にいくぶんどぎまぎしながらキニーは言った。「思いますに、これほど健康によいことはほかにありません」

『ボストン・イヴェンツ』のオーナーは振り返って室内に並ぶ家具を眺め始めた。ほかの女たちはオーナーについて歩きながら低い声で話していた。「ここはきっと飯場の男たちが寝るところよ」そう言ってベッドをじっと見つめた。

「キニーに説明させなければ」いくぶん慌ててウィレット氏は言った。

マカリスター夫人はさっと立ち上がった。「ウィレットさん、ぜひそうしていただきましょう。キニーさんにすべて説明してもらいましょう。私、キニーさんをおだてて説明してもらおうとしましたけれど、あの方、あまりに人をてこずらせるの」

キニーは説明役としてはおとなしすぎるように見えた。夫人はバートリーを傍らに従えて飯場を見てまわった。「ハバードさん、あなたを離しませんことよ。あなたのお友だちはとても皮肉屋さんで怖い方。ウィレットさん、考えてもみて下さいな。あの方、先ほどからずっと頭脳食の話ばかりですもの。私のことをからかっているのでしょうけれど。それにしても、ハバードさん、思いやりがありませんよね」

ほかの客が目を留めることにも、控え目ながらキニーが伐採人の風俗習慣について講釈することにも、夫人はまったく関心を示さなかった。相変わらずバートリーとふたりで少し離れた所に立ち、強がりを言ったかと思うと、すねて口をとがらせ、そうかしらとわずかに声を上げて、バートリーに次々と言葉を浴びせかけていた。そのさなか、バートリーの耳にウィレット氏の言葉が聞えてきた。「ウィザビー、だれか人を遣わして、こちらの様子を新聞に書かせるといい」ところが、マカリスター夫人が宙をさまよっていた目を意味ありげに向けて相変わらずおしゃべりを続けていたため、バートリーはボストンの新聞業界での出世を望んでいるにもかかわらず、ウィレット氏の話の中身を聞き逃してしまった。まるで、夢の中で考えがまとまりかけたのに握った手からすり抜けてしまったかのようであった。橇の隣にどうぞと夫人はバートリーを誘い、木材の伐採見学に同行させることにした。そのせいで、ほかの人たちは橇の中で窮屈な思いをしたが、それでも夫人は譲らなかった。これはいたしかたない。可憐な女の気まぐれにはみんな譲るよりほかなかった。夫人の思わせぶりな言動は英国人特有のわがままと米国人特有の無頓着さとが結びついたもので、どうやら駐屯軍やセント・ローレンス川の蒸気船、さらに、酒場での社交についてまで論評しかねない勢いであった。ウィレット家の女たちは、ウィザビー家の女たちに事情を説明する必要がある、とすでに感じていた。マカリスター夫人に出会ったのは前年の夏、海辺でのことで、夫人がイギリスに行く途中でポートランドに立ち寄った折だった。友だちの知人であって、自分たちは夫人をよく知らず、一緒に伐採飯場へ連れて来たのは父親に依頼されてのことだと。さらに、こうも言い添えた。カナダの女ときたら、アメリカの女以上に、男にずいぶん気を遣わせたがると。女たちが困ったのはマカリスター夫人の厚かましい言動だけではなかった。マカリスター氏の世間話やお世辞にどのように接してよいのかわからなかった。だからといって、バートリーがなにかとすぐに応じる姿も、確かに愉快なことではなかった。バートリーの方も気に入られて上機嫌ではあったが、マカリスター夫人のやり方には気遣いといったものがないと見抜いていた。それでも、こんな気分のときに目をかけられたことは慰めとなった。伐採飯場とはいえ、着こなしも見栄えもよい世慣れた男として上流社会の婦人に認められた。そう思うと、バートリーはマーシャへの怒りがますます強まり、自分自身に対していくぶん申し開きができた。

冬の早い落日があたりの雪を真紅に染め始めるころ、一行は飯場へ戻った。キニーが食事を振舞うことになっていた。みんなに楽しく過ごしてもらおう、このことばかりをキニーは心にかけていた。熱々のミンスパイと揚げたてのドーナツを出すほど上等な食事にした。キニーの言う、極上のいわしと桃の缶詰もいくつか開け、すべてお茶を煎れ直し、一皿、ソーダビスケットも出した。マカリスター夫人は皿越しになにやかやと述べたが、もっぱらバートリーひとりが相手であった。客に料理を出すキニーの姿は真剣そのものであった。バートリーが夫人の質問や意見に答えて、冗談にみせかけて自分のことに触れても、キニーは応ずることはなかった。

食後、伐採人たちが細長い小屋の反対側へ退いてしまうと、夫人はキニーに声をかけた。「ねえ、煙草を吸ってもかまわない、とあの人たちに言ってやって。私たちまったくかまわないのよ、本当に。だれか芸のできる人はいないのかしら。歌でも、踊りでも」

こう言われると、キニーはいくぶん気持ちが落ち着いた。「連中の中には第一級の木靴ダンスを踊る者がいます。しかし、少しばかりうぬぼれの強いやつですから、踊ってくれるかどうか」キニーは低い声で言った。

「うぬぼれの貴族気取りもいいところ」夫人は大声で言った。「それでは、まず、私たちが踊るより仕方ないわね。なにか演奏できて」

「鳥も顔負けに口笛を吹くやつがいます。やつは大編成の楽団みたいに、さまざまな音を口笛で吹けます」興奮しながらキニーは言った。「もちろん、カナダ野郎はヴァイオリンを弾きます」

「カナダ野郎って、どなたのこと。私どもカナダ人を軽べつしてそんなふうに呼んでいるの」

「ええ、奥様、よくない言い方ですがね」後悔するようにキニーは言った。

「絶対にいけないことよ。そのカナダ野郎というのは、どなたのこと」

夫人は立ちあがり、傷ついたとでもいうような態度でキニーと一緒に前に進み出て、浅黒い肌にぎらつく目をした若い伐採人にフランス語で話しかけた。男は真っ白い歯をすっかり見せて微笑んで答え、仲間の一人に目をやった。二人は立ち上がり、寝台からヴァイオリンを取り出して前に進み出た。ほかのカナダ人も加わった。しかし、アメリカ人は陰気そうに尻込みするだけであった。一方だけを引き立てるような勝手なまねをされ、アメリカ人は明らかに気に入らなかったのだ。

「キニーさん、木靴のダンスが得意な方にはいずれ踊っていただきましょうよ」元の場所に戻るなりマカリスター夫人は言った。

カナダ人たちは演奏を開始し、昔ながらの実に陽気なフランスの歌を歌い出した。暗い出来事がうち続き、母国フランスの国民感情がすっかり変わっても、人々はこうした歌だけは悲しいものにしないように努めてきた。北米大陸での大河沿いの生活や、広大な森林に囲まれた生活、それらを称えて曲にふさわしい歌詞をつけた歌。愉快な船歌や狩の歌には、疑うことも気遣うことも知らないフランス人の陽気な魂が吹き込まれている。革命が起ころうとも、ナポレオン一世の時代に戦争がうち続こうとも、一向に気にしないフランス——曲の中には、二百年も昔に人々とともに海を渡ってきた歌詞が今なお息づいている。それから、演奏はすぐに踊りへとなだれこんでいった。演奏者の背後では、ひょろりとした若者が十数人、滑るように踊り、固い土の床を踏み鳴らし、拍子を合わせて歌っていた。

「さあ、さあ」大声を上げながらマカリスター夫人は立ち上がり、居ても立ってもいられずに小さな足で床を踏み鳴らした。「私たちも踊りましょう」

夫人はバートリーの手を取り前に引っぱり出した。マカリスター氏がウィレット嬢とその後に続いた。ウィレット嬢の方が背は高かった。夫人の指示でカナダ人の二人が前に進み出て、ほかの若い婦人に丁重に踊りを申し込んだ。気分は伝わりやすいものである。同意を取りつけたパートナーが驚く暇もなく、コティヨン（フランスの社交ダンス）は大いに盛り上がっていた。カナダの歌には夫人が歌える曲もあった。歌声は澄んで若々しく、男たちの声に交じって朗々と響いた。空気を入れようと開け放たれた窓からは、森の野生動物の鳴き声も聞こえてきた。大山猫の悲しげな鳴き声、遠くでほうほうと鳴く荘重なふくろうの声。

「楽しいわね」フィギュア（旋回）が終ると、夫人は押しつけがましく聞いた。ここでキニーは一番の踊りの名手のところへ行き、腕前を披露してくれるように説き伏せにかかった。口笛で伴奏してくれたらとの条件で男は同意した模様で、はにかみながらも横柄な態度で前に進み出ると、少女のように体を硬直させ反り身の体勢を取った。そして単調ながら力のこもったジグを一気に踊り始めた。恐らく、これがアメリカの踊りというものなのだ。踊り手の体は実に美しい形となり、踊るにつれて、ますましなやかになり、吹き鳴らす口笛はいっそう荒々しく早い旋律となり、吹き手は両手で拍子を取った。烈しい旋律と踊りには人の血潮を騒がせるものがあった。踊りが終るとマカリスター夫人は帽子をさっと脱ぎ、見物人の間を駆け巡ってお金を集めた。だれも言い逃れは許されなかった。集めたお金をキニーに渡すと、伐採人たちになにか寒さ凌ぎをあげて、と夫人は言った。

「仮にここがカナダの居酒屋とすれば、ウイスキーでしょうね」夫人はウイスキーを薦めた。

「この飯場では、ウイスキーはどうかな」キニーは言った。

夫人はバートリーの方に向き直った。「ハバードさんも、なにかやりたくてうずうずしていらっしゃるのでしょう。ハバードさん、いかがかしら」口には出さなかったが、バートリーには夫人の目の前で目立ちたいという思いがあり、それを読み取られたために驚いて目を上げた。「さあ、学生のころの歌を歌いなさいな」

学生時代に歌の訓練を受けた、とバートリーは虚栄心から夫人に打ち明けていたのだった。かつてクラスで評判を取った歌、まじめで滑稽な歌を歌いたい、とバートリーはちょうどその時、本当に思っていた。カナダ人からヴァイオリンを借りると腰を下ろし、バンジョーを弾くように、ヴァイオリンをかき鳴らした。歌は一部、語り演じるような種類のものであった。なるほど、かなり見事な演奏ではあったが、ウィレット家やウィザビー家の女たちには何を言っているのか、よくは飲み込めない様子であった。男たちの方も、教育を受けたアメリカ人がやるにしては大いに品位を欠いている、と思っているようであった。

マカリスター夫人は手で口元を隠して欠伸《あくび》をするふりをした。「なんと馬鹿げた歌でしょう」そう言って夫人はさっと立ち上がり、外套などを身につけ始めた。ほかの人達も暇を告げる合図とばかりに喜んで夫人に倣った。「さようなら」夫人は大声で言うと、キニーに手を差し伸べた。「あなたの考え、馬鹿げているとは、この私には思えません。どこまでも良識的だと思えます。料理をするにはぜひとも頭脳のことも考えてね。さようなら」まずはアメリカ人に、次にカナダ人に手を振り、恭《うやうや》しく二手に別れて並んだ列の間を夫人は立ち去った。「アデュー、ムッシュ。さようなら、みなさん」夫人はバートリーには単に会釈を送っただけであった。ほかの人たちもバートリーとの別れは冷やかであった。冷たい、とさすがに本人も感じないわけにはいかなかった。女の媚とは生半可に付き合ってはだめだ、いつもそう思っていたのに、今回、夫人の媚びた態度の責任は自分にあるようにバートリーには思えた。だが、これは思ったほど不名誉なことではなかった。浮気女が厚かましく振舞えるのは、相手の男次第であった。生半可なりにも、実際、男が女に接すれば、恋は恋で、戯れなどではありえないのである。

伐採人たちは長靴を足から引き抜くとベッドにもぐり込んだ。横になって煙草をふかす者もいれば、すぐに眠りに落ちてしまう者もいた。

バートリーは冷たくされて心の痛みがおさまらず、キニーの気を引こうと何度かそれとなく働きかけた。

しかし、キニーは素っ気なく「ベッドの支度はできている。好きなときに寝てくれ」と言っただけだった。

「どうかしたかい」バートリーは聞いた。

「そう聞かれれば、別になにもねえ、と言うしかねぇ」キニーはそう答えて、翌朝の食事の下ごしらえに余念がなかった。

その怒りを含んだ背中にバートリーは目をやった。相手が傷ついていることはわかっていた。あいつ、変人振りを面白おかしくマカリスター夫人に告げ口されたとでも思っているのではないか。確かにバートリーはキニーを笑い者にし、だしにして夫人を楽しませようとした。しかし、できるだけ傷つけないようにしたつもりであった。バートリーは長椅子から立ち上がり、縁に模様を刻むのに使っていたペンナイフをぱちりと閉めた。

「今夜は失礼した方がよさそうだな」そう言い捨てて、バートリーはキニーが掛け釘に掛けておいてくれた帽子と外套を取りに向かった。外套を着込み、帽子をかぶり、怒りに体を震わせながらボタンを掛けた。ようやく顔を上げたキニーは、客として迎えたはずの男の仕草に気づいた。

「おや、どうした——おい、どこへ——行こうと言うのかね」うろたえて言葉がつかえた。

「エクイティだ」バートリーは外套のポケットを探り手袋を取り出してはめ、相手には目もくれなかった。キニーの大きな手は両方ともパイ生地の鍋に突っ込まれたままであった。

「まあ——まあ——駄目だ。行っては駄目だ」キニーは言い立てた。気が動転してさっきまでの怒りも吹き飛び、冷たくあしらってすまなかったという後悔の念だけが残った。

「そうはいかんだろう」バートリーは厚手のアルスター外套の衿を立てた。このコートを着たのは、この区域の住人ではバートリーが最初であった。

「だって、これだもの」声を張り上げると、キニーはパイ生地から手を引き抜き両手をこすって、できもしないのに粉を落とそうとした。「こんな別れ方をしてもらいたくはねえ」

「そうかね。お言葉に従えなくて申し訳ない。でも、おいとまする」バートリーは言った。

キニーは笑おうとした。「おい、ハバード——おい、バートリー——おい、バート」声を張り上げた。

「どうしたんだい。俺は怒ってなんぞいないぜ」

「お前がひどい態度をとるからだ。おやすみ」バートリーは簡易ベッドの間を大股で歩いて行った。ベッドは鼾をかく伐採人たちで埋まっていた。

慌ててバートリーの後を追うと、行くな、とキニーは声をひそめてせがみ抗議もした。行く手を遮り、粉だらけの手で体を押しとどめ、力ずくでも引き留めたいと思った。しかし、いくら窮地に追い込まれたとはいえ、バートリーの上着には恐れ多くて触れるわけにはいかなかった。なにも羽織らず、バートリーを追って凍てつく大気の中へ出ると、馬鹿な真似はしないでくれ、としきりに頼み込んだ。「こんなことになっては、俺はまるで悪魔みたいではないか」哀れっぽくキニーは嘆いてみせた。「さあ、今すぐに、戻ってくれ。お前の気のすむようにするから。そうできるから。お前は紳士だ。だからわかってくれるはずだ。戻ってくれよ。でなければ、俺はもうどうすることもできなくなってしまう」

「悪く思うなよ」バートリーは言った。「戻るつもりはない。おやすみ」

「ああ、神様」キニーは嘆いた。「どうしたらいいんだ。おいおい、エクイティまではたっぷり三マイル以上はあるぞ。森は大山猫だらけだ。安全とは言えん」なおもバートリーを追って、小道から道路にまで出た。

「危険は覚悟の上だ」バートリーは言った。

キニーが飯場の扉を開け放したままにしておいたので、眠っていた男たちを起こしてしまった。みなに喚《わめ》き罵られてキニーは我に返った。「そうかね、行くかね。行きたいのであれば」やけになって呻いた。「さあ例の金だ」粉だらけの手をポケットに突っ込んで、キニーは丸めた札を何枚か引っ張り出した。「さあ、取ってくれ。数えている暇などないが、どうせきちんとある」

バートリーは振り返ってキニーを見ることさえしなかった。「そいつは、きさまの金だ。取っておけ」言い捨てて雪の中を突進した。「これできさまの命が助かるならば、俺は一銭もいらない」

「わかったよ」納得できないながらも後悔してキニーは言った。伐採人たちに小言を言われ、自分でも良心の呵責に苦しみ、キニーは引き返して閉じこもってしまった。

バートリーは道を突き進んだ。怒りのあまり厳しい寒さも感じなかった。部屋に戻ると、翌日の旅立ちに備えて夜中まで荷作りをした。片づけ終わってベッドに入り、もう二度と目を覚ますことがないように、となかば本気で願った。こんな気持ちになるのもキニーが好きだから、というわけではなかった。これまでも、好んであら捜しをする全知の神の生贄にされ、長年ずっと傷を負わされてきたのだ。愚か者に不機嫌な顔をされただけとはいっても、それはそうした神の一連の仕打ちの極みにほかならなかったからである。

そうした神の不当な扱いに抗《あらが》ってみてもしかたないとわかってはいても、バートリーはまんじりともせずに夜を明かした。遅い朝食に下りていったが、食べ物は食欲をそそるようなものではなかった。それならば、せめて食卓でひとりになりたかったが、その旨《うま》みも味わえなかった。いつまでも食卓を離れない婦人客が何人かいた。前日耳にした気になる噂の真相を、もっとも信頼できる当の本人から聞き出し、明らかにしようとしていたのである。丸太作りをして残りの冬を過ごすつもりだったって、それ本当のことなの。『フリー・プレス』を見限るって、それ本当に確かなことなの。ヘンリー・バードが編集長になるって本当なのかしら。バートリーは皮肉を込めながら、確かにそのとおりだと答えて、持物を取りに印刷所へ向かった。着いてみると、病み上がりの青白い顔をしたヘンリー・バードが仕事をこなしていた。見るからに職責を全うしている様子であった。万一、外出する際にはバードに任せよう、そう常々心がけてきたのはバートリーであった。ところが、今となってはこの光景がバートリーには気にくわなかった。編集室がすでにわずかながらも模様変えされているのも腹立たしかった。この部屋の主に返り咲くつもりはない、そんな自分の気持ちが暗黙のうちに了承されてしまっていた。

バードがぎこちなく挨拶すると、印刷工の女たちも素っ気なく会釈をして、おさまりそうにもないくすくす笑いをかみ殺していた。口には出さないが、あんたはもうここの主人ではない、とバートリーに言っているようであった。植字室にいると、ハンナ・モリソンが入ってきた。外での仕事を終えたらしく、バートリーの姿を見かけると、じっと見つめて、なにも言わずに平然と通り過ぎていった。バートリーのインクスタンドにはゲイロード弁護士からの手紙が載っていた。最後の勘定が簡単に計算され、バートリーに支払われるべき差額が同封されていた。老弁護士はまるで村の実業家のように細心の注意を払って、すでにわずかな金額までこまごまと差し引いていた。バートリー自身、まさか支払うことになるとは思ってもみなかったものである。これに劣らず宿の亭主もけちで、バートリーが請求書を求めると、以前ならば請求書に記載しなかった項目にまで金銭を求めてきた。でっちあげだ、とバートリーは直感した。だが、反駁しようにもどうすることもできなかった。しかも、子馬付きで橇を宿の亭主に売りつけたいと思っている手前、取引に障るようなことはしたくなかった。すでに支払ったはずなのに、店屋の請求書が宿の亭主経由で何枚か渡され、各教会からは過去十八ヵ月のごくわずかな座席料の請求書が送られてきた。教会では無料で優待されているとばかり思ってきた。この請求書だけは宿の亭主の目の前でずたずたに破り、痰壺に落として無いことにしてしまった。ゲイロード弁護士が同封してくれた全財産というべき金が、誰かれとなくエクイティの人々にわし掴みにされ、みるみる少なくなっていくようにバートリーには思えた。村での人気も一夜にして消え失せてしまったかのようであった。よその土地へ行ってしまうと万一知れ渡れば、誰もがそれに反発して悲しんでくれるのではないか。そんな絵空事をバートリーは思い描いたこともあった。だが実際、人は事の成り行きにおとなしく従うだけで、毒にも薬にもならなかった。

ヘンリー・バードとハンナ・モリソンの件で秘密が漏れてしまったのではないか。バートリーは訝《いぶか》しんだが、そんなことは、もうどうでもよかった。願いは一つ。できるだけ早く、エクイティの雪を足から払い落すことであった。

食事を終えて泊り客らが出て行ってしまい、ここで時間をもてあそぶ人たちもまだ集まっていなかった。バートリーは宿の亭主に子馬付きで橇を買わないかと申し出た。子馬を欲しがっていると知っていたからだ。ところが、こう言われてしまった。「冬の真っ最中に、こんなふうにして馬を買うのはどうですかね」

「わかった」バートリーはそう答えると「子馬を橇につないでくれ」と言った。

アンディ・モリソンが馬橇を引いて来た。畏怖の念に打たれたような愛情を込めて、アンディはバートリーのこわばった表情を見た。父親がバートリーと面会してからというもの、家族の間では何度となくいざこざが起こった。その間、家族がバートリーをどんなに悪く言っても、バートリーを慕うアンディの気持ちは消え失せなかった。なんとしてでも変わらぬ忠誠心を示したい、とアンディは望んでいた。しかし、どうしたらよいのか、ましてやどんな言葉を口にしたらよいのか思いつかずにいた。

バートリーは旅行用の手さげ鞄を橇に投げ入れた。トランクを積み込む手伝いをしようとしていたアンディが馬の頭から離れた時、バートリーはアンディに一ドル紙幣を差し出した。「要りません」少年は恥ずかしげに受け取りを拒否した。バートリーを純粋に慕う気持ちからであった。

だが、バートリーは誤解し、すねて怒っているものと思い込んでしまった。「そうかい。それは結構なことだ」バートリーは言った。「馬の頭を掴んでくれ」

宿の亭主が外に出て来て言った。「ちょっと待ってください。どこで列車に乗るおつもりですか」

「連絡駅だ」バートリーは答えた。「あそこならば、子馬を買ってくれる人がいる。何か用かね」

数歩後ろに下って亭主は橇の作りを眺めた。「この馬に引かれてみたいものですな」亭主は言った。「特に急いでいなさらなければ」

「乗ってくれ」バートリーが答えると、亭主は手綱を手にした。

馬を走らせながら、時折、亭主は立ち上がり、泥除け越しに馬の脚取りを調べた。「春にお披露目する折には、この馬にぞっこんという人も出ますな。前から気づいておったんですよ」

「そうかね」バートリーは同意した。

「ぐいぐい引っ張りますね」

「確かに」

ふたたび立ち上がると、亭主は馬の脚を細かく調べた。「以前、後ろ脚の膝は腫れてはいなかったはずだが」

「そうだったかね」

「夜、蹴飛ばしたのでしょうな」

「そうだろうな」

亭主が子馬の尻に鞭を軽く当てると、馬は全身を縮め、前にわずかに跳び出した。しかし動きは上々であった。

「昼間、蹴らないとも限らん」

「そうだな」バートリーは言った。「何事によらず、はっきりしたことは言えないものだ」

二人の男は黙ったまま馬橇を走らせた。ついに亭主が口を開いた。「ところで、この馬は思っていたほど脚が速くない」

「こいつより速い馬もいるにはいる」バートリーは答えた。

前へと動きを見せる子馬をよく見ようとして、亭主は斜めに身を乗り出した。「右側の前脚に副え木がしてある。気づかなかった」

「副え木、ええ、たぶん当てている」

ホテルに戻ると、二人とも橇から降りた。

「怖気づきやがって」亭主は言った。下から手を当てると、馬が震えていた。

「そういう質《たち》の馬だ」バートリーは言った。

亭主は遠く戸口まで引き下がると、品定めをするかのように子馬をじっと眺めた。「この馬を上手く乗り慣らしてきたから、息切れさせたことなど、あなたにはなかったのでしょうな。だが、どうしても、こんなふうにハアハアする」

「いいかね、シンプソン」ごく静かにバートリーは言った。「この馬のことは、俺に負けないくらい君もよく知っている。つべこべ言うことはない。買いたいのだろう。いつも買いたがっていたではないか。値をつけさせてくれ」

「そうですね」亭主は苦しげに言った。「いかほどですかね。このままの馬付き橇の装備全体で。馬と、橇と、革紐と、膝掛けで」

「二百ドルだな」バートリーは即座に答えた。

「七十五ドルでは」負けずにすばやく亭主も答を返した。

「アンディ、そのトランクの端を持ってくれ」

二人がトランクを橇に積み込んでも、宿の亭主はなにも言わなかった。バートリーも乗り込んだ。荷物を片側にずらすと、腰から下を膝掛けでおおって座席に陣取った。「この子馬にかかれば、五分もしないうちに、一日中、どんどん道を進める。いつも二分半もあれば、もう速脚だ。君だってわかっているだろう」

「それでは」亭主が言った。「ちょうど百ドルではどうです」

バートリーは体を前に倒して手綱を引き寄せた。「アンディ、馬の頭から手を離してくれ」落ち着いて命じた。

「百二十五ドル」大声で亭主は叫んだ。買えるチャンスを逸したことに亭主は気づいていなかった。

「どうなんだ」

子馬に鞭を当てながら、バートリーがなにかつぶやいたが、亭主の耳には届かなかった。亭主はその場に立ちつくし、橇の姿がみるみる消えてゆくのを見送った。きっと戻ってくる、とどこか期待にも似た気持ちを愚かにも抱いていた。出て行ったまま戻ることはないと気づくと、亭主はささやいた。「馬鹿者めが。俺に売っていたら、お前さんも助かるだろうに」馬もよいが人間も素晴らしい、と亭主はすっかり感心しながら、建物の中に入っていった。崇拝とも言える感情であった。

第十二章

こうして土地特有のけち臭さという最後の一滴が加わったことで、いわばバートリーの酒盃は目いっぱいほろ苦いものとなった。その盃も、町はずれの例《くだん》の屋敷の前を通過するころには、すっかり飲み干してしまったようであった。手で顎をこすりながら、老いぼれ弁護士が事務所のストーブの傍らに座っているのがバートリーにはわかっていた。願わくは、最後に見かけた時のまま、相も変わらず惨めな姿を晒していて欲しいものだ。だが、マーシャが窓辺に座っているとは知らず、バートリーは視線を投げようとはしなかった。マーシャは部屋に閉じこもり、もしかしたら、バートリーが通るかもしれない、と期待しながら通りを食い入るように見つめていた。バートリーが通り過ぎた瞬間、マーシャはその姿を捉えた。なに一つ見逃すものかと構えていた目に、旅支度をした姿が映ったのである。二度と戻るつもりのない出で立ちに見えた。後ろから呼び求めるかのように「バートリー」と悲痛な声をあげると、マーシャは椅子に体を深々と沈めて目を閉じた。

バートリーはさらに橇を走らせ続け、屋敷の先の深い谷間を突き進み、この間の日曜日にマーシャと橇を走らせた道を何マイルか進んだ。だが、あの日とは違って、折り返して再び村へ戻ることはなかった。十マイル進んでからはゆっくりと馬を走らせたので、連絡駅に着いたころには夕陽の名残りが斜めに雪を照らしていた。買ってくれそうな人のところへ連れてゆくのに、息をきらして全身汗びっしょりの馬というわけにはいかなかった。こう言って売りこみたいと思っていた。「見てやってくれ。三時に出て、十五マイルも走ったのだ。今だって、切れのある走りは出て来た時と変わらないぜ」

それは嘘ではなかった。荷物を連絡駅に置くなり、バートリーはさらに一マイル田舎へと橇を走らせた。この近辺に夏の別荘を構えている紳士から、子馬を売ってくれないか、と以前冗談交じりに言われたことがあり、その紳士のもとで働く農夫に会いに出かけたのだ。農夫は留守であったが、ボストンから来る北行きの列車で戻るということであった。バートリーは時計を見た。男の帰りを待てば、六時の南行きの列車に間に合わない。十一時まで列車はほかにないのだ。だが、待つだけのことはある。以前、紳士からこう言われていたからだ。「子馬を売って金が欲しければ、いつでも連れて来るといい。おかかえの農夫に金を用意させておくから」バートリーは北行き列車の到着を待った。しかし、農夫は着いたものの、ためらい渋るばかりであった。ファーナム旦那から連絡があるまでは買うわけにはいかないと言った。それでも最後には、子馬だけであれば自分の裁量で八十ドルは出せる、と申し出た。だが橇は不用とのことであった。

「ファーナム旦那に手紙だ」バートリーは言った。「こう書くのだ。相手に仕掛けてみたが、思惑通り八十ドルというわけにはいかなかった。子馬は手に入れられなかった、と」

強がって何喰わぬ顔はしたものの、内心、バートリーは気落ちしていた。子馬を売る話をするには好都合とばかり、農夫を連絡駅から家まで送り届けたのだが、早くも夜の帳が下りるなか、バートリーはむっとして、やけくそになりながら駅へと引き返した。

大気はすでにいくぶん緩み、雨か雪になりそうな気配であった。どんよりと闇が迫り始めていた。子馬は速足から歩幅を狭め、はずむような上下の揺れに変わり、しまいには疲れているのか並足になった。そのため、連絡駅に引き返す道すがら、惨めな人生になってしまったものだとバートリーは痛感するにいたった。こうして絶望しきってしまうのは、年配者よりも若者に多い。幸運、悪運、顧みられぬ運、いずれにしても、経験を重ねるといつまでも同じ運命を辿るわけではないとわかるものなのだ。とは言っても、恐らく顧みられぬ運、これこそ運命の不断の顔に見える。十日前の状態と比べると今の凋落ぶりは信じられず、十日前にあったことを証明しようにも、筋の通った説明はなにもできなかった。これまでのバートリーは順風満帆であった。事はどこまでもよくなるばかりであった。それなのに今はもう、ポケットの中に十五ドルと買い手のつかない馬がいるだけで、今ここで闇に包まれている。世間から見放され、見捨てられ、家もなければ希望もない。こうなったのは、いったい誰のせいなのか。馬鹿な真似をしたものだ、とバートリーは認めないわけにはいかなかった。しかし、すべてを与えるマーシャの愛に気づき、献身的な愛がどういうものか、生まれて初めてわかったではないか。これまで味わったこともないほど気高い気持ちになったではないか。それなのに、あのようにマーシャに身を引かれてしまい、せっかくの気持も奪われてしまった。人になにかしてやりたい、その人にとってかけがえのない人間でありたい、と微《かす》かではあっても初めて感じていたのに、そのはやる気持ちもマーシャのせいで押えつけられてしまった。俺を駄目にしたのは、だれでもない、マーシャなのだ。

連絡駅でバートリーが橇から飛び降りると、束ねた多色信号灯を携えた駅長が足を止め、栗毛の馬に光を当てた。

「見事な子馬だな」

「ええ」バートリーは馬に毛布を掛けながら言った。「誰か買ってくれる人はいませんかね」

「持ち主は誰だね」

「私です」バートリーは大声で言った。「盗んだとでもいうんですか」

「馬をどこで手に入れたかなんて知るものか」駅長はそう言うなり立ち去って、幅の狭いプラットフォームの先の雪に赤と緑の光をちらつかせていた。


バートリーは寒さに震えながら、広くがらんとした見栄えのしない駅舎に入った。ストーブの近くには、何脚か丸く抉《えぐ》り削《そ》がれた肘掛け椅子が備えつけられていた。その一脚にバートリーは腰を下ろした。紳士用待合室の木の壁には、時刻表と派手な広告がわざと人目につくように飾られていた。西部の鉄道や無償土地払い下げを伝える広告であった。紳士たちに文字や絵でいたずら書きされないように、木の壁には紙やすりがかけられていた。冬には旅に出る観光客はなく、専用待合室は閉ざされてしまう。そのため、婦人客も紳士用待合室を使わざるを得なかった。だから、なおのこと紳士用待合室の落書防止は賢明な策であった。連絡駅は夏こそ慌ただしいが、雪が降り出すと解けるまでは実に閑散としていた。それでも、北や東から数は少ないながらも客を乗せた直通列車が到着したり、地元の駅には停まらない列車に乗ろうと地方の旅好きがこの駅までやってくると、この時ばかりは駅舎の寂しさも和らぐのだった。荷物係とポイント係を兼ねた駅長ひとりのところへ、度々、乗客が一気に舞い込むものだから、駅長はひどく苛立ち落ち着かなくなることもあった。今夜ここに侵入した者はバートリーひとりだけであった。ストーブの傍らに腰を下ろしていると、気持ちに逆らうかのようにマーシャとの思い出が甦り、雲のようにバートリーの心に暗い影を投げた。その時である。外でかわす会話の一方の声が聞こえた。

「何ですって」

何か質問が繰り返された。

「いや、三十分前に出た」

さらになにか尋ねているようではあったが、バートリーには聞き取れなかった。

「次の南行きの列車は十一時だ」

嘆いているとも哀願しているともつかない声が、またかすかに響いた。

「また来るなら、もう少し早めの方がいい。この列車に乗りたい者は、たいていそうしている」

女の絶望したような呻き声が、今ようやくバートリーの耳に達した。駅長に冷たくあしらわれ、なにを聞いても無駄、だから客は女にちがいない、とバートリーはすでに察しをつけていた。かといって、その女に同情しているわけではなかった。いい気味だとも思わなかったのは、駅長の傲慢な態度に自ら傷ついていたからである。ドアが開き女が入ってきた時、一言で言えば、バートリーは最悪の状態にまで落ち込んでいた。その女の態度は狼狽しているとも大胆不敵ともいえるものであった。自分と同じように絶望しきっているような気さえした。バートリーはかたくなに席を譲らなかった。女の方も、バートリーに注意を向けているようには見えなかった。上からぼんやりとランプの光が差すなかを女はストーブに近づいた。ハンカチを探すかのように一方の手をポケットにあてがうと、反対側の手でヴェールをさっと払い除けた。すると、涙に泣きぬれた顔が現われた。

バートリーは、どうにか立ち上った。「マーシャ」

「まあ、バートリー――」

そこにいるのは生身のマーシャなのか確かめようと、バートリーは相手の腕を掴んでいた。ひやりと冷たいものが体を走り、バートリーは恐ろしくなった。目や耳の錯覚などではない。手と手を触れ合うと烈しい感情にかられ、これまで互いに嘗めてきた苦しみなど、もうどうでもよくなっていた。マーシャが頭を胸にもたせかけてくると、バートリーは腕をまわして体を抱きすくめた。ふたりは打ち続いた悲しみと、いずれは舞い戻るはずの理性とのはざまで、その刹那、我を忘れて幸福に浸りきるのであった。

「マーシャ、ここで何をしている――何を」ついにバートリーは尋ねた。

ふたりは壁際にぐるりと備え付けてある長椅子に身を沈めた。並んで座ったまま、バートリーは片方の手でマーシャの両手をしっかりと握り、もう片方の腕で体を抱いた。

「わからない――私――」喜びに酔いしれる自分を、マーシャは落ち着かせようとしているようであった。「ネティ・スポールディングに会いにゆくつもりだったの。そうしたら、あなたが橇で家の前を走って行くのが見えたの。で、ここに来ると思った。耐えられなかった――私、耐えられなかった。間違っていたと言えないまま、許しを、そう、許してくださいと言えないまま、あなたが行ってしまうなんて。あなたは許してくれるはずだわ――私――私――あなたのことがとても好きだからこそ、あんな態度を取ったとわかってもらえる、と思ったの。前の列車で行ってしまったのではないか。そうだと――そうだとばかり思っていたわ」マーシャは震えていた。わずかに起こしていた体をふたたびバートリーの腕に沈めた。

「どうやってここに来たんだい」バートリーは聞いた。マーシャが今ここにいるのはごく当たり前の現実だと納得できる証を、精一杯、自分自身に示そうとするかのようであった。

「アンディ・モリソンに連れて来てもらったの。父がアンディをホテルから呼び寄せてくれて。あなたになんと言われようとかまわない、と思った。私がいけなかったと伝えたかったの。そうよ——悪いのはあなたと思わせたまま——行かれてしまうのは嫌だったの。あんなことを言っておきながら、そう思ったの。追い払われてもいい——笑われてもいい、気のすむようにされてもかまわない。言ったことをせめて撤回させてもらえるなら——」

「撤回するがいいさ」バートリーは夢心地で言った。体の中で凝り固まっていた悪意がすべて砕け、一滴一滴、雫となって心の中で溶けていくのが感じられた。哀れにも愛に翻弄された娘。導き手もないまま、取り乱し、向こう見ずに走る娘。バートリーにとっては、こんなマーシャでも慈愛の天使であった。いくら愚かなことをやろうとも、過ちを犯そうとも、天上の安らぎと希望を運んでくれる使者なのだ。「マーシャ、僕はひどい男さ」口ごもりながらバートリーは言った。「そのことは、知っておいてもらいたい。僕のことをあきらめたのは間違っていなかった。僕はハンナ・モリソンに言い寄った。結婚するとまではけっして約束しなかったけれど、惚れていると思わせた」

「その話は、もうどうでもいいわ」娘は答えた。「話したでしょう。婚約した日に、婚約前のことはなんであれ、私、考えないと。あなたが口にすることに一言も耳を貸そうとしなかったあの日、私は約束を破ってしまった」

「僕にやきもちを焼いたから、ヘンリー・バードを殴った。その時、殺してしまったように罪の意識を覚えた」

「仮にバードを殺したとしても、約束したのだから、私もあなたと同罪よ。バードを殴ったようなものよ——けっして気にしないと約束していたのだから」バートリーの目に涙がみるみる浮かぶのがマーシャにはわかった。「ああ、かわいそうに、バートリー、かわいそうに、バートリー」

マーシャはバートリーの頭を両手で抱えて胸にぐっと押さえつけ、体を両腕でしっかりと包んでやさしく哀れんだ。

駅長が入って来て、手にしていたカンテラを下に置き、消えそうなストーブの火に燃料を足した。バートリーとマーシャは体を少し離した。しかし、駅長は鉄道に雇われている身である。列車という列車で、これ見よがしに繰り広げられる愛の姿には慣れきっていて、邪魔をしているという意識はなかった。駅長はふたりにはほとんど目もくれずにストーブの火を整えて外へ出て行った。ストーブはゴーと音を立てて燃え出した。

「アンディ・モリソンはどこかね」バートリーは尋ねた。「もう帰ってしまったのかい」

「いいえ、向こうのホテルにいます。北行きの列車の時刻を調べてくるまで待つように、と言ってあります」

「そう言っておいて、ボストンへ行く列車は何時かと聞いていたわけだ」いつものように冷やかす調子でバートリーは言った。「さあ行こう」バートリーはマーシャの腕を抱えて、待合室から橇が置かれている外へ連れ出した。橇に子馬が繋がれているのを見てマーシャは驚いた。

「さっき、どうして目に入らなかったのかしら。でも、たとえ見かけたとしても、馬を売り払ってよそに行ったと思ったでしょうね。ここに馬を売りに来るとアンディが話していたわ。急行列車はすでに出てしまったと駅長さんから聞いた時、それに乗ったとばかり思っていたの」

ホテルのポーチでは、アンディがぼんやりとマーシャの戻ってくるのを待っていた。体重を左右の足に交互に移し換え、降り出した雪の切片が顔に吹きつけると、厚手の外套にくるまって自ら体を抱え込んでいた。

「アンディ――君かい」バートリーは尋ねた。

「はい、そうです」バートリーがマーシャと一緒にいるのを見ても驚きもせず少年は答えた。

「おい、こっちだ。馬の頭をちょっと押さえてくれ」

言われるままにアンディが押さえると、バートリーは雪除けの上に手綱を投げて橇から飛び降り、ホテルの中に入った。そして、しばらくすると宿の亭主を伴って戻って来た。

「まあ、そこならば、せいぜい一マイル半だな。この通りをまっすぐに行って、最初の角を左に折れれば、もうそこだ。左側の一軒目の家だ」

「ありがとう」バートリーは応じた。「アンディ、マーシャは私にあずけてきたと弁護士殿に伝えてくれ。マーシャの帰りについては俺が面倒をみると。君は急ぐことはないからな」

「わかりました」少年はそう答えて、納屋から馬を出しに建物の角を曲がって姿を消した。

「では、お戻りになるころまでには準備万端整えておきます」亭主は玄関の扉を手で少し開けたまま言った。「首尾よくいきますように」大きな声で言い添えドアを閉めた。

マーシャはバートリーの腕に手を通すと、両手をしっかりと結び合わせ、頭を肩にもたせかけた。ふたりともしばらく無言のままであった。やがてバートリーが口を開いた。「マーシャ、ここがどこかわかるかね」

「あなたと一緒のところ」安心しきった声でマーシャは答えた。

「これからどこへ行くのか、わかるかい」バートリーは身を乗り出してマーシャの冷たく清らかな頬に口づけをしようとした。

「いいえ」すっかり満ち足りた様子でマーシャは答えた。

「これから、ふたりは結婚するのさ」

腕を握っていたマーシャの手がしばらくの間、微動だにしないのをバートリーは感じた。マーシャの心の中でさまざまな思いが渦巻いた。そして、葛藤がおさまったとでもいうかのように、マーシャはなにも言わずに力を抜いて、バートリーに体をあずけてもたれかかった。

「マーシャ、戻りたければ、まだ戻る時間はあるよ」バートリーは言った。「あそこを右に折れればエクイティだ。二時間で家に帰れる」ぞっとしてマーシャは体を震わせた。「僕は貧しい——君も知ってのとおりだ。この世での全財産は十五ドルと、ここにいる子馬だけ。それでもなんとかやっていける。自分は心配していない。だが君が結婚するのをしばらく待ちたいなら——自分に百パーセント自信が持てないなら——いいかい、覚えておいてくれ。この先、苦しみの種となる。僕たちがつらい生活を送ることには変わりはないのだから」

「私を許してくれるの」言われたことへの答えとばかりに、頭をもたせかけたままマーシャはかすれた声で聞いた。

「許すとも、マーシャ」

「そう、それでは急ぎましょう」

牧師は年老いた男であった。不意に結婚の司式を頼まれてひどく困惑している様子であったが、なんとか気を取り直し、ふたりを夫婦に仕立てて婚姻証明書を与えた。

「なにか足りないようだが」証書を渡しながら牧師はぼんやりと言った。

「恐らくこれかね」バートリーは証書と引換えに五ドル紙幣を一枚差し出した。

「ああ、恐らく」そう答えてはみたが、牧師の戸惑いは消えなかった。牧師は神によくお仕えするようにと告げて、雪の降る夜の戸外へふたりを送り出した。ふたりはホテルへと橇を走らせた。

談話室に置かれたフランクリン式ストーブの炉床に宿の亭主が火を起こしてくれていた。燃えさかるヒッコリー（クルミ科の落葉高木）が吹雪に共鳴して、電気さながらにぱちぱちと音を立てた。ドアを閉めると、バートリーとマーシャは明るい部屋にふたりきりとなった。バートリーはマーシャをやさしく腕に抱いた。

「奥様」

「旦那様」

ふたりは手に手を重ねて火の前に座った。この上なく深淵な雰囲気のなかで口にする話題といえば、いわば水面を泳ぎ渦を巻く軽いものであった。バートリーは戸惑う老牧師の姿を冷やかしては、いつまでも面白がった。それから、マーシャが着ているドレスは、ロウアー・エクイティの教会での懇親会で着ていたものと同じだと気づいてみせた。そうよ、とマーシャは認め、以前、あなたが気に入っていると言ってくれたからと答えた。いつのことだったかとバートリーが聞くと、もちろん私は覚えているわ。でも、あなたが思い出せないなら自分から教えるつもりはない、とマーシャは言った。そして、駅でヴェールをはずさなくても、着ている洋服から私だと気づかなかったのか、と尋ねた。

「気づかなかったな」からかうように笑いながらバートリーは言った。「君のことなど思っていなかったのさ」

「まあ、バートリーたら」マーシャは嬉しそうに咎めた。「きっと思っていたはずよ」

「そうさ、思っていたさ。君にすっかり腹を立てていたんだ。だから、ご婦人のだれかさんがあんなふうに卑劣に駅長にいじめられても、いい気味だと放っておいたのさ」

「バートリーたら」

青年はマーシャの手を握ったまま座っていた。「マーシャ」真面目くさってバートリーは言った。「すぐにお父さんに手紙を書いて知らせないといけない。ふたりの生活をきちんと始めたい。知らせることが、唯一、お父さんに対して公明正大なことだと思う」

バートリーの心の広さにマーシャは惚れ惚れした。「バートリー、あなたらしいわ。かわいそうな父ですものね。バートリー、私、父のことを忘れていたわ。ひどいわね。でも、ほかのことが目に入らないのは、あなたのせいよ。私、きっと、一度死んでどこか別の場所で甦ったのよ」

「いや、僕のせいではないよ」バートリーは言った。「お父さんに手紙を書いた方がいい。君が書くんだ。僕はまだお父さんと言葉を交わせるほどの間柄ではないからね。さあ」筆記帳を取り出すと、バートリーはインクを下へおろそうと鉛筆型ペンを握った拳をもう一方の拳で叩いてから、マーシャにそれを渡した。いかにもインクの出の悪い道具を馴れない手つきで扱っているかのようであった。

「まあ、それ何なの」マーシャは尋ねた。

「新型のペンさ。『フリー・プレス』の紹介欄で取り上げようと、手に入れたのだ」

「新聞はヘンリー・バードが編集することになるのね」

「どうかな、そんなこと、もうどうでもいいことさ」バートリーは答えた。「外へ行って封筒を買って来る。お父さんに一番早く手紙を送るにはどうしたらよいか、亭主に聞いてみる」

バートリーが帽子を手にすると、マーシャが腕に手をかけた。「あら、どなたかに呼びに行かせたら」

マーシャは言った。

「僕が戻ってこないとでも心配しているのかい」バートリーは強い口調で聞いたが、笑いながら口づけをした。「ほかに頼みたいこともあって亭主に会いたいんだ」

「いいわ、すぐに戻ってね」

一年間離ればなれになる老夫婦が固い絆で結ばれていることを確かめるように、ふたりはしっかりと抱き合って別れた。バートリーが戻って来ると、マーシャはバートリーの筆記帳から切り取った一枚の紙を渡した。バートリーが読んでいる間、マーシャは傍らに腰を下ろし、その肩に腕をまわしていた。

「お父様へ」文面はこう続いていた。「バートリーと私は結婚しました。一時間前、ニューハンプシャーの州境を越えてすぐの場所で、ジェサップ牧師の司式のもとで結ばれました。お知らせするのは、だれよりもまずお父さんに、とバートリーが望んでいるからです。今晩、バートリーと一緒にボストンに発ちます。落ち着き次第、すぐにまたお便りをします。私たちふたりを許してください。でも、バートリーを許す気がなければ、私のことも許さないでください。お父さんはバートリーについて誤解しています。私が言ったとおりでした。バートリーはなにもかも話してくれました。私はすっかり満足しています。お母さんによろしく。　マーシャ

追伸――、実はネティ・スポールディングを訪ねるつもりでした。ところが、バートリーが連絡駅へ向うのを見かけたので、こう決心したのです。ボストンへ行ってしまう前に、できるものならばバートリーに会おうと。後でバートリーがなにを言い、なにをしたにしても、すべて私がいけなかったと知らせようと。お父さんにバートリーに会うつもりだと伝えるべきでした。でも話したら、ここに来るのを許してくれなかったはずです。来られなければ、私、生きてはいられませんでした」

「バートリー、バートリーとずいぶん僕のことが出てくるね」青年は笑いながら言った。

「嫌なのね」

「いや、気に入っているさ。結構な手紙さ。寄宿学校では作文の賞を取ったのだろう」

「もちろんよ。心がこんなに浮き浮きしているわりには、とてもよく書けていると思う」

「すてきだ」バートリーは大声でそう言って笑い続けた。マーシャの目に涙が浮かんだ。

「マーシャ」夫はやさしく言った。「君は、まだ子供だね。僕を信頼してくれているのに、君を裏切るとでもいうのかね」

ドアの外で足を引きずる音が聞こえたかと思うと、ガラスや瀬戸物のかちゃんと触れ合う音がして、なにかを叩くような耳障りな音も聞こえてきた。だれかがお盆に物を乗せ、重いその縁でドアの羽目板を叩こうとしている気配であった。バートリーはドアをさっと開けた。すると、赤ら顔に笑みを浮かべ

ながら、亭主が手にお盆を持って立っていた。

「食事をここにお持ちしようと思いまして」亭主はきさくに説明した。「こちらのほうがいくらかでも気兼ねしないですみますのでね。事の次第を家内が耳にしましてね。女というのは」亭主は片目をつぶってみせた。「熱々の小さなパンとジャムを少々、手作りのケーキもお持ちしました。家内からです」お盆をテーブルに置くと、亭主は立ったままナプキンの掛かった不可思議な料理を褒めた。「家内はお嫌いではなかろうと思ったようで、少しコールドチキンをお載せしてあります。代金はこれ以上いただきません」ふたりに心配をかけまいと、亭主は急いでつけ加えた。「さて、列車が来るまでは、もうここはおふたりだけの部屋です。邪魔する者など誰もおりません。ゆっくりとおくつろぎ下さい。食事も、私どもが結婚したときの晩のように、お楽しみいただけるとよろしいのですが。そうだ、テーブルに並べるのは奥様にお任せすることにしましょう。心得ていらっしゃるようですから」

宿の亭主はふたたび部屋を出て行った。マーシャはどぎまぎしながらも礼を言い、ふたりきりになるとすぐに、愛想がよいと褒めたてた。

「当然さ」バートリーは言った。「馬の売買で、まんまと僕をやり込めたのだから。亭主に子馬を売ったところだ」

「売ってしまったの」マーシャは大声を上げた。コールドチキンの皿からナプキンを持ち上げたが、悲しさのあまり落してしまった。

「子馬をボストンまで一緒に連れて行くのはむずかしい。それに、売らなければボストン行きもままならない。マーシャ、君は億万長者と結婚したわけではないのだよ」

「いくらで売ったの」

「ああ、さほど悪い値ではない。百五十ドルだ」

「それに手元には十五ドルあったわね」

「それは結婚する前のことだ。君のために、牧師に五ドルやった――君にはそれだけの価値があるからね。十五ドル全部やりたかったが」

「そう、それでは、今、百六十ドルあるのね。かなりの額ではなくて」

「ちょっとやそっとでは、なくならないほどさ」そう言いながらバートリーは笑いをこらえきれなかった。「食事が冷めるよ、マーシャ」

マーシャは黙ったまま料理を並べたが、悲しげにじっと見つめるだけであった。「バートリー、こんなにたくさん注文しなくてもよかったのに」マーシャは言った。「余裕がないでしょう」

「ひもじい時こそ、なんとか余裕はできるものだ。それに、牡蛎とコーヒーを注文しただけさ。残りはすべて、いわば、罪ほろぼしの献金――宿の亭主の気持ち――だな。さあ、さあ、元気を出して。ともかく今晩は腹をすかせることはない」

「そうね、いずれお父さんが助けてくれる」

「お父さんを当てにするのはよそう」バートリーは言った。「そんな考えは即刻棄てることだ」バートリーがマーシャの肩に腕をまわして体を引き寄せると、マーシャは口づけを受けようと顔を上げた。

「そうね、棄てるわ」マーシャは言った。婚礼の宴から暗い影がすっと消えた。ふたりは腰を下ろすと浮かれ騒いだ。世の中の金という金は自分たちが使うために存在するとでもいうかのように。声を立てて笑い、冗談を飛ばし、気に入ったことは褒めそやし、気に入らないことは冷やかした。

「実に妙だ。こんなことがあっていいのかな。昨夜はキニーの伐採飯場で食事をしたんだ。食べ物を口いっぱいにほおばるたびに、君を憎むだけ憎んだ。すべてが意にそぐわないように思えて、自分が醜いと思った。モントリオールの間抜けな女といちゃついたのもそのせいだ。オーナーの一行とひと騒ぎしようとポートランドからやって来たのだ。こうなったのも、マーシャ、君のせいだ」バートリーは冗談めかして大声で言った。「だから、忘れないでくれ。僕に品行方正になって欲しければ、やさしくすることだ。そうしてくれないと、ますます悪くなってしまうようだ」

「え、え、します。バートリー」マーシャは謙遜してみせた。「あなたには、努めてやさしく忍耐強くいたします。本当にそうします」

バートリーはのけぞって笑いこけた。「かわいそうに、かわいそうに、キニーのやつ。キニーというのは、料理番でね。僕にこけにされ、こけにされた話があの女に伝わったと思っている。お客が帰ったあと、キニーのやつ、そんな態度を取ったのだ。だから、僕は怒って家に帰ろうとした。そうしたら、やつめ、あとをついて来てさ。ところが、両手はパン粉だらけ。帰すまいと思っても止められない。僕の服を台無しにするわけにいかないからな」バートリーはふたたび我を忘れて心を高ぶらせた。

マーシャは微かにほほ笑んだ。そして、「その女のひとはどのような顔立ちだったの」と震える声で聞いた。

突然、バートリーは言葉に詰まった。「美しさの点ではマーシャ・ハバードの万分の一、賢さにかけては百万分の一にも及ばない」マーシャの体を掴むとバートリーは相手が息苦しくなるほど胸に押し付けた。

「私、平気よ。平気ですから」マーシャは泣き声を上げた。「あなたがその女と戯れあっても、悪いのはあなたより私。自業自得よ。そうなったのは、私があんな態度を取ったから。それから後のことについては、けっしてなにも言いません」

「ほかにはなにもなかった」バートリーは大きな声を出した。「それに、モントリオールの女には肘鉄を食わされて関係は切れてしまった」

「あなたに肘鉄を」マーシャは訳もなく怒り、驚きの声を上げた。バートリーはとても嬉しくなり、その女を思い出して笑いをなかなか抑えられなかった。

それから、ふたりは黙ったまま腰を下ろしていた。ついにマーシャが口を開いた。「その人を怒らせたままなの」

「誰のことだい、キニーかね。すっかり機嫌を損ねてしまっている。金をいくらか貸したがっていたけれど、借りるつもりもなかったさ」

「バートリー、手紙を書いて」真剣な顔をして妻は言った。「私、あなたのことをとても愛しているの。だから、どなたにしろ、お友だちとひどい関係でいるのは耐えられないわ」

第十三章

バートリーの言いぐさではないが、万事が滅茶苦茶であったから、あと数日はこんなふうに出費を重ねても特に問題ではなかった。ボストンに着くと、ふたりは鉄道馬車は使わずに駅から馬車を借りてリヴィア・ハウスへ乗りつけた。宿帳の記入の際にバートリーは飾り文字で「バートリー・J・ハバードと妻、ボストン」と書き、言葉短くぶっきらぼうに、暖炉つきの部屋にしてくれと頼んだ。しかし、フロント係りに田舎者だとすぐ気づかれてしまった。ボーイがバートリーのあとについてラウンジに入ると、マーシャが座って震えていた。マーシャは夫の姿が見えないと、いつでも震え出すのだ。それでボーイにもひと目でマーシャも田舎者だと見抜かれてしまい、荷物は上へ運んでおきますから暖炉に火をいれたら部屋にいらしたらよいでしょう、と勝手に決めつけられてしまった。

「そうしよう」バートリーは横柄に言うと、とりわけ理由もないのに「早くしてくれよ」とつけ加えた。

「かしこまりました」

「夕食は何時かね。つまりディナーは」

「もうご用意できています」

「結構。荷物を部屋へ運んでくれ。マーシャ、君はそのままの格好で来ればよい。帽子は持っていってもらいなさい――いや、かぶるといいな。ご婦人方はたいていボンネットをかぶったまま階下《した》に来ている」

マーシャはサック（ゆったりしたブラウス風の上着）を脱ぎ、手袋をはずすと、旅で乱れた衣服をすばやく整えた。部屋に行き、せめて髪にブラシをかけるくらいの時間が欲しいと思った。毛皮の帽子をかぶっていたため頭が蒸れていたのだ。しかし、バートリーに野暮だと言われかねないと急に心配になって言われるままにした。ふたりは特等客車でポートランドからやってきたのだ。旅人としての身じまいくらいは、ボストンに着く前に車中ですませられたはずであった。

マーシャは父親と何度かポートランドを訪れたことがあった。だが、宿泊場所は父親が一人のときにいつも利用する二流のホテルであり、ボストンのホテルはマーシャには目新しかった。ホテルの鏡といい、シャンデリアといい、実に立派なものであった。光沢のある塗り、フレスコ画法で描かれた絵、縦溝を刻んだ柱、ラウンジのブリュッセル絨毯、その向こうに足を踏み入れると、モザイク模様の大理石の敷石。マーシャは夫の腕にしっかりと掴まりながら、がっかりさせないようにと黙ったまま心の中で念じていた。そして、バートリーが素晴らしいと褒めれば、なんでも精一杯褒めちぎった。きらびやかなダイニング・ルームの入口にさしかかると、バートリーは立ち止まり顔をしかめてみせた。すると、恭《うやうや》しくボーイ長が駆け寄り、深々とお辞儀を繰り返してテーブルへ案内した。テーブルにはほかの客はいなかった。バートリーは平然とゆったり構え、スープに始まり、ブラック・コーヒーに終わる食事を驚くほど通ぶって注文した。係りのボーイが注文を取って立ち去ると、バートリーは人差し指を上げて別のボーイを呼び、新聞を持って来させた。畳んである新聞をテーブルに広げると、楊子を口にくわえ、紙面にさっと目を通した。「今晩、どのような出し物があるか、ちょっと見ておきたくてね」マーシャには目を向けずにバートリーは言った。

そうね、マーシャはしかたなく喉の奥でわずかにつぶやいてみせたが、勝手が違うのか言葉にはならなかった。少し怯えながらあたりを見回し、ほかのテーブルの人たちに注意を向けた。ボストンの淑女といっても思ったほど身なりが素晴らしいわけではない、とマーシャは内心思った。紳士にしても、容姿、服装、いずれも、バートリーにかなう人などいやしない。マーシャは結局、視線を戻すとバートリーをじっと見つめた。新聞を脇に置いて、なにか言ってくれればいいのに。しかし、咎め立てしてはいけないとも思った。ほかの紳士たちも一様に新聞を読んでいた。マーシャは独りぼっちで家が恋しかった。すると突然、バートリーがちらりと視線を向けて言った。「マーシュ、君、とてもかわいいよ」

「そうかしら」マーシャは嬉しくなり、いくぶん胸をときめかせながら聞いた。目は喜びにあふれていた。

「撫子《なでしこ》のようにかわいいよ」また同じようにバートリーは言った。「きれいだよね、撫子は」さらに言葉を続けて片目をつぶってみせた。さっきまで新聞をじっと読む夫から独り取り残されていたマーシャは、ふたたび夫の懐に連れ戻された思いがした。「いいかね、これからの予定を話そう。食事が終ったら、まず、美術館へ連れて行く。次に、『コリーン・ボーン』に出演しているブーシコー（アイルランドの劇作家・俳優）を見ることにしよう」バートリーは新聞をテーブルからさっと除けると、膝の上にナプキンを広げ、椅子に反り返って、その芝居の話を始めた。「歩いて行けるんだ。ちょうど角を曲がった所だよ」バートリーは話を結んだ。

マーシャは夫が時折いやに大きな声で話しても、会話の陰にそっと身を隠し、黙って素直に聞いていた。ふたりは部屋に戻った――窓のまわりの金色の垂れ幕、火口が三本のシャンデリア、大理石の暖炉、それに、表面に大理石を張ったテーブルと洗面台――バートリーが栓を開けると、ガスがまぶしいほど燃え上がった。バートリーを完全に自分の手に取り戻せたのだと確信したくて、マーシャは取り乱して夫の胸で泣き崩れた。

「ねえ、マーシャ」バートリーは言った。「君の今の気持ちはよくわかるよ。ふたりが田舎者であることは、僕だって君に負けないくらいよく知っているからね。でもね、自分を曝け出す気はない。君もそんなことをしては駄目だ。君にかなうような女は、あの部屋には誰一人としていなかった――とりわけ服装、それに容姿も」

「あなたも、素敵でしたよ」マーシャは囁いた。「ほかの人に見劣りしていなかったわ。でもそう思うと、なぜだか、もう私のあなたではないような気がしたの」

「わかっている――その気持ちは、きちんとわかっていたよ。だが、あの場で泣き崩れられるとまずいと思って、なにも言わなかったのだ。さあさあ、芝居が始まるまでまだ時間はたっぷりある。実に素晴らしい部屋だね。装飾はちょっと古くさいけれど、時代物にしては上物だ」バートリーは言った。肘掛椅子二脚は赤く燃える無煙炭の火格子の前にすでに引き寄せられていた。話をしながらバートリーは部屋を見回し、マーシャも素直に従ってあたりに視線を送った。バートリーは握っていたマーシャの手をほっそりした指先に持ち替え、手のひらにしっかり握り直すと膝の上にのせた。「マーシャ、いいかね、都会でうまくやっていきたければ、人を怖がっても始まらないのだ。お互いに誠実でありさえすれば特に怖がる必要はない。どんな場合にも僕を信じてくれ。妙なことから間違った考えなどを持たないようにすることだ。僕を信じてくれるならば、僕は信じてもらえるだけの人間でいる。でも、信じてくれないときは」

「あら、バートリー、あなたを疑ったことなどなかったでしょう。ちょっと勘ぐっただけ。少し気が立っていたの。興奮していたと思うわ」

「わかっていたよ。わかっていたとも」夫は声を張り上げた。「君の気持ちを僕がわからずしてどうする」

ふたりは長いこと語り合った。そして、忍耐強くなろうと愛情を込めて互いに約束した。欠点を認めて一所懸命に直すように努力すると誓った。誠実な人間でありたいと願った。改めなくてはならない点がかなりある、と共に感じていた。それでも、ふたりの間にはなに一つ隠しごとはなかった。将来を真剣に考え、これから未来に足を踏み出すのに隠し立てしないことがなにより望ましいとわかっていた。法律の勉強を終えるまで、どこかの新聞社から仕事をもらうつもりだ、とバートリーはマーシャに話した。ボストンに腰を落ち着けて、弁護士として開業するつもりでいた。「どこか田舎ならばいざ知らず、ここボストンでは長く待たなくてはならない。でも、ボストンで開業できれば、それだけの価値はある」君が僕の立場だったら友人のハリックに会いに行くか、とバートリーはマーシャに聞いてはみたものの、マーシャに結論を出させる間を与えなかった。「僕なら行くつもりはないね。ともかく、今のところはね。ことによったら、なにかを期待している、とやつに勘ぐられるかもしれない。訪れるのは、やつに助けなど求めなくてもよくなってからだ」

劇場へ出かける計画を立てていなかったならば、ふたりはそのまま部屋に居続けたはずだ。疲れている上に、部屋は居心地がよかった。だが、いったん表通りに出てみると、出かけてきてよかったと思った。ボードン広場、コート通り、そしてトレモント街にはガス灯がきらめき、特売品を張り紙で掲示した多くの店にマーシャの目は眩んだ。

「ここは中心街の一つなのかしら」マーシャはバートリーに尋ねた。ボストンをよく訪れる常連客のようにバートリーは笑ってみせた。「トレモント街のことかね。いや、待ってくれ。明日、ワシントン通りを案内してやるから。あれが、美術館だ」そう言ってバートリーは丸いかさの付いた灯りがずらりと並ぶ建物の正面を指差した。「さあ、ここがスコレー広場。ハノヴァー通り、コーンヒル、そして、あちらに弓なりに下って行くのがコート。そして、ペムバートン広場だ」

こうした地名を詳しく言われてみると、バートリーがふたたび遠い人になってしまったようにマーシャには感じられた。マーシャはさらにしっかりとバートリーの腕にすがり、緊張して息を呑み、人混みにもまれて建物の中へ入った。階段を上って大勢の人々が劇場の切符売り場に向かっていた。バートリーは少しの間マーシャのそばを離れて、小さな窓口にたどり着き、切符を買い求めた。「一等席だ」と言いながら戻ってくると、バートリーはふたたびマーシャの手を腕に抱えた。「実についていたよ。前の男がちょうど払い戻したのだ。そうでなければ、最上階の桟敷席のずっと奥になってしまうところだった。いつも混んでいるんだ。取れた席は一階前方の真ん中だ」

一階前方と言われても、マーシャにはどのあたりか見当がつかなかった。ただ、バートリーと一緒でなければ到底座れない席であることは、座席の名を聞いただけでもわかった。マーシャの村娘としての誇りはすっかり影を潜め、残ったのは自分の気持ちを抑えること、自ら田舎者と認めて、バートリーに言われたままに地を出さずに行動することだけであった。バートリーとマーシャは柱の並ぶ細長いホールを奥へと進んだ。ホールの両側には、絵画や石膏像、それに加えてガラスのケースに入った鳥や動物の剥製が並んでいた。こうした作品は、それ自体が美しいからというのではないにしても、さまざまなことを連想させてくれるものとしてボストンの演劇通に愛好されていた。しかし、マーシャはそのどれにもほとんど視線を向けなかった。大勢の小人たちが群がるガリヴァー、首にペンキを塗ったダチョウとペリカン、ベル状のガラスの蓋に覆われた人魚のミイラ、知事の肖像画、剥製の象、デラウェア河を渡るワシントン、コブラを胸にあてたクレオパトラ、画布一杯に描かれたサー・ウィリアム・ペパレル、石膏で型取った異教徒の十二ヶ月、四季。実際、題材がこうしたものであるとしても――いずれの作品もほの暗い魔術幻燈のようなものであり、その中を歩いているマーシャもバートリーも、それらに劣らずほとんど非現実的存在になった。燕尾服を着た案内係がさっと通路を駆け寄ってきて切符を取って席へ案内してくれた。品のよい人が五、六人、立ち上がってふたりを通してくれた。劇場は人の顔、顔、顔で埋め尽くされていた。ポートランドでマーシャが父親と『リヨンの淑女』を観た折には、劇場は四分の三が空席であった。

「ビーコンストリートに住む粋な連中ばかりだね――今晩は重要な興行なのだな」身を乗り出してバートリーが囁くと、すぐに開演のベルが鳴りカーテンが上がった。

芝居が進行するにつれ、マーシャの頬に濃いバラ色が差し、芝居が終わるまで赤く火照り続け褪せることはなかった。周囲の観客は笑い、手をたたき、時には泣いているようであった。しかし、マーシャは頬を炎のように赤く染めはしたものの、面白いともわかったとも表情には出さず、どの場面でも教養もなにもない人のように無表情で座っていた。ホテルへの道すがら、バートリーは芝居の話に夢中であったが、マーシャはなにも言わなかった。部屋に戻るとバートリーは尋ねた。「気に入らなかったの。がっかりしたの。芝居について一言も話してくれないね。役者のブーシコーが気に入らなかったの」

「どれがブーシコーか、わからなかったわ」感情を高ぶらせてマーシャは言った。「好きになれなかったの。考えていたのは、あのかわいそうな少女のことだけ。妻を軽蔑する旦那なんて」

マーシャは口をつぐんだ。バートリーは一瞬マーシャを見ると自分の体を持たせかけて、笑い出した。いつまでも笑ってやるというかのようであった。「で、君は考えた——こう考えた」大声で言って息をつこうとした。「自分はアイリー。僕がハードレス・クリーガン。そうか、わかった、わかった」バートリーはなおもマーシャをからかい続け、自分を悲劇に仕立て上げて錯覚を起こしたのだと茶化した。とうとうマーシャも一緒になって吹き出した。バートリーはガス灯を消そうと手を上げると、ふたたび冗談を言い始めた。「ハードレスが本当にやるべきことは」手でランプのスイッチを探りながらバートリーは言った。「ガス灯を自分の息で吹き消すことさ。田舎からアイリーと一緒に新婚旅行に出た。こんなときはふつうハードレスが明かりを消すもの。そうすれば、殺し屋ダニー・マンの手を煩わせることなく、アイリーだけが死ねばすんだ。ハードレスまでもがお陀仏になる。これが唯一いただけないところだ。朝になって、ふたりとも窒息死して発見されるなんて」

第十四章

次の日の朝食後、ふたりはラウンジの暖炉の前に肩を並べて立っていた。今日一日をどう過ごそうか、バートリーは次々と案を出した。マーシャはもうすっかり冷静さを取り戻し、夫の言うことをことごとく退けていた。

「では、いったいどうするのかね」バートリーはついに言った。

「さあ、わかりません」いくぶん他人事のようにマーシャは答えた。暖炉の火で暖まったドレスの前を手で伸ばすと、片足を炉格子に掛け、少し間を置いてさらに言った。「お芝居の切符は、いくらだったの」

「二ドル」無造作にバートリーは答えた。「どうして」

マーシャは息が詰まった。「二ドルですって。まあ、バートリー、そんな余裕など私たちにはなかったはずでしょう」

「それがあったようなのだ」

「それに、このホテル。ここではいくら払うことになるの」

「部屋代と暖房費で」伸びをしながらバートリーは言った。「一日七ドル」

「即刻、ここを引き払わなくては」マーシャは言った。ドレスを買うことはともかく、散財に対する女の極度の不安、妻としての守りの衝動が、マーシャの心の中で一気に頭をもたげた。「お金は、どのくらい残っているの」

バートリーは紙入れを取り出して紙幣を慎重に数えた。

「百二十ドル」

「あら、いったいどうしたの。百六十ドルあったでしょう」

「そう、鉄道の切符が十九ドル、寝台車が三ドル、特別客車が三ドル、劇場で二ドル、貸し馬車が五十セント。それに、あと軽食に二ドル半、払うことになっている」

うろたえながら聞いていたマーシャは、話がすむと大きく溜息をついた。「ねえ、すぐにここを出なければ——それはわかりきったことよ。ここを出て、賄い付きの安い部屋を見つけなければ。それが先決よ」

「でも、マーシャ。今、急に、それほど切り詰めなくてもよくはないか」バートリーは反論した。「数ドル倹約したところで、どっちみち救貧院に送られる。三日間でよいから、このホテルにぜひとも泊りたいものだ。それでも手元にまるまる百ドルは残る。きちんと一から出直せる」半ば冗談めかしてバートリーは言ったが、マーシャはすっかり本気になっていた。

「駄目よ、バートリー。一時間たりとも——一分たりとも。さあ」バートリーの腕を掴んでくの字に曲げると、自分の手をさし込んで出口へと引っ張って行った。

「結局のところ、それもよかろう」バートリーは言った。「部屋捜しも、面白いことは面白い」

ラウンジには、ほかに客の姿はなかった。ふたりは一緒にワルツを踊るような足取りで出口まで行った。

マーシャが外出のために着替えをしている間、バートリーは賄いつきか否かを問わず、貸し部屋を新聞で探した。「たいしてないようだ」開いた新聞におおい被さるようにしながら考え込んでバートリーは言った。それでも広告を六つばかり、編集者の手慣れた鋏さばきで切り抜くと、マーシャと部屋探しに出かけた。

ふたりは州会議事堂に続く昔ながらの風情のある坂道を上がり、数本先の通りまで広がる閑静な街区に建つ家をいくつか外からのぞき見た。小さな部屋がふたつあればじゅうぶんで、一室は寝室に、一室は暖炉を焚くことのできる居間にと決めていた。最初に当たった家に、ちょうど希望どおりの部屋が見つかった。窓から陽が差し込み、表通りを見下ろせる二階の部屋であった。申し込んではみたのだが、部屋代が週三十ドルだと女主人から聞かされて、マーシャは血も凍るほどぞっとした。次の物件は部屋代が週二十ドルであった。立地条件は最初のものとほぼ同じだが、敷物と家具はもっとこぎれいだった。

週二十ドルでもまだ高すぎたが、それでも穏当な額に思えた。だが、結局のところ賄い抜きの値段らしかった。

「賄い付きの部屋のほうがいいよね」バートリーはそう言って、こっそりとマーシャの顔色を窺《うかが》った。部屋代が高すぎるといっても、実にさまざまであった。特に理由らしきものはなく、一軒ごとに違っていた。比較的高い金額を求める女家主もいれば、比較的安くてよいとする女家主もいた。いずれにしても、マーシャが満足するような値段ではけっしてなかった。条件をわずかに下げただけでバートリーが契約したがると、マーシャは何度も話を覆《くつがえ》した。一部屋でも我慢する、何階でもかまわない、とマーシャはもうはっきりと言った。それでも、賄いつきの一番安い部屋でさえ週に十四ドルもした。マーシャは願わくは十ドルと決めていた。ふたりには十ドルでも高すぎるのだった。

「リヴィア・ハウスに戻る、これが一番よさそうだ。一日七ドルだからな」バートリーは言った。しばらく前から、バートリーは契約の実務をこの面での抜け目なさと決断力をいち早く身につけていたマーシャにすっかり任せていた。

マーシャは夫の冗談にかまってはいられなかった。「新聞広告の物件で、残っているものはあるの」マーシャは尋ねた。

「なにも残っていないよ」バートリーは答えた。「もうおしまいさ」

車道の端に立って通りをあちこち眺めていたふたりは、同じ思いに駆られて道路の向こう側の家を見上げた。窓には「貸部屋あり、男性に限る」と書かれた広告が貼ってあった。

「聞いても無駄でしょうね」気もそぞろにマーシャは悲しげにつぶやいた。

「まあ、行って聞いてみるさ」夫は言った。「ひどい目に遭ったとしても、せいぜい追い払われるだけのことさ」

「無駄でしょうね」マーシャは、手に入れたいものがあるのに希望など抱いては駄目だ、と諦めてつく溜息を洩した。マーシャはうろたえながら夫の後ろからついて行き、夫が戸口の階段を駆け上がり呼び鈴を押している間、下で立っていた。

出てきたのは間違いなく女家主本人で、鋭い眼差しでじろじろとふたりを眺めた。

「広告によると貸部屋があるということですが」バートリーは言った。

「ええ」家主は認めた。否定しても始まらないと思っているようであった。「ございます」

「見せていただきたいのですが」バートリーは即座に返した。「さあ、マーシャ」妻がいることで勢いづいたバートリーは、家主が止める間もなく建物の中に入り込んだ。「こちらの希望を申します」言葉を継ぎながら、バートリーは玄関脇の小さな応接室に入った。「こちらの希望が叶わなければ結構です。まずまずの広さの部屋が欲しいのです。地下室の床の上、屋根の下であれば、何階でもかまいません。ベッドとストーブとテーブルがあって賄い付きで、家賃は週十ドルを超えないのが希望です」

「座って下さいな」そう言って、女家主は背後の揺り椅子に身を沈めた。椅子を揺らしながら、家に入り込んだふたりをちらりと観察した。「あなたがたが使いたいのね」

「はい」バートリーは答えた。

「でも」女家主は言葉を返した。「常々、独身の男の方がよいと考えていたのですが」

「正面の窓ガラスに掲げられた文句から、そうではないかと推察していました」貼り紙を指差しながらバートリーは言った。

女家主はほほ笑みを浮かべた。なるほど、若くてとてもかわいらしい方々だこと、男の方は見るからにやり手のようだわ。いかにもこういう階層の女らしく、ナッシュ夫人はすぐにバートリーを気に入った。

「これまでの経験ですが」と夫人は説明した。たいていのニューイングランド人は、よそ者の血が半分混じっていても、母音を引き、ゆったりとしたリズムで話すものである。夫人はそんな話し方をした。「どちらかと言えば、男の人となら、うまくやっていけそうに思うの。男の人は面倒がなくていいわ――一般的にはね」そう言い添えると、女の人でも例外がないわけではないとでもいうかのように、ナッシュ夫人はマーシャをちらりと見た。ひょっとしたら、マーシャは例外中の例外なのかもしれない。

バートリーは男であることの強みを発揮した。「ところで、家内ですが。結婚してまもないので、聞き分けがないということはありません。妻とは、うまくやっていただけると思います」

声を上げてふたりが笑うと、顔を赤らめていたマーシャも一緒になって笑った。

「そうね、最初に階段を上ってこられた時、結婚していない——いえ、していても、そんなに時間は経っていない——と思いましたよ」女家主は言った。

「そうなんです」バートリーは言った。「妻にはずいぶん昔のように思えましょうが、私どもが結ばれたのはつい一昨日のことです」

「あらまあ」ナッシュ夫人は大声を上げた。

「バートリー」やさしく咎めるようにマーシャが小声で言った。

「えっ、なんだね。それでは先週ということにしよう。結婚したのは先週です。一旗揚げたくてボストンに来ました」

バートリーの機転に夫人は大喜びした。「いずれわかりますよ。ボストンはかなり生活しにくい所でね」首を横に振りながら諭しつつも、夫人は笑みを浮かべた。

「ボストンで人々が求める部屋代から察しますと、どうも住みにくいようには思えませんが」バートリーは言葉を返した。「貸していただける部屋さえあれば、楽々やっていけます」

この言葉を聞いて女家主はふたたび喜んだ。「いずれにしても、あなた方ならばボストンに失望しなくてすみそうね」夫人は言った。「そうそう」夫人は言葉を続けた。「あなた方にぴったりな部屋が思いがけなく空室になっていますよ」。夫人は新聞の広告文句を思い出したのか、まるで文言を読むかのように発音した。「部屋はかなり高い場所にあって」このこともあらかじめ言っておきたいというかのように、ふたたび首を振って夫人は言った。

「階段がありますか」バートリーは尋ねた。

「かなり」

「そう、高いところにある部屋ならば、行き着くのに階段がいっぱいあって当然。マーシャ、見せていただこう」バートリーは立ち上がった。

「でも、まず、私が上って、ごらんいただける状態かどうか、確かめてきます」女主人は言った。

「嫌ね、バートリー」女家主がその場を去ったあと、ふたりきりになるとマーシャは言った。「新婚間もないことを肴に、どうしてあんな冗談が言えるの」

「だって、夫人はどうしても聞きたがっていたじゃないか。ともかく、姿を見られれば、だれにでも悟られてしまうさ。結婚のことも、まだ青臭いということも、隠してはおけない。しかも、手持ちの金のこともある。いいかね、食事代をいくらかまけてもらうんだ。さて、これからは君が交渉を仕切ってくれないか。僕が先に踏み込んだのは、部屋が男性に限るとあったからだ」

「私の方がよさそうね」マーシャは言った。

「それでいい。それでは今から僕は後ろで見守ることにする」

「ああ、私の手に負えなくならないといいわね」若い妻は溜息をついた。「あちこち見てまわって、とても疲れたわ」

「階段を上っていらっしゃい」女家主が下に向かって叫んだ。手すりが上へと伸び、階段は楕円状に螺旋を描いていた。

ふたりが上がっていくと、女家主は天井の低い幅広の部屋にいた。天井が屋根の傾きにそって傾斜し、ふたつの屋根窓が角張ってへこみ、不揃いで面白い形をしていた。部屋はきれいに片づけられていて居心地がよかった。テーブルと開閉式のストーブが置いてあった。これならじゅうぶん間に合う、こんな気持ちを伝えようとして、マーシャはバートリーの腕をぎゅっと握り締めた――ただ、部屋代で折り合いをつけなくてはならなかった。

家主は床の真ん中に立って、いわば講釈を並べにかかった。「さて、こちらへ。この部屋で週五ドルいただいております。通常は、二人の紳士にお貸ししています。それが思いがけなく二人とも出て行って、ちょうど空室になったところです。この時期、借りてくれる男の方は、なかなか見つかりません。そこで、おふたりにお貸ししようと思ったわけです。今も申しましたように、女の方に住んでいただくのを私はあまり好みません。そこで、『男性に限る』と窓に出したわけです。でも、あまりやかましく言うのは無益なことです。空部屋にして遊ばせておくわけにはいきません。お気に召すようでしたら、四ドルで結構です。部屋は高い場所にあります。高くないと言ってみても始まりません。でも、ここほど景色のよいまあど(窓)はほかにはありません。港も、それに、海岸もそっくり見えます」

「余分に景観代がかかりますかね」ちらりと外を見ながらバートリーは言った。

「いいえ。それも込みです」

「ガスの料金や暖房代は含まれますか」マーシャは尋ねた。前に何度かこんな交渉をしていたので、マーシャは細かなことにも万事抜け目がなくなっていた。

「ガス代は含まれます。でも、暖房費は含まれません」女家主はきっぱりと言った。「おわかりでしょうが、それにしてもかなり安いでしょう」

「そうですね。本当に安いわ」マーシャは言った。「バートリー、この部屋を借りることにしてはどうかしら」

夫はこの部屋では物足りないのではないかと心配げなようすで、マーシャは恐る恐る夫を見た。夫だってこの物件に満足できなくとも、自分たちは所持金をできるだけ長くもたせなくてはならないともマーシャは感じていた。

「結構だ」バートリーは言った。「これで決まった」

「賄いがつくと、あといかほどになりますか」

「さあ、そこです」女家主は正直に言った。「おふたりの考えに沿えそうにもありません。賄いはしていません。でも、この通りには何軒も食堂があって、週四ドルから食事ができます」

「とんでもない」マーシャは溜息をついた。「それでは、十二ドルになってしまいます」

「あら、なにもご存知ないのね」驚いて女家主は叫んだ。「それよりも安く食事が取れるとでも」

「安くないと困るのです」マーシャは言った。

「それならば、職工さんたちの賄いつきの下宿に行くことね」

「そうします」マーシャは気落ちして答えた。バートリーはヒューと口を鳴らした。

「ねえ、いいかしら」女主人は言った。「あなた方はメイン州かどこかその辺から来たのでしょう」

この女性に身元が割れてしまったとでもいうかのように、マーシャははっとした。「はい、そうです」

マーシャは答えた。

「まあ、驚いた」ナッシュ夫人は言った。「私もメイン州の東部沿岸地方の出ですよ。もし、私があなた方と同じ立場ならばどうするのか教えてあげましょう。朝食やお茶は、たいして召し上がらないでしょう。このストーブで卵を茹でればいいのよ。お茶やコーヒーだって自分で煎れられる。夕食は外の食堂へ行きます。どのようにしたか、ここに下宿していた人が話してくれました。そうね、ちょうどこの部屋に二人の紳士が間借りしていて、こう言っていました。食堂へはよく行って、それぞれが一皿ずつ別の料理を注文し、半分ずつ分けて食べたって。一人前が約二十五セントで、最高級の料理になったと言っていたわ。今、この辺りの多くの店では子羊の肉にしろ、牛のあばら肉にしろ、切り身を一シリングで食べさせてくれるそうよ。しかも、バター付きパンとポテトが添えられているの。ふたりで食べても、いつもそれでじゅうぶん。そんな話だったわ。私自身は試したことはないけれど。手のかかる子供さんなどいないのだから、ぜひそうしたら」

バートリーとマーシャは顔を見合わせた。

「そこで」これが最後とばかりに女家主はこうつけ加えた。「あのね、暖房のことですが、あのストーブは、とにかく燃えがよくありません」

「結構です」バートリーは言った。「部屋を借りることにします。少なくとも、さしあたり一ヶ月間ということで」

ナッシュ夫人は少し戸惑いの表情を見せた。このすてきな若夫婦に好感を抱き、いくらか気持ちが流されるにしても、なにもかも損してもよいというわけにはいかなかった。「最初の一週間分は、いつも前金で頂戴することにしています――身元の照会先がない場合には」家主は切り出した。

「もちろん結構です」バートリーは紙入れを取り出し、中身がたっぷりつまっているのを女家主に見せびらかしながら、子供っぽく悦に入った。「さて、マーシャ」時計を見ながらバートリーは言葉を続けた。「僕はちょっと急いでホテルに戻り、部屋を引き払ってくる。食事の頭数に入れられないうちにね」

部屋が暖まるまで下の部屋で一緒に過ごさないかと夫人に誘われて、マーシャは言われるままにした。ペンと便箋を借りてマーシャは家に手紙をしたためた。文面は短かった。父親になにかを頼む羽目には陥りそうにないこと、自分が正しいと思うことをやるつもりでいること、そして居場所を教え、母によろしくと書き添えた。家に残してきた身の回りの品々については触れなかった。送ってくれるかもしれないし、送ってくれないかもしれなかった。それは父親が決めることであった。しかし送ってくるはずだ、とマーシャにはわかっていた。これだけの気持ちしか表わしていない手紙であった。書状ではやさしく穏やかな言葉を使うように、教えられてはこなかった。それでも父親は娘とは似たもの同士、まぎれもなくこう理解するはずであった。やってしまったことを後悔する気など、娘にはさらさらない。相変わらず反抗的ではあっても娘はわしを愛している、と。

バートリーは戻るなり、切手が欲しいとマーシャに強く求められても、手紙の内容について聞こうとはしなかった。聞かなくてもわかっていた。話に出た安食堂はどこか、とバートリーはナッシュ夫人に尋ねた。最初に行き当たった郵便ポストに手紙を投函し、バートリーは一言こう言った。「マーシュ、お父さんに頼みごとなどしなかっただろうね」

「はい、していません」

「僕には我慢できないことなのだ」

マーシャは食堂と名のつく場所でこれまで食事をしたことがなく、店に入ると多少戸惑った。陳列棚にはロースト・ビーフ、ステーキ、魚、鳥肉、カボチャパイとクランベリーパイが豪華に並んでいた。入りしなにバートリーは、入り口に数多く鋲で留められている品書きを心得顔で二枚引き抜いた。だが、同じ品書きがテーブルにもあると知って床に捨てた。テーブルは表面が大理石で、中央に銀メッキの薬味入れがあった。皿が何枚か並べられ、皿の上にはそれぞれ、三角帽の形に折られた布目の粗い赤いナプキンが載せられ、その下には薄く銀メッキが施されたナイフとフォークが交差して置かれていた。皿は分厚く重かった。ナイフはすべて金属製で、刃の部分だけでなく握りにも銀メッキが施されていた。テーブルには薬味入れのほかにレスターシャ・ソース一瓶と、マーシャには胡椒入れに思えたが、なにか塩のようなものの入った容器があった。表面の大理石は、ところどころ、すべすべして半透明になっていて、油汚れを布巾で拭き取った跡がついていた。店内には熱気があり、混じり合った料理の様々な匂いが充満していた。テーブルが混んでいたため、ふたりは席を見つけるのに苦労した。顔色の悪い、美しいとはいえない若い女――英領植民地のアイルランド系アメリカ人――が何人か、今はやりの前髪を切って、プルバック（一八八〇代に流行した後ろに引き寄せてふくらませたスカート）をつけた姿で店内をあちこち動きまわっていた。女たちは注文を受けると、泣き喚くような甲高い声で半円形に開いた筒の開口部に伝えた。筒は部屋の向こう端のカウンターに通じていた。注文された料理をカウンターで受け取り急いで客のもとに運び、カタカタと騒々しい音を立てながら重い瀬戸物の皿を並べた。かなり多くの客が皮を剥いだとうもろこしを食べて、ミルクを飲んでいるようであった。ベークド・ビーンズ（煮た豆を塩づけ豚肉と調味料などを加えて焼いたもの）もまた人気の料理であった。かぼちゃパイの注文が多かった。マーシャは食べ物にやかましくはなかった。夫はロースト・ターキー、自分は鳥肉のシチュー、そして、ふたりともクランベリーパイを食べた。量がたっぷりあり、かなり結構な食事で、マーシャには十分すぎるように思えた。パーカー・ホテルもこんな感じなのかしらとマーシャは尋ねた。パーカー・ホテルのことはバートリーからいつも聞かされていたのであった。

「そろそろ、マーシャ」ナプキンを折り畳みながらバートリーは言った。使ったとすぐにわかってしまう汚れの目立つ白いナプキンとは違って、赤いナプキンは使った跡を見せはしない。「ちょっとこの辺りを一緒に歩きまわって、せめてパーカー・ホテルの外観だけでも見せてあげよう。いずれそのうち、入って食事をしよう」

バートリーはパーカー・ホテルだけでなく市庁舎もマーシャに見せた。スクール通りを下りワシントン通りを抜けて、ボイルストン通りまで足を延ばし、オールド・サウス集会場だと指を差して教えた。帰りしなにボストンコモンを通ると、ふたりは立ち止まり、警官らに見守られて両側にずらりと人垣を作っている見物人の間を子供らが橇で滑り下りる姿を眺めた。

「州会議事堂だ」バートリーはいともたやすく次々とめぼしい公共施設や街路の名前を口にしては、その方向を指で差し示した。「ビーコンストリート、パブリックガーデン、バックベイ」

マーシャはナッシュ夫人の家に帰り着くと、ボストンは素晴らしいと嬉しそうに言った。それにもまして、ボストンの街を見事に知り抜いている夫にマーシャは敬服していた。

どこに住んでいるか、これこそ重要だと心の奥底から信じる人間が世の中にはいるものである。ボストンの住人、ニューヨークの住人、あるいはシカゴの住人、それだけでじゅうぶん栄誉なこと、栄えあることであり、都市の壮麗さを讃えては実に気分よくうぬぼれるのである。ナッシュ夫人はそうした類の人間であった。程度の差こそあれバートリーも同じような人種で、ナッシュ夫人とボストンを褒めあい、しまいには互いにほのぼのとした好感を抱くようになった。

しばらくすると、上の部屋に行って書き物をしなければならない、とバートリーは言った。編集の仕事をやっていたので新聞社と雇用契約を結びたくてボストンに来たのだ、となにげなくもらした。バートリーとしては、実際に雇用契約を結ぶためと言いたかったのである。

「そうなの」膝に抱いた猫の背中を撫でながらナッシュ夫人は言った。「新聞といえば、なんと言ってもボストンの新聞ですよ。噂では、今度の新しい新聞――『デイリー・イヴェンツ』は他紙に先駆けた新聞になるそうよ。ボストンの編集者とは少しはお知り合いなの」

バートリーは口ごもった。「ええ、まあ、『イヴェンツ』の事業主を存じていますが」

「ああ――ミスター・ウィザビーね。聞くところではお金持ちのようよ。ここの間借り人の間では『イヴェンツ』の話で持ちきりですよ。私はまだその新聞を見ていませんけれど」

そしてバートリーは上の階へ上って行った。心になにか期するものがあった。マーシャはしばらくナッシュ夫人のもとにいた。「以前、主人はボストンに来たことがあります」得意げにマーシャは言った。「ここを訪れたのは大学時代のことです」

「あら、大学出なのね」ナッシュ夫人は声を張り上げた。「へえー、それにしては少し如才なさ過ぎると思っていたわ。偉ぶったところがまったくない。いかにも実務家らしいわ。あら、どうしてそんなに急いで行ってしまうの」マーシャが立ち上がったので夫人は尋ねた。まさに夫のあとを追おうとしていたマーシャは、行くでもなく戻るでもない姿勢で敷居の上に立ちつくした。「ご主人が書き物をする間、ここで一緒に座っていらしたら。四六時中、ご主人におしゃべりを聞かせて、気を散らせるつもりなの。ここにいなさい」ナッシュ夫人は愛想こそよかったものの命じるように言った。「上に行けば邪魔になるだけよ」

マーシャにとっては考えも及ばないことであったが、なるほどと思えた。「そうですね、そうします」マーシャは言った。「ちょっと急いで荷物を上に置いてきます。それからまた戻ってきます」

明りがたっぷり差す位置にテーブルを引いて、バートリーはすでに文房具を並べていた。ずいぶん長いこと離ればなれになっていたかのように、マーシャはバートリーの首にさっと腕をまわした。

「好運を祈って口づけをしに上がってきたのかね」そう言うと、バートリーは唇を探り当てた。

「そうよ。こんなふうにすぐに仕事に取りかかるでしょう。あなたって、どんなにすてきか言いに来たの」マーシャは甘えて応じた。

「そうかね、時間を無駄にするのはよくない。あの伐採飯場の事業を詳細な記事にまとめようとするならば、鉄は熱いうちに打て、というわけさ。『イヴェンツ』の事業主に持っていって、記憶が鮮明なうちにガツンと言わせてやる」

「そうね」マーシャは言った。「あのことを書くつもりなのね」

「もちろん。そのつもりだと言っただろう。反対かね」バートリーはさほどマーシャの気持ちを顧みず、冗談と思わせて聞きたいことを聞き、書く準備を進めた。

「世間の人はそんな話が好きなのかしら。私にはどうもわからないわ。恐らくほかの話から始めるのではないかと思っていたわ」サックと帽子を衣装棚の中に掛けながら、マーシャは遠まわしに言った。

「いや。始めるには、これに限る」バートリーは無造作に答えた。「君はどうするつもりかな。列車で買ってやった例の読物が読みたいかね」

「いいえ、あなたが書き物をしている間、ナッシュ夫人と居間で過ごそうと思って」

「ああ、それはよい考えだ」

「仕事が終ったら、呼んでね」

「終ったらだって」バートリーは声を張り上げた。「明日の今ごろまでかかるさ。うんと書くつもりだ」

「あら」妻は言った。「そうね。枚数が多ければ、原稿料もたくさんもらえるわね。飯場を見学に来た人たちのことも書くんでしょう」

「もちろん。それも織り込めると思う。老練なウィザビー氏に気に入ってもらえるさ。話は、ボストンの著名な新聞社主と洗練された気品漂う淑女たちのことだ。伐採人の粗野な生活と対比させて」

「婦人たちのことはたいして褒めていなかったのに」

「そうだな。たいしてね。でも、書き上げられる」

マーシャは行こうと思えばいつでも下に行けた。さっきからバートリーはテーブルに向かったままなのだ。だが、マーシャはなおもぐずぐずしていた。「それで――それで、例のモントリオールの女のことも書くのね」

「書くとも。すべてを書き込むさ。あの女は素晴らしい人物に仕上がる」

マーシャは黙っていた。そして、「たぶん書かないはずよ」と言った。「とっても愚かで、気にくわない女というのであれば」

振り返ると、マーシャの表情が目に入った。バートリーが見誤るはずはなく、立ち上がってマーシャの顎を掴んだ。「いいかね、マーシュ」バートリーは言った。「もうしない、と約束したではないか」

「ええ」マーシャはつぶやくように言った。両の頬にさっと赤みが差した。

「いいかね」

「努力はしたの――」

バートリーは鋭い目つきでマーシャを見た。「ちえっ、モントリオールの女か。あんな女のことなど一言も書くものか。どうだい」バートリーは口づけをすると、マーシャを両腕に抱いて嫉妬深い子供のようになだめた。

「ああ、バートリー、ああ、バートリー」マーシャは泣いた。「とても愛している」

「前にもそう言ったよね」バートリーは最後にもう一度口づけをし、笑いながらマーシャをドアの外へと押し出した。マーシャは階段を駆け下りて、ふたたびナッシュ夫人のもとへ戻った。

「ご主人は詩を書いたことがあるのかしら。少しは」女家主は聞いた。

「いいえ」マーシャは答えた。「大学時代には書いていましたが、お金にならないと言っています」

「私どもに下宿していた方ですけれど。それがなんと女の人でね。夏場は、義理でも金づくでも間借りしてくれる殿方が、まったく見つからないことがあって。で、女の人でもかまわないと我慢したんです。よく言う、当座の凌ぎということね。その女の人が詩を書いていて。詩なんて、まったくお金にならないと気がついたはずよ。週刊誌とか子供向けの雑誌に寄稿していると言っていた。まあ、せいぜい一ドルか二ドルにしかならなかったでしょう。それ以上もらった話は聞いたことがない。こんな長い詩なのにね」ナッシュ夫人は両手を一フィートほど離して開いた。「その女の人、よく私に詩を見せて説明してくれたわ。私、かわいそうになって。本当よ。よく言ってやったわ。いわば石を割って生計をたてる、つまり落ちぶれたほうがましだ、と」

マーシャは一時間以上もナッシュ夫人と話をし、夫人からは過去から現在にいたるまでの下宿人の話や、ボストンの習慣、食料や服地の値段などについて教えてもらった。なにもかもが高値で、マーシャは驚き、衝撃を受けさえしたのか、バートリーならば、きっと、あらゆる困難に立ち向かい乗り越えてくれるはずだ、とふたたび夫の力量を信じる気持ちになっていた。すっかり疲れ興奮した後だけに、夫人には素晴らしく思えるこの親密な雰囲気のなかでもマーシャは眠くなってしまった。上へ行って主人がどうしているか見てくる、とマーシャは言った。こっそり部屋に入ってみると、夫は書き物に精を出していた。その姿を見て、マーシャは「バートリー、絶対に話しかけないからね」と言って、ショールにくるまり、ベッドで寝入ってしまった。その気になりさえすれば、いつでも夫の肩に手を置くことができるほどの距離しか離れていなかった。

第十五章

バートリーは二日がかりで伐採飯場の記事を書き終えた。キニーから聞き出した事実をそっくり盛り込みながらも、我ながら真に迫ると思われる筆さばきで変化をつけ、精を出して書き上げた。バートリーは新聞人の勘で、いくら生き生きと描写したところで、自分で事実を掘り出して織り込まなければ読者に気に入ってもらえない、と見抜いていた。そこで、筆致そのものはあくまでも従とし、伐採人の描写を政治・経済の両面で興味あるものにしようとした。材木業に従事する者の国籍の多様性ならびに職員と称する人々に起こった変化について詳しく報じた。この産業の現状と将来の展望については、つけた見出しに関連づけて詳細に述べた。見出しは小型の頭文字にして、今でこそ新聞で好んで用いられている所有格をこの時早くも使って、「の」と表現していた。

合衆国の衰退一途の造船業

本文中にも随所に感嘆詞の見出しを散りばめ、息を呑む叙述や所説に読者の注意が惹きつけられるようにした。たとえば、こんな具合である。

メイン州の名産
百万ドルを超す大金
果てしない荒野
山猫、大山猫、熊
噛み切られる
両足、膝までの凍傷
カナダの歌
限りない喜び
日焼けした顔にランプの明かり

二日目の午前中に推敲を重ねた結果、随所で読みごたえのある原稿になった。完成したその日、食事をすませると、マーシャに出かけてくると言った。ひと目に晒したくないほど、あるいは隠しようがないほど、バートリーは狼狽していた。うまくいくに決まっている、というマーシャの確信にかえって怖気づいている様子であった。そんなに信じないでくれ、とバートリーはマーシャに頼み込んだほどであった。

バートリーはありったけの勇気を両手に握りしめた。事務所でも、たいていの人がウィザビー氏に会うのを恐れて尻込みするものなのだ。バートリーとて同じ思いであったが、いつのまにか私室でウィザビー氏と向き合っていた。会計課がはじき出した新聞の実質利益を省みなかったという理由で、最近、ウィザビー氏は編集長を解雇し、自ら『イヴェンツ』の編集に当たっていた。新聞や原稿が散乱するテーブルを前にしてウィザビー氏は座っていた。顔を上げはしたものの、客はいったい誰なのかわかっていない、とバートリーは気づいた。

「こんにちは、ウィザビーさん。先日メイン州――ウィレット氏の伐採飯場でお目にかかりましたハバードと申します。『エクイティ・フリー・プレス』の編集長と心にお留めおき下さい」

「ああ、そうでしたな」そう言って、ウィザビー氏は腰を浮かし立ち上がった。どうぞかけてくれとも、出て行ってくれとも、とれるような格好であった。軽く手を握って握手すると、ウィザビー氏は言葉を継いだ。「察するに、記事を交換したいということですな。だが、実際、すでに申し込みはかなりの数に上っていて、現在、これ以上、手を広げるわけにはいかんのですよ。無理ですな」

バートリーは笑みを浮かべた。「ウィザビーさん、記事を交換したいというのではありません。私は『フリー・プレス』を辞めました」

「そうかね」都会の新聞人はほっとして言った。話の主導権を握り、さらに言った。「それで――」

「記事を持って参りました――メイン州での製材業の話です。ちょっとしたスケッチ風のもので、ウィレットの伐採飯場で目にした光景や、いくつか入手した事実や統計値をもとにまとめました。こちらの日曜版を飾るのに相応しい魅力的な特集記事ではないか、と思いまして」

「『イヴェンツ』は、日曜版など出しておらん」ウィザビー氏は真面目な顔で言った。

「もちろん、おっしゃる通りです」そうは応じてみたが、内心まずかったとバートリーは思った――「つまり、土曜日の夕刊の増補版のことです」と言って原稿を手渡した。

原稿をちらりと眺めると、ウィザビー氏は訳のわからない仕事をうかつにも引き受けてしまったとでもいうように、不安げな眼差しをみせた。最近、何度か他社に重要な企画で出し抜かれており、挽回できれば喜ばしいところであった。だが、果たしてこれが企画といえるものなのか、わからなかった。土曜日の増補版は発行されたばかりで、次の版もすべて記事は埋まっている、とウィザビー氏は切り出した。そして、こうした事柄を記事にするには、現地に専任の記者を送った方がよいと当社では考えている、とまぬけた横柄な口調で述べて話を締めくくり、えへんと咳払いをしてバートリーを見た。できることならば、この男に言い込められて、こんな編集者の地位など降りたいと思っていた。そうした相手の気持ちなど、バートリーは知る由もなかった。形はどうであれ、なにかを生み出す人には、冷汗をかく瞬間が早晩訪れるもの。今のバートリーはまさしくそれであった。とても残念です、とバートリーはぎこちなく言うと、原稿をポケットに戻して外へ出た。妙に頭がふらついた。すげなく断られ、気絶するほどのパンチを見舞われたかのようであった。実際はなにもなかったと思っても仕方ないほど、事はあっという間に終わってしまった。そうではあっても、バートリーは気が滅入るほど落ち込んだ。原稿は『イヴェンツ』に売れるものと当てにしていたのだ。実際、社主の意図を前もって知っていたからこそ、売れるとの見込みを立てられたのだ。マーシャのたっぷりとした自信をたしなめこそしたが、ウィザビーが原稿に飛びついてくるものとバートリーは期待していた。しかし、ウィザビーは原稿を見ることさえしなかったのである。

冬の冷たい日差しの中、バートリーは長時間歩き続けた。間借りしている部屋に戻り、マーシャの手に顔を埋め、かわいそうだと言ってもらいたかった。しかし、マーシャをがっかりさせるという思いに耐えきれずに歩き続けた。それでも、ついに勇気を取り戻すと、夏によく送った記事をいつも掲載してくれた新聞社の編集者のもとに赴いた。この編集者も忙しくしていたが、明らかにバートリーには礼を尽くす必要があると感じている様子であった。編集の男は言葉を交わす間も手元の交換記事にずっと目を走らせていて、時々、ちらりとバートリーを見た。スケッチ風のものを掲載したいのはやまやまだが、持ち込み記事ではとうてい原稿料は払えない、と言った。そして、『イヴェンツ』か『デイリー・クロニクル・アブストラクト』に持っていってはどうか、と助言してくれた。『アブストラクト』と『ブリーフ・クロニクル』は最近合併したばかりで、かなり意欲的に展開していた。すでに『イヴェンツ』には出向いたなど、バートリーはおくびにも出さなかった。またいつか立ち寄ってくれという編集者の情に篤い言葉に、バートリーはすっかり元気づき、その場を立ち去った。

「万一、『クロニクル・アブストラクト』の連中を訪れるならば、私に勧められた、と言ってかまわない」編集人は背後から声をかけた。

『クロニクル・アブストラクト』の編集長はなにかの原稿を読んでいた。バートリーが現われても仕事の手を休めず、歓迎する気配などまったく見せなかった。だが、編集長は気まぐれで抜け目なくても、やさしそうな表情をしていて、自分から立つことも相手を座らせることもしなかったが、この男とならば馬が合いそうだとバートリーは感じた。

「そうか」編集長は言った。「木材の切り出しね。今のご時勢、これはちょっと面白いな。わが国の造船業者の衰退、この話題がいい。その点についてなにか触れているかね」

「僕がまず触れているのが、それです」

編集長は手にしていた原稿を読んでいたが、ページを繰る手を止めた。「拝見しようではないか」そう言って、バートリーの記事を受け取ろうとして片手を伸ばした。最初の見出し「伐採業なるもの」を見て、にやりと笑った。「陳腐だが、素晴らしい」さらに、ほかの見出しにも視線を走らせると、バートリーが書き込んだ細長い紙にさっと目を通した。そこここであら捜しをすると、冒頭の段落に戻って読み通す。さらに、ほかの箇所に目を戻したのちに、結びの部分を読んだ。

「預かってもいいよ」原稿をテーブルの上に置きながら編集長は言った。

「いえ、そうはいきません」負けずに冷静に言うと、バートリーは原稿をかき集めた。

ここで初めて相手の顔をまともに見て編集長はほほ笑んだ。原稿が気に入ってもらえていることは明らかであった。「どうしてかね。特にお急ぎかね」

「偶然わかったことですが、『イヴェンツ』では、東部沿岸州に記者を派遣して、この問題を詳しく書かせる気でいます。記事をここに置いて行って、だれかに横取りされ、紙切れ同然になって突っ返されるのは嫌ですからね」

編集長は椅子に座ったまま体を後ろに反らせると、両膝をテーブルにもたせ掛けて踏ん張った。「そうだな、君の言うとおりだ」編集長は言った。「いくら欲しい」

まずいことを聞かれたものだ。都会の新聞社ではいくら支払われるのか、バートリーは知らなかった。あまりに高額の請求はしたくなかったし、そうかといって控えめ過ぎて商品価値を下げてしまうのも嫌であった。「二十五ドルです」バートリーはかすれ声で言った。

「どれどれ」そう言うなり、編集長はふたたび原稿に手を伸ばそうとした。「座りたまえ」椅子に積まれた新聞の山をいち早く床に移すと、片足でそれをバートリーのほうに押し出した。それから今度はきちんと記事を読み、相手の顔を見上げた。じっと座ったまま、バートリーは不安を隠そうとしていた。

「まったくの素人というわけではないな」

「地方紙の編集をしていました」

「なるほど。どこで」

「メイン州です」

編集長は体を前に乗り出して、細長い未記入帳簿を取り出した。「原稿いただくことにしよう。名前は」

「バートリー・J・ハバードと申します」バートリーの耳には、だれか別人の名前のように響いた。

「しばらくボストンにいるつもりかね」

「ずっとです」なんとか平静を装ってバートリーは言った。ウィザビーに会って絶望の淵に追い込まれた嫌悪感は依然として非常に強かった。編集長から小切手を受け取った手が震えていた。自分の進むべき道が、今、眼前にくっきりと浮かび、ほかにもいくつか書きたい記事がある、とバートリーは編集長に提案したいと思った。しかし、下がってよいと言うように、編集長から「明日、来て、ゲラ読みをするといい。水曜日の増補版に掲載するから」と言われ、その時ばかりは馬鹿なことを言わずにすんだ。

「ありがとうございます」バートリーは言った。「失礼します」

編集長は聞こえないのか、それとも、すでに相手との間に掲げた新聞の後ろからでは返事をする必要などないと考えているのか、いずれにせよ、バートリーは外に出た。会計に立ち寄って小切手を現金に換えることはしなかった。マーシャに小切手を早く見せたい、バートリーは少年のように気がせいた。小切手は現金よりも確かで神聖なものであった。バートリーは足早に家路につきながら、マーシャが有頂天になって喜ぶ姿を思い描いた。階段を一気に三段飛びして屋根裏の部屋へ駆け上がる。部屋へなだれ込むと、マーシャが心配げに待ちかねている。小切手をマーシャの膝に放り投げる。すると、マーシャは数字を読み、額の大きさに大喜びし、すべてをそつなくやってのけた夫を誇らしく思う。不意にマーシャの体を掴んで抱き上げ、一緒に床いっぱいに踊りまわる。どれほどマーシャに惚れぬいているか。かつて冷たくし、いい加減にあしらったことが、今のバートリーには信じられなかった。

家に帰り着くと、ナッシュ夫人の小さな応接室の窓辺にマーシャが佇んでいた。思い描いていたこととは違ったが、部屋でふたりきりになるまでマーシャが待ちきれずにいるのが嬉しくて、バートリーは投げキスを送った。部屋に入ったらすぐにマーシャに拝ませてやろうと、大切な小切手を手に握りしめていた。しかし玄関に飛び込むと、トランクと箱がいくつか足に当たった。

「やあ」バートリーは大声で言った。「君の荷物が届いたのだね」

マーシャは応接室からすぐには出てこられなかった。怖くて出てこられないようであった。「はい」消え入りそうな声でマーシャは言った。「父が持って来ましたの。今しがたまで、ここにおりました」

その場にまだ父親がいるようであった。そう思うと、バートリーと父親とが実際に顔を突き合わせているかのようにマーシャは狼狽した。夫が出かけて十五分も経たないうちに貸し馬車が一台横づけになり、父親が降り立ったのである。父親が呼び鈴を鳴らす間もなく、マーシャは自分から父親を家の中に入れ、相手がどう出てくるのか、何を言ってくるのか、体を震わせながら待った。しかし、父親はただ娘の手を取ると身を屈め、遠慮がちに口づけをした。出先から戻ってくると、家でもよく交した挨拶の口づけであった。

娘は父親の首にさっと腕を廻した。「ああ、お父さん」

「よし、よし、ほら、ほら」それだけ言うと、父親は娘と一緒に応接室に入った。父親の態度には、最後に別れてから変わったことが起きたと感じさせるものは、なにもなかった。いつもどおり、帽子は脱がず外套も着たまま、その下から燕尾服の裾が一、二インチのぞいていた。父親は老い、疲れ、みすぼらしく見えた。

「お父さん、私、バートリーから離れられない」ひどく興奮して、マーシャは話し始めた。

「夫と別れさせようと思って来たのではない、マーシャ。別れさせるとどうして思ったのかね。亭主と一緒にいるのが、おまえの務めではないか」

「あの男《ひと》、今、出かけています」事はうまく運ぶのではないか、と訳もなく感じながら娘は答えた。「今ちょうど出かけたところです。お父さん、待って会っていただける」

「いや、駄目だ」老いた父は言った。「今、われわれが会ったとしても、よいことはない」

「バートリーが私をなだめすかして連れ去ったとでも思うの。いいえ、そんなことはしなかったの。私を気の毒に思って許してくれたんです。家を出る時、私、お父さんを騙すつもりはなかった。でも、どうしても、もう一度あの男《ひと》に会わずにはいられなかったの」

「おまえの言うことを信じるよ、マーシャ。わしはわかっておる。こうなるように決まっていたのだ。

婚姻証明書を見せておくれ」

部屋に駆け上がって、マーシャは婚姻証明書を取って来た。

父親は念入りに読み「よし、間違いない」と言って娘に返した。そして、一瞬ぼうっとしたあと、さらに言った。「マーシャ、おまえの身のまわりの品を持って来たぞ。思いつく限り、お母さんが詰め込んでくれた」

これを聞いて初めて母親のことを思い出したかのように、「お母さんは元気かしら」とマーシャは口にした。

「変わりなく元気さ」父親は答えた。

「どう、お父さん、上がって部屋を見ていって」母親に対してありもしない関心を示すと一呼吸置いてマーシャは尋ねた。

「いや」そう答えると、老いた父はそそくさと椅子から腰を浮かせ、外套のボタンを掛けようとした。だが、ボタンはすでに掛かっていた。「その暇はない。もう帰らなければ」

父親とドアとの間にマーシャはさっと体を入れた。「事情を説明させてください」

「何の事情かね」

「どうして、どうして、バートリーと駆け落ちしたか。お父さんには当然、知っていて欲しいから」

「マーシャ、わしは知りたいことはすべて知っているつもりだ。事実を受け入れている。どういう気持ちでいるのか、言ったであろう。おまえが何をしようとも、おまえを思う気持ちは変わらない。お前のことはお前以上によくわかっている。驚いてなどいない。最善を尽くしてもらいたい、と今は思っている」

「バートリーのことは許さないのね」感情が高まるままにマーシャは声を張り上げた。「それならば、私を許さなくてもかまわない」

「許すなんて、馬鹿げた考えをどこで聞いてきたのかね」毛深い眉毛を寄せて父親は言った。「なにかをすれば、人には結果がついてまわるものだ。やつを許せなかったのは、許せば、やつは自分のしでかしたことの責任を取らずにすんでしまうからだ。わしがやつを傷つけるとでも思っているのか」

「帰らないで、会っていって」マーシャは嘆願した。「あの人、私にとてもやさしいの。昼も夜も働き通し。今ちょうど、新聞用に書いた記事を売り込みに行っています」

「やつが怠け者だと言った覚えはない」父親は言葉を返した。「マーシャ、お金が要るかね」

「大丈夫です。たくさんあります。いつでも、バートリーが稼いでくれています。ここにいて、会っていただけたらいいのに」

「駄目だ。たまたま留守でよかった。やつの帰りを待つことはない。待っても、今のところ、なにもよいことはない。かえって事態を悪くするだけだ。やつとわしとでは、お互いについてまだ考え直すだけの時間がない。だが、やつのために一つ口添えをしておこう。おまえはバートリーの女房。務めは亭主を助けることで、亭主の邪魔をすることではない。馬鹿な真似をすれば、あの男をさらに悪くさせるだけだ。愚かな人間になる必要はない。ほかの女のことで夫を苦しませてはいけない。やきもちを焼くな。やつはもう、おまえの旦那なのだ。夫を疑うことは最悪だ」

「お父さん、けっしてしません。本当に、けっしてしません。良い妻になります。分別をつけるようにします。ああ、お父さんの気持ちをバートリーが理解してくれれば、どんなにいいことか」

「わしがそう言っていたなどと、やつに話さんでくれ」父親は言った。「約束しては破る、もう、こんなことを繰り返しては駄目だ。御者に手を貸して、荷物を運び入れよう」

外へ出ると、父親はトランクの一方の端を持ってふたたび入ってきた。まるで、自宅の屋敷内にトランクを運び入れる手伝いをしているかのようであった。マーシャは黙って従った。これまでの人生、こうして父親に面倒をかけてきたのだ。父親は力なくマーシャの手を取ると、腰を屈め、もう一度、遠慮がちに口づけをしようとした。「さようなら、マーシャ」

「あら、お父さん、私を置いてけぼりにするのね」マーシャは口ごもった。

娘の狼狽ぶり、そして、自分で説明しておきながら状況をすっかり忘れてしまう幼さ、これを見て、父親は憂いを含みつつも皮肉たっぷりにほほ笑んだ。「とんでもない。一緒に連れて行くさ」

皮肉を言われて、マーシャは自分がなにを口走ったのか再びはたと気づいた。涙にくれながら自分自身を悲しげに笑ってみせた。「私ときたら、なにを言っているのかしら。お母さんによろしく。今度はいつ来てくれるの」、そう尋ねると、マーシャは以前とほとんど変わらずに、ふざけるようにして父親にまとわりついた。

「来て欲しいと思うときだ」マーシャの手を振りほどきながら父親は言った。

「手紙を書くわ」父親が階段を下りると、マーシャは後を追うように声を張り上げた。手ひどい扱いをしたという思いがマーシャの心にたとえ一瞬でも浮かんだとしても、馬車が出て行く際にはその思いも消え、心はバートリーの帰りを待ちわびる気持ちに変わっていた。父は夫に会うのを拒んだけれど、訪れてくれたことは、将来、ふたりの間に互いを思い合う心が芽生える嬉しい兆しのようにマーシャには思えた。父親がいかに素晴らしい忠告を与えてくれたか、誇らしい思いでマーシャは、バートリーに早く話したいと意気込んだ。しかしこうした思いも、いざ夫の姿を見るとたちまち恐怖心に変わった。マーシャは恐ろしさに震え、こう言うのがやっとであった。「バートリー、父のことならば大丈夫よ」

「どんなふうに」夫は冷たく言い返した。「ところで、僕のことを悪く言っていただろう。どこにいるの」

「帰りました。帰ってしまいました」

「どこへ帰ろうと、かまうものか。ともかく、帰ったのだね。君を家に連れ戻しに来たのかね。どうして行かなかった。えー、マーシャ」残酷な言葉を口にするとすぐ、バートリーはマーシャに駆け寄った。吐いた言葉の意味が、いわば、相手の心臓を突き刺さないうちに、取り押さえようとでもするかのようであった。

マーシャは伸した腕をこわばらせて、バートリーを突き戻した。「近寄らないで。私に触らないで」振り向きもせずに夫の傍らを通りマーシャは階段を上った。バートリーの耳に、扉を閉めて鍵をかける音が聞こえてきた。

第十六章

バートリーは少しの間立ちすくんでいたが、それから外に出て、あたりが暗くなるまであてどもなく街をさ迷った。精神的な打撃を受けてその場を離れたが、自分の言動に呆れて恐れをなし、どんな償いでもするつもりでいた。しかし帰宅するころには、その覚悟もしだいに薄れて、仲直りするにしても歩み寄るのはマーシャのほうだと決めて不機嫌になっていた。そのような気持ちでさえ、妻の愛情を思うと穏やかなものになった。ほのかに明かりの灯る狭い玄関で、マーシャは黙ったまま口づけをしてバートリーを迎えた。懺悔し許しを求める口づけであった。マーシャは帽子をかぶりショールを肩に掛けて、お茶に連れ出して欲しいと夫を待っていた様子であった。レストランへの道すがら、新聞社巡りの結果をマーシャは夫に尋ねた。夫はその模様を手短に話して席につくと、大事な小切手を取り出してマーシャに見せた。しかし、小切手の魔力は失せていた。もう、ただの二十五ドルの小切手にすぎなかった。二時間前までは、小切手は成功を意味し、歓喜であり、ともに分かち合う希望と喜びであった。ふたりは小切手のことにはほとんど触れず、どうでもよい話をもっともらしく交わした。

マーシャは、父親が訪ねてきたことにすぐ話を戻すわけにはいかなかった。バートリーとしても、その話を自分から切り出す気にはなれなかった。マーシャがそれとなく話題に取り上げようとしていることに気づいても、バートリーは妻の心の内を見破ったというそぶりは少しも見せなかった。それでも、狭い屋根裏部屋にふたりが戻ると、マーシャははっきりと切り出さざるを得なかった。

「バートリー、私が傷ついたのはね」マーシャは言った。「ほんの一瞬でも、あなたが妙なことを考えたからよ。あなたとの別れ話を切り出すように、この私が父に言わせたとでもいうの。別れるように父が頼んだとでもいうの。お父さんはこう言いに来ただけよ。あなたにやさしくし、助けてやりなさい。信頼しなさい。そして、馬鹿な真似をして、そう、やきもちを焼いて心配をかけてはいけない。私、そんなことするつもりはありません。いずれ父はあなたと仲の良い間柄になります。ずいぶん一生懸命働くものだと褒めていました」――成り行きでマーシャは事実そのものより一歩踏み出して話を誇張した――「父はいつも褒めていましたよ。あなたと仲直りするまたとない機会を、父はきっとうかがっているだけよ」

マーシャが視線を上げると、その目には涙が光っていた。非は大いに自分にあると感じていたのに、相手が償いを申し出ていると知って、バートリーは自分独特のユーモアで相手を笑わせたかった。しかし、それはそれ、心の広さという点ではバートリーの右に出る者はいなかった。

「マーシュ、そんなことはもういいんだ。僕は大馬鹿者さ。君にすぐ説明してもらえばよかった。だが、頭に浮かんだ思いはただひとつ。僕にめぐってきた幸運のこと。それを君と分かち合いたかったのさ。それなのに、また、お父さんがふたりの間に割り込んで来たように思えて」

「まあ、そうね、そうね」マーシャは答えた。「わかったわ」こうして事情をすっかりのみこんでみると、マーシャは嬉しくなってバートリーの体にしがみついた。もうけっして曖昧にはしない、と固く心に決めていた。

バートリーの書いた記事が新聞に掲載されると、マーシャはそれを読み、どんなに言葉を尽くしても足りないとばかりにバートリーを褒めちぎった。スクラップブックを買い求め、切り抜いた記事を貼り、バートリーの書いたものはすべて取っておくとマーシャは言った。「次は、どんなことを書くの」

「そうだな、まだわからない」バートリーは言った。「今回のような題材は、そうたやすく見つからないものだ」

「あら、伐採飯場の記事が気に入る人なら、ほとんどどんな記事でも読みたがるでしょうよ。そういう読者には、ありふれた記事などないでしょう。ボストンでの安い部屋捜しの苦労話など、よいかもしれないわ」

「マーシャ」バートリーは大声を上げた。「君は僕の宝。そうだ、そいつについて書こう。『クロニクル・アブストラクト』は喜んで掲載するだろう」

冗談を言っているとばかりマーシャは思ったが、しばらくすると、夫はどうしても思い出せない数字を聞きにきた。バートリーには新聞人としての真の勘があった。なにかに突き動かされるようにして、バートリーは仕事にかかった。といっても、それは文学的な動機とはまったく無関係なものだった。記事を書くのは実効を上げるためであって、芸術的に楽しむためではなかった。バートリーには記事を物語仕立てにする気持ちなどなかった——自分たちのような若いふたりが田舎から出てきて都会に落ち着く。そんな姿を思い描く気などなかったのである。未熟な男女の無知と貧困を詩情豊かに綴り、記事に散りばめることも、あるいは、収入に比べて不釣合いなほど高い物価にうろたえる哀れにも滑稽な姿を記事に織りこむことも、まったくしようとはしなかった。まず取りかかったことは、事実をできるだけ多く入手することであり、次に、ボストンのさまざまな場所の貸し部屋の価格を数多く調べ上げることであった。ここかしこの不動産屋へ出向いては、『クロニクル・アブストラクト』の記者だと名乗り、家賃の今昔を取材した。自ら基礎情報と称するこうした事実をもとに、バートリーはぴりりと皮肉の効いた記事を書いた。それは暴露記事の色彩をかなり帯びていた。この種のものほど大衆を楽しませるものはない。暴露は読者のために行っているようなもので、どういうわけか、読者は一緒になって腐敗を叩いているような気になる。実が上がれば、購読者は例外なくその新聞をますます信用するようになる。ボストンに滞在して一週間が過ぎると、女家主たちの強欲のせいで、バートリーは故郷の零落を見るような土地っ子の気分になっていた。たっぷり紙面が割かれたわけではなかったが、このスケッチ風の記事につけた十行ないし十五行の見出しの大半は、そうした内容を示すものであった。その記事を「ボストン下宿屋事情」と題して、バートリーは下宿屋と文明社会との関係について短くまとめ、自ら体験し観察した事柄を詳しく述べた。この部分には飾らず真に迫るユーモアに富んだ筆さばきが多々見られ、自分でも得意とするところなので、実に楽しいものとなった。だが、生まれながらの新聞記者としてバートリーが力量をじゅうぶん発揮したのは、実際の部屋代や設備費と、女主人の求める

「跳ね上がった価格」

ことを比較した箇所であった。文章は生き生きとして力強く、全体として示唆に富んだもので、結論には有無を言わせぬものがあった。この悪習になんとか手をつけなければ、ボストンの人口は深刻なまでに

減少してしまう。特に、収入の少ない若い夫婦がボストンに住みつかなくなる——将来、街が繁栄するかどうかは、一も二もなく、これらの若者にかかっている。それなのに、現在のように法外な額が請求され続けば、若者はボストンにひけを取らぬ他の地域社会に住まいを求めて、この都市を出て行かざるをえないのだ。

バートリーが予言したとおり、記事は『クロニクル・アブストラクト』に難なく売れた。その記事は本質的に安っぽい、と恐らく編集長にはじゅうぶんわかっていたはずであるが、読み物としてはかなり面白いとも見ていた。バートリーが記事の売り値を釣り上げても、編集長は文句を言わなかった。まだ、言い値が高すぎることはなかった。それに、メイン州の東部沿岸出身のこの青年の進取の気性に編集長は好感を抱いていた。だから、バートリーが記事を持って姿を現わすと、仕事に疲れてはいても進んで歓迎を申し出る人のように温かく迎えて喜ばせたいと思った。編集長の手許には飯場の記事の一部が書き写され、それについて述べられた読者からの便りが寄せられていた。このことは記事が当ったことを示すなによりの証しであった。

「今晩、私どもの編集者倶楽部に顔を出してくれないかね」テーブル越しに、バートリーに小切手を渡しながら編集長は聞いた。「食事はひどいが、みんな楽しく過ごそうと心がけている。集まるのは新聞関係者ばかりだ」

「それは、ありがとうございます」バートリーは言った。「伺いたいと思います」

「それでは五時半に来てくれ。一緒に行こう」

バートリーはむしろ冷めた気持ちで家路についた。この記事が売れたら、前回ふたりが嘗めた失望を償う意味でも、パーカーのレストランでマーシャと記念の食事をするつもりでいた。パーカーのレストランにはまだ行かないの、とマーシャから何気なく言われても、知らんぷりを決め込んでいたのだが、豪勢に食事ができるチャンスを待っていたのである。編集者倶楽部行きにマーシャの気が進まないのであれば、社へ戻って受諾を取り消せばよい、とバートリーは決めていた——だから、招待されたことをそれとなく告げようと思っていた——ところが打ち明けてみると「お受けしたのでしょう」と言われてしまった。

「受けて欲しいのだね」ほっと胸を撫で下ろしてバートリーは尋ねた。

「あら、もちろんよ。大変名誉なことよ。集まった編集者のみなさんと知り合いになれるでしょうし、それに、常勤の職はどうかと言ってくる人も恐らくいるはずよ」給料取りの勤め口こそ将来に備えてのふたりの理想であった。

「そうだね、僕もそのことを考えていた」バートリーは言った。

「すぐに行ってお受けして来て」マーシャは追い打ちをかけた。

「いや、その必要はない。五時半までに向こうに着いていれば、それでよいのだ」バートリーは答えた。

来なければよかった、という心に潜んでいた後悔の念も会場に入ると消えていた。倶楽部の会員らがひっきりなしにやって来ては、帽子や外套を脱いで、三々五々話し込んでいた。この国の慣例どおりに、『クロニクル・アブストラクト』の編集長がバートリーをだれかれなしに紹介した。多少、違和感を覚えはしたものの、バートリーはまったく物怖じしなかった。その上、根っから人を人とも思わないところがあるので、すぐに打ち解けた。端正な顔立ち、魅力的な声、たちどころに冗談を口にする愛想のよさゆえに、バートリーはその場にいる人たちに気に入られた。俺はみんなに好かれている。編集長のリッカーにしても、俺がまわりの連中に好印象を与えていることを得意がっている。バートリーはそう理解していた。夕べの会も終らないうちから、バートリーはリッカーに多少恩を売りたいと思わずにはいられなかった。

倶楽部というものは、時がたつにつれて一層華やかで金のかかるところになった。ところがリッカーが保証したように、ここの食事は確かに粗末ではあったが信じられないほど安いため、会員らは満足していた。倶楽部の入っている建物は古いホテルで、敷地はずっと以前から織物業者の立派な建物の引き立て役となっていた。飲み物も通常は水かビールであった。それでも、時々、高名なスターや著名な主賓が臨席する場合には、気前よくシャンパンを注文する者もいた。だが、バートリーのためならば身上《しんしょう》を潰してもよい、とまで思ってくれる者は一人としていなかった。ビールかクラレット（ボルドー産赤ぶどう酒）にしてはどうかとリッカーにすすめられたが、バートリーはそのどちらでもなく、控えめに水を選んだ。そうすれば、リッカーの自分に対する評価が上がることくらいバートリーは心得ていた。

公の席での食事となると、どのような仲間でも間違いなく愉快に過ごせるものである。平日は働きすぎるほど働き、土曜日の夜には最後に浮かれ騒ぐ。こうした新聞人たちに、すぐに楽しい時間が訪れた。大半は若者で、給料は安いが仕事はハラハラどきどき、漠然とではあるが昇進する希望もある。そうしたことに見返りはじゅうぶんあった。パーティーには顎髭に白いものが混じる者もいた。もう仕事に目新しさを求めることも期待することもないが、新聞人としての生き方そのものが好きで、なに不自由のない生活ができるからといって、それと引き換えに職を辞する気などほとんどなかった。そここに老人も見受けられた。恐らく、幻想こそもう抱いてはいない天職としての仕事に誇りを感じ、好みや方法の点でいささか時代から取り残されたとはいえ、業界の変貌ぶりさえ誇らしいのである。ジャーナリズムに携わって吹きこまれた熱い感情は、それをひとたび味わったことのある者には、実際、忘れようにも忘れ去ることのできないものである。記者や通信員として、不思議と魅力に富んだ生活を始めた若者には、新聞はかつてフランスの貴族が国王に感じたほど尊いものであった。昼夜、国王に仕え、国王のために身を粉にして働き、国王の栄光とひとつに解け合い、世間から個人として顧みられなくても、国王とともに勝ち誇って生きる。これこそ、臣下の国王に対する忠実な務めであった。国王たる新聞も、臣下たる記者の忠実な勤めを当然のこととして受け入れてくれる。記者たちはそれぞれ、そう思っていた。どこへ送られようとも、兵隊のごとく迅速に命じられるままに従順に動きまわった。そして、各自、英雄のように熱い思いを抱いて、人を「出し抜こう」と奮闘した。最大限ありとあらゆる機会を捉えて記事を書いた。編集長の手で命ほど大切な記事が削除され、圧縮され、骨抜きにされようとも黙ってその苦しみを受け入れた。だが、こうした若い熱血漢の心は、今どうなっているのか。その様子は大都会のジャーナリズムの内輪話を聞くことができれば明らかになり、哀れを誘われるかもしれない。しかし、一般の人々が若い記者の心情を知るには、記者たちの一心不乱な姿から察しをつけるしかない。インタビューをする、もしくは真夜中の街の荒廃ぶりを伝える。これは読者の心を捉える要素だといわれている。身の毛のよだつ殺人事件や悲惨な出来事を書き上げ、あるいは、いかなる刑事の目をも眩ます犯人を追いかける。みんなの話を聞きながらバートリーは気づき始めていた。ジャーナリズムといっても、田舎の印刷所で想像していたものとはずいぶん違っていないか。ジャーナリズムを法曹界に入る足掛かり程度に考えるのは、賢明とばかりは言えないのではないか。

この国の人間らしく、多くの仲間が才能をしきりに認め、飯場の記事についてバートリーに話しかけてきた。読んでいなくても、記事が大当りしたと知っている様子であった。「リッカーが言うには、記事を持って行ったが、ウィザビーは見ようともしなかったって」こう言えるのがみんなには嬉しかった。バートリーとしては迷ったあげくに、リッカーにそっと耳打ちした話である。これほどの事実を知らされても、その場に居合わせた『イヴェンツ』の関係者は必ずしも気を悪くしていない、とバートリーは気づいた。その中には、バートリーを脇に引き寄せて、それとなくこう認める者もいた。ウィザビーがやっていることは、ひとりで『イヴェンツ』を潰すような真似ばかりだ。実際、金勘定で新聞を発行しているようなものだ。

倶楽部の会員はこぞって食事の悪口を言ったが、野暮でなにもわからないバートリーは、それほどひどいとは思わなかった。それでも、誰もが旺盛な食欲の持ち主で、食べてはますます上機嫌になった。倶楽部の会長が目の前の大きな鉢にパンチを流し込み、グラスに注いで片手に持ち、立ち上がって開会を宣言した。おしゃべりと語りと歌の気ままな会の始まりであった。好きな歌なり話なりを思い出すと、十八番にしている人に歌い語るようにだれもが頼んだ。どんなに古い冗談や音楽でもかまわないようであった。仲間は楽しもうと決めていた。笑いどよめき、拍手喝采が起こり、グラスの触れ合う音が響いた。「今度の歌は気に入るぞ」とバートリーの両隣にいる人たちが予言してみせた。そうかと思うと、「メイソンのこの話を聞いてやってくれ。一級品だよ」という言葉。その都度、多くの人たちの喝采に応えて一人また一人と立ち上がった。パンチボールを手に、一同、会場に戻ると、煙草の煙が深く立ちこめるなか、玄人はだしの二人がピアノの前に陣取って心ゆくまで歌い、かつ演奏した。残りの人たちはグラスを片手に思い思いに語らい笑い、あるいは聞き入った。バートリーには出番の声がかからなかった。だが、伐採飯場で惨たんたる結果に終った歌をもう一度歌ってみたくて、うずうずしていた。ピアノを演奏していた者がようやく立ち上がると、バートリーはピアノの椅子にすっと腰を滑らせ、伴奏の和音を鳴らし、物怖じせずみごとに歌い上げた。部屋は静まり返ったが、突然割れんばかりの拍手が鳴り響き、「アンコール」と大きく声がかかった。成功を収めたことは間違いなかった。「おい、リッカー」アンコールが終ると、音頭を取っていた男が言った。「君が連れて来た男、ぜひとも仲間にしよう」拳でテーブルをコツコツ叩くと、男はバートリーを推薦した。すると瞬く間に、倶楽部は推薦された会員候補の賛否が口頭で問われた。気がついてみると、バートリーは満場一致で会員に選出されていた。栄誉なことと、じゅうぶん自覚する間もなく、バートリーは会計に入会金を支払い始めていた。近くにいる誰もがバートリーに握手を求め、力になろうと言ってくれた。こうした心からの歓迎ぶりも、多くは一斉に善良な心理が働いたにすぎず、パンチを飲んだせいだと思える者もいた。それでも、これは嘘偽りのない大方の気持ちであった。現代文明は多くの点で醜悪で、不平等で、不完全である。それでも、人はこの文明社会で我知らず兄弟のように結びつき、心を通わせる。新世代の人たちは誰しも非常に痛い目にあってきた。しかし、そうしたつらさを思い出すにしても、痛みや怨みとしてではない。むしろ、今、同じ思いを感じている人の力となって、前に踏み出させたいという気持ちに駆られる。自立しようとすれば、多くの人から手を差し伸べてもらえるものである。

バートリーはパンチには手をつけず、しらふで通し倶楽部を辞した。倶楽部の連中は、いわば、喜びと誇りとで酔いしれていた。バートリーは早くマーシャのもとに戻って、大手柄を話したかった。リッカーから日曜版に掲載すると言って即座に渡された下宿屋の記事の校正に早く目を通したくてたまらなかった。マーシャは寝ずに夫の帰りを待っていた。バートリーがその晩のもっとも誇らしい事柄をまくし立てている間、マーシャは顔を輝かせ耳を傾けていた。みんなが敬意を表わしてくれたのだと言うと、マーシャはバートリーが期待していたほどには驚かなかったものの、いっそう幸せな気分となり、その話をもう一度聞かせてくれとせがみ、小さな事柄まで一つ残らず語らせた。入会金がいくらかかったか聞かれるのをバートリーは心配していた。だが、入会金が必要だったことにまでマーシャは知恵がまわらないようであった。記事の原稿料の三分の一が入会金で吹き飛んだが、マーシャにパーカーのレストランで約束の食事をさせてやろう、とバートリーは心に決めていた。

「将来の目処がついたと思う」これから先のことについてさっと思いをめぐらすと、バートリーは声に出して言った。

「ええ、そうですとも」マーシャは、うっとりと応じた。「少しも心配する必要はないわ。それでも、あなたがきちんとした地位に就くまでは、つましく暮らさなければ」

「そうだとも」バートリーは言った。

第十七章

その後数カ月の間、バートリーの仕事は訪問取材、分野を問わぬ特別記事の執筆、派遣された現場からの郵便や電報による特派員通信であった。暇な時には、下宿屋の記事と同じようなものが書けないか、さまざまな話題について調べた。マーシャは往々にして女にみられる鋭いには鋭いが生半可な知識だけで仕事に口を出すようになってきた。推測がつくことであれば、なんであれ有能な女としてたちどころに掌握し、夫が苦境に立てば立ったで、また手柄を立てれば立てたで、夫と気持ちを同じくした。それでも、政治上の細かな話や全般的な影響になると、夫の話にはついていけなかった。マーシャは感情に左右されずにはいられなかったし、公平な見方もできなかった。どのようなことであれ、夫がいつもなにかの企画に関与している、それがマーシャにとってなによりも重要なことであった。バートリーは地方へ派遣されると、マーシャを連れて行くこともあり、夫婦は観光旅行の気分を味わった。資料を書き留めないまま夜遅く帰宅すると、マーシャは夫を助けてメモを取り、夫が言うままに記した。その甲斐あって、夫はほかの記者仲間をしのぐ充実した内容の記事を書くことができた。実に楽しげに的確にマーシャは新聞の業界用語を使いこなして、『イヴェンツ』やほかの新聞を出し抜いてみせる、とまくし立てた。夫の記事が一部削除ないし変更の憂き目に遭おうものならば、あるいは、特集記事が台無しにされようものならば憤慨せずにはいられなかった。

バートリーは帽子屋や洋服屋の春の売り出しを知らせる「広告」を、みずみずしく鮮やかな筆さばきで書いた。それを持ってリッカーの事務所に行くと、編集長はさっと目を走らせて言った。「ハバード、奥さんが一緒だったね」

「はい」バートリーは白状した。妻の容姿が自慢であるうえに、ボンネットや洋服の記事には奥方の実に女らしい趣味と知識が表われていると編集長に見抜かれて、バートリーは得意になった。「この僕がインスピレーションを働かせてすべてまとめ上げたとは、まさか思わないでしょう」

バートリーの友人の中には、以前出会った折に紹介されて、マーシャとはすでに顔見知りの者もいた。たいていはまだ独身であるか、結婚していても住まいが少し離れていて、間借り部屋までハバード夫妻を訪ねてくることはなかった。マーシャは少し引っ込み思案のところがあった。こちらから招待しなくても友人の方から訪ねて来るべきものなのか、それとも、こちらから招待すべきものなのか、よくわからなかった。それに、ナッシュ夫人の応接間はいつも自由に使えるわけではなかった。マーシャはわざわざ自分たちの部屋まで通す気にはなれなかった。だから人と付き合うといっても、公の場で夫の友だちと会うのが関の山であった。時にはレストランで偶然会うこともあれば、芝居の幕間やコンサート終了直後に顔を合わせることもあった。マーシャは知り合いから美人だとか上品だとか持ち上げられはしても、話上手だと褒められることはほとんどなかった。いかにも田舎者といった、おずおずとしたところがいつまでも消えず、相手が夫でなければ言葉を交わしても、マーシャの話には実もなければ素っ気もなかった。夫は興味を持てても自分にはさっぱりわからない話題を持ち出されると、周囲の男たちに気づかれてしまうほど、マーシャは落ちつきを失くした。

なぜ仕事仲間をお茶に招いてはいけないのか、バートリーには合点がいかなかったが、マーシャからは駄目だと言われていた。こうした一般的とは言えない生活をバートリーと好んで送っていたマーシャだが、生来、自由気ままなボヘミアンではけっしてなかった。間借り住まいも、レストランでの食事も好きではなかった。春になって鉄道馬車で郊外へ遠出すると、住みたいと思う小さな家をマーシャはいつもあれこれ選んでは、手持ちの資金と相談した。そして、私もたくさん仕事をしたいと言った。今のように、なにもしない怠け者のような生活は嫌なのだ。目新しいと思った街も、マーシャの目にはバートリー以上にすぐ色褪せてしまった。コンサート、講演、芝居、どれをとっても、すでに興味を引くものではなくなっていた。それでも外へ出かけるのは、夫に頼まれるからであった。常々こうした類のことを記事にする夫の手伝いができることもその理由だった。

春も深まると、どこか地方のことを調べて記事にしてみたい、とバートリーは思いついた。例の間借り部屋の記事と同じやり方だが、スケールはもっとずっと大きなものがいい。季節が季節だけに、気軽に行ける避暑地を連載してはどうか、とバートリーはリッカーに提案した。「ボストンの保養地」と題して、主に海辺のホテルやその周辺を語る。やってみろと編集長に励まされると、その案を実現すべく、たいていマーシャを伴って遠くまで足を延ばした。出かけたのは、主としてシーズンたけなわとなる前のことであった。それでも、すでに船は運航されていてホテルも営業を開始していた。ふたりは手厚いもてなしを受けた。なにをしに来たのか、きっと相手に感づかれてしまったからにちがいない。バートリーに言わせると、これは双方にとって持ちつ持たれつの商売上のこと。この種のやり取りでは、ホテル側は損をするより得をするものなのである。

泊まっても乗っても無料《ただ》。これは新聞業界の特権中の特権の一つ、いや特権とまではいわなくても道理にかなった正当な権利。マーシャもこのように考えていた。こうして金を払わずに船や列車に乗る。カードを示してホテルの勘定を済ませる。これだけで立派な著名人だと世間から認められた。市民の宴にしろ、実業界ないし専門家の宴にしろ、特別のテーブルが用意され、ワインと料理がフルコースで運ばれ、新聞記者たちは豪華にもてなされた。バートリーからそう聞かされると、マーシャは世慣れていないだけに、夫が主賓の一人であったような気がした。そして、栄誉に溺れて自惚れなければいいがと気をもむのであった。夫の現在の輝かしい生活を喜びとしながらも、社会的な評価という点では夫の職業は弁護士業ほどではない、とマーシャは心の奥底では考えていた。今では、バートリーは新聞記者と名乗っていた。だが、新聞との係わり合いでいうと、夫は田舎の編集者、父親が小馬鹿にしてそう呼ぶのを常々耳にしたものにすぎなかった。それは貧乏に身をやつし、土地の名士にこき使われ無礼な仕打ちを受ける人間だとマーシャには思えたのだ。バートリーと仲間の新聞記者何人かが、ジャーナリズムの冠たる特質について自慢げに語るのを聞いたことがあった。その時でさえ、マーシャは以前から感じていた屈辱感を振り払うことができなかった。夫にはどうしても弁護士になってもらわなくては、とひそかに心に決めた。バートリーとの結婚が正しかったと父親に示せるのは、バートリーがどこから見ても弁護士らしい風采を備え、正式に開業して成功を収めてからのことだ、とマーシャは心得ていたのである。

とかくするうちに、バートリーとマーシャは周囲のことは顧みずに、ひっそりと暮すようになった。世間との交渉がなかったため、ふたりだけの生活が普通では考えられないほど長く続いた。ボストンに来て三、四ヵ月が経っても依然として、夫婦ともに田舎者であった。都会にはそれぞれさまざまな世界があり、けっして見過ごせない特徴や違いがあるというのに、ほとんど気づいていなかった。ボストンコモンは立ち入らないに越したことはない。これを知らないどころか、気持ちのよい天気のときには、ボストンコモンのベンチに座って春の訪れをじっと眺めた。事実、まわりでは恋人たちが人目もはばからず愛を語り合っているのに、ふたりはそれを見ても驚きもしなければ衝撃も受けなかった。それでも、いくぶん様子がわかってくると、パブリックガーデンに行くようになり、橋や築山《つきやま》や彫像に見とれた。すでにバートリーは芸術に興味を示し始め、庭師がチューリップの球根を植えていると、大胆にも立ち止まってヴィーナスの像を褒め称えた。

時々、ふたりはボストン美術館へ出かけた。最悪の作品なのに気に入ってしまい、後からどんなによい作品を見せられても心を動かすことはなかった。マーシャはまるでヴァチカン宮殿にでもいるかのように、腹をすかし疲れ果てた。ふたりはボストン公立図書館から本を借り出して得意になり、息を殺し爪先立ちで館内を歩きまわった。お昼にパイプオルガンの演奏を聞くのは宗教的な楽しみだと思った。ふたりが音楽堂に腰を下ろすと、若くて物怖じしない神経に巨大なオルガンの唸り声が響き渡り、バートリーは受け売りながら、オルガンにまつわる冗談をマーシャの耳もとに囁いた。こうして貴族にでもなったような気分のまま外へ出て、コープランド、ウェーバー、あるいはフェラといったレストランで食事をした。レストラン・パーカーで食事をすることもあった。飾りつきのナプキンや重い陶磁器などを使うみすぼらしい食堂で食事をするのは、とうの昔にやめていた。ふたりは注文のこつをすでに心得ていたので、高級なレストランでも同じく安くすませることができた。特に、マーシャが食べたくないふりをして、自分のたべる半分をこっそり夫の皿に移しても、バートリーは見て見ぬふりをした。

夫が暇なときは、ふたりは必ずいつも一緒だったので知人からからかわれた。あのふたりは結婚しているのかと聞かれれば、「しっかり結ばれているよ」という返事が返ってくることはみんなにわかっていた。ただならぬ夫婦の絆、だが、そうした印象を与えるのは、ふたりがいつも一緒にいるためばかりではなかった。ほかの人たちに促されて、バートリーが自分には馴染みのないものに関心を抱くと、マーシャはまわりの人に気取られるほど落ち着きを失くすからであった。みんなの前で夫に恥をかかせたくなかったので、マーシャは懸命に気づかれないようにした。しばしば、心細くつらい思いをしても自分と離れて話してもらおうと、夫を相手のほうへ追いやった。あるいは、街で人と会ったときは、夫を残してひとり家路につくこともあった。夫を妻の言いなりにさせていると人から言われるより、帰るほうが気が楽であった。夫の加入している記者倶楽部は、最初こそすばらしく有益だと思ったが、その気持ちも薄らいで重荷となった。入会金や年会費が法外に高い、そんな思いをマーシャはもう胸におさめてはおけなかった。なににもまさる喜びは、夫が自分と一緒に部屋に座っていてくれることであった。話をする、しないは、どうでもよかった。夫が忙しければ、座って裁縫をする。夫が書きものをしていれば、座って黙ったまま夫の姿を眺める。それだけでよかった。そのような時は、夫を失くしたとか、結婚していないとか、想像してみる。そして現実に戻ると、喜びがどっと込み上げてくる。それを楽しんだ。夫が倶楽部に出かける晩は健気にも送り出し、マーシャはナッシュ夫人と夜のひとときを過ごした。昼間に夫人とそろって外出することもあった。夫人は競売や墓地に出かけることが大好きで、マーシャもそうした楽しみ方を心得るようになった。マウント・オーバーン共同墓地では、大理石の羊や、右手の指を天に向けた意味ありげな両の手、石に刻まれた幼児、天を仰ぎ見る翼をたたんだ天使などが気に入った。マーシャにはそうしたものの方が、古代美術の複製品であるとバートリーが言うボストン美術館の塑像よりよかった。ナッシュ夫人にしても、マーシャにしても、美術に関しては頭がさっぱり働かなかった。マーシャは帰宅するといつも、バートリーとまるで一年間も会わなかったような気になり、夫の身になにか起こったのではないかと心配するのであった。

不規則な生活を送るなかでなによりもつらいのは、時々、バートリーが単身で二、三日家を留守にしなければならないことであった。ひとり家に取り残されると、マーシャはじゅうぶんに息がつけないような気がした。一度などは、バートリーが帰宅すると取り乱さんばかりになった。もう二度と帰って来ない、と思い始めていたのだ。そんなひそかな思いをそっと打ち明けるとバートリーに笑われたが、マーシャは恥ずかしいとは思わなかった。「ところで、僕が戻らなかったら、どうするつもりだった」と聞かれたマーシャは、気持ちを高ぶらせてこう答えた。「戻らなかったからといって、どうということはありませんよ。私、生きていなかったも同然でしたもの」

夫の収入が不安定なことも、マーシャにはもう一つの苦痛の種であった。週に四、五十ドル稼ぐことはあっても、通常は週に十ドルしか入らなかった。時には、手がけた仕事にことごとく失敗して収入ゼロの週もあった。そのような折、マーシャは絶望して倹約の鬼と化した。マーシャには無駄遣いとしか思えない夫の金の使い方について、ふたりは口喧嘩をした。こんなものにいくら使ったのと夫をやり込め、日々の糧さえ苦い味にした。つらい立場に置かれているのだと身をもって示そうとして、自ら一番古い服を着込み、夫にもみすぼらしい格好をさせかねなかった。マーシャの倹約ぶりは馬鹿げた子供のままごと遊びのようなもので、きちんとしたものでも、経験から生まれたものでもなく、場当り的なものであった。後になると、決まって切り詰めたことを後悔し、夫をけしかけて無茶苦茶に財布の紐をゆるめさせた。

どんなに立派な行動でも、将来の展望まで見通すことはなかなか難しい。夫に尽くし、誇りも昔からの嗜《たしな》みも、すべて気高く犠牲にしてきたマーシャではあったが、この献身ぶりが果たして本物かどうか。それはいかなる結婚生活にも存在する浅ましい事態に否応もなく試された。

初めはいくつかうまく仕事をこなして気持ちが高ぶり、定収入のある新聞局員のポストにもすぐに就けると思っていたが、たえず探し求めても容易には見つからぬものだ、とバートリーにもわかってきた。リッカーは『クロニクル・アブストラクト』の専属の記者及び特別通信員に喜んで加えてくれたが、ほかの新聞社とは相変わらず不定期の関係で、それ以上はっきりとした地位には就けないでいた。おそらく俸給では手にできないほどの金額を稼いでいたし、マーシャとふたり自分たちなりに生活して、稼ぎの中からなにがしかの額の金を貯蓄していた。それでも、マーシャには夫が定収入のあるポストに就こうと精一杯努力しているようには見えなかった。夫の半分も筆が立たないのに、あまりに多くの人たちがポストを得ている。それなら、その気になりさえすれば、多分、夫もポストの一つくらい手に入れられる、とマーシャは信じていた。仕事のことばかり考えているとバートリーはマーシャを一笑に付したが、激怒することもあった。マーシャが仲直りしようとしてもバートリーは一切拒絶して、数日、不機嫌に腹を立て続けた。それでも、バートリーは仕事には相変わらず一所懸命であった。そして、妻の警告は愚の骨頂もいいところだが、まったく偏りがない、と最後にはいつも認めざるを得なかった。

かつて、ある新聞社の常勤のポストについて、いつものように、ふたりで話し合っていた際にマーシャが言った。「ポストを得るにしても、当座だけでいいわね。バートリー、あなたには法律を続けてもらいたい、とずっと考えてきたのよ。いつまでもジャーナリストというのでは」

バートリーはにやりと笑った。「法律を勉強している間、生活をどうしようか」

「勉強しながらでも新聞の仕事はできますよ――生計を立てていける程度にはね。初めてボストンに来たとき、ゆくゆくは弁護士になる、と言っていたでしょう」

「あの頃はなにも見えていなかったからな。弁護士としてやっていくには、やらなければならないことが思った以上にたくさんある」

「もう少し勉強するだけでいい、と父は言っていたわ」

「エクイティで開業するならばそのとおりさ。でも、いいかね。ボストンではそうはいかない。ハーバード大学のロースクールの課程を履修しなければならない。ほんの手始めにね」

一瞬口をつぐんだが、マーシャは聞いた。「それでは、法律のことはもうすっかり諦めたの」

「何になるのか、自分でもわからないんだ。差し当たり最善を尽くし、後は運に委ねるさ。特別通信員で終りたくはない。かといって、三百代言も嫌だ」

「三百代言って、それ何のこと」マーシャは尋ねた。

「都会の法廷で、いい加減な詭弁を弄する弁護士のことさ。元手ができるまで待って欲しい――一定量の仕事をするのに必要なまとまった資金ができるまで――そうすれば、法律の勉強の再開について相談する。それしかないと思えば、いつでもやる気になる。どうやら法律が好きなようだ。ただ、ジャーナリズムに比べて法律のほうがいくらかでもまし、というのがわからないがね。それに法律の方が得るに足るものが多いとも思えない」

「でも、長い間、新聞に足場を作ろうとしてきたわ」説いて聞かせるように、マーシャは言った。「今度は、なにか別の方法でやってはどうかしら。弁護士のどなたかの助手になってみてはどう」

「うーん、そんなふうにしてひもじい思いをするにしても、いったいどうやったらそんな勤め口が見つかるかね」いらいらしながらバートリーは強い口調で尋ねた。

「それこそ、このボストンで訪れたことがあるのでしょう。ハリックさんを訪ねてはどうかしら。弁護士になる方だとよく言っていたでしょう」

「いや、実にはっきりと覚えているね。初めてボストンに来たとき、弁護士になると確かに言ったさ」夫は怒って言った。「それならば、恐らくこれも覚えているね。助けが必要でなくなるまでハリックのところへは行かない、と言っただろう。助けを求めになんか行くもんか」

マーシャは悔し涙にくれた。「この町にいることを知られるのが恥ずかしいようね。私があの方たちと知り合いになりたがるとでも心配しているの。あの方たちのパーティーに出かけて行って、あなたに恥をかかせたがるとでも思っているの」

バートリーはくわえていた葉巻を手に取ると、陰険な目つきでマーシャを見つめた。「そうか、そういうふうに考えていたんだね」

マーシャは夫の首にさっと抱きついた。「いえ、いえ、そうではなくて」取り乱してマーシャは泣いた。「今の今まで、そんなこと考えたこともない。わかってくれるでしょう。ねえ、まったく考えていなかったわ。今、口にしただけよ。私の神経はもうずたずた。半分はなにを言っているのか、自分でもわからないもの。本当にあなた、厳しいわ。私がいつまでもへこたれないとでもいうみたい。着替え直すほうがよさそうね。バートリー、今日は一緒に行ける体調ではないわ」

『クロニクル・アブストラクト』に、バートリーが催し物の報告記事を書くことになっていた。それなら一緒に見に行こう、とマーシャはおしゃべりをしながら、すでに着替えをすませていた。帽子を脱ぐ素振りをマーシャが示すと、バートリーはそうはさせなかった。君が行かないならば僕もやめにする、とバートリーは言った。もう一緒に行くのは嫌なのか、とも責めた。そして、笑いながらやさしくなだめすかしもした。

「今、体力がないだけ」こう囁いて、マーシャは最後には夫の頬に口づけをした。「ゆっくり歩いてくれないと駄目よ。せかせないでね」

「恵まれない子らのための波と戯れる会」を支援するために、その催し物は開かれたのであった。六月の終わりのことで、催し物のシーズンにしては少し遅かった。そもそも会を思い立ったのが時期遅れで、こうした慈善事業では大いに援助を必要とするのに、人々は少なからず町を離れてしまっていた。それでも、懸命に呼びかけがなされた。一万人もの貧しい子供たちをナンタスケット・ビーチへ連れて行く。これが謳い文句であった。委員会の一員である婦人の説明では、水浴び、蛤のバーベキュー、レモネードと、夏に三回、ごくわずかな費用で楽しめて得だというのだ。催し物はたまたま卒業記念祝賀会と重なっていて、ニューポートやノース・ショアに来ている人が多く、あちこちから集まってくれた。金銭面での成功はともかく、社会的には間違いなく注目される会になりそうであった。さまざまな出し物が予定されていた。著名な詩人が旧作を、これまた著名な女流詩人が新作を、それぞれ朗読することになっていた。引き続き、本職の歌い手がコミカルな歌を披露し、雄弁術の達人が有名な演説家についてあれこれ感想を述べ、多くのアマチュアが、声にせよ、楽器にせよ、それぞれ得意とする才能を披露してくれることになっていた。

バートリーはリッカーから、社会性に富んだ記事にしてくれと指令を受けていた。「催し物すべてにわたって、趣味よく洗練された、生き生きとした記事にして欲しい。それには君をおいてほかにはいない。奥方を一緒に連れて行くことだ。衣装について失笑を買うような記事を書かれても困るからな」編集長はバートリーにチケットを二枚渡した。「いいかね、義理づくでも金銭づくでも手に入れづらかった――特に義理づくでは」編集長は言った。バートリーは入場券の入手が難しかった、とことさら強調して、今回は並の取材ではないとマーシャに印象づけた。マーシャは新しいドレスを着込んでいた。今しがた手縫いで仕上げたもので、金がかかっていないことも驚きだが、漂う気品も驚きであった。婦人帽子店の前でショーウインドーをのぞき込みながら、ボンネットはどうしようと考えをめぐらしていた折、そばにいた婦人客の着ている服のデザインをマーシャはこっそり使わせてもらった。それでも、自分に合わせてあれこれ考え、ドレスや帽子を実に自分らしいものに変えた。マーシャの着想からドレスや帽子がどのように仕上がっていったのか、バートリーはこの目で見てきたにもかかわらず、それらを身に着けたマーシャの姿を初めて目にすると、怖いくらいだと言った。恐ろしいほどに素晴しかった。マーシャ本人だとはどうしても思えなかった。コンサート会場でふたりが席につき、あたりを見まわしてバートリーは囁いた。「ねぇ、マーシャ、ここには君ほど着こなしのいい女はいないね」すると、マーシャはドレスの裾の襞の隅をわずかにふわりと上げて、夫の手をおおい、ぎゅっと握ろうとした。ふたたび、マーシャはすっかり幸せな気分になった。

コンサートが終ると、バートリーはしばらくマーシャの傍らを離れて、舞台近くに陣取る活動委員の席に出向いた。これから書く記事の要点をいくつか聞いておくためであった。ノートと鉛筆を片手に紳士のひとりに話しかけると、婦人の委員を紹介してくれた。一瞬ためらった後、その婦人は驚いて傷つけられたとでもいうような調子で声を張り上げて問いただした。「あら、ハバードさんではなくて」憤然として自ら答えた。「もちろんそうよね」どことなく芝居がかってはいたが、心をこめて手を差し出し、バートリーに次々と質問を浴びせかけた。「いつボストンにいらしたの。ハリックさんのお宅にいらっしゃるの。出身校は、そうでしたわよ――あら、違うわね。あなたはハーバード大学ではないわよね。まさかボストンで生活しているのではないでしょう。記事のネタを集めるなんて、いったい何のためなの。ハバードさん、こちらはアサトンさん」

その婦人の委員は一気にまくし立てながら、これ以上ないほど感情を高ぶらせると、バートリーを紳士に紹介した。バートリーが最初に話しかけた人物であった。その男は相変わらず笑みを隠そうともせず、バートリーが質問攻めにされるのを聞いていた。「ハバードさん、まず、どの質問に答えるつもりですか」紳士は物静かに尋ねると、やさしくも鋭い探るような目つきで、一瞬、相手の目をのぞき込んだ。髭をたくわえるこの時代にあって、それをきれいに剃った顔は際立っていた。

「そうですね、最後の質問からにしましょう」バートリーは言った。「『クロニクル・アブストラクト』にコンサートの報告記事を書くことになっています。そのことで、その方面の第一人者に取材をしたいと思って」

「ハバードさん、それならば、この私になさいませよ」例の若い婦人が大声で言った。「この催しで最も権威のある者は、この私です——政治改革者の言い草ではありませんが、私の発案ですから——それがすんだら、今度は私があなたを取材しますからね。で、ハーバード大学出のみんなにならって、あなたもジャーナリズムの世界に入ったのね。でも、あなたでよかった。もしよろしければ、私どもの主張を世に知らせる天の申し子になっていただけない。催し物だけでは、必要な金額に到底達しませんの。報道して得られる援助すべてが必要です。ハバードさん、なんなりと私に聞いて下さい。新聞が本来の役割を果たしさえすれば、それと引き代えに個人的なごく些細な事柄まで、どなたであろうと取材の生贄にしてかまいません。この「海水浴後援」の案が閃《ひらめ》いてからというもの、二週間どんなに働きづめであったか、想像がつかないでしょう。家で黙って椅子に腰掛けて、世の中のことを考えていました。そう、確かその時よ。とんでもない考えがふと浮かんだのは」婦人はさらに話し続け、計画の発端から現在に至るまでの経過を余すところなく説明した。そして、突然言葉を切り、飛ぶように書き連ねるバートリーの筆を止めた。「あら、こんなたわいもない話、メモしているわけではないでしょうね」

「もちろん、メモをとっています」バートリーは言った。アサトン氏は笑いながら向き直ると、ほかの婦人客らと言葉を交わそうと立ち去った。「まさにこのような話が記事には欲しいのです。この点でほかの新聞を出し抜けます。他紙はまだこうした類の話は聞き込んでいない」

一瞬怖くなって婦人はバートリーを見た。だが、すぐに「ええ、結構よ、どんどん聞いて。会の主張を理解してもらうためならば、なんでもします」大声で言った。

「それでは、どなたが参加しているか、教えていただきましょう」バートリーは尋ねた。

相手は一瞬ひるんだ。「名前は申し上げたくありません」

「でも、おっしゃってくださらなければ、誰が誰だかわかりません」

「そうですね」考え込むようにして、若い婦人は言った。自分の思慮深さを誇りにしていたのである。思慮深くなるのは、事が起きる前のこともあれば、事がすんでからのこともあった。「誰から聞き出したか、明かさなくてもよいのでしょう」

「もちろんです」

若い婦人は由緒ある人物や著名人の一覧表にさっと目を通した。すると、バートリーはずる賢く、あのレディーはこのレディーはと、淑女たちの装いについて尋ねた。婦人は思わず丁寧に答えてしまい、バートリーは衣装についての情報を書き込んだ。どなたが何を着込んでいるか、よくもまあご存知だった、と婦人は後になって驚いてみせた。最後にバートリーは委員会の次なる予定を聞き、信頼に足る言葉と情報を盛り込んで豊かな報告記事にした。結局、婦人はこの種の秘密を一般大衆に打ち明けるのに熱心になって、知っていることはなんでも話してくれたし、単なる希望に過ぎないこともたっぷり教えてくれた。

「それでは、委員会室でコーヒーでもどうぞ。これだけ話を聞かされては、ふらふらでしょう」婦人は会話を締めくくった。「あなたご自身のことを少しうかがいたいわ」バートリーより年長者というわけではなかったが、年下の者を引き立てるように、婦人は遠慮なく話した。

「恐れ入ります」バートリーは冷ややかに言った。「そうもしていられないのです。向こうで待っている家内のところへ戻って、この記事を急いで書き上げなくてはなりません」

「あら、奥様もいらしているの」驚く気持ちをうまく抑えて若い婦人は尋ねた。

「ぜひ、紹介して」声を張り上げて言った。社会的にどのような結果が生じようとも平気な婦人という評判通りの態度であった。好ましくない人であれば、無作法を働かなくても追い払えると信じていた。

聴衆はすでにホールを後にし、マーシャがひとり戸口に立って、バートリーが戻って来るのを待っていた。バートリーは誇らしげに視線をマーシャに向けると、「喜んで」と言った。

キングズベリー嬢はバートリーの傍らをすっと進み出て間隔を縮めると、いつでも自分から感じよくマーシャの手を握れるようにした。とても美しい人で、着ているものに派手さがなく品がよい、と即座にマーシャを判断した。でも、体つきは遠くで見るよりも小柄だと気づいた。キングズベリー嬢はどちらかと言えば大柄であった。自分でも少し大きすぎると思うことがあった。体の隅々まで怠りなく神経がいき届いていればともかく、そうでないとすると、キングズベリー嬢は確かに大柄すぎる婦人であった。それでも、肌はこの上なく色白で、美しい金髪はそよ風の仕業のように額に乱れ、脇に流れては桃色のこめかみにかかり、巻き毛となってきらめいていた。目鼻立ちは、ほっそりしているというよりは大きなつくりであった。キングズベリー嬢は自分の顎を自慢し、口元も立派だと思っていたが、鼻には自信がなかった。先が団子鼻になっていないかしら、鼻をどうにかできないものかしら、と友だちに素直に相談していた。バートリーから紹介されると、キングズベリー嬢はマーシャの上に身をそびえ立たせるようにして手を差し出し、お会いできて嬉しい、と挨拶した。

「男の友だちに奥様がいるとわかると、どうしてこんなに驚かなくてはならないのかしら。でも、なぜか、いつもこうなります。知り合いだと言わなかったならば、ハバードさんは私のことを気付かなかったはずです。ハバードさんが悪いのではありません。お会いしてから三年経ちますもの。奥様はご主人の記事に手を貸されるの。そうですよね。私どもの催し物を寛大な筆で書くように、ぜひご主人に頼んでください。私どもの主張はとても立派なものです——ボストンにいらして、もうどれくらいになりましたか。どうしてこんなことお尋ねするのかわからないけれど——こちらにずっといらっしゃったのかしら。以前は、人は誰もが顔見知りでした。でも、今日ではボストンもとても広くて。お宅に伺いたいけれど、明日にはここを発って、夏の間は留守にします。実のところ、今では、ここにいるのは仕事のときだけです。確か数週間前に離れるはずでしたが、この「恵まれない子らのための波と戯れる会」があり、留守にするわけにはいかなくなりまして。どんな企画かご存じないわよね。ぜひ、住所を教えてくださいな。秋に戻りましたら、なんとしてもお訪ねします。ごきげんよう。さあ、急いで行かなければ。失礼します。今日中に片づけなくてはならないことが、まだ沢山あります」キングズベリー嬢はふたたびマーシャの手を取ると、さらに数回、別れのお辞儀と会釈と笑みとを繰り返し、ようやく手を離した。しかし、マーシャには、委員会室に来てコーヒーを飲むように誘いはしなかった。バートリーはマーシャの手を取り腕を組んでホールを出た。

「いいかね」妻がキングズベリー嬢に親しくされ、夫として素直に嬉しくなって、バートリーは言った。「あれが君によく話していた婦人さ。自分の裁量で大金を動かせる大富豪さ。ハリックの家で会ったのだ。なかなかの女だと君のことを思ったようだね、マーシュ。君の近くに寄りながら、目を大きく見開いていたもの。僕は君がとても誇らしかった。でも、いつもの半分も元気がないようだったけれいことがあったわけでもなかったし。とても嫌な人だと思いました」

「あの女《ひと》、しゃべらせてくれませんでしたわ」マーシャは言った。「とにかく、これといって、話したど。それにしても、どうしてなにも言わなかったの」

「嫌な人」バートリーは驚いて繰り返した。

キングズベリー嬢は委員会室に戻った。今しがたまで、アマチュアの音楽家がひとり、キングズベリー嬢をくさしていた。「世界一素晴らしい心をしていながら、人を怒らせるようなことにかけては、クララ・キングズベリーは一週間恨み続けても足りないほどのことを、ものの十分で口にし行動に移す。だれか行って、力づくでも、あの記者からキングズベリー嬢を引き離すのだ。でも、恐らく手後れだろう。俺たちすべての心を踏みにじるだけの時間はあったはず。あいつの新聞には、俺たちのことなど、どこにも載りはしないさ。ボストンのように神経質で苛立つ人間がいっぱいの街で、クララ・キングズベリーは、本当によくもまあ、生きてこられたものだ。引き受けるとなんでも全身全霊を込める。この恵まれない子供たちの海水浴にもすっかり熱を上げ、いわば、ぱしゃぱしゃと水しぶきを立てる始末だ。だから、俺も、どうやったか自分でもわからないまま、だれでも来いと今日、人を連れて来てしまった。あの女は、あの哀れな記者には切符を渡したに決まっている。ナンタスケットへ出かけ、ほかの貧しい人たちと一緒に水浴びをするように。この俺には、最後の二週間、自費で波に浸っていろとでもいうような扱いだ。これからもまた、配慮のないまま演奏する機会が与えられるかもしれない。その時、あの女は良心を振りかざして夢中になって取り組むはずだ。だが、演奏のことなどすっかり忘れて、まったく記憶にないに違いない。なあ、そう思うだろう」

第十八章

この一週間、バートリーは仕事らしい仕事をしてこなかった。これまで銀行に貯えておいた金で生活していかざるを得ないと考えると、マーシャは先行きが思いやられて暗澹たる気持ちになった。そんな八月のある暑い日、マーシャは夫に法律を勉強し直してはどうかという話を蒸し返した。気落ちするといつもマーシャが持ちだす話だった。そして、新聞の仕事を辞めるようにと口やかましく迫った。それはどうみても愛する男を困らせる女のやり方であった。

「僕はもう新聞稼業に見捨てられたも同然さ」バートリーは言った。「君の言い草は、相手にその気がないのに、その人とは結婚しないでと頼んでいるようなものだ」そう言ってバートリーは笑い、ヒューと口笛を吹いた。マーシャは苛立ち、意味もなくわっと泣き出したが、バートリーはなだめようとはしなかった。

夏の間、夫婦はボストンの地を離れなかった。田舎へ行ったところで変わり映えするはずもなかった。海辺といっても思い浮かぶのは、せいぜい、ボストン近くの人出が多く騒々しい金のかかる行楽地であった。そのような場所でもかまわないから、一、二週間出かければよいのにとバートリーは思うが、マーシャにはその気がなかった。実際、バートリーもマーシャも都会生まれの人などとは違って、夏の休暇が大切だとは考えていなかった。それにしても屋根裏部屋の暑さは耐え難かった。もうこの頃には独身の男どもは全員、部屋には居られず出払っていたので、ナッシュ夫人はマーシャにもう一つ階下の部屋を使わせていた。ふたりはこの部屋に腰を下ろして蒸し暑い通りを眺めていた。

「そうよね」とうとうマーシャは泣き出した。「私の気持ちなど、あなたにはどうでもよいのね。そうでなかったら、もう一度法律を勉強し直してくれるはずよ」

バートリーは半ば吐き捨てるように溜息をついて立ち上がり部屋を出た。マーシャにこう言われてしまうと、心づもりを話し納得してもらおうと思っていた気持ちも失せてしまった。キングズベリー嬢に紹介してもらったアサトンのところに出向いて助言を請うことにしよう。バートリーはそう考えていたのだ。アサトンが弁護士であることは調べがついていた。きっと、どうしたらよいか教えてくれるはずだ。少なくとも、法律など思い留まるべきだと言ってくれるはずだ。そうすれば、こうしてマーシャと話し合いになった場合、権威ある言葉として拠り所にできるかもしれなかった。

アサトン氏は事務所を『イヴェンツ』の建物の中に構えていた。バートリーは途中でリッカーと出会った。

「ウィザビーに会ったかい」友人は尋ねた。「君を探しまわっていたぜ」

「この僕にウィザビーが何の用かね」いくぶん憤慨したようにバートリーは聞いた。

「君を『イヴェンツ』の編集長にとお考えだ」おどけてリッカーは言った。

「馬鹿な。そんなに会いたいのならば、僕がどこにいるか、知っているはずだ」

「恐らく、知らないのではないか」リッカーは助言した。「そうだとすれば、君のほうから探すのが得策というものだろう」

「おや、忠告かい――」

「とんでもない。この俺が忠告などするものか。過去のことは過去のこととして水に流す。あいつがそう言うならば応じたらいい。いったいどんな用事か知らないけれども、生活の基盤を整えてくれるというならば、そうしてもらえばよい」

「バートリーの生活の基盤」これはふたりの間では一種の決まり文句になっていた。バートリーと顔を合わせると、たいていリッカーはこう問いつめた。「ところで、基盤とやらはどうなっているのかね」「脆弱な基盤は、どうなのかね」是が非でも定収入のある職に就きたいと願うバートリーの姿は、リッカーには滑稽で、そんな考えは捨ててしまうことだ、としばしば説得しようとした。「自由契約の記者でいるほうが、ずっと暮らし向きがよいぜ。稼ぎはたいていの記者仲間に負けないくらい、しかも暮らしは快適さ。どこかの新聞社に勤めてみろ、二十四時間のうち十五時間は拘束される。毎晩、明け方の三時、四時まで家に帰れない。火事だとか、殺人だとか、あらゆる察まわりの仕事をこなさなければならない。今、君が手がけているのは、たいてい楽しい仕事ばかりではないか――自分で思いついたものもあれば、特に人から頼まれたものもある。一種の心づけをいただいているようなものさ。それに、視野も広がる」

だが、なんとしてもバートリーが生活の基盤を得たいというのであれば、そうさせてやりたい、とリッカーは思っていた。「もちろん」リッカーは言った。「基盤というのは、冗談さ。でも、万が一、常勤の職をどうかとウィザビーが言ってきたら、生計の道を断つことはするなよ。自分をあまり安売りしてはいけない。ウィザビーのやつ、手に入るものならば、なんでもできるだけ安く手に入れようとする。いつもそうさ」

リッカーは根っからの新聞記者であった。収入は少なく、懸命に働かなくてはならないが、なにより も『クロニクル・アブストラクト』に愛着を抱いていた。他紙を出し抜くことを目標にたゆまず仕事に励み、目標を達成すると、今度は親しい仲間が成功する姿を見守った。記者同士、お互いライバル意識が消えると、仲間意識が芽生えてくるものであり、バートリーを思うリッカーの感情は、まさしくこれであった。リッカーとしては、バートリーに『クロニクル・アブストラクト』から去って欲しくなかった。ウィザビーが本気でバートリーを雇うというのであれば、ことによると一週間も経たないうちから、二人は「『イヴェンツ』のご立派なご同業」とか「『クロニクル・アブストラクト』のご立派なご同業」と皮肉たっぷりに呼び合い、非難し合うことになる。それでもリッカーは事がうまく運ぶようにと心から願った。内勤のような仕事であればよいが、と望んでいた。

リッカーが去ると、バートリーはどうしたものか迷った。家に戻って、ウィザビーが来るのを待とうかとも半ば考えた。そうすることがもっとも威厳が保て、恐らく最も分別に富むやり方ではないか。だが、用とは何か、知りたくてうずうずしていた。そして、どんなチャンスかわからないが、指の間からすり抜けてしまうのではないか、と心配していた。そこで、にわかに策略をめぐらした。これならば、ウィザビーは話を進めざるを得ないし、ぐずぐずして駄目になる危険もないはずだ。バートリーは階段を上り、『イヴェンツ』の建物内のウィザビーの部屋に行くと、ドアを押し開けた。そして、まるで間違ったとでもいうかのように慌てふためき身を引いた。「すみません」バートリーは言った。「アサトンさんの事務所はこの階ですか」

ウィザビーは机の上の新聞から目を上げて咳払いをした。自分がやり過ぎて失敗すると、交渉相手に責任を押しつけようとする男である。材木飯場に関する原稿を突っ返して以来、バートリーを汚いやつ、とウィザビーはひそかに思ってきた。宙に浮いた草稿を別の新聞社に売りつけ、こちらがその方面に乗り気でないと見透かしたからだ。わずかながらもバートリーが成功を収めるつど、ウィザビーは嫌悪感を募らせた。他紙からすべて記事を頼まれているのに、『イヴェンツ』からはバートリーに仕事がまったく来なかった。しかし、ウィザビーは顔を上げたその時、バートリーを毛嫌いしたことに後ろめたさを覚えた。バートリーの方も、これまで『クロニクル・アブストラクト』に書いてきた記事の中で、いくぶん個人的な調子で『イヴェンツ』の企画を馬鹿にした箇所を思い出して落ち着かなかった。

「アサトンさんは上の階だ」ウィザビーは言った。「でも、ハバード君、偶然のぞいてくれてよかった。君の――君のことを考えていたところだ。まあ――座らないか」

「ありがとうございます」バートリーはどっちつかずの言い方をした。それでも相手がわざわざ立ち上がって椅子を差し出したので、腰を下ろした。

ウィザビーは手をあちこち動かして机の上の物を探り、もとの椅子に戻った。「その後、変わりはなかったかね」

「ええ、いつも元気です。編集長はいかがでしたか」こうして丁重な挨拶を交わしたところで、いったい何になるというのか。それでも、年長者ウィザビーが丁重ならば、自分もそうしていようとバートリーは思った。

「そうですな、ここのところ、どうもすぐれない」ウィザビーは椅子に納まると、話しやすくするために文鎮を手に取りながら言った。「実際、気がついてみると、働きすぎるくらいに働いてきた。『イヴェンツ』の営業管理に加えて、編集局の運営まで一手に引き受けたからな。その気苦労ときたら並大抵のものではない。これにはまいった。自慢ではないが、営業にしても編集にしても、痛手をこうむったことはなかったがな――」

相手がこの問題に真正面から触れてきたので、バートリーは同意するような言葉をつぶやいた。ウィザビーはまた話し始めた。

「だが、気苦労はこたえた。どうも健康がはかばかしくない。休養が必要、助けが必要だ」こうつけ加えた。

話したいことがあるのならば、こちらは黙って話をさせておこう、とバートリーはすでに腹を決めていた。

ウィザビーは文鎮を下に置き、一瞬、ペーパーナイフに注意を向けた。「噂が入っているかどうか、クレイトン君が社を辞めることになった」

「存知ませんでした」バートリーは言った。「初耳です」

「本当なんだ。クレイトン君と私との間で、考えにいくつか食い違いが生じたのだ。で、この際、袂を分かつのが最善、とふたりで判断したわけだ」ふたたび言葉を切ってウィザビーはインクスタンドとゴムのりの瓶の位置を直した。「わしに言わせれば、いよいよという時に期待に応じられなかった。だから、別れざるを得なくなった。クレイトン君がね、役立たずだとわかった」

ウィザビーはふたたびバートリーに視線を投げた。バートリーは「そうなのですか」と聞き返した。

「そうなんだ。クレイトン君の考えは、確かに、わしの考えとあまりに開きがありすぎる。一緒にはなにもできないとわかった。やつ、わしに暴言を吐いてね。後になれば、あんなこと言わなければよかったときっと後悔するはずだ。だが、そんなことは、どうでもよい。やつは辞めるのだから。君がボストンに来てから、ハバード君、君にはずっと目をつけてきた。新聞記者としての仕事ぶりに関心を持って見守ってきた。だが、まずクレイトン君のことを考えた。なぜかというと、もうすでに『イヴェンツ』の局員であったし、昇進させたかったから。うまくやっている限りは職務に就かせ、いち早く昇進させる。事務の改革を、わしは、そこまでやっているんだ」

「そうでしょうとも」

「だが、もちろん、『イヴェンツ』を創刊したのは金儲けを思ってのことだ」

「もちろんですとも」

「社主に儲けさせること、それが新聞の第一の務めと心得ている。後のことは、すべて自然とついてくるものだ」

「ウィザビーさん、おっしゃるとおりです」バートリーは言った。「金儲けができなければ、新聞の事業も、独自性も、へったくれもありません。僕もそのようにして、メイン州でささやかな新聞を発刊していたのです。新聞を引き継ぐにあたって、重役会にこう申しました。損失を出さないことが第一。利益を上げることが第二。まずは温和に、次に一途に。そう申し上げたのです」

「まさに、そのとおりだ」ウィザビーはもうすっかりバートリーに打ち解けて、机上の物を弄ぶこともなく、手振りを交えて話をしていた。「教会だってそうだ。見てごらん。善を施こそうにも、経済的な基盤がなければ、できはせん。借金がある限り、説教者にしろ、聖歌隊にしろ、もっとも才能豊かな人材を確保できないんだ。そうすると教会員は、意気消沈し肩を落とすようになる。新聞だって事情はまったく同じ。採算が取れなければ、よい報道はできない。影響力はゼロ。動機だって、常に胡散臭いと思われてしまう。まず、どうにか利益を出せるようにしなければ。そうしてこそ、希望が、そう、立派な論陣を張れるという希望が持てるというものだ。この私が言いたいのは、そのことだ。無論」さらにウィザビーは淀みなく偉そうに言った。「もっぱら経理本位で新聞を発行しろ、と言い張るつもりはない。そんな気はさらさらない。だが、編集部が進もうとする方向に経理部が異を唱える場合、きちんと耳を傾けるべきは経理部の言い分だ。さっきから私が言っているのは、そこのところなのだ。どんな問題にしろ、常に二つの側面が存在する。まま見られることだが、仮の話、鉄道法制化計画概要とか、銀行取引ないし共同採掘権特別制度などの公共事業計画を、すべての新聞が一丸となって糾弾するとする。ところが、問題とされている会社はうちの新聞で派手に広告を出しているという報告が経理部から上ってくる。その場合、あくまでも他社と歩調を合わせ、分け隔てなく声高に同じ論調の記事を書くかね。それとも、他社の記事内容は怪しいと書いて、親しくしている会社に便宜を図ってやるかね」

「便宜を図ってやればよろしいですよ。僕はそう考えます」

「実務家ならだれしもそうしたがる」ウィザビーは言った。「ここで、クレイトン君と私の意見が別れるのだ。だがね、もう、クレイトン、クレイトンと言うことはない」追撃の鉾を収めるとウィザビーは言い添えた。「いいかね、ハバード君。私は働きすぎだ。なにか息抜きが必要だ。今ようやく、『イヴェンツ』を正しい方向に船出させた。であればこそ、どんな論陣でも張れる、役立つ、立派な大新聞となる。そこで、今欲しいのは経営を手伝ってくれる人材だ。私自身の考えにすっかり共鳴してくれる人がよい。単なる奴隷、道具のような男は御免だ。自立心のある律儀な男、新聞の成功を願って、四六時中、私の傍らにいてくれる男が、ぜひとも欲しい。教条的な御託を並べては、しょっちゅう私につっかかり、我を通す人間でないほうがよい。クレイトン君はそこが問題だった。個人的にはあの男になに一つ異論はない。実に多くの点で優れた青年だ。しかし、ことジャーナリズムに関しては、クレイトン君はまったく考え違いをしている、ハバード君。見当違いもよいところさ。クレイトン君とはずいぶん話し合った。興味の持ち方をわからせようともした。新聞記者として、クレイトン君は『イヴェンツ』と最初から関わり合ってきた。記者の地位にまで昇進させたいと私が強く望んでね。クレイトン君ならば、記者の地位をわが国最高のものにしてくれるはずだと。『イヴェンツ』は夕刊紙だから夜勤はない。すでにすべて体系化されている。クレイトン君は才能豊かだ。だから、やることといえば、私の指示に従い、いわば舵を握っていればよかったのだ。それなのに、とんでもない。私にしても、そのまま部下の立場において置けば、それで満足であった。だが、手放さなくてはならなくなった。クレイトンはこう言ったのだ。あなたが基本方針を練り上げた新聞などに、ピーナッツ売店丸焼け記事など書いていられるか。これはあんまりな言い方だ。馬鹿げている」

「まったく、おっしゃるとおりです」相手におもねるようにバートリーはどっと笑った。その笑いには、いかにも世慣れたようにクレイトンを蔑み、そして、いかにも世慣れたようにウィザビーに共感して見せるといったところがあった。ウィザビーは上機嫌になった——クレイトンと話をしてからというもの、恐らく、これほどまでに気分のよいことはなかったはずだ。

「そこでだ、ハバード君、どう思うかね。当方となにか取り決めができないかな」一気に遠慮なくウィザビーは切り出した。

「可能かと思います」バートリーは答えた。自分が必要とされていることは明らかであったので、バートリーはこの問題で策を弄する気はなかった。

「現在の仕事は」

「なにもありません」

「それでは、すぐにやってもらえるね」

「ええ」

「こいつは、いい」と言って、ウィザビーはやってもらいたい仕事がどんなものか詳しく話し始めた。話し合いは長時間に及んだ。ふたりはお互い相手の考えを理解し合えばし合うほど、ますます親しくなっていった。バートリーは事業に対するウィザビーの考えに敬意を払い始めた。ウィザビーはウィザビーで、先見の明と分別を備えたこの青年の素晴らしい能力を十分に認めていた。この男のことは最初からひそかに気に入り、好意的な気持ちを示す絶好の機会を待っていただけだ、と感じ始めていた。二人の間で取り決められたことはこうであった。バートリーは、ウィザビーの助手として任務につくことと、新聞経営に関して頼まれたことはなんでも行うこと、そして、思いつきにせよ、人から薦められたにせよ、さまざまな話題について記事を書くことであった。「だからといって、ハバード君、今後さらに展望が開けるかというと、それはなんとも言えない。君が昇進ラインにいることは、はっきりしているがね」

「はい。わかっています」

「そこで、条件だが」ウィザビーは少し震えながら言葉を続けた。

「そこで、条件ですね」バートリーは独り言のようにつぶやいた。ウィザビーのやつ、ずいぶんと仕事を用意したものだとバートリーは感じた。こんな仕事を好き好んでやり、実際にこなせる者など、なかなかいはしない。そうだ、仕事に見合うだけの金額をもらおう、バートリーはそんな腹積もりでいた。

「週二十ドルではどうかね」ウィザビーは尋ねた。

「じゅうぶんとは申せません」そう答えて、バートリーは自分の厚かましさにはっとはしたが、楽しんでもいた。思えば、マーシャを置いて部屋を出て来た時は、事務員として週給十ドルでとアサトンに申し出るつもりでいた。「お申し出は、かなりの仕事量。時間をそっくり拘束されます。『イヴェンツ』以外の仕事はさせてもらえそうにありません」

「そのとおりだ」ウィザビーは同意した。「二十五ドルならば、希望の額に近づいたのでは」ウィザビーは真面目に聞いてきた。

「確かに近いには近いです」バートリーは言った。「いっそ、三十ドルと言っていただくのがよいかと思います」顔は平然としていたが、心臓はどきどきしていた。

「では、三十ドルとしよう」ウィザビーの返答は早かった。それなら、たやすく四十ドルは引き出せたのに、とバートリーは臍を噛んだが、もう後の祭りであった。それでも年収一千五百ドルの給与は願ってもないことであった。つい半時間前に目論んでいた突拍子もない額さえ超えていた。

「結構です」バートリーは落ち着いて答えた。「すぐに仕事に就いて欲しいのですね」

「そうだ。月曜日からということに。で、ついでに」ウィザビーは言った。「それ以外に、ちょっとした仕事だが、仕上げてもらいたいものがある。その報酬は、君の意向次第ではいずれ別途に取り決めることにする。シリーズ記事『わが国の資産家たち』のことだ。『イヴェンツ』でシリーズになっているのを知っているかね」

「はい」バートリーは答えた。

「そう、それでは、内容はわかっているね。米国きっての製造業者や豪商らと会社や自宅で行ったインタビュー記事からなっている。個人のプライバシーを侵さないように相手を保護し、気分を害さないように配慮してある。その場の様子や、話題を違《たが》えて暮らしぶりについても触れている」

「はい、拝見したことがあります」バートリーは言った。「記事全般の狙いについては承知していました」

「それを担当していたのが、クレイトン君なのだ。クレイトン君のお陰で、人気の特集記事になってね。インタビューされた当事者からして、記事を全面的に気に入ってくれた」

「そうですよ、インタビューされれば、だれでも嬉しいものです」バートリーは言った。「インタビューで気取って見せては、プライバシーが冒されたとかなんとか、互いに文句を触れまわるものです。でも、その実、みんな、取材されるのが好きなのです。私は六月に『恵まれない子らのための波と戯れる会』の記事を『クロニクル・アブストラクト』に書きました。会を発足させた婦人と知り合いで、会のあと取材しました」

「キングズベリー嬢のことかね」

「そうです」はっきりとは聞き取れなかったが、ウィザビーはかすれ声ですごいと言うような言葉をつぶやき、思わずバートリーのほうに向き直った。それは鋭い直観力の持ち主であるバートリーなら気がつかないはずはないほどのものだった。「キングズベリー嬢は新たな話題の主です。何から何まで話してくれました。もちろん、それをすべて活字にしました。キングズベリー嬢はショックを受けましてね。いや、受けたふりだったかもしれません。『どうしてあんな書き方ができるの』と苦情の手紙をよこしました。でも、翌日事務所に立ち寄ってみると、インタビュー記事に登場したほとんどすべての婦人が、その号を六部、海辺の住所に送るように注文を出しているではありませんか。事務所は午前中ずっと、ビーコン・ストリート住まいのお歴々でいっぱい。『コンサートの記事が掲載されている新聞を下さい』と言って『クロニクル・アブストラクト』を買う人たちです」バートリーが、見るからに上流社会の内情に通じているというだけでなく、上流社会を好ましく思っていないとわかり、ウィザビーはバートリーに対する見方をますます変えていった。宝を引き当てたと感じ始めていた。「『わが国の資産家たち』に登場するような連中を扱うにはですね」バートリーは続けた。「証拠を突きつけるやり方がよいのです。証拠を突きつけられると、ああいう人たちはどう対処してよいか、よくわからないのです。そこで、相手の許可を得てインタビューを活字にします。共犯者に仕立てる寸法です。シリーズは僕が仕上げます。報酬としてべらぼうな額の割り増しをお願いする気などありません」

「仕事に見合うだけの金額は支払いたい」気位の高さでは相手に負けまいとして、ウィザビーは言った。

「はい、結構です。ともかくも、今後、このことで争いはなし、ということにしましょう」

バートリーはもうマーシャのもとに戻りたくなり、ドアのほうへ向かった。しかし、すぐ後ろからウィザビーがついてきた。引き留めたがっている様子であった。「家内がキングズベリー嬢と知り合いでね。いくつか同じ慈善団体の会員になっている」

「キングズベリー嬢には、かなり前に会ったことがあります。ここボストンにある親友の父親の家でした。でも、僕だと気づくとは思っていませんでした。ところが、すぐに気づいて、ハリックのところにいるのかと聞いてきた――まるで、僕がどこかへいなくなるなど、考えられないとでもいうかのようでした」

「エズラ・B・ハリックさんのことかね」敬意を示すかのようにウィザビーは尋ねた。「毛皮を商っていらっしゃる」

「そうです」バートリーは答えた。「名前はエズラだったと思います。ベン・ハリックが僕の友人です。あの一家をご存知ですか」バートリーは聞いた。

「知っている。顔を合わせたことがある――社交の席で。ハバード君、今のようにボストンの居心地が快適だとよいね。家に訪ねて来てもらってもいいよ」

「ありがとうございます」バートリーは応じた。「奥様にこそお越しいただけましたら、家内も喜ぶでしょう」

「おや」ウィザビーは声を張り上げた。「君は女房持ちか。知らなかった。結構なことだ。男が道を踏み誤らないようにするには結婚することだ。それにしても、かなり早いほうだね」

「ものには、タイミングというものがありますから」バートリーは応じた。「でも、結婚して、まだそんなに経っていません。見かけほど若くもありません。ウィザビーさん、それでは、失礼いたします」

「住所はどこと言ったかね」手帳を取り出しながらウィザビーは尋ねた。「きっと、家内はお邪魔するはずだ。今はナンタスケットに滞在しているが、九月の上旬にはこちらに戻る。そうしたら、伺うはずだ。では、御免」

最後に、ふたりは握手を交わした。バートリーはマーシャのもとに飛んで帰った。顔を上気させ、勢いよく部屋に入った。「いいかね、マーシャ」バートリーは大声で叫んだ。「生活の基盤ができた」

「静かに。だめよ。そんな大声を出しては。まさかでしょう」マーシャはさっと立ち上がって言った。「嘘でしょう。顔がかなりほてっているわ」

「ずっと走り通しだったもの──『イヴェンツ』の建物からほとんど走りづめさ──『イヴェンツ』での働き口が決まった──副編集長だ──週給三十ドル」バートリーは息を切らせた。

「いつかはうまくいくと思っていたわ──少し辛抱さえできれば、うまくいくと。あなたが出かけてから、自分を叱っていたの。あなたは無鉄砲なことをやりかねない、と心配していたのよ。私、あなたを追い込んでしまった。それにしても、バートリー、ねえ、バートリー、嘘でしょう。さあ、さあ、扇を使って。いいえ、私が扇いであげる。膝の上に座ってよければ。ああ、かわいそうに、こんなにも顔をほてらせて。でも、『イヴェンツ』には記事を書かないのでは、と思っていたの。ウィザビー老を嫌っていたはずよ。ボストンに初めて来た時、あなたにひどい態度を取ったから」

「いや、ウィザビーは、なかなかいい老人さ」バートリーは言った。はずんでいた息はすでに収まりかけていた。ウィザビーとの会見の一部始終をバートリーは妻に語って聞かせた。夫婦はともに事の成り行きを喜び幸せな気分に浸った。めぐってきた栄誉ある途方もない幸運をバートリーはさっきから祝っているかのようであった。夫が結んだ契約に不面目なところがあっても、それを感じ取るのは世間知らずのマーシャには無理であった。原則も流儀も持たないバートリーにも感じ取れるはずはなかった。ふたりにとって今度のことは、限りない成功を収められることを意味していた。新たな責任や新たな心配が生じても、先々の備えはこれでじゅうぶんだと映ったのであった。

「今度は続き間のある居間に住もう。興奮しないでくれよ」バートリーはやさしくたしなめるように言った。

「ええ、大丈夫よ」そう言って、マーシャは夫の肩に頭をもたせかけ、安堵の涙を流した。

「もう二度と口喧嘩などしそうにないね」

「しない。ぜったい、しない」つぶやくようにマーシャは言った。「いつも喧嘩になるのは、弁護士のことで私がうるさく責めるからよ。もう、そんなことはしないわ。ジャーナリズムのほうがよければ、やめるように強いたりしませんから。生活の基盤ができたのですもの」

「だからこそ、今、法律の勉強を続けたいのだ。暇さえあればいつでも、法律を勉強するさ。だれを気にすることもない。いくら時間をかけても平気だ。だって、そうできるのだから」

「でも、やりすぎては駄目よ」夫の頬にマーシャは唇を寄せた。「私のためにどんなことをしてくれても、私にとって一番大切なのは、あなたですからね」

「ああ、マーシャ」

第十九章

生活の基盤を得て人を当てにする必要がなくなると、バートリーは友人のハリックにふたたび会ってみたくなった。折しも、シリーズ「わが国の資産家たち」を執筆中であったので、「皮革業界の長老」と題した記事のために父親の取材に出向いたのであった。その際、向こうから歩み寄ってくればそれでよい、とバートリーは腹を固めていた。正式な仕事で行くのであれば、歓迎してくれようがくれまいが、どちらでもよかった。こちらから訪問の趣旨を説明するまでもなく、ハリック老はただ素直に再会を喜んでくれた。ボストンに来てもう八ヶ月になるのにお知らせもしないで、こう白状するのがバートリーにはいくぶん恥ずかしかった。相手から一身上の事柄について質問を浴びせかけられ、それにすべて答えると、今度は自分の番だとばかりに、大学時代の友人である息子のハリックの消息を尋ねた。

「ベンはヨーロッパだ」と父親は答えた。「夏の間ずっと向うにいる。だが、九月の中旬には家に戻って来るはずだ。ベンのやつ、かなり長いこと腰を落ち着けている」老いた父は無意識にふっと溜息をつき、さらに話を続けた。「最初のころは、弁護士になると、言っておった。それから、わしと一緒の実業界に入った。しかし、天職には思えなかったのか、また、法律をやり始める始末なのだ。ハーバード大学のロースクールに籍を置いている。ヨーロッパから戻っても、もう一年か二年は在籍するのではないかな。ハバード君、君も確か、わしらと一緒にいたころ、弁護士になると言っていなかったかね」

「はい、そうでした」バートリーは同意した。「今でも考えは棄ててはいません。もうすでに法律をかなり勉強しております。でも、ボストンに参りました折、生活の目処が立つまで、どうしても新聞の仕事に就かなければなりませんでした」

「そうだね」ハリック氏は言った。「そういうことだね。ウィザビー氏との契約が整い、おめでとう」

「僕としては、願ったり叶ったりです」バートリーは答えた。

「そうか、それは結構なことだ」老人は応じた。「で、わしのもとへ取材に来たというわけだね。そうか、いいよ。活字にされるのには慣れていないが、皮革業についてならば、知っていることはなんでも話すことにしよう」

「ハリックさん、お気に障るようなことはなにも伺いません。大丈夫です」自分を信じて親しく接してくれることに、バートリーはほろりとなって言った。こと細かに聞き終わると、手帳をポケットに滑り込ませ、笑みを浮かべながらこう締めくくった。「このシリーズでは通常、ご迷惑ついでに、お住まいについて話をしていただくことになっています。でも、ハリックさん、今回はやめにします」

「そうですな。なにせ、住んでいるのは古い家だからな。取り立てて話すようなことは、なにもないと思う。私どもは地味な人間で変化を好まない。三十年前に家を建てたころ、ラムフォード通りはボストンでも願ってもない通りだったよ。当時はバックベイ（埋め立てて新しくできた土地）などなかった。だから、流行の最先端を走っているような気でいた。ところが、流行が去るとラムフォード通りはすっかり取り残されてしまった。だが、気になどしておらん。家にしても庭にしても、まったくご覧のとおりだ。存分に書いて下さって結構。新聞は厚かましいとかなんとか、いろいろ言われているが、この私に関しては、まだ新聞の被害をこうむったことはない。これは間違いない。屋敷を悪く書き立てられるという懸念はなさそうだね、ハバード君。だって君は、わしの家に改めて遊びに来るのであろう。いつになるのかな。家内と私は、夏の間この家で過ごしている。ここがいちばんくつろげる場所だからね。いつでもよい。夕方、立ち寄って一緒にお茶でもどうかね。私どもの生活は以前と変わっていない。夜遅く食事を取る気になど、なったためしがない。娘たちは山に出かけて留守だから、顔を合せるのは家内だけだ。今晩どうかね」さらにいっそう心を込めて老人は言った。

バートリーは肩に置かれた老人の手にぬくもりを感じ、身の上話を切り出せずにいる自分が恥ずかしくて顔を赤らめた。まずいことにならなければよいがと念じながら、口ごもりながら言った。「えーと、実は、ハリックさん、僕――僕ですね、結婚しているのです」

「結婚しているのだと」ハリック氏は言った。「どうして、もっと前に言ってくれなかったのかね。もちろん、奥方も連れて来てくれたまえ。住まいはどこかね。古くからの仲間内だから、儀式ばったことにはこだわらんよ。家内に馬車で奥さんを迎えに行かせることにしよう。招待と思ってくれ。いいかね、君にはわかるまいが、君らをそろって招けるとはどんなに嬉しいことか。ベンが結婚してくれればよいのだが。君、来てくれるね」

「もちろんです。そろって伺います」バートリーは言った。「でも、奥様に迎えにいらしていただくわけには参りません。私ども達者に歩けますから」

「歩きたければ、君は歩けばよい。でも、ハバード夫人には馬車に乗っていただく」老人は言った。

マーシャはこの話をバートリーから告げられると、「バートリー」と声を張り上げた。「夫人の馬車に乗せていただくのね。恐ろしいわ」

「馬鹿だな。君より夫人のほうが、ずっとびくびくしているさ。あんな内気な人に会ったことなどない。お願いだから、せめて夫人を圧倒するようなことだけはしないでくれよ」

「よして、バートリー。シルクの服でも着ようかしら。それとも」

「ああ、そうだね、ぜひともシルクにしなさい。びっくりさせてやるといい」

かつては趣のある古い本通りであったが、今では貧しい階層の下宿街に変わりはてた通りが、ボストンのウェストエンド地区に何本かある。ラムフォード通りも例外ではない。それでも、どの通りも静かで、清潔で、品があり、魅力的である。資産家の市民が昔ながらに屋敷を構えるだけの価値は、今なお失せていない。弓型の張り出し窓があって、遠くから眺めると、さながら丸い塔がいくつも連なるかに見える赤レンガの家並み。道路から玄関まで幅の広い御影石の階段が続いている。玄関は建物の内側に深く入り込み、馬車の幌のように白く塗られた半円形のローマ風のアーチが架けられている。扉の上には弓形の見事な明かり取り窓。前面がせり出した建物の一階部分には、居間の窓。窓はビーコンストリート沿いのボストンコモンに面する古い美しい邸宅の窓に似て、青くきらめいている。

夫がこの土地を購入した時、ラムフォード通りにある家は身に過ぎるとハリック夫人は思わないでもなかった。ボストンに出て来たころ、ふたりは若く、村の出の素朴で善良な人間にすぎなかった。月日が流れて立派に成功を収めた今でも、それは変わりがない。落ちぶれませんようにと夫人は不安に震えながら願った。夫婦ともに信仰心の篤い家の出で、これまでの伝統をあらゆる点できちんと守ってきた。ともに正統派の信仰を守り通し、若いころに心が一つに結ばれ、その後の人生が祝福されたものになったのも、信仰心があったればこそであった。もっとも今では、信仰心よりも慈善を施したいという気持ちが優っているはずであった。それでも、自分たちにとって精神の安住の場は所属する教会にしかないと夫妻は信じていた。しかし、末の子供らが教会に通わなくなってからは、口にこそ出さないが、必ずしもそうとは言えないと認めないわけにはいかなくなった。夫妻が最後に教会に働きかけたのは、ベンの大学進学に際して、やがてバートリーと巡り合うことになる大学に通わせることにした時のことである。その大学に行かせたことは根本から失敗であった。そのため、今度はベンを甘やかし後悔する羽目となった。ベンは両親の思わくどおりの大学に入学した。友だちみんながハーバード大学に通っているのに、ベンだけはハーバード大学入学という少年時代からの夢を棄ててしまった。どうも、この教育上の犠牲が原因らしく、ベンは社会生活をまともに送れなくなっていた。自分たちが間違っていたと老夫婦がようやく気づいても、それまで流れた歳月は戻って来はしない。両親によって引き離されてしまった仲間との付き合いをベンはまた始めようとしたが、今ではもうみんなと馴染めず、よりは戻らなかった。そうした場合、父親や母親であればだれしも、どうしようもなく後悔の念を覚えるものである。夫妻は悔やみながらも悟った。年配の者が若い人の世界を知ろうとしても、若い人にかないはしない。若者には自分たちの世界に加わり、その一部になる権利があるのだ。年長者としての強みを発揮して、どんな理屈を捏ねても、若者に及びはしない。しかし、ベンは不平が言える立場にはなかった。実際、大学を卒業して家に戻ってからは、むしろ気ままに生活させてもらっていた。今では父親もできることであればどんなことでも、できる限り息子を満足させてやりたかった。しかし、ベンは望みらしいことはほとんど口にしなかった。もしベンが気ままを通せば、家族はベンを甘やかして駄目にしてしまったであろう。

七月の初旬、ハリック家の娘たちは家を留守にしてプロファイル・ハウスで夏を過ごす。これは何年間も続けられていた。しかし、老夫婦はボストンの家に留まっているほうがよく、広くて快適な屋敷を留守にすることがあっても、ほんの短期間に過ぎなかった。ふたりの日々の暮らしぶりは、昔からずっと変わりがなかった。夫人としては、山や海に行くくらいなら、建物の裏手の通りまで広がる高い塀に囲まれたわが家の庭にいる方がよかった。家を建てた時、この通りまで一続きの土地を購入しており、その後も、通りに面した土地をけっして手放さなかった。縁に柘植を植えた花壇には、タチアオイ、ヒマワリ、ユリ、クサキョウチクトウが隅々に群がり、ブドウが格子作りの壁をいっぱいにおおっていた。梨の木の中には花をつけたものもあり、時には庭の小道の傍らで実を結んだものもあった。夫人はよく花壇の手入れをした。夫は庭に下りてくることはめったになく、花壇を臨める奥の居間に設けられた鉄製の手すりの付いたバルコニーに座っているのが好きであった。

一八四〇年から一八七〇年にかけては、単刀直入に言えば、ひどく趣味の悪い家具が普及した時代であった。ハリック家の屋敷内部は明らかにそうした時代の様式でしつらえられていた。敷物、シャンデリア、カーテン、椅子、ソファー、いずれも見比べようもないほどひどいものであった。毒々しい色彩、不恰好で味わいのない形、どこもかしこも調和などとはほど遠かった。ハリック夫妻には、それらすべてが美しく思え、幼いころにこの新しい家に移り住んだ上の娘二人も深い愛着を抱いていた。ところが、ベンと末娘は家具を馬鹿にして笑った。この家で生まれ、親が年をとり下り坂にさしかかった時期の子であれば、それもいたしかたのないことであったが、笑うにしても子としての気遣いだけは残していた。

「ここにある家具はどれもひどいものばかりね。オリーヴ」ある日、鼻眼鏡越しにハリック家の居間全体を見まわしてクララ・キングズベリーは言った。すでに、イーストレイク様式の（直角線を主とするゴシック様式に作られた）家具への動きが出始めていたころのことであった。

「そうね」ハリック家の末娘は応じた。「ひどい家具の見本のような部屋ね。でも私は気に入っていてよ。だって、どれも見事に納まっているのではないかしら」

「本当に、今、初めてわかったわ」キングズベリー嬢は言った。「どうして今まで気がつかなかったのかしら」

キングズベリー嬢とオリーヴ・ハリックは大の仲良しであった。もっとも、クララは流行に敏感、オリーヴは鈍感であった。

「ハーバード大学に行っていたならば、こうはなっていなかったさ」以前信じていたことを気まぐれにもあざ笑うかのように、ベンはよく言った。「家にクラスメートが集まり、自然にそれなりの人の輪ができたはずだ。それなのに、今、僕は蚊帳の外、腹が立つね。仲間に加わってもおかしくないだけの金があるのに。でも、これはどうしようもないことさ。もちろん、綿花と同様、皮革業が社会的に問題なしとは言わんさ。でも、卸売り段階の形になれば、悪臭を放つといっても、そんなにひどいものではない。受け入れてくれても、かまわないはずだ」

「ベン、皮革のせいではないわ」オリーヴは答えた。「ハーバード大学へ行かなかったためでもないわ。少しは関係があるかもしれないけれど。私だって同じような状況にあるのよ。クララの女友だちは、みんな、学校で私とも一緒だったのよ。その気になりさえすれば、私も仲間に入れたわ。でも、本当に気が進まなかった。そんなことをする価値がない、むしろ厄介なことになる、とまだ年端も行かないうちから、私、思っていたの。で、みんなからそっと外れていたの。もちろん、駄々を捏ねなければ、パパンティの店に行かせてもらえなかった。でも、駄々を捏ねれば、お母様は行かせてくれたでしょう。今でも、その気になりさえすれば、ああした友だちと仲良しになれる。頼めばいつでも来てもらえる。チャリティーでみんなに会うと、私、とても人気者なの。そうね、私が今風ではないと言うのならば、それは私自身の問題。でも、ベン、それがどうしたっていうの。あなたは例の名も知らない魅惑的な娘さんに夢中で、ほかの女《ひと》と結婚する気などないんでしょ」メイン州のとある小さな町の通りで、かつてベンはある娘に一目ぼれしてしまった。その娘は全寮制の学校の女友だちと一緒に歩いていた。ほんの出来心から、学生仲間とともにベンは村の写真家を抱き込んで、その若い女の写真を撮らせた。そして、写真に「失恋相手」と書いて、オリーヴのもとに送ってよこしたのであった。

「そう、僕は、だれとも結婚したいとは思わない」ベンは言った。「だが、何事においても、自分が一番でいられないような町には住みたくない」

「ふうん」姉は大声を出した。「そんなことは、どうでもよいことでしょう」

「そうだね。どうでもよいことだ」ベンは認めた。

ハリック夫人は黒人の御者に馬車を操らせながら、カナリープレイスにあるナッシユ夫人家の玄関先に乗りつけ、降り立つとベルを鳴らした。ここは宮殿であり、親切を尽くそうとする相手の若者は、貧しいながらも王子と王女であると言わんばかりに、夫人はそわそわしていた。初対面というだけでも緊張するものである。だが、おとなしい夫人にすら、はっきりわかるほど不安げなマーシャを見て、夫人はいくぶん落ち着きを取り戻した。立派な人ではあってもバートリーはベンの友だちにすぎない。この思いも幸いした。そわそわと馬車の窓のカーテンの飾り房をいつまでも弄んでいたが、話をそれほど途切れさせることもなく、二人の客を家まで運んだ。

ハリック氏は馬車の扉まで出向いて妻に手を貸し、一同を家の中に招き入れた。バートリーと改めて握手をし、マーシャの姿を眺めた。マーシャは室内の飾りが目障りなほど豪華なことにひるんだが、ハリック氏の父親にも似たやさしいまなざしに、なかば救われた。それにしてもマーシャがすっかり感心したのは、バートリーの泰然たる様子であった。バートリーは帽子掛けの足元のステッキを指差すと、「ハリックを思い出す」と言った。すると、老人は笑い声を上げ、バートリーの肩をぽんと叩いて大きな声で言った。「そうだろう。思い出すであろう。わかったのだね。今にすぐ息子は戻って来る。あの子が出て行ってから久しいからな」

「まだ少し足を引きずりますか」バートリーは尋ねた。

「そうだね。完全には直ることはないと思うね」

「すっかり直ってしまうのも、どうですかね」バートリーは言った。「立ち話をする際、杖を手に握るか、曲った柄の部分を左肘に懸けるかしないと、どうもベンらしくない」

バートリーの肩をふたたびぽんと叩くと、老人は言われたままに息子の姿を思い浮かべて笑った。

「そう、そう。君の言う通り。そうだと思うよ」

ハリック夫人に案内され、マーシャが飾り立てられた部屋にコート類を置くと、一同は庭に面した食堂でお茶にしようと部屋を出た。

「以前のままであろう」バートリーがいくつか並ぶ窓の一つに視線を向けると、老人は尋ねた。

「少しも変わっていません。ただ、以前お邪魔したのは冬でした。ですから、素晴らしい庭を拝見する機会はありませんでした」

「素晴らしいであろう」老人は言った。「お母さんが——つまり——家内が手入れしている。よくやってくれている。サイラスだ」台所から居間に給仕人が姿を現わすと、ハリック氏は言った。両手に料理らしいものを持っていた。「ハバード君、サイラスのことを覚えているだろう」

「ええ、もちろんです」バートリーは答えた。サイラスがテーブルに皿を置くと、バートリーはこだわりも分け隔てもない態度で握手をした。いかにもニューハンプシャー風であった。二十五年間も自尊心を傷つけられることもなく主人に仕えてきた男である。バートリーは相手が屋敷内の使用人だからといって社会的な差をつけたがる青二才ではもうなかった。

食卓が一つ空席となっていた。わが家の友人に来てもらいたいと思って、とハリック氏は言った。ロースクール修了後、ベンは父親おかかえの弁護士の事務所に入ることになっていた。ハリック氏の説明ではその弁護士がひょっとしたら訪ねてくるかもしれないと言うのだ。しばらくして、弁護士のアサトン氏が姿を現わした。バートリーは改めて紹介してもらう気でいたが、得意な気分になった。ハリック夫妻はふたりがすでに知り合いだとわかり喜んだ。バートリーはアサトン氏の愛想のよさに接してあまり強気の取材はできないなと改めて思った。バートリーはすでに記事の中で、「恵まれない子らのための波と戯れる会」の出席者の一人としてアサトンをもち上げていたのだ。

マーシャの隣にアサトン氏が座ることとなった。しばらくして、ふたりは話を始めた。アサトンはじっと耳を傾け、相手がもっとも声の調子を上げるところを巧みに聞き分け、親切そうに忍耐強く応じた。声を張り上げることこそしなかったが、マーシャの口調は必ずしも一定ではなかった。相手の誘い水に乗ったにせよ、こんな素朴な話が果たして本当に面白いのか、マーシャにはわからなかった。夫は嫌な気持ちでいるのではないか、とマーシャは時々心配した。夫には婦人客とこんなにも長く、しかもこんなにも好き勝手に話をして欲しくなかった。しかし、気がつくとマーシャは次々と話を進めていた。間借り部屋のこと、家事の切り盛りが好きなこと、エクイティのこと、エクイティがどのような土地で、クロフォードからどれくらい離れているのか、ボストンのこと、冬に来てからボストンで見かけたこと、やってみたこと。マーシャの話はたいてい「ハバードがね」で始まり、「ハバードがね」で終わった。意見を述べても、特に趣味に関しては、その多くはハバードの考えの受け売りであった。夫を献身的に愛し、夫に包まれ、夫のために生きる。夫を基準にすべてのことを判断し、夫に一切を相談する。マーシャの会話には、そうした若妻の魅力と哀感とが漂っていた。マーシャには、なんでもやってみようという気持があった。といっても、それは大部分、アサトン氏の世界に住む婦人たちが思いつくようなことではけっしてなかった。

マーシャの貞節ぶりに、ハリック夫人は時折満足げな言葉をかすかにつぶやいては、口を閉ざしおとなしくしていた。夫人が口を開くのは、客にさらにお茶を勧めたり、あれやこれやの料理を持って来るようサイラスに指図する場合に限られた。

一同が席を立った後、夫人はマーシャを連れて家の中を案内した。最後に訪れた場所は、バートリーがこの家に滞在していた当時使っていた部屋であった。ふたりはそこに腰をおろし、長いことおしゃべりをした。ふたたび居間に戻ると、アサトン氏の姿はもうなかった。年上の者が帰ったことからすれば、この家では早寝の習慣があるのだろうとマーシャは推測したが、バートリーは悠然と楽しんでいた。ハリック氏が何はともあれ眠そうにしているのに気づいていない様子であった。

馬車で家まで送りたいとハリック夫人から申し出を受けたが、ふたりは聞き入れなかった。むしろ歩いて帰りたい気分であった。玄関先まで送ってもらい、足もとに気をつけるように言われながら階段を下りてゆくと、あたり一面に夜の闇が広がっていた。バートリーにしても、マーシャにしても、今のふたりにはそんな夜さえ、体の中に包み込めないことはないように思えた。

「楽しかったかい」バートリーは聞くまでもないと知りながら聞いた。

「こんなに楽しかったのは初めて」声を張り上げてマーシャは言った。ふたりはこの夜のことをすべて話題にした。老夫婦のこと、アサトン氏のこと、実に愉快な人物であったこと、家や壮麗な家具のこと。ふたりは家具がひどいことには気づかなかった。「ねえ、バートリー」とついにマーシャは言った。

「夫人には正直にお話したわ」

「そうかね」狼狽しながらも夫は応じ、しばらくして笑った。「まあ、しかたないね。言いたかったのならば」

「ええ、話しました。奥様がどんなに親切に応じてくれたか、あなたにはわからないでしょう。どこかで自分の家を持たなくてはいけないと奥様がおっしゃるのよ。馬車で一緒にまわって家捜しを手伝ってくれるそうよ」

「そう」誇りとも困惑ともつかない溜息をひとつ、バートリーはついた。

「そうよ、私、家事がしたいの。今ならば、所帯を構える余裕があるわ。サウスエンドまで行けば、値の張らない小さな家か、二軒続きの家を買える、とおっしゃるのよ。せいぜい、間借りするくらいの費用ですみそうなの。私もそう思うの」

「そんな家が見つけられれば、買ったらいい。わが家か、それもいいね。見つけなければ」

「そう。見つけないとね。嬉しいでしょう」

高い屋敷の影にふたりは入った。マーシャの顔を引き寄せると、バートリーは黙って口づけをした。マーシャの心臓は夫に向かって飛び出しそうであった。

第二十章

息子が帰省するとすぐに、ハリック夫人はいろいろなニュースを交えながら、大学時代の旧友が思いがけなく訪ねて来たことを息子に話した。バートリーはすでに結婚して、小さいながらも新居に落ち着いたこと、そして自分が奥さんに協力して条件に合った物件を探しまわったことを語って聞かせた。

「とてもかわいらしい娘さんと結婚したのよ」夫人は言った。

「たぶん、そうでしょうとも」息子は答えた。「器量の悪い娘と結婚するような男ではない」

「お父様と私とで新しいお宅に伺いましたの。仲睦まじそうでしたよ。ハバードさんはあなたにもぜひ会いに来て欲しいとのこと。あなたの話でもちきりでしたよ」

「そのうちに訪ねるよ」ハリックは言った。「向こうも、僕に会いたい気持ちはなくならないだろう」

その晩、ハリックはお茶にやって来たアサトン氏と肩を並べて、この友人の下宿まで歩いた。下宿はビーコンヒルの向こう側にあるパブリックガーデンの先にあった。「そうだね、故郷に戻るのは実に気持ちがいい」ビーコンストリートのボストンコモン側をぶらつきながらハリックは言った。「海の向うで精一杯生きてみると、この古い町でも絵のようだ」連れの歩みを止めて、ハリックは杖に身をもたせかけ、あたりを見渡した。窪んだボストンコモン、平らなパブリックガーデン、九月も終わり近く、灯火の光が夕闇に鮮やかにきらめいていた。「これを目にすると、『我が心は踊る』といった気分になる。

アテネ、フローレンス、エジンバラと過ごしてみたが、生まれ故郷はやはりボストンをおいてほかにはない」ハリックはふたたび前に動き出した。ゆるやかに体をくねらせ足を引きずっていても、ハリックを愛する者にはそれなりの魅力があった。「ボストンは昔ながらの造り。個性に富み、正真正銘の市らしい市だ。その点、現代のどんな都市もかなわない。この街には特徴がある。個性がある。同じアイルランド人やユダヤ人といっても、ボストン生まれとよそからの流れ者とでは、まったく違うからね。なるほど地方都市らしいと思われるような特徴が大切で、かえってボストンらしさがよく表われている。世界市民主義などというのは現代の不埒な考えですよ。逆に、僕たちは古臭くて古典的だ。この街と折り合いが悪くとも、よその共同体でちやほやされるくらいならば、ボストン人でありたいものだ」

単なる長話をどのように聞き流すか、このこつを飲み込むのが友人というものである。話の本質にだけ応じ、真剣か気紛れかを聞き分ける。真面目な話の中に気紛れが入れば、指摘するのである。「そんな馬鹿げた考えなど、とっとと捨てたらどうだい」アサトンが言った。

「いや、駄目だ。人の考えは変わるものではない。愚痴をこぼさなくなったら、僕という人間は、いったいどうなることか。君だって、本当の僕を知らずに終っていたはずだ。今晩こうしてハバードの噂を耳にしたせいで、僕の頭は異常なまでにざわついている。来週からはロースクールだと考えてみても、おさまりはしない。ハーバード大学とはいってもロースクールなのだから、ハーバード大学とは違う。同じ大学だと思うようにしたけれど、違うものは違うとだんだんわかってきた。違うんだ。犯した過ちはもう取り返しがつかない。僕は、かつて真のハーバード大学生となる資質、ユニテリアンの信奉者となる資質を備えていた。素人の教会監督派に急進主義を見事に調和させれば、それでユニテリアンさ。その僕が、今では正統派の零落《おちぶ》れものさ。メイン州の母校に不義理をする親不孝の継子といったところだ。これといってどこにも属さず、まわりの者とは反目状態だ——ハバードの細君は本当に美人かね。それとも、ただのかわいい田舎娘かね」

「美しい——間違いなく美人だ」大真面目にアサトンが言ったので、ハリックは吹き出してしまった。

「まあ、おやじの言い草ではないが、それは結構なことだ。どんなふうにきれいなのかね」

「そいつは、難かしい質問だね。どちらかといえば、とても品がよいといったところかな。それはそれとして、本当は友人を以前どのように思っていたのかね」ひと呼吸おいてアサトンは質問した。

「誰のことだ。ハバードのことかい」

「そうだ」

「貧しくて安っぽい男。そして、こちらが惨めになるほどに頭がよく切れ、悔しくなるほどの色男。なにしろ、ある程度までは身につくが何事もすべて中途半端。倫理観ときたら、皆無。今度、会うようなことがあれば、国会議事堂で見かけても感化院で見かけても、不思議ではないような男さ」

「そうだ。そのとおりだな」考えながらアサトン言った。

「何がそのとおりなのだ」

「夫人の素性さ。生まれはどうも旦那よりも奥方のほうが上のようだ。それなのに、どうしたことか、夫人はもうすっかり旦那の虜だ。いくぶん幻想に浸りながら、お慕い申し上げているといった様子だね」

「それ、ちょっと褒め過ぎではないのかい。だが、忘れないでくれよ。僕はまだ奥方に会っていない。

だから、言っていることが間違いだとは決めつけられない」

「間違っていないという自信はないが、話してみて、分別があって誠実で、善良な女《ひと》だとは思ったよ。もちろん伝統には固執しないが、考えにはまだ田舎じみたところがある。ひどく現実的な傾向もある。ハバードの奥さんにうってつけだね。女はだれでも、ある程度は夫のことを思い違いするものじゃないか」

「そうだな。かわいい娘がほかの男と結婚したとすれば、男どもは常に、その娘の運命になにか悲壮なものを空想したくなるものだ。器量が悪ければ、さほど悲しまないがね。すてきなクララはどうしている」

「元気だと思う」アサトンは言った。「夏の間、ずっと会っていない。ベバリーにでかけている」

「おや、当然、クララがここにやって来て、貧しい子供らにすすんで水遊びさせるとばかり思っていた。クララはそれができる女さ。よいことなのに、どうしてクララは二の足を踏むのかね」

「正確には、どうも二の足を踏むということではなさそうだ。予算が必要なだけ集まらず、自ら補塡していたんだ。町に残って計画の実行を取りしきるのがよいかどうか、あとから僕に真剣に相談してきた。だれかに任せればいいさ、と僕は言ってやった。個人的には貧しい子供など好きではない、と本音を吐いたものだから、クララはそれだけいっそうすべての責任を負いたいのさ」

ハリックはどっと笑い出した。「いかにもクララらしいな。女というのは、なんとかわいい存在なんだ。善行を施すにしても、このかわいらしさだ。作家はこの事実からヒントを得ればよいと思う。最近流行のけちなヒロインなどもうご免だね。正義はかぐわしく、美徳は小気味よく、これが真の女というものではないだろうか。だからこそ、女を好きになれるというものだ」

「というわけか」一心に告白する姿に、今度はアサトンが笑い出した。アサトンのほうがハリックより少し年齢が上であった。

チャールズ通りまで出ると、まがり角の街灯の下で、ハリックは懐中時計を取り出した。「まだ宵の口だ。八時半にしかなっていない。日が短くなったものだ」

「それで」

「これから、ハバードを訪ねてみようか。ちょうど、ここクローバー通りに住んでいる」

「どうかな」アサトンは応じた。「君なら行ってもかまわないだろう。旧友だからな。でも、僕はどうかな。ちょっと失礼ではないだろうか」

「かまわないさ。一緒に来たまえ。向こうは堅苦しいことは言わんよ。ひょっこり訪ねてもらえば喜ぶ。それに、僕だって、もうハバードのことを気にしないですむ。いずれにしても体面上、会いに行かなくてはならない」

アサトンは神妙に連れて行かれるままになっていた。「長居はしないだろう」

「もちろん。早目に切り上げる」ハリックがそう言って、ふたりは狭い横丁を上っていった。マーシャはようやく気に入った家をここに見つけたのであった。マーシャはサウスエンドをハイランズまでくまなく探し、さらにチャールズタウンやケンブリッジポートの至る所を探しまわった。だが、こうした場所はバートリーが昼間働いている職場からはずいぶん離れているように思えた。朝から晩まで、バートリーの姿を見ないでひとりぼっちでいなければならない。ここ、カナリープレイスが便利だとわかると、マーシャは遠く離れた場所では気に入らなかった。一時の昼食には夫に家にいてもらいたいし、いつでも呼べばすぐ聞こえる範囲に居て欲しかった。あのような遠方では、ふたりが家で望むことはまったくできないとわかり、マーシャはほっとした。思っていたよりいくぶん値は張ったが、二年契約で、ふたりはクローバー通りの家に住むことになった。マーシャは子馬付きの馬橇を売り払った際の残りの百ドルを後生大事に持っていた。それを含め、これまで貯めた三、四百ドルになる金で、ふたりはできるだけ必需品を買い整えた。家の中に入ると、狭い階段を辿って、玄関廊下からこぢんまりとした居間につながる。居間の奥には食堂。階上には部屋が二室、さらにその上の階にはもう二室。建物の一番下の部分は台所。ついこのあいだまで七ヶ月間、一部屋住まいをしてきた者が住むには途方もなく広かった。表の部屋の小さな弓型の張り出し窓からバックベイが眺められ、もともと贅沢すぎるくらい広々とした空間であるのに、さらに屋外にいるような気分になれた。

ハリックが鳴らす呼び鈴に応えて、バートリー本人が出て来た。ふたりは顔を会わせるとすぐに、「やあ、ハリックではないか」「ハバード、元気かい」と言い交わした。大学時代のよしみが、いくぶん甦ってくるような挨拶であった。バートリーは栓をひねってガス灯をつけて、アサトンを明かりの下に迎え入れた。三人は背を丸くして狭い居間に入った。バートリーは旧友を妻に引き合わせた。マーシャは黒の長いワンピース・ドレスのようなものを着ていた。蝶結びの深紅のリボンをあしらったお手製のドレスを身に着けた姿は、古代ローマの貴族がボストンの家庭に姿を現わしたような趣であった。はためにもわかるほどハリックがマーシャの美しさに圧倒されているのを見ると、バートリーはいくぶん得意な気分になった。ハリックはかなり動揺していた。腰を下ろさないうちから杖を預けたものだから、しかたなく足を引きずり右往左往していた。アサトンとの会話を隠れ蓑にして、マーシャはソファーからハリックの姿を眺めた。観察するには絶好の場所であった。短く刈り込まれた、くすんだ褐色の髪、さえない顔色、ぎこちない動作、特に男前でもない姿。マーシャは安心した。自分より早くから夫を知る人が男前なのは、相手が男であっても、妻には面白いことではなかった。

話がそれることもあったが、ハリックとバートリーは大学時代のことをいくらか話した。マーシャは「失礼します」とアサトンに断って部屋を出たあと、しばらくして、ふたたび引き戸のところに姿を現わした。マーシャが扉を巻き込むと、居間と食堂とが一続きになった。奥には夕食のテーブルが整えられていた。両手で左右の扉を押さえたまま、いくぶん体を前に倒して、マーシャは恥じらいながらも誇らしげに、「バートリー、皆様に一緒に食事をしていただいたらどうかしら」と言った。バートリーは「もちろん、そうしてもらおう」と応え、ふたりが断わるのにも耳を貸さずにテーブルに案内してくれた人を何気なく食事へ誘う。マーシャの振る舞いに満足感がバートリーの胸に込み上げた。これは実に素晴らしいことだ。訪ねてくれた人を何気なく食事へ誘う。バートリーは気分上々であった。マーシャをその場で抱きしめたいくらいであった。テーブルの下で、マーシャの足を靴でそっと押さえつけずにはいられなかった。また、スープの入った白い鉢の蓋を持ち上げながら、バートリーはきらきら光る新しい陶器とフォークとナイフの向こうにマーシャを見て、まばたきをし、目配せずにはいられなかった。牡蠣のシーズンだもの、牡蠣はすぐに手に入る、とみんなで冗談を言い合った。するとバートリーはこうも言ってのけた。時折、『イヴェンツ』の事務所に少し遅くまで残される場合があっても、家内は夕食の時間を遅らせて、お手製の牡蠣のシチューをいつも出してくれる。マーシャが止めようにも、バートリーはお喋りをやめなかった。ふたりのお客は牡蠣を褒め、食堂を褒め、そして居間を褒めた。客人がテーブルから立ち上がると、バートリーは「部屋を見ていただこう」と言った。マーシャは異を唱えたが、案内するように言ってきかなかった。マーシャも実は案内する気になっていた。家具を揃えるに際して、マーシャは好みにまかせてありったけの金をつぎ込んでいた。当時はまだ、たいていの人が、緑の横畝織りや黄褐色のテリー織り、そしてくすんだクログルミの移動家具を好んでいた時代であったが、マーシャはどの調度品にもわずかながらなんらかの趣を添えていた。居間の大理石のマントルピースには、房飾りをつけた布をかぶせ、その上に、当時好まれていたポンペイふうの色彩の花瓶を二つ並べていた。敷物は、樹木の色でコケ模様であったが、小さな部屋をあたかも豪華に見せるために、折り畳みのカーペット・チェアを置き、できる限りの工夫をしていた。センター・テーブルには縫いかけの布地とバートリーの新聞とを積み重ねていた。

「越してきたばかりなので、まだ、すべての部屋に家具を取り揃え終えたわけではありません」バートリーが意地悪くドアをさっと開け放つと、がらんとした部屋が二つ現われてマーシャは釈明した。「家具を入れてよいものやら。この家はふたりで住むには広すぎる。でも、ここに住むのがよいと思って」まるでやたらに広いだけの城とでもいうかのように、バートリーはマーシャの言葉を補足した。

家路に就いたハリックとアサトンは、しばらく押し黙っていた。「奥方に鞭を振るっているようには見えなかった」アサトンは思わせぶりに言った。「そうだな。惚れているんだろう」ハリックは真面目くさって言った。

「階段を上り下りする時の、奥方への気の使いようを見たかい。まったくもって見上げたものだ。若夫婦の家庭生活を見せびらかそうとする。ふたりともご立派なことさ」

「そのとおり。結婚すると人は向上するものだ」長い溜息を押し殺しながらハリックは言った。「例がないほど自分勝手で卑劣な人間でもよくなる、ということですか」

第二十一章

ハリック家の三姉妹のうち、上の娘ふたりは末娘との間にかなりの年齢差があり、両親と末娘とをつなぐ世代に位置していた。しかし、末娘オリーヴでさえ十代はとうの昔のこと、弟のベンと比べても二つ三つ年が上であった。姉ふたりは何をするにも一緒で、両親の信じる宗教をそろってかたく信じていた。弟のベンは特にこれという理由もないまま信仰を捨てていたが、オリーヴはよくよく考えた末に新しい宗教を信じ、ユニテリアン教徒と公言してはばからず、恥じている様子も見せなかった。その一方、家の中では姉ふたりに対抗してベンと組んだ。できることならば、ベンをユニテリアン派の教義に引き込みたかったが、ベンはやや気乗りしない様子で信仰に関心を示さず、色よい返事をしてくれなかった。夏にベンが留守のときだけ、オリーヴはホワイト・マウンテンズでふたりの姉と過ごした。だが家に戻ると、精力的にわが道を突き進むだけで、姉たちふたりの生き方にとやかく干渉することはなかった。素直な態度とはいえないまでも、オリーヴは姉たちへの愛情を示していた。しかし、ハバード夫人を訪ねることに関しては行動を共にしなかったし、家族が夫人に夢中になることもけっして許さなかった。姉たちはそろってハバード夫人のもとに出かけても、オリーヴはクララ・キングズベリー嬢が海辺から戻るのを待っていた。クララと連れ立ってマーシャを訪ねると、オリーヴは椅子に腰かけたまああたりをじっと眺めて特になにも言わなかった。クララは小さな家を上から下まで見てまわり、すてきだと歓声を上げ、わずかな金額でよくもここまでやれるものだ、とマーシャの算段のよさを褒めた。「こんな住まいがクローバー通りにあるとはね」全部でいくらかかったのか、クララはマーシャに喋らせ、敷物は全部自分の手で敷いたと聞くと、同じ女として誇らしい思いでいっぱいになった。「できれば、自分で作りたかったのですが」とマーシャは説明した。「でも、主人が許してくれなかったもので——店で買っても金額はわずかだからと」

「許してくれなかったんですって」キングズベリー嬢は声を張り上げた。「ぜひ、そうして欲しかったわ。まあ、あなた、古代ローマの奥様みたいではなくって」

別れたあと、あんなことを言ってしまってマーシャがローマ人の鉤鼻とあてつけられたと思ってはいないか、とキングズベリー嬢はひどく気をもんでいた。翌朝早く、オリーヴのもとに馬車を走らせたキングズベリー嬢は、これが原因で前の晩よく眠れなかったとこぼし、どうしたものかと聞いた。「オリーヴ、ねえ、あの女《ひと》、傷ついていないかしら。どうしてこんな事態になってしまったの。それまでの私の態度はどうだったかしら。こうした場合、事の前後関係が問題よ」

「そうね、あなたは、あちこち見てまわりながら褒めちぎり、甲高い声を張り上げたり、大声を出したり、ねえ、とか、いい子ね、とか、まるで保護者気取り——」

「まあ、まあ、それ以上言わないで。もうじゅうぶん。わかった——じゅうぶんわかったわ。これ以上ないほど、怒らせてしまったのね。相手のことをだれよりもわかろうとしたつもりでいたのに」

「田舎の人は、痛いところまで褒めちぎられるのを嫌がるものよ」オリーヴは言った。「どちらかと言えば、ハバード夫人はプライドが高そうだから」

「そうね、そうね」呻《うめ》くようにキングズベリー嬢は言った。「ひどいことをしてしまったわ」

「私には、マーシャが自分の鼻を恥ずかしがっているようには思えないけれど――」

「オリーヴ」友は声を張り上げた。「言わないで。そんなことは耳にするだけでも嫌、意地悪なひとね」

「たぶん、エクイティでは、女はだれでも敷物をつくるのでしょう。だから、マーシャは笑い者にされたと思ったはずよ」

「ねえ、あなた、お願いだから、静かにしてくれない」今や、キングズベリー嬢は苦悩する金髪の大きな塊といったところであった。「あら、あら、どうしましょう。罰当たり――まったく罰当たりなことだったわ――あんなふうに言うなんて。でも、よかれと思って言ったことだったから。あんなにも、あの女《ひと》を褒め、尊敬し、崇拝した」オリーヴはどっと笑い出した。「意地悪ね」キングズベリー嬢は泣き声になった。「あなたならば――もしあなたならば手紙を書くかしら」

「なにも鼻のことを言ったわけではないと。ぜひ――ぜひ書いてみたら。ああ、これがいいわ。マーシャのために、イヴニング・パーティーを開いてはどうかしら」

「オリーヴ」自分のせいだとばかりにいじけた口調でクララは言った。「私もそれを考えていたの」

「嘘よ、クララ。冗談よ」オリーヴは自ら考えついておきながら冷静になり、大声で言った。

「やりましょう。本気よ。ほんの小さなパーティー」クララは訴えた。「五、六人かしら。私の気持ちを――親しみを感じていることをみんなにただ知っていただきたいの。ここで私と会ったこと、ご主人はマーシャにすべて話しているはずよ。結婚して、クローバー通りの小さな家に所帯を持ったからといって、私がご主人とのつき合いをやめたがっている、そんなふうにマーシャに思われても困るわ」

「さすがはクララ。ふたりをボストンの社交界にデビューさせたいというのね。デビューさせて、どうするつもり」椅子に腰掛けたまま、キングズベリー嬢はいくぶん落ち着きを失っていた。「ねえ、クララ、私の目を見て頂戴な。いったいだれに頼んで、ふたりに会ってもらうというの。時代遅れのあなたのお友だち、ハリック夫妻かしら」

「もちろん、私の友人ハリック夫妻よ」

「それに、あなたの法律顧問アサトンさん」

「お願いするつもりよ。法律顧問などと言わなくても結構よ、オリーヴ。私がありがたいと感じている人はあの方をおいてほかにはいないわ」

「ええ、結構よ。キャメロンさんはどうかしら」

「戻っていらしたのね――そう、とてもすてきな方」

「ハーバード大学講師よ。とても若い人で、最近、大学の所属となったの。まだ、この土地とのつながりはないわ。ご婦人方はどなたにいたしましょう」

「ストロングさんがいいわ。音楽学校で勉強なさっているのよ」

「そう。貧困に喘《あえ》ぎながらも、キングズベリー嬢に心酔している人ね。それから」

「クランシーさん」

「今もてはやされている芸術家のぱっとしない妹さんね。それから」

「ブレイヘム夫妻」

「若き急進派の牧師と奥様ね。会衆を持たず、ビルリカで説教したいと希望している。ついでに、ドイツ文学について内輪だけの講義をしてもらったら。それから」

「サヴェッジ夫人はどうか、と考えているけれど」

「年のわりに若く見える未亡人。素性のはっきりしない草の匂いが漂ってきそうなひと。パーティーの女主人の被保護者といったところね。そうよ、クララ、さあ、あなた好みのパーティーにするといいわ。どうみても失敗はしない。でも、肝心な人を裏切ることにならないかしら」

「まあ、オリーヴ、あなたって人は」クララは大声を上げた。「私にそんな口のきき方しないで。そんな言い方をする権利も筋合いも、あなたにはないわよ」気力を振り絞りながらクララは続けた。「あなたのこと、あなたのお姉様のこと、そして、ベンのことを私ほど大切に思う人がほかにいるかしら」

「そうね、いないでしょう。でもね、大切に思うといっても、大切にする仕方が違うわ。自分でもおわかりでしょう。クララ、ごまかしはやめるのよ。こんな人たちを招くなんて、さあ、言い訳でもしたら」

「言い訳などしません。アサトンさんは社交界を代表する方ではなくって」

「そうよ。ほかにも上流の社交界の方を何人か招いたらどう」

「オリーヴ、馬鹿げている――まったくのナンセンス。気に入った人を招いて会ってもらうだけよ。ハバード夫人に多少なりとも気遣いを示したいのだから、そうしてもいいでしょう」

「あら、もちろんよ」

「でも、上流の人――あなたの言う上流の人――を招いて引き合わせて、それがいったい何になるの。

だれもが戸惑うだけでしょう」

「まったくそのとおりよ、キングズベリー嬢。事の真実を真正面から見つめてもらいたいものだわ。ハバードさんの奥様に、こうしてわずかばかりの気を遣おうとして、人を招く。だからといって、それはあなたが旧友を見限るのが嫌だからでも、友に最高の栄誉を与えたいからでもない。二流の知り合いなのに、一流の人たちだと騙して押しつけて、鉤鼻と言った埋め合わせができると思っているからでしょう。それだけのことよ」

「あなたにはわかっているはずよ。鉤鼻とは言ってないわ」

「でも、古代ローマの奥様と言ったでしょう。それって、ローマ人の鉤鼻と言ったも同然よ」オリーヴは言った。

唇を噛み怒りながらも、キングズベリー嬢は取り乱すことだけはしないようにした。最後に少し恨みがましくこう言い放った。「いろいろ言われたけれど、やはり、ささやかなパーティーを開くわ。紳士録に載っている人すべてを呼ばないからといって、あなた、来ないなどとは言わないでね」

「もちろん行くわ。どんなことがあっても行きますとも。クララ、あなたが社交辞令で二枚舌を使うのを、常々見たいと思っていたの。でも、私は欺瞞には加担しませんからね。哀れな若いふたりのもとへ行って、はっきりとこう話すわ。『これは、なにも、最高の社交の集まりではないのよ。こういう集まりをキングズベリー嬢が開いたのはね——』」

「まあ、オリーヴ。こんなふうに意地の悪いあなたって初めてよ」クララのやさしげで青みがかった大きな瞳に涙が浮かんだ。クララはなおも訴え続けたが駄目であった。「どうして、どうしてこんなふうに問題にするのかしら。ただ、私は思っただけ――特にこれといった特別な意味もない、ちょっとした集まりを持ちたいと――だって、そう思ったから」

「まあ、そうなの。それならば、大賛成よ」オリーヴは言った。「いつ開く予定なの」

「まだわからないわ。準備ができるまで待ってくれてもいいでしょう」むっとしてクララは立ち上がった。

「よくって、クララ。私に対してかっとなったからといって、聖人みたいなあなたを怒らせて、と道々、私を恨まないでね」

「かっときたですって。私、かっとなどしていないわ。そうでしょう。オリーヴ、時には、もう少し人の気持ちがわかってもよくはないの」そう言って友はオリーヴに別れの口づけをした。

「クララ、社交上の二枚舌の件では、そうはいかないわ。あなたを救うには、私が怒るしかない。私のことが恐くなかったら、とうの昔に、あなたは救いようのない俗物になっていたはずよ」

「いつも愛して下さっているのね」やさしい口調でキングズベリー嬢は言った。

「あら、そんなことないわ」即座に友は言い返した。「あなたが人を騙しているときは、そうはいかない。愛されているとは思わないで。無理ですもの」クララが玄関を出て行くとき、オリーヴはクララの背中に勝ち誇った笑いを浴びせかけた。別れ際にこうして冷たく笑われなかったならば、クララはパーティーの計画を投げ出していたかもしれない。実際、最初にクララは家に向けて馬車を走らせるように指示した。だが、すぐに窓枠を下げて開けると、逆の方向に行くように改めて命じた。クローバー通りのバートリーの家へと馬車を走らせたのである。

馬車はたいそう立派に飾り立てた四頭立てで、生きる上で義務意識と贅沢嗜好とを実にほどよく調和させるキングズベリー嬢の持ち物に似つかわしい趣であった。それは街一番の貧しい家の戸口に止まっているか、そうでなければ、街一番の立派な佇まいの家の戸口に待機していた。クララの日々は、見苦しい場所か社交界かの両極端に分かれていたのである。

クララは一人っ子であったので、幼くして両親を亡くし頼れる者のいない身となった。父親は母親よりもずっと年上で、オリーヴの父の昔からの友人であった。そのような関係から、父親はオリーヴの父に遺言執行を委ね、同時に娘の後見をも依頼した。ハリック氏はクララを家に引き取り、友の意向を汲んで誠実に対処し、生きる上で得となるものを、わが子ひとりにさえ望めないほどクララに与えた。クララとオリーヴとの間に芽生えた友情が深まるにつれて、ハリック氏の手に負えないことが起きてきたが、ふたりはそろって同じ上流社会の学校へ通うようになった。

面倒をみてきたクララが成年に達すると、ハリック氏はクララの父親が残した財産を遺児の手元に戻して、諸事をアサトン氏に委ねてはどうかと助言した。ハリック氏が慎重に管理した甲斐があり、財産は増えていた。クララは財産管理を自分でしたいと少女とはとても思えない意欲を示したが、湯水のように浪費しながらも、貧乏になることを心配しては妙にけち臭くなった。そこで、ハリック氏は弁護士を雇って、経済状態についていつでも聞けるようにするのが一番だと判断したのだった。クララはためらいはしたものの、この忠告に従った。一旦、財産をアサトン氏に委ねると、クララはすっかり良識をわきまえて理性的となり、自分の楽しみが妨げられない限りは、まわりの者がとまどうほど即座にアサトン氏に従った。クララの楽しみは種々様々であったが、立派な邸宅を購入することにした。新居を豪華にしつらえ、ヴァーモント州に父親の従姉妹を見つけだし、ボストンに呼び寄せて面倒をみた。所帯をかなり広げはしたが、ある点では意外なほどけち臭く締まり屋であった。ひとりのときの食事はスパルタ式に質素で、使用人にもかなり口やかましく、手当てをできるだけ低く抑えた。それでいて親切にすることにかけては、使用人のために湯水のように金を使っても気にかけなかった。以前雇っていたお針娘《こ》が病気になった折、クララは病人をバハマ諸島に送り、元気になるまでそこで過ごさせてやり、さらに仕事に復帰できるまでの間、屋敷に客として置いてやった。料理人が麻疹《はしか》にかかったといえば、その間ずっと看病し、母親のように面倒をみた。オリーヴ・ハリックの言い草ではないが、クララはいつも下働きの少女の姉や妹にまで持参金を持たせ、あるいは葬式を出してやっていた。慈善といえば、どんなことにでも首を突っ込むが、お金がないと思うと、いつでも好き勝手に手を引こうとした。ドレスが大のお気に入りで、社交界にもずいぶん顔を出した。自分と結婚したがる男はたいてい金目当てと思い込んでいたが、自分との結婚など望むべくもない相手だと見ると、その男のために気前よく豊富な財産を役立てた。人の面倒をみたがり、ローマでは将来性のない画家を長い間援助し、国内では売れる見込みのない芸術家の作品を注文した。

クララの心の内には、世間に接してすっかり頑なになってしまった部分と、今もなお柔軟で情け深い部分とが共存していた。大失敗するか罪を犯すかしたと思うと、クララはこの硬くてやわらかい心のやわらかい方に引きこもり、懲らしめてもらおうとオリーヴのところにめそめそしながらやって来た。これといって決まった宗教を持たないこともあってか、生きる上での規範をオリーヴに仰いでいたのだ。これまで、何度も特定の信仰に永久に腰を落ち着けそうになったが、自分の気持ちにしっくりくる宗教を未だに見つけることができずにいたのであった。

決心しても実行に移さなければよかった、とほとんど後悔にも似た気持ちで、クララは玄関の呼び鈴を鳴らした。ただひとりの使用人はちょうど洗濯物を干している最中で、代わってマーシャが出てきた。社交界まがいの集まりでお茶をにごす気でいるのに、社交界がこのかわいらしい女性に敬意を払っているふうを装う。それは、なんともひどいことのように思えた。輝くばかりの美人に会わせるのだから、飛びきり素晴らしい友人らを招いてもよいではないか。万一、パーティーを開いてもハリック一家をはずせば、オリーヴ・ハリックに恨みを晴らせる。それに、マーシャはきっと大変な評判になる。クララは秘かに半ば本気でパーティー開催を考え、水曜日の夜八時に夫と共にお茶に伺います、とマーシャから約束を取り付けて立ち去った。鼻の件でクララはひどく悔んでおり、家路につく馬車の中で、招待する客はたとえ上流社交界の人ではなくても、少なくとも名の通った人にしなければ、と心に決めていた。その気になれば、もっと上流社会の集まりにすることもできる、とひとりつぶやいた。この方針通りにまず行動を起こし、いとも簡単にアサトン氏から出席の確約を得た。すでに町に戻ってきている者はまだほとんどおらず、先約はなかったのだ。クララはそれからウィザビー夫人を訪れ、慈善委員会ではこれまで互いに力を尽くしてきたことをあらためて思い出させた。そして家に帰り着くと、知り合いの名門中の名門の二家族のうちでもっとも器量の悪い娘と嫁に行きそびれた中年の婦人に招待状を送った。招待者リストには次の面々を加えた。画家夫妻（招くからには肖像画を描いてもらうようにしなければ、とクララは思った）、本を著して評判をとった年若い物書き、一緒にダンテを読む真似ごとをしているイタリア語の教師、それに作曲家などであった。

遅れて行けば、どのような様子か一気にわかるとでも考えたのか、オリーヴは早々にパーティーには顔を出さなかった。姿を見せると、まだ気がついていないのならば教えてあげる、パーティーは失敗よ、と伝えているかのように、オリーヴはクララにほほ笑んで見せた。オリーヴが最初に予想した招待客に加えて、家柄のよい人や美意識の豊かな人を加えたのに、まだ十分とはいえないことをクララは読み取った。客の顔ぶれは、まったく釣り合いがとれていないものであった。ハバード夫妻のような名もない小物に会わせようとして人を招くこと自体、そもそも馬鹿げているように思えた。先例通りに別室に移って夕食を取るとなると、夫妻は宴の中心と目されてしまう。そうならないように客間でお茶を出すことにしようとクララは決めた。バター付きパンと、薄い、申し訳程度のケーキを添えた、文字通りのお茶がいいと思った。

仕事の面ではどれほど鋭くても、社交の面ではウィザビー氏はさえない人間であり、夫人や娘にしても、似た者夫婦や親子の血筋から、気質はウィザビー氏と同じあった。三人は少しでもマーシャという人間を知ろうと努めたが、社交術に欠けていたため、うまくいかなかった。キングズベリー嬢の家で夫の助手の奥方と会っただけで、ウィザビー夫人は恐れかしこまってしまっていた。そんな姿に気づいても、どのように気持ちを和《や》わらげたらよいのかまでは、マーシャにはわからなかった。ウィザビー家はすぐに三人でかたまり、写真のアルバムや骨董品を眺めて、その晩ずっとウィザビー家の関心をほかに向けようとしたクララに無力感が残った。血筋は高貴だが器量が最低の娘と結婚しそびれた中年女は物書きや画家とも言葉を交わしたが、話に花を咲かせることはなく、ふたりで語り合っていた。進歩的な考えの牧師と細君は夫婦愛そのものが危うく、社交界では好まれない状態にあり、今人気の芸術家の冴えない妹は、若い大学講師や、講師が許可を得て連れて来た法律専攻の日本人留学生と会話を交わしていた。日本人留学生は鼠のような小さな目をきらきらさせながら、美しいブロンドの女主人の姿を追っていた。年のわりには若く見える未亡人は、誰かれ無しに愛嬌たっぷりに注意を向け、打ち解けた態度をとろうとしていた。イタリア人の語学教師は、イタリア人なら明るく陽気だと世間では思われているとひどい勘違いをしていて、音楽学校の生徒が歌うと、すっかりその気になって手を叩き、見苦しいほど陽気になってブラボーと叫んだ。だが、作曲家がピアノの前に座ると、さすがのイタリア人にも理性が戻り、その場に居合わせ人たちが、いつもどおりに水を打ったように静まり返るなかで曲が流れだした。ベートーベンも自身の作品との違いがわからないほどよく似ている自作曲であった。

アサトン氏とハリック氏は客の間を動きまわり、出席者の気持ちを引き立てようと努力するクララにできる限り手を貸そうとしたが、どうしようもなかった。クララはパーティーは失敗だと認め絶望していた。せめてハバード夫妻には楽しく過ごしてもらえるよう、残りの時間を精一杯努める気になっていた。旦那にさえ気を使っていれば、奥方は必ず嬉しいはずだ。そんな無謀な理論に対しては、若くてかわいいパーティーの女主人は用心に用心を重ねるべきだ。ところが、クララはその理論を真に受けて、もっぱらバートリーだけに一所懸命気を遣い、後先のことも考えずに快活に、以前ボストンに滞在したころのことを長々と語っていた。ふたりの笑い声と思い出話が切れ切れに聞こえるなか、腰を下ろしていたマーシャは、ベン・ハリックが夫と過ごした大学時代についておざなりに語る話に耳を傾けるふりをしていたが、そうそう我慢はしていられなかった。突然立ち上がると、マーシャは夫に歩み寄り、もうお暇《いとま》しなければ、と言った。「あら、まだよろしいでしょう」マーシャの顔に浮かぶ表情に、クララは狐につままれたように少し怯えて大声を上げた。「おやすみなさい」冷めた口調でクララは言い添えた。

パーティーに集まった人たちはほっとした面持ちで、まずこの散会の言葉を口々に交わした。すると、パーティーはほんのりと活気づき、まだ楽しめるかもしれないと一瞬思えたが、その好機も去り人の群れはあっという間に崩れ去って、クララはオリーヴの薄情な目を恐れ入ったとばかりにのぞき込むしかなかった。「とてもすてきな夕べをありがとう。クララ、おめでとう」オリーヴは存分に笑って冷やかした。「なんとうまく事が運んだことでしょう。でも、クララ、食べる物をお出ししてもよかったのではないかしら。気の毒にも、ハバード夫妻のお昼は一時。あのふたりのことを思うと、私まで飢え死にしそうだったわ。でも、私は大丈夫――だって、私どもでは昼食は二時だから」

第二十二章

バートリーはキングズベリー嬢のパーティーから意気揚々と引きあげてきた。社会的に成功するとはこういうことなのか、以前よく心に思い描いていたとおりであった。特に気を遣ってくれたことが嬉しく、仕組まれたものだとは気づいていなかった。かなり腹をすかしていたのだが、コールドミートを平らげ瓶詰めのビールを飲み干してから、マーシャと今日の集いについて話すつもりでいた。

だが妻は帰り道、その話をしたがる様子も見せず、自宅の玄関に入るなり一目散に階段を駆け上がってしまった。「おや、どこへ行くんだい」バートリーは妻の背に声をかけた。

「もう休むわ」妻は後ろ手でドアをばたんと閉めた。その音は意味深長なものだった。

バートリーは怒りに駆られて一瞬その場に立ちつくし、皮肉を浴びせて責め立てたいと思ったが、訳もなく嫉妬して自分を見失っているだけのこと、そのうちにもとの状態に戻るだろうと考えて放っておくことにした。バートリーは歯を食いしばり、心の中でさんざん毒づきながら、マーシャの後を追って一歩一歩ゆっくり根気よく階段を上がった。なにも言わずに妻の体を両手に引き寄せてしっかり抱くと、怒りの感情が哀れみの情に変わり、そして笑い声となっていった。バートリーが笑い出すと、マーシャは夫の両脇にぎこちなくあてていた腕をさっと上げ首にまわして、胸に顔を押しつけ静かに泣き出した。

「ああ、すっかり自分を見失ってしまったのよ」悔いて呻《うめ》くようにマーシャは言った。

「見失ってもらってはとても困る――僕にはね」バートリーは言った。

マーシャは悲しいにもかかわらず笑いがこみ上げてきた。しかし、体裁をつくろおうとして、さらにもう少し声をあげて泣いた。

「だが、パーティーがどういうものか、僕は知っていたので、こうなるのも、マーシャ、いかにも君らしいと思うよ。君が悪いのではない。キングズベリー嬢のひどいもてなしのせいで腹ぺこだ。一週間、いっさい食べ物にありつけなかったみたいだ。君だって飢え死にしてしまう。この涙はそのせいだね」

夫がキングズベリー嬢の茶会を笑いものにするのに気をよくしたマーシャは、今、笑っているのは嬉しいからだと気づいてもらいたくて、まず頭を上げ、そして涙を拭こうと顔をそむけた。

「まあ、お気の毒様」マーシャは大きな声を出した。「さすがに、あんなに貧弱な薄切りのトーストが回ってきた時には、あなたが気の毒でしたわ」

「そうだね」バートリーは言った。「自分でも気の毒に思ったさ。でも、そんな話はもうよそう」

「それに」マーシャはなおも話を続けた。「あの席で、あの女主人が話しかけているのに、あなたときたら、ずっと餌をあさっているだけでしたよ」

「まず出席者の誰を会話の相手にして平らげるか、心の中で順番を決めていたのさ」

バートリーの冗談ほど素晴らしいものはないように思え、マーシャは笑いころげた。初老の貴族ぶった男は頑固だ、と想像を交えてバートリーがからかうと、おかしくて死にそうだからやめてと懇願した。マーシャは敵から帝国にふさわしいと認めてもらえるような女ではなかったが、無邪気で幸せそうな、かわいらしい女であり、バートリーは最初こそマーシャを手荒く扱おうという衝動に駆られはしたものの、気持ちを抑えてよかったと強く思った。「さあ」バートリーは声をかけた。「どこか外で牡蠣でも食べよう」

マーシャはすぐにイヤリングをはずし、髪をほどき始めた。「いいえ、私は家でなにかいただきますわ。お腹はあまりすいていないので。でも、バートリー、あなたは行って。しっかり夕食を食べないと、病気になって明日の仕事に差しつかえるから。さあ、いらして」鏡に映ったバートリーのためらう姿に向かって、マーシャはさらに言った。「ぜひとも。家にいるのは許さないわよ」背後から近づくバートリーの顔がそのまま鏡に映し出され、マーシャはほんのわずかに首をまわした。鏡の中でマーシャの肩越しにふたりは唇を重ねた。「ああ、バートリー、あなたは、とてもやさしいのね」マーシャはささやいた。

「そうさ。外出して疲れた体を癒してと言われれば、いつでも従うさ」

「あら、そうではなくて」マーシャは穏やかに言った。「やさしいと言ったのは、つまり――私がわらず屋さんになっても、あなたは喧嘩しないでしょう。いつもこうだといいわね」

「いいかね」バートリーは言った。「まともに受け止めると、重荷は全部、男の肩にかかってくる。かわすことくらい、自己犠牲といってもたいしたことではない。いつまでも関わっているとむしろ腹が立ってくる」

「それでは、私もものわかりのよいところを見せるわ」マーシャは言った。「キングズベリー嬢のお宅にはあなた一人で伺ってよ。二人で行ったのと変わらないわ」堂々とした眼差しでマーシャは夫を見た。

「マーシャ」とバートリーは言った。「一番のわからず屋になった時でさえ、とてもものわかりがいいんだもの、ふたりが口喧嘩するはずはないよ。むしろ、君ひとりで行ったらどうだい。僕は猜疑心にさいなまれるが、それでも、君を完全に信用していることになるからね」部屋を出る際に投げキスをすると、バートリーは階段を駆け下りた。一時間後に家に戻ると、マーシャは寝ずに帰りを待っていた。

「おや、マーシャ」バートリーは驚いて言った。

「あら、私が本当に言いたかったのは、できるだけすぐに、ふたりそろって、あの方のお宅へ伺いましょうということなの。あなたをひとりでやったら、むこうは私が怒っているとでも思うかもしれない。そんなふうにしてあの女《ひと》を喜ばせるのは嫌だわ」

「ご立派」皮肉をこめてバートリーは叫んだ。マーシャには褒められるより皮肉を言われるほうが嬉しかったのだ。女は本心を掴まれないようにしながらも、本心を理解されたいと思うものなのである。

バートリーと連れ立ってマーシャがキングズベリー嬢を訪ねた日、女主人は丁重に迎え入れてくれたが、マーシャの気持ちを引き立てようとまではしてくれなかった。来訪者の中には、この屋敷でマーシャが見かける人もいく人か交じっていて、ウィザビー家からは夫妻と娘がそろって訪れていた。しかしハバード夫婦が貧しいという明白な事実と、このふたりが一流の社交界の仲間入りをしたというもうひとつの事実との板挟みにあって、この夫婦にどのように接したらよいのかよくわからなかった。ウィザビー夫妻がふたりを晩餐に誘ってみると、バートリーひとりがやって来た。マーシャは気分がすぐれず、来なかったのである。

バートリーは今ではすっかりやさしく従順になり、一人で出かけるようにマーシャに言われると、いつもそのとおりにした。もっとも、バートリーが送り出される先は、ほとんどハリック家のお茶の席に呼ばれると、バートリーはまたかと思うようになっていた。ハリック家の女たちは義理堅くマーシャに会いに来た。マーシャは姉娘たちとは馬が合い、ふたりも思いやりが深く、できるだけマーシャに親切に接し、自分たちには縁のないことながら、マーシャのかわいらしい若妻ぶりを喜んでいるようであった。しかしマーシャは当初、オリーヴについては恐ろしい女と思い、キングズベリー嬢の友人ということで嫌がっていたのだ。ところが、一風変わったところがあるオリーヴは、むしろなぜ自分が嫌われるのかと興味を惹かれた。オリーヴに言わせれば、マーシャが冷たい態度をとるため、お相子だという気持ちで自分勝手にはっきりとものが言え、そしてバートリーに対しても、遠慮なく反感を募らせることができたのである。いやらしい色男ぶりが不快であり、見るからにいい気になっているのに、輪をかけるように、母親がお茶の席での話としてバートリーを褒めちぎる。これは、オリーヴには恥さらしのように思えた。

「ハバードさんが好きよ」母親は穏やかに言った。「とても親切なことに、誘えばいつでも、私どものような平凡な人間のところにも来てくれますし、奥様が来られないのに来てくれるのは、私どもを気に入ってのことよ」

「あら、来るのは食事のためよ」軽蔑するようにオリーヴは言った。気に入らない点がまだあるとばかりにさらに続けた。「あら、お母様」オリーヴは声を張り上げた。「どういうわけか、バートリー・ハバードを有名人だと思っているのね」

「あのような若者がああした地位に就くのはきわめて異例なことだ、とお父様が言うのよ。ウィザビーさんは本当に一切をバートリーに任せているのだとも」

「へえ、そうなの。そんなことはよしたほうがいいと思うけれど。最近の『イヴェンツ』はまったくひどいものよ。殺人やみだらな記事ばかり」

「この頃の新聞はそのようなものよ。お父様が耳にする噂では『イヴェンツ』は儲かっているとか」

「あら、お母様。すっかり堕落したお年寄りになってしまって。きっと、お父様は皮革業界の長老へのあのひどいインタヴュー記事に買収されたのね。お父様はバートリーを家から追い出すべきだったのよ。まあ、この家族ときたら、人がよいのも少しばかり度を超していて、私にはついていけないわ。最近のベンときたら、お母様に負けず劣らずひどくなっているし――もう、私の言うことなど少しも聞かないもの。以前にもまして、あんな男と親しくしようと決めている様子よ。あんな男の役に立とうとばかりしている。私にはわかるわ。それが腹立たしいのよ。ハバードさんにはオリーヴとは呼ばせない。これだけは、ひとつはっきりわかっている。失礼よ」

意見は変えないというふりをしながらも、ハリック夫人は論旨の方を変えてきた。女というものは、女同士でもこうなのだ。「あの人はとてもよい旦那さんよ」

「それはね、よい夫でいたいから」娘は言い返した。「よい夫のふりほど簡単なことはないわ」

「駄目よ、そんなこと言っては」ハリック夫人は言った。「自分で経験するまで」

これにはさすがのオリーヴも笑ったが、こう切り出して応じた。それは、常々、母親の心に重くのしかかってきたことであった。「バートリーがよい夫だなどと、ベンは思っていないからね」

「オリーヴ、どうしてそう思うの」母親は尋ねた。

「ベンはすごく嫌っているわよ」

「おや、お前、今、言ったばかりでしょ。ベンは以前よりもバートリーさんと親しくしようとしていると」

「そんなこと簡単よ。嫌いになればなるほど、やさしくするものなのよ」

「それは、本当だわね」母親は溜息をついた。「バートリーさんについて、ベンがなにか言ったことはあるの」

「いいえ」オリーヴは大きな声で短く言った。「好きでない人のことは、けっして口にしないわ」

母親は話にきっちり筋道を立てて話題をもとに戻した。「だからといって、バートリーさんがよい夫ではない、とベンが思っていることにはならないでしょう」

「ベンは嫌っているわ。ひどい男でもよい夫になれる、とお母様は信じているのね」

「いいえ」バートリーの不埒さを示す動かしがたい証拠を突きつけられたかのように、ハリック夫人は認めた。

とかくするうちにも、バートリーとマーシャとの間には、途切れることなく穏やかな関係が続き、待ちわび苦しみ、望み恐れる日々ではあっても、ふたりの生活においてもっとも幸せな時期であった。マーシャが気紛れを起こし苛立っても、バートリーは懸命に我慢しようと努め、少なくとも男らしくマーシャを慰め助けて、どんな失敗を犯してもただちに埋め合わせをした。バートリーがいなければ死んでしまうとマーシャは何度も言った。バートリーの方は、これまでさんざん悲しませてきたのに、いよいよというときにはすべて詫びる間もなくマーシャに死なれてしまうと思っていた。だが今、マーシャは生きており言葉をかける機会があるのに、バートリーはそれを口には出さなかった。マーシャとふたりの間にできた子供を腕に抱き、男が流したことがないほどの溺愛の涙にくれるだけであった。ようやく言葉にした時には、マーシャにこう言われてしまった。「言わないで。あなたが悪いことをしたからといっても、それはすべて私が追いつめた結果よ」青ざめ気が遠くなりながらも、マーシャは嬉しそうに夫にほほ笑みかけ、枕にのせた顔にバートリーが覆いかぶさると、その頭に手をあてて頰に唇を押し当てた。バートリーは胸がいっぱいになり、これまで自分をやさしく許してきてくれてありがとうと感謝し、黙ったままではあっても悔い改めるのも怖《お》じず、自分が善人であるような気がしてきた。

「バートリー」マーシャは言った。「私、たいへんなお願いをしようと思っているのだけれど」

「僕が君にしてやれることであれば、お願いなどなんでもないさ。いいかね」大きな声で言うと、バートリーは顔を上げてマーシャの顔をのぞき込んだ。

「母に来てくれるように、手紙を書いて下さらない。母が必要なの」

「いいとも。もちろん」マーシャはなおも夫の顔を見つめ続け、震えながらも掴んだ手を離さずにいると、バートリーは頭を上げた。「それだけかい」

マーシャが黙っていると、バートリーは言葉を継いだ。「お父さんに、お母さんを連れて来てもらおう」

マーシャは顔を隠して、むせぶようにひと泣きした。「あなたから父にお願いしてもらえないかしら」

「いいとも、もちろん、もちろんだとも」

マーシャは夫の心の広さに直接礼を言うことはせずに、掛け布団を持ち上げると、小さな頭の下に腕をまわして赤子の顔を夫に見せた。小さくて皺がいっぱい寄った顔だった。

「かわいいでしょう」マーシャは尋ねた。「投函する前に手紙をもって来て――」手紙を手にして戻ってきたバートリーが読んで聞かせると、マーシャは溜息をついて言った。「そうね、それで結構よ――申し分ないわ」そう言って幸せな眠りについた。

風邪がよくなりしだいすぐに、母親と一緒に行くという返事が父親から届いた。もう冬もだいぶ深まっていて、ボストンもさることながら、エクイティでは旅などいっそう無理と思えたに違いなかった。しかし、義父の到着が遅れても、バートリーは苛立つことはなかった。陽気にふるまって一生懸命マーシャを慰めた。マーシャは色白のほっそりした手をこっそりすべり込ませて、時々、夫の手を軽く握り、話の要所ごとに反応した。

「まず、父のことが最初に浮かんだの――もちろん、バートリー、あなたの次にね。父にどんなにつれなくしてきたことか。赤ちゃんが産まれたのは、半分は私にそれを知らせるためであった気がするの。もちろん家から逃げてきたことや、私を再び受け入れてとあなたにお願いしたことなどは、後悔していないのよ。だって、そうしていなかったら、あなたと一緒になれなかったでしょう。でも、父にはそれがどんなに残酷であったか、あの頃はわからなかったのね。父はいつも私のことをとてもかわいがってくれ、よかれと思って行動している、と思っていたはずよ」

「君だってそうさ、僕にはわかっていたよ」熱をこめてバートリーは言った。

「いつもとてもやさしい言葉をかけて下さるのね」つぶやくようにマーシャは言った。「でも、バートリー、私、父に対して思いやりが足りなかったのではないかしら。赤ちゃんが産まれたのは、それを私に教えるためだったと思えるの」マーシャは頭を枕にのせたまま少し後ろに引くと、さらに夫をじっと見つめようとした。「娘が大きくなって、万が一、こともあろうに、あなたにそんな態度をとったならば、娘のことが憎らしくなるわ」

声に出して笑うと、バートリーは言った。「うん、たぶん、お母さんは君を憎んでいるさ」

「そんなことないわ——父も母も私を憎んでなんかいない」ひとつ溜息をつきながらマーシャは答えた。「父が会いに来た時、私の態度はまったくぎこちなくて冷たかった——必要以上に。それも、あなたのためだったのだけれど。父はあなたに悪意を抱いているわけではなく、私が無事で元気にしているか、確かめたかっただけなのよ」

「もちろん、まったく君の言うとおりだよ、マーシュ」

「ええ、わかっているわ。でも、もし父が死んでしまっていたら、どうなったかしら」

「ともかく、亡くなりはしなかった」バートリーは笑みを浮かべながら言った。「あれから、定期的に手紙のやり取りをして連絡を取り合っているのだから、元気だとわかっているはずだよ。これからは、これまでとはまったく違うことになりそうだ」そう付け加えると、バートリーは心の底から関心を抱けるとも思えない話題に少しうんざりして、体を後ろにそらした。

「そうなの」マーシャは聞きたくてたまらないというように手を握り締めながら尋ねた。

「そうならなくても、僕のせいではないよ」そう答えてバートリーは欠伸《あくび》をした。

「バートリー、あなたはとてもいい方ね」すっかり感心しきった様子でマーシャは言った。あたかも神の善を褒め称えるかのようであった。

バートリーは妻の手を解いて赤ん坊が寝ている真新しいベビーベッドの方に行った。両手をポケットに入れたまま、物珍しそうに笑みを浮かべて赤ん坊を見下ろした。

「かわいいでしょう」マーシャは尋ねた。赤ん坊を上から見下ろす夫が羨ましかった。

「かわいいとまでは、まだはっきり言えないな」バートリーは答えた。「たぶん、そのうちに肌がすべすべになる。今はまだ、見たところ皺だらけだ」

「あら」しかたなく認めながらもマーシャは言い返した。「あなたならばともかく、だれにもそんなこと言わせないわ」

夫は考え込むように、低く穏やかにヒューと口を鳴らした。「マーシャ、聞いてくれ」ほどなくしてバートリーは言った。「この子にお父さんの名をつけてはどうだろう」

マーシャは肘を支えにして体を起こすと、からかわれているのではないかとでもいうように目を丸くして夫を見た。「まあ、どうしたらそう名づけられるの」マーシャは問いただした。それは、古い考え方をする人たちの両親は、息子をフレイヴィアス・ジョシーファスと名付けていた。マーシャは問いただした。ゲイロード弁護士がかつて信じていた迷信に由来するもので、どうやら聖書を書いた者の一人にユダヤの歴史学者がおり、その人物の名がフレイヴィアス・ジョシーファスであったというのだ。

「この子にジョシーファスと名づけるわけにはいかないけれど、フレイヴィアならばよいだろう」バートリーは言った。「願いどおりに、この子の髪がブロンドになれば、まさにうってつけの名前だ。

フレイヴィア、とってもかわいらしい名前だ」バートリーは妻を見た。すると、妻は急に顔を枕に伏せた。

「ああバートリー」マーシャは声を張り上げた。「あなたは、なんと素晴らしい人なの、世界一よ」

「いや、違う。世界で二番目にすぎないさ」バートリーは言い換えた。

この頃、バートリーとマーシャは若い父親と母親としての喜びを心ゆくまで味わっていた。朝風呂のあと、バートリーが部屋に呼ばれると、娘が乳母の膝にうつぶせに寝かされていて、斑紋の消えないくぼんだ腰を拝むことができた。赤ん坊は足や腕をかすかに勣かし、あたたかいフランネルで拭き取られて気持ちよさそうにわずかに息を吐き、咽をならしてなんとかその喜びを示そうとしていた。服を着終わって裾をぴんと引っ張って長めの服を整えてもらうと、だらりとした体はしゃきっとなり、バートリーはわが子を腕に抱いて部屋を歩いてもよいことになった。自分が楽しむにしろ、娘を楽しませるにしろ、結局、男が小さな赤ん坊にしてやれることは実のところ多くはなく、バートリーが役に立つといってもたかが知れていた。一番ありがたがられるのは、恐らく、幼子を母親の手にあずけて、ベッドの傍らに腰をおろして妻に静かに語ることであった。その間、マーシャは、時々ほっそりとした手を差し出しては、その金色がかった褐色の髪をなでて、首を曲げて寝ている赤ん坊の顔を母鳥のようにのぞいた。ふたりは細かな点まで関心を払いながら、その不思議な小さな生き物を隅々までじっくり調べた。小さな指の爪は繊細で鋭く、奇妙な格好でこちらの指をしっかり掴む小さな拳は、かぎ爪でカナリアが止まり木を握るかのようであり、足の形のおかしさ、つま先の形のおかしさ、ふつうに大きくなれば、やがては一人前となるはずなのに、滑稽にもまだ整いきれていない足と腕、どれをとってみても、ふたりは笑い出さずにはいられなかった。マーシャの瞳のように黒になるのか、バートリーの瞳のように青になるのか、瞳の色はまだわからなかった。長い睫はマーシャに似てゆるやかにカーヴしていたが、もじゃもじゃの髪の毛はちょっと妙で、年齢以上に見え、色はバートリーの髪の毛に近かった。

「この子は、黒い瞳でブロンドの髪になる」バートリーは決めつけた。

「すてきじゃない」マーシャは尋ねた。

「五百ヤード離れていても望遠鏡を使って、きっと射止め殺されてしまう」

「あら、なんてことを言うの。赤ちゃんが射止め殺されるなどと」

「でも、みんなそうだろう。君もそうだったじゃないか」

「そうね。でも、赤ちゃんはまったく別よ」唇でわが子を愛撫すると、マーシャは赤ちゃん言葉で話し始めた。ふたりともいわばこの人形劇ごっこに惹かれ、すでにお互いをパパ、ママと呼んでいた。

ゲイロード弁護士はひとりでやってきた。「あら、お父さん、お母さんはどこに」と言ってマーシャが出迎えると、弁護士は「来ると思っていたのかね」と聞いてきた。「年齢が年齢だけに、冬にこんな長旅はできないと母さんは感じているのか、あまり外出しない。夏に家族そろって来て欲しいと思っているようだ」

腕に孫を渡され、名前を当てるように言われても、当然のことながら老いた父は正しい名前など言えるはずもなく、すっかり狼狽した。

「フレイヴィアよ」嬉しそうに声を張り上げてマーシャは言った。「バートリーがお父さんの名をとってつけたのよ」

これを聞いて、弁護士はいっそう落ち着きを失った。「そうかね」いくぶん恥ずかしそうに聞いた。「もちろん、とても光栄なことだ」

これで父はもう大丈夫、とマーシャは父親のこの言葉を夫に繰り返し伝えた。実際、バートリーと弁護士は互いにじゅうぶん礼を尽くして振舞い、特にバートリーは老いた義父になにかと気を遣った。州会議事堂の最上階に連れ出し、町中をあちこち歩いて案内し、興味深い場所を見せ、友だちに会えば会ったで紹介もした。もっとも、父親の燕尾服姿は、外套を脱いですっかりむき出しになるにせよ、外套の裾から少しのぞくだけにせよ、バートリーのように今はやりの服を着た若者には目障りであった。バートリーは義父と連れ立って、ジェファソン・スキャタリング・バトキンズのウォーレン氏の演技を見にでかけた。クランベリー・センター所属員の滑稽な物まねを義父はにこりともせず鑑賞したが、それ以外のことでは、さほど面白がることもなく、勝手のわからないこととなると口をきかず、びっくりしてもらえるとバートリーが期待していたことでも、どんな印象を持ったか、わずかでも気取らせることはなかった。よくある従来の穴蔵のような編集室とは違って、『イヴェンツ』紙の編集室にはつづれ織りのカーペットが敷かれ、クログルミの机や回転椅子があっても、義父には取り立ててどうということはなかった。ウィザビー氏はゲイロード弁護士に礼の限りを尽し、バートリーを褒めちぎった。義父であるゲイロードは当然、喜んでもよかったはずだが、ウィザビーは『イヴェンツ』の大物といえども、この老人にとっては明らかに取るに足りない田舎の妙な編集者タイプの人間にすぎなかった。ゲイロードには、アサトン氏との方がより馬が合った。アサトン氏は実に男子にふさわしい仕事についていたからだ。どこにいても、ゲイロードは話している間も帽子をとることはなく、帽子を脱ぐのは食事と睡眠の時だけで、テーブルやベッドから立ち上がれば、またすぐに帽子をかぶった。

バートリーはフランス料理店でコース料理をとり、国際派の目新しい生活ぶりを義父に印象づけようとしたが、ゲイロード弁護士の食欲は昔からまるで野蛮人のように旺盛で、これまでの人生、こうして食欲を満たしてきたといわんばかりに、最後の最後までコース料理をただ食べ続けた。それ以降、事実上、バートリーは義父をもてなすことをやめてしまい、新聞の仕事があると言い残して、クローバー通りの小さな家で義父に勝手気ままに過ごしてもらった。弁護士は帽子をかぶったまま、暖炉の火格子へ足をだらしなく伸ばし、何種類かの新聞を読みながら、半日、居間で過ごした。こんな格好をすることで、恐らく自宅の事務室でのいつもの生活を再現すると、その間は心を平穏にしていられた。だが、そうでない場合は、マーシャと一緒にいないとひどく動揺した。ゲイロードは相変わらず娘を自分なりに愛し、孫娘には関心を示していないようだったが、マーシャがフレイヴィアを自慢すると目を細め、赤ん坊を預けられると老犬が子供らに愛撫されているように、無愛想ながらも穏やかに受け入れた。夫を褒める言葉をマーシャから聞かされると、しばしば退屈極まりない思いをしたが、いつも同じようにじっと我慢して最後まで耳を傾けていた。なにせ、頭が切れ、人柄がよく、このふたつが備わっていたから大成功を収めた、とマーシャの夫自慢はとどまるところを知らなかった。

ゲイロードが到着した日の翌朝、ハリック氏がマーシャに宛てた夫人の手紙を携えて訪ねて来た。このような多事な折、お宅が手狭になるようでしたら、お父様にこちらにいらしていただいてはという申し出であった。「ほら、ご覧なさい。ハリック家のみなさんらしいわ」マーシャは歓声を上げると手紙を父親に見せた。「思えば、私たち、ボストンに来てから何ヶ月もの間、ハリック家に近づくことさえしなかったのよ。お高くとまられるのが嫌でね。誇りの高さでは、バートリーもいつも負けてはいないから。お父さん、すぐに行って下さい。ハリック氏を待たせてはいけないわ。お帽子はこちらに下さい。でないと、お父さんは必ず居間でもかぶるから」マーシャは父親に屈んでもらい、コートの襟に少しブラシを入れた。「ほら、すてき」

仕事がらみの用事でもなければ、ゲイロード弁護士は生涯一度も客人を招き入れたことはなかった。女同士であればいざ知らず、男が社交上ほかの男の家を訪問することは、エクイティにはない文化であった。だが、娘に話したところによると、その日の朝、ハリック家から招待を受けると、早速、ゲイロードはバートリーを伴いお茶に出かけ、ハリック氏とも家族全員とも良好な関係を築くことができた。特にこれといった目的があっての接待とゲイロードには思えなかったが、帽子を脱ぎ、いつもの燕尾服ではなしに改まったときに着るフロックコートをまとい、願ってもないほど楽しい夕べを過ごしたという。ゲイロードは自分の考えを力強く率直に述べるオリーヴ・ハリックに感心し、とりわけ気に入ったようであった。素晴らしい時間を過ごせたのはオリーヴのお陰であった。人を皮肉ったり、キリスト教の問題を持ち出したりするのであればともかく、老いた異教徒をほとんど底なしの沈黙に沈めないようにするための苦労は並大抵でなかったに違いない。

「どんなお話でした」翌朝、バートリーが仕事に出かけると、マーシャは楽しい訪問の様子を父親から聞き出そうとした。

「大方、お前のことだ」弁護士は笑いながら言った。「髪の毛が薄茶色の大柄な若い婦人が、あの場にひとりおったな——」

「キングズベリー嬢ね」マーシャは恨みがましく即座に答えた。目は、らんらんと輝き、上掛けの下で体が硬直した。

「その方、どなたと話していましたの」

「そうだね、わしと少し話して、だが、たいていは若い男に話しかけていたかな。その男と婚約でもしているのかい」

「いいえ」マーシャは体の力が抜けた。「その方は、あの家族みんなの大切な友人よ。初対面の人を招くつもりでいながら、ほんの内輪のパーティーとお父さんに言ったのは、いったいどういうつもりだったのかしら」マーシャは口をとがらせた。

「恐らく、その婦人のことは数に入れていなかったのだろう」

「そんなことないわ」訪問の話を楽しんでいたのにけちがつき、マーシャはほかのことを話題にし始めた。

父親が来て一週間近くになり、だれもが長い一週間だと思った。父親に赤ん坊を見せ、父親と夫との関係修復を見届けると、マーシャにはほかに大してすることがなかった。乳母が来たため、バートリーはすでに予備の部屋へ追いやられ、その部屋のベッドも義父に譲り渡し、家具のない屋根裏部屋の簡易ベッドで寝ていた。コックと手伝いの小娘はもう一方の屋根裏部屋を使っていた。以前はかなり広く見えた家も、人ではち切れそうであった。

「お父さんが階段を下りてくるのを見たら、実に狭い家だと初めて気がついた」バートリーは言った。

「家のわりには、お父さんは背が高すぎる。ソファーに座って足を伸ばしていると、靴が部屋の向い側の幅木にあたってしまう。本当さ」

「日曜日には、お父さんに帰ってもらうわ」悲しげなほほ笑みを浮かべてマーシャは言った。

「いいかい、マーシャ、帰ってもらいたいなどとは、僕は思っていないからね」

「ええ。今度の件では、これ以上ないほどよくしてくれているわ。でも、私、日曜日には帰ってもらいたいの」

「お父さんが来て、楽しくなかったのかい」バートリーは尋ねた。

「それはもう、楽しかったわ」マーシャの目に涙がこみあげてきた。「私、父とすっかり仲直りしたし、父はもう私につらく当たることはないでしょう。でも、バートリー――このベッドに座って」マーシャは手を握ると、ゆっくりと夫に腰をおろしてもらった。「ますますわかってよ。両親は私にとって、もう昔のようなわけにはいかないのね――私には、あなたがすべてなのよ。そう、私の人生は父や母とは永久に縁が切れたの。あなたの人生と縁切りになることなどあるかしら。いつだって私を許して見守っていて欲しいの。どんなにひどく振舞っても、いつもいい子になろうとしているのだと覚えておいてね」

バートリーは立ち上がって、ベビーベッドまで行き、幼い娘の額にキスをした。「フレイヴィアに聞いてみたら」バートリーは戸口から言った。

「バートリーったら」幸せいっぱいの瞳からその姿が消えると、夫のことがたまらなく愛《いと》おしくてマーシャは声を上げた。

翌朝、父親の部屋から動きまわる音が聞こえてきた。ふだんは動作がかなり機敏なのに、なかなか朝食に下りてこなかった。「荷造りしているのよ」マーシャは悲しげに言った。「父に帰ってもらいたいとは、本当にひどい話ね」

バートリーが部屋を出ると、手にバッグを持った義父と戸口で出くわした。「おや」声を上げ、バートリーは驚きと残念な気持ちを丁寧に述べた。

「うむ」一緒に階段を下りながら老人は言った。「どうにか訪問も終わった。だが、もう歳だ。家を留守にしていては不安でしかたがない。お前たちはうまくやっとると家内に話そう。聞いたら喜ぶだろうな。そうさ、聞いたら喜ぶ。十時の列車で発とうと思っている」

バートリーと義父との会話はおざなりなものであった。互いに腹の底を割って話したのであれば、つきあい上の型どおりの礼儀だけで済ませられるはずはない。バートリーにしても弁護士にしても、気持ちを抑えることなど、いっそうできなくなっていて、これ以上我慢しろと言われても、もはや無理であった。

「そうですね、帰宅なさりたいお気持ちは当然でしょう。ですが、せっかくボストンに滞在しているのに、わざわざエクイティにお戻りになりたいとは納得がいきません」

「ボストンは若者にはよい街だ」弁護士は言った。「わしはもう年齢《とし》も年齢《とし》。街に締めつけられて窮屈な気がする。ここにいると、自分を見失うようだ」

田舎者が町に出てくると、だれもが共通して自分を見失うものである。ゲイロード弁護士はそれに苦しんでいた。何千人という人間に会いながら、だれからも特に関心を持たれず、とまどい悩む。おせっかいを焼こうと思えば焼けるのに、ごく個人的な事柄について街の人に干渉されないという事実は、村の生活で詮索されながら近所づきあいをしてきた身には、どことなく苦しいものである。ゲイロード弁護士にとっては、これだけではなかった。エクイティではかなり長いこと道徳や宗教をけなし続けてきたのに、まる一週間、だれにも辛らつなことを言えないのは、権利を奪われたような気がした。どちらを向いても、なだめすかす丁寧な言葉ばかりで、ゲイロードはうんざりしていた。

「そうですね、どうしてもお発ちになるのでしたら」バートリーは言った。「貸し馬車を頼みましょう」

「停車場まで歩いて行ける」老人は言葉を返した。

「ああ、それはなりません」バートリーは駅まで馬車で送り、握手を交わし互いに別れを告げた。ふたりの男はもはや敵同士ではなかった。しかし、お互いを思う気持ちは以前より少なくなっていた。

「今度の夏、エクイティでな。そうだね」ゲイロード弁護士が誘った。

「マーシャがそう言っています」バートリーは応じた。「それでは、お体を大切になさって下さい――しみったれの老いぼれモグラめ」声をひそめてバートリーは言葉を付け加えた。貸し馬車の料金を払ったはいいが、ゲイロードに知らん顔を決めこまれてしまったのだ。

別れ際に毒づいた言葉をあれこれ言い変えながら、バートリーは歩いて家に向かった。家に着いてみると、銀のカップ、ナイフ、フォーク、スプーンがマーシャに預けられていた。貸し馬車を頼みに家を離れたわずかの間に、義父が赤ん坊にと置いていったもので、選ぶのをオリーヴ・ハリックに手伝ってもらったのだ。カップには五百ドルの小切手が入っていた。まごつきながらその贈り物を差し出したゲイロードは「ねえ、お父さん、どういうつもり」とマーシャに言われて、どぎまぎした。

「まあ、お前にしてやろうと、ずっと思っていたものだ」

「赤ん坊のものは心配いりません」マーシャが言った。「でも、主人にお金を受け取らせるわけにはいかないわ。私と同じくらい、主人を思ってくれなければ。思っていると言って。はっきりと」

父親は声を上げて笑った。「そんなこと、無理ではないかね」

「そうね。もちろん無理な話ね。でも、本当に聞きたいの。あの男《おとこ》と結婚したのは正しかったと、今ではもう、そう思っているでしょう」

「それは、マーシャ、お前のやることはすべて正しいよ。ふたりの仲がよくて嬉しい」

「そうではなくて、そうではなくて。バートリーはいい男《ひと》でしょう」

ゲイロードはふたたび声を出して笑い、娘に食い下がられて面白がり、手で顎をこすった。「なにもかもすべて急に認めろと言われても困る」

「で、バートリー、わかったでしょう」父親のこうした言葉をそっくり言い直しながら、マーシャはバートリーに言った。「すごい譲歩だったのよ」

「まあ、譲歩かどうかわからないが、小切手については譲歩に間違いない」バートリーは答えた。

「あら、とんでもない。そんなこと言わないで」妻は異をとなえた。「お父さん、ここへ来たことを、すべての点で喜んでいたと思うわ。私のことをずっと心配していたのよ。あれだけのことを言ったあとでは、来るのも並大抵ではなかったはずよ。ここまで来て、前言を撤回までしたのだから。父の立場になってやれないの」

「そうだ、たぶん、いいものをもらったのさ」バートリーは認めた。もらったお金のおかげで、いくつかの問題がよい方に解釈されるようになっていた。「君の父上のように、みんなが僕のことを罵倒しておきながら、立派に前言を取り消してくれればいいのに」――バートリーは小切手を上にかざした――「そうさ、そうした人が倍もいるといいね」

夫の冗談がおかしくてマーシャは笑った。「お父さんは、ここにあるものすべてに感心したはずよ――まずは、赤ちゃんがそうでしょう」自慢げにマーシャは言った。

「まあ、その思いはじっと心の内に秘めたままだがね」

「そうね、それが父のやり方ですもの。けっして外に表わさない――だれかさんとは違ってね」

「そうだね。感情を抑えている。錠前をかけているとまでは言わないよ――それも鉄製の錠前とまでは言わないがね」

ボストンでの経験が楽しいとか、興味深いとか、ゲイロード弁護士は明らかに言いたい気持でいたが、かたくなに何も言わず、じっと沈黙を守り通していた。そのような実例をバートリーはいくつかあげた。

父親が帰ってしまった今、夫婦ともすっかり解き放たれた気になった。仕事に戻るべき時なのに腰は重く、バートリーは義父が帰った喜びに黙って浸っていた。ふたりはともに上機嫌であった。それでも夫が仕事に戻ると、マーシャは赤ん坊を手許に呼び寄せ、胸にしっかりと抱いて溜息をついた。「かわいそうなお父さん、かわいそうなお父さん」

第二十三章

春になると、歩道の敷石に光が降り注ぐなかを、バートリーはフレイヴィアを乳母車に乗せてあちこちと押してまわった。マーシャはその傍らをゆっくり歩きながら、時折、乳母車の幌の中をのぞき込んでは、アフガン編みの色鮮やかな毛布の乱れを整え、赤ん坊のレースのフードのずれを直した。ほかにも、乳母車を押すアイルランド人やフランス人の子守りの姿はあったものの、ふたりの目には入らなかった。この乳母車は分不相応なまでに金をかけて手に入れたものだった。高価な持ち物としてだけでも、それは夫婦にとって自慢の種であった。妻と子と一緒にこうして外出することは、アメリカのたいていの若い父親と同じように、バートリーには願ってもないことであった。友だちに見せたい一心で、バートリーは午後に時間の許す限り外出した。夫が無理なときはマーシャひとりで出かけた。マーシャはハリック夫人から庭園に通じる鍵を預かっていた。気持ちのよい朝などはいつも、家族が何人か庭に出ていた。そのような時、マーシャは木々で守られた暖かく静かな屋敷うちで赤ん坊を寝かしつけようと、乳母車を押して小道を奥へと進んだ。マーシャはオリーヴやふたりの姉たちとおしゃべりをし、ハリック夫人はサイラスに葡萄のつるを縛って潅木を刈り込むようにせかせていた。男に屋外での仕事をやらせるとき、女は実に容赦なく厳しい。ほんのしばらくの間、ベン・ハリックも話の輪に加わることがあった。ある朝マーシャが扉を開けると、庭にはベンがサイラスとふたりきりでいた。サイラスは遅れた庭仕事に追われていた。扉の鍵をあける音にベンが振り返ると、マーシャの姿が見えた。外の敷石の階段を乗り越えようとして乳母車の前輪を持ち上げているところであった。ベンは手を貸そうと足を引きずりながら急いで扉のほうへ向かったが、着いた時には乳母車はすでに小道に入っていた。マーシャが乳母車を家の方へ押す傍らを一緒に引き返すしかなく、「足の不自由な人間など、なんの役にも立ちませんよ」とベンは言った。

この言葉は相手の耳にはどうも届かなかったようであった。「お母様は家にいらっしゃいますか」マーシャは尋ねた。

「いると思います」ベンは答えた。「サイラス、家に行って、ハバードさんがいらしたと母さんに伝えてくれないか」

サイラスがもったいぶって少し間を置いてから家へ向かったあと、マーシャは小道脇の梨の木の下のベンチに腰を下ろした。まばゆい陽光が細長い若葉や花々を通して木漏れ日となりマーシャに降り注いだ。明るい色の服を着たマーシャは溌剌と輝き、画家が描く春のスケッチから抜け出した人物のようであった。体を動かしたことで息がはずみ、マーシャの頬はしっとりと濃い赤みを帯びていた。夫人を待つ間、赤ん坊の顔が見えるようにマーシャは乳母車を引き寄せて向きを変え、「今日は天気がよくてとても暑いわ」とベンではなくわが子を見て言った。そして、唇を閉じていつものマーシャらしい愛らしい笑みを浮かべ、話しかけているはずの相手を横目でちらりと見た。

「そうですね」ハリックは立ったままでいた。「でも、今日はまだ外出してなかったもので。ロースクールを一日休んだのですが、どのように過ごそうか決めかねています」

マーシャはかがみ込んで幼子の瞼にかかる巻き毛を払いのけた。「乳母車に乗せると、一番よく眠ります」膝の上で手を組んで、体を後ろにそらし、首をかしげてマーシャは半ば思案する格好をした。ほつれ毛がかかっていないと、この子の顔はどうかしらというように「だんだんふっくらしてきますの」得意げにマーシャは言った。

ハリックはほほ笑んだ。「乳母車を押す感じが、日に日に違いますか」

そう尋ねられてマーシャは生真面目に受け取った。明らかに冗談だとわかるときはともかくも、子供のこととなると、なんでも真面目にならずにはいられなかった。「乳母車の動きはとても軽やかですの。できるだけ軽いものを選んだので。これまでなんの問題もありませんでした。ただ、歩道の縁石を上ってケンブリッジ通りを渡る場合は駄目ですね。ケンブリッジ通りを横切るのは嫌ですわ。いつも鉄道馬車の往来が激しくて。でも、こちらまではずっと下り坂。これはひとつ、よい点ですね」

「ということは、帰りはずいぶん都合が悪い」ベンは言った。

「あら、チャールズ通りをまわって反対側から坂を上ります。あそこならば、さほど急ではありませんので」

ここで話が途切れると、ベンは花のついた梨の木の枝を折り、赤ん坊のアフガン編みの毛布の上に何本か落とした。

「お母様はご自分の梨の木を台無しにされるの、お嫌でしょう」マーシャは真剣に言った。

「お嬢さんのためだとわかれば、大丈夫ですよ」

「お嬢さんですって」若い母親はそうくり返して、穏やかではあってもからかうような調子で笑った。

「娘をそんなふうに呼ぶのはとても妙ですわ。赤ん坊などお嫌いかと思っていました」

ハリックは激しい自己嫌悪に駆られてマーシャに視線を向けると、手にしていた梨の木の枝を地面に落とした。およそ、女性を理想化する青年の心は、情熱的であると同時に禁欲的であり、そしてあまりに繊細であるため、どのような言葉もがさつ過ぎて、その気持ちを表現できないものである。母親と上の娘たちにとってはマーシャへの興味がいっそう強く掻き立てられることでも、この息子にはおおいに面食ってしまう出来事があった。この若い母親が赤ん坊を見せに来た時のことである。愛に囚われ神聖さを汚されたこの若妻を哀れむ気持ちが、その得意満面な姿のせいで物笑いにされているようにハリックには思えたのだ。姉に赤子を抱くように仕向けられると、ほとんど隠しようもないほど怒り、苛立ちを覚えて部屋を出た。それでも、マーシャに同情する気持ちも芽生え、少しずつ新たな状況に応じていった。結婚生活とは醜く歪んだものだ、とマーシャが将来気づかざるを得ないとき、子供は惨めさの種になるとハリックは受けとめていた。こうしたことや、金輪際、人の助けなど得られるはずはないという予感ともいえる思いから、時としてこの若妻の行く末は恐ろしいと感じるようになった。だからこそ、ますます厳しくマーシャに理想的な姿を求めた。悲劇的運命とは言え、軽はずみな行動をとって、その威厳を失ってはならないと。その時、どことなく人を小馬鹿にするようなマーシャの屈託のない笑い声が聞こえ、追い払おうにも追い払えないまま、相手に対するいわく言い難い不遜な思いが心に入り込んできた。

梨の枝を落としたあとも、ハリックは立ちつくしたままマーシャを見ていた。単に美しいものを、これまで目にしたことのないほど美しいと思いながらハリックは眺めていた。甘くけだるい匂いを放つ花々の間で蜂がぶーんと羽音を立てていた。陽の光には気力を萎えさせるような春の気持ちのよい暖かさが漂っていた。突然ハリックは、はっとして夢見心地から醒めた。マーシャがなにか言ったのだ。

「ごめんなさい。何と言ったんですか」

「たいしたことではありません。昨日、私がどこの教会へ出かけたかご存知ですか、と聞いたのです」考え違いというか、むしろ気持ちが揺れ動いて礼を失したことを恥じ、ハリックは顔を赤らめた。

「いや、わかりません」そう答えた。

「あなたがお通いになっている教会ですよ」

「教会に行っていなければいけなかったのは僕でした——」深刻な口調でハリックは応じた。「そうすれば、あなたがどこにいるかわかったのに」

マーシャは自分自身を責める相手を言葉通りに受けとめた。「でも、私の姿は見えなかったはずですよ。ずっと後ろの方に座っていましたから。ご家族のだれにも見られないうちに退散しましたので。あの教会へは行っていないのですか」

「残念ながら、いつも行くとはかぎりません。と言いますか、行かなくても残念な気にはならない。これが残念なのです。ふだんはどこの教会へ行くのですか」

「さあ、どこということはないのです。こちらの教会ということもあれば、あちらの教会ということもありますし。以前、バートリーはお説教の内容を記事にしていて、あの頃は教会をすべて一緒に巡りました。故郷ではそうしていました。で、それが当たり前になってしまって。でも、それもどうかと思うのですけれど。フレイヴィアには、どこか特定の教会の会員にさせたいと思っています」

「よりどりみどりです」憂いに沈み皮肉をこめてハリックは言った。

「そう。それも難しいことですね。でも、どこか一つに決めて、決めた以上は、ずっとそこにしますわ。要は、立派な人たちが多く会員になっている教会を探し出したいのです。娘には、ぜひ、そうした人たちの仲間になってもらいたいと思います」マーシャはさらに続けた。「それには、どこかの教会の会員になること、これが一番大切だと思うのです。そうでしょう」

こうして打ち明けられ問いかけられても、中身のない精神的に貧しい話なので、ハリックには答えようがなかった。その上、自分でも心の中で何が真実なのかわからず困惑していた。そこで若いころの教えに従って機械的にこう答えた。「大切ではないと言ったら教会を裏切ることになります。でも、教会の会員になるとはどういうことでしょうか」その後で「ともかくも、なにか教会の教義を信じたいということですね」とつけ加えた。

「教義などにはこだわってはいません」本心そのままにマーシャは答えた。

ハリックは悲しげに笑った。「こだわるのは向こう側です。広教会派にでも入らないかぎりは」

「広教会派とは、何のことですの」ハリックはできるだけうまく説明した。だが最後に、マーシャは話によくはついていけないとでもいうかのように、こう繰り返した。「立派な方々が大勢いらっしゃる教会に娘を所属させたいのです。どの教会かわかりさえすれば、そうするのがよいですよね」ハリックはふたたび笑った。「私の言っていることはかなり奇妙でしょう。でも、最近ずっと、このことをしきりに考えています」

「すみません」ハリックは言った。「あなたと私、どちらのことを思っても、笑ってよい理由などなに一つありません。これは重大な問題です」マーシャは答えなかった。すると、相手の関心がその話題から失せたとでもいうかのようにハリックは尋ねた。「夏はボストンでお過ごしですか」

「いいえ。早めに故郷に帰ります。それで、冬物の一番よい整理の仕方をあなたのお母様に伺いに来ました」

「そうしたことにかけては、母はかなりの権威ですから」ハリックは言った。そして、衣類をだいなしにする蛾の姿からぼんやり連想したのか、こう言い添えた。「教会についてもかなりの権威です」

「では、フレイヴィアのことについても相談することにします」マーシャは言った。

サイラスが家から出てきて、「奥様はすぐにいらっしゃいます。まずは、今お見えになっているご婦人にお引き取り願わなければなりませんので」と説明した。

「それでは、これで」ハリックは出し抜けに言った。

「さようなら」マーシャは静かに応じた。赤ん坊がむずかるので乳母車を前後に動かしながら、立ち去るハリックの姿にはちらりとも視線を向けようとしなかった。

ベンの母親は戸口の階段を下りると、ようこそとマーシャに口づけをして、乳母車の覆いの下で眠っている赤ん坊を見た。「とてもよく眠っているわね」小声で夫人は言った。「ええ」母親は子供が褒められると否定できないものである。マーシャはいかにも母親らしく謙遜しながらも誇らしげに言った。「一晩中、娘は目を覚ますことがありません。私も娘と起きていることなど、けっしてありません。バートリーはこう言うんです。どこから見てもエフェソスの七人の眠れる若者のひとりだと。主人のいつもの冗談ですけれど。この子の眠りは」

「眠ることにかけては、ベンもよい子でしたよ」昔のことを思い出してハリック夫人は負けずに応じた。「赤ちゃんがよく眠るのは願ってもない兆候よ。強くて健康だという証ですもの」夫人とマーシャは子供の話を続けた。母親同士の言葉のやり取りのなかで、ベンが今なお子供であるかのようにふたりは話をした。「あの子は一時《いっとき》たりとも心配をかけなかった」夫人は言った。「健康な赤ちゃんは、歯が生えるときも元気なものよ」

「どういうわけか、息子さんは病弱だと思っておりました」自嘲気味にマーシャは言った。

すぐにその言葉の意味に気づいて母親は目に涙を浮かべた。「それでは、足が不自由なのは生まれつきとでも思っていたのね」穏やかながら怒りを込めて夫人は問いただした。「あの子は十二歳になるまでは、ほかにこんな子がいるかと思うくらいに利発で丈夫でした。ですから、それだけたまらないの。あの子にしてもよく辛抱していられると思うわ。こうなった事情を聞いていないのね。あの子が言うには、体の大きい子だったそうよ。学校で足をすくわれて、あの子は腰から落ちたの。それがもとで一年間寝たきりでした。それ以来、元の体には戻れないでいます。これからもずっと足を引いて歩かなくてはならないのですよ」母親は悲嘆に暮れて涙をぬぐった。息子の身体を考えると、いつもそうなってしまうのだった。「なによりもひどいと思えたのは」母親は話を続けた。「相手の少年が謝罪もしなければ、言葉によっても、行動によっても、やったと認めないことよ。誰に怪我をさせられたのか、ベンにはわかっていた。その子も、それを承知していたはずです。その子はもう一人前の大人、今でもこの土地にいて、ベンと出くわすこともありますの。でも、ベンはいつもこう言うのです。向こうが耐えられるならば、僕だって耐えられると。昔からあの子はいつもそういう子でした。私たちにも、相手の少年のことを悪く言わせない。以前こう言ったのよ。悪気があってのことではない。遊びには、これが悪い、あれが悪いということはない、と。そして、今はこう言うの。相手にしても、きっとすまないと思っている。招いた結果まではともかくも、やった行為だけは認めているはずだ、と。あの子はこうも言うの。負わせた怪我で相手がどうなったか。これを真正面から受け止められるほど勇気のある人間などめったにいない。だから、相手に近づくことはできないし、無関心を装っているように思える。でも、実際はそうではないのに、と。あら」夫人は大声を上げた。「こんなことお話すべきことでしたかしら。ベンが知ったら嫌がりましょう。でもね、あの子の足が初めから不自由であったと人に思われるのは、耐えられないのです。なぜかわからないけれど、あんなことがあってから、以前よりもずっとあの子が誇らしい。ベンはあなたとここにいると思っていました」出し抜けに夫人は言い添えた。

「奥様がいらっしゃる直前に出て行きました」マーシャはそう言うと、門の方に向かってうなずいて見せた。そして、夫人の息子談義に座って耳を傾けた。夫人は自分を責めることもままあったが、それも話を続けるためのものでしかなかった。時折、マーシャはハリックの性格について思うところを述べ、話題にのぼった時期にバートリーやフレイヴィアはどうであったか、比較してみせた。

　最後に夫人は言った。「あなたに一言も話してもらえませんでしたね。さあ、今から赤ちゃんのことを話して下さいな。かわいい赤ちゃんね。放っておかれたのね。でも、ベンのことを話し始めると、私、いつも身勝手が過ぎるの。みんなに笑われます」

「あら、ほかのお子さんたちの話も伺いたいわ」乳母車をくるりとまわしながらマーシャは言った。

「子供の面倒をみる親としては、いくら話をうかがってもいいわ」ワクチン接種の話の続きとでもいうかのようにマーシャはつけ加えた。「奥様、フレイヴィアの洗礼を受けさせる件でお話がしたいのです。ご存知のように、私は、洗礼を受けていません」

「まあ、そうでしたの」当惑を隠しきれずに夫人は言った。

「ええ」マーシャは言った。「そうした類のものは、父は一切信じていません。父が関心を示さないものですから、母も放っておくしかなかったのです。上の子供たちには洗礼を受けさせましたけれど、私は末っ子でしたから」

「お父様とこの問題でお話はいたしませんでした」夫人は口ごもりながら言った。「お父様の宗派は何でしたか」

「あら、父はどこの教会員でもありません。父は神様の存在は信じています。でも、聖書が正しいとは認めていないのです」夫人はあまりのショックに言葉を失い、庭の腰掛けに倒れるように身を沈めた。マーシャはさらに続けた。「聖書に書かれていることが真実かどうか、私にはわかりません。でも、どこかの教会の会員にはなりたい、とたびたび願ってきました」

「聖書が正しいと信じなければ、教会の会員にはなれません」夫人は言った。

「はい、わかっています。どなたでも結構ですから、聖書は正しい、と証明して下されば信じられます。説明がつくものではないかしら。どなたとも、あまり話したことはありませんが。聖書を正しいと信じていても、教会員ではない人、きっとたくさんいるはずです。まずどのように始めればよいのか。それさえわかれば、進んで精一杯やってみます」

マーシャのどうしようもないほどの屈託のなさに、ハリック夫人はこう言うよりしかたなかった。

「まずは、聖書を読むことね」

「ええ、読んでみます。聖書が信じられたならば、どうしたら教会員になるにふさわしいかわかりますか」

「教えるのは難しいわね。まず、感じなければ。救い主はいらっしゃると——全身全霊、救い主にお捧げしたと——救われるのは救い主によるのであって、ほかにはだれもいないと——いくら自分でなにかをやっても、どうにもならないと。体験することよ」

かなり難しい助言を受けたとでもいうかのように、マーシャは注意深く夫人を見つめた。「ええ、そのように伺ったことはあります。そう信じる女子学生もいました。でも、私は、けっして信じませんでした。それで」とうとうマーシャは切り出した。「今、心配なのは、私のことよりフレイヴィアのことです。奥様、フレイヴィアのためならば、できることはなんでもしてやりたいのです。娘には洗礼を受けさせるつもりです——洗礼を受けさせ、どこかの教会の一員にしたいのです。このことで、ずいぶんと悩んでいます。洗礼を施さないまま、万が一この子が死んでしまったら、どうなるのでしょうか。洗礼は時期を選んでやっておくべき最も重要なことの一つでしょう」マーシャは声を震わせて唇をぐっと閉じた。

「もちろん」夫人はやさしく言った。「洗礼は一番大切なことよ」

「でも、教会はとてもたくさんあるでしょう」マーシャはまた話を始めた。「どこの教会についても詳しくは知りません。たった今、ハリックさんに言ったばかりですが、見つけられるものならば、最高の人間が集う教会に娘を所属させたいのです。もちろん、こんな話は滑稽でしょう。ハリックさんもそう思ったはずです。でも、娘には、生涯、立派な人たちと交わらせたいのです。どの宗派を信じるかは、どうでもよいことなのです」

「真実を信じる、これがとても大切」ハリック夫人は言った。

「でも真実は、なかなか確かめにくいものです。それに引き換え、善は見ればすぐにわかります。奥様、私の希望を申しあげます。できましたら、フレイヴィアには、奥様と同じ教会で洗礼を受けさせて教会員になってもらいたいのです。そうさせてくれませんか」

「そうさせてあげたいのね。あら、私どもが真実の教会と思っている教会を、娘さんのために選びたいのね。まあ、恐れ入ります」熱の入った口調で夫人は話した。

「どうでしょうか」マーシャは言葉を返した。「そこが真実の教会かどうか、わかりません。金輪際、わかるとは思えません。でも満足なのです——その教会のおかげで、今の奥様がいらっしゃるとすれば」無邪気にマーシャはつけ加えた。

ハリック夫人は、心にもなく謙遜してマーシャの褒め言葉をかわそうとはしなかった。「マーシャ、正しい選択をしましょうね」夫人は言った。「事にあたるときは、いつでも、きっと自分以外の力に助けられている。その力が教会かどうかわかりません。教会に違いない、と以前ほどは思えないのです。教会を離れては真の善などありえない、とかつては考えていました。でも、今は違います。オリーヴとベンはだれにも負けないほど立派な子供たちです。ふたりが道をはずすことなどありません。でも、ふたりとも、私の行く教会の会員ではないのです」

「あら、どちらの教会ですの」

「どこにも属していません」悲しげに夫人は言った。

マーシャはぽかんとした表情で夫人を見た。「オリーヴはユニテリアンでしたね。でも、息子さんのことは、こんなふうに思っていました――息子さんは――」

「いいえ、あの子はどこの教会員でもありません」夫人は言葉を返した。「あの子の父親と私にとって、これまで、そのことがつらい試練でした。よい子なのよ。でも、真実は私どもの教会にあると思っています」

一瞬、口をつぐみはしたものの、マーシャはきっぱりと言った。「で、フレイヴィアを奥様と同じ教会の会員にさせたいのです」

「今は無理よ」夫人はその理由を説明した。「それは、もっと後になってからのこと。お子さんが物事を理解できるようになってからよ。でも、私どもの教会で洗礼は受けられます――かわいいわね」

「では、そうします。洗礼とは、きっと、人が身につけなければならない躾のようなものね。洗礼のことでは、ずいぶん思い悩んできました。私自身の一番の問題は、なにもかも好き勝手を許されてきたことです。自由といっても限度がありますもの。私のことを押しとどめてくれる人は、これまで、だれ一人としていませんでした。現に今、自分を抑えられなくて。だれかが一緒に――一緒になって、私を抑えて欲しいときに、いらいらしそうなときに――バートリーと私とが――」

「そうね」同情して夫人は言った。

「それに、バートリーにとっても、事情は私とまったく同じです。好き勝手な振る舞いがいつも許されてきました。フレイヴィアには自分の気持ちを抑えることをできるだけ教えなくては――きっと、そうよ。奥様の教会で洗礼を受けさせることにします。洗礼に関しては自分ですべて教えます。日曜学校へ通わせます。この子のよい手本になるように、私も教会に通います。父がここに訪ねてきた折に、そう言いました。悪いことではないと父も言っていました。バートリーにも話しました。でも、主人にとって、このことはどうでもよいことなのです」

あまりに生真面目に話し合っていたので、マーシャの家族までもがこの計画にすっかり賛成したというのはおかしい、とふたりは気づかなかった。夫人も愛情と熱意を込めてマーシャの計画を実行に移そうと動き出した。

「ねえ、ベン」夫人はやさしく言った。その晩、家族会議とでもいえる場で、みんなでこのことについて話し合ったのだ。「今朝、あの気の毒な方が話しかけてきたでしょう。その時、あの方の心を乱すようなこと、なにも言わなかったでしょうね」

「言いませんでしたよ。お母様」穏やかにハリックは言った。

「そう思っていたわ」聞かなければよかったと後悔しながら母親は言葉を返した。

家族はなおもこの話を続けたが、部屋にはハリックの姿はもうなかった。

「お母様、よくも、あんなことをベンに言えたわね」ベンに同情し、怒りに声を震わせながらオリーヴは大声で言った。「人の宗教上の目的を揺るがすようなことを、そもそもベンが言うとでもお思いなの。今では、ベンの信仰心は家族全員合わせても足りないくらい篤いのよ」

「オリーヴ、人のことはよしにして」姉のひとりが仲裁に入って言った。

「いいかしら、オリーヴ、私があのように聞いたのは、ベンが教会員であることにマーシャが一も二もなく価値を置いているように思えたからよ。ベンがどこの教会にも属していないと言ったら、とても驚いた様子だったわ」

「身勝手のかたまりのような夫と比べて、ベンは素晴らしい、とマーシャはたぶん思っているのよ」オリーヴは言った。「でも、これだけはお願い」オリーヴは上気してつけ加えた。「ベンとバートリー・ハバードを比べることだけは勘弁して。あの男に分があるはずはないけれど、そうだとしても嬉しくない」

「もちろん、マーシャは旦那さんのことをとても大切に思っているわ」夫人は言った。「ベンは立派よ。あなたが言うようにベンは信心深い。どのようにとは言えないけれど、そんな気がするの。どんなことがあっても、私、あの子の気持を傷つけたくはないのよ。オリーヴ、あなたならわかるでしょう。あの気の毒なかわいいお嬢さんに向かって、ベンは教会員ではない、と言わなくてはいけなかった。それがつまずきのもと。あの方、それを聞いて当惑するばかり。これも信じられない話だけれど」さらに夫人は続けた。「最低のキリスト教国であればいざ知らず、それ以外のキリスト教国においても、キリスト教や救済の仕組みについて、あまりにもわかっていない人がいるものなのよ。マーシャの話を聞いていると、本当に異教徒も同然ね。立派な教育を受けて私よりもすてきな格好をして庭に腰を下ろしているのに、私は宣教師が南洋諸島の住人に話しかけているような気分でしたよ」

「よくもバートレット梨の古木がお母さんの頭上で突然棕櫚《しゅろ》の木に生え替わらなかったものね」オリーヴは言った。娘の不謹慎な言葉を耳にして、ハリック夫人は心を痛めている様子であった。オリーヴはすばやく言葉を添えた。「お母さん、こう言ったからといって悲しまないでね。おっしゃりたいことはよくわかっています。ハバード夫人の不信心な言葉がどれほどショックであったか、想像がつきます。どれほど多くの人が似たり寄ったりか。これを知れば、みんなショックを受けるでしょう。でも、そんな人はいない、とだれもが否定する。本人も認めない。キリスト教は文明と同じくらい素晴らしいものよ。とても素晴らしいものだわ。思考力のない気の毒なマーシャの頭が混沌とした状態だったのなら、果たしてご亭主の頭はどうなっているか、想像がつくかしら」

確かに、その時も、それ以後も、夫人には容易に想像がつくことではなかったはずである。フレイヴィアが洗礼を受ける時のことである。傍らにマーシャを伴い、両腕にフレイヴィアを抱き、皮肉を含んだ笑みを顔に浮かべながら、バートリーは教会の洗礼盤に向かって歩いた。その態度は、こんな用事で教会に来るなどとは思ってもみなかった、今は洗礼式を最後まで見届けるだけ、というものであった。家ではなく教会で洗礼の儀式をやりたいとマーシャが申し出た折も、事実、バートリーはこう言ったのだ。「そうだね、徹底的にやろう」

バートリーは間違いなく酒太りになっていた。その日、金髪で色白のバートリーの顔が不愉快になるほど赤い、とハリック夫人にすら気づかれてしまった。むろん、バートリーは大酒飲みではなかった。ただ、昼食時にはいつもビールを飲んだ。季節が暖かくなり、丘を上ってクローバー通りに帰るのが煩わしくなると、バートリーはダウンタウンで昼食をとるようになっていた。夕食の席でもビールを飲んだ――この頃の家族の夕食は六時であった。食事は遅い時間がよかった――ビールを飲むのは、昼間の疲れが洗い流され、ふたたび元気を取り戻せるからであった。バートリーはビールの好みが多少うるさかった。買い込むときはグロス単位（十二ダース）、そのほうが安かった。シンシナティとミルウォーキーのラガービールの両方を試し、その後、ボストン・ブランドのビールを一通り試飲し、今ではアメリカン・ティヴォリに落ち着いていた。ティヴォリは安かったのだ。だからいつの間にか二本、空けてしまうのだった。定量の二本を飲むと生気が甦り、夕食後は気持ちよくうたた寝をした。社用で出かけることでもなければ、早めに床に就くことが多かった。脇腹に指三本分の脂肪がついてしまったと冗談めかし、太ったのはビールのせいだと素直に思った。そのようなとき、ティヴォリの量を減らさなくてはいけないんだろうな、とバートリーは言った。

マーシャとバートリーは以前ほど共に過ごすことはなくなっていた。マーシャが赤ん坊にかかりきりであったので、なにも言わず、なにもしないで家にいるのは、バートリーには退屈であった。眠くないときには、時々、用事を作って夜出かけた。それでいながら、バートリーは帽子をかぶり階段を上って、手伝うことはないかとマーシャに聞いた。

こんなふうに外出する折には、たいていバートリーは記者仲間と会い、新聞の話をしてお気に入りの理論を一同に吹聴した。事件にするものはないかと探す記者らのお供をして、あちこち寄ってもみた。警察署に立ち寄り、火事の現場へ出かける。バートリーはこのようなことが好きだった。ほかの記者たちが取り逃がした問題を『イヴェンツ』の記者に教えることも、たびたびあった。飲みに誘われれば、決まってこう答えた。「申し訳ない。そのほうはまったく不調法で。でも、ビールならば、いただくよ」飲むのはビールだけであった。劇場から行きつけの飲み屋へ馳せ参じると、なによりもまずビール。同時に、腎臓のシチュー料理とリヨン風のじゃがいもが大皿に載せられ、調理場から湯気を立てて運ばれて来る。最終の幕に合わせてのことである。時々ここで友達と出くわし、一緒に腎臓料理を突っつきながら、ビールの大ジョッキを回し飲みする。玉突きのボールのかちんという音に誘われて奥の部屋に入ったこともある。我ながら、ビリヤードの腕前はなかなかだと信じていたが、その晩は徹底的にやられる始末。五十ドルすって、朝方、家に帰る。だが、紳士が何人かの紳士を相手に紳士らしく負けたのだ。それ以後、バートリーはキューを握らなかった。

バートリーは、昼間は一所懸命仕事をした。フレイヴィアが生まれて出費がかさみ、支払いが増したため、以前よりも仕事を多く引き受けた。これまでどおり、編集局長としての日課をすべてこなすだけでなく、今では、『イヴェンツ』の文芸欄を執筆し、特に新作が出れば劇評の筆もふるった。演劇批評には、一年前までは劇場の内部に数えるほどしか足を踏み入れたことのなかった素人の新鮮さというものがあふれていた。

脇腹に脂肪がついたのはティヴォリのせいだとバートリーは考えていた。だが、太ったのは恐らく、ある程度は品行方正な生活を送ったからである。心がけをよくすることは、人が思うよりずっと簡単なことで、ともかくもバートリーは今や勤勉で穏やかな規則正しい生活を送っていた。この生活にすっかり馴染んでしまった身としては、それが中断されると考えて、エクイティ行きは気が進まなかった。春先にはマーシャとエクイティを訪れる話を交わしていたが、バートリーはその実行を先延ばしにし続け、ある日、日取りを決めるようマーシャにせがまれると、こう答えた。「マーシャ、お前が出かけたらいいではないか」

「私、一人で」マーシャは口ごもった。

「いや、違うよ。もちろん、赤ん坊も一緒さ。機会があれば、僕も一日か二日ぐらいは行くよ」

以前であれば、かっとなって夫と口喧嘩をしたマーシャだが、最近では一時の感情に流されないように努めているようであった。「一日か二日――」と言いかけて、マーシャは黙った。そして、冷静になってつけ加えた。「何週間か、しばらく休暇を取ると言ったでしょう」

「とんでもない、この俺が言ったなんて言わないでくれ」バートリーは声を荒げた。「言ったのは、この臨時の仕事を引き受ける前か、あるいは、この仕事がどれだけ辛くなるかわかる前のことだ。どっちみち、エクイティは俺には実にありがたた迷惑な場所なんだ。お前には確かによい所だがね。だから、ボストンを離れるのはお前のためになる。それに、赤ん坊のためにもなる。だが俺には、エクイティで三週間も浮かれて過ごすことなど、楽しみとはなりそうにない」

「あなたには馬鹿馬鹿しいことでしょう。でも、休みは必要よ。ノース・コンウェイにハリック一家が来るというの。立ち寄るからと言っていたわ」――マーシャはせき立てた。「きっと楽しく過ごせるのでは」

にやりとバートリーは笑った。「マーシャ、楽しいということをお前はそんなふうに思っているのかね。エクイティでの三週間、ほっとできるとでもいうのかね。ベン・ハリックやベンの姉たちのような、まったくうっとうしい連中に会うなんて、俺の楽しみ方ではない。そんなの願い下げだ」

「どうして――どうして、あの人たちのことをそんなふうに言うの」マーシャは紅潮した顔を夫に向けて大声を上げげた。「とてもよいお友だちでしょう――とてもよい人たちでしょう――」感情を傷つけられて怒り、マーシャの声は震えていた。

立ち上がって部屋をひとまわりすると、バートリーはチョッキの裾を下に引き、外側へのそり具合をじっと眺めて笑みを浮かべた。「たいしたものさ。俺にはたくさんの友だちがいる。ちょっとやそっとでは数えきれないほどの数だ。謹んでご指導申し上げれば、店晒しの商品のように人の善さなどは価値がないのさ。あれこれたとえを混ぜて言わせてもらえばね。いいかね、マーシャ」バートリーは厳しい調子で言った。「ハリック家の連中のことが気に入っているならば、それはそれで結構。邪魔するつもりはない。でも、俺はあいつらにはうんざりだ。もう何年も前から、ベン・ハリックなど子供じみた人間でしかない。どうしようもなく愚鈍なやつ。老夫婦は特にこれといって害があるわけではない――それでも退屈な人たちだ――それに、上の姉たち、これも害があるわけではない。だが、オリーヴ・ハリックときたら、俺に対する礼儀がなっていない。お前には、それがいいのだろう。俺に礼儀正しく接してくる女たちのことは、お前はどうしても嫌いだからな」

「だって、みんな、この私に失礼なんですもの」マーシャは言い返した。

「おお、そうだ。あの晩、キングズベリー嬢はお前に対して実によく振舞ってくれた。俺にやさしくしたら、奥さんに嫉妬されるとは思いもよらなかったはずだ」

かつては、触れてはいけないことだ、とあんなにもやさしく無関心を通してくれたのに、今、夫の裏切りにあって苦しみの元凶が蒸し返され、マーシャはめらめらと怒りに燃えた。「昔のことを持ち出したいのであれば、余計なことは言わずにハンナ・モリソンまでいっきに話を戻したらいかがかしら。キングズベリー嬢よりも、はるかによくしてもらったでしょうに」

「そうしたいのも山々だが」バートリーは言った。「そうすると、これまでお前の人生で起きた、ちょっとした不愉快な出来事を思い出させることになりはしないかね。俺を放り出しておきながら、また連れ戻そうと、ひざまずかなくてはならなかった時のことさ」

喧嘩で丁々発止と投げ合ったこれらの言葉の矢は、たとえ成り行きまかせで的外れであれ、常に夫婦の心臓に突き刺さった。相手を傷つけるのは、言葉というより悪意であった。妻は心のなかで血を流しながらも立ち上がり、夫は一戦交えて勝つには勝ったが、勝ってしまった男の後悔のようなものを感じていた。

「ああ、マーシャ、あんなこと言って、ごめん。本気ではなかった。実際、僕は――」夫の言葉に振り向くことなど思いもよらず、部屋から飛び出すと、マーシャは階段を上った。夫はふたたび烈火のごとく怒りに燃えた。

「きちんと忠告だけはしておく」妻の背に夫は声をかけた。「ドアに鍵をかけるなどと姑息なまねはするな。そんなことをしようものならば、ドアをたたき壊して入ってやる」

ドアの鍵がかちりと鳴るのをバートリーは聞き逃さなかった。これがマーシャの返事であった。

このところ夫婦が送っていた平穏な生活は、バートリーにとってかなり心地よいものであった。こんな生活が気に入っていて、それを壊されたくはなかった。すぐに取り返せるものならば、できることはなんでもやる気でいた。これだけの動機ではあっても、動機は動機としてまだ残っている。バートリーは怒りをぐっと押さえ、マーシャを追って忍び足で階段を上った。妻を説き伏せるつもりでいた。ドアの取手をまわしながら、「あのね、マーシャ」と切り出した。鍵穴越しでは説き伏せることはできない。訳がわからぬまま気がついてみると、「ここを開けてくれないか」とバートリーは言っていた。声の調子は死を思わせるほど静まり返ったものであった。マーシャは答えなかった。自分から動くのはやめて、夫がもう一度頼みにくるものと期待して待つ。そんなマーシャの気配であった。このままドアをぶち破ると脅しをかけ続けたものかどうか、バートリーは一瞬ためらった。だが、振り返って階段を下り、そのまま通りに出てしまった。善いことをしたいという衝動を振り切ると、心に開放感が湧き出るものである。ひとたび外に出てみると、それに似た開放感をバートリーは味わった。だが、どうすべきなのか、どこへ行ったらよいのか、見当がつかなかった。バートリーは足早に立ち去った。だが、マーシャの瞳と声に迫いかけられ、お願い、我慢して、と言われているような気がした。まだいくぶん良心といえるものが残っていると言わんばかりに、バートリーは己の良心に向かってこう答えた。俺はすでにじゅうぶん過ぎるほど我慢してきた。もう、譲ることはない。俺は正しい。自分の権利を主張するのだ。こんな決心はさほど気持ちのよいものではなかった。だが、今度こそ復讐してやると心に決めて、いく度もいく度もその決心を固めるのであった。

第二十四章

これといった目的も、どこへ向かうという当てもないまま、バートリーは長い間、街をさ迷った。悪いことをしたとひどく心を痛めてはいたものの、あいつもあいつだ、とマーシャのことを思い返していた。この俺を亭主にすると決めて、おいしい約束をありったけ並べて俺の慈悲にすがりながら、いざ亭主に据えると、すぐにも尻に敷く始末、以来、俺は拷問の苦しみを味わってきたのだ。怒りに我を忘れ、バートリーは共に過ごした日々のいたわり合いのことなど、もうどうでもよくなっていた。そもそも、そうした日々のことが一度としてバートリーの意識にのぼりはしなかった。結婚を申し込むとは、なんと馬鹿なまねをしたことか、しかも相手が申し込んできたも同然なのに、こちらから結婚するとは馬鹿も大馬鹿者だ、とバートリーは自らに毒づいた。それでも今にして思えば、このことを証拠《ねた》にマーシャをせせら笑ったのは、小気味よいことであったし、ただ謝ってしまったことだけが悔やまれた。やがて気がつくと、バートリーは疲れはてて足がもう一歩も前に出なくなっていたが、目だけは冴えていた。とはいえ、これといってほかにすることもなく、『クロニクル・アブストラクト』のオフィスの階段を上り、上の階にあるリッカーの仕事場まで出かけることにした。部屋に入ると、リッカーは振り向いて、ガス灯の光をさえぎり目を保護する緑の厚紙の覆いの下から、入って来た男の顔をじっと見上げた。髪の毛は色といい、こわばり方といい、干し草そのもの、頭皮からぴんと突き出て方々に散らばり、さながら土に馴染めない作物のようであった。

「よお」リッカーは言った。「『イヴェンツ』の朝刊でも出す気かね」

「どうしてだい」

「だって、君ら夕刊紙の面々は雌鳥とともに床に就いているはずだ。それなのに、まだ起きているのはなぜだね、ご同業」編集長はテーブルに広げたままの至急報になおもかかりっきりであった。

「外で、牡蠣でもどうかね」バートリーは聞いた。

「牡蠣とは実に豪勢な。すぐにお供する」リッカーはそう言って、原稿を植字室まで運ぶ落としのところへ行き、出来上がったものを箱の中に入れた。

「どこの店にしようか」星明かりのさす秋のやさしい外気に包まれてリッカーは尋ねた。有名ではないが、とびきり上等の牡蠣専門店の名をバートリーはあげた。

「そうだ、そこは最高だ」相手は応じた。「すぐに町に馴染んでしまうのだから、君にはいつも驚かされる。ここに来たころは皆目見当もつかなかったのに、今では土地っ子のようにボストンを知り抜いている。これも、新聞の仕事のおかげだろう。ところで、ウィザビーとは、これまでのところどうかね」

「まあ、これからうまくやっていくさ」バートリーは答えた。「ウィザビーは僕をまだ裏方にまわして、自分は編集のまねごとをしている。でも、金払いはいいよ」

「よすぎるということは、ないだろうね」

「そうしてくれるところを見てみたいものだ」

「僕はいやだね」リッカーは言った。「そこまで給料を出すのは下心があるからだ。ウィザビーには注意したまえ」

「やつは悪党かね」

「いや、ボストン中を探しても、ウィザビーほど良心を持ち合わせている男はいない。文句なく誠実な男さ。自分には『イヴェンツ』を思い通りに取り仕切る権利がある、と信じているだけではない。自分のやり方は正しい、と心底から思っている。言うことは胡散臭《うさんくさ》くとも、この点ではやつにかなわない。これまで生涯を通じて間違いを犯したことなどなかったのだろう。なにしろ、事を起こさないうちから正しいと信じているからな」

「それは、よくあることじゃないか」バートリーは鼻で笑った。「罪を犯かすものなどだれもいない」

「君の言うことは当っていないことはないな。だが、われわれ罪人のなかには罪の心配くらいはする者もいる。それがウィザビーときたらまったくだ。今の君の地位は、初め、僕にどうか、とウィザビーが言ってきたのだ。知っているだろう」

「いや、知らなかった」びっくりしてバートリーは答えたが、愉快な気持ちはしなかった。

「やつが話したのではないかと思っていた。何回か誘いを受けてね。だが、安心できなかった。ウィザビーといえば、会計課が服を着たような男だろう。なんでもいいから君に仕事をまわしてやってくれないか、と頼み込んだんだ。でも、あいつ、どうもすぐには助言の価値に気づかなかったようだ。だから、どんな仕事を世話するのか、見当がつかなかった」

「君がしり込みする仕事を僕にまわしてくれて、それはそれはありがたい話だ」

「ウィザビーはまさか君をあごで使うことはするまいと思っていた。僕にはやりかねないけれど。君は僕より気骨のあるやつだ。僕は誘惑を受けないようにしなければならない。知ってのとおり、僕は酒はやらん。赤い顔をして杯に赤い酒をつぐ（箴言《しんげん》二十三章三十一節）ウィザビーの姿など見たくもない。後悔するようなことに君を巻き込んでいなければいいが。それにしても、ウィザビーは生真面目だから危険なのさ——そうなのだ」

「だが、新聞に関しては、ウィザビーはとても立派な考えを持っている」むっつりとしてバートリーは言った。

「そうとも、とっても立派な考えだ」リッカーは同意した。「今、いくつか世にはびこる、またとなくご立派な考え。ウィザビーの信念はこうだ。印刷機械とは道徳を生む素晴らしい機械。その機械は機械工の利益のために作動すべし」

「機械は大衆の利益のために作動すべし。君の信念はこれではなかったかね」

「そうさ——それにはまず、大衆に購読料を支払ってもらう」

「そうかね。僕は払わないし、払ったこともない。新聞だって私企業に変わりはない」

「いや、個人資産だが私企業ではない。実質的に新聞が私企業であるはずはない。僕はジャーナリズム論などけっしてやらない。だが若い連中が語り合うのを聞くのは、それは楽しいさ。みんな自分たちの仕事を称えるどころか、けなしているように思うがね。まあ、僕だってわずかだが、後ろのポケットに自分なりの考えと原則を忍ばせている」

「披露してくれ」バートリーは言った。

「これは、きちんとまとまったものではない」リッカーは言葉を返した。「最新の考えだと言い張る気もない。だが、新聞とは公の業だと僕は考えている。大衆になにがしかの明確な義務を負っているのだ。新聞は神聖なもの、読者を悪へと誘っても堕落させてもいけない。新聞は神聖なもの、読者を迷わせても裏切ってもいけない。これは単に道徳とか政治の問題だけでなく、一括りに広告ということに関してもそうなのだ。広告主の権利に関する大それた考えを、もうウィザビーからご披露いただいたかね」バートリーがなにも答えずにいると、リッカーは話を続けた。「さて、それで、僕の考えだが、ウィザビーの考えと正反対だと言えば、立場がわかってもらえるはずだ」

「リッカー、君は宗教新聞で働いたらどうかね」小馬鹿にしたように笑みを浮かべて、バートリーは言った。

「それはどうも。世俗の新聞は僕の手には負えないというわけか」

「『イヴェンツ』を思いどおりの新聞にする気など、僕にはない」バートリーは言った。「せいぜい今できることといえば、いくつか安っぽい夢に浸ることくらいさ。自分の新聞が作れたら何ができるかと」

「夢は何かね。君の言い草ではないが、ご披露いただけないかね」

「まず、新聞は儲からなければいけない。儲けるには行き届いた紙面作りを行い、あらゆる階層の人に読んでもらえるようにすることだ。まずは、最下層の人たちの求めに応じる。まだ資産に乏しい段階では、地元のありとあらゆる出来事や犯罪を最高の記事にして掲載する。そうすれば、庶民の心をそっくり掴むことができる。次に、社に余裕が出てきたならば、少しばかり質を上げ、地元の政治事件を扱いながらも、党派色のない一級の記事を載せる。そうすることで、第二に大きな階層、全政党の選挙区の政治家の心を捉えられるはずだ。それが済んだら、地元の宗教界用に紙面作りをする――政治の次に大衆の心に浮かぶのは宗教だからな。宗教は殺人事件のようにご婦人方の関心を引く。宗教に関する情報であれば、事細かに伝える。宗教に関わるゴシップでも、スキャンダルでもだ。続いて、ファッションと社交界――宗教の次はこれだ。さらには、金にものを言わせて、信頼にたる徹底した金融情報を載せる。地元のことをすべて網羅し終われば、枝葉を広げる。田舎のどこに住んでいようが、文字さえ綴れるやつなら当然わかるさ。自殺や駆け落ち、殺人や事故でも、記事をこちらに送りさえすれば、じゅうぶん金になるのだと。さらに、すべての部門にわたって同じ規模で拡大する。美術批評、演劇情報、スポーツ情報、そして、書評も加える。なによりも見栄えがよくなる。大衆の心には訴えることはないがね。特に反対はあっても、階層も身分も関係なく、ありとあらゆる人が口々にこう言わざるをえないような紙面作りをしたいのだ。『なるほど、そうだ。この新聞は世界で最高の新聞。この新聞がなくては、やっていけない』」

「ということは」リッカーが言った。「新聞を少しずつ身ぎれいにするということかね――殺人の記事もスキャンダルの記事も控えて、いかにも紳士らしく身を清めて、きれいな生き方をする。以前にも行われてきたことだ」

ふたりは牡蠣専門の店に着くなりテーブルに向かい、牡蠣が出てくるのを待った。バートリーは椅子を後ろに傾けた。「身ぎれいにするのは、どうかな。購読者をつなぎ留めておきたいからな。身ぎれいにすれば、汚れた読者はほかの新聞に行ってしまう。清潔ぶっている連中はがっかりする」

「ウィザビーに話して、君の考えを実行に移させてもらったらどうかね」素っ気なくリッカーはもちかけた。

傾けていた椅子を元の位置に戻すと、にやっと笑いながらバートリーは言った。「ウィザビーは教会員だ」

「ああ、それでは限度があるというわけか。それは残念だ。君のこの立派な道徳機関を設立するだけの財力がウィザビーにはあるのに、君にはない。文明にとって痛手だ」

「ひとつわかっていることは」バートリーはいくぶん高潔ぶった言い方をした。「この俺を何人も売り買いすべきではない。求人募集は広告紙面だけでやめておくことだ」

「それは、かなり高い見地に立ってのことではないかね」リッカーは問いただした。

バートリーは答えるに値しないと考えた。「世論より新聞の論調のほうが優れていなければならないとは思わない」と言った。

「そのとおりだ」

「もし社会に悪と犯罪とが充満しているならば、新聞はその世相を反映させるしかないだろう」

「ああ、そこだよ、はっきりさせておきたいのは、ご同業。それぞれ社会にはいくつか違った論調があり、どの新聞も最高にすぐれた他紙をしのごうとする。いやしくも誹謗中傷に関与しない新聞であれば、どうしたって最下位よりは上になる。美徳と善行にあふれる社会もなければ、悪徳と犯罪にあふれる社会もない。君の範たる新聞で、こうした現象を映し出してはどうか」

「悪徳とか美徳とかは、気の利いたものではないな」

「そうだ。その通りだ」

「人々が欲しがるものを提供しなければだめだ」

「本当にそう思っているのかね」

「そうだ」

「なるほど、こいつは素晴らしい夢だ」リッカーは言った。「青年の崇高な心に育くまれしもの。晩年になっても、こうした気高い夢をみたいものだね。僕の考える理想的な新聞など、まったくもって恥ずかしい限りだ。話を聞くまでは、現代のジャーナリズムの欠陥は極端な地方色にあると僕は思っていた。アイルランド人の酔っぱらいが奥さんの頭をかち割ったとか、子供が熱湯の風呂桶に落ちたとか。果たして、こうした話に大衆は本当に引きつけられてきたのか、長いこと疑問に思ってきた。ノースキャロライナで黒人が三人、絞首台で死んだ、などとどうして打電してくるのかね。イーストマチアスで既婚男性が女中と駆け落ちなんて話を、通信員はなぜ正確に伝えてくる必要があるのかね。朝食でスープをすする代わりに鉄道事故の恐怖をことごとく味わい、細切れ肉の代わりに切り刻まれた血まみれ事故の話を食する。どうして、こんなことをしなければならないのかね。コラムに目を通していると神経をやられ続けるので、その合間に遠方や地元の不快なスキャンダルを湿布代わりに当てる。なぜこんなことをしなければいけないのかね。ぴりりとしたものが俺は好きだからだ、と君は答えるよな。だが、そうじゃない。スパイスなんてうんざりだ。大半の新聞の読者にしても、同じ気持ちだろう」

「それでは、読者にはミルクトーストでもお出ししますか」バートリーは言った。

リッカーも一緒になって笑い、ふたりは牡蠣を食べ始めた。

別れた際にも、バートリーの目はまだ冴えていた。家に帰っても眠れないことくらいわかっていた。

だからといって一晩中歩きまわることはできない、とつぶやいた。そこで華やかに明りを灯す地階の店にバートリーは立ち寄って、寝酒に飲み物を注文した。

眠気を誘ってもらうにはスコッチのお湯割りが一番だ、とバーテンは言った。帽子をかぶった小柄な男がひとり、さっきからバーテンと話をしていた。カウンターの隅には、ボウルが二つ、クラッカーとチーズがいっぱいに詰まって置かれていて、男は時々そこまで出向いて行っては酒のつまみを口にしながら、そのとおりだと言った。

酒場はとても賑やかで、バーテンの背後には何列かデカンタが並び、明かりを受けて光っていた。バーテンは大柄でがっしりとして、色白で、清潔そうなワイシャツ姿がその仕事に携わる者らしかった。バートリーはここで眠くなるまでお湯割りを飲もうと決めた。小さなテーブルに杯を置いてもらい、ゆったりした気分で腰を下ろした。少しお湯をさますように杯を揺らして一口すると、どこか頭の中で酒におだてられているような気分がしてきた。

チーズとクラッカーに余念のない男は、体のわりに少し大きめの帽子を目深かにかぶっていた。ジンスリングも悪くはないなと男が言うと、バーテンは即座にそれを目の前のカウンターに出した。そして、「大将、今晩は」と挨拶した。入って来たのは腕に子犬を抱いた大柄な男であった。バートリーはどこかの芝居小屋に出ている寄席芸人の一行のマネージャーだと気づき、マネージャーもジンスリングを飲んでいる小柄な男がトミーだと気づいた。マネージャーは挨拶には応えず、テーブルに着くなりバーテンに聞いた。「チャーリー、夕食は何がいいかな」

バーテンはナプキンでカウンターを拭こうと身を乗り出し、もったいぶって「チキンのフリカッセがいいですよ」と言った。

「フリカッセは辛い。チーズトーストにしてくれ」マネージャーは応えた。

バーテンは勧めたメニューをはねつけられてもいっこうに平気な顔つきで、後ろの注文チューブに大声で伝えた。「チーズトースト一人前」

「わんちゃんには、コールドチキン」マネージャーは言った。

「コールドチキン一人前」バーテンはチューブに向って繰り返した。

「白身の肉がいいな」

「白身の肉」バーテンは繰り返した。

「ある晩、真夜中だったかな、パーカー・ハウスへ入ったら、医者が四人、ロブスターのサラダと香辛料のきいた蟹を食べては、シャンパンで辛味を洗い流している。俺は決心したね。もう医者には何が健康によいのかなどとは言われたくないとね。うまいものだけを食べるのさ。夕食にはチーズトースト、この世にこれほどうまいものはない」

だれに言うともなく、マネージャーはその場の人たちにこの哲学を披露したが、だれ一人として意見を返す者はいなかった。それでもマネージャーはなんとも思わないようで、背もたれに片方の肘をつくと、もう片方の手で膝にうずくまる犬をやさしく撫でていた。

大きめの帽子をかぶった小柄な男は、相変わらず行ったり来たりを繰り返し、ジンスリングをカウンターに置いたままクラッカーとチーズを食べに行き、その合間にジンスリングをあおった。

「新しい出し物は何かね。大将」しばらくして小柄な男は尋ねた。「まだ見ていないもんで」

「なんであれ長期興行にふさわしいものさ」マネージャーはため息をついた。「大衆が見たがるものなんだ。大衆には大衆が欲しがるものを与える。大衆より先んずる気などはない。遅れるつもりもないがね」こうつけ加えて、マネージャーは犬をやさしく撫でた。

この考えはリッカーに述べたジャーナリズム論と同じではないか、バートリーははたと気がついた。お湯割りをもう半分まで飲み干していた。

「そのとおり」小柄な男は同意した。「大衆とでも歩調を合わせる。芝居小屋がせめて心がけることはこれさ」

「そうだよ、トミー」人の道を説く場たる劇場のマネージャーが言った。その英知に、道徳を生む偉大な機械たる新聞のマネージャーはますます感銘を受けた。

「あらゆるものを貫く原則はひとつですよ」ここで初めてバートリーは口を開いた。ウイスキーのせいでいくぶん舌がもつれはしたものの、しゃべるのに困るほどではなく、むしろ話し方に威厳が加わり、頭は妙に冴えていた。空になった杯をテーブルから持ち上げ、バーテンの目を見つめて「もう一杯」と言った。バーテンはなみなみと注いでグラスを返した。

「芝居小屋だけでなく教会でも、この原則が貫かれている。大衆が地獄の火を望めば、牧師は地獄の火でも与えるからな。とはいっても、今では、人気のある説教師からでも、そんなものは期待できない――昔ながらの純度の高い地獄の火の話など無理というものだ」

「そのあたりの事情は、おおよそのところ、おわかりですな」小柄な男がそう言うと、マネージャーは笑った。

「それは新聞についてもまったく同じですよ」バートリーは言った。「以前は、新聞社の中には、殺人や個人のゴシップ、離婚裁判の掲載に断固反対のところもありました。でも今では、どうにか時代に遅れずについていくふりをして、どの新聞も掲載しています。大衆はぴりりとした刺激を欲しがり、口にしようとするものです」

「なるほど、そうだな」マネージャーは言った。「わしの見方も同じだ。シェイクスピアを好まなければ、大衆にはうんざりするまで下品な戯作を見せておけばよい。グラント大統領の言ったことは正しいと思う。『悪法をなくすには、悪法の効力を発揮させるのが手っ取り早い』」

「そのとおり」小柄な男は言った。「いつでもそうさ」男はバーテンに向かって、ブランデーのソーダ割りが飲みたいとつけ加えた。バートリーは二杯目のタンブラーグラスがすでに空になっていることに気がつき三杯目を注文した。

小柄な男は次第に遠ざかっていくように見えた。遠く後ろに退いたところから男は言った。「眠るには寝酒《ナイト・キャップ》三杯かね。寝酒を夜のお帽子とは古着屋ではあるまいし」

馴れ馴れしい口のきき方に腹立たしく思ったが、話に共感しているマネージャーにはぜひともジャーナリズム論を聞かせたいと思い、バートリーはまくし立てるのがよいとでもいうかのように一気に話し始めた。頭はまだはっきりしていたものの、呂律《ろれつ》がだんだん回らなくなってきた。マネージャーの目の前にはいつのまにかチーズトーストがあり、それがいつ、どのように出されたのか、バートリーには皆目見当がつかなかった。早口でしゃべり続けてもみんながよく聞いてくれたので、うまく話しているのだとわかった。時にはグラス片手にテーブルを離れてマネージャーのところに寄って行き、高圧的に独りよがりなことを口にした。マネージャーは言うことすべてに、にこにこと同意してくれた。一度足もとで低くうなる声が聞こえたので、下を見ると犬がいて、そのそばにコールドチキンの皿が置かれてあったが、どのようにしてここに運ばれてきたのかわからなかった。

「気をつけろよ」マネージャーが言った。「こいつに足をかまれるぞ」

「こん畜生、お宅が行くところ、どこにでもまとわりつきますね」バートリーは言った。「どこに立ったらいいかわからない」

「それでは座ればいいじゃないか」マネージャーは勧めた。

「そうだ」小柄な男はそう言って、なおも行ったり来たりしていた。何時間も口をきいていなかったようであった。帽子はさらに目深くなっていた。男は帰ってしまったとばかりバートリーは思っていた。

「お前の知ったことか」激しい口調で言うと、バートリーは男の方へ近づいた。するとバーテンが「そうさ。知ったことではない」と落ち着いた口調で応じた。

バートリーは驚いてバーテンを見て「きさまの帽子はどこだい」と聞いた。

男とマネージャーは声を出して笑った。バーテンもにやりとした。

「所帯持ちかね」

「大きなお世話だ」厳しい口調でバーテンは応じた。

バートリーは小柄な男に向き直った。「所帯を持っているのかね」

「とんでもない」相手はこう応えて、これが最後とばかりにウイスキーをストレートであおった。

バートリーはマネージャーに向かって言った。「お宅はどうだね」

「結婚するほど間抜けではない（Pas si bête）」マネージャーはフランス語を自分なりに使って言った。

「なるほど、学のある人間にして紳士か（Well, you are scholar, and you're gentleman.）」バートリーは言った。気をつけているのに、酔うと不定冠詞をよく落とした。「さーて、どうするのかお尋ねしたい。どーするーのかーおたーずねーしたい」痛ましいほど正確にバートリーは繰り返したが、後の方はきちんとした文章にはならず、まるで文全体を一続きの単語のように切れ目なく発音した。「かりに女房に締め出しをくらったら」

「散歩に出るさ」とマネージャーが言った。

「扉を突き破ってやる」小柄な男は言った。

思っていた以上にずっと大した男だとでもいうかのように、バートリーは振り返ってその男をじっと見つめた。そして、ウイスキーグラスを口に運ぼうとしていた男の腕に、バートリーは自分の腕をさっと通した。「いいか、俺があの女に言ったことも同じだ。一緒に家に来てくれんか。家内に会わせる」

「わかった」小柄な男は言った。「そうさせてもらうよ」男はタンブラーを床に落としてしまった。

「悪いな、チャーリー。グラスもなにもかも、この紳士の寝酒も——俺の勘定だ。紳士が家にどうぞとお誘いだ。こいつは俺が懲らしめるよ——勘定はお前のいいようにしていいからさ——いつでもさ」

ふたりは戸口から出ていった。バーテンは客席の方にまわって、欠けたタンブラーの破片を寄せ集めた。マネージャーはバーテンに言った。「会って奥さんが喜ぶとでも思うかね。チャーリー」

「家に着く前に、だれかさんの厄介になるさ」

第二十五章

ふたりそろって星空の下に出ると、まだ酔いなどまわってはいないとばかりに、バートリーはすぐに家には向かわなかった。俺が初めてボストンに来たときに訪れた場所へ案内する、と連れの男に言うと、男はこの種の感傷に耽るのもまたよかろうと思い、一緒にラムフォード通りを探しに出かけた。

「ハリック老のことは、耳にしたことがあるだろう――レスター・ニーザー財閥さ。そこに――かつて厄介になっていたのさ。息子と友だちでね――そいつも、ひどくお高くとまった、横柄で嫌なやつだ。好きではない。屋敷を教えてやる。そうすれば、今度来たとしてもわかるだろう――見つかればいいんだが」

ふたりはあたりを見回しながら通りを行き来した。その間、バートリーは一方的に悲しい身の上話をしたが、聞き手の返事はどんどん間遠になり、ついにまったく聞こえなくなった。やがて混濁する意識の中で、バートリーはどこかの家の玄関先の上がり段に座り、両膝の間に首を深く埋めていることに気がついた。あたかもそのまま寝入ってしまったかのようであった。

「締め出された――家から締め出された。女房に」バートリーは涙を流し、また眠りに落ちた。時折り目を覚ますと、リッカーよ、俺はかわいそうなやつ、苦労続きなのさ、とこぼしてみせ、人並みに間違いを犯したとも白状した。そして、『エクイティ・フリー・プレス』は日刊にすべきだとゲイロード弁護士に説得をくり返すと、今度はハリック氏に向かって、『イヴェンツ』を買収して欲しい、採算のとれるものにする、と説き伏せにかかった。体を震わせ、ため息をつき、しゃっくりをし、またうとうとし始めた。その時、夢の中でヘンリー・バードに殴りかかられて、バートリーは叫び声を上げて倒れた。その声に、さっきから安らかな眠りにつけずにいた家の者がついに戸口まで出てきた。外の声はハバードではないかと思い、目覚めるたびに注意を向けてみたのだが、やはり違うように感じ、静かになるとまたうとうとし、ふたたび声を耳にしたように思ったが、また聞こえなくなっていた。

「もしもし、こんなところで。何の用ですか。おや、ハバード、やっぱり君かい。いったいここで何をしているのかい」

「ハリック」バートリーは答えた。足もとがおぼつかないながらも、まっすぐ立ち上がろうとした。「留守でなくてよかった。一晩中、君の家を探しまわったのだ。と・く・べ・つ・の友人を引き合わせたくてね。ハリックさん、こちらは、ミスター――。きさまの名など知るかい」

「ちょっと待ってくれ」ハリックは言って、外套と帽子を取りに家の中に駆け込み、ふたたび姿を現わして後ろ手に扉をそっと閉めると、バートリーが警察官の体を掴んでいた。友人のハリックに紹介するから名前を教えてくれ、と警察官に頼んでいるところであった。

「ハリックさん、この男をご存じですか」警察官は尋ねた。

「はい――はい、知っています」低い声で答えた。「そっと家に送り返すことにしましょう。心配いりません。こんな姿を見るのは初めてです。ジョンソンの馬屋まで連れて行きますから、手を貸してくれませんか。そこで馬車を雇って、家まで送り届けることにします」

バートリーを挟んで、早くもふたりは歩き出していた。バートリーは朦朧《もうろう》として、ふたりのやり取りにまったく気づかなかった。

警察官は笑った。「刑務所にぶちこもうとしていたところです。そこへちょうどあなたが出て来て。これ以上ないタイミングでしたよ」

ふたりはバートリーを馬屋へ連れていった。馬丁が馬車に馬をつないでいる間、バートリーは事務所の椅子に腰掛けたまま、ぐっすりと寝入っていた。警察官は戸口に佇み、バートリーの顔をのぞき込みながら、ハリックに状況をもっともらしく説明した。「こんなに酔っぱらう姿は初めてだ、と言われましたね。それで私はふだん泥酔常習犯を家に連れ戻しているのだと気がつきました。泥酔は初めての人の方がかなりてこずるようです。この男、母親と一緒に住んでいるのでしょうかね」

「女房持ちです」悲しげにハリックは言った。「自分の家があります」

「それはそれは」警察官は言った。

バートリーはクローバー通りまでずっと眠ったままで、戸口に着いた時は馬車から降ろすのに起こさなくてはならなかった。これがひと苦労であった。

「家の中までは結構です」バートリーを降ろして、ハリックは警察官に言った。「御者にあなたの持ち場まで送らせます。本当にありがとうございました」

「ハリックさん、わかりました。礼には及びません」こう言うと、警察官は貸し馬車の上で満足げにそっくりかえり、馬車はごろごろ低い音をたてて遠ざかった。

ハリックはバートリーにぐったりと寄りかかられ、夜明けの薄暗い光を受けて舗道に立ちつくしていた。「どうしたんだ。この俺をどうするというんだ」不機嫌そうに間抜け面をしてバートリーが激しく迫ってきた。

「ハバード、君を家まで連れて来たのさ。さあ、着いたよ」舗道を横切りバートリーを戸口まで引っ張って行くと、ハリックは呼び鈴に手をかけたが鳴らすまでもなく扉がさっと開き、マーシャが立っていた。顔面は蒼白、寝ずに泣きはらしたため目は充血していた。

「バートリーったら、バートリーったら」声を上げてマーシャは泣いた。「あら、ハリックさん。どうしたのですか。主人は怪我でもしたのでしょうか。私のせいなのです——そう、私のせいでした。私がいけなかったのです。ああ、夫は死んでしまうのでしょうか。どこか悪いのですか」

「よい状態とはいえません。床に就かせたほうがいい」ハリックは言った。

「そう、そうですね。二階まで運ぶのを手伝いましょう」

「手伝ってくれなくてもいい」バートリーはすねたように言った。「ひとりで上がる」

その言葉どおりに、バートリーは手すりを頼りにひとりで階上へと上り、マーシャは先に階段を駆け上がってドアを開け、使いもしなかった枕を撫でてしわを整えた。ハリックはバートリーのすぐあとに続き、万一、階段から落ちようものなら、体をしっかりと抑えるつもりでいた。マーシャが紐を解いて靴を脱がせ、ハリックが外套を脱がせた。

「バートリーったら、具合の悪いところはどこなの。まあ、どうしましょう」バートリーが酔いつぶれてベッドに倒れこむと、マーシャは呻《うめ》くように言った。

「奥さん、部屋の外へ出たほうがいい——そのほうがいいですよ」ハリックは言った。「今はひとりにしておくほうがよい。話しかけても、容態を悪くさせるだけです」

マーシャはハリックのいわくありげな様子に気づいて興奮がおさまり、ハリックに続いて部屋を出て階段を下りた。「あのう、どういうことなのか、ぜひ教えて下さい」低い声でマーシャは懇願した。「でないと、私、どうにかなってしまいそう。教えてください。平気ですから。事の次第がわかりさえすれば、どんなことにも耐えられます」両手で相手の手を握ったまま、マーシャは哀願しながらハリックに詰め寄り、訴えるような眼差しで、じっと見つめた。「主人は——私の主人は、気でも違ったのですか」

「正常というわけにはいきません、奥さん」ハリックはそう言って握られた手をそっと解き、わずかに後ずさりしたが、マーシャは前に進み出てハリックの腕に片手を載せた。

「あら、それでしたら、すぐにお医者様を呼びに行って——すぐに呼びに行ってください。一刻の猶予もなりません。私、ひとりでも大丈夫です。ひとりにならないほうがよいのであれば、私が呼んできます」

「いや、いや」ハリックは悲しげに笑みを浮かべて言った。今度のことは確かに、馬鹿ばかしいといえば、そのとおりのことであった。「医者なんか要りませんよ。医者を呼ぶなんて考えてはいけません。本当に駄目ですよ。ご主人はいずれ回復しますよ。医者を呼ぼうものなら、それこそご主人にひどく叱られます」

マーシャは突然わっと泣き出した。「そうですね、言われるとおりにします」涙ながらに言った。「私さえいなかったら、こんなことには、けっしてなっていなかったはずです。私がしでかしたこと、お話ししなければ」半狂乱になってマーシャは言い続けた。「実は——」

「なにもおっしゃらないでください、奥さん。すべておさまります――すぐに。なにも驚くようなことではありません。数時間もすれば元気になりますよ。私は――ああ――失礼します」杖を見つけると、ハリックは片足を引きながら戸口へ向かったが、マーシャがすばやく行く手を遮《さえぎ》った。

「まあ」恐怖心に震えながらも、相手を責める口調でマーシャは喘ぐように言った。「帰るというのではないでしょうね。主人が回復していないのに、私をひとりぼっちにするつもりではないでしょう。容体がもっと悪くなるかもしれない――死ぬかもしれない。ハリックさん、行かないで」

「いや、お暇《いとま》しなければ――ここにはいられない――僕がいてはいけない――それは駄目です。これ以上、容体は悪くなりません。死ぬこともありません」ハリックの顔から汗がどっと噴き出した。マーシャに向けられたその顔には、マーシャの顔に劣らず深い苦悩の色が浮かび上がっていた。

マーシャはこう答えただけであった。「行かせるわけにはいきません。そんなことをしたら、私、死んでしまう。お帰りになりたいとは、いったいどういうことなの」

事の成り行きには、どこかぞっとするほど滑稽なものがあった。悲劇的というよりむしろ馬鹿げていると思い、ハリックは立ちつくした。事態がどのように進展するのか、その可能性を心の中ですばやく探った。医者を呼び、事情を説明し、しばらくとどまってもらって、その分、料金を払えばよい、とまず思った。しかしながら、今の病状で往診を依頼するのは医者に失礼だと思い直した。懐中時計を取り出して見ると六時だった。、ハリックは破れかぶれに言った。「心配になったら、僕を呼びに来ることです」

「帰らせるわけにはいきません」

「朝食をとらなくてはなりません――」

「お手伝いさんに言って、ここになにか食べるものを運ばせます。ああ、どうぞ、帰らないで」唇が震え始め、マーシャの胸は息で大きく膨らんだ。

ハリックは耐えられなかった。「奥さん、僕の言うことを信じてくれませんか」

「はい」マーシャは口ごもりながらしかたなく答えた。

「いいですか、言っておきますが、ご主人の状態はけっして危険なものではありませんし、僕がいれば、ご主人にはかなり不愉快なことになります」

「それでは、お帰りにならないと」すかさずマーシャは答え、ハリックに逃げ帰られるといけないと思って閉めておいたドアを開けた。「医者のところには、私が使いをやります」

「駄目です。医者を呼びにやっては駄目ですよ。だれを呼びにやってもいけません。このことは、どなたにも話してはいけないのです。そんなことをすれば、ご主人の気持ちを傷つけることとなります。ただ単なる――一種の――発作を起こしたようなものです。多くの人――男が――よくかかる。でも、ご主人は人に知られたくはないはずです」この言葉にマーシャの心が動かされていることがハリックにはわかった。恐らく世間知らずのマーシャも真相を見抜き始めていたのだ。

「僕の言うとおりにしますね」

「ええ」小声で答えた。

マーシャはうな垂れ、恥ずかしくなって顔をそむけた。それは、ハリックには見ていられないほど無残な姿であった。

「僕——僕、朝食をすませしだいすぐに、なにも問題がないか確かめに戻ります」

ハリックが帰るのをマーシャは止めなかった。ハリックは通りに出ると、まるで自分が恥ずかしいことをしたかのように惨めな気持ちになった。家族を起こさず自分の部屋に戻ることなど造作もなかった。ぼんやりと朝食をとると、家族みんながまだ食卓についているのにハリックはひとり外に出た。

「あの子はあまり具合がよくなさそうね」母親が心配そうに言った。そんなことはない、といつものように打ち消してくれることを期待して夫の方を向いた。

「いや、ベンは元気だと思うよ。どうかしたのかね」

「世の中のことに心を痛める、いつもの夢見る愚かなベン、それだけのことよ」オリーヴは口を挟んだ。「ベンときたら、自分とはまったく関係のないことで気を病む、とたぶんみんなも思っているでしょう。これは、両親がこれまでずっと良心的であったおかげね。ベンが生粋の博愛主義者にまではならないとしても、私にはそのありがたさが身に染みているわ。私が悪い人間として生まれてきたのは、この素晴らし過ぎる家族がなんとか生き延びられるようにという神様の差配ではないかしら。日に日にそんな思いがしてくるの」

オリーヴは周囲の状況に苛立ち腹を立てているふうを装ったが、父親が部屋から出て行くと、ベンが気にかけているものは何か、母親と一緒になって真剣に推測し始めた。

十時近くになるまでぶらついてから、ハリックはクローバー通りの小さな家へ出向いた。応対に出た使用人に奥様はと問うと、旦那様がお会いしたいとのこと、どうぞ二階へ、と言われた。

バートリーは濡れタオルを頭に巻いて窓辺に腰をかけていた。その顔は頭痛のせいで青ざめていた。

「やあ、君」バートリーが友人気取りに声をかけてきたので、ハリックはむっとした。「僕のせいで、ずいぶんと、ありがたいことをしてくれたね。なにもかも覚えている。ある程度は自分でもわかっていたがね」座ったままバートリーは片手をさしだし、ハリックはしかたなくその手に触れた。「家内に内緒にしてくれて、君の細やかな心遣いには感謝だ。もちろん、君にしても話そうにも話せないよな」バートリーはハリックがなにに当惑しているのか、卑しいことを考えて面白がり、こう言った。「でも、女房のやつ、きっと嗅ぎつけたに違いない」バートリーは言葉を継いだが、隠そうにも隠せないままハリックの顔に嫌悪感が募るのがわかった。「俗に言うように、聞かせても大丈夫であればすぐにでも、すっかり胸の内を話すつもりだ。かなり興奮しやすいやつだからな。今、横になっている」バートリーは説明した。「眠れそうにないので飲みに出かけたんだが、気がついてみると飲み過ぎてしまって。具合よく、君の家の戸口の階段であった。そうでなかったら、今ごろは警察裁判所にしょっ引かれていたかもしれない。俺の声を聞いたのは偶然かね」

細かなことはもうたくさんだとばかりに、手短にハリックは説明した。

「そうだね。たいていのことは覚えている」バートリーは言った。「まあ、ハリック、ありがとう。君のおかげで恥をさらさずに――命取りにならずにすんだ。たぶん、わあー、頭がずきずきする」目を閉じると、バートリーはハリックの情けに訴えた。「ハリック」小声で力なく言った。「頼みを聞いてもらいたい」

「いいが、どういうことだい」素っ気なくハリックは答えた。

「『イヴェンツ』の事務所を訪ねて、今日は顔を出せない、とウィザビーに伝えてくれないか。短い手紙すら書けない。君が直接行けば喜ぶはずだ。僕にとっても好都合だ」

「もちろん、行くよ」ハリックは言った。「ありがとう」目を閉じ、憐れさを誘うようにバートリーは言った。

第二十六章

今度のことはいつもの口喧嘩だとバートリーはたかをくくり、マーシャとのいさかいを水に流せるものならば流したいと思っていた。時が経過し、日々の生活が繰り返されれば、おのずと折り合いはつくものだから流れにまかせよう。だが、こうした結末を迎えにくくしている面もあった。恥さらしにも自分が逃げ出してしまったため、単なる口喧嘩ではすまなくなっていたのだ。マーシャにきちんと告白すると約束した以上、自分の気持ちはどうであれ、約束を果たさなくてはならなかったが、マーシャに何やかやと世話を焼かれ、まとわりつかれ、頼られ、めそめそされてみると、白状しろと催促されているような気がしてきた。ハリックにそれとなく言ったように、仮にマーシャが真相を見抜いてさえいたならば、事態の責任をすべて夫になすりつけはしなかったことは明らかであった。今度のことはマーシャにとってためになる必要な勉強であった、と勝手に解釈する気持ちがバートリーの心に湧かなかったわけではない。その晩、お茶がすんでもふたりは席を立たなかった。マーシャに話しかけたバートリーの口調は、神経が苛立ち傷つけられていたために、どうしても厳しいものとなった。マーシャは赤ん坊のために膝の上で柔らかな手触りのモスリンの、何やらわからない小物に針を走らせてレースで縁取りをし、泣きはらした目を夫に向けたくないとでもいうのか、うつむいたままであった。

「いいかね、マーシャ」バートリーは言った。「今朝、僕、どうしたと思う」

マーシャはなにも答えず、一瞬、両手を震わせると、縫い物を持ち上げて顔に押しつけ、すすり泣いた。その姿にバートリーの気持ちは萎えた。だれであれ人の泣く姿など見たくはなかった――妻の涙には慣れっこになっていてさえ、泣くのを見るのは嫌であった。マーシャの脇にあるソファーに崩れるように腰を下ろすと、バートリーは妻の頭を肩に引き寄せた。

「私がいけなかった。バートリー、私がいけなかったのよ」マーシャはすすり泣いた。「ああ、いったいどうすればいいのか」

「いいかい、泣くな、泣くんじゃない。悪いのは君だけではない」バートリーは言った。「ふたりともいけなかった」

「いいえ、きっかけは私よ。ハンナ・モリソンのことはもう話さないと約束したのに、破ってしまった。そうでなかったら、こんなことにはなっていなかったわ」まさしくそのとおり、バートリーは否定のしようがなかった。「でも、思うに、私、どうしようもなくなってしまったの。だって、あなたは――あなたときたら――せっかちなのですもの。考える時間もくれなくて――でも、悪いのは私。私がいけなかったのよ」

「ああ、いいかい、気にしないことだ。そんなに悲しむことはない」バートリーはなだめた。「すんだことだからしかたがないさ。でも、約束はできる」バートリーは言葉を続けた。「君がなにをしようとも、もうこんなまねは二度としない」約束しながらバートリーは立派な振る舞いに悦に入った。「お互いによい勉強になったと思うよ」バートリーは悲しげに話を続け、大都会の誘惑と堕落について、特に個人的な感情を交えないまま、思いをめぐらすかのようであった。「これは実によくあることだ。べン・ハリックにしても貸し馬車で家に送り届けるのは、初めてではなかっただろうよ」マーシャによかれと当て推量を口にし、まんざらでもないと思って勢いがつくと、バートリーは自分は正しいと感じてさらに続けた。「初めてのことでなければ、こんなことにはならなかったと思うと、少しは気休めになる」

マーシャは顔を上げて夫の顔をのぞき込んだ。「それは、いったい――いったい、どういうことなの、バートリー」

「酔いつぶれるなんて、初めてだ――ワインで」バートリーは細心の注意を払ってウイスキーとは言わないようにした。

「え」マーシャは強い調子で聞き返した。

「おや、わからないのか。僕は酒飲みではあっても、酒に飲まれることはなかった」

「事情が呑み込めないわ」不安げにマーシャは言った。

「いいかい、眠れそうになかったのだ。君にひどく腹を立てていたからな――」

「まあ」

「それで、寝酒を飲もうと思って、ホテルのバーに立ち寄ったのだ――なにか眠気を誘ってくれるものが欲しくてね」

「それで、それで」しきりにマーシャは促した。

「でも、いつも飲みつけている人であれば、なんでもない酒さ」

「かわいそうに」

「気がついた時には飲み過ぎてしまっていた。酔っぱらった――ぐでんぐでんに酔っぱらった」バートリーはなにひとつ包み隠さず話した。

じっと耳をすまし問題点をひとつひとつ確認していくと、バートリーに落ち度はないとマーシャは気がついた。「わかった。わかったわ」大きな声でマーシャは言った。「以前飲んだことのないお酒を飲んだせいね――」

「まあ、一度や二度は、口にしたことはあるさ」マーシャを遮《さえぎ》ってバートリーは堂々と正直に言った。

「一度や二度など、ものの数には入らないわ。以前、飲んだことがないも同然のお酒だから、ほんのわずかの量ですぐに酔いつぶれたのね。わかったわ」同じことを繰り返しながら、マーシャはうっとりと夫を眺めた。飲んだくれのあふれるボストンで、ひとりいつもしらふでいる男を見るかのような眼差しであった。「後悔することも、気にすることも、もうけっしてしない。考えることも二度としない。いいえ、そうだわ。いつも思い出すことにするわ。だって――だって、あなたが、いつでも厳しく禁酒していると思えるから。禁酒の証明にもなるから。今度のことが起きて、かえってよかった。こんなことになって、本当によかったわ」

バートリーの傍らから立ち上がると、マーシャは縫い物をランプにいっそう近づけて目を輝かせながらふたたび針仕事にとりかかった。

バートリーはソファーに腰を下ろしたまま、いくらかおとなしくしていた。そのように見えなくはなかった。胸の内をすっかり明かしてみると、あとは信用を得るばかりとなっていた。公平な見方をすれば、バートリーは今回の事をこんな勝利に導くつもりはなかった。気がついてみると、嫌疑が晴れただけではなく、禁酒の模範例にまでされて、バートリーの心には嬉しさだけではすまない気持ちがあったかもしれない。

「いいかね」バートリーは言った。「嬉しがることでは、けっしてないぞ。だからと言って、確かに気をもむことでもない。最悪の場合これがどうなるか、最良の場合どうなるか、君はわかっている。こんなことは最初で最後。それだけのことだ。嘆かないでくれ。自分を責めないでくれ。忘れることさ。どう振る舞えばもっとよくなるか、お互い、いずれわかるさ」

ソファーから立ち上がると、バートリーは部屋を歩きまわり始めた。

「まだ頭痛がするの」やさしくマーシャが尋ねた。「なにかしてあげたいけれど」

「ああ、眠れば治るさ」バートリーは答えた。

マーシャはバートリーの姿を目で追った。「バートリー」

「何だい」

「どうかしら——信じられるかしら。ハリックさんが——あの人が前に——」

「いや、マーシャ」立ち止まってバートリーは答えた。「違うね。僕にはちゃんとわかっている。ベン・ハリックは鈍感な男さ、だが、立派なやつだ。君と同じで、酔う姿など想像もつかない。でも、気がすむならば、やつを酔っぱらい扱いして評判を落としてもいっこうにかまわない」ハリックが酔っぱらいの常習者でなくて残念だった、とバートリーは面白がってつけ加えた。「でも、嘘はつけない」

マーシャを見てにやりと笑うと、突然バートリーはどっと笑い出した。「いやね、僕と同じような病に苦しんだ人といえば、今思いつくのは偉大なアンドリュー・ジョンソンくらいだ。ジョンソンにまつわる話を聞いたことがあるかい」

「弾劾裁判を受けた方でしょう」夫の言いたいことがわからず、マーシャは言いよどんだが、愉快そうにしている夫に合わせて、かすかにほほ笑みを浮かべた。

「そうだ、弾劾裁判にかけられた男だ。大統領就任の日にワインを飲み過ぎて、酔いつぶれてしまった。なにぶん、これまで、そんな経験などしたことなかったからな。僕と同じさ」同じような事例に面白がったのは、マーシャよりもバートリーの方であった。マーシャの顔からは笑みが消えていた。

「さあ、さあ」バートリーはなだめにかかった。「アンドリュー・ジョンソンで話はもうじゅうぶんさ。ハリックのことなど忘れることだ。ねえ、マーシャ」真顔になってバートリーはさらにこう言った。「君の結婚相手はベン・ハリックのような男がよかったんだ。この僕は君には不釣り合いさ。そう思わないか。素晴らしい夫といっても、ほんの時々のことだからな。でも、ベンならば、いつだって素晴らしいはずだ。僕ならベンを馬車に乗せて、わざわざ家まで連れてくることはなかったはずだ」

思う存分話してみると、まさに話したとおりの結果がでた。「バートリー、やめて。そんな言い方しないで。この世で一番の男の人と比べても、あなたにはだれも太刀打ちできないわ。たとえできたとしても、私がもっとも愛するのはあなたよ。お願いだから、そんなふうに、ほかの人の話などしないで。でないと、嫌いになってしまう」

事態はバートリーの望むところとなり、いくぶん危険は伴ったものの、結局のところ、男のほうが上だときっぱり示すことができて、前夜のすさまじい経験はバートリーにとってはいささか誇るに足るものであった。繰り返されていいはずはなかったが、今回に限っていえば、見事に逃げおおせたのであるから、ある意味では、ひたすら後悔しなければならないことでもなかった。

バートリーはマーシャの前に椅子を引き寄せて座り、膝の上の縫い物を笑いの種にして冗談を飛ばし始めた。恥ずべき悲しい一日は、仲睦まじい至福の喜びとなって終わり、結婚生活で様々な問題が起こり始めてから、これほどまでに安らかな気分になれたことは初めてであった。「いいかい」バートリーはマーシャに言った。「これからは神妙にもっぱらティヴォリを飲むさ」

それから何週間か過ぎて、ハリックは足を引きずってアサトンの間借り先を訪ね、肘かけ椅子にどっとすわり込んだ。部屋には見るからに独身者の気楽な雰囲気が漂い、テーブルの上の傘つきランプからこぼれたやわらかな明かりが、緑の革製の椅子を照らしていた。革は使い古されて皺が寄り折り目がついて、ハリックをもてなすには格好の凹みができていた。テーブルの上には法律の書類の束がいくつか散らばっていたが、すでに法律家でも小説を読むのが許される夜の時刻になっていた。ハリックが入ってゆくと、アサトンは本から目を上げて片手を伸ばした。ハリックはテーブルの向こう側の肘かけ椅子に歩み寄り、テーブル越しにアサトンの手を握った。

「元気かね」しばらくの間ハリックを黙ったまま座らせておいてからアサトンは言った。ハリックより六つか七つ年上ではあったが、ふたりは親しく、押し黙っているほうが、言葉を交わすよりも親密な間柄を物語っていた。

ハリックは身を乗り出し杖で軽く床を叩き、体を元に戻して杖を椅子の左右の肘掛けに渡すと、大きく息をついた。「アサトン」ハリックは言った。「朝早く知り合いの飲んだくれが玄関先で酔っぱらっていたので、奥さんのもとへ送り届ける。そんな場合、次に会うとき、奥さんはどのような態度をとるものだろうか」

弁護士としてアサトンは、じきじきの訴えにしろ、仮定の話にしろ、いかなる種類の訴訟の申し立てにも慣れていたので、そう聞かれても驚きはしなかった。わずかにほほ笑み、こう言った。「それは、まったく奥さんしだいだ」

「いや、一般論としてだ。君の知る限り女というものはどうなのかね。恥をかかせることに関与した償いをさせ、みじめな気持ちにさせた復讐をしようとは思わないか。女というのは、怪我ならば大目に見るが、恥となると許さないという説があるじゃないか」

「それは小説家が言うことで、われわれ独身者が知りうる女人に関する情報は、大方、小説家からの受け売りだからな」アサトンはペーパーナイフを差し込んで読みかけの小説を閉じてテーブルに置くと、両手を頭の後ろにまわして組んだ。「われわれは、自然がどんなに素晴らしいか、自然の中に入って行かなくてもわかるよ、その点では作家も同じことだ。だがビジネスとなると、ちらりと実態に目をやっただけでは予想はつかない。そんな目に遭っているのはどこのどいつだい」

「僕だ」

「気の毒なことだ」アサトンは言った。

「まったくだ」むっとしてふさぎ込みハリックは答えた。「だが、僕に限ったことではない。だれにとっても楽しい経験とは思えないがね」

気が滅入るといった様子でハリックが言葉を切ると、アサトンは尋ねた。「実際、その女《ひと》は君をどのように扱ったのかね」

「さあどうだろう。その件があってから、こちらからわざわざ訪ねることはしていない。この二週間、僕は夫婦の薄汚い秘密を持ち歩き、自分の隠し事のように悩み続けている」

自らの状況をこう説明するハリックを見て、アサトンは苦笑した。

「女房と亭主と赤ん坊と——家族全員そろっているところに、今日、出くわしたのだ。これまでメロドラマでも見ているようだと同情してきたのに、女の姿を見て恥ずかしくなったよ。あの日の朝、酔いどれ亭主と僕に扉を開けてくれた女《ひと》の表情が忘れられずに、僕は憔悴し、おせっかいとは言われないまでも必要以上に気をもんできた。それなのにこの間会った時には、特に何事もなかったかのようなそぶりだった。そんな場合、しっかりしろと言われても、いきなりできるはずはなかった。落ち着き払う相手を前にして、こそこそ振る舞うしかなかった」

「たぶん、たいしたことが起きたわけではなかったのだろう」アサトンは意見を述べた。

「いいや、その説はどうかな」ハリックは答えた。「夫の酔った姿を見るのは、明らかに細君には初めて、だから事情が呑み込めていなかった。これは、唯一、酔いどれ亭主に幸いしていたことだ。最初こそ細君は取り乱して医者を呼びにやろうとした。事が終わりに近づくにつれて変だと疑い始めたのではないのかな。でも、その時、その女《ひと》がどんな様子だったか、僕にはわからない。なにせ、顔を見ることができなかったから」ハリックは言葉を切った。うな垂れた痛ましい女の姿が、今なお目の前に浮かぶとでもいうかのようであった。

ハリックの沈黙を沈黙として一瞬受け止めると、アサトンは前と同じように軽やかな口調で話し始めた。「その女《ひと》は心が広いのだろう」

「そんなことはない」それはすでに自分でも考えたと言わんばかりに、ハリックは答えた。「かわいそうだが、心は広くはない。むしろ、狭い。夫を――悪く思う人――あるいは夫をよく言いすぎる人と、厳しく区別するようなところがあるから」

「では、たぶん」アサトンは推測もこれまでといった様子で言った。「鈍感なのだ」

「鈍感と考えてみようともした」ハリックは答えた。「だが、それも納得がいかない。駄目だ。もう、二つに一つしかない。夫に世間知らずとなじられてきて、夫が酒に酔って家に連れ戻されても、許されてよいごく日常的なことだと夫に信じ込まされているのか、それとも、自分自身もひと役演じているのか、そのどちらかだ。たとえば、僕にしても君にしても、しらふではとうてい寝つけないと夫は妻に言えるはずだ。いずれにせよ、その女《ひと》は鈍感ではない。およそ女はあらゆる感情に苦しむものだが、繊細すぎる感情の持ち主というだけのことだ。そうではないかね。あの女《ひと》はそんなふうにして夫に欺かれたのであって、仮面をかぶっているのではないと僕は考えたい。というのは、人並みはずれて正直な人間に思えるからだ。アサトン、だれのことを話しているか、気づいているだろう」そう言うと、突然ハリックはテーブル越しに友人の顔を見た。

「ああ、わかっている」弁護士は答えた。「気の毒だが、事態はすでに誰かわかるまでにいたっている。でも、君はそんなに驚いてもいないようだね」

「そのとおり。この種のことは予想できたから」溜息をつくと、ハリックは椅子の左右の肘かけに渡した杖を前後に転がした。「最悪の場合どうなるか、われわれが承知しているといいのだが」

「承知しているつもりさ。それにしても、こうした連中について語り始めた時、確か、君は賢いことを言ったね」アサトンは友人の言葉よりもむしろその気分に応じて言った。「君はこんなことを言おうとしたのさ。ほかの男に結婚を求められるようなかわいらしい女の子のことで、むしろ、悲しんでいたい。器量のよくない女が苦しむ姿など、思い浮かべたこともなかったと」

「かわいそうに思うだけの情報がなかったのさ」ハリックは答えた。「確かに、器量のよくない女でも、同じような状況のもとで苦しむ。それに、かわいそうだと僕は思えるよ。白状すると、美しい女が悲しんでいるときの気分のほうがたまらないのさ。これは男の感情として広く認められている事実だから、否定してみても始まらない。恥は恥として受け入れる。でも、どうしてなのか。かわいらしい女の方が、いつもより頼りなげであどけなく心に迫ってくる。恐らく、実際は違うと思うが」

「美人の中にも、見事に独り立ちできる女もいる」アサトンは言った。

「この種の極めつきの例を知っている。君があふれんばかりに哀れみの情を示したとしても、女は陽気でいるかもしれないだろう。だって、ちょっとばかり逃避行を夫に許したものの、夫は運命によって永遠に捕らえられ、妻の手に委ねられたのだから」

「それはどうかな。切り口が少し乱暴ではないか」ハリックは言った。

「そのようだ。では、言い張るつもりはないが、これはどうかね。世の奥方というのは、時として、永遠に不満の種を好む。すぐに消えるようなつまらないものでさえも、不満の種はいつも身近にあって欲しいと思うのさ。仕事がらみで関わりがあった家庭のもめごと相談で、女がそうした武器をひそかに使おうとしていることに、どことなく気づくことがあった」

「アサトン、やめてくれ」ハリックは声を荒げた。

「どうやめるのかね。特にその女《ひと》についてかね。それとも世の奥方全般についてかね。女を正しく評価するには、その豊かな人間性を説明することが一番だ。君はそう思っているはずだ」

「こうまで粗暴なのに、男を擁護するのかね。男女双方を悪く言う、これは昔ながらの古くさい弁明さ」憤慨してハリックは強い口調で問いつめた。

「いや違う。その女《ひと》をすっかり許す前に、どんなことを言い、どんなことをやって、そうした事態を引き起こしたか。そこが知りたいのだ」

「そうだろうとも。男がどうしたのか、それを想像すればいいじゃないか」

「それは不可能だ」

「女にはなにか特別な道徳律があるとでも、君は思っているのだろう――われわれ男には罪でも恥でもないことが、女には罪となり恥となるとでも」

「いや、そんなことは考えていない。僕が言っているのは、今回の件で被害者を理想化しないことさ。いいかね。忘れないでくれ。その女《ひと》は、たぶん、君が言う半分も苦しんでいはしない。ごく当たり前の伝統を生きる女さ。おおかた物事を単純に見て、今度のことを仕方がない、とやり過しているだけだ」

「いや、そうとも思えない」ハリックは言った。

「僕の意見をなかなか気に入ってもらえないね。仮に、こう想像してみたらどうだろうか。その女《ひと》は誇り高いものだから、相手の男を気遣って、君に事実を見せたがらない。誇り高いものだから、君に対して恥をかかされた仕返しができない」

「ああ、またいつもの寛大な申し立てかい。アサトン、あの気の毒な女《ひと》のことを考えると胸が痛む。

あの表情がたえず甦ってくる。忘れようにも忘れられない」

座ったまま友の顔をじっと見つめ、アサトンは妙な笑いを浮かべた。「そうかね。ハリック、よりによって君の身に、こんなことが降りかかるとは気の毒だな」

「えっ、なぜそんなことを言うんだ」いらいらしながら強い口調でハリックは問いただした。「不快な光景を見ては駄目、気に染まらない経験をしても駄目。それでは、僕は神経の細い女ということかい。この僕にわずかでも男らしさがあるとすれば、その男らしさに失礼というものだ。その女《ひと》のことを気の毒には思わないのか」

「じゅうぶん気の毒に思っているさ。でも、これまで一番苦しんでいるのは、君ではないのかね。その女《ひと》は事を鵜呑みにして乗り切っただけだ」

「だからこそひどいのだ、だからこそいっそう目も当てられないのだ。その女《ひと》は死んでしまったほうがましだった」ハリックは呻くように言った。

「まあ、そうかもしれないな。もう二度とこんなことは起きないだろうとその女《ひと》は考えて、問題をこれで打ち切りにしたのだと思う。だが、君は以後もずっとその問題を引きずっている。その女《ひと》のことが頭から離れないので」

拳を握ると、ハリックは椅子の肘かけを叩いた。「あいつめ。あいつは、いったいどんな権利があって、俺の邪魔をしに舞い戻り、俺に細君の心配をさせるのだ。ああ、まさしく君の言うとおりだ。たぶん、あの女《ひと》は愚かにも夫に満足し、事を許して、忘れてしまっている。きっと俺の振る舞いを夫に話して聞かせ、一緒になって俺を笑い者にしたはずだ。そうすれば、少しでも耐えられるというのかね」

「そういうものさ」アサトンは言った。「会った時、亭主のほうはどうだったんだ」

「特にどうということはなかった。目配せもなければ、『家内とはうまくやったよ。どうやったかわかるかね』と言葉を尽くすこともなかった」怒気を含んだ呻き声をあげて、ハリックはうな垂れた。

「僕の想像では」もの思いに沈んでアサトンは言った。「実際、ふたりがどのように仲直りしたのか、それがわかってみれば、さぞ驚くだろうな。結婚生活というものは、外部にいる人間には来世と同じように謎だからな。通り一遍の動機に意味などあるものか。道理が通用しない領域だ。仮に、夫にさんざん苦しめられるだけだとしても、とても愛しているのだから許さなければいけないと妻は思う。夫婦は結びついていることが大切なのだ。敵対していては一緒に暮らせない。どうしても一緒にいなければならない。二人の間であれだけ腹を立てても、自然と事がおさまってしまうのだろうな」

「たぶんな」うんざりしたようにハリックは同意した。「でも、俺の結婚観とは違う」

「僕のでもないさ」アサトンは答えた。「ただ、あんな連中の結婚では、こうしたことがたびたび起こるものだろうか」

「だから、地獄の数もそれだけあるということだ」大きな声でハリックは言った。「腹を立てると自尊心がなくなる。夫婦は奴隷のように互いに縛られる。そんな間柄であるのであれば、壊れたらよい」

「そうは思わない」アサトンは真面目に言った。「結婚して互いを縛り合うような男女が自由に解き放たれれば、ふたりはもっと人に迷惑をかける嫌な存在になる。結婚生活はふたりにとって、たとえ地獄と化そうが悪い場所ではけっしてないはずだ。ふたりにしてみれば最高の場所さ」

「君の考えはわかっている」そう言いながらハリックは立ち上がった。「ぞっとするね。心根はやさしいのに、俺には理解できないような血も凍るような考えを抱いているとは。せいぜい楽しむことだ。おやすみ」テーブルから帽子を取りハリックはいっそうふさぎ込んでこう言った。「俺もいい気なものさ。もう一人前の男だから自分の胸におさめておけばよいのに、こんなことで、わざわざやって来るとは」

アサトンはハリックのあとについて戸口の方へ歩いて行った。「君の混乱した思いを、僕の哲学に照らして考えてみるのも悪くはない。不幸な結婚といっても、地獄ばかりというのでも、最悪のものというのでもない」

ハリックは向き直った。「愛情のない結婚。これよりひどい地獄があるかね」厳しく問いただした。

「愛していても、結婚しないことだ」アサトンは答えた。

ハリックは友に鋭い視線を送った。そして、肩をすくめながら、ふたたび向きを変え、勢いよく戸口から出て行った。「君の言うことは俺には難解すぎる。失礼する」

クローバー通りは帰宅するには一番の近道ではなかったが、ハリックは丘を上り、例の小さな家の前を通った。友にあれこれ憶測をめぐらされ、軋み、歪み、傷つけられてしまったマーシャの姿を、哀れを誘う美しさに触れることで癒したいと願い、ハリックは、一瞬、戸口の前で足を止めた。すでに、そこではマーシャの面影がどうぞ私の苦しみを哀れんでと求めていた。それは、あとで冷静になってからでは消すに消せない苦しみであった。家を包む静寂は自分をも巻き込む神秘の襞《ひだ》のような気がした。突然、夜風が疾風となって舞い上がり、近くのランプの灯がめらめらと燃えると、ハリックの影が酒に酔った人の姿のように舗道に揺れた。ハリックが目にしたものは、自らの影であって、かの女《ひと》の姿ではなかった。

「もちろんよ」エクイティ訪問がふたたび話題にのぼるとマーシャは言った。「一緒に来て欲しいといつも思っていたのよ。噂されないですむし、あなたと父がうまくいっていると村の人に見せつけられますしね。でも、来たくなければ無理にとは言わないわ」

「君の言いたいことはわかる。願いは叶《かな》えてやりたいが」バートリーは言った。「だからといって、エクイティのみんなの気持ちまで考えるわけにはいかない。僕の腹づもりはこうだ。君と一緒にエクイティに行き、僕は僕で一日、二日、そこで時間をつぶす。そして君の予定が終わるころ、僕もまた一両日お邪魔する。エクイティに三週間も居続けるのは願い下げだ」

結局、バートリーは実に気前よく振る舞った。フレイヴィアにレースのフードをかぶせ、縫い取りのある長衣を着せ、自ら言うように、娘をほれぼれする装いに整えた。どれも大きな衣料品店の既製服の在庫品の山を半分ほどひっくり返して探し出したものであった。マーシャにも新しい洋服一式とそれに似合うボンネットを買い与え、そこまでする余裕はないと言うマーシャに、なんとかするから心配するなと言った。エクイティでは、ボストンで成功したと思われたいために、労を厭《いと》わずだれにでも愛想よく振る舞った。友だちを見かけると、通りの反対側からでも手を振り、呼びかけ、大声で愉快そうに挨拶をした。また、ホテルのオフィスや店に何軒か立ち寄っては、たむろしている人たちにも顔をそむけることなく、印刷所を訪ねれば、『フリー・プレス』を廃刊にして端物《はもの》の印刷に力を入れるようになってよかった、とヘンリー・バードに伝えた。「やあ、マリラ。やあ、ハンナ」と声をかけ、植字箱のところで長いことハンナの傍らに立って、冗談を言って笑った。恨みに思うことはいっさいなかった。道でモリソン老人の足を止めて握手をした。「ところで、モリソンさん。ハンナの賃金を前払いにしてもらう話、相変わらず朝飯前のことですかね」

ゲイロード弁護士との関係はといえば、エクイティに着いた日の翌朝、バートリーはお父上に腕を貸し、村通りを端から端まで散歩し、バートリー本人の言い草ではないが、あれこれ想像をめぐらして膨らんだ村の人々の憶測を見事に潰してやったのだ。「お父上があそこまでつまらなそうにしているのは初めてだ」バートリーはこうも言った。「でも、それがどうしたというのかね。お父上にしても、自分ではどうにもならないことだ」一家が里帰りをしたのは金曜日の夕方であった。土曜日はこのようにみんなと打ち解けて過し、日曜日には心の広いところを見せて、マーシャと一緒に教会へ出かけた。バートリーは上機嫌で、帰り際には誰かれとなく握手した。午後にはホテルの馬小屋から最高の馬を一組呼んで、婚約した日と同じようにマーシャを遠乗りに連れ出した。お茶のあと乳母車を押して外へ出ると、赤ん坊と三人そろっている姿を人に見せたくて、何としてもマーシャを同行させずには満足しなかった。

翌朝、バートリーは早い汽車で発った。別れ際も陽気に振る舞い、都合をつけしだい戻ると約束した。マーシャは夫がホテルの乗合馬車に揺られて駅へ向かう姿をじっと見つめたあと、二階の部屋へ戻った。長い少女時代を過ごした部屋には、今、赤ん坊が眠っていた。娘が生まれたといっても、様変わりした生活全体から見れば、もっとも小さな変化に過ぎなかった。かつてマーシャは、バートリーのことを思ってこの部屋によく座っていた。思いがけずバートリーがやってくると、一目散にここに駆け込んで、もっと気に入ってもらえるように、髪を整えたり洋服のリボンを取り替えたりした。この窓辺に座って外を眺め、バートリーが来るのを待ちわび、あの日、バートリーが立ち去る姿を眺めたのも、ここであった。もう二度と会えないと思って勇気を振り絞り、バートリーを取り戻そうと一か八か賭けてみた。今、その部屋はよそよそしいまでに静まり返り、これまでの行動の責任はすべてマーシャにあるとでもいいたげであった。

晴れ渡った静かな真夏、なんら変わり映えもしないまま日々が過ぎ去り始めていた。マーシャは赤ん坊を乗せた乳母車を押して外へ出て、避暑客が徒歩であるいは馬車に乗って道を通りすぎるのを眺めた。近所の人が訪ねてくれば訪ね返し、家では母親の家事を手伝った。こうして娘のころの生活が甦った。時々、結婚を夢見ていた当時とほとんど同じ気持になった。そのような気分のまま赤ん坊に視線を向けると、なおも夢の中にいるように思えた。夫の手の内に収められ、一人の人間としての存在を失った若妻が、突然、初めて夫と別々に暮らすことになったのである。かつての自分に戻ろうとして、空想に耽り妙な気持ちを味わったに違いない。何度も衝撃を受けつつ、たびたび嵐に見舞われた結婚であったから、一時《ひととき》なりとも、こうして嵐がすっかり収まると、マーシャの体から力が抜けてしまうのは仕方がないことであった。

「あの娘《こ》は家に帰ってきて、すっかり満足しているようだな」ある晩、寝入った赤ん坊を腕にかかえてマーシャが二階に姿を消したあと父親は言った。

「すっかり落ち着いているようですね」当たり障りのない言葉で母親は同意した。

「うーん、そうだな」弁護士は唸ると、長いこと思いに沈み、夫人はクローシェ編みで赤ん坊のよだれかけを作っていた。網戸の網目を通して窓の下の花壇からつくばね朝顔の香りが漂ってきた。「そうだな」弁護士はまた言い始めた。「お前の言うとおりだ。落ち着いているだけだろう。満足はしていない。わしらふたりのようにな」

「どうして満足していないのでしょう、私にはわかりません」娘に寄せる同情を夫の口調に感じ取った夫人は反発して言った。夫は娘を甘やかしている。妻が焼くいつもの妙なやきもちであった。「あの娘《こ》は、自分の思いどおりにしてきたのですよ」

「思いどおりにした。かわいそうに――そうだ。だが、人は思いどおりになったからといって、いつも満足するものではない」

夫はマーシャの話がしたいのだから、こちらが少しつむじを曲げて話やすくしてやれば、きっと話すはずだと夫人は間違いなくわかっていた。「あの娘はうまくやった、とたいていの人は言うはずです。不自由をさせない男《ひと》を手に入れましたもの」

「そんな男など要らなかった」夫は居丈高に言った。

「ええ、そうですね。でも、欲しいものがあるかぎり、財力のある人を夫にするのは結構なことです」これこそ道理だと夫人は感じ、クローシェ編みのよだれかけの仕上がった分だけを満足げに両膝の上で延ばした。「なんでも夫を当てにするというわけにはいきませんが」夫人はさらに言った。「マーシャは、もうわかってもいい年ごろですよ」

「きっとわかっているさ」

「でしたらどうして、あの娘が失望していると考えますの」ついにゲイロード夫人は真正面から聞いてきた。

「娘はなにも言っておらん」夫はすぐに言い返した。「言うくらいであれば、死んでしまうさ。ボストンへわしが出向いた折に、娘が亭主のことをあまりに話すものだから、しっくりいっていないと思った。四六時中、寝ても覚めてもバートリーだろう。結婚は正しかったと思っている、とわしにずっと言わせたがっていたのだ。最後には、わしもそれらしいことを言った――喜ばせるために。だが、間違っていないと思っていれば、こんなにまで話して聞かせたくはなかっただろう。わしはそう思ってきた。今では、どうしてもというとき以外、亭主のことは口にしない。毎日、亭主に手紙を書き送っている。亭主からもひんぱんに便りがある。たいてい、郵便葉書だ。でも、バートリー、バートリーと言わないな」弁護士は唇をぐっと引いて長く息を吸い込み、顎をこすった。

「あなたが娘のところにいらしてから、なにか起こったということではないのですか」ゲイロード夫人は言った。

「最初からのことはともかくも、それ以外はなにもない。そもそも、あの男の存在自体が事件だ。それは、ずっとそうであった」

そうね、と夫人は夫に同意しそうになったが、こう言葉をつなぎ、つらい気持ちに落ち込まずにすんだ。「でもね、あなた、そうさせたのはご自分ではなくて。第一に、あなたがあの男をここに連れて来たのですよ」テーブルから灯油のランプを一つ手に取ると夫人は二階へ上り、後について来る、来ないは、夫の好きにさせた。

時々、マーシャは午前中に赤ん坊を連れて父親の事務所に出かけた。床の真ん中に新聞紙を広げ、その上に積み上げた法律書に赤ん坊をもたせかけて座らせ、その間に書棚の埃を払ったり、取りとめない会話の一つでもかわそうと、満ちたりた思いでなにも言わずに腰を下ろした。

父親が朝の郵便物を帽子に入れて郵便局から戻ると、娘はいつも事務所に来ていた。郵便物は前の晩の『イヴェンツ』――手紙が書けない場合にと言われていたもの――と、夫からの手紙や葉書であった。マーシャはそれらに目を通して、送られてきた通信やニュースを父親に伝えてから、テーブルに向って座り返事を書いた。だが、里帰りしてほぼ一ヶ月になろうとするある朝、バートリーの葉書など後回しにしてもよいと思えるような一通の手紙を受け取った。ちらりと封筒の筆跡に目をやり、「オリーヴ・ハリックからだわ」マーシャはつぶやき、引き裂くように開いてさっと読み通した。「そうだ。知らせれば、すぐにでもここに来るわ。ナイアガラに行き、セント・ローレンス川を下って、ケベックまで行っていたのね。来週の末までには、ノース・コンウェイに到着するでしょう。ねえ、お父さん、私、みんなのためになにかしてあげたいの」マーシャは声を張り上げた。友人のためならば、娘は父親を捨て、その財産をいつでも売り飛ばせるというアメリカ娘特有の態度であった。「この家に来てもらいたいわ」

「そうだな、わしらの生活ぶりに我慢してもらえるとお前が思うならば、問題はない」ゲイロード弁護士は眼鏡越しに娘にほほ笑んで見せた。

「うちの生活ですって。我慢してもらうですって。それくらいのこと、大丈夫ですよ。どんなことでも我慢する方たちよ。だって、なにひとつ不自由していなくて、それにみなさん、この上なく親切で思いやりがある。お父さんは知らない。ほとんど知らないわね。さあ、さっさと退いて」――テーブルについていた父親をマーシャは椅子から追い立てた――「すぐにバートリーに手紙を書きますから。あの人たちがここに見えたら、どうしてもバートリーにも来てもらわなければいけない。ノース・コンウェイで落ち着いてしまわないうちに、すぐに招待することにするわ」

弁護士は嬉しさに上気する娘を見てくすりと笑い声をたてて、父親を椅子から追い立てると一気に手紙を書こうとする娘の意気込みを喜んだ。これこそ、まさしく以前の娘の姿であった。なにはさておき、娘がこんなに喜んでいるだけでも、ハリック家の人々の来訪は有り難いことであった。

「お父さん、ベン・ハリックのことを話すわね」オリーヴ宛の手紙に封をしようと、手の平の厚い部分で軽く叩きながらマーシャは言った。「ベンが足の悪いこと知っているわよね」

「ああ」

「あれは、小学生の時、男の子に足をとられたの。だれの仕業か、ベンにはわかっていた。やった子も、ベンが犯人を知っていると気づいていたはずよ。でも、すまなかったとの一言もなければ、償いになるようなことは、なに一つしてこなかった。その子、今では、もう一人前の大人になってボストンに住んでいるので、ベンは姿をよく見かけるの。相手が耐えられるならば、自分だって耐えられるとベンは言うの。その考え、素晴らしいとは思わないかしら。そのことを聞いて、私、決めたの。フレイヴィアは、ベン・ハリックの教会――いいえ、現在はどこにも属していないから、以前、属していた教会の会員にすると」

「いずれにせよ、そんなことには損害賠償は取れないな」弁護士は言った。

マーシャは父親の法律上の意見には耳を貸さなかった。手紙を入れようと父親の頭から帽子を取ると、もう一度かぶらせ、大声で言った。「ねえ、お父さん、手紙のことお願いね」

マーシャは赤ん坊を抱き寄せると急いで母屋に戻り、お客を迎える準備に取りかかった。

オリーヴを通して二人の姉からは、エクイティには伺えないという丁重な知らせがあり、ベンがオリーヴ一人を連れて来ることとなった。ベンには客間を、オリーヴには自分の部屋を当て、お客がいる間は、自分たち夫婦は建物の袖の小部屋を使えばいいとマーシャは決めた。

しかし、ハリック姉弟が来てみると、すでにベンは自分用にホテルの部屋を予約していたようで、いくら勧めてもゲイロード弁護士の家を訪れることはなかった。

「こんなことでも、ベンの機嫌を損ねないようにしなければいけないのよ、ハバード夫人」オリーヴにこう説明されてマーシャは困惑した。「ベンがいないと、たいていの人たちは事をうまく運べるの」

ここまでの説明は、当然、ベンの目の前で行われた。ベンの陰にまわってオリーヴはさらにこう言った。「ベンときたら、伺った先で迷惑をかけないか、とまったく病的なくらいに気をもむの。気を楽にさせようとしても許してくれない。人に気を遣わせていると考えるだけで、ベンは取り乱してしまうの。ですから、気にしないでね。独り身の気軽さを重んじてやって。そうでなかったら、ここまで来なかったはずよ。でも、わたしども、ぜひ伺いたいと思っていましたの」

ベンとオリーヴが到着したのは昼前であり、バートリーは夕方来ることになっていた。だが、午後、マーシャのもとにバートリーから一通の電報が届き、到着が二日遅れるので、計画していたピクニックを延期してほしいと頼み込んできた。ベンとオリーヴが滞在するのは三日間だけであったので、できるだけふたりと顔を合わせないですむように来るのを遅らせたのでは、と疑ったマーシャの心は疼《うず》いた。そしてバートリーの姿を見ると、その気持ちをぶちまけずにはいられなかった。

「迎え方がよそよそしかったのは、そのためだね」愛想よくしながらも皮肉な調子を込めてバートリーは尋ねた。「でも、君の考え違いだ。思うに、僕も、ベンとオリーヴも、お互い気になどしていないさ。いいかね、僕がむこうで長引いたのは、ウィザビーに急な来客があったからだ。ウィザビーとはいくぶんそりの合わない社交界の連中さ。ボストンにお越しの節は一報を、とウィザビーが以前言ってしまったものだから、本当にボストンにやって来て知らせてきたのだ。ウィザビーはどうしてよいかわからなくなり、僕のところに助けを求めて来たというわけさ。この三日間、僕はウィザビーの所へ下宿していたのも同然。幌つきの四輪の大馬車に乗せて、魂のふるさとを隈なく連れまわしていたのだ。マウント・オーバーン、ワシントン・エルム、バンカー・ヒル、ブルックライン、アート・ミュージアム、そしてレキシントン。港へも出かけた。史跡という史跡は全部まわった。連中は北に向かうというので、僕と一緒にここに連れてきたのだ。例のピクニックに参加してもらおうと、一泊するように勧めたのだ」

「ピクニックに加わるために泊まってもらうように勧めたというのね。まあ、あなたはいざ知らず、私はよその人は嫌よ。バートリー、これではすべてが台無しよ」

「ベンやオリーヴにしたって、身内ではない」バートリーは言った。「みんな愉快な連中だよ。うまくやってくれるさ」

「いったいどなたなの」マーシャはこの時だけは感情を抑えて聞いた。

「ほら、ポートランドのウィレットの家でウィザビーが出会った人たちがいただろう。ウィレットというのは、以前ここで材木切り出しの飯場を所有していた男だ」

「あのモントリオールの女のひと」ただならぬ予感にマーシャは大声を上げた。

バートリーは笑った。「そうだ、マカリスター夫妻だ。ごく普通の人たちさ。楽しいよ」

マーシャの目は怒りに燃えた。「私のピクニックには、断じて参加させるものですか」

「駄目かね」バートリーは例の独特の目つきでマーシャを見た。「それでは、僕が主催するピクニックに参加してもらうことにしよう。ピクニックはふたつだ。多ければ、それだけ楽しい」

マーシャは息が止まった。まるで夫に胸を掴まれ、締めつけられているような気がした「私の主張を通すだけよ。ベンとオリーヴの前で意見が分かれ、みっともないことになってもしかたがない。そうなっても、あなたはいっこうにかまわないでしょうけれど」マーシャは息苦しいかのように、頭を少し左右に動かした。「ええ、その女《ひと》を連れてきたければ連れてくるといいわ」ついに、マーシャは穏やかに言った。

「ようやく、真剣に話す気になってくれたね」バートリーは言った。「マカリスター夫人に小馬鹿にされたことを忘れたことはない。いつか仕返しをしてやる」

マーシャは一切答えずに階下に行き、オリーヴにできるだけ楽しそうな顔を見せようとした。夫が帰宅するとすぐマーシャは強く説明を求めて、一緒に二階へ駆け上がったため、オリーヴだけがひとり居間に取り残されていたのだ。マーシャは怒りに駆られ、夫にお帰りの口づけをすることさえ忘れていた。自分がずっと腕に抱いていた赤ん坊を夫はのぞくことさえしなかった、と今更ながら思い出しもした。

ピクニックでは、村の北、三、四マイルのところにある美しい峡谷まで出かけることになっていた。わずかばかりの平らな草原には木陰があり、切り立った崖からは羊歯《しだ》が垂れ下がり、泉が湧き出ていた。峡谷沿いに川が長く延びているのが崖の上から見下ろせた。マーシャはそこまで四人乗りの軽装馬車で行く予定にしていたが、バートリー側のお客が加わったため計画通りにはいかなかった。

「一つだけ方法があります」マカリスター夫人は言った。夫人は夫と共に軽装馬車を走らせてホテルからゲイロード弁護士の家まで来ていた。「ハリックさんは馬車の駆り方をご存じないとおっしゃる。宅の主人は道を知らない。ハバードさんは私のところに、主人はそちらにご一緒させていただきます」そうしなさいとでも言いたげに、マカリスター夫人はほかの者たちを見た。

「素晴らしい」バートリーはそう叫んで、マカリスター氏が空けた席に乗り込んだ。「僕らが道案内役だ」

あとからついて行く人たちは、前を行く馬車を見失わないように骨を折った。バートリーは後ろから来る人たちを待って、時々、長いこと馬車を止めておくこともあった。馬車が追いつくと、二言三言、陽気に冗談を交わしてふたたび走り出した。

先に着いたふたりはピクニックの場所を確保した。マカリスター夫人は肩掛けと襞《ひだ》の入った掛け布を何枚か並べて敷物にし、バートリーは馬を馬車からはずして草の食める場所につなぎ、往来の邪魔にならないように長柄を掴んで馬車を押していた。その時、後続の軽装馬車が現われた。

「どこから見ても家族団欒ではなくて」マカリスター夫人は整った、いかにも英国風の口調で、遅れて来た一行に尻上がりの抑揚をつけて尋ねた。「私、こうしたことが好きよ」特にハリックに向かって、夫人はまるで派手な生活ぶりを見せつけるかのように言葉を続けた。「戸外に出ること、好きですの。でも、一つだけ気に入らないことがあります。昨晩泊まったあのホテルで、馬鹿げたことに一滴もシャンパンをいただけなかったの。『酔っ払う液体』は用意できませんと言われてしまって。まったく愚かな話よ。飲み物がなければ、どうしてよいかわからないわ」

「ここは湧き水で有名なところです」ハリックは言った。

「まあ、なんとひょうきんな方。確かに、泉ね」マカリスター夫人は大声で言った。「弟さんが人をからかっているのに、お姉さま、あなたはこんなふうに見ているだけなのかしら」今度はオリーヴに向かって、マカリスター夫人はべらべらしゃべり始め、マーシャにはほとんど話しかけなかったが、それでもマーシャをこっそり観察していた。夫のマカリスター氏もよくしゃべり、最初はマーシャを相手にしたがうまくいかず、その後はもっぱらオリーヴに話しかけていた。マカリスター氏は駄洒落を言ったり謎掛けをしたりした。植民地時代の生き生きとして陽気な社会でも生きていけるような才覚をすべて備えていて、気を配り、その場に応じて機転をきかすようにしなければならないと考えていたのである。夫婦はそろって「機知に富んだふたり」を演じ、お互いに盛り立て合い、オリーヴは詮索好きのボストン気質を抑えきれずに、この夫婦はいったい何者なのか、社会的立場はどのようなものなのか、自らに問い続けていた。だが、答えは出なかった。バートリーはマカリスター夫人の傍らを離れず、マカリスター氏も顔負けするほど夫人の言いなりになっていた。そのような振る舞いはベンとオリーヴには面白くないのだ、とバートリーは感づいていた。だからこそかえって、バートリーはこのような態度をとることを楽しみ、無作法といえるほどオリーヴのことを無視していた。

参加者のこうした人の組み合わせから、必然的にマーシャとハリックとがふたりきりになり、マーシャは受身ながら生真面目に決められるままに従った。だが、ハリックは気づいていた。マーシャは自分と語らっていても気もそぞろ、痛々しいまでに不安げに、たえずバートリーに視線を送っている、と。昼食がすんだあとも午後の時間はたっぷりと残っていた。マーシャはためらいながらも、ふたたび率先して物事を決めようとして言った。「みなさんは、悪魔の背骨からの景色をご覧になりたいのではないかしら、ねえ、バートリー」

「悪魔の背骨からの景色を見たいですか」妻の言葉を引き取って、バートリーはマカリスター夫人に尋ねた。

「悪魔の背骨って、いったい何のことですの」夫人が聞いた。

「この上の断崖の岩場の尾根のことです」バートリーはそう答えて、断崖の斜面の方向に頷《うなず》いて見せた。

「どのようにして行くのかしら」夫人は聞いた。尾根を見ようと顔を上げ、愛らしい顎をバートリーのほうに向けた。

「歩いて行きます」

「それでは、結構です。自分の背骨だけでじゅうぶんです」夫人は言った。身体のことに遠慮会釈なく触れられるのは、大英帝国並びにそれに隷属する植民地の国々の優れた文明というものである。

「では、私がお連れしますよ」バートリーは申し出た。

「恐らく、おみ足は丈夫と存じますが、私は故郷の丘で驢馬《ろば》をたくさん飼っていましたもので」

自分が笑いものにされてでも冗談を楽しもうとしてバートリーは大笑いした。

マーシャは顔をそむけるとオリーヴに視線を送り、一緒に来るように誘った。

「ハリックさんは気が進まないのではないか」マカリスター氏が言った。

「私は行きたくても行けません」残念そうにオリーヴは言った。「高い岩場を登れるほどの脚力もなければ、頭もないわ」

オリーヴが誘いに乗ってくれればよいと望んで、マーシャはいったん立ち上がったものの、また草の上に腰を下ろそうとすると、バートリーが大声で言った。「ベンに悪魔の背骨を案内してやったらどうだ。ハリック、一見の価値はあるぞ」

「行ってみたいと思いますか」気乗りしないままにマーシャは尋ねた。

「ええ、ぜひ」やっとのことで立ち上がりながらハリックは言った。「奥様がさほど疲れないようでしたら」

「ええ、大丈夫です」マーシャは穏やかにそう答えて案内した。上り坂でも造作も無く常にベンの先を行き、ベンの話すべてに短く応じた。頂上に着くと、「ほらあそこ、見えますか」とマーシャは素っ気なく言った。そして、谷に向けて手を振った。ふたたび話し始めようとでもしたのか、マーシャの喉が鳴ったが、それは声にならないまま嗚咽となった。

ハリックはうつむいて震えて立っていた。マーシャを見る勇気はなかった。マーシャの顔色を見ることになるからではない。知ってしまったことの苦しみ、どうしようもない哀れみ、こうした自分の顔色をマーシャに見られてしまうからだ。ハリックは杖の先で足下の岩を叩いて下を向いていた。顔を上げてみると、マーシャは、背を向けて立ち、ハンカチで涙を拭いていた。ふたりの目が合い、マーシャはベンが相手ならば、弁解も言い訳もしようとせずに、自分のことを曝け出せると思った。

「ハバードに上に来てもらい、あなたが下りるのに手を貸してもらいましょう」ハリックは言った。

「そうね」悲しげにマーシャは応じた。

ハリックが断崖の側壁を苦労しながら下りて行くと、近づいてくる友人の姿にバートリーははっとし、後ろめたさを感じてすばやく立ち上がった。「どうしたのかい」

「なんでもない。ただ、奥さんが崖を下りてくる。手を貸したらいいと思ってね」

「あら」マカリスター夫人は大きな声をあげた。「ひと騒動ね、実に面白いこと」

ハリックはそれには応じなかった。話題を変えるのも続けるのも夫人の好きにさせて、自分は草の上に体を投げ出した。バートリーはマーシャの涙が消えるまでしばらく頂上にとどまったあと、ふたりして戻ってくると、ハリック以上に機転のきくところを見せた。

「君の悪い足ではかなり大変だったろう、ハリック。でも、マーシャはちゃんと考えていたのさ。登るのは君に助けてもらいはしたが、下りることまでは安心して任せられないとね」

「ベン」翌日、帰りの列車の座席につくとオリーヴは言った。「あなたは下りて来たのに、どうして頂上にいるマーシャのところへご主人を迎えに行かせたの」ベンに聞いてみるまで、オリーヴは気にかかっていて落ち着かなかった。

「マーシャが泣いていたからさ」ベンは答えた。

「どうして泣くようなはめになったと思うの」

「君はこう思っているのだろう。バートリーがあの女といちゃついているものだから、マーシャが惨めな気持ちになったと」

「そうよ。マーシャはその女《ひと》が来るのをかなり嫌がっていたわ。それに、ずっとやり込められどおしと感じてもいたでしょうね。マカリスター夫人とはいったい何者なの」

「そりゃ、馬鹿者さ」ハリックは応じた。「いちゃつく女は、すべて馬鹿者だ」

「あの女は馬鹿というより腹黒いと思う」

「いや、そんなことはない。いちゃつく女でも見かけほどひどくはないものだ。恐らく、いちゃつく女が思うほど、男はひどくはないからな。それでも、いずれにせよ、ひどく惨めな思いをさせることには変わりはないさ」

「そうね」オリーヴは溜息をついた。「かわいそうなマーシャ、かわいそうなマーシャ。でも、マカリスター夫人でなくても、ほかのひとでも同じことになるわね」

「バートリー・ハバードだもの——それはそうだ」

「それにマーシャですもの。まあいいわ——ベン、他人の不幸に巻き込まれたくはない。危険ですもの」

「僕も嫌だね。でも、この世の中だ。人の不幸と係わらずにいられることなど、なかなかできないね」

「そうよね」オリーヴは悲しげに同意した。

ベンは話が途絶えたので新聞を読もうとし、オリーヴは窓の外を眺めた。ほどなく、オリーヴは弟のほうに向き直った。「昔、ふたりして冗談の種にしていた女の子がいたでしょう。その子の写真とハバード夫人、どこか似ていると思わない――あなたが失恋したあの娘よ」

「そうだね」ハリックは言った。

「あれ、どうした――その写真。見つからないのよ。そのうち、マーシャに見せたいと思ったの」

「処分した。ハバード夫人に出会った最初の晩、火にくべてしまった。持っていてはいけないような気がしてね」

「ねえ、あれ、あの女《ひと》の写真だったと思わない」

「そうだったと思うよ」ハリックは答えた。ふたたび新聞を手に取ると、ハリックは列車を降りるまでずっと読み続けていた。

その晩、ハリックが姉の部屋におやすみの挨拶に行くと、姉はハリックの首に腕をまわして顔にキスをした。いかつい、どこにでも見かけるような顔ではあったが、姉の目には神々しい美しさが漂っているように見えた。

「ねえ、ベン」オリーヴは言った。「世界中で自分がいちばん幸せにならなければ、善良な人でいてもしかたがないわね」

「僕はつまるところそうではなかった、と言い直すほうがよくはないかい」憂鬱そうな笑みを浮かべながらベンはほのめかした。

「そんな馬鹿なことはしないわ」オリーヴは言い返した。

「おい、いったい、どうしたんだい」

「別に。ただ考えていただけ。おやすみなさい」

「おやすみ」ハリックは言った。「僕は善人でも、つきあっている人たちはいただけない、そう思っているようだね」

「ええ」オリーヴはそう言って笑った。息をつかない笑い、すぐに涙に変わる、女性特有の笑いであった。オリーヴの目は涙で光っていた。

「あの」足をひきずり部屋を立ち去りながらハリックは言った。「髪を垂らすと、君はとてもすてきだよ、オリーヴ」

「女の子はだれでもそうよ」オリーヴはそう答えた。部屋の入口から身を乗り出して、弟が足をひきずりながら廊下を部屋へと戻る姿をじっと見つめた。弟の動きには、どこか悲しげで失意に沈み、疲れた様子がみえた。オリーヴはドアを閉め、鏡の前に戻ったが、鏡に映るすてきな娘の顔は涙にかすんで見えなかった。

第二十八章

「やあ」バートリーは声をかけた。夏の間あちこちに出かけていた人びとがボストンに戻ってきた秋の日のことであった。「久しぶりだな」舗道の人混みを少しでも避けようとバートリーはリッカーの手を取り、建物の入り口に引き寄せて立ち話をした。

「そりゃ、ホワイト・マウンテンズに行って、高級な避暑地でふんぞり返る余裕など僕にはないさ。だれかさんたちとは違ってね」リッカーは言い返した。「僕は仕事の申し子、手は荒れ放題さ」

「馬鹿言え」バートリーは言った。「だれでも同じさ。この僕だって、ここでずっと働き詰めだったからな。三日や五日は休むことはあっても」

「そうかね、『個人消息欄』の受け売りだが、こう書いてあったな。『イヴェンツ』のハバード氏、岳父のゲイロード弁護士と、ホワイト・マウンテンズの突き出た崖の上で、夏の数ヶ月を過ごす。この記事は自分で書いたのだろう。ジャーナリズムに関しては、君はなんでも知恵がまわる」

「よしてくれ。そんなふざけたまねはもうしない。おい、リッカー、頼みがある。一緒に食事でもどうかね」

「人に食事をふるまおうというのか」リッカーは恐れをなし、一歩身を引いて言った。

「いや——仕事のうちだ。君は僕の子供の顔をまだ見ていないし、家も見ていない。ぜひ来て欲しいのだ。家族全員、以前の生活に戻って、問題なしだ。暇なのはいつだい」

「そうだな」考え込みながら相手は言った。「あまりにも約束が多くて。待てよ、来月ならば、食事の時間をひねり出せそうだ、ハバード」

「わかった。来週の日曜日はどうだろう。時間は六時だ」

「え、六時かね。僕にとっては真昼間も同然、そんな早くから食事というわけにはいかない。もっと遅くしてくれ」

「それでは、午後の一時。君には昼めしの時間だろう。待っているぜ」

「顔を出すまで当てにしないほうがいいぜ」こんな言い方をするのはリッカーが承諾したからだとバートリーにはわかっているので、これにはなにも言わなかった。だが、「ウィザビー老人とはうまくやっているかね」と聞かれた時には、気楽に明るくこう答えた。「もちろん、しっかりと力をあわせている。ウィザビーとは互いによかれと手を結んだのだ。ではまたな」

「いや、ちょっと待ってくれ。どうして倶楽部に顔を出さなくなったのかね」

「うーん。以前の倶楽部ではなくなったからね」バートリーはそっと打ち明けた。

「それはそうだ。あんたのように、クローバー通りの選りすぐりの社交界で活躍している人には向かないところさ。だが、時には貴賓として顔を出し、卑屈になっている旧友たちを元気づけてやってくれないか。先だっての夜は、大勢の仲間と君の噂をしていたのだ」

「僕の悪口を言っていたのかい」

「事実を話していたのだが止めに入ったのだ。そんなこと言っても始まらないと言ってやった。あれ、君、太ってきたね」

「リッカー、君は遅れてるなあ」バートリーは言った。「太り出してから、もう六ヶ月になる。どうりで君の主宰する『クロニクル・アブストラクト』が勢いをなくしているわけだ。さあ、日曜日にわが家に寄ってティヴォリを飲むといい。腹が出てくるぜ」リッカーのへこんだチョッキを軽く叩くと、手を振ってバートリーはその場をあとにした。

リッカーは戸口から身を乗り出して、バートリーの後ろ姿を心配そうに目で追った。リッカーは俗に言うバートリー株を買っていたが、この投資で損をするのではないかと不安になった。友人のだれかに売り逃げしようにも、一ドルを二十セントにしても無理であった。特にこれと言って指摘できるような問題をこの男が起こしたわけではなかったが、バートリーという特定銘柄は広く信用を失墜してしまっていた。リッカー自身も信じられなくなっていた。そういうわけで、倶楽部で多くの仲間と少しばかりその話をした時、いつかバートリーに接触して、みんなから信用されなくなった理由を確かめてみようと真剣に考えていたのだ。最初はバートリーを好きになり、当人のためを思い、その才能を信じていた仲間も、ほとんど誰もがバートリーを見捨てた。今、バートリーの仕事仲間といえば、ジャーナリズムのごろつき連中か、駆け出しの記者しかいない。なにかの事情で二年も経たないうちにこんな事態になってしまったのだ。ウィザビーのせいに違いない、とリッカーはこれまで思ってきた。だから、ウィザビーと付き合うようになってからバートリーは人から胡散臭《うさんくさ》く思われるようになったのだ、と倶楽部でも主張してきた。ジャーナリズム論を戦わす際にバートリーが打ち出すものは、若者の単なる馬鹿げた考えにすぎず、いずれはそんなことを言わなくなるだろうとも思ってきたのだが、今、バートリーの背中を眺め、リッカーは不安になった。堕落した人間の背中ではないか、背中は以前にまして大きくなったものの、かさが増えた分、健全な中身ではなく、どうも、水に浮くコルク質の繊維、まさしく腐った道徳の表われではないのか。

バートリーは浮かれた気分で『イヴェンツ』の事務所へと急いだ。最近、ウィザビーに給料を上げてもらい、今では週に五十ドルを受け取り、記者としてだけでなく様々な面で必要とされる人間になっていた。バートリーはすぐに役立つというだけではなかった。さらに収入を得ようとして進んで広告記事を書いたために、仕事がらみのさまざまな事柄をも掌握していた。そのため、ウィザビーは意見を異にする場合、かなり不愉快な気分を味わった。それでも、ウィザビーはバートリーに金銭的にじゅうぶん報いるだけでなく、扱いもよくし、多少のことであれば威張られようが、『イヴェンツ』の真の編集者として認められる日はいつかという予測を立てられようが気に留めなかった。

家の中でも、すべてが順調に運んでいた。赤ん坊は丈夫にすくすくと育ち、かわいらしい唇で空気の泡を作ってはパチンと破裂させるようになり、そうした仕草は親馬鹿この上ない盲信から、パパ、ママと言っていると解釈されかねなかった。娘といえども、いわばパンのこね粉のような、つるつるとして捕えどころのない存在で、そもそも父親はわが子に失望する時期がある。しかし、バートリーの娘はすでにそんな段階を過ぎていて、抱くことが楽しい、しっかりと実体のある姿に成長していた。

バートリーは子供を膝に乗せるのが好きだった。自分で立とうとして、小さい足を屈伸させ飛び跳ねるようにする様子がたまらなかった。母親に抱かれたまま、娘が自分のほうへ両腕を延ばしてくるのもよかった。こうした瞬間に純粋にやさしくなれるのは、善人とまでは言わなくても自分はかなりいいやつなのだ、という申し分のない証しとして受け取れた。夕食後の半とき、フレイヴィアを膝にのせて過ごすと、すっかり所帯染みてしまって、今では毎晩家にいるような気がした。一度か二度、使用人が留守の折に娘を抱いたまま戸口に出たことがあった。来訪者はオリーヴとベン、あるいはオリーヴと歳の離れた姉二人か、オリーヴとそのどちらかであった。

夕暮れどき、家に立ち寄りそうな人といえば、ハリック家の人だけで、フレイヴィアを腕に抱いたまま扉を開けても、ほかの人たちと顔を合わせる心配はほとんどなかった。そこで、所帯染みた迎え方をしたくなくても、赤ん坊をわざわざ下におろすことはない、とバートリーは考えたのであろう。オリーヴにどんなにひどく嫌われているか、バートリーは以前からずっと感づいていた。家族に尽くす年の若い父親の役柄を演じる自分に、ベン・ハリックが多少当惑していることにも気づいていた。そのような時、結婚しろと言ってバートリーはベンをからかい、冗談を言われて旧友が当惑するのをあざ笑った。その後、バートリーは一度ならずこうも言った。ベンはどんな楽しみがあってこの家に出かけてくるのかね。あんなふうに、ほとんど一言も口にしないまま一晩中座っている。いくら愚鈍な男でも、きっと退屈に違いない。「でも、僕がいなければ、ベンはもっと陽気なのだろう」バートリーは含みのある言い方をした。「僕がいると、ベン・ハリックはいつも水を差された気になるようだ」自分の留守中にベンが楽しく過ごしても、バートリーはうらやむことなどまったくなかった。

ある晩のこと、玄関のベルが鳴った。立ち上がったバートリーは「こんな時間にいったいどこのどいつかね」と言いながら戸口に出た。しかし、扉を開けても聞き覚えのある声がなかなか聞こえてこず、マーシャは耳をそばだてた。ためらうような沈黙が続いた。ついに外から夫の声とは違う大きな笑い声が聞えた。「やあ、お前だね。さあ、名うての悪党、濡れるから、とっとと入れよ」一気に挨拶をまくしたてるバートリーの声に交じって、恥ずかしそうにすり足で玄関ホールを歩く音が聞こえた。人との交わりに緊張し、足の運び方すらきちんとできない人の足音であった。そして、おどおどしながらささやくかすれ声、外套を脱げ、脱がぬの言い合い、帽子をどこに置いたらよいかと尋ねる声、そしてバートリーがふたたび姿を現わし、ひょろりとした男を前へと促していた。頭上のシャンデリアの炎をバートリーが大きくすると、男はガス灯の光に大きくまばたきをし、マーシャの美しさを目にしてひどく当惑して、ばかでかい手をこすり合わせた。マーシャは、さながら居心地のよい小さな居間にはめ込まれた宝石のようであった。

「こちらはキニーさん、家内だ」そう言って紹介をすませると、バートリーは平手でキニーの背中をぴしゃりと叩いた。するとその勢いで、キニーは夫人用の足のせ台の向こうまでよろめき、マーシャが勧めてくれたソファーにどさりと座り込んだ。「このろくでなし、どこから来たのかね」

マーシャの存在にキニーはうろたえていたが、バートリーの垢抜けた温かい出迎えを受けて、くつろいだ気分になったようであった。頭を前に突き出して口を大きく開き、キニーはいつものように声を出さずに大笑いした。「どこへ行くんだと聞いてもれえてぇ」

「そのほうがよければ、そうするよ。どこへ行くのかね」

「イリノイだ」

「離婚するためかい」

「いや、もう一度当ててみてくれ」

「結婚するためかね」

「たぶん。大金を貯めこんでからな」キニーは部屋中に視線を走らせた。なに一つ不自由するものはない境遇を妬む気持ちはなく、ただ単純に素晴らしいと思うだけであった。最後に、こっそりマーシャを見た。マーシャの存在は幸運の極みであり、じっと見つめるにはあまりにもまばゆく、その輝く姿に傷つけられたとでもいうかのように視線をもとに戻し、真面目な態度になった。

「まさかお前にまた会えるとは、まったく思っていなかった」腰を下ろすと、バートリーは赤ん坊を膝に乗せ、キニーをまじまじと見つめた。安い綾織りの丈の長いフロックコート、黒のカシミアのズボン、青色のネクタイ、セルロイドの襟。どう見てもキニーは安物を売る洋服屋に出会ったであろうが、うまくやったのはユダヤの商人のほうであった。キニーはまだ床屋には行っておらず、髪も髭も、木材切り出し飯場にいた時のままのもじゃもじゃで、顔も手もなめし皮のように茶色であった。「でも嬉しいな」バートリーは続けた。「来るという電報をもらったような嬉しさだ。もちろん、俺の家に泊ってくれるだろう」バートリーはキニーがマーシャに怖気づいているとすでに気づき、いくぶん偉そうに言った。家の主人は自分であり、燦然とした存在であっても妻など俺の言いなりだ、とキニーにわからせるためであった。

キニーは困り果てて言い始めた。「いや、とんでもねえ。そうするわけにはいかねえ。身の回りの物は、一切合切、旅籠《はたご》のクインシー・ハウスに預けてあるから」

「トランクかね、それともカバンかね」バートリーは尋ねた。

「まあ、カバンさ。でも――」

「よしわかった一緒に行って取ってこよう。食後にはたいてい少し散歩に出る」バートリーは落ち着き払って言った。

マーシャは娘を連れて二階に行こうとして、手にしていた縫い物を片付け終え、上目遣いでこっそりとキニーを盗み見た。キニーがふたたび話そうとすると、バートリーと一緒になって泊まるように勧めた。

「キニーさん、なんの心配も要りませんわ」マーシャは言った。「客間の用意はすっかりできていますから、ぜひお泊まり下さい」

マーシャの口調に嘘偽りはないとキニーは感じたに違いない。それでもバートリーは一瞬ためらって、人の言いぐさを借りて無理やり暗黙の了解を取り付けた。「『しばしば訪れる客こそ、家を飾る最高の装飾品』これ誰の言葉かね」

キニーは青いつぶらな瞳をぱちくりさせた。「エマソン老だ」

「そうだね。エマソン老の言うとおりだ。キニー、なんら気を遣うことはないんだ。飾りというだけでもいて欲しい」

ふたたび口を開けると、キニーは声もなく笑って言った。「まあ、好きなように決めてもらうさ」

「代わりに、僕が娘を二階に連れて行こう」バートリーはマーシャに言った。赤ん坊を受け取ろうとして、マーシャは体を前に屈めているところであった。「キニーさんに失礼を許してもらって」

「いいとも」キニーは言った。

バートリーがこの思い切った手段を取ったのは、マーシャとは直ちに事の決着をつけるのが最善であり、マーシャがキニーの接待をしぶしぶ受け入れるのであれば、面倒なことはさっさと片をつけたいと思っていたからである。「マーシャ、ありがとう」部屋に戻るとバートリーは言った。

「どうもうっかり口を滑らせて誘ってしまった。お前の気持ちを知らないままにね」

「あら、泊っていただくことになって、とても嬉しいわ。当時、あの方はあなたにお金を貸してくれようとしたのよね。覚えていますよ」赤ん坊用のベッドの柵を開けながら、マーシャは言った。

「マーシャ、君は実に人がいいね」声を張り上げて言うと、バートリーは娘を妻の手に渡しながら、その頭越しに妻に口づけをした。「僕など君の足もとにも及ばない。君は人から受けた情けを忘れない、受けた傷もね」そうつけ加えてバートリーは笑った。「僕は、どちらもすぐに忘れてしまうから困るよ」

夫の口から出た自己分析ともいえる言葉には独特の悲しみがあり、マーシャは目に涙があふれたが、なにも言わなかった。バートリーはこの場を逃げ出してキニーのもとに戻りたい気持ちでいっぱいであった。キニーと出かける、遅くまで帰らないから起きていなくてよい、とマーシャに告げた。

バートリーは得意満面となり、キニーを『イヴェンツ』の事務所に連れていき、扉の鍵を開け、編集室を見せようとガス灯をつけた。それから、数ある劇場の一つに案内し、オッフェンバッハのオペラを一部鑑賞してから、パーカー・ハウスへ行ってニューヨーク風シチューを味わった。日曜日の夜行で帰らなくてはならないとキニーは言ったので、好き勝手にできるほんの一晩のうちに目もくらむような経験をできるだけ多くしてもらうのがよい、とバートリーは思った。キニーを連れて行って何人か仲間に会わせたいとも考えていたので、今夜、倶楽部の集まりがないのが残念でならなかった。

「でも大丈夫だ」バートリーは言った。「仲間のひとりに頼んで、明日、一緒に食事をしてもらうことにする。仲間は仲間でも、とびきりいいやつがどんなか、わかってもらうぜ」

「ところで、おい」キニーは感心して言った。ふたりはすでにバートリーの家の居間に戻っていて、キニーはふたたび美しい部屋に見とれていた。傘つきのアルガンバーナー（丸芯の火口《ほくち》）の抑えた明かりがこの男を照らしていた。「これほど俺の趣味に合う部屋は初めてだ」

「悪くはないだろう」バートリーは言った。クラッカーを載せた皿とティボリ・ビール二本がすでに運び込まれていて、まずそのうちの一本目をバートリーが開けているところであった。そして泡の立ったゴブレットを相手に差し出した。

「ありがとう」キニーは言った。「だが結構だ。俺はまったくやらないんだ」

バートリーは飲まない相手を責めることもなく、満足げに半分飲み干した。「俺はしょっちゅう飲んでいる。一週間懸命に働いてから、これを飲むと神経が落ち着く。さて、今度はお前のことを話してくれ。イリノイ州でどうしようと言うのかね」

「そうさね、炭鉱を持つ友だちがいて、わしをどうにか使えんかと考えてくれてね。これでも使いものになるさ。いろいろとやってきたもんだから。どうかね、あんたも向こうへ行って新聞でも始めてみては。間違いなく大きく育つよい町だ」

見たこともない町なのに、キニーがすでに自慢にしているのを耳にして、バートリーは愉快になった。ゴブレットを唇に当てて傾けると、バートリーは杯の縁越しにちらりと相手を見た。やさしいが人を軽蔑するような目配せであった。「この土地でのチャンスは諦めろというのかね」ゴブレットを置いて、バートリーは言った。

「まあ、そうだ」相手の視線に軽蔑を読み取ってキニーは言った。「いいかねバートリー、今晩玄関のベルを鳴らした時、あんたは俺なんかに話しかけてくれんのでは、と心配した。でも、心の中ではこう思っていたさ。『畜生、いいかね。やつにできることは扉を鼻先でぴしゃりと締めるくらい。お前はずっと憧れてきたんだろう――それだったら、この老いぼれ、ぶち当たって、一か八か、やってみろ』と。そういうわけで、今朝かなり早くに、『イヴェンツ』の事務所であんたの住所を教えてもろうて、一日中歩きまわり、勇気を振り絞った。マクベス老の言か――それともリッチルーの言か知らんが――息を整え、ついに、小僧っ子のように爪先をスタートラインに揃えたというわけさ」

バートリーは笑いころげ、二本目の瓶のコルクを抜こうにもなかなか抜けなかった。

「なあ」キニーはそう言って、身体を前に乗り出し、親指と人差し指でバートリーの肉がついてふっくらとやわらかい膝小僧を掴んだ。「あの晩あんなふうな別れ方をして、わし、後悔しとる。気分が悪かった。まさに自分勝手で、わしのとった行動は褒められたものじゃなかった。お前の金などいるものかと断わられたのが、実にこてぇた。相手の言うことにも一理あると思っていたから、なおさらこてぇた。どこまでもあんたに公平であったわけじゃねぇ。でも、あんたのことは立派だといつも感服していた。それはわかってくれるだろう。昔の『フリー・プレス』で、お前さん、ちょっとした意見を述べておった――あれなんぞ、あんたは頭が切れるなと思っていた。あんたのことが好きだった。それなのに、あの女相手に、あんたにこけにされたと思うと、傷つけられたみてぇな気になった。後になって自分がひでぇ馬鹿者だと気づいた。そのことをあんたに言いたいと前から思ってた。あの金を貸したいと、もう一度、いやもう二度、くり返し申し出ることができればええと。わしに恨みを抱いていない証拠に、金を受け取ってもらえたらええと、いつも本当に望んでいたんだ」バートリーは急に興味をそそられて顔を上げた。「ところが、今ではもうそれもできん」キニーは言った。

「そりゃまた、何かあったのかね」バートリーはがっかりした口調で尋ね、二本目の瓶から二杯目の酒をついだ。

「あのう」キニーはなにか気が進まない様子で言った。「去年の冬よ、投機筋がらみで、飯場の食料の調達を請け負ったんだ――まあ、わしは脳味噌によい食い物のことで、いつもちょこっと動きまわっておるからな」――なにかを思い出したように、バートリーがけらけらと甲高く笑うと、キニーは情けなさそうに笑みを浮かべた――「『いいか、飯を食うたびに、飯場の連中にほんもんを食わせてやろう』わしはそう思うとる。健康食品のちらしを手に入れて、クラッカー樽を半ダース、小麦粉を半ダース、挽き割ったココア樽をどっさり送ってくれと注文した。飯場の食料の基本を健康食品にしたのさ。春になったら、肉体は強く精神は豊かな飯場の男どもを作り出そうと算段を立てていた。ところがどうだ。その小麦粉でパンを焼き、クラッカーを配ったら、そこで万事休す。みんなすげえ剣幕で怒り、前のようにドーナツやソーダ・ビスケットや日本茶にしなかったら、飯場を焼き払う。そんな勢いなんだ。もちろん、わしは折れた。でも、おかげで、バートリー、わしは破産、木っ端みじんさ」

バートリーはテーブルの上に両腕をどさっと下ろし、顔を埋めて笑い続けた。

「でも」キニーは言った。悲しくも満足げであった。「わしからなど、もう、金を借りる必要がなくなってよかったな」居間とさらに向こう側の食堂をキニーはもう一度見まわしていた。「これほどまでに金回りのいいやつも珍しい。まあ、成功したのだから当然だね。バート、おまえさんは頭が切れ、しかも、いいやつだ。思いやりもある」キニーの声は感極まって震えた。

バートリーは酔って赤くなった顔を上げ、なんとか言葉を継ごうとした。「キニー、この俺には、卑しさなどないからな」ビール瓶を手で探り出しては次々と振り、いずれも空瓶とわかると、バートリーは明らかに驚いた様子であった。

「バートリー・ハバード、あんたはわしに、兄弟のように接してくれている」キニーは続けた。「簡単には忘れねえ。今晩わしを受け入れてくれてよかった。でなかったら、わしは悲しい思いをしていたはずだ。あんたにつれない男が、いや、女がいるとすれば、顔が見てぇもんだ」だれにともなく挑むようにキニーは言った。「飯場の連中だって、あんたにはそれほど冷たくなかったじゃないか」キニーはマーシャの素晴らしさを認めて言い添えた。

「まあ、あんたの一番の運のよさはだな。奥方が淑女でいらっしゃることさ、どこからどこまでも。あの晩、あんなに派手に騒ぎまくった例のモントリオールの女とは月とスッポンでさ」

「いやね、とやかく言っても、マカリスター夫人は、そこまでひどくはなかったさ」度量の大きさを示してバートリーは言った。

「まあ、あんたらしいや。わしは、別に女子《おなご》に特に厳しいわけじゃない。だがな、結婚しているならば結婚しているらしく振る舞って欲しいもんだ。あんたの奥方は、あの晩あの女があんたにしていたように、若い男といちゃつくことなどねえだろう」バートリーは苦笑いを浮かべた。「そう、おふたりは仲がいいね。お幸せなことだ」

「似合いの夫婦だ」バートリーは応じた。

「素晴らしい地位、素晴らしい家、素晴らしい奥方、おまけに、かわいい赤ちゃん。うーん」キニーは言って立ち上がった。「この俺にはとてもついていけねぇ」

「寝るのかね」バートリーは尋ねた。

「そうだな。寝るほうがよさそうだ」どうしようもないといった様子で、キニーは答えた。

「案内するよ」

玄関に置いたままになっていたキニーのカバンを持って、バートリーが軽やかに階段を上ると、そのあとからキニーも階段を軋ませながら用心深く上った。こうして客間へと案内すると、バートリーはさっきまで低く燃えていたガス灯の炎を大きくした。

まっすぐ立っていたせいで部屋は小さく見えたが、ピンク色の更紗のカーテン、柔らかな敷物、白い上掛けのかかったベッド、レースの掛け布におおわれた化粧台と、キニーは次々に恐れ入り崇めるように見まわした。「これは、すごいや」それだけ言うと救いようもない気持ちになって、腰を下ろし長靴を脱ぎ始めた。

翌朝になってもキニーの卑屈な気持ちは変わらず、とんでもなく早く起きてしまい、じっと新聞を読んでいるところへ、バートリーが日曜日の遅い朝食に下りてきた。キニーの姿を目にしたバートリーは食堂へと案内した。そこにはすでに魅惑的な室内着をまとったマーシャがいて、食事はいっそうおいしいものとなった。新しい白い服を着せられた赤ん坊が幼児用の肘掛け椅子にナプキンでくくられ、スプーンで食卓をどんどんと叩いていた。こうした場面で泰然としているバートリーの姿を目にしたキニーは、この家の主人にはかなわないといっそう苦々しく思い知らされ、ほとんど言葉を口にする気力も失せていた。朝食がすむと、バートリーは鉄道馬車でキニーをケンブリッジに連れ出して、大学の建物、記念会館、ワシントン・エルム、マウント・オーバーンを見せてまわった。キニーは恐れをなして、すっかり気を滅入らせてしまった。そこでバートリーはリッカーが食事に来るのに備えて、ふたたびキニーを元気づけるために、なんらかの手を打たなければならなかった。ちょうどその時、マーシャはキニーに台所を見ないかと声をかけようと思っていたところであった。台所でくつろいだ気分になったキニーは、その道の知識豊かな人間らしく、台所は完璧に片づいていると褒め上げた。バートリーはフレイヴィアを片手に抱いて、ふたりについてまわり、キニーが尊敬の念からすっかりマーシャの虜になると、そこここで、おどけた言葉を一言差し挟み場をもたせた。やがて、リッカーが玄関のベルを鳴らす音がした。バートリーは泊り客がどのような人間か、何とかリッカーに説明しようとして、食事の際にふたりでしめし合わせて、キニーが知らず知らずのうちに身の上話をし始めるように仕向けた。なにを話しているのか自分でもわからないままキニーは話を始めた。自分のこととなると饒舌にならざるをえず、一風変わった生涯における冒険に次ぐ冒険についてしゃべりまくった。聞いているふたりは共に強烈な興味を呼び起こされ、バートリーはキニーのことを誇らしく感じ始めていた。

「なるほど」リッカーはキニーの言葉が途切れると言った。「波乱万丈な人生を生きてきたのですね」

「そうですともさ」キニーは同意を求めてバートリーを見て言った。「いつも、こう思ってますだ。もし、海岸に打ち上げられて見捨てられるようなことにでもなれば、よたつきながらも、冒険談を最後まで書き終えて形にしようとね。できますかね」

「出版の準備さえ整えてくれれば、『クロニクル・アブストラクト』の日曜版にいつでも採用しますよ。約束だ」リッカーは言った。

バートリーはキニーの腕に手を置いた。「なあ君、こいつはすでに買い取られている。この話——「アメリカ一市民の告白」——は、『イヴェンツ』のものだ」

三人は笑い、そしてリッカーがキニーに言った。「だが、いいかね。わが社が君のちょっとした個人史を取材し、好き勝手に素材を使わせてもらう。そうしてはいけないかね。どうも、君は大きく出すぎだ」

「それでも、わしはみなさんと同じ紳士の一人」訳もわからぬまま、キニーはふんぞり返って言った。「言うていることはわかるが」

「どうかな」リッカーは言った。「ここにおいでのハバードは、あらゆる悪口雑言には慣れている。けれど、私までもが紳士に数えられたのは初めてだ」

リッカーの冗談だとわかって、キニーは椅子の片側に身を折り曲げて笑った。バートリーが立ち上がり、居間に行って一服しないかと聞くと、キニーは目配せしながら、いいえ結構、紳士ならず淑女らとご一緒するのだと言った。キニーはなぜか折り戸が閉まるまで待って、バートリーの姿が隙間から見えなくなると、時計の鎖の先につけられた荒削りの金の塊《かたまり》をはずし始めた。それを終えると、見栄えを確かめたいので、小さなネックレス——ハリック夫人からの洗礼式の贈り物——フレイヴィアが身につけているネックレスに、取り付けてもかまわないかと聞いた。とてもよく似合い、昔のローマの印璽《いんじ》のようであった。とはいっても、キニーもマーシャも印璽《いんじ》がどういうものか知らなかった。「つけておきやしょう」キニーはおずおずと言った。

「まあ、キニーさん」マーシャはびっくりして叫んだ。「いけません」

「いえ、今は、ぜひそうさせて下せい、奥様」大柄な男は言葉どおりに懇願した。「このわしにとって、こうさせてもらうことがどれほど重要なことか、奥様にわかっていただければよろしいんです。このようなお宅に一日居させてもろうて天国みてぇでした——本当に」

「天国ですって」マーシャは青ざめて言った。「あら、なんていうことを」

「いいえ、悪気があって言うたのではありません。つまりこういうことです。わしはあちこちと世界をほっつき歩き、わが家というものを構えたことがねぇんです。だから、あんた方のように幸せな人たちを見ると、これまで味わったこともねぇほど幸福になるんです。こんな気持ちになったのは、いつ以来かな。だから、付けたままにしておいて下せぇ。こいつは、一八五〇年にカリフォールニィに行った時、手に入れたはじめての金です。そして、たぶん最後の金です。わしは、たいした幸運に恵まれたわけではなかったですからね。もちろん、わしなど、こんなのを差し上げる人間じゃありません。でも、差し上げてぇんです。バートリーはこの世にまたとないほど立派な男、最高の人間だと思うとるんです。差し上げてぇんです。そうですとも、わしには、こんなもんはなんの役にも立たなかった」

日曜日の午後には、マーシャは一切の仕事から使用人を休ませていた。だから二人のお客があるからといってその規則を破りはしなかった。思いがけなくもプレゼントをもらい混乱していなかったならば、マーシャはキニーがほかの二人に加わるのを待つはずであるが、その時は、ひとり、機械のように食後の後片付けを始めていた。家事を第二の天性としているキニーも、やがて片づけに加わりはしたが、受け取ってくれと頼み込んだことで頬を火照らせ、マーシャ同様うわの空であった。

突然、バートリーがドアをさっと開けた。「おい、リッカーがお暇《いとま》すると言うんだ」マーシャが片手に馬鈴薯を載せた皿を持ち、キニーが七面鳥の大皿を下げようとする最中であった。「この様《ざま》を見てくれよ、リッカー」

キニーは我に返った。残り物の七面鳥を飲み込めるほどあんぐりと大皿の上で口を開けていたが、皿からさっと手を放すと、ぴしゃりと足を叩いて叫んでみせた。「食い気が一番だよ、バートリー。食い気が一番」

男たちはどっと笑ったが、状況が呑み込めても、マーシャには男たちが思うほど滑稽には感じられなかった。マーシャは陽気にしている男たちといくぶん心を通わせ、ほほ笑みを浮かべると、エクイティでのピクニックの日以来、夫が見たことも聞いたこともない表情と口調で言った。「バートリー、こちらにいらしてご覧になって。キニーさんからの赤ちゃんへの贈り物よ」

キニーが帰ったのち、夫婦は寝ずにキニーの話をし、もう十時だというのにバートリーは床には就かないと言った。バートリーはなにか書いてみたいと感じていた。

第二十九章

バートリーの暮らしぶりは、今ではよくなっていた。週五十ドルでじゅうぶん暮らせると感じていた。それでも、どうしたわけか手許にはいつも未払いの勘定書きが束となってあった。家賃は高額、肉も高額、雑貨も高額で、かなりの出費であった。金額をきちんと個別に把握していたが、すべてを合わせると、いつも予想していた額を上回った。いざとなると、バートリーはマーシャには内緒で借金をした。マーシャが知れば、自分はひもじい思いをしても借金を返そうとするからだ。それだけでは済まず、夫にもひもじい思いをさせたがるに違いない。バートリーは財布を握り家計簿をつけていた。家長は自分であり、家長であり続けるつもりでいた。

金に困るのは、いつも衣料費に関してであった。そうなると、マーシャは欲しいものはすべて諦め、古いもので間に合わせなければと言った。バートリーとしてはこう言われるのが嫌であった。立場上、身なりは整えていなければならなかった。それに、自分にはしみったれたところがないのだから、マーシャにもよい身なりをしてもらいたいと思った。ちょうどこの頃、マーシャに着せてやろうと心に決めていたサックドレスがあった。ある日、ふたりが一緒にワシントン通りを歩いていた時に、とある店のウインドーで見つけたものであった。一週間後、バートリーはそのサックドレスを買って家に帰り、マーシャをびっくりさせた。自分にも、長いこと欲しいと思っていたアザラシの毛皮の帽子を思いがけなく買った。冬も間近であった。その帽子が本当に必要なのは、冬の五、六日だけ。かぶって心地よい日も結構あるにはあるだろうが、それ以外の多くの日々は、どうしてもというわけではなかった。その帽子をかぶると、バートリーは男前が上がるので、マーシャも贅沢をしたとは必ずしも思っていなかった。一度に二つの品を買える余裕などどうしてあるの、とマーシャが聞くと、バートリーは資金は自分で調達したと答え、いとも簡単にマーシャを煙に巻いた。その日の夜、マーシャは浮き浮きした気分で夫と連れ立ってハリック家を訪れ、サックドレスを見せびらかした。ドレスは上品でかわいらしく、ベンは褒めてくれた。これまでマーシャはベンから褒められたことも、そのような言葉をかけてもらったこともなかったので、それに気づいた。マーシャはこの賛辞をバートリーに何度も聞かせた。「ウイーンで見かけたハンガリーの王女に私が似ている、とベンが言ったの」

「そうかね。毛皮のトリミングがついて幅広のブレードが巻いてあるので軽騎兵のようだ。僕の帽子のことは、だれか噂していなかったかね」バートリーはおどけながらも真剣に聞いた。

「あら、お気の毒様」マーシャは勝ち誇ったように笑い、声を張り上げて言った。「帽子に気づく人などだれもいなかったわ。人目に触れさせたくて、あなたは帽子を両手でずっと回していたけれど」

「そう。精一杯やってみた」

ふたりは帽子を話題に愉快に過ごした。妻はサックドレスが自慢だった。その素晴らしさをあらためて実感しようとして、ドレスを脱いで襟元の輪飾りを持ってかざし、三年目の冬までもたせる、と言った。そして、夫に身体をあずけ、感謝と愛情をこめてやさしく口づけをした。この買い物の穴埋めによけいな仕事をしなくてもいいのよ、倹約さえしてもらえるだけで、と伝えた。

「むしろ、よけいな仕事をしたいのさ」バートリーは楯を突いた。実はよけいな仕事をひとつやり終えていたのである。『イヴェンツ』紙以外の新聞に売り込んでもよいはずだと思い、原稿をリッカーのところへ持ち込み、日曜版に掲載してくれと申し出ていた。

リッカーはタイトルを読み最初の欄に目を走らせると、すばやくバートリーをちらりと見た。「本気ではないだろう」

「いや、本気さ」バートリーは言った。「本気ではいけないのかね」

「この素材は、あの男がいつか自分でものにすると思っていた」

バートリーは声を立てて笑った。「あいつがものにするって。それは驚いた。やつに書けても、せいぜい紙の上に鶏程度に足跡をつけるくらいさ。そんなもの、だれも印刷してはくれんよ。ましてや、買ってくれるはずもない。人柄は承知している。やつはいい男さ。だが、いずれにしても、やつの意図を考えて、記事の材料は損ねていないはず。これを見れば、やつは腹をかかえて笑うさ。見れば、の話だが。いいかね、リッカー」友の顔にためらいの色を見てとったバートリーは、いくぶん怒りをこめて、さらに言った。「良心が咎めないかと聞くのであれば、原稿はほかのところに持っていきたい。ます、君にと思ってね。だが、頭を下げてまで頼む必要はない。僕がこうするのも、あの男のことがわかっているからさ。やつがこの記事をどのように受け取るか、まさにそれを知っているからさ」

「いや、もちろん、そうだ、ハバード。すまなかった。君が問題ないというのであれば、僕も納得せざるをえない。で、いくら欲しいのかね」

「五十ドル」

「五十ドルとは、たいした金額ではないか」

「それはそうだ。だが、これ以下の金では、名誉を危険にさらしてまではできない」そう言ってバートリーは片目をつぶってみせた。

次の日曜日、教会から戻ったマーシャは、二階の赤ん坊のところへ駆け上がる前に夫に声をかけようと、ほんの一時《いっとき》居間に立ち寄った。夫は書きものをしていた。その背中に左手を置き、右手でサックドレスの輪飾りを掴んで肩に引っかけると、マーシャは身を乗りだして、テーブルいっぱいに散らばる新聞に目を泳がせた。そのままの姿勢でいたバートリーだが、マーシャの目の動きが止まり、なにかに吸い寄せられ体を硬直させていくのを感じた。そっとやさしく触れていた手に力がこもり、手はしっかりと握られた。「あら、なんと卑しいこと。恥知らずよ。もう金輪際、あの人を家に入れない。ひどいわ、泥棒よ」

「どうしたんだい。何のことを言っているのかね」バートリーは眉をひそめ、顔を上げた。なにかに身構えるかのようであった。

「この記事よ」さっきから眺めていた『クロニクル・アブストラクト』をひったくると、マーシャは叫んだ。「ごらんにならなかったの。ほら、キニーさんの生活のことがすっかり書かれていてよ。大切にしまっておいて自分で書く、とキニーさんは言っていたわよね。これ、横取りよ」

「言うにもほどがあるぞ」バートリーは言った。「キニーは間抜けだから、書こうにも書けないのだ」

「だからといって、どうなの。まわりはみんな紳士だから話す、とキニーは言っていた。となると、リッカーさんはとてもご立派な紳士ということ。とてもよい方だ、と思っていたのに」涙があふれて、マーシャの目がふたたびきらりと光った。「あの人と絶交していただきたいの、バートリー。あんな盗人と関係を持って欲しくないわ。泥棒とわかったから絶交した、とみんなに自慢したいの。お願いバートリー――」

「黙れ」夫は叫んだ。

「黙るものですか。もし弁護なさるならば――」

「リッカーを非難するようなことは一言も口にするな。なんでもないのだ。いいかね。君は事情を理解していない。なにを言っているのか、わかっていない。僕が――僕が――僕が――自分でこの記事を書いたのだ」

夫は妻に顔を向けることができたが、妻は夫の顔をまともに見ることができなかった。マーシャの態度から得意げな様子がすっと消え、気持ちの糸が切れたとたん、体の力も急に萎えたかのようであった。

「盗んだということでは、けっしてないんだ」バートリーは言い続けた。「キニーにはとうてい無理だった。仮にやつが書き上げたとしても、この僕が、やつのために材料を整えてやっただろう。やつにはできないほど体裁よく。今から六週間もすれば、記事のことを一言たりとも覚えている人間はいなくなる。もう一度同じ話をしようと思えば、やつはできるではないか。初原稿同然さ」バートリーはその点を論じ続けた。

マーシャはどうやら上の空であった。バートリーが言葉を切ると、気のない静かな口調で言った。

「どうせこのサックドレスを買うお金が欲しくて書いたのでしょう」

「そうさ」

夫の足元の床にマーシャはドレスを落した。「二度と袖に手を通さない」口調を変えずにそう言うと、わずかに溜息がもれた。

「好きなようにしろ」バートリーはふたたび書きものを始めようと机に向かい、マーシャはくるりと向きを変えて部屋を出ていった。

二階に上がると、マーシャは赤ん坊のネックレスから金の塊をもぎ取り、すぐに下りてきて、夫の原稿の上に置いた。「ティヴォリ・ビールを買うのに、たぶんこれを使いたいでしょう」マーシャは切り出した。「これを、フレイヴィアにつけさせるわけにはいかないわ」

「僕の時計の鎖につなぐことにするさ」バートリーは金の塊をチョッキのポケットに滑り込ませた。サックドレスは足元の床に落ちたままであった。バートリーは椅子を少し前に引いて、その上に足をのせた。しばらく書き物をするふりをしてから、原稿をたたんで外に出た。日曜日の食事だというのに、マーシャひとりの食卓になってしまった。夜遅くにバートリーが帰宅すると、ドレスは相変わらず同じ場所に落ちていた。バートリーは口汚く毒づきながらそれを拾い上げ、玄関ホールの帽子掛けにかけた。

バートリーは客間で寝た。夜中に時々、マーシャの部屋から赤ん坊の泣き声がして、目が醒めてしまった。だが、耳にしたのは子供の声とは違う、すすり泣く声のようであった。次の日、朝食をとりに下りてゆくと、マーシャが泣きはらした目で迎えた。

「バートリー」震えながら言った。「教えて欲しいの。キニーさんの人生をあんなふうに洗いざらい書いてもよいとどうして思ったの」

「ねえ、お前」すっかりやさしくなってバートリーは言った。一晩眠ったことで怒りもおさまり、妻の不幸な姿を目にするのは本当に忍び難かった。「ほかのことなら、知りたいことは、たいていなんでも話してやる。でも、この問題だけは、沈黙に差し戻すことにしよう。それが安全というものだ。どう行動すべきか、僕が承知しているという大前提に立って、進めることにしよう」

「私にはできない、バートリー」

「できないのかね。そう、そりぁ、残念だ」バートリーは椅子を朝食のテーブルに引き寄せた。「あの手伝いの女ときたら、月曜日には頭が働かないのかね。いくら洗濯の仕事があるからといっても、ハッシュとコーン・ブレッドしか出せないものかね。だが、コーヒーはうまい。煎れたのは君だろう」

「バートリー」マーシャは話をそらさなかった。「あなたのすることはすべて正しいと私、信じたい――そう自慢したい――」

「それは難しいことだろうね」考え込みながら偏見を交えずにバートリーは言った。「新聞人の妻としては」

「いいえ、そうではないの。そんなことではないの。ただ、あなたがこう言ってくれさえすれば――」

バートリーをふたたび責めることになるのを嫌って、マーシャは言葉を切った。

椅子にそっくり返ると、バートリーは緊張した面持ちの妻に視線を向け、にやりと笑みを浮かべた。「事実を使ってもよいというお墨付きをやつから得ていた、と言えばよいのかね。まあ、許可を取れと君に言われていたら、昨日にも取っていたがね。キニーは救いようもない馬鹿だもの。やつが書けば、自分に関する事柄でさえ、けっして使いこなすことはできなかったはずだ。これが第一の理由。この間、キニーは長々と話したね。あれはね、すでに材木切出しの飯場で話してくれたものがほとんどなんだ。あの時、好きなように使ってよいとのお墨付きが完全に出ていた。どうしてそれを取り消せるのかね。これが第二の理由。そしてこれが僕の考え方だ」

「わかったわ――わかったわ」引き下がりながらもマーシャはしきりに繰り返した。

「さあ、この話はこれでおしまい。僕がやったからといって、キニーが傷つくことはない。昔の事実を自分で書きたければ、キニーは喜んで僕の記事を参考にするはずだ。そして――台無しにする」こう言ってバートリーは最後に笑った。

「記事にすることに、仮に――仮に不都合があれば」マーシャは夫の言うとおりだと自分に言い聞かせたかった。「記事を渡した際に、リッカーさんはそう言ったはずよね」

「僕に対してそんな差し出がましいまねは、リッカー君にはできなかったと思う」偉そうにバートリーは言った。だがいつの間にか、いつもの呑気な、なんでもいいという考え方に戻っていた。「マーシャ、君はどう決着をつけたいのかね。僕は昨日のことなど特になんとも思っていない。これまでもずいぶん口喧嘩をしてきた。恐らくこれからもする。君のせいで、不愉快な思いをした。君だってそうだろう」――妻の涙に濡れた目を夫は見た――「どう見てもひどい夜だったはずだ。このことはこれでおしまい」

「いいえ、おしまいにはできないわ。今度のことは、いつもの喧嘩というわけにはいきませんよ。あの後、ずっとあなたをどう思っていたか考えると、ぞっとするの。すべてにわたってお互いに信頼し合わなければ、ふたりの結婚に神聖なものなどありえないわ」

「まあ、この僕に限っていえば、疑念を抱かれるようなことはなにもしていない」屈託のないおどけた調子でバートリーは言った。「いずれにしても、ふたりの結婚について神聖と言うのは少しおおげさ過ぎないか」

「なぜ――なぜ――バートリー、どういうことなの。私たち、牧師さんの手で式を挙げたのよ」

「もちろん、そうさ。精一杯のことはした。牧師は勇気を奮い起こせなかったらしく、結婚の意志を誓った証書を出せ、とは言えなかった」

マーシャは狐につままれたような顔をしていた。「覚えていないかね。牧師が、あの場で、まだ足りないものがあると言ったから、料金のことですかと僕が切り出したろう」

マーシャの顔面が蒼白となった。「父は言っていたわ。結婚証明書はきちんとしたものだと――」

「なんと、お父上から見せてくれと頼んできたのかね。慎重な人だ。それならば、それはそれでよい」

「ということは、結婚の意志を宣言したと証明してなくても、どうということはないのね」マーシャは尋ねた。わずかではあったが安心した様子であった。

「僕らにすれば、いずれにせよ同じことさ。ただ、発覚すればあの牧師に六十ドルの罰金がかかるだけのこと」

「あなた、かわいそうに、老人にそんな危ない橋を渡らせたのね」

「いいかね、しかたがなかったのだ。まだ、結婚の意志宣言をしないうちから、お嬢様はどうしても結婚したいご様子だったからね。でも、困ることなどない。われわれはきちんと固く結ばれている。だが、神聖かと言われれば、この結婚には神聖なものはないと思う」

「そう」マーシャは泣き悲しんだ。「私たちの結婚は欺瞞で汚れていたのね。最初から」

「そう言いたければ、そう言えばよい」バートリーは同意すると、ナプキンを留め具に戻した。

マーシャはテーブルにうつぶして顔を腕の中にうずめた。赤ん坊はスプーンでテーブルをトントン鳴らすのをやめて泣き出した。


ウィザビーが『クロニクル・アブストラクト』の日曜版を読んでいるところへ、バートリーが『イヴェンツ』紙の事務所にやって来た。身構えたようにウィザビーが咳払いをひとつすると、補佐役はのんきに肩で風をきりながら部屋に入ってきた。「おはよう、ハバード君」ウィザビーは言った。「昨日の『クロニクル・アブストラクト』には、実に面白い記事が載っているね。見たかね」

「ええ。どの記事のことですか」

「『アメリカ一市民の告白』と言ってウィザビーは新聞を差し出した。バートリーが書いた記事が鮮やかな大見出しと小見出し付きで紙面の半分を占めていた。「この種の記事をうちの新聞に出せないのは、なぜかね」

「そうですね、どうなんでしょう」バートリーは言い始めた。

「誰が書いたか、心当たりはあるかね」

「ええ、もちろんです。書いたのは私です」

少しばかり下品で陰険な言葉が浮かんでも、信頼を傷つけられて驚いたとでもいうような品のよい表現に改めよう。ウィザビーはそう心に決めていた。「ハバード君、どこから見てもこれは君の記事だと思った。だが、君自身の口から直接真相を聞くまでは信じたくなくてね。双方の契約には、このような記事も含まれると思ったが」

「書いたのは、締め切り後、日曜日の夜です。僕の給料は週給ですよね。そうであれば、平日にやる仕事はすべてあなたのもの。これを書いた日曜日の翌日は、まる一日『イヴェンツ』のために働きました。なんでご不満なのか、見当がつきません。この仕事を始めるにあたって、仕事は決まった量をこなせばよい、それ以上のことは期待しない、と言いましたよね。まだ足りませんか」

「いや、だが――」

「それ以上やってきたではありませんか」

「そのとおり。これまで、仕事の量のことで不満を言った覚えはない。でも、この理屈でいけば、夏休みにやる仕事は、『イヴェンツ』のものではなくなる。あるいは、法律で認められている休暇に行う仕事も、そうだ」

「夏休みであろうが、休日であろうが、法律で定めていようがいまいが、僕は休みなどけっして取らない。昨年の夏、エクイティに出かけた時にも、新聞に載せる記事を毎日送りました」

確かにそのとおりであったので、ウィザビーは否定できなかった。「結構だ。われわれの今後の契約を、君がこの程度にしか解釈していないならば、こちらとしては契約を改めたい」ウィザビーは偉そうに言った。

「よろしければ、こんな契約の紙切れなど破り捨ててもかまいません」バートリーは言った。「算盤《そろばん》づくの新聞業界の真相を少しでも解明しようとするものであれば、恐らく、リッカーは飛びついてくるでしょう。そちらが、ぜひとも『イヴェンツ』に載せたいと願い出てこない限りは」机に向かって腰を下ろしながら、バートリーは面白そうにほくそ笑んだ。ウィザビーは立ち上がり、大股でゆっくりと出て行った。

ウィザビーはひとりの人間として心を痛め、半時間後に事務所に戻ると、素直に譲歩する態度で言った。「ハバード君、なるほど、君の見方をすると、『クロニクル・アブストラクト』に記事を売ったことは、まったく問題がなかったということになる。僕の見解とは違うが、しかし、言い張るのはよそう。前言を撤回し――そして――そして謝りたい――どうも、軽率な表現を口にしてしまったようだ」

「結構」意地悪くにやりと笑いながらバートリーは答えた。バートリーは勝ったのだ。しかしながら、勝利は勝利でも、人によっては不安な気持ちが残る勝利であった。バートリーとしてもまったく心地よいというわけではなく、後味の悪さが残った。それ以来、バートリーは『イヴェンツ』の事務所で好き勝手な地位に就けたが、権力をかさに着ることはなかった。それどころか、ウィザビーに対して以前にもまして敬意を払うようにした。念の入った挨拶がふたりの間で交わされるようになり、相手に対して悪感情など抱いていないということを、それぞれがわざわざ示し合った。

それから三、四週間後、バートリーは一通の手紙を受け取った。イリノイ州の消印が押されていたので、キニーからにちがいないとわかり、最初は不愉快な気持ちになった。だが、おかしいほど実にキニーらしい手紙。どうにもならないほどの綴りの間違い、ひどい文面の組み立てに、バートリーは笑い出さずにはいられなかった。炭鉱の町に旅したことや、現在の状況、将来の見通しが書いてあった。文面には情愛がこもり、バートリーの家族を気遣う言葉にあふれていた。一緒に過ごした日曜日のことが忘れられない、とも書いてあった。さらに追伸でこう言い添えてあった。「あの嘘八百の記事が、ここ地元の新聞にも『クロニクル・アブストラクト』から転載された。上々の出来栄えだが、もし、あんたの友だちのリッカーさんが書いたとしても、またふたたびリッカーさんを紳士呼ばわりして、侮辱するつもりはねぇ」

追伸で例の問題に簡潔に触れていることは、バートリーには小気味よかった。実際にキニーの声が聞こえてくるような気がして、皮肉にもならない皮肉を口にするキニーを想像した。この手紙を持ち歩き、その後リッカーに初めて会った時に見せた。リッカーはたいして面白くもなさそうに目を通したが、追伸にくると、さっと顔を赤らめ、きつい調子で質した。「あの件をどう処理したのかね」

「ああ、なにもしていない。そんな必要はなかったのだ。いいかね、キニーに任せていたら、やつは自分に起きた出来事をどう扱っていたか。素材はひどいことになっていたはずだ。この手紙を見せたのは、キニーの文学とやらを読んでもらえば、君の晴れない良心も晴れると思ってね」

「この手紙は、届いてどれくらいになる」リッカーは追及した。

「さあね、一週間か十日かな」

リッカーは手紙を折り畳んでバートリーに戻した。「ハバード君、君と会うのはこれっきりにして、縁を切らせてくれ」

バートリーはリッカーをじっと見つめた。冗談だと思ったのだ。「あれ、どうしたのかい、リッカー。キニーのことなど問題にしていないと思っていた。面白いと笑ってくれると思っていた。畜生。こんなことならいっそ手紙を書いて、やったのは僕だ、と知らせてやればよかった」バートリーは怒り出した。「本当に憤慨しているならば、君とであろうが、だれとであろうが、すぐにでも縁を切ってやる」「僕は怒っている」リッカーはそう言って立ち去った。バートリーはふたりが出会った場所にひとり佇んでいた。

とりわけ不幸なことに、その週のいずれかの日に、バートリーはリッカーに意見を聞くことになっていた。ところが、愚にもつかない諍《いさか》いのせいで、それもできなくなってしまった。最近、ウィザビーはバートリーとすっかり気脈を通じ合うようになっていて、どんなつまらない機会も疎かにせずに友情を深め、バートリーを『イヴェンツ』にいっそう強くつなぎ留めようとした。ウィザビーは『イヴェンツ』にもっと愛情を注いでもらいたいと公言して、バートリーにきわめて有利な条件で自社株を提供した。そこになにか裏があるようには思えなかった。それに、『イヴェンツ』の先行きを疑問視する噂などバートリーは耳にしたこともなかった。だが、こうして株譲渡の申し出を受けたことを、リッカーに知らせたいという気持ちは強く感じていた。即金で全額払う必要はない、多少給料は低くなっても、そのぶん配当を当てにしたらよい、とウィザビーはしきりに勧めた。その前年には、十五パーセントの配当金が出ていた。そうした状況から、だれに相談するまでもなく、今がチャンスとバートリーは判断するにいたった。ウィザビーの助言によれば、譲渡を申し出た三千ドルの株に関して、千五百ドルだけ借金し、給料から年五百ドルずつ天引きし三年で返せばよい、ということだった。確かに嬉しい申し出であった。バートリーは声をひそめて、馬鹿なやつとリッカーを罵った。人を毒づくときのバートリーは相も変わらず声をひそめた。そして、自らの責任において、ウィザビーと手を打つことに決めた。そうしておいてから、講じた手段をマーシャに語った。

先日の口喧嘩以後、夫に対するマーシャの態度はどこかよそよそしく、以前腹を立てたときとは違っていた。従順で、騒ぎ立てず、夫によかれと気を使って世話をやき、家事も完璧にこなしていたが、なぜか夫からは距離を保ち、一緒にいても夫をひとり放っておいた。そのような時、漠然とではあるが、バートリーは妻に馬鹿にされている気がした。しかし、共有している損得の話となると、また夫婦はいくらか気脈を通じ合った。当座のこととはいえ、つまらぬ会話を始めた。どうやって収入を得るかという話に、マーシャは熱心に加わった。

バートリーの給料から五百ドル差し引くという考えは、マーシャにはありがたかった。ちょうどその頃、五百ドル切り詰めなくてはならない状況にあった。倹約についてバートリーの同意を得られないまま、かさむ経費にマーシャは長いこと心を痛めてきた。すぐさま二階に行き、あと一週間だけで暇を出すからと若い子守女に告げた。仕事全般を受け持つ女には、今後、給金を週四ドルではなく三ドルにする、それが嫌なら、ほかに働き口を見つけるように言い渡した。自分と娘の春の服を買うのを見合わせ、これまで洗濯屋に出してきたものは、すべて自分で洗うように算段した。裏口のドアに置くミルク缶の口にメモを付け、これから先は二クオートでよいと牛乳屋に告げた。そして、にこやかに戻ってくると、消えた年五百ドル分のうち、すでに半分は節約した、とバートリーに告げた。それでも、マーシャは顔を曇らせた。「ああ、バートリー、残りの千五百ドルはどこで工面するつもり」

「うん、そのことなら考えておいた」そう言って、得意満面になったり絶望したり、くるくる変わるマーシャを見て笑った。「そのことは僕に任せてくれ」

「まさか、まさか、父に頼むつもりではないでしょう」ためらいながらマーシャは言った。

「そんな気などないさ」バートリーは出かけようとして帽子を掴みながら答えた。

バートリーがそうつぶやいたのは、ベン・ハリックから金を工面するつもりでいたからだった。ハリックがかなりの金持ちだということは知っていた。担保として株そのものをやつに預けてもよい、ハリックならばためらうはずはない、と思った。だが、サイラスに直接ベンの部屋に案内するように頼んで部屋に入って行くと、ハリックが驚いたそぶりを見せたので不吉な予感がした。バートリーが用件を切り出すと、ハリックは話に耳を傾けながら顔色を変えた。まるで申し出を断るつもりでいるのか、どぎまぎしている様子であった。相手の顔をまともに見られず、バートリーの話が終わってもしばらくなんとも言わずに座っていた。ようやく、心の中の葛藤に終止符を打つかのように一瞬溜息をつくと、「貸そう」と言った。

バートリーの胸は躍り、ほっとして突然けたたましい笑い声をあげ、ハリックの肩をぽんと叩いた。

「おい、貸す気などないようなひどい顔つきだったぜ。あまりにも情けない卑屈な表情をして、まるでお前の方が借金を申し込んで俺に断られたみたいだった。それにしても、ハリック、君の恩義はいつまでも忘れない、後悔させはしないと約束する」

「父に相談しなければ」バートリーの力強い握手に、ハリックは冷ややかに応じて言った。

「もちろん——もちろんだとも」

「差し迫っているのかね」

「そりゃ、早ければ、早いに越したことはない。小切手を持ってきてくれ——そうしてくれ——明日の夜——一緒に食事をしよう。君とオリーヴとで。ささやかながら祝杯を挙げよう。冷酷な債権者がだれかわかれば、マーシャのやつ、喜ぶだろうな」

「そうだね」同意はしたが、こわばった笑みを浮かべた。バートリーはほっとしながらも、その笑みに気づいた。

「なんということだ」バートリーはひとりつぶやいた。「立派なことをしているのに、それを潔しとしない人間がいるとは」

バートリーの人生に起きたこうしたさまざまな出来事に続いて、やがて夏の大統領選挙運動が始まった。運動は盛り上がりを欠き、実際、国民の士気は上がらず、ほとんど忘れられかけていた。『イヴェンツ』にとっては、大統領選挙は自主独立のジャーナリズムを実践する格好の場であった。不偏不党の立場をかたくなに保持しつつ勝者の側につく。これこそ、冷ややかに笑い、面白おかしく描くバートリーの自主独立のジャーナリズム論の基本姿勢であった。これまで常々、新聞で発揮してきた皮肉のきいた茶化しの才を、少しばかり芸術の域にまで高めた。ウィザビーにはこれが芸とは感じ取れなかったが、他人から指摘されると、新聞の命運にかかわると心配してバートリーのもとへ飛んできた。「ハバード君、うちにはそんなまねはできん」高潔ぶって狼狽しながら言った。「われわれには朋友をからかう余裕などまったくないのだ」

バートリーはウィザビーの心配を一笑に付した。「朋友などどこにもいませんよ。われわれは自主独立のジャーナリストです。こう処理しておけば、のちのちも気の向くまま、まったく自由に主張できます。どのような問題で人から攻撃されても、面白半分だとも、真剣だとも言えますよ。そうでしょう」

「そうだな」同意してみせたものの、ウィザビーの心配がことごとく払拭されたわけではなかった。しかし、そのうちに納得し、ひとたび文の味わい方を会得すると、ウィザビーはだれよりもバートリーの皮肉を楽しむようになった。どこから見ても真面目くさった文章であるにもかかわらず、くすりと笑うウィザビーの姿をバートリーは目にしたこともあった。だが、それでもよかった。文を正しく味わうよりも、正しく理解できないウィザビーを見るほうが、はるかに愉快であった。

仕事が順調に運べば当然のこと、この頃バートリーは機嫌を損ねることなどほとんどなかった。四六時中、愛想がよく、自分でも無愛想だとは感じていなかった。ふくれ面をして、わずかの間、腹を立てることはあっても、たいてい気分はよかった。自分の足でしっかり立てさえすれば、おおかたは上機嫌でいられる、こう信じてマーシャにもそうすると約束していた。現に、こうした気分を快く味わってい た。それればかりではなく、少しは心を入れ替えなくてはというかつての思いに、今ふたたび戻ってい た。特に行く末を案ずる習慣がバートリーにあったわけではない。それでも、人はどうしても自分と向き合わなければならない不測の事態に遭遇するものである。そうした時、のちのち心安らかに生きるためにも、これまでの習慣や性格や性癖を見直したいと思うのだ。なかには、苦しみ抜き、過去を後悔し、絶望する者もいる。だが、バートリーには、どんな場合でも昔の傷など消し去って、新たに人生を完全にやり直せる、そんな思いがあった。まったく違う展開になっていれば、と心から願うような事態は、バートリーの人生に多くはなかった。それでも、きちんと整理しておかなければと常々思うような薄暗い片隅が二つや三つはあった。どんな宗教でもかまわない、いつかは、なにかを信仰するつもりでいた。ハリック家の人たちの属する教会へマーシャが通い出したのだから、なぜ一緒に行かないのか、バートリーは自分でも合点がいかなかった。だが、行こうという思いはあっても実行には移さなかった。いつもできるかぎり腹を割って妻と話しているのか、それとも妻にやさしくしているだけなのか、自分でもはっきりわからなかった。どちらなのかと疑問が湧くと、夫婦喧嘩なのだから、どのみち五十歩百歩という考えをなおも持ち続けた。これまでバートリーが酔いつぶれたのは一度だけであった。酔っても、不都合なことが特に起きたわけでもなく、泥酔したことを悔い改め、その代償はじゅうぶん払ったと思った。しかし、この頃、ビールを飲みすぎていると思うことがあった。ティヴォリを飲む量を減らそうと思った。滑稽なまでに腹が出てきたのだ。今度キニーに会うことがあれば、実話を横取りしたのは、リッカーではなく自分だと言おう。リッカーとはなんとか仲直りするつもりでいた。

仲直りする絶好の機会はなかなか訪れなかったが、バートリーはリッカーと疎遠になった本当の訳を冗談のわかる親しい仲間に話す気でいた。新聞記者の中には、すでにバートリーに冷たい態度をとる者もかなり多くいたが、それでも、若手の中には信奉者もいた。バートリーは電光石火のごとく頭の切れる男、出世は間違いないとだれもが思っていた。リッカーとの関係がどうなっているのか、バートリーに率直に打ち明けられ、こうした若手や、さして賢いともいえない年長者たちは大声で騒ぎ立てた。記事を『クロニクル・アブストラクト』に採用したのがリッカーであれば、結果責任は当然リッカーが負うことになると主張した。もちろんキニーに事実を話すには話すが、リッカーにはしばらくの間、聖人ぶって怒りを楽しんでもらう、とバートリーはみんなに伝えた。リッカーが口をきこうともしなかった同じジャーナリズム倶楽部で、ひとたび、この種の打ち明け話をして家路につくと、バートリーは道義心が腐ってしまったような気がした。身ぎれいになる絶好の機会なのに、そうなりたいとはほとんど思わない。そう気づいても、心がひどく痛むわけでもないことに我ながら驚いた。リッカーとの件はそのままにしておこうという気持ちが強く働いていた。教会に通う件にしろ、ビールを飲む件にしろ、必要以上に高潔になろうとしているのではないのか。マーシャについていえば、気性が気性だけに、ああするより仕方がないように思えた。幸せにしようとこちらから手を尽くさなくても、マーシャならばじゅうぶんうまくやっていけるように見えた。今でも、恐らくマーシャはマーシャなりに幸せであった。夫婦の暮らしぶりは今や平穏そのもので、キニーに関する問題を最後に、ふたりが感情を激しく爆発させることはなかった。あの時すでに、マーシャが悪かったと告白したのも同然であった。バートリーはそう見ていた。マーシャは夫の説明に満足しているようであった。ふたりはどこからみても形だけ仲直りしているに過ぎなかった。夫との生活が、マーシャが以前示したような一心不乱の愛とまではいかなくても、それはむしろ、ふつうの結婚生活の落ち着く先というものであった。マーシャが従順で、夫婦関係についてごく常識的と思える見方をしてくれるのを、願ってもないこととしてバートリーは受け入れた。肉付きがよくなるにつれて、バートリーはますます事を穏便にすませたくなっていた。

今年の夏はエクイティにひとりで行ってもよい、とマーシャは夫に同意した。政治論戦がたけなわの時期に新聞から離れるわけにもいくまい、とバートリーに説得されてのことであった。帰りたくなったら迎えに行く、とバートリーはマーシャに約束した。連絡駅まではハリックに付き添ってもらう手はずが、いともたやすく整えられた。ハリックはホワイト・マウンテンズに滞在する姉たちに合流することになっていたのだ。マーシャと娘が出かけたあと、バートリーは最初のうちは寂しく思っていた。しかし、すぐに諦めてひとり住まいに慣れ始めた。この夏が終わるまで使用人を雇っておこう、と夫婦はすでに決めていた。前回、エクイティから戻ってきた時、探すのにひと苦労したからである。ひとり住まいの間はかなり切り詰めた生活にする、とバートリーは言った。穏やかな暮らしぶりで、使用人はいつも家を快適に保ち、料理も上手であった。ディナーに客を連れてバートリーが帰ると、念を入れて料理作りに励んでくれた。夫婦がいつも買う品を心得ていたから、乾物屋や肉屋への食材の注文も任かされた。例の『イヴェンツ』の株を購入して以来、マーシャからさんざん請求額がいくらいくらと聞かされ、バートリーは物の値段にはうんざりしていた。贅沢はこれっぽっちもしなかったが、マーシャが実家に帰ってからというもの、暮らしぶりがずっと贅沢になったように思えた。明らかにバートリーはまったくのんきに暮らしていた。これまで自分を拘束してきたものが、ひとつ、またひとつと剥がれ落ち、行くも来るも勝手気ままであった。自分のとる行動をわざわざ人に説明する必要もなければ、説明しなくても心に痛みを覚えることもなかった。身を縮めた姿勢から一気に伸びをするような感じであった。これまでになく陽気な手紙を何通かマーシャに宛てた。夫の身を心配して滞在を切り詰めないようにと指示した。一所懸命に働いており、明らかにそうすることが性に合っていて、いつになく元気だ、と伝えた。こうしてすっかり満ちたりた気分のまま、バートリーは義理堅《がた》くハリック家を訪れた。ハリック夫人はひとりあとに残されたバートリーを気の毒がり、たびたびお茶に招いてくれた。一緒にいて確かに退屈な人たちではあったが、マーシャは夫妻のことが好きであった。それに、料理もおいしかった。ハリック家へ行かない夜は、面白そうなバラエティの演目のかかる劇場に出かけた。ナンタスケットで一晩過ごすこともあれば、一日、ニューポートへ出かけることもあった。こうして遠出したことをバートリーはマーシャに報告して、エクイティは遠くて日帰りできないのが残念だ、と書き添えた。

マーシャの手紙はバートリーの手紙より長く、もっと定期的に送られてきた。あまり嗅ぎまわられずにすむように、手紙など頻繁にもらわなくてもバートリーにはよかった。妻として当然でふさわしいことながら、マーシャは夫の生活を気にかけていた。生活だけではなく、家事や支払い、さらに夫の手には負えない煩わしい事柄まで心配した。妻を安心させるために、バートリーはできることは一通りなんでもやった。オリーヴ・ハリックが訪ねて来た、とマーシャは手紙に長々と書いてよこした。ベンは一日しかいられず、方々に出かけられなかったことも書いてきた。自分はとても元気、フレイヴィアもとても元気だとのことであった。

バートリーがなんとか実感を持って妻の手紙を読めるのは、フレイヴィアのことについて書かれた部分だけであった。あとは退屈な文面であった。オリーヴ・ハリックが訪ねて来たとか、ベン・ハリックが帰ったとかは、バートリーにはどうでもよいことであった。ベンに尋ねることといえば、利子の支払い期限がきた時には、少しでも延期してもらえないかくらいのことであった。なにもかも、すべてが不愉快であった。マーシャは家庭の重荷をふたたびこの背に負わせようと躍起になっている。それが何なのか考えると、バートリーは腹立たしかった。さまざまな状況や偶発的なことに、バートリーの考えはとりとめもなくゆらいでいた。ある程度、道義心が崩れていなければ思いつかないような事柄であった。とんでもない空想に浸って人生を考えていた。もし、マーシャに出会っていなければ、あるいは、マーシャにふられたあと再会していなければ、どうなっていたか。数々の出来事を思い出してみると、あの時は腹を立てて惨めな気持ちになっていたのだ。それでも、こちらは言われるままにしていて、仲直りしようと求めてきたのは相手の方だった。だからといって、マーシャを責めることはできない。マーシャは僕に惚れていたし、僕もマーシャが好きだった。実際、今も惚れている。マーシャのちょっとした仕草を思い浮かべると、バートリーはいとおしさで胸がいっぱいになった。また、マーシャの素晴らしい性格をきちんと認めてもいた。マーシャは心が広く誠実で、一番に僕のことを思ってくれた。いや、二番目にしてもらいたい、と気づいてバートリーは苦笑した。妻のそのような美徳は退屈なもので、時には苦痛ですらある、とマーシャがいないのをよいことに思い返していたのである。そうしたことの埋め合わせとなるものが果たしてマーシャにあるだろうか。結婚したことは大きな間違いではなかったか、と思うことが時折あった。この結婚を最後まで貫き通すつもりでいたが、そうするのがよいのか、この時、疑いの念が頭をよぎった。マーシャに部屋から閉め出されたあの晩、二度と戻らなかったならばどうなっていたか、と自問する瞬間もあった。戻らなかったほうが自分たちにとってはよかったのではないのか。仲直りできない状態になれば、マーシャは仕方がないと諦めたであろう。再婚して幸せなマーシャの姿を思い浮かべても、バートリーは腹が立たなかった。寛大にもマーシャの幸せを祈った。バートリーは願った——よくわからないまま願った。願いは、ほかならず、できるだけ早く妻と子供に帰ってきて欲しいという思いであった。さっきまで思い描いた空想は、笑いながら打ち消した。空想とは言っても、実際は今言ったほどはっきりとした形に表れていたのではない。言うなれば、それは漠然とした衝動にすぎず、心の流れに乗っただけのこと、行く方も知れぬ切れ切れの空想にすぎなかった。こうした思いが繰り返し浮かんでくることは、まともな状態とはまったく思えなかったが、何度も現われるので、思いめぐらすことを楽しんでさえいたのである。

第三十一章

まもなくマーシャが実家から戻る九月のある朝、事務所に出向いたバートリーをウィザビーが待ち構えていた。この表情から察してくれといわんばかりの浮かない顔で「おはよう、ハバード君」と声をかけてきた。相手の気分などかまわず「おはようございます」とバートリーが陽気に応じると、相手は言葉を続けた。「ハバード君、君とリッカー君との間で、なにか個人的に行き違いがあったというではないか。どういうことかね」

「さあ、何のことでしょう。なにか耳にしたというのならば、あなたこそご存知のはずですが」

「聞くところによると」冷静なバートリーにいくぶん面食らいながら、ウィザビーは話を続けた。「リッカー君が君のことを非難しているという。内密にと約束して人から預かった取材メモを君が記事にしてリッカー君に売りつけたと。しかも、新聞関係者には記事を書いたのはリッカー君本人と思わせて」

「そのとおりです」バートリーは言った。

「しかし、ハバード君」精一杯善人ぶってウィザビーは言った。「そうした噂はどう考えればよいのかね」

「そうですね。こちらはあずかり知らぬこと、とでも考えたらどうです。造作もないことです」

「しかし、そういう訳にもいかんのだ、ハバード君。このような噂は、君を通じて『イヴェンツ』に悪い影響を及ぼす。このわしの体面にも悪い影響が出る」バートリーは笑った。「そんなこと許すわけにはいかん。噂は本当だと君が認めれば、なにか——そうだな——どうも——なにか——間違った行動を君はとったことになる、ハバード君」

バートリーは振り向いてウィザビーを窺《うかが》う目つきで見た。その途端に心に痛みを覚えた。実際、詰問には皮肉が込められ、確かに心にぐさりときた。「あなたに叱責されるほど、僕は落ちぶれたということですね」

「そのような言い方をされても、何が言いたいのか、わし——わしには、見当がつかん、ハバード君」ウィザビーは言った。「君に馬鹿にされるようなことをした覚えはない。そんな言い方をされるようなことは、しておらん」

「それは、そうでしょうよ」バートリーは言った。「それから」

「ハバード君、これ以上言うことはない。ただし、これだけは——これだけは言っておく。今回のことでわしは打撃を受けた——きわめて強い打撃をだ。果たして本当にお互い馬が合っているのかどうか、すでに疑問を感じ始めていたが、今度のことで——その思いを強くしたのだ。君がしでかしたことを、とやかく言うつもりはない。だが言っておく。わしは、気をもみ——そうだな——はらはらさせられたぞ。大局的に見て、別れるほうがお互い幸せではないか。今度のことで、そう自問するようになったのだ。そうするほうがよいと言っているわけではない。だが、君が『イヴェンツ』で今の地位に納まっていては——き——き——危険だと企業の経営者の十人に九人は考えるのではないかね。ただそんな気がしたのだ」

バートリーは立ち上がると机から離れ、ポケットに手を入れたままウィザビーに歩み寄った。ほんの数歩手前で立ち止まると、不敵な笑みを浮かべて相手を見下ろした。「あなただったらどんな地位にいようが、危険な人物とは思いませんよ」

「恐らくそうだろう、恐らく」ウィザビーは緊張を解きながらも威厳を保とうとした。そう努めながら、目の前の机から新聞を広げたまま手に取り、バートリーとの間に掲げて読むふりをした。

バートリーは相手の震える手から新聞を叩き落とした。「無礼なやつだな。俺が話しているのに、新聞を読むふりをするのか。少しばかり金をもらっても」

腰掛けたまま回転椅子が滑り出してしまい、ウィザビーは床に足をつけようとした。「暴力はだめだ、ハバード君。ここでは暴力は禁止だぞ」

「暴力だと」バートリーは笑った。「貴様をこづいてもしょうがない。さあ、怖がることはない。だがな、どのようにするにしろ、気取るのだけは勘弁してくれ。貴様の魂胆は見えすいている。なにか理由をつけて、俺を追い払いたがっている。で、ずるさにかけては、面目躍如。それほどまでに抜け目なく、今を好機と捉えたわけだ。俺は節を曲げてまで噂を否定しはしない」――こうして偉そうな調子で話していると、一瞬、バートリーには自分の方が卑劣な言いがかりをつけられているような気がした――「でも、貴様の立場からすれば、真実を明かす目的はすべて達せられるわけだ。俺に痛手を負わせようとこの件を利用する気でいても、自分の悪事は暴露される心配はない、と踏んでいるのだろう。危なげなく、俺を追い払える絶好の機会だと。ええ、そのとおりだ。たぶん、この噂はかなり前に耳に入っていたんだろう。不都合なく、後釜を補充できるまで待っていたのだ。そうであれば、即刻出て行ってやる。俺への支払金を小切手で振り出し、株に投入した金額を払い戻して欲しい。そうすれば、すぐにも出て行く」バートリーは机の上のわずかばかりの私物を片づけ始めた。

「悪事を働いたとは合点がいかん、ハバード君」ウィザビーは言った。「わかってくれ。袂を分かつにしても、これっぽっちも悪い感情などないのだ。君の能力と交際上手は、これからもずっと高く買うつもりだ」こう言いながらもウィザビーは、せわしなく二枚の小切手を切った。

ウィザビーになにを言われようともかまわずに、バートリーはつかつかと寄っていき小切手を受け取った。「これはこれでいい」片方の小切手に関してバートリーはこう言った。しかし、もう片方の小切手を見てつけ加えた。「千五百ドルか。配当金はどうした」

「月末まで払えん」ウィザビーは言った。「解約すれば、配当はなしだ」その顔を見ると、居丈高な判事のような表情を精一杯つくっていた。「この小盗人めが」快活に、ほとんど情愛さえ感じさせるような言い方でバートリーは言った。「鼻でもつまんでやりたいくらいだ」しかし、それ以上言いもしなければやりもせずに、バートリーは部屋を出た。愛想がよすぎたと自分でも少し驚いたが、体の中の正義感という正義感が萎え、ますます物事に憤りを感じられなくなっていた。一瞬の怒りがおさまると、不満に思う気持ちはもうすっかり消えていた。ポケットに二枚の小切手、そして若さと健康と経験豊かな手腕、これらがあるのだから、世間とは気軽に立ち向い合えるはずだ。ただ、妻とも向かい合わなければならない。妻に事の次第を説明して、心配を和らげ、数多くの疑いを晴らし、食事させるか寝かせるかして、ようやく自分にやれることを見つけられる。こうした煩わしさを思うとバートリーは気が滅入った。「あーあ」とつぶやいた。「死ねたらよいのに——さもなければ、いっそ、だれかが」そんな結論にバートリーはふたたび苦笑いを浮かべた。

身の上に変化が起きたことをマーシャに手紙で知らせないまま、バートリーはマーシャが戻って来るまでには、機会を捉えてもっとよい仕事を見つけようと心に決めていた。しかし、探しまわる時間もほとんどなく、妻が戻って来ても依然として勤め先も見つからず、今後の見込みも立っていなかった。ウィザビーと折り合いがつかないので『イヴェンツ』を辞めたと説明すると、知り合いは納得してくれた。だが、その説明にマーシャまでもが納得しているようで、バートリーはかなり驚いた。

「あら、そうなの」マーシャは言った。「嬉しい。ひとりのほうが、もっと立派な仕事ができるわ。いろいろな新聞に原稿を書けば、入るお金はこれまでと変わらないし」

そんな馬鹿げたまねをするつもりもなかったが、バートリーは言った。「そうだね。急いで雇用契約を結ぶほどのこともまだないな。ところで、マーシュ」さらに言った。「君に責められると心配していたのだ。向こう見ずだとか――間違っているとか――思われるのではないかと」

「とんでもない」少し間を置いてマーシャは答えた。「もうそんなこと思わない。離れて暮らしていた間に、これまでのことすべてをじっくりと考えていたの。これからは、今までとはやり方を変えるつもりよ。あなたは最善の結果が得られるよう、よかれと行動してきたわ――何事にも悪気などなかったし、もう今後はくいさがったり、疑ったりしませんからね」

「それはそれでいいが、あまりにも僕に勝手気儘を許すことになりはしないかな」バートリーは尋ねた。愛情が甦るとまた以前のように、マーシャの要求が激しくなるのではないかという心配が頭をよぎったが、バートリーは屈託のない言い方をして、それを顔に出さないようにした。

「いいえ、どこを間違えてきたのか、自分でもわかっているのよ。いつもお願いがすぎた。頼んだわけでもないのに期待し過ぎたのね。これからはやってもらえることにも、やってもらえないことにも満足するわ」

「栄誉に恥じない生き方をするさ」安堵のため息をつきながらバートリーは言った。妻に口づけをすると、キニーにもらった金の塊を時計の鎖からはずして、娘のネックレスにしっかりと留めた。それはマーシャが旅行かばんから取り出した箱に入っていた。マーシャは何も言わなかったが、バートリーは事を打ち明けて気分が楽になった。妻のやさしさに触れ、いくぶん悲しみを帯びた口調を耳にして、バートリーはどうしても告白したい気持ちになっていた。すべてにわたって悪いのは自分、リッカーに軽蔑され、ヴィザビーに解雇されても当然の罰だと。しかし、妻が本当に許してくれると信じてはいなかった。その確証が得られない限り、すべてを耐え抜くことなどできはしないと感じた。

旅行かばんから身の回りの物を取り出しては、こちらの引き出し、あちらの引出しにと入れながら、マーシャは村で起きたことを話した。誰それが死に、誰それが結婚し、誰それが村を去った、と語った。「もっといて欲しいとお父さんが思っている様子だったので、思いのほか長居してしまって。お母さんは前ほど元気がない様子だった。どうも――弱りかけているのではないかしら」

マーシャの声は沈んでいた。バートリーは言った。「それはお気の毒なことだ。でも、弱ってなどいないさ。もちろん、お母さんだって年をとっていく。一年一年同じというわけにはいかないさ」

「ええ、きっとそうでしょうけれど」手にした襟飾りの束に視線を向けながら、マーシャは答えた。どこに片づけたらよいか、すっかり考え込んでいるかのようであった。

その晩、眠る前にマーシャは尋ねた。「バートリー、ハンナ・モリソンの噂は聞いたかしら」

「いや、どうしたのかね」

「出て行ったの——村を出て行ったんですよ。最後に姿を見かけたのはポートランドですって。あの女に何があったのか、だれも知らないの。ヘンリー・バードはどうも悲嘆にくれているようよ。でも、モリソンがヘンリーに気がないことくらい、だれでも知っているわ。こんなこと、手紙でお知らせするのは嫌だったの」

バートリーはひどく不愉快な気分になって、しばらく口を閉ざしていた。そして、そっけなく苦々しい笑い声を立てた。「まあ、遅かれ早かれ、必ずこうなるはずだったのさ。バードにはとんだことだったね」

バートリーは仕事を求めて一社また一社とまわり始めた。だが、基盤となるような勤め口はどこにも確保できないままであった。本性の腐った人間は常識では測れない寛大さを示すもの。その後、バートリーとウィザビーが出会った折には、互いにすこぶる愛想よく接した。バートリーはいくつかの会議の記事を『イヴェンツ』に書いた。事務所でウィザビーから自分の後釜にすわった男を紹介されても、腹立たしい気持ちにはならなかった。無論、ウィザビーは自分に不利になるようなことを人に吹き込むだろうとバートリーは思ったが、そんなことはどうでもよかった。その種のことがリッカーの面前でなされたと噂で聞いていた。また、ウィザビーとハバードの間の名誉と真実の問題については、ハバード側に与みするというリッカーの言葉も耳にしていた。こうして寛大に弁護してもらっても、バートリーはさして有難いとは思わなかった。そもそもリッカーがあんなうすのろでなかったら、ふたりの間になんの問題も起きなかったはずなのだ。ウィザビーにしても、それをまたとない口実に使ってこなかったはずだ。バートリーはこう思っていた。

かなり愉快な気持ちでバートリーは過ごしていた。これまで休暇など取ろうとしてこなかったのだから、その分、休んでもよいと思った。そしてハリックが戻るのを心待ちにしていた。借りた金をなにかほかの事業につぎ込む許可を得たかったからだ。バートリーの信用度は高かった。たまった借金を払うために借りた金に手をつけたことなどなかった。そんなまねをしようものならば、それこそ面汚しだ。しかしながら、金を遊ばせておいてよいのかバートリーは悩んだ。時間があると株式市場を調査し、間違いなく値上がりするものがいくつかあるはずだと信じた。ハリックから借りた数百ドルを——二百ないし三百と——鉱山株につぎ込んだ。安値だったのできっと値上がりするに違いなかった。そうこうするうちに、バートリーは新しい種類のビールを試していた——ノルウェーのビールで、ティヴォリと比べてもいくぶん軽めであった。値段はずっと高い、しかしかなり軽い。できるだけ軽いビールを飲むことが、バートリーにはどうしても欠かせないことであった。

暇ができた今、バートリーは家にいることが多くなった。マーシャに問いただされ、咎めだてされることはもうなく、家にいるほうがはるかに快適であった。独身のころ、マーシャがいない場合はよく昼前まで眠っていたが、この頃はいくつか朝刊紙の仕事に関わり、夜なべをすることもあるため休養が必要であった。まるでホテルにでもいるかのように、起きると朝食をとった。いったい新たにどんな理屈をつけて、こんな扱い方をマーシャがしてくるのか、バートリーは訝《いぶか》しく思った。しかし快適な生活であれば、さして問題にせず受け入れる。これが、得てしてバートリーがとってきた行動であり、今回も長く思いわずらうことはなかった。バートリーの機嫌は今ではすこぶるよかった。しばしば暇ができると、マーシャとフレイヴィアを伴って散歩に出た。時には、小さな娘だけを連れ出すこともあった。日曜日には、いとわず家族そろって教会に出かけさえした。そして、マーシャの気がすむだけハリック家を訪れた。ハリック家の娘たちは夏の滞在先から戻っていたが、ベン・ハリックは依然として留守であった。母親と姉たちを相手にベンのことを話題にし、どうしたわけかベンを聖人で殉教者扱いして、家族にでもなったように話す妻。そんな妻の声を耳にしてバートリーは笑わずにはいられなかった。

バートリーはハリックから借りた金で相変わらず株をやっていた。配当金がもらえると思っていたのに、思いがけず割り当て金を支払わなければならず、最近、持ち金がいくらか消えていた。ハリックが戻ったらすぐにでも返せるように、あるいは、新たな基盤作りに役立つなにか新しい事業に出資できるように金は手許に置いてある、とバートリーはマーシャに説明した。ボストンで新婚生活を始めて以来、ふたりで一緒にいる時間は以前より長くなった。だが、どこから見ても仲睦まじいといった当時の姿は、すっかり影をひそめていた。夫はよそよそしく、妻は家のこと、娘のこと、実家の母親を案じる気持ちなど、なにかしら心を奪われることが多かった。時折、一緒に夜通し起きていることもあったが、お互い交わす言葉もほとんどないまま、夫は読書をし、妻は縫物をした。このような夜を過ごすと、バートリーはひどく退屈した。以前のようにマーシャから小言を言われて夜を過ごすほうが、まだましであった。一度、新聞越しに妻を見た時、もううんざりだ、とバートリーははっきりと感じた。

その頃、大統領選は面白さを増してきた。十月の末近くになると、選挙演説はかなり熱気を帯びたものになっていた。民主党員は選挙戦に希望を抱き、共和党員は揺るぎ無く、いずれの党も、俗に言う、この時とばかり力をすべて出し切ろうとしていた。演説が行われるのは言うまでもなく、夜の長い松明行列までも繰り広げられ、昼と言わず夜と言わず太鼓が轟き、ラッパが吹き鳴らされ、熱っぽい興奮が住民すべての間に伝播した。しかし、バートリーの心は動かなかった。大統領戦のことなど最初からどうでもよく、共和党の復讐を誓った「血染めのシャツ」であろうが、民主党の改革の主張であろうが、ともに等しく軽蔑していた。バートリーがただ一つ興味を持ったのは、選挙結果の賭けであった。見るからに的確に素早く賭けるものだから、若者の中にはハバードにならって賭ける信奉者も出てきた。先見の明がある男だ、とだれもが信じていた。ハバードは帽子をいくつかとか、りんごの樽をいくらかとか、手押し車競争の罰とかを賭けの対象にはしない。金を賭けられる人だけを相手にした。信奉者としてはその点が気にいって、バートリーを大いに尊敬した。職についてもいなければ、仕事がころがり込んできて働いているわけでもないのに、バートリーは一体どこで金を工面しているのか。こう尋ねられると、みな即座に信じきっていることを口にした。炭鉱株でかなりうまいことをやったからさ。

マーシャは恐らく心の底ではこうは信じていなかった。だが、夫を疑って困らせてはならないと献身的に耐えていた。一緒にいると退屈だ、と夫に思われてしまうような晩でも口をつぐんでいた。口を開けば、心の内の苦しみを話してしまうからだ。とかく女は、愚かにもなにかに熱中している男にはわからないほど、理屈っぽく夫のことを考える。男にとっては、妻のことを意識せずにはいられなくなる。健康か病気かで一喜一憂するように、妻に苦しめられたり慰められたりする。どちらかと言えば妻に無関心な時でさえ、精神的な意味では、妻は文字通り夫の一部となるのである。しかし、妻の方はどんなに献身的な女でも、心の片隅で夫を第三者として捉えるところが常にあり、夫とはなんたるものかと完全に距離を置いて思索する。エクイティに出かけてボストンを留守にしていた間、マーシャは心の薄暗い砦にこもって、夫についてじっくりと考えをめぐらした——深く思い悩みながら、自分なりに祈るような気持ちで思案したのであった。夫は自分が若いころ夢に描いた男ではない、とマーシャは気づいた。しかし、その夢を顧みずには生きていけそうになかった。そのためにどうしたことか夫に誤った影響を与えてしまった、とマーシャは自分を責めるしかなかった。これまで夫を非難したのも、夫によかれと思えばこそであった。しかし、いつも夫を悪くさせこそすれ、よくはしなかったとも気づいていた。ボストンにふたりが着いた最初の晩、バートリーが言った言葉をマーシャは思い返した。「君に信用してもらえれば、僕はうまくやっていけるはずだ。でも、信用してもらえなければ、きっと駄目になる」マーシャはあれこれ推論してみたが、これしか思いつかなかった。何が起ころうとも、今後はじっと我慢を重ね、夫を百パーセント信頼しなければ。それは簡単なことではなかった。思っていた以上にずっと難しかった。それでも、マーシャは真剣に耐えたのであり、まさに忍耐力を失わなかったのである。

大統領選挙の当日が明け、そして暮れた。バートリーはティルデンの勝利が動かし難いものと判明したのち、喜びいさんで帰宅した。だが、マーシャはどうも事情が理解できない様子であった。「そんなにまでティルデンが気に入っているの」穏やかにマーシャは尋ねた。「ハリックさんはヘイズ支持よ。投票しに家に戻ってくるとのことだったわ」

「戻ってくればいいさ。マサチューセッツ州での一票など大勢に影響はないさ。僕はティルデン派さ。大半の金をティルデンに賭けているからな。あの高潔な改革派が勝てば、僕には賭け金で七百ドルのもうけとなる」そう言って笑うと、バートリーは冷えた手でマーシャの両の頬をこすり、ビールを取りに地下室へ下りた。興奮していて、飲まずには眠れなかった。翌日、バートリーは早朝から出かけた。ただでさえ雨の降る十一月の湿気を帯びた底冷えのする日、新聞社で公報を目にすると、さらに身をさすような冷たさがバートリーの体に走った。公平に票数を数えてみると、共和党は南部諸州を獲得し、ヘイズ当選の可能性が出てきたということであった。アメリカの政治史上どこを探しても、こんなにも恥知らずのいかさまはないとバートリーには思えた。民主党の集会室で、人びとが共和党のごまかしを口々に糾弾するなか、もっとも格調高く響いたのが、バートリーの正義感にあふれる怒りの声であった。ハリックから借りたこれほどの大金を、一握りの渡り政治家に汚いまねをされ、すってしまうかもしれない。そう思うと、バートリーの心は正義であふれた。だが、あとになって、みんなが賭けはやめにすると言い出したと知ると、正義漢ぶった自分がおかしかった。「僕が賭けたのは、大衆の人気投票の結果さ、選挙管理委員会の決定などではない」バートリーは賭けの仲介役に金を返すように要求した。取り戻すのにいくらか手間取ったが、賭け金を受け取り夜に家路についた。まる一日外出してからの帰還であった。金をどうしたらよいものか、そこでバートリーは思案に暮れた。思い切って鉱山株につぎ込んだ三百ドル以外、すべてが手許に残っている。それに、鉱山株も、結局はそれだけの価値はでてくるはずであった。選挙戦の賭けをして危うく持ち金の半分を失いそうになり、バートリーは心の底から願った。ハリックは返せとはけっして言ってこないだろうが、もうこんな金とは縁を切って家に帰り、マーシャに洗いざらい話してやさしさにすがりたい。ひもじいほうが、ハリックやマーシャの面前で恥をかかされるほうが、マーシャに咎められるほうが、誘惑に満ちたこれまでの生活よりもまだましであった。いかにひどい生活をしてきたことかと気づき、バートリーの体は震えた。善人としての本能が目覚めると、道義心がそのまま力を発揮して目に涙が浮かんだ。キニーに手紙を書いてリッカーの嫌疑を晴らそう、とバートリーは決心した。許してくれとリッカーに謙虚に頼んでみようとも思った。ボストンを離れなければならない。もしマーシャが許してくれるならば、マーシャと一緒にエクイティに戻って、義父の事務所で法律の勉強を再開して妻の願いを叶えてやろう。年寄りの偏見を払拭するのは容易なことではない。だが、大変でもやり甲斐はある。結局はうまくゆくはずだとバートリーは思った。あの馬鹿げたちっぽけな町に戻るとなれば、つらいことはつらい。戻れば受ける立ち入った憶測や嫌味な批判を思い浮かべた。しかし、きちんとした生き方をすれば、そんなことはどうでもよくなる。きっと一笑に付せると思った。ゲイロード弁護士の事務所に陣取り、一流の法律家となって町の人たちの評価を取り戻し、政界入りを望めば、いつでも目の前に議会への道が開かれている。そんな自分の姿をバートリーはもう思い浮かべていた。

バートリーは最初にハリックを訪ねて金を返すつもりでいた。だが、金を返すことはそれなりに難しく、すべて一人前の男として対処しなければならないことであった。そこで、まずマーシャに喜んでもらい、許してもらい、褒めてもらって、自分を勇気づけたいと思っていた。使用人が幼いフレイヴィアを抱いて戸口に出迎え、奥様はハリックさんの家へ出かけたと言った。でも、すぐに戻るから夕食は一緒にするということであった。マーシャが留守だとわかり一時《いっとき》かっとなったが、それでも気持ちを落ち着かせると、バートリーは使用人の手から赤ん坊を受け取った。居間のガス灯に明かりを灯し、暖炉に火を入れたり、部屋を明るく華やいだものにしたりして、フレイヴィアとふざけ合った。一緒に遊び笑わせながら、良心に曇りがないとどれほど心地よいものか、バートリーはすでに感じていた。もっとも心のどこか奥底では、かすかに痛みも疼いていた。もっとよい生活をするには意に染まないこともしなければならない。でも、そんなことは早く終わりにしたいものだ。肘かけ椅子を一脚ずつ向かい合わせにして暖炉の隅に並べると、バートリーは一方の椅子に腰掛け、もう一方の椅子はマーシャ用に空けておいた。フレイヴィアに指をしっかりつかませ、膝の上に立たせて上下にゆすってあやした。フレイヴィアは笑い声をたてて騒いだ。その時、玄関の扉が開く音がしてマーシャが部屋に駆け込んできた。

夫に駆け寄り子供をひったくると、マーシャは部屋の中で夫からできるだけ遠ざかった。「娘は私がもらうわ」怒った時のいつもの表情になってマーシャは叫んだ。目を大きく見開き、顔面蒼白となって我を忘れたマーシャが、いわば理性の遠く届かないところでくるくるまわっていた。その姿を目にすると、バートリーの立派な決心も、堅固なものでないだけにもろくも崩れ落ちてしまった。それでも、無意識のうちに立ち上がると勢いよくマーシャに向かって進んだ。ついに、マーシャは声なき悲鳴をあげて夫を押しとどめた。「私に触らないで。そうよ」喘ぎ、息をつき、マーシャは続けた。「あなただったのよね。気がついてもよかった。最初から見当ぐらいつけてもよかった。そうよ、あなただったのよ。だから、今年の夏、私に、実家から早く戻ってきて欲しくなかったのね。そうだったのね――そうだったのね――」マーシャは息苦しくなり、発作的に赤ん坊のうなじに顔を押しつけた。赤ん坊は泣き出した。

ドアを閉めると、バートリーはポケットに両手をつっこみ、意地の悪そうな冷たいほほ笑みをマーシャに向けた。「すまないが、何のことを言っているのか教えてくれないか」

「知らないふりをする気なの。今しがた、道端で女の人に会った。誰だと思う」

「見当がつかない。でも、芝居みたいな話だ。それで」

「ハンナ・モリソンよ。酔ってよろめいて私にぶつかってきた——私ときたら、本当におめでたいわ——ハンナを気の毒がって。あなたのもとに戻ろうとしていたし、あなたを、あなたを愛していると思って、私、幸せな気分になっていたから。ハンナに、この体たらくはどういう訳と聞いたの。そうしたら、ハンナ、私を殴って、こう言ったわ——訳は、その訳は——あんたの——亭主に聞いてくれって」

無我夢中で話していたマーシャは、突然、涙にくれた。今しがたまで夫を攻め立てていたのに、言葉はともかくも、すべて哀願調に変わった。しかし、バートリーとしては哀願されてもどうしようもなく、心をかたく閉ざした。ほんの少し前、愚かにも悔い改めたのに、穏やかで善意のお人好しはもう遠く霞み、ほとんど軽蔑の対象ですらなくなっていた。バートリーはこの問題を一気に片づける気でいた。自分にもマーシャにも情けをかけるつもりはなかった。バートリーの心の中に、悪魔が、もっとも力を振うものが、潜んでいた。悪魔は残酷で誇り高い。そして、悪魔は多くの卑しい感情に、自惚れても当然と思わせてしまう術を心得ている。「あのような女の言うことを信じたのかね」バートリーは鼻で笑った。

「こんな男の言葉を信じられるというの」怒りの炎を鎮めながらマーシャは問いただした。「あなたは——あなたは、ハンナの言葉を否定できないでしょう」

「残念ながら否定できないね。一つには否定してもしかたないからな。現実を考えれば、そうだと認める。だからといって、それが何だというのかね」

「何だというのね」マーシャは当惑して聞いた。「バートリー、本気ではないでしょう」

「もちろん、本気だとも。本気さ。けっして否定しない。で、どうしたというのかね。どうするつもりなのかね」信じられないほどの恐怖心にかられ、マーシャは夫をじっとと見つめた。「さあ、本気で言っているのだ。どうするというのかね」

「ああ、慈悲深い神様。この私は、どうすればよいの」マーシャは声に出して祈った。

「俺が知りたいのは、まさにその点さ。今しがた駆け込んできた時、お前はなにか行動を起こす気でいたはずだ。ハンナは嘘をついている、と俺に説得されでもしなければ。いいかね、俺にはそんな気はないからな。信じたければ、ハンナの言うことをすべて信じたらいい。で、どうだというのかね」

「バートリー」マーシャはどうしようもなくなって懇願した。「あなた、私を追い出すの」

「とんでもない。そんなことはしない。俺の生き方ではないからな。お前こそ、俺を追い出したではないか。今度はこちらが仕返しをする番だが、俺はそんなまねはしない。やったところで、お前が出てゆくとは思えないからな。で、どうするのか見てみたいのだ。結婚前は俺をものにしようとした。俺を手に入れようとして恥も外聞もなかった。嫉妬心から俺を捨てたのはよいが、ふたたび取り戻さなければ生きていけなかった。で、俺を追いかけてきた。なるほど、今では知恵とやらが身についているはずだ。少なくとも、二度とあんなどたばたを繰り返す気などないはずだ。で、どうするというのだね」

バートリーは薄笑いを浮かべながら妻の顔を見て、一つまた一つと、妻の心をぐさりと刺していった。

マーシャは子供を床に下して玄関へ出て行った。子供の帽子と外套が掛けてあった。マーシャ自身は外出から戻ったままの姿だった。子供の前に膝をつき、震える手で小さな衣服を着せ始めた。「バートリー、あなたとは金輪際一緒に暮らさないから」マーシャは言った。

「よかろう。お前のことだ、そう言われても信用できない。でも、今出ていけば、一緒に住むことなど金輪際ないからな。お前に戻ってもらう気は俺にはない。わかったか」

互いに情けが必要であったのに、どちらも情けをかけようとはしなかった。

「こうなったのは、あなたが嘘だと言ってくれないから。私、噂など信じていないのに。今ああまで言われては」マーシャはボタンを掛けることができなかった。指が震えてフレイヴィアの上着のボタン穴にひっかかった。なんと、バートリーは身をかがめ、妻に代わってかわいらしい上着のボタンを掛けてやった。子供を間に挟み、まるで散歩に連れ出すかのようであった。子供を腕に抱き上げ、「さようなら、バートリー」と声を詰まらせて言うと、マーシャは駆けるように部屋を出て行った。

「出て行ったら戻らないと肝に銘じておけ」バートリーが言った。さよならの代わりにバートリーは扉をばたんと閉めた。

考えをめぐらそうと、暖炉の火の前にバートリーは腰を下ろした。妻のために火を起こしておいたのだ。火はもう明るく燃え出していて部屋全体が暖まり、いやに居心地がよかった。考えているわけにはいかない、なにか行動を起こさなければ。夫婦の部屋に上がると、ガス灯の炎が低くともっていた。まるでマーシャのいつもの習慣のように、いったん火をつけ、倹約して炎を絞ったとでもいうかのようであった。バートリーは自分でもどうしたいのかわからなかった。それでも、おのずと目的がはっきりしだした。戸棚から旅行用鞄を取り出すと、身の回りの物を詰め込み始めた。それはこの夏エクイティに出かける際に買い与えた鞄で、まだマーシャの衣服の匂いが残っていた。

鞄に詰め終わると、バートリーはふたたび階段を下りた。妙に空腹を覚え、ティーテーブルに食べ物が並べられていたのでそれで食事をすませた。それから書き物机の中の書類を調べ、焼却するなり鞄に詰めるなりした。

すべてがすむと、バートリーはふたたび暖炉の火のそばに腰を下ろし、マーシャが戻りはしないか、さらに十五分間待った。マーシャが戻ってくるのが嫌なのか、それとも戻ってこないのが嫌なのか、自分でも判然としなかった。しかし、時間になると鞄を持ち上げて家を出た。雨が降り始めていた。傘を取りに家に戻り、さらに十五分待って、ふたりの部屋に駆け上がってみた。しかし、マーシャは戻っていなかった。ふたたび外に出ると、バートリーは雨の中を足早にオールバニー駅まで行き、シカゴまでの切符を買った。マーシャから逃れられるという事実があるだけで、それ以上に明確なものはバートリーの目的には依然として何ひとつなかった。長期間になるのか、短期間で終わるのか、いつまでも続くのか、自分でもまだわかっていなかった。マーシャに気持ちを伝える気があるのか、仲直りをしたいのか、仲直りするのが我慢ならないのか。西へと暗闇を快走する蒸気機関車にも、自分自身にも、まるで見当がつかなかった。

しかしながら、習慣が押し出すもの言わぬ漠たる力こそ、明らかに人間の本質においてもっとも強く働くものである。その力によって、バートリーの思いはふたたびマーシャのもとへと引き戻された。あまりに長い間、人生を共にしてきたので、たとえ惨めでそりが合わないことだらけでも、ふたりの結びつきを切り離せはしないように思えた。結婚の習慣というものは、いわく言い難く、夫婦の心にすっかり染み込むものであり、妻を捨てる苦しみを、ほかならぬ妻にわかってもらいたい、とバートリーは心から願った。思いきってひとりになってみたのはよいが、眼前には孤独な世界が広がり、あまりに広すぎて草木も生えていず、希望も持てないありさまに、その光景を受け容れる勇気さえバートリーは持てなかった。少しずつ、期限を区切り始めていた。何ヶ月か、いや何週間か、いや何日か過ぎれば、戻るつもりであった。

バートリーは二十四時間車中の人となっていた。食事のためにクリーブランドで列車が停車すると、バートリーは三十分ほど列車の外へ出た。だが、食は進まなかった。参った、と自ら認めないわけにはいかなかった。家に戻るか、湖に身を投げるしかない。急いで荷物車へ行き鞄を取り出すと、切符売り場へ行った。長い列の最後尾について窓口の順番を待った。ついに順番が来た。切符売りの前に、バートリーは黙って突っ立っていた。切符売りはせっかちで苛立っていた。

「えーと、用件は」強い口調で切符売りは聞いてきた。そして、むっとなって「何かね。耳が悪いのかい。それとも口がきけんのかい。一晩中そこに突っ立っていられては困る」

手すりの外側にいた警察官がバートリーの肩に手を置いた。「いいかね、さっさとするのだ」

バートリーは言われるままにしたが、よろめくように列から離れた。警察官は怪しい男とにらんでいたが、その姿を見て不審の念を強めた。バートリーはポケットを何度も探った。だが、財布はどこにもなかった。ハリックから借りた残りの金もろとも盗まれたのだ。バートリーはもう戻ることができなかった。もう、なにも残っていなかった。あるのは、自ら選んだ身の破滅だけであった。

第三十二章

十月末が過ぎてもハリックは夏休みをとったままであった。時々は町に戻ってきたが、また出かけてしばらく留守にした。こうして慌ただしく行き来しながら、最後に戻った時は、そわそわと落ちつかず元気とはけっして言えなかった。だから、よい天候が続く限りそちらに留まる、という手紙が息子から届くと両親は喜んだ。そこには、滞在先の山の保養地で興味深い人に出会ったとあり、その男はワシントンの公使館に所属するスペイン系アメリカ人で、故国の民衆をアメリカ風に教育しようと計画しており、「ぜひ協力してくれと言ってくるのです」と綴られていた。「僕はこれまでも法律の勉強、皮革業と、ずいぶん時間を浪費してきましたが、どうせ浪費するならば、このような運動にこそ、もう少し時間を使いたい」しかし、その後の手紙には、この種の問題への言及は二度となかった。帰宅した日の晩、ベンを迎えて家族全員がふたたび水入らずでくつろいでいると、ベンが父親に意見を求めた。「僕が南米へ行くことをどう思いますか」

老人は、はっと目を覚ました。息子がいることに安心して、おしゃべりは女たちにまかせ、いつの間にか夕餉の後の心地よい眠りに落ちてしまっていた。「ベン、何のことかね」

「僕はこのことばかりが気になって、もう話し合ったような気になっていました。一度、手紙で触れたことがあるでしょう」

「そうであったな」父親は応じた。「だが、お前は冗談を言っているのだと思ったよ」

ハリックはじれったそうに顔をしかめた。母親や姉たちから視線を向けられるのもかまわず、ふたたび父親に話しかけた。「あの時は果たして真剣だったか」母親はかすかに安堵の溜息をつき繕い物に視線を落とした。「ですが」ハリックは言葉を継いだ。「冗談を言ったとも言いきれません。相手はそれは真剣でしたからね」はやる衝動を抑えようとするかのように言葉を切り、すぐさまその南米人の計画を事細かに説明した。

聞き終ると父親は言った。「それは結構なことだ。だが、なぜ、よりによって、ベン、お前が行かねばならないのかね」

そう問われて心を乱したらしく、ベンはすぐには答えなかった。母親は息子の計画が反対されるのを見るに忍びなく、自分の意にも夫の意にも反して助け船を出した。助けるといっても状況を想像してみせるだけのことであった。「それは伝道の仕事とは考えられないのかしら」

「そうではありません、お母さん」厳しい口調でハリックは答えた。「おっしゃるようなものではけっしてありません。僕はその土地に教えに行くことになります。報酬ももらいます。黄熱病もなければ、地震もない、六年の間革命だってありませんでした。あらゆる点で完全に安全な国です。それに健康にもよい土地だから、僕には望ましいのです。でも、人を改宗させることなど、僕は考えていません」

「もちろん、そうでしょう、ベン」なだめるように母親は言った。

「仮に伝道の仕事だとすれば、断わってもらいたくはないわね」姉の一人が言った。

「断りはしないさ、アンナ」ベンは応じた。

「参考までに確かめておきたかったの」アンナは言った。

「これで納得したわね、アンナ」横からオリーヴが口をはさんだ。

「ウルグアイの人たちが純粋な気持ちで改宗を願い出たら、ベンもむやみに拒めないでしょう」

「アンナが確かめたいと思うのももっともね」長女のルイーザは言った。

「それはそうね、本当に」オリーヴが言った。「お母様に逆らって叱られるベンの姿を一度この目で見てみたいものだわ」

すかさずオリーヴが弁護にまわるのを見て父親は笑った。「ともかく、これはすべての人が敬意を払わなければならない運動だ。それにしても、さっきも言ったが、いったいどうしてお前が行かなくてはならないのかね。わしにはわからん。将来の見込みも立っていない若者であれば、それはそれとしてよい。だが、ベン、お前にはこの土地でやることがあるのだ。そう考えているとばかり思っていたよ。手紙での言い草ではないが、お前は皮革業と法律とに、ずいぶん無駄な時間を使ってきたのだから――」

「法律の世界で一人前の人間になるのは無理です」ベンは一気に言い立てた。母親は心配げに息子を見たが、父親は笑顔を絶やさなかった。オリーヴは座ったまま、姉たちをやりこめる機会を捉えようとし、姉たちは息を吸い込み、さらにいくらかとりすまして口をつぐんだ。「僕は身体が丈夫ではないんだ――」

「ああ、そうね」これ幸いとばかりに息子を自分のほうに引き込もうとして、母親がベンの言葉をさえぎって言った。

「身体が丈夫ではないから、計画どおりに仕事をやり続けることは無理なんだ。でも、その弱い力さ

え も無駄にしているような気がする」

逆らうような言い方をしたわりには、ハリックの予想に反して父親はそれほど驚かなかった。老人は息子をじっと観察していて、恐らくしまいにはこうなると予測をしていた。いずれにせよ、二つ返事で同意したと感づかれずに父親は答えた。「そうか、そうか、それでは法律は諦めるのだ。お前の言う革の仕事に戻れ。そうでなければ、なにかほかの仕事を始めることだ。わしらはお前に負担をかけたくはない。なにか役立つ仕事を国内でやってもらいたい。やれそうな仕事はいっぱいあるぞ」

「いいえ、僕にやれそうなものはありません」沈んだ表情で息子は答えた。

「いや、あるさ」老人は言った。

「僕を行かせたくないんでしょう」そう言って、ハリックは苛立ちを抑えきれずに立ち上がった。「でも、みんなにこんな言い方をされるのはごめんです」

「変な言い方などしていませんよ、ベン」やさしく訴えるように母親が言った。

「アンナの言い方には、確かに問題があったわね」オリーヴは指摘した。

アンナは言い返さなかったが、代わってルイーザが「どんな言い方だったというの」と問いただした。

「お黙り、あなたたち」母親が言った。

「いいかい、いいかね」父親はベンに持ちかけた。「よく考えることだ。よく考えることだよ。なにも急ぐことはないのだ」

「もうじっくり考えました。急ぐ必要があるんです」ハリックは言い返した。「行くなら、すぐにでも行かなくては」

母親は縫い物の手を止め、縫い目から糸を半分引き抜き、ベンをちらりと見ながら手を膝の上に落とした。

「問題は法律を諦めることではない。むしろ、家族を捨ててずっと遠くに行ってしまうことだ」父親が言った。「そこがどうもわしの気に入らないところだ」

「僕も嫌ですよ。でも、仕方がないんです」さらにベンは言った。「もちろん、母さん、母さんに心から百パーセント賛成してもらえなければ行きません。あとは、お父さんとの間で話をつけてください」

ベンはドアに手をかけて不安げに溜息をついた。

「あの子はすっかり自分を見失っていますわ」ベンが部屋から出て行くと、夫人は目に涙をためて言った。

「そうだな」夫は言った。「落ち着きがない。二、三日もすれば、こんな考えなどしなくなるさ」絶望する妻の気持ちを和らげようと、このような望みを口にしてはみたものの、夫は自分でも気が滅入ってしまうのだった。

「あの子の健康には、南米行きが一番よいのかもしれませんね」最後に夫人は言った。

「果たしてあの子が法曹界でものになるのか、いつも心配してきたのだ」父親は言った。

姉ふたりは、離れたところでこっそりとハリックの計画について話し合っていた。家族の関心事となるといつもこうであった。母親に見られないように、南アメリカの地図の上に屈み込んでいた。

オリーヴは別のドアから部屋を出て、自室に戻る寸前の弟を捕まえた。

「どうしたの、ベン」小声でオリーヴは言った。

「別に」ベンは冷ややかに答えて「姉さん、お入りよ」とつけ加えた。

オリーヴは弟に続いて中に入り、ベンがガスストーブの炎を大きくしたあとも弟のそばを離れなかった。

「この家にいるのは耐えられない。どうしても出てゆくよ」やつれた元気のない顔をオリーヴに向けながらベンは言った。

「この間、エルムハウスで、どんな方と知り合いになったの」オリーヴはすかさず聞いた。

「僕を向こうに行く気にさせているのは、ローラ・ディクスモアではないよ。そう思っているのかな」ハリックは答えた。

「ローラだなんて、だれが信じるものですか。もしそうなら、あなたを軽蔑していたわ。でも、だれであれ、あの女だけは嫌よ」

テーブルを前にしてハリックが腰を下ろすと、オリーヴはテーブルの近くの長椅子の隅に深々と座り、悲しげに弟に視線を送った。「どなたか心にかかる女《ひと》がいるのね」

「この僕を愚かにも女に身を捧げてしまう男だと考えるならば、オリーヴ、お門違いもいいとこだ」

「あら、身を捧げるとまでは言っていないわ」腹を立てながらも気の毒がって姉は言った。

「この土地では、僕の人生は失敗だ」ハリックは大声を上げると、落ち着かない様子で首を左右に振った。「南米へ行けば、失った時間を取り戻せるような気がなぜかするのだ。大いなる楽園さ」ハリックは叫んだ。「清純な女に拒まれて逃げ出すだけに過ぎないとしても、僕は大いに幸せさ」

「つまり、あなたを弄《もてあそん》だのは、どこかのひどい人妻というわけ」

ハリックは寂しげに笑った。「オリーヴ、告白して君を喜ばせたい。でも、僕としては、できれば嘘をつかずにこの問題から身をかわしたい。さっき言った理由だけでは満足できないで、ほかにもあれこれ想像するのかい——僕を苦しめないでくれ。いろいろと詮索しないでくれ。僕を胡散臭《うさんくさ》い男にしないでくれ。これまで、僕は飾ることのない無骨な男で通してきた。父さん、母さんとも、ずっとうまくつき合えなかった。おさらばしたいのだ。ここにいれば、いわば哀れな詐欺師のようなものさ。だから、向こうで、どうにかこうにかやっていければ、かなり時間がかかっても、また本来の自分を取り戻せる」

「ベン」相手の言葉にもかまわず強い口調で、オリーヴは問いただした。「あなたはどう過ごしてきたというの」

「よくある話さ——どうということもない」

「本当なの、ベン」

「以前であれば、一度聞けば納得してくれたのに、オリーヴ」

「これまでのあなたは違っていたもの。人を虜にして苦しい状況を作っておきながら、そこから逃げ出したがるなんて、そんな意地の悪い軽率な男ではなかったわよ」

「今、そう見えるなら、否定しても無駄だね」ハリックは悲しそうな目でオリーヴを見て寂しそうにほほ笑んだ。「今度のことに女がからんでいると、どうしても言いたいのだね」

「そうよ。でも、なにも話してくれないでしょうし、私もあなたを苦しめる気はないの。ただ、なにかつまらないことでくよくよ考えて、ここを逃げ出す気になっているのでなければいいのだけれど」

「でも、どのような圧力がかかろうとも僕は逃げ出せない。そう考えて安心しているんでしょう」

「そんな馬鹿なことしないわよね、ベン。愚かなことよ。お父様とお母様の同意をまだ取り付けていないとすれば、許しを得る勇気があなたになかっただけのことよ。今回の件に関しては、心はすでにここにないのでしょう。でも、行くのならば、お父様の言うようによく考えてからにしてね——じっくり話し合ってからにして頂戴。意志の弱い気紛れな人間だとあなたが人から見られるのは嫌ですからね。本当は違うのだから。私はこの計画に反対よ。なぜ出て行きたいのかわかるまでは——そうするだけの価値が確かにあると思えるまでは駄目よ。事を運びやすくする手助けを私がすると思わないで頂戴。むしろ事を運びにくくするほうに手を貸すわ」

オリーヴの表情には愛情があふれ、脅していても脅しているようには見えなかった。ベンがなにかして欲しいという思いをいつもの気のない態度ににじませると、他人であっても、ベンの願いを拒めなかった。弟をだれよりも理解し、弟にだれよりも深く共感を寄せるオリーヴであれば、拒めるはずはなかった。「こんな馬鹿げた計画を聞かされて家族全員が怯えてしまったから、もう駄目だけれど、今夜、話したいことがあったの。あなたになにかしてやれないか聞いてみたかったの」これまでの話からベンの気持ちをなんとかそらせたいと願って、オリーヴは興味の対象を変えようとしていた。しかし、ベンは耳は向けていてもまったくうわの空で、話が先に進もうが進むまいがオリーヴ次第といった様子であった。「どうも」出し抜けにオリーヴは言った。「あの哀れなハバード夫妻に、なにか面倒なことが起こっているようよ」

「新たにかい」ベンは悲しみと皮肉の入り混じった返事をしてオリーヴの方へ目を向けた。姉の顔をまともに見ようと決心したかのようであった。

「ハバードが新聞社を辞めたことは知っているわね」

「うん。この間、家に帰って来たとき耳にした」

「それにまつわる不愉快な話がいくつかあるのよ。噂ではハバードはひどいことをして、ウィザビー氏に追い出されたとか。活字にしてはいけないものを活字にしたとか」

「そんなことは当然、予想できたことだ」ハリックは言った。

「新しい職はまだ見つかっていない。マーシャが言うには仕事もほとんどないんですって。きっとひどく借金をしているに違いないわよ。ふたりのことがとても心配だわ。どうやって暮らしを立てているのかしら」

「おそらく僕が貸した金でさ」穏やかにハリックは言った。「春に、ハバードに千五百ドルを貸したのだ。それだけの金があれば、当然、差し当たり、ゆとりをもって暮らしていけるよ」

「まあ、ベン。どうしてお金を貸したの。お金を上手に役立てようとする気などハバードにないことくらい、わかってもよかったのに」

なぜ、そして、どのようにして金を貸したか、ハリックは説明した。そしてこうつけ加えた。「貸した金で家族を養っていくならば、ある程度うまくお金を使っていることになる。やつに金を貸したのは、あの女《ひと》のためさ」

大胆にもハリックは姉の顔をのぞき込んだが、姉があっさりこう答えると視線を落とした。「もちろん、そうよ。でも、マーシャはなにも知らないのではないかしら。そのほうが私は嬉しいわ。知れば、ますます困るだけよ。ベン、マーシャはあなたのことを尊敬しきっているのよ」

「そうなのかい」

「どうも、あなたを完璧な人間と思っているらしいの。マーシャが家に来ると、必ず、あなたの在宅時間を確かめる。あなたから惨めな夫によい影響を与えてもらえると思っているんでしょう。ご主人はますますひどくなっているのではないかしら。お父様から聞いた話では、選挙結果にお金を賭けているそうよ。あなたから借りたお金で、そういうことをしているのよ」

「僕の貸した金と限ったことではない。だれの金であっても、あの男はそんなことをやるはずだ」ハリックは言った。「バートリー・ハバードだって生きていかなくてはならない。人生を快適にするには少しは刺激が必要だ」

「かわいそうに」オリーヴは溜息をついた。「あなたが向こうに行くと聞いたら、マーシャはどうするかしら。マーシャの話を聞いてみたら。あなたが戻るまであと何日、あと何時間と指折り数えていたことがわかるわ。滑稽よ、お母様相手にマーシャが話し続ける様子ときたら。あなたのことを何から何まで聞いて。まるで、あなたの型に合わせて、バートリー・ハバードを作り直すつもりでいるみたいなの。あなたがマーシャに聖人扱いされるように、人から聖人君主のように思われるの、私は嫌ね。だからといって、有難いことに、たいして害もなし。時には、マーシャのことで笑ってしまうわ。あなたについて、私たちみんなに尋ねまわって、あのろくでなしの亭主と共通するものがあると、大喜びするんですもの。でも、これはあまりに惨めで悲しすぎるわね。確かに、マーシャはだれにも負けないほど一途な人よ」考え深げにオリーヴは言葉を続けた。「時々、恐いくらいに無邪気になる。でも、やきもちを焼いても悪いことだとは少しも思っていないのではないかしら。夫から与えられるもの以上に、はるかに多くのものを夫に与えている、だから不公平だとマーシャは激怒するのよ。マーシャが思うのは、ただご主人のことだけ。これから先も、この世の終わりまで、相手を自由に選べるならば、必ずバートリー・ハバードを選ぶはずよ。ひどい男とはわかっていてもね。仮の話だけれど、マーシャが未亡人となり、だれかに求婚されるとする。するとマーシャはひどくショックを受けて、どうしてこの自分が、と唖然とするわ」

「大いにありそうなことだ」そうは言ったがハリックは気もそぞろであった。

「マーシャのことでは気が晴れないのよ」オリーヴはまた話を続けた。「マーシャは、四六時中、心配して苦労のし通しなのよ。ベン、あなた、なんとかしてやれないの。あの嫌な男と話し合って、まっとうな人間に戻れないか、やってみてよ」

「嫌だ」これまでうわの空であったが、突如目覚めたようにハリックは大声を上げた。「ふたりには係わらない。やつには好きなようにさせておけばよい。すぐに、駄目になるさ——仲をとりもつことはしない——そんなことはできない。そんなことはしてはいけない。オリーヴ、君にはまったく驚かされるよ」ハリックは勢いよくテーブルから離れると、足を引きずりながら部屋中を歩きまわって、帽子と杖をあちこち探した。両方ともさきほど置いた机の上にはっきり見えていた。ついに見つけて手をかけると、姉の驚いた目に出会った。「仮に立ち入るにしても、やつが好きだから、というのではまったくないからな」ハリックは叫ぶように言った。

「もちろんよ」オリーヴは言った。「でも、なぜ私の言うことに驚くのかしら」

「それは、どうも、僕があの女《ひと》のことを好きだから——」

「そのとおりよ。ふたりの間の問題に立ち入るのにそれ以外の動機があると私が思っていたなんて、あなたまさか想像していなかったでしょうね」

帽子と杖に手をかけたまま呆然と立ちつくして、ハリックはオリーヴを見た。まるで聞き違えたかと耳を疑っているようであった。やがて身体中に戦慄が走り、目に新たな光を浮かべてハリックは静かに言った。「アサトンに会いに行ってくる」

「これからなの」明らかに話題が変わったのに、女たちがよくするように、話を一時《いっとき》そのまま受け入れて姉は言った。「今夜は駄目よ。とても疲れているでしょう」

「疲れてなんかいないさ。ともかく今夜アサトンに会うつもりだった。この南米行きの計画について相談したいんだ」帽子をかぶり、ハリックはすばやく戸口のほうへ移動した。

「アサトンにハバード夫妻のことを聞くのよ」オリーヴは言った。「恐らくなにか教えてくれるわ」

「僕はなにも知りたくない。なにも聞きはしない」

オリーヴはベンと扉の間に身体をすっと割り込ませた。「哀れなマーシャを悪く言う噂は、なにも聞いていないのね、ベン」

「聞いていない」

「バートリーがひどくなったのは、ある意味では、マーシャのせいだと思わないの」

「思わないさ」

「それでは、どうしてマーシャを助けようとしないの。私には合点がいかないわ」

ふたたび姉を見ると、ハリックはなにか話そうとしていったん開いた口を閉じてしまった。それからやっとこう言った。「僕には僕の心配ごとがある。ふたりの問題に立ち入らない理由は、それでじゅうぶんだろう」

「ベン、自分に説明したことになっていないわよ」

「それじゃこうだ。他人の不幸に巻き込まれたくないからなんだ。姉さんがかつて言ったように、僕には嫌いなことさ」

「でも、あなた自身が言うように、しかたがない場合もあるわね」

「今回はそうではない、オリーヴ。わからないのかい――」ハリックはまた話し始めた。

「私に話したくないことがあるんでしょう。でも、それが何か、見つけ出してやるわ」半ばからかうように、オリーヴはベンを脅した。

「見つかればいいね」ベンは答えた。「その時は僕に教えてくれよ」今度はオリーヴがベンのためにドアを開けてやった。通りしなにベンが穏やかに言った。「疲れきっている。でも、アサトンとこの話をしなければ、気が休まらないからね。出かけるほうがよさそうだ」

「そうね」オリーヴは同意した。「行ったほうがいいわ」さらにからかうようにオリーヴは言った。「あなたは謎だらけね。家ではゆっくりくつろげないのね」

ベンが後ろ手で表の扉を閉める音が家族の耳に届いた。みんなのいる部屋にすでに戻っていたオリーヴは説明した。「ベンは、アサトンとあのことを話しに出かけたわ」

ほっとして父親は笑った。「まあ、アサトンに任せておけば心配することはないな」

「あの子、まったく元気がなかったですね」母親は言った。

第三十三章

アサトンの部屋の前でハリックは、帽子をかぶり外套をまとった部屋の主と鉢合わせした。「おや、ハリックじゃないか。帰ってきたかどうか、様子を見に行こうとしていたところだ」

「それには及ばないよ」そう言ってハリックは相手を押し退けるようにして部屋に入った。「君に仕事の件で話があるんだ」

アサトンは帽子を脱ぎ、片方の腕を外套の袖から抜きながら、もう一方の手でドアを閉めた。「会えてよかったよ、まったく。僕の方でも君にちょっと用事があったんだ」吊るしランプの炎を大きくして椅子に腰掛けた。以前ふたりで話した時と同じ場所、テーブル越しにハリックを見る位置に座った。「相変らずの話だが」同じ事態がまた繰り返されているという思いからアサトンは言った。「ウィザビーが言うには、ハバードのやつ、君から借りた例の金を『イヴェンツ』から引き上げたというではないか。ほかから耳にした話では、その金を選挙結果に賭けて湯水のように使っているという。君はどうする気だね」

「どうもしないさ」

「おお、それは結構」アサトンは言い返した。いくぶん出鼻をくじかれた感はあったが、いかにも弁護士らしく受け止めることにした。それでも、友としての気安さから腹を立てて言い放った。「一体全体どうしてそんな大金をやつに貸したのかい」

ハリックは考え込むように伏せていた視線を上げ、すがるとも挑むともつかぬ目で相手の顔をじっと見つめた。「貸したのは、やつの奥さんのためだ」

「ああ、わかっている」アサトンは言葉を返した。「君の気持ちは忘れていない。賛成するわけにはいかなかったが、君の気持ちは気持ちとして尊重していたよ。だが、金を貸してはみたものの、夫婦のどちらかのためになったというのかね。自分で稼いだ金でもないのに、それを当てにする。恐らく、そんな気にハバードをさせてしまったのではないのかい。人間は、いつでもこうして堕落するのだ」

「そうだね」ハリックは答えた。「だが、ことハバードに関しては、さほど後悔していない。仮に賭け事で金が残ったとする。その残金をハバードに無理やり返させたところで、マーシャのためにはならない」

「そうだろう。たぶん、ならないだろう」

「それならば、かまわないでおこう」

この問題は片がつき、アサトンはハリックが出向いてきた用件を言い出すのを待った。だが、ハリックは近くのテーブルにペーパーナイフを見つけると、左手で弄《もてあそ》ぶだけで、顎を胸元に沈めて、惨めな思いに沈んでいる様子であった。

「やつに傷を負わせたと自分を責めないでくれよ」ついにアサトンは笑みを浮かべながら言った。

「傷を負わせたって」間髪を入れずにハリックは問い返した。「どんな傷をだね。どのように負わせたというんだい」

「バートリーにあの金を貸したろう」

「そうか、いや、それで傷を負わせたとは思ってもみなかったな。考えてもいなかったし」じれたようにハリックは応じた。「僕はもっと別のことを考えていた。自分の気持ちはわかっている。僕はやつのことが嫌いでたまらない。だから、その程度ではすまない事態になって欲しいと願っても当然だ――僕が知る限り最悪の事態に。もっとも、ひどい目にあっても、結局やつにとっては、なんということもないのかもしれないな。来世があると言うのならば来世で、やつは新たな方向に向かって生き始めるかもしれない。だが、現世ではそんなことは想像もつかない。ただますます悪くなってゆく一方だ。ますます悲しみを生み、恥をさらすだけだ。死ぬのがひたすら世のためになるのだから、やつに死んで欲しいと願わないものなどいるものか」

「そんなこと聞かれても、この僕がまさか真剣に答えるとは思っていないだろう」

「しかし、僕がそう思っていたとしたら」

「そうであるとすれば、こう答えるね。最悪の動機でもあれば別だが、そんな結構なことを願う人間はだれもいはしないさ。具体的な話ではないにしろ、そんな質問にかかわらずにすめば、それに越したことはない」

「そのとおり」ハリックは言った。「だが、どうして現実性に欠けると言うんだ」

「君の場合、そうとしか考えられないからね」

「僕は最悪のことが起こってもかまわないと言っただろう」

「本気で言っているとは思わなかったよ」

体を椅子にあずけて、ハリックはうんざりしたように笑った。「僕という男は汚い人間だ、とだれかにわかってもらいたいものだ。そんなことをしようとしても無駄だけど。ここでは君に、そして家ではオリーヴに天地をひっくり返すようなことを言っても、君は僕の言うことを信じないと言うし、オリーヴはオリーヴで、僕がハバード夫人に聖人扱いされていると言う。君を引き留めて、こっそりこう打ち明けるとする。実は、バートリー・ハバードをこの世の中から抹殺しようと、クローバー通り一二九番地で長いこと立っていたと。それでも、君は警官を呼びに行きはしないだろう」

「呼びにゆくとすれば医者だ」アサトンは言った。

「これが人柄というものかね。『言葉は、満腔の心情から口をついて出てくるもの』聖書に並べ立てられている不愉快な言葉もすべて、もとはといえば、心から生じたものだ。そうした言葉をいわば心という瓶に詰めて、新たにレッテルを貼る、それがせいぜい、少なくとも同じ人間同士に求められることなのだ。もしそうでないとすれば――そうじゃなかったら、道徳とはいかに滑稽なものか。アサトン、キリストのような人間がいたと信じるかい」

「君は信じているだろう、ハリック」

「まあ、それは、君が僕を何と呼ぶかだ。僕が今もなお昔のままであれば――依然として、日曜学校で立派な教育を受けた青年であるというのであれば、神を信じていることになる。だが、過去と未来との間でおぼつかなくも釣り合いを取って、一瞬の現在にしがみついている。それが今の僕だというのならば、信じているとは言えないな。それでも、ほどほどの信仰心はまだ残っているようだ。キリストが地上に存在しなかったとしても、キリストを思い描いた人は存在したはずだ。その存在こそが神であったに違いない。歴史上の事実など問題にすべきではない。キリストの姿を思い描くとするね。神の姿を思う存在となり、何から何まで神に見通されることが、心貧しきすべての人間にとって、どれほどの慰めであり、どれほどの喜びであったことか。君にはわからないのかい。最後の審判の安堵と平穏。神の前に自らをすっかり晒す――」

「毎日が最後の審判の日だ」アサトンは言った。

「そうだね。君の考える教義はわかっている。僕が言うのは、まさにその最後の審判のことだ。最後の審判を見越して、現在の社会機構において、なにか備えておくべきだ。人の性格など迷信だよ。いわば、木石を信じるようなくだらないものだ。後ろ指を指されるような生活を送ったこともなく、したがって、怪しまれたことのない人間でも、罪人は罪人さ。年に一度くらいは捕まえて、みんなの前で臓物をひっくり返して見せてやればよい。体の内側が地獄の煙で音もなく黒く焦げついてしまっているではないか。それを見れば、性格なんて、一時《いっとき》拝まれるだけのもので見る影もなくなる」ハリックはまた笑った。「ところで、用事はこんなことではないんだ――楽しいことかといえば、けっして楽しいことではない。ここに来たのは、聞きたいことがあったからさ。僕は法学を修め、ここの事務所で一緒に仕事を始めるようになっていたね。だが、今こそ、法律を諦める潮時だとは思わないか。まあ、ちょっと待ってくれ」アサトンが思わず口を開こうとするのを押しとどめてハリックは言った。「上品に驚き、友人らしく抗弁し、誠実ぶってためらう。そうすることが当たり前だとされている。だが、さあ、本当のところ、僕には弁護士の資質があると思うかい」

「申し分ないとは思っていないがね、ハリック」アサトンは話し始めた。

「ああ、君はまさしく法律家だ。率直に答えてくれないか」

「お望みならば、そうする」アサトンは応じた。

「それで」

「やめたいのかい」

「そうだ」

「それではやめにすればよい。やめたがっている人間が成功したためしはないからな。話がここまできたので、これまでずっと温めてきた本当の気持ちを話しておくよ。生まれつき法律に不向きなところがあっても、法律をやる気に偽りがなければ乗り越えられるはずさ。これは、僕がずっと考えてきたことだ。だが法律に飽きがきたというのならば見込みはないな。けっして弁護士になれはしない。問題は飽きがきたかどうかだ」

「きてしまったのだ」ハリックは言った。

「では、今すぐここでやめることだ。もう二年という時間を無駄にしたのだ。これ以上時間をかけたところで失った時は取り戻せない。こうなった上に、それでも僕と一緒に続けさせるならば、それは友人のやることではない。正直者のやることでもない。悪徳弁護士ならば、そこまでやるだろうが。君がやめても、僕は特にびっくりはしないさ」探るようにハリックを見て、一瞬、間をおいてからアサトンはつけ加えた。「だが、君のお父上は打撃を受けるだろうな」

「予防線を張って、最初にきついのを一発見舞って麻痺させてある。そうでなかったら、確かにショックだったかもしれない」

「そうか。もう、お父上に話してあるのか」

「うん、すでに話の決着はつけてある。本心は隠して、仮定のこととしてね。だが、弁護士になるとかならないとかの話は、それでじゅうぶん。うまくいったと思うよ。もう一つ、まだ同意をとりつけていないことがある。そこで、アサトン、君の助けが必要なんだ。僕の計画はこうだ」最初は木で鼻をくくったような話しぶりであったが、やがて本題に入ると、ハリックは自分の家でしたように、じゅうぶんに説明した。驚く気配すら見せずにアサトンは聞いていたが、しだいに真剣になって耳をそばだてた。いくぶん鼻にかかり、間延びしたハリックの単調な口調に表われていないものを、アサトンは聞き取ろうとするかのようであった。そして話がすむとアサトンは言った。「しばらくここを留守にするような計画であれば、どんなものでも賛成だ。そうだ、お父上にそのことを話しておこう」

「もし君自身納得したいのであれば、納得できるだけの論拠を述べてもいい」すぐさま友人の同意を得たと思いハリックは言った。

「いや、論拠など聞かなくても納得している」アサトンは言葉を返した。

「それならば、この僕の気持ちを変えるようなことをなにか言って欲しいんだ。だれかに反論されないと、計画を立てても、いつもすっかり冷めてしまうものだから」ハリックはにこりとしたが、アサトンは相変わらず真面目な顔つきであった。「友だちのスペイン系アメリカ人がこの場にいてくれればなぁ。君にはどうしてこれがよい計画に思えるのかい。見込みもはっきりしないこんな計画のために、両親のもとを離れたいと言い出して、父親の希望をふたたび挫き、母親の心を苦しめる。そんなまねが、どうして許されるんだろう」ハリックは冗談まじりになおも友人に食ってかかったが、その声には言葉以上にもっと深くて激しい感情が震えていた。

そんなハリックの感情の高まりを顧みずに、あたかもはぐらかすようにアサトンは答えた。「結構な理由ではないか――一応――これほどの理由はないさ。伝道の仕事だからな」

「母親もそう言ってくれた」

「それに、向こうは君の健康にもよいだろうね」

「母親にもそう言ったのだ」

アサトンは黙っていた。話を続けるにせよ、打ち切るにせよ、ハリックにまかせて出方を待っていた。

いくぶん間を置いてからハリックは話を続けた。「僕の務めについて君が言いたいことはこうだな。今手がけていることをまずやり遂げること、家族なら当然かけているはずの期待を裏切らないことだ、と。そして、こうも言いたいのだろう。あのわが家で注がれる愛情を無理に剥ぎ取ってしまうことは、とんだ誤りであると。途方もない動機でもあれば別だが、なにをもってしても、自分を正当化できはしない、と。だが、僕が今挙げた理由で、君は納得した振りをしている。アサトン、君は僕のことを真面目に考えようとしていない」

「そうかもしれん」アサトンは言った。終始自分に向けられていた顔をなおもじっと見つめた。だがその時、アサトンはどうも相手の言葉よりは、むしろ考えを聞き取ろうとしているようであった。「なにか途方もない動機があってのことだろうと内心では理解していた。説明してくれた理由だけで計画に賛成する振りをしたのであれば、確かに僕は君のことを真面目に考えていなかったことになる。だが、恐らく今の状況では少しばかり嘘を交えるに越したことはない。本当の動機を君が打ち明けてくれていないのだから、こちらからは聞けないのだ」

「でも、想像はついているよ」

「ついているのだろう」

「で、何と想像するのだ。失恋したとでも。肘鉄をくらったとでも。一度は受け入れられながらも、相手のほうから婚約を破棄されたとでも。なにかそのようなことかい」ハリックは鼻で笑いながら問いただした。

アサトンは答えなかった。

「おい、的外れもいいところだ。これが本当だというのならば、僕はなんという果報者、誇り高き幸せ者か」ハリックは友の目をじっと見て吐き捨てるようにつけ加えた。「アサトン、君には好奇心というものがないのかね。僕が本当に何に苦しんでいるのか聞いてこない。自分からは聞かずに、僕に話して欲しいのかい」

鉛筆を指で挟んでまわしながら、アサトンは相手に同情し気の毒に思っているかのように、口許をかすかにゆがめて笑みを浮かべた。「話さなくてもいいさ」ついにアサトンは言った。「話さないほうがいいと思うよ。何のことかわからなくても、ただならぬことぐらいは、じゅうぶん感じているから」

「ああ、なんという悲劇」自嘲気味にハリックは言った。

「だが話せばどうにかなるのかい。良識があるとみて、これまで君に敬意を払ってきたから、根も葉もないこととは思わないが。だからといって、告白しても気が萎えるだけではないか。話せば責任を分かち合える人間を得た気になり、僕に苦しみを委ねたい誘惑にかられる。なんらかの誘惑、というか、本心をさらけ出したいという気持ちと格闘しているならば、自分ひとりで戦わなくては駄目だ。そうでないと、ただ味方を頼りにするようになる。自分は危ない目にあっているのでも、罪を背負っているわけでもない、と味方におだてられ信じ込ませてもらうためにね」

法律家アサトンの主張にその都度かすかに頷き、ハリックは同意した。「そのとおりだ。だが、君は明敏な男だ。僕の場合のように単純な事例においては、何が問題なのか、わからないふりもできまい」

「僕にも、はっきりしたことはなにもわかっていない」アサトンは答えた。「できるだけ想像しないようにしている。この問題で君以外にもだれか関わる者がいるとするならば――事が大きければ、当事者が一人ではすむまい――君も、人に話すわけにはいかないだろう」

「違った裁きを下して欲しいものだ」

「正しい見方をするには――自らの主義、自らの自尊心にわが身を委ねなければならない」

耳障りな声でどっと笑うと、ハリックは席を立った。「ああ、そうやって君は裁きの役を投げ出してしまうんだ。主義、自尊心だと。これらに反するだと。人は主義とか自尊心とかをくすぐって、僕に近づいてくるではないか。ほら、悪魔にしても、いつも人間を持ち上げるだけ持ち上げる。人間の主義とか自尊心の何たるか、どのようなものからなっているのか、悪魔はすべてお見通しなのだ。人間の本質がどんなに崇高で純粋であっても、人はいとも簡単に他人をだます手段にするから、悪魔にすればそんなものは滑稽でしかたない。哀れみ、清廉、義憤、非のうちどころのない生活――こうしたこともすべて人間の道具となることを悪魔はご存知なのだ。もう結構だ。主義や自尊心などだたくさんだ――腹いっぱい頂戴した。残るは突進することだけだ。僕がやろうとしていることは、突き進むこと。もうひとつのことに関してだが、アサトン、それはまったく君の言うとおりだ。僕の問題は僕ひとりだけのことではない。そう言ってくれて、ただただ感謝する。この問題を君に打ち明けてよいはずはないのだ。ほかの人が知ったとしても心が汚されることはない。その意味で、これは僕だけの問題なのだ。話すのは恐ろしく罰当たりなこと、罪つくりなことだ。そんな馬鹿なまねをしないですんでよかった。君の同情を引こうとこそこそ歩きまわっていた。なんとかして君に責任を転嫁したいと思っていた。健全なことなのに——とんでもないことに——自分を恐れ軽蔑しないですむように、君をけしかけていい気になりたかった。まあいい、それも終わった——おやすみ」突然アサトンから顔をそむけると、ハリックは杖にすがりながらふらふらと扉のほうへ向かった。

アサトンは帽子と外套を手にして言った。「一緒に行くよ」

「いいよ」ハリックは気乗りのしない言葉を返した。

「いつ向こうへ発つのかい」通りに出るとアサトンは聞いた。

「ああ、来週ニューヨークを出航する船がある」相変わらずハリックはどうでもよいように物憂げに言った。「その船で行く」

ふたりはとりとめもない話をした。

クローバー通りの坂の下まで来ると、ハリックはアサトンの腕から手を抜いた。「ここから上って行くことにする」ふさぎ込んだまま、かたくなにハリックは言った。

「そんなこと、よしたほうがいい」友は静かに応じた。

「住んでいる家を外から眺めようと立ち止まったからといって、あの女《ひと》が傷つくわけでもあるまい」

「君が傷つく」

「やるべきことはやるのさ」ハリックは言い返した。肩にそっと置かれたアサトンの手を払い除けると、ハリックは丘を登り始めた。アサトンが追いついてきて、ふたたびハリックの腕をかかえて一緒に歩いた。まず酔狂なまねを許さずに手なづけ、次にご機嫌取りをして酔っ払いを思い通りにする、そうしたいと望んでいるかのようであった。だが、目指す家のところに来てもハリックは立ち止らなかった。家を見ることすらしなかった。ハリックの体が激しく震えるのをアサトンは感じた。

次の週、ふたりは毎日会った。誇り高い鼻をへし折られてみると、人前で自らを哀れもうが、目的が揺らごうが、もはやハリックは恥ずかしさを感じなかった。踏み切れないでいる両親を説得するのはむしろ簡単であり、ハリックの決心をぐらつかせないことのほうが大変だ、とアサトンは気づいた。人の支えがなければ、ハリックは気持ちをぐらつかせてしまうのだ。「本で読んだ登場人物と状況は同じでも、振る舞いまでまったく同じというわけにはいかないものだ」ハリックは一度こう言ったことがある。「進むべき道が見えると、物語の主人公は、けっしてひるまない。脇目も振らずに前へ突き進む。さもなくば」さらにこう皮肉を効かせて空ろな笑いを浮かべた。「背を向ける――男らしく。あーあ」

ハリックはやつれ、見るからに弱っていた。ふたりはこの戦いで攻守所を変えていた。ハリックの外国行き計画はもはや当の本人ではなく、アサトンがお膳立てしたものになっていた。ハリックは計画に異を唱えるわけでもなく、ただ言われるままに従った。こうなれば当然、アサトンとしても体よく知らん振りを決め込むわけにもいかなくなった。大方は言葉にして、ふたりの間で問題が洗いざらい語られた。ハリックに渡航の目的意識が薄れると、アサトンは全力を尽くしてハリックを元気づけ、ある時こう言った。「君が善行に背を向けて悪事をなそうとするのももっともだ、と言ってもらおうと、これ以上、僕のところへ来られても困る。最初は君を哀れに思ったが、今では駄目なやつだと思っている」

「ひどいな」当惑し面喰った様子でハリックは言った。「どういうことなんだ」

「自分の悪事になんとか高潔な理由を見出したい、と君はひそかに思っているのだろう。そして、僕にこう説得されたいのだ。確かに悪は悪でも、お前の悪は特別な悪なのだ――それは、美しく甘美で哀れであって、とんでもなく醜悪でも、どうしようもなくひどいものでもない。なにせ、情け容赦なく体から切り取られ、体の外にいやいや投げ出されたのだから、と。いいかね、君は良心の呵責に苦しんでいる。心に曇りがなければ、こんな理由で苦しむ者などいない。君は先に進まなければならない。だが、そんなにすぐには進めないのだな。君の立場には気高さなど感じられない、などと僕が考えているとは思わないでくれ。君は面目を失って、いや、逃亡して恥をかく道を選んだに過ぎないんだ。こう思ってもらえていないとすれば、僕に落ち度がある。真相がわかれば――君を大切に思ってくれるひとたちに真相を納得してもらえれば、堂々とできるではないか」

「このままの姿でも堂々としていないかい」ハリックは尋ねた。「この今の僕ほど惨めな男はいただろうか。アサトン、君に負わせられた傷はそのとおり受ける。でも、最後のとどめは、刺さなくてもよかったのではないか。知りたければ教えてやる。メロドラマの人物のように自惚れてなどいない。わかっているさ。逃げているのは負けたからだ。でも、どのようなことで戦ってきたか、他人はだれも知らない。この俺には、戦いの醜さがわかっている。そう思わないかい。戦いの醜さ一切を知るのは、当の本人だけだ」ハリックは両手で顔をおおった。「君の言うとおりだ」ようやく口がきけるようになるとそう言った。「後ろめたく苦しい。そうだと気づいていたはずなのに、苦しいのはかわいそうだと思うからと勘違いしていたようだ。愛のない結婚も地獄だが、結婚にいきつかない愛は、もっとひどい地獄。前から知っていたことだが、君に言われてもう逃げ場がなくなった。それまでは、真実とまともに向かい合わないようにしてきたが、もう、そうはいかなくなった。地獄に落ち、以来ずっと地獄暮らしだ。こんなことは、馬鹿げた空想だと考えようとしてきた。健康を損ねたせいにしようとしてきた。ある朝、目を覚ますと幻想など消えてなくなるはず、と自分に言い聞かせてきた。今もそうだが、最初から嫌でたまらなかった。拷問にも似た苦しみだった。だが、迷える心のどこかでは――たぶん、もっとも暗い奥底では――恥とは言え、とても甘美だった――実に甘美――人生で唯一の甘美なものだった――それなのに」はらはらとこぼれる涙を拭い、ハリックは立ち上がり外套のボタンをかけた。「それじゃ、行く。もう戻らないですめばよいが。俺のことで親父と話すことがあっても、向こうに行く理由として、今日のことは言う必要はないからな」いつもの皮肉を最後にそれとなくちらつかせてハリックは言い添えた。その返事をほんの少し待ってのち、今度は相手を手厳しく責め、くってかかった。「一年半前、あのごろつきを酔ったまま奥方のもとへ送り届けたあと、君のところに行ったね――その時、どうして忠告してくれなかったんだ、アサトン。危ないと感じていたんだろう」

　アサトンはためらった。「いつも他人のために心を砕く君のことだ。惨めな思いをすることくらいわかっていた。だが、こんな結果が生まれるとは、夢にも思わなかった。しかし、君はこれまで一瞬たりとも自分流を変えることはなかった。責任は君にある。今苦しい思いをするのも自業自得というものだ。今の君には逃げるしか道はない」

「そのとおり」ひどく卑屈になってハリックは言った。「もう迷惑はかけない。ここにいて、僕を信じてくれる女《ひと》の心に背いて、いつまでも罪つくりな生き方はできない。生ある限り、向こうへ行っても同じさ。罪つくりであり続ける。それでも、害を与えるのがわずかでも少なくてすむ。そうさ、だから俺は行くのだ」

いざ中南米に出立する前の晩になって、ハリックはアサトンの間借り先まで出かけて中南米へは行かないと伝えようとした。アサトンは留守だった。おかげでハリックは最後まで恥をさらさずにすんだのであった。降り始めた小雨に濡れながら実家に戻り、ハリックは鍵を使って家の中へ入った。「ベンじゃないかしら」声と同時に、オリーヴがハリックの腕に手をかけ、気をつけてと注意を促すように、そわそわしながら握ってきた。「静かに。こっちに来て」ほの暗い玄関ホールから、オリーヴはハリックを入り口近くの応接用の小部屋へ引き入れた。小部屋には、一段と明るくガス灯の炎が燃えていた。明かりの中に身じろぎもしないマーシャの姿が白く浮かんだ。マーシャは両手で赤ん坊を抱き座っていた。ふたりとも、なにひとつ挨拶を交わさなかった。そこにマーシャがいる。それだけで、もう明らかに社交上のしきたりなどどうでもよく、なにひとつ守る必要もなかった。

「ベンがお宅まで一緒に行ってくれるわ」なだめるようにオリーヴは言った。「雨が降っているのね」弟の外套を見ながらオリーヴは尋ねた。「私のレインコートを持ってくるわ」

一瞬ふたりきりになった。「ずっと——ずっと歩きまわっていました——あちこち」息も切れ切れにマーシャは言った「すっかり暗くなってしまって——家に帰るのが怖いのです。嫌なのですが——あなたを家族のみなさんから奪ってしまうのは——最後の——晩に」

なにも答えず、ハリックは座ったままマーシャをじっと見つめていた。レインコートと傘を持って戻ってきたオリーヴが、マーシャの肩にレインコートを羽織らせた。その間、ハリックは「赤ん坊を抱かせて」と言い、返事を待たずにマーシャの腕から赤ん坊を引き寄せた。赤ん坊は眠っていた。オリーヴがショールでくるんでやると、赤ん坊は気持ちよさそうに一度体を震わせ、ハリックのほうに暖かい体をすり寄せてきた。「傘をさしてくれませんか」ハリックはマーシャに言った。

雨の降る暗い戸外に出ると、ふたりは足早に歩いた。足を引きずりながらもハリックが早く歩き続けるので、マーシャはハリックに傘をさしかけるのに苦労した。一度など、マーシャは雨が赤ん坊にかかりはしないか確かめようと前に走り出た。赤ん坊の小さな顔は、ハリックの首と胸とのあいだにしっかり抱かれていた。「心配しないで下さい」ハリックは言った。「よく注意しているから」

ハリックの声はかすれ、いつもの調子ではなかった。どちらからもふたたび口を開くことのないまま、ふたりはマーシャの家の戸口が見えるところまで来た。マーシャはハリックを押しとどめようとして肩に手を置いた。「ああ、怖いわ——家の中に入るのが怖い」すがるようにマーシャは言った。

ハリックは立ち止まり、ふたりは外灯の明かりに照らされて、向かい合って佇んでいた。マーシャの顔は涙で歪んでいた。「どうして怖いのです」ハリックはきつく問いつめた。

「喧嘩したんです。それで、私——私、逃げ出したのです——もう二度と戻らないと言ってしまいました。夫を置き去りにして」

「戻らなくてはいけない」ハリックは言った。「御主人だから」何度も何度もくり返して念を押した。

まるでその言葉には自分自身をほっとさせる魔力が潜んでいるとでもいうかのようであった。「戻らなくてはいけない。戻らなくてはいけない。戻らなくてはいけないんだ」

ハリックはもうマーシャを引きずっていた。マーシャは掴んだハリックの腕に力なくもたれかかり、ひとり呻《うめ》いていた。戸口まで来ると、「中には入れません」とマーシャは声を張り上げた。「私、入るのが怖い。主人に何と言われるか。何をされるか。どうぞ、一緒に入って下さい。あなたはおやさしい――ですから、私、怖くはありません」

「ひとりでお入りなさい。あなたをご主人から離して保護できる者など、だれもいません。さあ」

マーシャから体を離すと、ハリックは寝入っている赤ん坊の暖かそうな顔に口づけをし、マーシャの腕にしっかりと返した。ショールの下でふたりの指が触れ合った。ぞくっと震えてハリックは無理やり手を引いた。

閉まった扉を目の前にして、マーシャは一瞬立ちつくした。だが、さっと扉を開け、勇気を奮い起こすかのように一瞬佇むと、家の明かりの中に消えて行った。

ハリックは向きをかえて不自由な体で通りを走った。走りながらも転ばないように体を左右に揺らし両腕を振り上げた。その姿は叶《かな》いようのない訴えをしているようであった。

第三十四章

夫ひとりを残して出ていったマーシャではあったが、家に戻ると勢いよく部屋に足を踏み入れた。運命から逃れられはしない。どのような運命であれ、正面から受け止めなければならない。部屋にはだれもいなかった。フレイヴィアを抱きかかえたまま階段を上り下りし、夫の姿を求めて家中を隅から隅まで捜し始めた。その気になれば今では平気で夫の名を呼べたが、声にはならなかった。台所をのぞいた時も、使用人にはなにも聞けなかった。食堂には夫が食事をした跡があった。子供をベッドに寝かせようと夫婦の部屋に戻ってみると、箪笥の引き出しが開いていて、鞄に詰めようとでもしたのか、夫の身の回りの品があちこちに散らばっていた。暖炉の上の置き時計にマーシャは目をやった――贅沢な買い物だと夫を叱りつけた高価な品――時刻はまだ八時半。もう夜中に違いない、とマーシャは勘違いしていたのだった。

ベッドの傍らでマーシャは一晩中椅子に座っていた。朝方、うとうととして夢を見た。夫の肩にもたれて泣いている。夫は軽口を叩き慰めてくれようとしている。結婚当初のままであった。しかし、実はその泣き声は赤ん坊のものだった。フレイヴィアはベッドの上で起き上がり、朝ごはんが欲しいと大声で泣いていた。バートリーお気に入りのかわいらしいドレスを娘に着せると、マーシャは自分の髪の毛のほつれを整え、居間には夫がいるはずだ、と自分に言い聞かせて階段を下りた。使用人が朝食のテーブルを整えていた。幼いフレイヴィアが前に走り出た。「赤ちゃんの椅子、ママの椅子、パパの椅子」

「そうよ」使用人にも聞こえるようにマーシャは答えた。「パパはもうじきお帰りよ」

夫は以前のように一晩、家を留守にしただけのこと。そうマーシャは信じ込もうとした。そのように装って食卓で子供と話をし、温かくしてとっておけるように朝食を夫のためにいくらか残した。「いつ帰ってくるかわからないから」マーシャは使用人に説明した。きっと戻ると思い込んで言葉にしてみると元気が出て、陽気なくらい家事にいそしむことができた。

夕食のテーブルでマーシャは言った。「きっと、主人はどこかへお呼ばれで行ったに違いないわ。帰ってきた時のために食事を用意しておかなくては。オーブンで温め直すと料理が乾燥してしまうから」

マーシャはフレイヴィアを早めに床に就かせて、ランプの火を落とし、バートリーの帰宅に備えて居間を居心地よくした。前の晩に家を空けたからといって、あなたが悪いわけではない。こんな罰を受けるのは私自身がいけないから。夫にそう話すべきだわ。ハンナ・モリソンの件では、あなたにけっして落ち度がないとわかっている。このことも言うべきこと。マーシャは心の中で仲直りする場面をくり返し演じてみた。歩道に響く足音、一歩一歩あの人が戸口に近づいてくる気配。しかし、結局、足音はすべて消え、二日目の夜が過ぎた。

マーシャはめまいを覚え、寝不足で頭が混乱していた。朝方うとうとしていたが、二階から子供の呼ぶ声がして目を覚ました。台所に行き、気分が悪いのでなにも欲しくないと使用人に説明し、赤ん坊には朝食を食べさせてくれるように頼んだが、バートリーの朝食のことにはふれなかった。なにも考えたくはなかった。使用人は子供を台所に連れていき、そこで一日中預かった。

オリーヴ・ハリックが午前中にやって来た。主人は思いがけず呼び出されて留守だ、とマーシャはオリーヴに告げた。なぜか訳もなく「ニューヨークへ」と言い添えた。

「今日、ベンがニューヨークから船で発ったところよ」悲しげにオリーヴは言った。

「そうでしたわね」マーシャは頷いた。

「今晩、お茶にいらっしゃらない」オリーヴが話し始めた。

「あら、駄目ですわ」相手の出鼻をくじいて言った。「主人が戻った時、留守にしているわけにはいかないので」混沌とした海に投げ出されても、マーシャのこの思いだけは確かなことであり、その後も捨てることはなかった。それどころか、ほかにも話をでっち上げ、夫は戻ると自分自身に言い聞かせた。夫から行き先を聞いてもいるし、手紙ももらっているふうを装った。こうした子供じみた作り話でも口にしていると本当のような気がしてきた。そうはいってもマーシャは夫の帰宅を強く願い、心配で気を滅入らせていたのである。いざ戻ってきたら、夫は別れると私を脅し続けて追い払うのでは。そんなまねがどうしてできるのかわからなかったが、マーシャが恐れていることには変わりなかった。

マーシャはめったに家を留守にしなかった。最初こそ住まいを小綺麗に片付けていたものの、やがて顧みなくなり散らかし放題にしていた。自分の衣服にしても、子供の服装にしても、かまわなくなっていた。人生についてまわる不可解な出来事のために動こうにもほとんど動けない、そのように思うまでになった。ひどい倦怠感に陥り、すべてにわたって、いわば機能不全に陥り、隠しておきたいという本能だけが働いた。

親切心からハリック家の人々が連絡をとろうとしても、マーシャは寄せつけなかった。病気で会えないと玄関のドア越しに伝えることもあれば、会えば会ったで、バートリーの居場所についても無駄な嘘を重ね、きっと戻ってくるわと繰り返した。

人からありがた迷惑な心配をされても、しばらくの間マーシャは動じることはなかった。しかし、借金取りの中にはバートリーの長い間の留守に業を煮やして、マーシャの作り話に納得しない者も出てきた。里帰りの折に、父親から貰ったそれなりの金も、手許には数ドルしか残っていなかった。それもすべて最初に取り立てに来た男に求められて支払ってしまった。ほかからも請求されると、辻褄の合わない約束を交わし逃げ口上を言って応じるだけで、ほとんどその場しのぎにもならなかった。こうした借金取りに追われてマーシャはうろたえた。これ以上信用貸しはしないと言う者も何人かいたが、そんなことはたいした問題ではなかった。自分やわが子は、ひもじさと寒さをしのげばすむことであった。しかし、支払わないならば法に訴えるという男がいた。どんなことをされるのか、マーシャには見当がつかなかった。借金を支払わなかった人が投獄されたという話はどこかで読んで知っていた。恥といっても投獄されることですむのなら、どうでもいい。しかし、法律が執行されると真相が明るみに出てしまう。捨てられた人妻として世間の笑いものになる。実際はまだ夫に捨てられたわけではないのに、そうなってしまうのだ。世間のさらし者になって苦しむくらいならばひそかに心を痛めているほうがましだ、という誇りも打ち砕かれてしまった。人目に晒されない唯一の方法は隠すことであるのに、哀れにも、この頼みとなるはずの方法も、もはやうまくいかなくなってしまったのだ。みんなには知られなくても、だれかが知ってしまう。

ただちに恐ろしい法律が執行されるかもしれない。果たしてどうなるのか、マーシャには見当もつかなかった。心は恐怖から恐怖へと揺れた。目の前に借金取りが立っている間でさえ、すぐにもなんとかしなければと感じていた。そして男が立ち去ると、一刻の猶予もないような気がした。

アサトンの事務所がある『イヴェンツ』紙の社屋までマーシャがやって来ると、入れ替わるように婦人がひとり、自家用のクーペ型馬車（二人乗りの四輪馬車）で立ち去った。キングズベリー嬢であった。仕事上のすべての案件は必ず弁護士事務所で処理することに、キングズベリー嬢は顧問弁護士と決めていたのである。そう決めることでその弁護士との社会的なつながりをはっきりと限定してきた、と本人は思いこんでいた。その思惑通りに必ずしもことが運んでいたわけではなかったが、少なくとも自宅では弁護士と仕事の話はけっしてしなかった。また、事務所では仕事以外の話をすることは一切なかった。だが、気づかないうちに、ますますこの男を頼るようになっていた。ここにやって来た時も、仕事がらみとは思えないほど神経を高ぶらせていた。ベン・ハリックの突然の気紛れに、ひどく衝撃を受けていたのである。ベンの家族に同情するうちに、自分にまでいくらか哀れみをかけてもらいたくなり、いつも冷静さをくずさないアサトンに慰めてもらおうと決めたのだった。アサトンは苛立っているとしか思えず、会いたくなさそうにしているので、キングズベリー嬢はどうしたらよいのかわからなかった。アサトンとしては、婦人に商用で訪ねてこられても嬉しいわけなどなかった。わずらわしいと思うことも、確かにしばしばあった。だが、それを態度に表わすことはこれまで一度もなかった。最初こそキングズベリー嬢は泣きたい気持ちだったが、やがて怒りの時を切り抜け、相手に対する憐れみを経て、最後には怖気づくことなくきっぱりと、お金が少しばかり入用なの、と言った。お金の件でキングズベリー嬢が訪れると、手元不如意を話題に互いに冗談を言い合うのがいつものことであった。アサトンは驚いて不愉快な気分になっているようであった。「先月いただいたものを使い果たしてしまったのです」キングズベリー嬢は説明した。

「では、債券の利息を見越して前借りしたいのですね」

「とんでもない」きっぱりとクララは言った。「現在までの利息をいただきたいのです」

「しかし、お話したように」クララをいくぶん子供扱いせざるをえず、アサトンは思わずこう言った。

「あの時お話しましたね。十一月の初めまでの利息をすでにお支払いしていると。現在、支払うべき利息はなにもありません。おわかりではなかったのですね」

「わかっていませんでした」クララはかまわずに「とても変ですね」と言い添えた。アサトンは腹立たしい気持ちを抑えようとして答えなかった。「私、無一文ではいられません」クララは続けた。「お金がなければ何が出来るというのでしょう」反論されない言い分を掲げているというふうにクララは問いただした。「よろしいかしら。どうしても入用なんです」

「そちらの言い分はじゅうぶん理解すべきだ、と思います」冷ややかながらも丁寧にアサトンは言った。「いくらご入用か、それさえわかればよいのです」

ヴェールをさっと上げると、クララは興奮した面持ちでアサトンに顔を向けた。「アサトンさん、貸付など望んでいません。そんなの断じて許せない。ご存知のように、利息を前借りすることなどけっして認めないのが私の原則です」

アサトンは鉛筆を手にテーブルに屈みこむようにしていたが、椅子にのけぞり、苦笑いしながらクララを見た。その態度にクララの方が腹を立てた。

「それでは、お聞きします。僕にどうしろと言うのですか」

「いいえ、あなたに対して指図などできません。私の財務はあなたに管理されていますもの。でも、これだけは言わせて――」しかしクララは唇を噛み、それ以上のことは言わなかった。それどころか、いくぶん力のない声でこう聞いた。「なにか利息で支払ってもらえるものはないかしら」

「先月、一緒に調べたではありませんか」アサトンは辛抱強く答えた。「投資全般にわたってご説明しました。売れる株もありますが、今度の大統領選の問題が起きてなにもかも混乱してしまっている。株を売るにしても、ひどい損を覚悟しなければなりません。あなたには抵当もあれば、債券もある。入用な額だけお持ちいただけます。しかしそれでは、どうしても借金をするという形をとっていただくことになりますが」

「私が借金をしたくないことはご存知でしょう。銀行には常にまとまった額のお金を残しておくべきです」クララはきっぱり言った。

「あなたの持論を承知しているからこそ、最善を尽くして銀行にまとまった額を残そうとしているのです。しかし、あなたのなさりようは僕の気持ちとは裏腹です。振り出す小切手が多すぎる」アサトンは笑いながら言った。

「結構だわ」クララは大声を上げるとヴェールを下ろした。「では、一文もいただけないのね」

「一文も無理です」相手はこう言い始めたが、横柄な口調でそれをクララが遮った。

「本当に妙な話ね。私のお金なのに、欲しい時に欲しいだけ手にできないとは。私の財産がこんなふうになっているなんて」

アサトンのほっそりした顔は、いつもよりいくらか青ざめていた。「財産管理の職から身を引かせてもらっても結構です、キングズベリー嬢」

「申し出があれば、いつでもお受けします」堂々と言うと、クララはさっと法律事務所をあとにして、怒れる女神さながらに階段を下りてクーペ型馬車が停まっているところまで行った。そして馬車の窓のカーテンを引き終えると泣き出した。自宅に戻ると、召使いにだれが来ても取り次ぐなと命じて床に就いた。ほどなくしてオリーヴ・ハリックが訪ねて来た。どんなに禁じても、オリーヴだけは出入り自由であった。クララは罪と悲しみを洗いざらい告白した。「もちろん、私がそこへ行ったのは半分以上ベンのことで、アサトンと心を通じたかったからよ。今すぐにお金が必要というわけではないのですもの。気がついたら、利息の支払いを怠ったとあの人を責めたてているではないの。そのほかいろいろと。もちろん、あの方にしてもこれ以上利息のことには係わらないと言わざるを得なかったのよ。そうでなければ、あの人のことを軽蔑していたわ。もう財産がどうなろうとかまわないわ。財産など手にした瞬間からずっと苦しみの種でしかなかった。いずれ、ごたごたに巻き込まれるといつも思っていたの」枕に埋めた顔を左右に振りながら、クララはむせぶように泣いた。「それにしてもこんなことで生涯一の友を侮辱して怒らせてしまうとは、考えてもみなかったわ――もっとも実のある方なのに――もっとも高潔な紳士なのに。ああ、あの方は、いったい私のことをどう思っているのかしら」

このように我を忘れて語られても、通り一遍の関心しか持てないとでもいうかのように、オリーヴは悲しげに黙っていた。クララはふたたび顔を上げ、ハンカチを押しあてて言った。「オリーヴ、あなたも自分のことで精一杯でしょう。それなのに、こんなことであなたを煩わせるなんて、ひどいわね、私」

「いいえ、ほかの人の世話を焼くのはむしろ好きだわ。気分転換になるもの」オリーヴが言った。

「それでは、あなたならどうするの」いたずらっぽい言い方が功を奏したのか、オリーヴの言葉に明らかにその気になってクララは尋ねた。

「クララ、あの人のためにパーティーでも開いてはどうかしら」皮肉ともつかない皮肉を込めてオリーヴは提案した。

クララは悲しくなって大声でわっと泣き出した。「まあ、あなたという人は。まさかこんな薄情な言い方ができるとは」

オリーヴは耐えられなくなって立ち上がった。「では、手紙を書くか、出向くことね。恥知らずと断って、預けてある財産を取り返したいと頼むのよ」

「まさか」一心に耳を傾けていたクララだったが、大声を上げた。「そんなことをしたら、あの方、私をどう思うかしら」

「なぜそんなことをわざわざ気にするの。これは純然たるビジネスよ」

「そのとおり」

「ですから、アサトンがどう思うかなど、気にする必要はないわよ」

「もちろん、そうね」クララは考え込むようにして認めた。

「当然、あの方、あなたを軽蔑するでしょう」さらにオリーヴは言った。「いや、もう軽蔑していると思う」

　クララは穏やかな青い瞳からこれまでになく鋭い視線を投げた。相手の真面目くさった顔に冗談の気配などないと見て取ると、クララは横柄な口調で答えた。「いったいどんな権利があって、アサトンさんは私を軽蔑するの」

「もちろん、権利などないわ。あなたのように、わきまえた振る舞いのできるひとをアサトンは褒めなければいけないわ」

　横柄な態度を和らげると、クララはオリーヴのご機嫌を取り始めた。「ただ単に仕事上の相手というならば、どうでもよいことよ。でも、おつき合いをして――お友達として――知人として、事実、こうして知っているものだから、どうしたらよいか自分でもわからないの」

「詐欺とか横領とか、その類のことで騒ぎ立てる前に、どうしてそのことを考えなかったのかしら」

「私、詐欺や横領と言ったことはないわ」クララは憤然として声を張り上げた。

「あの人にどんな悪態をついたか覚えていない、とあなた言ったじゃない」ドアに手をかけながらオリーヴは言った。

　クララはオリーヴの後から階段を下りた。「もう金輪際そんなことは言いません」クララの声には望みが甦るような響きがあった。

「いいこと、今朝はもうアサトンに会いに行くことはやめてね」素っ気なくオリーヴは言った。「いくらなんでも少し厚かましすぎますから」

　友はオリーヴに別れのキスをした。「まあ、オリーヴ、あなたほど世にも不思議な人に会ったことはないわ。きっとあなたは死に際でも冗談を言うのね。ともかく、なんでも包み隠さず話してくれて嬉しいわ。とんでもない振る舞いをしたのだから、それ相当の償いをすべきだという考え。それをうかがえたのは、もちろん貴重なことでしたわ」

「私の考えを尊重してくれてありがとう、クララ。率直に言って欲しければ、聞きたいことはすべて、いつでもお話しするわ。お話しすることなら、いくらでもありますから」オリーヴはクララの抱擁にわずかに応じただけで、友が考えにふけるままにしておいた。クララはアサトンと仲直りするにはどうすべきか方策の立たないまま、思いをめぐらしていたのだった。

アサトンはキングズベリー嬢と別れたあと、入り口の事務室の職員に客が来ても会わないと告げようとしたが、その矢先にマーシャが訪ねてきた。一刻の猶予もならないほどの悩みを抱えたマーシャは、相手が会いたくない気持ちを精一杯押さえているのに気づかなかった。勧められてもいないのに手近な椅子に身を沈めた。マーシャの姿を見たアサトンは、男が他人にあれこれ言われるのは女が悪いからだ、という根も葉もない女性嫌悪の餌食となった。ハリックがこんなことになったのは君のせいだ、と心の中でマーシャを咎めた。しかし次の瞬間、実際に口に出すのも残酷だと気づき、マーシャの存在には我慢ならなかったものの、罪滅ぼしに多少やさしくなった。マーシャは茫然自失の惨めな表情でアサトンをじっと見つめた。アサトンは、相手が答えやすいようにやさしく問いかけないわけにはいかなかった。「ハバード夫人、何か私にできることがありますか」

「わかりません――どうしたらよいか、わかりません」マーシャは仕方なく膝の上に両手を置いたまま、折り畳んだ紙を握っていた。やや間を置いて、低くかすれた声で言葉を続けた。「みんながお金を取り立てに来るようになりました。この書類の人、この人はお金を払わなければ法に訴えると言うのです――どういうことなのか、私にはわかりません」

金銭の絡む問題で職業上抱いた疑いはなかなか抑えがたいものである。そのようなアサトンの考えにマーシャが気づくはずもなかった。それでも、アサトンはその疑いをなんとか打ち消した。そうすることで心の安らぎを得た。キングズベリー嬢のけしからぬ振る舞いによって受けた心がねじ曲げられるほどの苦しみを忘れられたからである。

「何をお持ちで」真剣だが思いやりがあるともいえない口調でアサトンは尋ねた。ためらう婦人客に助け舟を出すことには慣れているアサトンは、マーシャが握っている紙を受け取ろうと手を差し出した。それは脅しをかけてきた取り立て人の請求書で、バートリーが何十ダースと飲み続けてきたティヴォリの代金が記されていた。

「どうして、こんなものがよりによって奥さんのところへ」

「主人は留守なのです」

「ああ、そうでしたね。聞いています。いつお帰りですか」

「わかりません」

「どちらにおられるのです」

マーシャはアサトンを悲しげに見るだけで答えなかった。

アサトンは出入り口の方へ行き、人を通すな、という先ほど言い忘れた指示を伝え、ドアを閉めて戻った。「御主人の居場所を御存じない。ハバード夫人」

「でも、主人は戻ってきます。私を置いて行くはずはありません。主人は死んだのです――きっと死んだのです。でも、戻ってきます。一晩家を空けただけです。きっと主人の身になにか起きたのです」

こうしたでたらめで辻褄の合わない言葉には、マーシャのこの二週間の悲惨な生活ぶりが実によく表われていた。話せば話すほど、筋道の通らない話を哀れにも紡ぎ出すだけで、マーシャはなかなか理性的になれずにいた。およそ言葉には、ひっきりなしに繰り返すとただの思い込みですら本当のことだと信じさせる効果があるものだ。マーシャもその例に漏れず何度となくひとりごとのように言葉を繰り返していた。絶望を口にするだけでなく慈悲にすがるマーシャの気持ちを、アサトンはその言葉に読み取った。この気持ちを拒めば、人間としていかがなものか。語ることによってマーシャは自分自身から逃れられるのだ。さしあたり好きにさせておこう。アサトンは静かに言った。「ハバード夫人、その紙をこちらに渡して下さい」そして請求書をマーシャから受け取った。「もしほかの連中が請求書を持ってふたたび現われることがあれば、私のところへ寄こして下さい。御主人が家を出たのはいつとおっしゃいましたか」

「大統領選挙の翌日の夜です」マーシャは言った。

「どのぐらい留守にするかは、おっしゃらなかったのですね」夫が留守にすることを妻はあらかじめ知っていたのだというふりをして、弁護士は追求した。

「ええ」マーシャは答えた。

「手ぶらで行ったわけではない」

「ええ」

「ご主人の支度の程度から、どのくらい留守にするつもりか、たぶん奥さんは判断できたでしょう」

「確かめませんでした。そんなこと、出来るはずもありません」

アサトンは質問の方向を変えた。「どなたかほかにこのことを知っている人がいますか」

「いいえ」マーシャはすばやく答えた。「ハリック夫人とご家族には、主人はニューヨークにいると申しました。主人から便りがあったとも。こちらにまいりましたのは、あなたが弁護士ですから。申し上げたことは口外なさらないと思いまして」

「なるほど」アサトンは言った。

「秘密にしておいていただきたいのです。あのう、主人が死んだとお考えですか」泣きつくようにマーシャは言った。

「いいえ」アサトンは落ち着いて答えた。「亡くなったとは思いません」

「主人が死んだとわかれば、その方がもっと耐えられると思えることもあります。死んでいないなら、気が変になった。気が変になったと思いませんか。どこか遠くをさ迷っている」

マーシャは同意を促すように言い、体を前に乗り出して相手の表情から何を考えているのかを読み取ろうとした。その姿があまりに哀れを誘うので、アサトンは「たぶんそうでしょう」と言わないわけにはいかなかった。

感謝の涙があふれ目こそ霞んだが、マーシャは嗚咽をぐっと飲み込んだ。

「あの晩、主人を怒らせるようなことをたくさん言ってしまいました。いけないのはいつも私、最初に仲直りしてくるのはいつも主人のほうでした。もし主人が自分が何をしているかわかっていたら、出て行かなかったはずです。でも、主人は戻ってきます。戻ってくると私にはわかります」立ち上がりながらマーシャは言った。「お願いです。どなたにもなにもおっしゃらないで下さい。だれにも気づかれないうちに主人は戻ってきます。取り立てに来る人はこちらに差し向けます。その件は主人が片付けます。主人が戻り次第すぐに――」

「お帰りにならないで下さい。ハバード夫人」弁護士は言った。「もう少し奥様と話がしたいのです」ふたたび崩れるように椅子に座ると、マーシャは探るような目で相手の顔を見た。「お父上には、このことを手紙で知らせましたか」

「まあ、そんなことしていません」身をすぼめながら、マーシャはすばやく答えた。

「知らせたほうがよくはないですか。ご主人がいつ戻るかわからないのだし、このままの状態を続けるわけにはいきません」

「父だけには言う気はありません」そう答えると、マーシャはこれだけは曲げられないというように唇を結んだ。

弁護士は家庭内の問題を見抜いたものの、そこには深く立ち入らないようにした。

「お宅にいるのは、奥さんおひとりですか」アサトンは尋ねた。

「使用人がいます。それに、赤ん坊が」

「それはいけません、ハバード夫人」そう言って、アサトンは同情するように首を横に振った。「お宅でひとりで暮らすことなどできません」

「あら、大丈夫です。ひとりでいても怖くはありません」このことはすでに考えずみとばかりに応じた。

「でも、もうしばらく、ご主人は留守にするかもしれませんよ」弁護士は強く言い張った。「留守は際限なく続くかもしれません。お父上の家に帰って、そこで待つことにしなければいけない」

「そんなことはできません。主人が戻った時、私がここにおりませんと」きっぱりとマーシャは答えた。

「でも、どうやって暮らしていくのですか」アサトンは訴えた。追い詰めようにも追い詰められない聞き分けのない相手だから、訴えるしかなかった。「お金もお持ちではない。どうやって生活していけますか」

「ああ、そのことですね」マーシャは、これもあらかじめ考えておいたとばかりに答えた。「下宿人を置くつもりです」

アサトンはできるはずもない話を一笑に付し首を横に振ったが、まともに反対はしなかった。「ハバード夫人」アサトンは真剣な口調で言った。「ここに来て下さったのは、それはそれとして結構なことでした。でも、ぜひわかっていただきたい。この問題は秘密にしておけません。どうしても人に知らせなくては。ひとりでどうにかしようとしないで、ほかのひとの手を借りなければ駄目です。お父上のもとに帰って、そこでご主人が来るのを待つか、それとも――」

「夫が戻るのはここ、私どもふたりの家でなければなりません」

「それでは、ご主人がどこにいて、いつ帰るかわからない、とこちらの友だちに話すのですね。どうしたらよいか一緒に相談にのってもらうのです。ハリックの家族には話さなくては――」

「ぜったいに嫌です！」マーシャは大声をあげた。「これで失礼します。家に戻って、飢え死にでも、凍え死にでもします。死んでいるところを主人が発見しても、主人を非難することなど、だれにも許しません――私を置き去りにした――この小さな娘を見捨てたとは言わせません。あ、あ、あ、私、どうしましょう」

どうしようもなく嗚咽が込み上げ、幸い薄い女は体を震わせた。アサトンは、はやる気持ちを再度抑えた。こちらは人の悲しみなどのぞいてはいけないと思っているのに、さほど親しくもない男の目の前で悲しみにくれても相手は恥ずかしげもない様子。人前で平気で恥をかけるのは、こちらをそれだけ他人と思っているからだ。真相がわからぬまま、アサトンは本能的にそう感じた。まさしくこうだと思い、ついに尋ねた。「この件をキングズベリー嬢に話してもよいですか」

マーシャは悲しげな瞳でアサトンを見据えた。相手の心にはなにか深い考えが潜んでいるかもしれない、それを探り出すかのようであった。最初、マーシャはからかわれていると思ったにちがいない。しかし、アサトンの言葉を耳にして自分を責めずにすみ、初めてほっとできた。キングズベリー嬢からやさしくされるのはとんだ迷惑だが、以前やきもちを焼いて夫にすまぬことをした償いに少しはなるはず。夫のために自分を犠牲にする。罪滅ぼしをすることになる。「ええ、話して下さい」マーシャは即座に答えた。そして、「あの女《ひと》のことは好きではありません」一瞬強烈な自尊心を見せつけた。だが、それではなぜ話してもよいと了承したのか、その動機は漠然としているだけで、いっこうに明らかにならなかった。

マーシャが立ち上ると、今度はアサトンは引き止めなかった。アサトンは時を移さずマーシャの父親に手紙をしたため、娘の来訪で明らかになった事の次第を伝えた。お嬢さんは家族に知られたがっていないと告げ、さしあたっては心配御無用と弁護士を安心させた。娘さんの動静はすべて伝えるし、ハバードさんのこともわかり次第、電報で知らせると約束した。あとは老弁護士の推察にまかせ、最善と思われる行動をとってもらうことにした。アサトンから見れば、ハバードが細君を捨ててハリックの金を盗み取ったことに疑問の余地はなかった。刑事に相談に行くと、これはヨーロッパへずらかった事例に間違いないとのことであった。

第三十五章

警察を訪ねた帰り、アサトンはキングズベリー嬢のところへまわった。戸口で拒まれたものの臆することなく、所用ですぐに女主人にお目にかかりたいと取り次いでもらった。キングズベリー嬢はひどく驚きながらも、アサトンを待たせておいて身支度を整えた。書きかけのアサトン宛の手紙は机の上に置いたまま、用向きは何かと重い気分であれこれと考え、胸騒ぎを覚えながら階下へと向った。アサトンはおざなりに差し出された手を握ると、キングズベリー嬢と並んでソファーに腰を下ろして言った。

「所用で伺ったと伝えましたが、あなたに係わることではありません」――安堵すべきか、失望すべきなのか、相手には見当がつかなかった――「不幸な人々のことまで自分自身のこととしなければの話ですが」

「あら、そんなこと」キングズベリー嬢はしおらしく抗議して不満を口にしたが、同時に、世話をやくのはそちらの仕事ではないのか、と心の中で相手を突き放して考えていた。

「こちらへ伺ったのは、お力をお借りするためです」アサトンが話し始めると、キングズベリー嬢もふたたび哀願するように遮った。

「あなた、とてもおやさしいのね――あのような――あのようなことがあっても――本当に」口元まで扇を運ぶと小首を傾《かし》げてキングズベリー嬢は言った。「アサトンさん、もちろん喜んでなんでもお手伝いします。いつでもそうでしょう」

「そうですとも。だから、今朝あんな別れ方をしたのに、ここに伺う勇気が湧いたのです。わかっていましたよ。こちらの言うことを誤解するような方ではないと」——

「誤解などしてはいません」穏やかに言って、クララは相手の言うことを精一杯理解しようと努めた。

「だが、僕には気遣いというものがない、そう思われたのでは」

「いえ、とんでもない。とんでもない」

「ただ、あなたが帰られてすぐに来客がありましてね。その哀れな婦人を助けるためにはお会いする必要があると思いまして。実は」アサトンは言葉を続けた。「もはやあなたと仕事上の関係がなくなって、利息の支払いを約束するのも少し気が楽になりました。それに、その気になれば、そちらの親切心を当てにできます——みんな——のように——」

「そうですね」弱々しい声でクララは同意した。特別な機会を除いて、アサトンから何気なく忠告されたり命令されたりすると、あなたにはそんな権利などない、とぴしゃりと言ってやらないこともなかった。だが、この場は口にするのを思いとどまった。「ぜひとも喜んで——」

「明日、あなたの関係書類を作らせて届けさせましょう」気落ちしたクララは顔の前で扇を揺らすのを止めた。「今朝、取り掛かるつもりでしたが、ハバード夫人が訪ねて来たものですから——」

「ハバード夫人が」クララは大声で言った。いくぶん腹立たしさを覚えたことで、がっかりしていた気持ちも薄らいだ。

「そうです。あの奥さん、困っていましてね——ひどく。御主人に棄てられたのです」

「何ですって、アサトンさん」クララはもう自分の心配などどうでもよくなっていた。妻が夫に棄てられることとほど、ほかのすべての女たちにとって強い関心を掻き立てられる話はない。「信じられません。どうしてそうお思いなの」

「本人が口にしたことというか、むしろ隠していたことからです」アサトンはこう答えてから、マーシャと交わした会話の要点をかいつまんで話し、推測したことのあらましを述べた。「何気なくハリックが漏らしたこと、そこから察すると、ふたりの仲は必ずしもよくなかったようです。ハバードのやつ、金を借りては投機に手を出し、だれかれなしに借金をする始末で。マーシャは二週間ひとり家に閉じこもっていたのですが、金を返せとうるさく迫られ、あげくの果てに僕を訪ねて来たというわけです。ハリック家の人たちには夫から便りがあり居場所はわかっているふりをしています」

「ああ、かわいそうに、なんとも哀れなひと」ショックのあまり、クララはそれだけ言うのが精一杯だった。「では、ハリック家の人たちはご存知ないのね」

「知っているのは僕らふたりだけです。マーシャが僕のところへ来たのは、さほど親しくないからです。悩みを打ち明けるには、ハリック家の人たちより僕の方が気が楽なのでしょう。あなたに話してもよいと許してくれたのも、きっと同じ理由からです」

「でも、あの女《ひと》、私を嫌っていますのよ」

「だからよいのです。きっと親切にしてもらえると思っています――」

「あら」

「嫌いな人にならば、プライドが保てます」

クララは視線を落とすと指で扇の先を弄んだ。確かに一理ある話だ。人の役に立てる絶好の機会だというのに、個人的にはさほど嬉しくはなかったが、そんなことはどうでもよかった。私の力添えがあればこの事態を乗り越えられる、とアサトンは信じてくれている。クララはそう思った。「何をどうしろとおっしゃるの」あなたに従うとばかりに視線を上げ、クララはアサトンを見つめて尋ねた。

「だれかマーシャと一緒に居られる人を探してください。家を出ることをマーシャが承知するまででよいのです。父親に来てもらうか、父親がマーシャに手紙を書くか、いずれにせよ、それまでの間です。マーシャにお金を貸してやらなければなりません。父親には私の方から手紙を書いたところです。請求書はすべて僕のところへ送り届けるように、マーシャに言ってあります。それでも、すぐにお金が必要になるのではないかと心配しています」

「ひどいこと」クララは溜息をついた。ひもじさに苦しむことがどんなことか、慈善家としてはわかっているつもりでも、知り合いが金銭に困るとなるとぞっとした。「もちろん、一刻の猶予もなりません」クララはたたみかけた。だが、ソファーの隅に座ったまま動こうとはしなかった。金の工面などの方法をめぐってアサトンと話し合うつもりだった。自分は快適に暮らしながらも他人の不幸をじっと眺める、そんな悲しくも嬉しい気持ちがどのようなものか深く探ろうともしていたのだ。アサトンとは以前の間柄に戻れたのだから、この不幸な出来事を嬉しく思ったとしてもクララに責任はなかった。どのようにしたら惨めなマーシャの力になれるか、とはずむ心であれこれと計画をめぐらしてもクララに罪はなかった。だがアサトンと別れた時、自分がどのような顔をしていたか、それを確かめようと階段を駆け上がり鏡をのぞいてみると、顔には満面の笑みが。ひどい、とクララは自分を責めた。どこから見ても薄情だとアサトンに思われてしまう、と心の中でそうつぶやいた。

こんな状況ではマーシャの家まで馬車を走らせるのは無礼だとクララは決心し、徒歩で出かけることにした。じっくり考える時間は持てたものの、マーシャの悲しげな瞳をのぞいた時にも、笑みは顔からすっかり消えてはいなかった。わざとぎこちなく振舞うわけにもいくまいとクララは感じて、実母にも似た心でマーシャを受け入れた。助けて欲しい、哀れんで欲しいというマーシャの気持ちだけに心を寄せ、そのほかのことは一切考えないようにした。ただでさえ傷ついているのに、ひどく嫌っている女に親切にされ、マーシャの誇りは打ち砕かれてしまった。自分は記憶を喪失した夫の犠牲者だとでもいうように、マーシャは振る舞った。キングズベリー嬢を恥じ入らせようとするほど気高い献身ぶりを示すわけではなく、夫の帰りを待ちわび、食事もとらず、絶望した時を過ごす、いかにも打ちひしがれた女の姿であった。相手のことを探り出すかのようにマーシャは一瞬クララから体を離したが、すぐさま、ふたりは抱き合ったまま、すべてを認め包み隠さず口にした。

アサトンから聞いた、とわざわざマーシャにことわるまでもなかった。相手はとうにわかっていた。なぜバートリーが家をでていったのか、クララはアサトンからまったく異なる説明を受けているのに、いとも簡単にマーシャの説を熱っぽく支持した。「もちろんよ。自分がどこにいるのか、わからなくなっているのよ。正気に戻れば、すぐに帰宅しますよ。ついこの間、同じような事件を新聞で読みましたわ——牧師さんがそんなふうになってしまって、三ヶ月も姿を消した後で気がついたら、ニューヨーク州西部のどこだかにいたのですって」

「主人は三ヶ月も留守にしません」マーシャは言い立てた。

「もちろんですとも」自分を叱りつけるようにクララは大声で言った。そして、しばらくの間バートリーの帰宅の可能性について話をしたが、まるで今にも戻るとでもいうかのような話ぶりであった。「その間は」クララはつけ加えた。「ここにいなくてはいけないわ。まったくあなたのおっしゃるとおり。でも、ひとりでここにいるというわけにはいきません。あなたがいないとわかった時もそうですが、あなたがひとりだとわかったら、戻った御主人はショックを受けますよ。一緒にいてくれるように私の友人のストロング嬢に頼むつもりです。置いていただく分、部屋代はお払いします。必要なお金はすべて私に用立てさせて下さい。それにね」声を落とし、クララは低くやさしい口調となった。「このことはお友達には内緒。アサトンさんにお父様宛の手紙を書いてもらいなさい。ハリック家の人には私から話しておきます。そうでないと、あの方たちが傷つきますから。あなたは心配しなくていいのよ。もちろん、ご主人は一時的に幻覚に襲われてどこへ行ってよいのかわからなくなっただけのことですから。だれでもそう考えますよ」

クララが間に入ってどうなったか様子を確かめようと、夕方アサトンが訪れると、クララはバートリーが精神に異常をきたしたという根も葉もない話を熱に浮かされたように唱え、アサトンに自説を口にさせなかった。朝方アサトンから事の次第を聞いていたのに、クララはそれを忘れたのか、無視したのである。今やクララはやさしくマーシャを守るだけでなく、勇敢にバートリーを擁護する側にまわっていた。ご立派なハバード家の皆様がたと対等の友人になったのである。

アサトンが笑うと、何がおかしいの、とクララは尋ねた。

「そう、そう」アサトンは答えた。「ベンがいつかこう言っていた。真の女は、正義をおいしくし、美徳をぴりりとした味にする」

じっくり考えてクララは言った。「そんな言葉はどうも好きにはなれません」

「気に入りませんか」アサトンは言った。「どうして」

クララはすでに客間に運んでおいた夕食後のお茶を出そうとしているところだった。カップの受け皿に二つ目の砂糖を置こうとして手を止め、小さな四角いかたまりを角砂糖鋏みでつまんだまま、なにか思うところがあるようであった。特別の機会というわけでもないのに、クララが身につけていたドレスはかなり凝ったものであった。毛足の長いモケットの絨毯の上に、絹の裾が渦状に広がっていた。家具に掛けられたサテンの薄い青色も、数々の装飾品の白や金の色も、クララの姿をみごとに引き立てていた。

「どうしてなのか、よくわかりませんが、女がひとくくりにされ、軽蔑されているように思います。でも、恐らく、男の方は恋い慕う女にはそうしたおっしゃり方をするものでしょうね」クララは結論づけた。

「友人が惚れた女についてこう言う。これではいけませんか」カップを受け取りながらアサトンはなおも続けた。

「ごく親しいお友達ならば、よろしいのでは」なぜかクララは顔を赤らめたが、すぐにそれは僅かながらも薄らいだ。

「おっしゃりたいことはわかります」アサトンは言った。「タイプの違う人間から言われたのならば、嫌だったでしょう。ですが、ハリックの見方は純粋ですから」紅茶をかきまぜても口をつけずにアサトンはぼんやりしていた。

「そうね、よい方ね」クララは溜息をついた。「そうでなければ、家族の希望をこんなふうにすっかり挫いたのですもの、なかなか許されることではありませんわ」

「ハリックとしては上出来です」アサトンはいかめしく厳しいほどの口調で言った。

「きっとあなたが助言したのね」きっぱりとクララは言った。「でも、ご家族には大打撃だわ。ベンが家にいた最後の晩にハバードさんが姿を消すなんて、とても妙な話ね。このことをなにも知らずにベンが発ったのはよかったけれど」

いっきに紅茶を飲みほして、アサトンはお代わりはいらないと手を振って断った。「そうです。僕もよかったと思っています」アサトンは言った。「ベンがこの土地から離れてくれればくれるほど、ほっとします」もうこの話題から離れたいとでもいうかのようにアサトンは立ち上がった。

女らしく仕方なく従うというようにクララも立ち上がり、別れ際に差し出された手を取った。ふたりは確かに語り尽くしていたが、立ち去る理由など見当たらないようであった。クララの手を握ったままアサトンは尋ねた。「どうしたら僕は許していただけますか」

「許すですって。何を許すというの」クララは嬉しそうに顔を赤らめた。「この私がいけなかったのです」

アサトンは狐につままれたようにクララを見た。「だって、女について述べたハリックの言葉を二度と口にしなかったじゃないですか」

「あら」憤然として大声を上げ、クララは手を引っ込めた。「私が申し上げたのは、今朝のことよ。ハリックの言葉など、どうでもよいの」クララは続けた。「私の財務管理から手を引きたいと今も思っていらっしゃるなら、しかたがありません。でも、私、思いましたの――思いましたの――」クララは先を続けることはできなかった。あまりに深く傷ついていたのだ。マーシャの味方になり問題をすべて引き受けたのは、ただよかれと思えばこそ、これまでクララはこう想像してきた。ところが今は、あなたのためにやったのにそうとも気づかず恩知らず、と相手を非難する気になっていた。「計算書を送って下さいね。それから――それから――どうしたらよいのか、わからないわ。どうして私が言ったことを気になさるの。以前にも、しばしば、いろいろと申し上げました。でも本気ではないのだとご存知でしょう。私の資産をまた管理していただきたいの。私がなにを言っても気になさらないで下さい。私、気にかけていただくほどの人間ではありません」アサトンを非難するつもりが、こうして哀れにもへりくだる結果になってしまった。どうしたものか、クララの手はふたたびアサトンの手に握られていた。

「お願い、そうしてください」

「そうするには」真面目にアサトンは言った。「条件をつけなければなりません」一度は立ち上がったのに、ふたりはまた一緒にソファーに腰をおろした。「僕のことで、何度も――がっかりさせるわけにはいきません」――クララは悔いて、よかれと思う言葉を一気に口にしたが、アサトンは手で制した。「弁護士としてこうした態度はとるべきではない、と長年感じてきました。そうさせるわけにはいきません。当然あなたには質問する権利も非難する権利もあります。でも、正直に言えば、これまでなにかにつけてあなたの利息を増やすことに専念し過ぎました。信託財産を返上すべきだとも、いくどか考えました。でも、見放してしまうように思えて、平然とお返しする勇気もなかったのです。今朝、あなたがかっとなったものですから、返上するよい機会だと思いました。またお引き受けするのなら条件をつけなければなりません」

アサトンの話は長い演説のようにクララには感じた。話はどこへ向かおうとしているのか、わかるともわからないとも思えた。クララは低い声で「そうね」と言った。

「こんな気持ちはもう嫌だ」相手は続けた。「思いを募らせ――あなたへの思いを抱きながら資産を管理する。こんなことは、たしなみを欠いています」ここで言葉を切り、突然アサトンは結論を口にした。「ふたたびその任につくならば、あなたと一緒でなければ」

結婚を迫られても、資産目当てにちがいないと長年にわたって想像してきた女であれば、こんな条件を受け入れるのは筋違いだ、と気づいてもよかったはずである。多くの男どもが結婚を求めてクララに冷たくあしらわれてきた。その者たちには想像の域を出ない事柄をもよく知りぬいて堂々と行動する男。クララはそんな男に求められているというのに、なんの警戒心も起こさなかった。その取引にはどこか辻褄が合わないところがある、とは気づかなかった。もっぱら自分のことを尋ねられたかのように息を震わせ、胸を躍らせながら、こう答えた。「お受けします――その条件」

真夜中まで楽しい語らいが延々と続いた。ともにマーシャを哀れに思ったからこそ心が通じた、とふたりは認めていた。マーシャの身に降りかかる不幸を思えば、幸せいっぱいでいる身が恥ずかしい、とふたりは慎み深く感じた。いとまを告げようとアサトンが立ち上がったころ、マーシャはなおも寝ずに夫の帰りを待っていた。夫は今晩必ず帰ると思い込んでいるのか、今晩という今晩は、と愚かにも帰りを待ち続けていたのである。

夫が姿を消してからというもの、毎晩、マーシャは居間と玄関ホールに明かりを灯し続け、暖炉の火の前でうたた寝をした。夜が明けると、追い立てられるようにベッドに就き数時間眠った。しかし、見ず知らずの女が一緒となれば、夫を待つということの慰めさえ我慢しなければならない。そして、事実、夫はもはや戻ることはないと公然と認めなければならない。ひとりでいられないと思うと、マーシャはぞっとした。ひとりでいればこそ、いかようにも寂しさに駆られ惨めでいられる。また、キングズベリー嬢の親切に甘えているという心の痛みが時間を追うごとに激しくなり、罪滅ぼしのむごさに狂ったように怒り、狂気の鬼になれる。いつかは、とマーシャは待ち望んだ。いずれキングズベリー嬢のもとに行って交わした約束を反故にして、もう言われるままにはならない、と言い渡す。そして、屈辱的に受けている善意を面と向かって非難する。夫がドアを開けるまでは、だれひとりとして敷居をまたがせない、とマーシャはつぶやいた。この家で死んでしまいたい。私とこの赤ん坊と。マーシャは両手を握りしめて佇み、眠っている幼子に体を預けて呻いた。なにか恐ろしい衝動に駆られて、頭がくらくらした。バートリーがいつもの場所に拳銃を置いていないか確かめたくなった。だが、そんな思いとは裏腹に、突然、体から助けを呼ぶ声が聞こえて、マーシャはがっくり膝をついた。

夜が明けた。差し込むだけの光でも、肉体を病む人にはもちろんのこと、心を病む人にも不思議に希望と力をもたらすものである。マーシャにとっても同じであった。悪夢でも思い返すかのように、ゆうべ駆られた衝動に身震いした。生きていることに謙虚に感謝し、心の中で——なにかに、だれかに——ひたすら祈りながら歩きまわった。ふたたび、主婦としての誇りが頭をもたげてきた。同居することとなる小娘にだらしないと思わせてたまるものか。小さなトランクが届くより早く、午前中にストロング嬢が姿を現わした。居間も貸し出す客間もマーシャの手で掃き浄められ、ほこりが払われ、実によく片付けられていた。マーシャは懸命に働き、心の痛みを抑えていた。だが、ストロング嬢の姿を目にすると、痛みはまた疼き出した。幸いにも、その音楽学校の女子学生は、バートリーの精神の異常説をキングズベリー嬢にもまして熱く受け入れていた。声といい眼差しといい、心からそう思っているとしか考えられないほど共感を示してくれた。少女は素朴な田舎娘で、プリマドンナにはけっしてなれそうにもなかった。だが、歌えば情感にあふれ、地元の村人たちが熱狂的に評価するままに、どんなに素晴らしい音楽の天才をもってしても、これほどの慰めは得られないとマーシャにも思われた。現実の悲劇のヒロインであるマーシャを少女は崇拝した。誠実にマーシャの力となり、初めからマーシャに心を寄せた。健全な日常の事柄に関心を示して処理し、マーシャの日々の単調な暮らしを打ち破ってくれた。ピアノの鍵盤をひと叩きするかのように、気味の悪い静寂を追い払ってくれたのだ。――ピアノと言えば、バートリーが分割払いで買ったものの、まだ支払いは済んでいなかった。

未亡人になってもさほど悲嘆にくれることのない女の生き方と言おうか、結局、マーシャの暮らしは新たな状況に応じていった。夫に先立たれて独り身になっても来世でふたたび亡夫と再会できる、と心ひそかに期待する。別れるのはほんの数日か数週間であって欲しいと願いつつ、初めの何日か、何週間か、苦しみ続ける。そして、いつまでたっても果たせない再会に、それもいたしかたないと徐々に諦めるのである。マーシャは夫はいずれ戻ると信じて、会える日を今日か明日かと心待ちにしていた。「朝、目を覚ましたら、夫がベッドのそばに立っている。いいえ、夜、家に入ってきた夫が、食事をとっている私たちをびっくりさせるはず」願いを新たにするごとに、マーシャは自分をごまかしてまで夫の帰宅をますます信じるようになっていった。そうして夫はきっと帰ってくるとやみくもに信じることが、心地よいとまではいわなくても、揺るぎないものになっていったのである。そうすることで目的を果たし終えたため、はっきりと口に出すこともなくなっていた。今にも夫が戻るかもしれない、この思いは盲信となり、疑いを抱いてもけっして捨て去ることはなかった。女として妻として、マーシャは己の存在すべてをかけて、夫の帰宅を信じたのである。子供に夫の話をして写真を見せ、たえず父親を思い出させた。父親は写真を通してすでにじゅうぶんすぎるほど永遠の存在となっていた。夜、お祈りをさせようと幼子の手を組ませて神にこう祈らせた。かわいそうなパパを導き、すぐにママのもとにお送り下さい。マーシャは夫を聖人のように扱い始めていた。

ゲイロード弁護士がマーシャのもとにやって来た。アサトンから手紙を受け取ると、ともかく娘のところに行くのが最善とばかりに、すぐに飛んで来たのである。夫について語るマーシャの言葉に、老人は辛抱強くつき合わなければならなかった。それを聞いていると、かつて夫を褒めていた言葉が、今や夫を中傷する言葉の裏返しとなって新鮮に蘇った。話すことすべてに同意していただかなくては、とマーシャは父親に迫った。父親としても拒むことができなかった。夫のすべての誤りは、その原因が私ひとりにあるというわけではない、とマーシャは父親を責めた。父親は反論もせず耐えなければならなかった。最後にやっと、「わしと一緒に家に戻ったほうがいい」と言うだけで、娘が怒って非難するままに、おとなしくじっとしていた。「夫が戻るまで、この家にいます。夫が死んだら、私もここで死にます」

バートリーのやつ、悪党ながら事を的確に考えて姿をくらましたに違いない、老人はそう確信していた。単身でヨーロッパへ行ったのではないという刑事らの見解を、表情ひとつ変えずに押し黙ったまま受け入れた。バートリーがハリックから借りた金を返して、マーシャのかたくなな姿勢にできる限り耐えようともした。当分の間、娘のこの言行は変わらないに違いなかった。老人はアサトンだけを信頼し、マーシャに関しては引き続きアサトンから助言を受けた。帰りしなに金を差し出すと、マーシャは受け取るのをためらった。それでも、結局はこう言って受け取った。「バートリーが戻りしだい、そっくりお返しします。もし」マーシャはつけ加えた。「夫がすぐに家に戻らなければ、ほかに何人か下宿人をおいて、私が自分でお返しします」

娘は実家に帰るように勧められたことでわしに腹を立てておる、と父親は気づいた。それでも、マーシャはわが子、不憫に思えてならなかった。いつもどおりに娘と握手すると、昔のままに感情を押し殺して別れの口づけをした。皮肉を含んだ態度をとる父親の癖はいつまでたっても変わらず、その時も唇は厳めしく引き結ばれたままであった。だが、顔をそむけた時にはさすがに震えていた。父にはぜひともここを立ち去ってもらいたい、と娘は願っていた。それは、父親にストロング嬢の部屋をあてがったことでストロング嬢に自分の部屋を提供したためであった。また、夫が戻ってきて部屋にストロング嬢がいると知ったら、いい気はしないはずだからである。

バートリーの失踪の件でまる一日驚きどおしの人間など、仲間でもなければまずいなかった。折しも、ルイジアナ州やフロリダ州で得票数が正しく数えられたのかどうか、国民の心配の種となっていた。大衆の高まった緊張を少しでもやわらげようとして、選挙管理委員会が断をくだしたが、それよりはるか前にバートリーのことなど忘れ去られてしまっていた。新聞記者はこの件でせめて事実関係だけでも取材しようと家に押しかけた。ストロング嬢からマーシャの考えを聞くと、記者はそれを鵜呑みにし、抱いた疑いや確信はどうあれ、バートリーは一時的に精神を錯乱させて失踪したのだろう、と情け深い筆で短く記事にした。バートリーが気を滅入らせていた様子を目撃したとか、金銭的に困って失踪したのだろうなどと語る友人も多かった。自殺の可能性にも言及したが、家族が正式に否定していると報じるにとどめた。さらに、本件は警察当局の手に委ねられており、重要な手がかりを握っているという当局の確信を報じた。事実、警察はバートリーはヨーロッパへ行ったという当初からの見解を崩してはいなかった。共に行方をくらました相手も、それなりに自信をもって特定することもできた。しかし、事柄が事柄だけに警察と報道関係者の間でこれは揉み消された。そうこうするうちに、モントリオールとシンシナティーで同時にバートリーの姿が目撃され、また同じ時期にシカゴから西に向かう列車の中で旧友がちらりとバートリーの姿を見かけたということであった。

夫が生きていると思えばこそマーシャは完全に絶望しないですんでいるらしい。このような印象だけが、世間の人々が漠然とではあってもバートリー失踪の件について思い出すことであった。最初は同情を示して事の成り行きを見守っていた友人たちも、諦めて実家に帰るように、頃合いを見計らってマーシャに強く勧めるつもりでいた。しかし、そのうちにマーシャは元気を取り戻し、テコでも動かないほど夫は戻ると信じきって、その信念を中心に生活を組み立てていた。戻ってくるまでは夫が出て行った場所に居てやらなくては。これだけを思い、これだけを本能的に感じ取っていた。どんな忠告を受けても、もっぱらこれを持ち出し、なにを勧められても、逆に罪を唆《そそのか》す気かと応じた。冬の間、父親が娘に時々会いに来たが、マーシャは一日として父親と実家に戻ろうとはしなかった。マーシャはかねての計画を実行に移し、ほかにも下宿人を置くことにした。ストロング嬢と同じ女子学生であった。マーシャの友人たちは置くことに反対したが、無駄だと気づくと、今度はマーシャをけしかけるようになり下宿人を連れてきた。マーシャは懸命に働いた。その結果、慎ましくはあっても自活できるまでになった。父親はアサトンとハリック家の人たちに相談した。娘は信頼できるよい友だちに恵まれていると気づき、父親としてどうにもならないところは周囲の協力を仰いだ。夏が来ると、これを最後に父親は一緒に家に帰るよう娘に勧めてみた。母さんが会いたがっているとも言った。マーシャはわかろうとはしなかった。「まいりますとも」マーシャは言った。「お母さんの加減がとても悪いというのであれば。でも、この夏の間は伺えません。去年の夏、実家に帰っていなかったら、主人はあんなふうになっていなかったでしょう。こんなことも、けっして起こらなかったはずです」

ぜひとも帰って欲しいと請われて、マーシャはとうとう言われるままに帰省したが、母親はすでにあの世に旅立ち、娘がいつ戻ったか知る由もなかった。ゲイロード夫人はもともと人とのつき合いを避けてひっそりと暮らしてきたが、晩年、ますます世間に素っ気なく内向きになっていた。かつて愛していた人々に、ふたたびやさしい気持ちを見せるわけでもなく逝ってしまった。続いて公表された葬儀が、これまで現世では願いごとがことごとく阻まれてきたこの母親に対する運命の最後の仕打ちとなった。

マーシャが実家にとどまったのは、八月の太陽が熱くぎらつくなか、母親の遺体の安置をすませてから家の片づけを終えるまでのことであった。母親は葉がいち早く色づいた漆の木々に囲まれて眠りについた。実家を発つ時、マーシャは父親を一緒にボストンへ連れて帰った。ボストンでは、父親は勝手気ままにどこへ行くともなく遠くまで散歩し、山と積まれた新聞をむさぼるように読んだ。なんの役にも立てずに退屈すると、とかく男たちがそうなるように、父親は怠惰なまま、いわば錆びつき、ますます老いていった。

ハリックの父親もまた老いが目立ち始めていた。母親の方はひたすら息子を思い、戻ってくるのを願って生きていた。しかし、当の本人は両親に宛てた手紙の中で帰国に言及することさえなかった。自分のことにもほとんど触れていなかった。それゆえ、両親は息子が身を捧げた実験はますます思いどおりにいっていないのではないかと考え、ベンがいない寂しさに心痛が加わった。

ある日、マーシャはオリーヴに言った。「お姉さんたちに似てきた、と言われたことはないの」

「自分で気づいたわ」オリーヴは答えた。「以前からオールドミスでしたが、今はそれが際立って」

オリーヴの気持ちを傷つけたのではないかとマーシャは心配した。だが、弁解しようにも、どう弁解していいものやら、皆目見当がつかなかった。マーシャ自身にも最近、父親にますます似てきたところがあった。バートリーへの熱い思いこそ、マーシャの生まれ持ったやさしさから唯一流れ出たもの。その源が涸れてしまうことにでもなれば、マーシャは父親のように厳しく無味乾燥な人間に凝り固まりかねなかった。

第三十六章

アサトンが結婚して二年近くたったある日、ハリックは弁護士事務所の部屋の扉を開けて鍵をかけ、足を引きずりながらこの友人の机に歩み寄った。ハリックの様子はすっかり変わっていた。顎鬚をたっぷりたくわえてはいたものの、顔はほとんど隠しようもないほどげっそりやせ細り、まるで野蛮人のようであった。顔の輪郭とか面影が変わったというのではない。むしろ、容貌という人柄の表われる表情が変わってしまったのだ。

「やあ、アサトン」

「ハリック、君か」

友人同士、お互いをじっと見た。やっとのことで驚きから我に返ると、それでも納得がいかないといった様子で手を差し出した。ふたたび口を開いたのはハリックの方であった。

「あの女《ひと》どうしている。元気にしているか。まだここにいるのか。やつからもう便りがあったのかい」

「いいや」アサトンは言った。最後の質問の答えには、相変わらず奥歯にものが挟まったようなところがあった。

「では、やつは確かに死んだのだね。前からわかっていたことさ。そう言っただろう。僕はといえば、こうして戻ってきた。戦いは終わった。これですんだ。僕の負けさ」

「はた目にもそう見える」悲しげにアサトンは言った。

「まあ、そのとおり。戻って来ても、おかげで素直に友人らに顔出しできる。こんな顔つきをしていれば、人から歓迎されると思った。それでも、こうまで心から迎えてもらえるとは期待していなかった」

「君に会えても僕は嬉しくない、ハリック」アサトンは言った。「君のためを思えば、世界の果てにいたほうがよかったのだ」

「ああ、わかっている。家の者たちはどうしているだろう。最近、父に会ったかい。母には、それに――オリーヴには会ったかね」声は悲しみに震えていた。

「なに、まだ家族に会っていないのかい」

ハリックはあざけるように笑った。「いいかい、汽船が着いたのは今朝のことだ。ニューヨーク線の列車を降りたのが今しがた。友情にはやる気持ちで君の事務所に駆けつけたのだ。こんなに遅くなっても君が事務所にいるとは、実に運がよかったな。君の家へ食事に誘ってくれよ。家庭の幸せを説いてくれ。さあ、今の僕はむしろ家庭の幸せ、その考えが気に入っている」

「ハリック」冷やかされたのもかまわずアサトンは言った。「また向こうへ戻ってくれるといいのだが。いいかね、君が帰ったことはだれも知らない、だれ一人として知る必要もない」

唇をぎゅっと結んで首を横に振り、ハリックは冷笑を浮かべた。「アサトン、君には驚いたよ。人間というものを知らなさ過ぎる。いいかい、僕が戻ってきたのは、ここに居続けるためなんだ。それを忘れてもらっては困る。断念するまでは、あらゆることに耐えぬいてきたんだ。もう一度努力してみろと言われても、始める力など残っていない。どうかわかってくれ。確かに、僕は打ちのめされた。だが、それでよかった。安らぎを感じるからな。昔のように僕に話しても無駄さ。何を言われても心にぐっとくるものなどもうない。僕が間違っていたとすれば——いや、間違いだったとはもう認めない。僕はぜったいに正しかったのだ」

「ハリック、君は本当に打ちのめされてしまったんだな」アサトンは悲しそうに言った。体を椅子の背にあずけて手を頭のうしろで組んだ。それは執拗な依頼人を説得する場合のいつもの恰好だった。

「君はどうしようというのだ」

「ここに居るつもりだ」

「何のために」

「何のためだと。やつが死んだと証明できるまで」

「それで、どうする」

「そうなれば、もう気兼ねなくあの女《ひと》に申し込める」ハリックは怒って言葉を続けた。「僕が戻って来た理由を知っているくせに、どうしてこんな質問を浴びせかけて僕を苦しめるのかね。僕はやれることをやったのさ。だから、逃げ出したのだ。最後に会った晩、地獄に、あの女《ひと》は家庭と呼ぶがね、地獄に突き返してしまった。あんな亭主、悪魔野郎からあなたを守ってやれる男はいないと言ってしまった——こともあろうに、一緒に行って救って欲しい、亭主から守ってほしい、とひどく恐れて頼み込んでいる時に。あの女《ひと》のことを意識から——心から追い出し、気を楽にしようとしても、どうしても、このことを思い出してしまった。やつがいなくなったと噂に聞いて、あの女《ひと》はさぞかし悲しみの日々を送っているに違いないと思っていた。僕がどう耐えたか、だれにもわかりはしない。もうそれも終わりだ。だが、耐えて待ったのだ。そしてここに戻ってきたというのに。もう一度去れと君は言う。何ということだ」ハリックは歯を食いしばり、そのすき間から息を漏らし、拳で膝を叩いた。「やつは死んだ。では、もう、あの女《ひと》にその気さえあれば、僕と結婚できるわけだ。あの男を殺したかのような目で見ないでくれ。あの男の命を救うのであれば、僕は命を差し出してもかまわない、この地獄のような二年間、そう思わなかった時は一度としてなかった――ほかならぬあの女《ひと》のためだ。そうなんだ。だから、勇気が湧いて希望が持てる」

「だが、もし死んでいなければ」

「それでも、やつはあの女《ひと》を捨てたことになる。当然、あの女《ひと》は自由だ。離婚だってできる」

「おお」哀れむようにアサトンは言った。「ハリック、君の体にはもう毒素がまわってしまったのかね。未亡人であれば、結婚を申し込んでもかまわない。だが人妻のままだとしたら、離婚して結婚するように何と言って頼む気かい。ただ過ちを犯し続けるだけの女なのに、君は神聖だとありがたがっている。そんな女にどうやって切り出すのかい」ハリックは答えようとしたが唇が乾き、口を開けはしたものの、喘ぐだけであった。アサトンは続けた。「第一、どうしたって、あの女《ひと》の心をぼろぼろにすることになる。この二年間、君の中でどのような変化が起きたのか、僕にはわからない。しかし捨て鉢の負け犬のようではあっても、そんなことまでする人間には見えないのだ。女を誘惑して主婦としての務めを果たせなくさせ、家庭をめちゃくちゃに壊し、社会を破壊して駄目にする。君はそんなごろつきには見えない。かつての奔放な流儀であれば、女を誘惑する側にも、少なくとも命がけという潔さがあった。だが今では、現代の忌わしい法律に守られて、滞りなくぬくぬくとやってのける。女がしり込みしているのに結婚したい気になる。気紛れやひそかな欲情、あるいは、悪しき心の命じるままに結婚からいつでも逃れられる、という罪深い希望を抱かせて結婚の絆を緩めてしまう。そうした状況も悪くはないとしながらも、父親は誠実という評判を立てるために、そして自らは清廉潔白な生き方の模範例をきどって、君は本当にここに戻ってきたのかい。それとも、過去を恐れ、愛しい女《ひと》からも過去を隠し、身を縮めて世間を行き来する幽霊のような惨めな人間の仲間入りがしたくて、ここに戻ってきたのかい。あるいは、世間に挑み、恥が恥ともならず不名誉が不名誉ともならない世捨て人の共同体をこの世に作る手伝いがしたかったからかね。はっきりしない男どもと、きっぱりとした女たちの住む社会を、どうして好きになれるのかね」

「ひどく雄弁だな」ハリックは言った。「だが、いいかね、僕はこうしたつまらない抽象論には関心がないんだ。僕にあるのは具体的な目的さ。他人がどう振る舞うかでアメリカの文明に影響を与える、そんなことを考えろといわれても無理な話さ。ひどい男に女が惨めな思いをさせられても、女を救い出そうとしてはいけない。単にそれは、家庭の平和を保つためには男が女に権力を揮《ふる》ってもしかたないから。そうだと言われても、愚かにも、はいそうですかと信じるわけにはいかない。あの結婚を汚し破壊したのは誰なのか、自分なりに理性を働かせ、わかっているつもりだ。この世に相手が生きていないと同じくらいに、あの女《ひと》は神の前で自由なのだ。俺が恥さらしになるのを世間が好まないというのであれば、世間にこそ、自分たちの人知れない恥を見据えてもらいたい――結ばれても、計算づく、野心、虚栄心、そして愚かさからいまだに逃れられずにいる結婚のことさ。自らの間違いを誠実に認める男女であれば、機会を作って過ちを正してやるつもりだ。結婚というのは、愛に結ばれてでもいない限り神聖ではない、神の面前では愛が終われば結婚も終わりなのだ、と命がけで説いてやるつもりだ。法律は作りものであるにしても、そこまで法律が認めれば、ましというものだ」ハリックは立ち上がった。

「なるほど、それでは」アサトンも立ち上がりながら大きな声で言った。「都合のよい理屈をこねて僕に立ち向かおうというわけだね。かわいそうに、あの女《ひと》は自分を捨てたひどい男を変わることなく思い続けている。あの女《ひと》をけしかけて離婚させる気だな。君が自分で言うからにはきっとそうなのだろう。『公に認められていない、別れる理由のない』離婚なのに」――ハリックはたじろいだ――「それに、君は姉さんたちに恥じをかかせ、世間の晒者《さらしもの》にする気だな。母上を悲しませ、父上の誇りを傷つけ、母上が描く立派な君の理想像を辱める気なのだ。それにしても、まずどのようにやるのかい。少なくともマーシャの愛は冷めてはいない。結婚の方はどうなのかな」

「あの女《ひと》に聞いてみるさ」これだけ言うと、ハリックは憤然としてアサトンのもとを離れた。これでふたりの友情は消えてなくなった。しかし、こんな別れ方をしたあとでも表向きは依然として体裁を繕い、ハリック家で開かれたベンの帰郷祝いの席にアサトン夫妻は顔を出していた。ハリックとアサトンとが会ったことで軋轢が増し、ふたりは解決の望みの持てない、悪くなる一方の新たな関係に入ってしまった。自らの良心と闘って精も魂も尽き果てたのに、ハリックはそれを安らぎと勘違いしていた。苦闘は終わったという思いでいたが、戦いの苦しみはまさに今、始まったばかりだ、とすぐに思い知らされることとなった。こうして誤解がとけぬまま、愛はなりゆきに任せておけばよいとハリックは考えていた。湧いてくる後悔や疑い、恐れなどのために愛に確信が持てなくなっても、すべての感情を解き放ち、縛り上げ、打ちのめす力さえ、愛にはあると思っていた。だが、再会したマーシャの口から出た言葉にハリックの熱い思いも冷めてしまった。

「まあ、お戻りになって嬉しいわ」マーシャは言った。「これでもう、主人は見つかります。主人とはとてもお親しかったし、主人の気持ちをよく理解して下さっていたので、どうすればよいかおわかりですもの。そう、見つかります。あなたがずっとここにいてくださっていたら、とっくに見つかっていたはずです。ああ、遠くにお出かけにならなかったら。でも、あの晩、一緒に家にお入りいただけなかった時、おっしゃって下さったこと、なんとお礼を申し上げてよいのかわかりません。その時の言葉があれからずっと耳に響いています。あなたは、私以上に主人を信じているとわかり、その言葉を拠り所にしてきました。主人から私を保護してくれる方など、やはり、だれひとりとしていませんでした。これからもそうだと思います。私をひとりで家の中に入れて下さり、ありがとうございました——膝をついてでも、心から感謝申し上げます——私、主人にとてもひどい扱いをしたのですもの。主人のもとに戻り、私に対してしたい放題のことをさせてやります。その力が残っている、それが私の唯一の慰めです。でも、それは私自身の力ではありません。あなたが与えてくれた力だと常々みんなに話してきました」

ハリックはオリーヴと一緒にマーシャの家へ来ていた。オリーヴもマーシャの父親も、これまで何度も耳にしてきたマーシャのこの話に我慢強く耳を傾けていた。最後に、オリーヴはハリックのうつむき加減の顔をちらりと見ると、マーシャの言葉に満足しているに違いないと思える弟を好ましく誇らしく感じた。父親はといえば、ほうき草の茎をくわえて噛み、孫娘に手をつかまれても、ぼうっとしていた。孫娘は母親が話している間、母と祖父との間をかけ足で行き来した。ハリックはマーシャの問いに答える代わりに、声ともつかない音を立てて咽を鳴らした。マーシャは続けた。

「今、私には新しい考えがありますの。でも、父は私の考えにはなんでも水をさすのが楽しいようですわ。私にはわかっています。バートリーはどこか保護施設に閉じ込められているのです。合衆国やカナダにある――あんな状態でどこまでさ迷っているのかしら――すべての保護施設に刑事を派遣して、気のふれた放浪者が運び込まれなかったか、調べてもらいたいのです。そうするのが、夫を見つける正しいやり方だと思われませんか。ハリックさん、あなたにこのことをご相談したいのです。他ならぬあなたのことですから、私に同意していただけますね。必要ならば保護施設に私が出向いてもかまいません。歩いても這ってでも行きます。狂った病人たちの中に主人が閉じ込められていると思うと、保護施設でよくあるようにこき使われていると思うと――あ、あ、あ、あ」

突然、マーシャはすすり泣き、幼い娘を胸に抱いた。娘は母親の涙に慣れていたに違いない。首をまわして嬉しそうな顔でハリックを見た。

マーシャは涙を払い唇を震わせて尋ねた。「娘は主人に似ていませんか」

「え、そうですね」かすれた声でハリックは言った。

「主人と同じ長い睫毛、同じ色の髪の毛、同じ顔色。そうでしょう」

マーシャの父親は無言のまま座って、ほうき草の茎を噛み続けていた。子供が父親似だとハリックにわかってもらおうと、マーシャがバートリーの写真を取りに部屋を離れると、老人は突き出た眉毛の下からハリックを見上げた。「バートリー・ハバードを捜すのに保護施設に面倒をかける必要などないと思うがね。州立刑務所や拘置所、安酒場、賭博所を捜せば、それと、ここ二年間、偽名のまま絞首刑になったごろつきを割り出せば、突き止める望みもいくらか出てこようというものだ」

マーシャが戻ってきても、老人は頑なに口をつぐんだまま座っていた。いっさい話してはおらん、とでもいうかのようであった。バートリーをどのように憎もうとも、娘を思いやる気持ちは明らかであった。マーシャが言ったように、水をさすようなことがあるとすれば、バートリーを聖人扱いする尋常ともいえないものに娘の目論見が冒されていたからであった。

「マーシャの様子、わかったでしょう」帰りの道すがらオリーヴが言った。

「ああ、わかったとも」ハリックはやるせないといった様子で同意した。

「話していると、愚痴っぽくて卑しい中年女のように思えてくる時があるの。小言でも言うように相変わらず同じことを繰り返すし、バートリーが悪いのに、ほかの人のせいにしたくてしょうがないのね。自分を罰するわけにはいかない場合は、父親を罰する始末でしょう。老いて惨めな父親に対して冷酷よ。娘のためにこの街にやって来て、ホームシックにかかっているような生活ぶりなのに。私の考えに水をさすとマーシャが言ったのを、今、聞いたでしょう」

「ああ」ハリックは同じ調子で言った。

「マーシャはますます品がなく心が狭くなってきたわ。でも、気の毒に本人のせいというわけではない。苦しんでいるのにこんなふうになるとは、ひどく理不尽に思える。でも、実際、そうなってしまっているのよ。マーシャは躾というものを受けていないから、災い転じて福というわけにはいかなかったのね。災いをこうむっただけ。そういうわけで自分勝手になってしまい、二年前の女らしさなどなにも残っていない。ただ、いつまでもあの情けない男に尽すことくらいしか。ベン、だからといって、あの女《ひと》に背を向けては駄目よ。事情によっては、こうはならなかったかもしれないのだから。そのことを忘れては駄目よ。マーシャは豊かな人間性を備えていたわ。それなのに、いいこと、せっかくのものを浪費して駄目にしてしまったの。かわいそう。躾られてもいないので、衝動的で、無知――あの女《ひと》のことを思うと胸が痛むわ。時には我慢ならなくなることもあったのよ。どうしようもないほどに。ベン、あなたもそう思うでしょ。でも、我慢するのよ。問題のある人間について、何が一番うんざりするかといえば、その人たちがみんなとても退屈な人だってことよ。でもね、マーシャがバートリーを褒めても、あなたが我慢しさえすればよいの。私たちだって、そうだったわ。しかも、ベン、ここにとどまっているのであれば、こうあって欲しいとマーシャに望まれたら受け入れることね。マーシャがあなたに何を期待しているのか、私にはわからない。でも、がっかりさせないようにしなければ駄目よ。あの女《ひと》、あなたのことを心の底から尊敬している。あなたなら、やろうと思うことはなんでもできる、と信じているのではないかしら。だって、あなたっていい人ですもの」

ハリックは黙って聞いていた。事実、自分の姿勢を変えずに守り通すしか道はなかった。変わってしまったマーシャにそれ相応の忠義を尽す。恥ずかしく悲しく思いながら、ハリックは心の中のマーシャにこう誓うのが精一杯であった。

マーシャに会うたびに、ハリックは運命に囚われて身動きがとれなくなっていった。心無い裏切り者としか思えない男のことをマーシャが褒め、そしてハリックは耳を貸す。残酷にも自分を捨てた卑劣な男なのに、捕われの身になっているとマーシャが勝手に想像し、ハリックは一緒になって男を救い出す案を練る。マーシャにせかされて、実際にいくつか手段を講じてみたこともあった。距離の遠近を問わずに、精神病院に何度か問い合わせてみた。実を結ばないようにと願いつつ無益な努力を重ねるなかで、理性が時には揺らぐかに思えた。どんな手段を取っているか、ぜひともアサトンにはすべてを承知してもらいたいとマーシャは主張した。昔からの友人に自分の動機を何から何まで正確に知られてしまう、そう思うとハリックの心はひどく痛んだ。努力している姿に家族から尊敬を集めてしまう痛み。あるいは、その努力をマーシャの父親に暗黙のうちに軽蔑されてしまう痛み。それにもまして、アサトンに知られてしまう痛みはいっそう激しいものであった。

第三十七章

健康が回復しないまま実家に戻ったハリックは、もう二度と家を離れないと家族に断言した。人を堕落へと走らせる自己嫌悪に陥っているような言い方であった。転地療養をしてみたところで、少しもよくはならなかったからである。ここしばらく家族の話題といえば、健康回復に努める一人息子のことばかりであった。ハリックの気分はかなり高揚していて、元気になったかのように見えた。しかしそれもつかの間、突然体調を崩した。部屋に引きこもり、ベッドから離れることすらできなかった。ようやく起き上がれるようになったのは、そのような数週間がやがて数ヶ月に及んでからのことであった。

春めいてくると、ハリックはふたたび外出できるようになった。たいていは戸外で過ごし、新たに力が甦ってくるのを日々感じていた。長い春の午後も暮れたある日のこと、家路につくハリックの心は軽やかであった。果して自分は喜べる身なのかと良心に問うことすらしなかった。この日、パブリックガーデンに父娘で来ていたマーシャと、ハリックは会っていたのだ。ふたりはベンチに腰を下ろして話をした。その間、マーシャの父親は老人らしく所在無げに、幼い娘は子供らしくじっとしていられずに、離れたところを歩き回っていた。

「この夏、エクイティに帰るつもりです」マーシャは言った。「恐らく、こちらにはもう戻らないかもしれません。いいえ、もう戻りません。私、すっかり諦めています。希望を——希望を捨てずに主人が戻るのを待ちました。でも、これ以上待っても無駄だ、とわかりました。あの男《ひと》は亡くなったのです」決然として涙をこぼすこともなくマーシャは言った。未亡人になると認めたことで、穏やかな雰囲気さえ漂っているようであった。

家路につくハリックの耳にマーシャの言葉が繰り返し甦ってきた。戸口まで来ると郵便配達人が来ていた。どうみても古ぼけた郵便物を受け取ってハリックは苦笑した。ここまで届くのにきっと方々転送されてきたのだろう。帯封はいく度もずり落ちたらしく、すっかり破けていた。すでに紐で結ばれ、受け取り拒否の文字とともに、ハロック家様とかハリット家様とか、さまざまな人の筆跡で名前が走り書きされていた。その中にひとつ、「ラムフォード通り九十七番を当ってみて下さい」と書きこまれているものがあった。判読したところ、もともとの宛先は「マサチューセッツ州、ボストン、B・ハリック様」であった。この新聞のどこが面白いのかとぼんやり思いながら、ハリックはすぐには開かずに部屋へ持って行った。薄っぺらな粗末な印刷の地方紙であった。紙面の片隅には、はっきりとこう告知されていた。

インディアナ州テカムセ郡／一八七九年四月期、テカムセ巡回裁判所
バートリー・J・ハバード対マーシャ・G・ハバードの離婚訴訟。五七九三号

本日テカムセ巡回裁判所の書記官室にて申し立てがあり、夫を遺棄し、全般にわたる義務放棄の理由により、上記のごとく離婚を訴えられた被告人、マーシャ・G・ハバードは、インディア

ナ州在住者ではない模様である。したがって、同被告人に訴訟が未決との告知をすると同時に、一八七九年四月第一月曜日を初日として、同州同郡内テカムセ町の裁判所で、同年、同法廷の四月期の裁判が開かれ、その三回目の裁判日、一八七九年四月十一日に、出廷し尋問に答えるよう伝える。この日程は告訴した原告が決めたもので、同被告人は、その定められた期日に、裁判所で尋問に答えなければならない。

ここに自署と同裁判所の印紙を示し、間違いないことを証明する。一八七九年三月四日当日。

オーガスタス・H・ホーキンズ書記官

印紙

原告弁護士ミリキン&エアーズ

告知文を繰り返し読んでも頭は機械的にしか働かず、ハリックの反応は鈍かった。今の関係が関係なだけに、馴染みの名前もどうしても他人事のように感じられた。特殊な法律用語も皆目分からず意味を掴みきれなかった。

呆然とした状態から我に返ると、ハリックは長い間気を失っていた人が目覚めた時にするように、体を動かして自分の実際の姿を確かめてみた。両手両足を見て立ち上がり、鏡に顔を映した。振り向くと新聞はそのままテーブルに置かれてある。けっして幻想ではない。床から帯封を拾い上げて改めて注意深く眺め、筆跡に思い当たる節《ふし》がないか調べ、誰がどんな理由でこんな新聞を送りつけてきたのかを探り出そうとした。その時、宛名は先ほど目にしたものとは違うように思われた。それは自分の名前ではなくて、ミセス・B・ハバードとなっていた。新聞は事故や手違い続きで転々とし、ハバード夫人には届かなかったのだ。まずいことに、最後にハリックの手に渡ってしまったのである。

ひとたび謎が解けると、事はいとも簡単であった。マーシャのもとに新聞を届けさえすればよいのだ。それは造作もないこと。あるいは、場合によったら新聞を破り捨ててもよい。これも造作ないこと。ふたたびハリックの耳にマーシャの言葉が甦った。「もう諦めました。主人は亡くなったのです」せっかく安らぎを得たマーシャの心を乱し、最後の悲しい幻想まで打ち砕いてよいものか。夫の最後の仕打ちを知らせずに、情け深くも嘘を通し続けてやれないものか。こうした問いは、ハリックにとってほとんど個人的な関心事ではないように思えた。誘いは天からのもののようであった。体の外部からの声のように、耐えるのだとやさしく訴えかける。だが、いざ抵抗してみると、その誘惑は自分の鼻から出る息であり、自分の血管を流れる血であると気がついた。次の瞬間、仮面が剥がれ、魂の敵が猛威を振ってハリックの精神に襲いかかってきた。それは長い闘争の末にすでに敗北を認め脆弱になっているというのに。

ようやく扉を開けると、ハリックは姉の名を呼んだ。「オリーヴ、オリーヴ」自室にいたオリーヴはその声に妙な胸騒ぎを覚えてぞっとした。飛んでいくと、弟が青ざめた顔をして震えながらドアの脇柱にしがみついていた。「お願いだ――お願いだから助けてくれ」ハリックは喘ぎながら言った。「見せたいものがある――これを見てくれ」

ハリックは背後に隠し持っていた新聞を差し出した。なんとしても手から逃がすまいとするかのように、しっかりと握っていたものだ。新聞を渡すと、ハリックはふらつきながら椅子に座った。

姉は告知文を読んだ。「まあ、ベン」新聞を握ったまま両手を体の前に垂らして弟を見た。相手をひどく憐れんでいるような動作であった。「本人は知っているの。見たのかしら」

「知っているのは、姉さんと僕だけだ。間違って新聞がここにいる僕に届いてしまった。マーシャ宛だと気づかずに封を切ってしまったんだ」

これだけ言うと、ハリックは憔悴して息を切らした。オリーヴは弟のその姿に恐れをなしたはずだが、マーシャに怒りを覚えても同情せずにはいられず、ほかのことはなにも目に入らなかった。オリーヴは口を開こうとした。

「オリーヴ、わからないのかい。法律の求めに応じて出廷し自己弁護をするように、これはマーシャに告知したものなのだ。裁判所の書記官が記した住所はあの悪党から聞いたに違いない。妻のもとに届くことは万に一つもないと知りながら、きっと住所を教えたのさ」

「あなたのもとへそれが届いたというわけね。驚いたわ、ベン。よりによって誰が送ってよこしたの」姉は弟と顔を見合わせたが、どちらも恐怖を覚えて心中に渦巻く考えは口に出さなかった。「ベン」弟を愛らしく誇らしく思い厳粛な気持ちになって、オリーヴは叫んだ。「私、今すぐにでも、誰よりも、あなたのような人になりたいわ」

「やめてくれ」ハリックは懇願した。突然なにかにつき動かされたように、うなだれていたハリックは頭を上げた。「オリーヴ」――だが、衝動は消え、こう言っただけであった。「アサトンのところへ一緒に行って欲しい。ぐずぐずしてはいられない。サイラスに馬車を呼んでこさせてくれ。ふたりで出かける、と言ってくれ。姉さんの身支度ができるころには、僕も準備ができているだろうから」

しかし、もう馬車が来たから待っているわと姉に声をかけられたとき、口に出して言う勇気さえあれば、一緒には行かないと断わるのだがとハリックは思った。事実を隠しておきたいという気持ちはもう失せていた。だが、こうしたことに疲れきっているのに、事が発生した以上、さらに多くを求められ、それに応じるのは病人には無理なことであった。ハリックは震える手で手すりにつかまりながら這うようにゆっくりと階段を下りた。そして溜息をひとついて馬車のクッションに身を沈めた。姉からしきりに質問され、熱っぽく意見を浴びせかけられても、ハリックはもの憂く無愛想に答えるだけであった。

アサトン夫婦はコーヒーを飲んでいた。クララはベンとオリーヴに食堂で一緒にコーヒーでもいかがかと誘った。ハリックはその申し出を断わり、オリーヴが事のいきさつを話す間、ぼんやりと部屋を見まわしていたが、ひねくれたことに、いつの間にかバートリーの立場に立って同情していることに気がついた。これだけの贅沢ができれば、いくらバートリーでも道を踏み外さなかったかもしれない。バートリーだって、アサトンのように贅沢をしてもよいではないか。いったいどのような権利があって、ころがり込んだ富を手にした男に、自分やバートリー・ハバードの罪を裁くことができるのか。

膝に置いていた両手の下から新聞を取り出すと、オリーヴはアサトンに話した事柄を裏付け驚かせようと告知文掲載ページを開いた。読み終えると、アサトンはクララにそれを渡した。

「届いたのはいつです」

オリーヴが代わって答えた。「今日の夕方、今しがたです。そう申しませんでしたか」

「いいや」アサトンはそう答え、ハリックに穏やかに言った。「それはすまない。日付には気づいたかね」

「ええ」弁解がましいアサトンの口調を冷たくあしらい、ハリックは答えた。

「訴訟は、十一日が尋問となっている」アサトンは言った。「今日が八日。時間がさし迫っている」

「まだじゅうぶん間に合う」うんざりしてハリックは言った。

「そう、電報がいいわ」クララが大きな声で言った。「マーシャは夫を捨てるなどとは夢にも思わなかった、とすぐに電報で知らせてやって。夫を棄てたですって。ハバードが戻れるように、この二年間、マーシャがどれだけ身を粉にして家を守ってきたか。それを知ってさえいたら、マーシャにこそ離婚を許すはずよ」

アサトンは笑みを浮かべてハリックに向き直った。「今、向こうでは法律がどうなっているか知っているね。二年前に改正されたのだ」

「知っています」聞かれたことだけではなく、アサトンの表情に浮かぶさらに微妙な問いかけにも応えてハリックは言った。「家に帰ってきてから、書物で離婚のことをすっかり調べました。被告人が出廷しない場合でも、証拠に基づかなければ離婚は認められません。離婚がわれわれの意に反する場合――ハリックは本能的にマーシャの申し立て側に立っていた。――「出廷不履行を無効にすることができます。また、こちらから申し立てればそのために新たな裁判が認められます」

法律用語に恐れをなしながらも、クララとオリーヴは聞き入っていた。だが、アサトンが立ち上がり、「君の馬車はここに止まっているのかね」と尋ねると妻もさっと立ち上がった。

「あら、どちらへお出かけですの」心配そうに妻は問いただした。

「インディアナ州というわけではない、今すぐには」夫は答えた。「まずは、クローバー通りに行って、ゲイロード弁護士とハバード夫人に会ってくる。その新聞をよこしなさい」そう言ってアサトンは妻の手からそっと新聞を引き抜いた。

「まあ、なんて残酷な法律でしょう」この道徳的支えを奪われ、クララはうめくように言った。「このような告知文を掲載するだけでじゅうぶんだなんて残酷です。女なら、こんな法律は作りません」

「いや違うね。これができて得をするのは女ばかりだ。法律はよくも悪くもなる。だが、離婚の法律としては、これはさほどひどいものではない。現在、ニューイングランドの州の中にはもっとひどいものがある」

老弁護士はひとりで居間にいた。アサトンは二言、三言、説明して、新聞を手渡した。弁護士は無表情にじっと告知文を読んだ。眼鏡をはずしてケースの中にしまいチョッキのポケットに戻した。「これはこれでいいではないか」弁護士は咳払いをして上目遣いにアサトンに鋭い眼光を向け、「現在、法律ではどうなっているのかね」事務的に尋ねた。

アサトンはハリックから聞いたままに短く要点を述べた。

「それは好都合だ」老人は言った。「よいかね、法廷闘争だ」立ち上がると、やせこけた老弁護士は上方から二人を見下ろし、唇をゆがめて苦々しい笑みを浮かべた。「バートリーのやつ、インディアナ州でも離婚がかなり難しいと気づいて、さぞかしがっかりしていることであろう。インディアナ州ではまだ従来の法律が効力を持っていると確かに思い込んでいたのだ。やつは嘘をつかずに済ませられれば、嘘をつく男ではない。だが、偽証してでも離婚しようと思っているのではないかな」

マーシャは幼いフレイヴィアをベッドに寝かしつけようとするところであった。階下から話し声がして、夫の名前が聞こえてきたような気がした。階段までかけ寄り、ためらいながら下りた。以前の途方もない望みと狂わんばかりの恐怖心とが甦り、動悸がして息もつけなかった。どうやら協議中らしい三人の男の姿が見え、手探りで進む人のように両手を前に差出しながらそっと近づいた。「何——何ですの」マーシャはまずアサトンを見て、次に父親の顔に視線を移した。老人は話をやめて娘を安心させるように笑みを浮かべ、なにか言おうともした。アサトンは顔をそむけた。

前に出てマーシャの震える手を取ったのはハリックであった。その手を握りながらハリックは落ち着いてよどみなく言った。マーシャを深く哀れみ、もう恐怖心も恥じらいもなにもなく、マーシャ、と初めてその名を呼んだ。「マーシャ、君のご亭主が見つかったよ」

「死んでいたのですか」マーシャは唇を動かした。

「生きている」ハリックは言った。「ぜひ君に見せたい記事がこの新聞に載っている——どうしても目を通してもらいたいのだ——」

「夫が亡くなったというのでなければ、どんなことでも耐えられます。どこです。どんなことか見せて下さい」ハリックが手渡すと、マーシャの手に握られた新聞は小刻みに震えた。マーシャはその段組にやみくもに視線を走らせたが、記事を見つけられず、ハリックがその箇所を指で差し示してやった。すると、マーシャの震えは止まった。記事を読み通している間、マーシャは息をついていないか、脈が止っているかに見えた。長く、深く、溜息をひとつつくと、視界をはっきりさせるかのように手で目をこすった。無意識のうちに体をハリックの胸にあずけると、震える腕をハリックの腕に重ね、ついには指をからませて、マーシャは二度、三度と記事を読んだ。そして新聞を取り落とし、向き直ってハリックを見た。

「そうよ」ようやく合点がいったとでもいうように、マーシャは大声をあげた。マーシャの顔になにか希望の光のようなものが、厳かに嬉しそうにきらめいた。「これは絶対に間違いよ。おわかりになりません。あの男《ひと》、私がけっして戻らなかったと思っているのよ。私があの男《ひと》を捨てるつもりだったと思っているのよ。私が――私が――でも、私、戻って来ましたよね――あなたも私と一緒に戻りました。一時間も留守にはしなかった――ほとんど三十分だって。ああ、バートリー、かわいそうなバートリー。捨てられ、子供を奪われると思ったのね。私がそこまで性悪で――冷淡になれると思ったのね。ああ、とんでもない、とんでもない、とんでもないこと。それにしても、ほんの少しの間、留守にしただけ。戻るのが怖くて。怖いと話したの、覚えていらっしゃる。一緒に家の中に入って欲しいと頼んだでしょう」笑ったことでマーシャの気持ちの高ぶりは治まった。「でも、今なら説明ができます。大丈夫です。あの男《ひと》はわかってくれます――理解してくれます――事の真相を話してやります――ああ、フレイヴィア、フレイヴィア、パパが見つかったのよ。パパが見つかったのよ。さあ、早く」

さっと階段の方へマーシャが走り寄ると、父親はマーシャの腕をつかんだ。「マーシャ」老いたしわがれ声で父親は叫んだ。「わかっておくれ。いいかね」――父親は続けるのをためらった。あらゆる悪口雑言を思い浮かべているかのようであった。そして、どのような言葉を口にしてみても弱すぎると気がついたかのように、言葉を継いだ――「勘違いして行動することなど、バートリーという男にはけっしてなかった」

父親は容赦なくはっきりと事実を娘に示した。マーシャは左手で額をそっとなで、時折、周囲にわかるほど息を止めて聞いていた。「信じられません」父親が話し終わるとマーシャは言った。「あの人に手紙を書いて、私の話を伝えて下さい。そうすれば、お父さんにもわかっていただけるはずです」

なにかうめきとも毒舌ともつかないことを老人は口にした。「ああ、かわいそうに、どうかしているぞ、お前。どうしたらお前にわかってもらえるかね。バートリーはお前を厄介払いしたがっている。次々と嘘をつく気でいるのだ。夫遺棄の訴訟をでっち上げることなど造作もないとあの男は思っている。現に、お前を告訴しているではないか。すぐに、ほかのことでもお前のことを告訴するだろうさ。やつに手紙だと。お前がやつのもとに出向かなくては駄目だ。向こうへ行って、公開の法廷で、事実と証言でやつと戦うのだ。バートリー・ハバードがお前から説明を聞きたがっているとでも思うかね。本当は捨てたのではなく、留守にして一時間後に戻り、以来ずっとここ、この家で待っていた。お前からそんな話を聞きたくて、やつはこの二年間待ち続けてきたとでも思うのか。これを知れば、やつは訴訟を取り下げ家に戻ってくるとでもいうのかね。やつは証拠が欲しいのだろうよ。こうなったら向こうへ出かけて行って、真実を教えてやるしかない。五分でも、やつを証言台に立たせれば」歯軋りしながら老人は言った。「――たった五分でいい――お前に不当な扱いをした、と間違いなくやつの口から言わせてやる。だが、手紙などはもらっても気にもせんよ。やつのことが嫌いだから、そんなふうに言うのだと思っているだろうが、わしの言うことが信じられないというのであれば、ここにいる紳士のどちらかに、本当のことかどうか聞いてみるがよい」

マーシャは何も言わずに視線をそむけた二人の顔をちらりと見ると、体を椅子に深々と沈め、一方の手でもう片方の手をさすり、震えながら大きく息をつき眉を寄せ、おびえた目つきで床を見た。耐え難い苦しみにじっと耐えている人のようであった。何度か言葉を発しようと試みたすえ、マーシャはようやく声を出すことができた。視線を上げ、父親の目を見た。「さあ――さあ――エクイティの家に――帰りましょう。ねえ、帰りましょうよ。主人のことは諦めます。いえ、もうとっくに諦めていました。お話ししましたね」ハリックの方を向いて、マーシャはおっとりした穏やかな声で言った。「ほんの一時間前、あの男《ひと》は死んだと。それなのに、こんな――こんな事態になって。どちらも同じことだというのに。死んだと私が思っていると知りながら、どうして、新聞を持ってきたの」

「実は、できれば秘密にしておきたかったのです」

「でも、もうどうでもよいことです。自由になりたければ、あの男《ひと》を自由にさせましょう。どうすることもできません」

「できるぞ」父親が割って入った。「諸々の事実はお前が握っている。証人もいるではないか」

「一緒にいらして、夫を置き去りにする気など私にはなかった、と言って下さらない」マーシャはハリックの方に向かって深く考えもせず尋ねた。「あなた――そしてオリーヴはどうなの」

「マーシャ、わたしたち、あなたのためならばなんでもします」

マーシャは座ったまま考え込み、ふたたび両手を重ね手の甲をこすった。押し黙るなか、震える息遣いが聞こえてきたかと思うと消えた。そして膝に手を落とした。「私は行けません。体がずいぶん弱っていますから。長旅には耐えられません。駄目です」マーシャは首を横に振った。「行けません」

「マーシャ」父親は切り出した。「行くのがお前の義務だぞ」

「行きたくなくても、法律では行かなければ駄目でしょうか」マーシャはハリックに尋ねた。

「いいや、行きたくなければ、確かに行かなくてもかまいません」

「では、私、ここにとどまります。行くのが私の義務とお考えですか」マーシャはまずハリックに、そしてアサトンに向けて質問をぶつけた。好きにしてもらおうと黙ってしまった二人に向かってマーシャは言った。「もう、義務なんて、どうでもいいんです。あの男《ひと》を引き留めたいとは思いません。あの男《ひと》が――私を棄てた――そう――本気で棄てた――私のことなど――もうどうでもよいというならば――もう」

「お前のことを気にかけているとでも思うのか。あいつはお前のことなどまったく気にかけなかったではないか、マーシャ。ようやく、お前にもはっきりとわかったであろう」

「それだったら、好きにさせてやればいい。私たちはエクイティに帰ります」

「よかろう」老人は言った。「それでは、家に帰ることにする。一週間たてば、バートリー・ハバードは偽証及び重婚罪だ」

「重婚罪」マーシャは飛び上がった。

「そうだ、この訴えを起こす前に、むこうでだれかほかの女に目をつけたとは思わないかね」

マーシャの手足からさっと無力感が消えた。父親と面と向かうと、ふたりの顔は驚くほど輪郭がよく似ていた。父親の顔は年を重ねて黒ずみしわがよっていた。そして、娘の顔は怒りに血液が心臓に逆流して青白くなっていた。だが、ふたりの厳しい横顔は同じ衝動を覚え、ともに生気を取り戻した。老人の心に積もりに積もった憎しみが言葉になって現われたのか、かすれた、ささやくような声で、「私、行きます」マーシャは言った。

第三十八章

窓から四月の陽の光が差しこむ豪奢な食堂で、アサトン夫妻は遅い朝食をとっていた。バックベイに臨む窓からは、潮が引き始めて姿を現した細長く延びる浅瀬に、白い鴎の群れが一列に並んでいるのが見えた。

クララは丘の上の家を人に貸して、それとは別にこの新開地に家を購入していた。住まいを変えたいと主張したのは自分の方であった。高台からだれもが立ち退いている、それだけが理由ではなかった。自分としては、住み慣れた家で所帯を持つとなると夫を下宿人にしたと見られかねない、とクララは言った。世間体を考えれば、夫が妻を迎え入れた格好にしてやりたかった。家具をほとんど新しいものにして、結婚前の生活を思い出すものはできるだけ入れ替えた。夫は妻の機嫌を損ねぬように、好きなようにさせていた。夫にはこうしたものを買い揃えるだけの資力がある。ほかの理由がなんであれ、恐らくだれを騙すわけでもないから異を唱えられたくはない、妻がそのように願うのはもっともだ、とアサトンは話に筋道をつけていた。ふたりの暮らしぶりはかなり落ち着いたものであった。クララは自分に関して悲しい思いをすることはまったくなかった。ただ、その気持ちがあっても夫にたいしたこともしてやれないのが悲しかった。ある日、ふと愚痴をこぼすと夫は言った。「それは嬉しいね。でも、お互いのために少しは犠牲になるにしても、平等でなければいけないよ。偏ってさえいなければ、それでじゅうぶんだ。夫のためなら死んでもかまわないと多くの女は言うが、男にとってそれはとんでもない話だ。夫のために生きようとはしていないわけだからな。ささやかな日常を馬鹿にしては駄目だ」

「そうですわ。でも、日々、平々凡々と明け暮れてしまっている、そんなふうに思えますの」クララは口をとがらせた。

「何の変哲もない毎日を送れるのは」アサトンは言った。「幸せな人たちなのだ。先週の月曜日に何があったか思い出せない。これほど幸運なことはない」

「それはそうですけれど、いつも現在を生きているだけでは耐えられませんわ」

「現在には過去や未来ほどの広がりはない。それでも、われわれにあるのは現在だけさ」

「ああ」クララは叫んだ。「それは運命論よ。いえ、運命論よりもっとひどい」

「運命論とはそんなに悪いものだろうか」夫は尋ねた。

「イスラム教よ」

「しかし、これは必ずしも一夫多妻の話ではない」妻が次に何を言おうとしているのか、微妙に察して夫は応じた。「実際、諦観を言い換えただけさ。諦観、それは間違いなくよいことだ」

「諦観、あら、私、存じませんわ」

笑いながらアサトンは妻の腰に手を回した。これは、いわば男の愛の主張、愛する男にこのようにされると女は反論できないものである。理性の力を奪われてしまうようなものなのだ。愛情に満ちた生活をしていると、精神の力が本当に萎えてゆくのではないか、クララは時々そう思った。少女のころはやや漠然としてはいたものの、やり遂げたいことがたくさんあった。あの頃は、いろいろなことに興味を抱いていた——美術、音楽、文学——交響曲の演奏会、ハント先生の授業、ジョージ・エリオットの小説、フィスク氏の宇宙哲学の講演。こうしたものに触れていると、いつも自分の存在が広がり高まるような気がしていた。あの頃から私の人生はいったいどんな形をとってきたのかしら。このような疑問が湧くと、クララはこう考えようとした。人の幸せは若いころに抱いた興味とはほとんど関係がない。恐らく不滅の、間違いなく磨きぬかれた精神が求めるに値するものではないのか。一度関心を持ったものはどれも引き続きクララの生活の一部になっていたが、それらはほんの一部にすぎなかった。あなたから受けた影響はすべて私のためになったのかしら、とクララは夫に聞いてみたかった。だが、そうだと言える自信はなかった。だからといって、そうではないと言う自信もなかった。感情も思考もすべて女性的だと夫に言われても、そのはっきりとした括られ方に完全には同意しなかった。けっして夫とまったく同じではないけれど、自分としてはそれらの大部分は男性的だ、と内心では思っていた。クララは同等に扱ってくれないからといって夫に不平をこぼすわけにはいかなかった。実際、妻に敬意を表わして譲り、妻の良識を頼りにしてくれていた。自分にかなり愚かなところがあるとひそかに気づいていたので、夫からあまりに信頼されて、時には驚くこともあった。夫はなんでも話してくれ、特に仕事のことでは、こちらの忠告を聞き入れてくれているように思われた。しかし、クララには見過ごすわけにはいかないこともあった。特定の倫理上の問題となると、夫は決めるべき時が過ぎても妻に内緒のままにすることが少なからずあった。このことを咎めると、夫はそのとおりだと白状して、君の良心に触れると判断が揺らいでしまいそうだったので、と自己弁護した。

クララは夫のこうした言葉を思い浮かべ、目に涙を溜めながら朝食のテーブル越しに夫を見た。「以前、哀れなベンのことをけっして話してくれなかったのは、そのためなのね」

「そうさ。無理もないとわかってもらえるね。君に話したところでどうにかなっただろうか」

「私なら、少なくともこう答えたでしょうね。ベンがそんなふうに思っていても、すべてベンだけが悪いというわけではないと」

「でも、君にはこれは信じてもらえなかったと思うよ、クララ」アサトンは言った。「哀れにもベンが犯した過ちはいろいろある。でも、恋の思わせぶりを悪いというわけにはいかない」

クララはその事実をただ黙認するしかなかった。「今ごろ帰ってきたことをベンはどう弁解したんですの」

「弁解などせず、ベンは自身に挑むようだった。われわれは激論を交わした。最後にベンはこの件では社会的な義務などないと言った」

「まさにベンの言うとおりではなくって」思わずクララは言った。「これはベン個人の問題だったのよ」

「自分には具体的な目的がある、とベンは言って抽象的な話には耳を貸そうとしなかった。そうだ、まるで女が話すようにね。君の話し方もまさしく女のものだが、クララ、やつの言い分が正しいとは思わないだろう。人を傷つけなければ悪くはない、そういうことがまったくもって多すぎる。いくら気高い愛情をバートリーのやつが妻に抱いたとしても、ベンの情熱は間違いなく闇夜に明かりを灯すほど素晴らしいものだ。でも、あの女《ひと》の心を捻じ伏せさえすれば——離婚して結婚から逃れるように唆《そそのか》しさえすれば愛情を返してもらえる、とベンが願ったとするならば、その女に対してだけでなく社会に対しても、ベンは罪を犯したことになる」

「そんなこと、ベンに出来るはずはないわ」

「そうだろう。せいぜい夢にみるくらいだな。実際に行動に移すとなると、善人の部分がこぞって顔を出して反旗を翻し、逆にマーシャを助けようと示し合わせてくるさ。努力が実れば実ったで、望みが打ち砕かれてしまうのに。ベンにはつらい試練だったが、立派だった。新聞が届いて――数日か一週間、それを隠しておきさえすればよかった――いよいよという段になって、ベンは求められるままに対応した、と言ってよい。でも仮に、ベンのように伝統を重んじ清く躾けられた人間が誘惑に屈していたならば――夫に貞淑である義務はない、離婚して自分と結婚しても問題はない、と堕落してしまってマーシャを説得していたら――噂で知った人たちはどれほど大きな打撃をうけたことか。そうした生き方を嫌う人間は落胆し、前例としてうまみを得たいとする人間は元気づくはずだ。ハバード夫妻が、バートリーとマーシャのような修養の足りない人間がやったのであれば、そんなことは社会にとってはたいしたことではない。だが、ベン・ハリックのような人間が道に迷うとすれば、これは悲惨だ。ヴィクトル・ユゴーではないが『人間の良心までもが途方にくれてしまう』ベンは物心ついてからこの方、規範にかなった入念な躾を受け、生涯にわたって品格ある思想と行いを身につけ、自分を忘れて他人のために責任を負う気高い理想を育んできたのだ。これらすべてが踏みにじられ、ずたずたにされてしまう――実に恐ろしいことだ」

「そうね」深く心を揺さぶられてクララは答えた。朝食用の気持ちのよい食堂でいかにも女が感動したという風情であった。「ベンのように素晴らしい心の持ち主は、いつも生まれつき――もう少しお茶をいかが」

「そうだね、もう一杯いただくとしよう。だが、生まれつき素晴らしいということについては——」

「お待ちになって。ベルを鳴らして、お湯を持ってこさせますから」

使用人が用事を聞いてさがり、命じられたものを置いて姿を消してしまうと、アサトンはまた話し始めた。「根っからの人のよさなど、あまり価値がない。男は生まれつき野獣なのだ。根っから人がよいといっても、それは野獣が腹いっぱいになり、日光浴をして、愛想よくしているだけのことさ。ハバード夫妻にしても恐らく根はよいのだと思う。相手のやりたいことにお互い水を差さないならば。いや、植え付けられた人のよさのほうが、いつまでも続くのだ——正義の種というやつだ。ひとつの世代から次の世代へと宝のように保管され、人の心に蒔かれると、躾のよい父母に手厚く見守られ育てられる。この植え付けられた善が花開くと、これが、いわゆる文明、すなわち、正義が広く行き渡った状態となる。そんなものには従わない、とハリックははっきり言っている。だが、あの男は口ほどでもないからな」

ほっそりとしたきゃしゃな手で透けるほど薄い磁器のティーカップを持ち上げると、アサトンは香りのよいスーチョンティーを飲み干した。ジャージー島産のクリームで申し分ないまでに甘くまろやかに風味が整えられたものであった。お茶を飲み干す夫の姿を見て、妻の胸になんとはなく心の痛みが走った。「悲しいことね」妻は言った。「私たちは簡単に人を悪く言えるわ。私どもには欲しいものはなんでもありますもの」

「そのことは忘れていないよ、クララ」真面目にアサトンは言った。「それを思うと、時々、他人をあれこれ判断するのは、もういっさいよそうという気になる。そうした気分になると、僕らの快適で豪華な暮らしを意識して、無力感に陥りそうになる。幸せであることさえ、恥ずかしく、恐ろしくなる」

「そうね。どんな権利が私たちにあってのことかしら」クララは自分には手に余るというように言い続けた。「こうして幸せに一緒に暮らせるのは。それに引き換え、あの惨めなふたりは――」

「権利などない――けっして、だれにも権利などないのだ。だが、ふたりがああなったのも、それなりに原因があってのことだ。惨めになる道を選んだのは、ある程度はふたりのせいなのだ――この世をそして来世を地獄にしているのはわれわれ人間なのだ――あるいは、ふたりは躾の行き届かない心根を受け継いだため、惨めになるような道を選んでしまったのかもしれない。長い目で見れば、ふたりの運命は当然のことに違いない」

「悲しいわ、私はどうしても目先のことにとらわれてしまいます。マーシャが夫からあんな扱いを受けるなんて、筋が通りませんよ」クララは声を張り上げた。「あなたは私にひどい扱いなどなさいませんもの。マーシャほど夫のためを思う女はほかにいないというのに」

「いいかね、夫のためを思う、そんなことはどうでもよい。人を判断するのは行動なんだ。まったくもって不埒《ふらち》な亭主なのに、悪いのはきっとマーシャだった、と君は思っているのかもしれない。夫にしろ妻にしろ、このハバード夫妻よりひどいのはハリックだ、と僕は思っている。ハリックはなんでも欲しいものを手に入れられた。それだけではない。望んでよいものか判断がつくように躾けられてもいるのだから」

「果してなんでも欲しいものが手に入ったのかしら。きっとベンは失望してきたのよ。かなり長い間」

クララは曖昧な言い方をした。

「いや、失望など、どうということはない」アサトンは答えた。満足そうな夫は、感傷に沈み悲しんでいる妻を顧みる気にならなかった。

クララはしばらく黙っていた。それから、乱れる思いに決着をつけるように深く溜息をついた。「ともかく、嫌なことですわ。夫が妻を捨てるなんて。これが親しくない知り合いの問題であってもじゅうぶん嫌なのに、こともあろうに、これまでずっと弟のようにしてきたベンが、こんなことに、こんなふうに巻き込まれるなんて、耐えられないわ」

「そうだな」スプーンを弄びながらアサトンは言った。「わかっているね、秩序に反するものはなんでも、僕は嫌いなのだ。今度のことには、どこを探して見ても秩序などありゃしない。君の言うとおり、耐えられない。でも、われわれにも責任の一端はある。われわれはみんな一つに結ばれているのだ。文明が行き届いた状態――信仰心が篤い状態では、罪も苦しみも当人ひとりのものではない。自分一人が罪を犯し、自分一人が苦しむだけではすまないのだ。たとえて言えば、鎖のどこに暴力が加えられようとも、鎖の輪の一つ一つがその痛みを大なり小なり、じかに感じるものなのだ。キリスト教社会では、ともに立ち上がり、ともに滅んでゆく。そのことは人生の折りにふれて教えられるが、なかなか身につかない。人間共通の善を侵しておきながら、相変わらず実害はないと思い続けている」

「ところで、ひとつだけ言わせて」クララは言った。「嫌な思いをして恥をかかなくてもすんだのに、といつも思うことになるわ。つまり、今度の旅に、ベンがマーシャについて行くということ。ユースタス、あなたはどうしてそんなことお許しになったの」

「なるほど」考え深げにおし黙ると、アサトンは言った。「確かに許し難いことだが、わざわざそうしたのではけっしてない。それだけが慰めだ。必然的にそうなったのだ。心にしろ、肉体にしろ、なにか病が高じると、病は自分たちに都合のいい状況を作り、その他諸々はどうしても病に合わせていく。しかもだよ、そんな状況が醜悪だと気づくものはだれもいない。当のハリックを除いては。僕はどのように嘴をはさんだらよかったのか。できれば、嘴をはさむべきだったのか。全体から見れば、そうだとは思えない。ハリックがいなかったら、マーシャはどうしようもなかったはずだ。ハリックにとっても、なにも不都合があるわけではない。実際、一部は罪滅ぼしさ。きっと、帰国後、再会してすぐに罪滅ぼしを始めたのだ」

クララは納得したが、夫に同調したわけではなかった。ただこう言った。「嫌ね」

夫は答えずに、物思いにふけりながら話を続けた。「最後にあの老人がマーシャの嫉妬心を煽った――マーシャの夫への愛がまだ残っているといえば、せいぜい嫉妬心ぐらいだ――マーシャは父親に負けないくらい悪意に満ちた形相で応じていた。その時、僕はハリックの顔を見ずにはいられなかった」

「なんともかわいそうなベン。どんな思いだったでしょうね。きっと、恐ろしい思いをしたことでしょう、愛想がつきたに違いないわ」

「僕もそうだと思っていた。だが見ると、ベンの顔に浮かんでいるのは哀れみの表情だけだった。ベンはマーシャを理解して哀れんだに過ぎない。それだけのことだ」

クララは立ち上がって窓の方へ向き、涙にぬれた目で浅瀬の鴎を眺めていた。駅で長旅に出るマーシャたちに別れを告げて見送ってから、ゆうに二十四時間以上経過したような気がした。目的が何であるかはっきりしない、想像もつかない旅立ちであった。クララはみんなに深く同情していた。だが、こうした状況がやがて外聞の悪いことにもなりかねないと痛切に感じてもいた。世間に知れたらどうなるのだろうか、そう思うと内心震えた。マーシャら一行が担っている用向きは、必ず社会的な影響を伴う。クララは、そうしたこととの係わり合いを常々ひどく嫌ってきた。一瞬、オリーヴを傍らに引き寄せてこう尋ねた。「オリーヴ、嫌じゃないの。こんなことに巻き込まれるなんて、夢にも思わなかったでしょう。私、死にたい——ただ死にたいわ」

「失敗したわけではないのですもの、死のうとは思わない」オリーヴは答えた。「嫌かと言われても、まだ、自分の心の中をのぞいたわけではないわ。でも、どちらかといえば、私は好きよ」

「インディアナ州の離婚訴訟で証人になるために出かける、それが好きだと言うの」

「クララ、私は今度の件をそのようには見ていないの。私にとっては、これは十字軍の遠征、聖戦なの。邪な抑圧に立ち向かう罪のない女の大義よ。クララ、あなたの気持ちはわかるわ。今のあなたほど立派であったためしは私にはないわ。ベンや父やアサトンさんが賛成なさっていることをやるのですもの、すべて納得づくよ。そうすることが私の義務だとみんな考えていますから。私、喜んで行きます。できるだけお役に立ちたいと思います。私どもが取っている法的な手続きに気が進まなくても、それは仕方ないこと、気持ちはわかります」

「オリーヴ、あなたの勇気もベンの素晴らしい人柄も、私は誇らしく思っていてよ。あなたが払っている犠牲もじゅうぶん評価しているわ。あなたがおやりになること、恥じてはいませんよ。崇高で立派だと思います。まさしくここオールバニーの駅で、声を限りにそう叫びたいくらいよ」

「やめてちょうだい。この子、びっくりするわ」オリーヴはフレイヴィアの手を引いていた。旅の間、特にこの幼子の面倒をみることになっていたのだ。老弁護士はひとりになりたがっている様子で、マーシャに世話を焼かせないように、そわそわと落ち着きがなかった。最初の日は一日中、みんなから離れて座って、拾った木片のようなものを噛み、時々やせこけた手を持ち上げては、勢いよく伸びた顎鬚をごそごそと掻きむしっていた。そばを通る人をこっそりと盗み見しては、いつの間にかぼうっとして放心状態を繰り返した。前の晩に出発しなかったことに苛立ったのだ。そして今、列車が止まるたびに、老弁護士は傍目にもわかるほど気に病んでいた。軽食のために停車した際には、食事をとりに座席を離れようともしなかった。そのくせマーシャが昼食を車内に運んでくれると、お腹をすかせていたのでむさぼるように食べた。ニューヨークに着くと、ペンシルヴェニア線の乗り継ぎ列車に乗り遅れはしまいかとひどく心配した。寝台車の席に身を沈めるとほっと溜息をつくようになり、気のもみようがうかがえた。疲れていないとは言ったが、老人は早々に床に就いた。できるだけ多くの時間を眠って過ごしたいとでもいうかのようであった。

翌朝、父娘のいる客車にハリックが出向くと、ふたりは一緒に座わり車窓からアレゲニー山脈のなだらかな斜面を眺めていた。列車はちょうど木々の間を走りぬけているところであった。すでに老人の苛立ちはおさまっていて、娘と手を重ねて静かにおとなしく話に応じていた。時折、マーシャは野生のシャクナゲが茂る窓外の谷と故郷の丘の凍てついた窪地とを比べて、あれこれとその違いを話していた。今はまだ、故郷の谷はすっかり雪に埋もれているはずであった。

「それにしても、まあ、なつかしい。ふるさとの丘の窪地を見てみたい」マーシャはついにふるさととが恋しくなり胸を震わせて言った。

「そうだな」父親は同意した。「戻れるさ――これがすめば」

「そうね」マーシャは小声で言った。

「やあ、おはよう」老人はハリックに声をかけた。「順調に進んでいますな。計算に誤りがなければ、この調子で行くと夜中には向こうに着く。寝台車のボーイが言うには、時間どおりとのことだ」

「そうですね。すぐにピッツバーグです」そう言ってハリックはマーシャを見たが、相手は顔をそむけた。ボストンを発ってからマーシャはハリックと旅の目的を話題にすることはなかった。それ以前にも、ふたりはそのことに触れることはほとんどなかった。

マーシャは嫌がっている、とハリックは気づいた。しかし、老人はひとたびそれらしい話を始めてしまうととめどがなかった。「なにもかも順調にいけば、四十八時間以内にやつの喉元を掴まえられる」そう言って、しわのよった手に何気なく視線を落とした。その手は黄ばみやせ細り鳥の爪のようであった。そして餌でも奪うかのように、用心深く鷹のような横顔をもたげた。「明け方近くなっても、よくは眠れなかった。すべて考え抜いたぞ。判決が下される前でも後でもかまわん。向こうに着きさえすればよい。遁走される前に着けばよい。イスラエルにまだ神がいる、とバートリー・ハバードにわからせてやれるさ。マーシャ、心配するな。わしはこの件にはよくよく精通しているからな。一点のくもりもない。少しばかりバートリーのやつを驚かしてやるつもりだ」

マーシャは相変わらず顔をそむけたままであった。ハリックはふたりと一緒に座ろうとしていたが諦めて特別室へと向って行った。少し前まで、マーシャとオリーヴが幼子とともに寝ていた場所であった。軽くドアをノックすると、オリーヴはすでに着替えを済ませていた。赤ん坊はまだ眠っていた。

「どうしたの、ベン」姉は尋ねた。「かげんが悪そうね。こんな旅、あなたは引き受けるのではなかったわね」

「いや、元気さ。でも、なにも食べないでずっと起きていたものだから。オリーヴ、あの老人、ひどいね」

「マーシャのお父様のこと。そうね、ひどい年寄りだこと」

「たった今しがた話を聞いて、気が滅入ってしまった——ハバードに復讐すると脅しをかけていた。あの哀れなハバードにかえって同情したくなったよ。マーシャも父親と同じ思いなのかな。それだったら、マーシャも許せない」熱こそこもっていたが、力なくベンは言った。「自分自身も許せない」

「ふたりの動機など、私たちには関係がないことよ、ベン。私たちがマーシャの証人になるのは、ひどい不正に対して正義で立ち向かうためなのよ。神のご加護など、もちろん信じていないわ。でも、お母様がよくおっしゃっていた通り、こうするように神様に求められていると思えるの。あの晩、たまたま、あなたは一緒にマーシャと家に戻り、そして、たまたま、あなたの手元に新聞が届いて——そういうことなのでしょう」

「そうさ、そういうことさ」

「断ろうにも断ることはできなかったでしょう。今、こうしてここにいても、それがせめてもの慰めね。昨日の朝、クララ・アサトンと一緒に駅にいた時、私、なにくわぬ顔をしていたけれど、その間ずっと凍える思いだった。こんな用事で、こんなふうにして、はるばるやってくるなんて、私たちのふだんの生き方とはまったく違うわ。私が好きなのは静かな秩序ある生き方。俗に立派と言われる生き方なのよ。法廷の記事はまさにバートリーのようなごろつきの取材記者が伝えてくるものなのでしょう。そして、われわれ一般人が大きく取り上げられてしまう。これまでずっとそう思ってきたけれど、もう決心したの。気にしては駄目。正しいことですもの。やらなければ。このような人たちと関わり合いを持ったら、見て見ぬふりはできない。マーシャがかわいそう。私、マーシャがとっても好きよ——どうすることもできない、導いてくれる人もいない哀れなマーシャ——それにしても、あの老人はまったくもってひどいわ。自分がつれない仕打ちを受けたと思い、あれほど残酷になるとは。娘が仕打ちを受けたと思うから、いっそう残酷になるとは。ベン、あなたはこれまで随分と人を許してきたわね。だから、なにも許さない人のことは理解できない。でも、私にはわかるの。私自身、とても人を憎むから。時々、マーシャは父親にそっくりだわ。私見たの。クララ・アサトンに投げたマーシャの視線ときたら、まるでクララを殺しかねない目つきだったわよ」

幼子は寝台でむずかって両手をついて体を持ち上げ、ほつれた金髪ごしにあたりをじっと見まわした。「もう朝なの」幼子は眠そうに尋ねた。「あしたなの」

「そうよ、あしたよ、フレイヴィア」オリーヴは言った。「起っきしたいの」

「もうひとつ寝ると、あさってなの」

「そうよ」

「それじゃ、あと一日でパパに会えるのね。ママがそう言っていたもの。ママはどこ」そう聞いて、子供は膝をつき左右の手で交互に髪の毛を後ろになでつけた。

「ママを呼びに行ってくるね」ハリックは言った。

老弁護士は前日食べなかった分の埋め合わせに、ピッツバーグでぜひとも朝食を取りたいと言った。種類も量も多い鉄道レストランの料理を、むさぼるように食べてコーヒーを二杯飲んだ。故郷の希薄な空気の中でそんな飲み方をすれば、一週間、不整脈に悩まされるはずであった。だが、静かに力をみなぎらせ、ふたたび旅を続けた。体には澄んで満ちたりた心がはっきり表われていた。どんな理論や計画を立てたかをハリックに自分から話そう、ぜひとも話したいとさえ思っていた。だが、若いハリックは知るのを恐れた。こうしたことにマーシャが内々通じているのかどうか、それだけが知りたかった。しかし、それさえ知ることを恐れたのであった。

第三十九章

辺りに煙が絶え間なく垂れ込め、灰色の帳に包まれる中を、一行の乗った列車はピッツバーグを後にして煤煙《ばいえん》の世界を走りぬけた。そこでは大地が石炭の屑や燃え殻と化したかに見え、開けば鮮やかな緑となる若葉を包み込んだ鞘さえ石炭の煤で黒ずんでいた。列車はオハイオ川に沿ってうねり、時々流れの際まで迫って、かつて波立てながら川面を騒がしく行き交っていた船のことなど忘却のかなたに追いやった。そして、ゆるやかに弧を描く丘の間を走り抜けると、およそ手つかずの荒野に迷いこんだ。美しい大地であった。目にはいまわしい光景も、心を動かすにたる魅力が秘められていた。果てしない西部との境に来ると、丘陵地オハイオの岸辺から大地が海原のように広がっていた。しかし、あまりの広大さに生粋の西部人ならともかく、ほかのだれをもぞっとさせ、うんざりさせる西部の光景は、まだ眼前には広がっていなかった。なおも丘や窪地に囲まれて、なだらかで穏やかなニューイングランドの山間を列車は走っていた。

「今度の旅は妙な感じがします」マーシャはようやく車窓から顔を離して、向かいの座席のハリックをまっすぐ見て言った。「旅が終わればいいとも思うし、列車が各駅に止まることも嬉しく思います。臨終の床に呼ばれている人の気分でしょうか。先を急ぐ一方で、精一杯押しとどまろうとする。着くまで安心していられない。でも着いたら、果してほっとできるのでしょうか」マーシャの視線は哀願するようにハリックにじっと向けられた。「何かおっしゃれたら、おっしゃってください。どう思われますか」

「首尾よくいくか——どうかということですか」マーシャの気持ちを心配していたのに、父親の気持ちだと取り違えてハリックは口にしてしまった。

「あなたは訴訟のことをおっしゃっているのですね。そんなことはどうでもいいのです。私の姿を見たら、あの男《ひと》は憎むかしら。どう思われます。捨てるつもりはなかった、追い払うようなことをしてごめんなさい、と言ったら、信じてくれるでしょうか」

マーシャは返事を期待しているようであった。ハリックはこれ以上のものはないと思われる答えを口にした。「そう信じるべきだ——そうさ、やつは信じなければいけない」

「そうなれば、たぶん、ほかのこともすべて解決しますね。裁判に誰が勝とうと、どうでもいいんです。でも、万一、夫が私を信じてくれなければ——私が夫を追い払ったように、万一、夫が私を追い払うようなことになれば——」そうなりかねないと心配してマーシャは息を止めた。この女《ひと》はなにもわかってはいない、そんな恐怖がハリックの心をよぎった。バートリーがこんな手段をとったにもかかわらず、その気になりさえすれば簡単に元の鞘におさまる程度の口喧嘩、マーシャは明らかにそう理解していた。バートリー側としては取り消せない最後通牒であり、マーシャ側には報復をもって応じるしかない事柄であるのに、当人にはその認識がなかった。法律が鋭い刃を向けているにもかかわらず、夫とよりを戻したい一心から、マーシャはその刃をすべて鈍《なまく》らだと考えていた。公判で自己弁明をするにしても、公開による調停程度にしか恐らく思っていなかった。

それでもマーシャは父親の強い復讐心にふれて、自分が受けた不当な扱いを思い出すこともあった。

ある田舎の駅で若い夫婦が同じ車両に乗りこんできた。花嫁はすぐに白いボンネットを脱いで、夫の肩に頰をもたせかけた。夫は絹のドレスの腰に手をまわし、座席に座ったままうっとりとして花嫁の体を引き寄せた。アメリカの鉄道列車では、人前で愛に酔いしれても特に人目を気にすることなどない。実際、最初こそ人目を引いたが、その後はだれもふたりの姿を気に留めてはいなかった。ただマーシャだけは別で、初々しい幸せそうな姿にうっとりとしている様子であった。新婚旅行の折には自分も幸せいっぱいであった、と思い出したに違いなかった。「あらまあ、かわいそうなお馬鹿さん」マーシャはオリーヴに言った。「見ていてごらんなさい。この花嫁にもじきにわかりますよ。男にもたれかかるくらいならば、なにもない空気にもたれかかるほうがましだってことが。いつか地面に振り落とされ、女は痣だらけ、血まみれになり、やっとの思いで立ち上がるの――でもその時、女は、もう前みたいになんでも信じるお馬鹿さんではないわ。私はこれまでの借りをあの男《ひと》に返してもらいます――一滴一滴、痛みには痛みで」

相反する目的や願望に長い間思いをめぐらしていると、女というのは妙な精神状態に陥るものである。マーシャの心はそれに似ていた。仲直りしたいとも、復讐したいとも、思っていた。そして、その思いのいずれかに傾くと、これしかないというように、しばらくは一つのことを激しく思いつめた。マーシャはフレイヴィアを膝に乗せ、明日はパパに会えるのよ、と片言で娘に話しかけてから、オリーヴを見て言った。「この子も私もすっかり変わった、と夫は思うでしょうね。フレイヴィアはそれほど子供らしくなり――私も年をとりました。でも、すぐに見せてやるわ、もう一度若くなれるのだと。きっと、夫も変わったことでしょうね」

マーシャは娘を高く抱き上げて窓の外を見せてやった。すでに列車は川の堤、そしてその向こうでなだらかに起伏する田園を次々に通り過ぎ、オハイオ川からミシシッピ川に広がる大草原に入っていた。南へ西へと一マイル進むごとに春らしさが増し、鈍く暖かい日差しのもとで大気は和らいできた。柳の木がいっぱいに葉をつけ、大枝にヴェールをかけたかのように淡い緑の衣をまとっていた。アメリカミヤオソウが天幕のような葉を広げ、カシやヒッコリーの若葉がこんもりと茂り、森はうっそうとした姿を見せ始めた。ひとしきり続いた森から列車が一気に飛び出すと、レンガ造りの農家の傍らに、突然、桃畑がピンク色に光っているのが見えた。フレイヴィアは大声を出して喜び、指さした。母親はこれまでのことなど一切忘れている様子であった。桃の花を見て喜ぶ娘の姿に見とれ、この世にはなに一つ苦労などないかのようであった。

ハリックは立ち上がって隣の車両に移って行った。気持ちも動機も定まらないマーシャのそばで、ハリックはなぜか自分自身の頭までおかしくなったような気がしてめまいを覚えたのだ。元の車両に戻ってきたのは、食事のために列車がコロンバスに停車した時だった。老弁護士は朝と同じような食欲をみせた。食べ物めがけて舞い降りてくる猛禽のような趣であった。食事をすませるとすぐに客車の座席に戻り、相変わらずいつの間にか押し黙って動かなくなった。ただ、やせこけた顎だけは食堂のテーブルから持ち帰った木の爪楊枝をいつもの癖で噛んでしきりに動かしていた。連結予定の北からの列車を待つ間、ハリックは姉とマーシャと連れ立って広い駅の騒々しい構内を歩きまわり、その場の様子を探っているフレイヴィアのご機嫌をとっていた。フレイヴィアは食堂の籠の中で歌う赤い鳥と友だちになった。また、肌が黄ばみ、眼が落ち窪んだしわだらけの老婆とも仲よくなった。老婆は戸口でキルトで包んだ荷物の上に腰かけ、落ち着き払って陶製のパイプを吹かしていた。ちょうど小屋にも等しい我が家の入り口に陣取っているかのようであった。「人見知りしねえ子だね」たばこを詰めようとしてくわえたパイプを口から取り出して老婆は言った。「住んでいる家はどこ」

「ボストン」即座にフレイヴィアは答えた。「おばあちゃんは」

「前はオールド・ヴァージニーに住んでた。でも、今、息子に連れられてイリノイに行くところだよ。息子はイリノイに住んでるもんだから」素朴な年寄りが真面目に対等に子供を扱うように老婆はフレイヴィアに接した。ふたたびパイプを吸い始めた老婆は見苦しくないように顔をそむけて唾を吐いた。「ねえ、あっちにいる女の人のうちどっちがママかね」

「私のママのこと」

老女は頷いた。

フレイヴィアは走って行ってマーシャのドレスに手をかけると、老婆のところへ戻ってきた。

「一緒にいるのがおやじさんかい」フレイヴィアはぽかんとしていた。すると老婆は言い直した。

「じゃあ、あんたのお父さん」

「違うわ。私たちパパに会いに行くところなの。西部へ。明日会うの。それで、一緒に帰るの。あそこの車両には、おじいちゃんもいるのよ」

組んだ腕を膝の上に置いて、老婆はその話はもう忘れたとでもいうようにパイプを吹かした。少しの間フレイヴィアはその場にいたが、笑いながら母親のもとに走って戻り、スカートの裾を引っぱった。

「ママ、変よ。あの人、ハリックさんを私のパパだと思っていたの」フレイヴィアは子供らがするようにスカートを握ってしがみつき、首を後ろにそらして母親の顔をのぞき込もうとした。「ハリックさんは、どういう人なの。ママ」

「どういう人というと」一行は思わず言葉を詰まらせた。

「そうよ。どういう人。私のおじさんやいとこでなかったら、何なの。ハリックさんもパパに会いに行くの。ハリックさんは何のために行くの。ほら、見て、見て」さっと手を離すと、フレイヴィアは走り寄って、暇をもてあます大人や大人びた少年らの人だかりに加わった。人々は顔を黒光りさせながら、バンジョーを手にするふたりの男を取り囲んでいた。男たちは音楽にうっとりと酔いしれながら弦をかき鳴らし、野性味に富む農園の調べにのせて黒人ならではの歌声を張り上げていた。フレイヴィアは飛び跳ね、ダンスを踊り始めた。母親は走ってそのあとを追いかけた。

「お行儀の悪い子」声を張り上げて母親は言った。「さあ、一緒に客車に戻るのよ。今すぐに」

ハリックはふたたびマーシャの顔を見た。列車はすでにコロンバスの街を出て、再度こんもりとした森を駆け抜けて平らに広がる畑地に突如飛び出していた。農夫たちが心地よい午後の日射しを浴びながら、一人用の犂《すき》を駆って長い畝を行き来していた。その昔、人間は大地を頼みにせっせと働いたのに、今では偉そうに大地を支配する。西部を旅する人はこうした変化を目にして、広大な土地すべてに人間の行く末が究極的に映し出されているものだ、としみじみ思う。ハリックのすさみ疼く心にも、この思いが染み込んだ。列車の中は東部からの旅行者に代わって西部の人たちがしだいに多くなり、東部とは異なったタイプの人間が目立ち始めた。だらしない身なりの、時には野暮ったくもある人たちだった。しかし、必要以上に豪華絢爛にしつらえられた車内でくつろぎ、どこからみても、自分たちこそ生まれつき最高のものを味わう人間だといわんばかりであった。過去を考えれば将来は大丈夫だ、と安心しきった表情が顔からうかがえた。これまで常に自分たちが必要とされてきたことを思えば、これからの人生に不安はなかった。東部人が顔に浮かべる熱のこもった真剣な表情は、西部人には見られなかった。あり余るほどの活力ではあっても、西部人にあっては目障りなものではなかった。車中で耳にする言葉は、もう東部沿岸地域のきつい口調ではなくなり、角がとれてやわらかな、音のつながった聞き取りにくいものとなった。てきぱきとした話しぶりは影をひそめ、気の置けない打ち解けた隣人同士のような話し方に変わっていた。

フレイヴィアはまた客車内に閉じ込められて苛立ち、降りたいとせがんで大人たちを困らせた。マーシャが窓外の景色を見せても気持ちはまぎれなかった。すぐ近くの座席から大柄な男が身を乗り出してオレンジを差し出し、「駄々っ子ちゃん、さあ、こっちへおいで」と声をかけた。フレイヴィアはこの思いがけない友との出会いを求めて、しきりに男の方へ行こうとした。

娘を押しとどめたいと母親は思ったが、ハリックは行かせてやったらいいと主張した。「君もほっとするだろう」

「では、そうすることにしましょう」マーシャは同意した。「あの子は駄々っ子ではなかったけれど、こちらの気晴らしになるような娘でもありません」フレイヴィアが西部の男の膝に抱き上げられてからも、母親は座ったままぼんやりと娘を見ていた。「あの子に話しておくほうがよかったかしら」声に出して考えるかのようにマーシャは言った。「本当は、どうしてあの子の父親に会いに行くようになったのか。あなたに来ていただいたのは、法廷であの子の父親に対して私の証人になってもらうためだと——

あの子の父親を批判し、名誉を失墜させるためだと——私の父が言うように、闘うためだと」

「そんなふうに考えてはいけない」穏やかにハリックは言った。だが、ためらうような力のない言い方だと自分でも感じた。

「ええ、いつまでもそのようには考えません」マーシャは答えた。「頭がくらくらして。少しの間でも考えをなにかの形にしなければ、今やっていることが持ちこたえられなくなります。私、どうなってしまうのか、わかりません。どうなってしまうのか、わからないのです」

しかし一呼吸置くと、マーシャはこの惨めな状態から立ち直り、自分のことなど忘れて陽気になり、車窓に映る景色を話題にした。昼間の光が差す限り豊かな風景は変化なく続き、列車はその中を走り続けた。どこから見ても物質面で繁栄しているかに見える小さな町また町、そして農場、さらにまた農場。常緑樹の真ん中にレンガ造りの家がなん軒か佇み、そのまわりを何エーカーにもわたって広大なトウモロコシ畑が取り囲んでいる。黒豚が群れをなして歩きまわり、農夫たちが犂《すき》を走らせて、昨年収穫した穀物の冬枯れの茎を燃やそうと巨大な干草の山を積み上げている。列車が小川にさしかかると景色は荒れた低い丘陵地に変わり、そこを過ぎると土地はさらに低く傾斜して豊かな平原となった。インディアナ州がオハイオ州と違うとすれば、インディアナ州ではどこまでも続くとうもろこし畑に春の宵がすでにたれこめ、開いた窓からみんなの頬に息をそっと吹きかけていた。線路の両側に広がるとうもろこし畑では干草の山が長い曲線を描いて燃え、さながら火を吐く蛇が、轟音《ごうおん》を立て線路を爆走する列車に恐れをなし、帯状に身をよじらせているかのようであった。

一行はインディアナポリスで列車を降りて別の路線に乗り換え、翌日の夜明けまでにはテカムセに着くことになっていた。オリーヴはフレイヴィアを専用室へ連れていき、ソファーに寝かしつけた。マーシャはオリーヴがしてくれるままになっていた。これまで子供の面倒をみることも、子供の存在に気づくことさえも、思い出したようにするだけであった。「ねえ、もう一度おっしゃって下さい」マーシャはハリックに言った。「なぜ私たちは行くのか」

「君にはきちんとわかっているはずだ」

「そうです、そうです、わかっています。でも、私、考えられません。どうも覚えていないのです。一度諦めたのではなかったでしょうか。私、むしろ実家に帰りたいと申しませんでしたか。あの男《ひと》が望むのであれば、離婚してもかまわないと」

「確かに、君はそう言った、マーシャ」

「私、主人を不幸にしてきました。厳しさに耐えられない男《ひと》だと知りながら、かなり厳しく当たりました。私を本気で好きになってはくれなかったけれど、そんな私をいつも我慢してくれました。ええ、そうです、そんなこと初めからわかっていたことです。努力してくれたけれど、でも、私から逃げられて、主人はきっと嬉しかったでしょう。かわいそうなバートリー。私が戻ると知りながら、私に棄てられたと申し立てるなんて、残酷、あまりにも残酷です。でも、なにか申し立てなければならない、と弁護士に言われたんでしょう。あの男《ひと》を自由にさせてやればよかった。父がこんなことを言っていました。私を追い払いたいのは、やつがただ、だれかほかの女と結婚できるようにしたいからだ――そうよ、そうよ。私をこんなふうにさせたのも、父のその言葉。そういえば、父は私がこうなるとわかっていたのですね。ああ、悲しい」マーシャは自らを激しく哀れみ悲しんだ。その姿にハリックは心が引き裂かれる思いであった。「父はこうなると知っていた」マーシャはぐったりと座席にもたれかかり、しばらくの間なにも言わなかった。それから、ゆっくりと途切れがちに言った。「でも、今はもう、そんなことですら、どうでもいいように思います。私に気がないのならば、だれかほかの本当に好きな女と結婚すればいいでしょう」

アサトンの挙げた理由をふたたび思い出して、ハリックは苦々しい気持ちになり笑った。「それはね」ハリックは言った。「この件ではあなたに公的な義務があるからです。やつをつなぎとめておかなければいけないのです。でないと、気持ちが離れたと亭主に言われて亭主の好きにさせてしまう女がほかにも出てきてしまう。そんなことにでもなったら、社会は崩壊し、文明は壊滅状態に陥ってしまう。まったく個人的なことに思えても、ほかの人たちを顧みることだけは、しなければいけない」

ハリックは無頓着にも皮肉を口にしたが、さまざまな悲しみを抱えるマーシャの心には通じなかった。「ええ」マーシャは素っ気なく言った。「きっとそうでしょう。でも、いったい、どのように耐えたらいいのです。どのように耐えたらいいのでしょう」

一時間後に戻ってきたオリーヴは、あの子、今寝たところ、私もあちらで寝ます、眠いので、と言った。マーシャは黙ったままであった。するとハリックがオリーヴに言った。インディアナポリスに着く前に、余裕をもって声をかけてやるからと。

寝台車のボーイが寝台を組み立てた。まるでセイントルイスまで行くかのようであった。マーシャはハリックとふたりきりになって腰を下ろしていた。「向こうへ行って、お父さんをここに呼んできてあげよう」ハリックは言った。

「父には来て欲しくありません。あなたとお話しがしたい――お話があります――あら、どんなことでしたかしら。思いつかない」忘れかけた思いを呼び起こそうとするかのようにマーシャは言葉を切った。ハリックは待った。だが、マーシャはふたたび口を開くことはなかった。父親を呼びに行かせないように掴んだハリックの腕を、マーシャは緊張しながらなおも握り続けていた。機械的に握ったものであったが、しばらくすると、その手から力が抜けていくのをハリックは感じた。マーシャはハリックにもたれかかって寝入ってしまい、おびえた子供のように時々ぎくりと体を動かした。体を離せば、マーシャを起こしてしまうことになる。寄りかかられてもかまわない。悲しみに暮れるマーシャをもう女として見ることはできなかった。この哀れな人間を慈しむ優しさだけがハリックの心に残った。ハリックの心は疼き、ますます重く体の中に沈んでいった。

ハリックはついにマーシャを起こした。列車がインディアナポリスに入ったことをオリーヴに教えなければならなかったのだ。マーシャはどうにか立ち上がった。「あら、あら、着いたのね。着いたのね」

「インディアナポリスです」ハリックは言った。

「テカムセかと思った」マーシャは体を震わせた。「戻れるわ。そうよ。戻ろうと思えば、まだ戻れるわ」

列車から冷たい真夜中の空気の中に降り立つと、一行は雑踏をかき分けて駅の食堂へ向かった。フレイヴィアは途中で起こされたうえに見馴れぬあたりの様子に泣き出してしまい、オリーヴがなだめようとした。マーシャはハリックの腕につかまって急に激しく体を震わせた。ゲイロード弁護士は悪魔にとりつかれた人のように元気いっぱいに大手を振って傍らを歩き、「もう数時間、もう数時間ですな」と繰り返した。弁護士はたっぷり夕食を取ったが、ほかの人たちは熱いお茶でやけどして食べ物を嫌々ながら口に運んだ。

婦人用待合室へ行くと、床を掃除していた女たちから、紳士用待合室に行ってそこで列車を待つようにと告げられた。列車は一時に着く予定であった。言われるままに一行が向かった待合室は移民であふれ、空気は煙草の煙で淀んでいたが、どうしようもなかった。まずオリーヴが入りフレイヴィアを膝に乗せると、子供はすぐに寝入った。弁護士はふたりの横に席を見つけ、背筋を伸ばして座り移民の群れを見回した。その人たちは黙っているかと思うと、時折、堰《せき》を切ったように異国情緒たっぷりに話し出した。その話し振りを弁護士は楽しむかのようであった。マーシャは入り口でハリックを引き止めてささやいた。「ここに私と残って下さらない、お話があります」そう言われてハリックは振り向き、ランプの明かりだけがさす駅の大きな暗闇のほうへマーシャと肩を並べて歩いていった。「私は、もうこれ以上先には行きません。戻ります。東部に向かう列車に乗ります。手の打ちようがなくなるまで、父にはけっして知らせないで下さい。父にこの話をする必要はありません――」

精神が錯乱したとしか思えないこの馬鹿げた考えにハリックは異を唱えた。君が帰るのはよい。好きにすればよい。でも、父親を欺くことに同意するわけにはいかない。「お父さんのところに行って話さなければ駄目だ」マーシャのたっての願いにハリックはそういって答え、待合室に引きずるようにして連れて行った。マーシャは戸口で目にした男の姿にぎくりとした。その男は待合室の手前の隅でかたまって眠っている移民の子供らの上に体を屈めていた――貧しく、ぶざまで、ずんぐりとした体の小さな子供たち。老人の服を着ている子もいれば、木材から荒く削り取られたといわんばかりの子もいる。こわばって床に手足を広げる子供もいれば、木のように無表情に母親にもたれかかる子供もいた。

「さあ」男はコーヒーの入ったマグカップをその女にしきりに勧めていた。「飲んでみるがいい。体にええよ――一滴、一滴が。前《めえ》はな」そう言うと、男は女がコーヒーを飲み干すのを待ってマグカップを受け取り、振り返ってマーシャとハリックに話かけた。移民みんなが英語を話すといっても、このふたりほど話しやすい人はほかにいないというかのようであった。「前《めえ》はコーヒーなどひでえものと思ってましたな。コーヒーは神経に障ると考えておった。でも、ええですか、旅の途上のコーヒーは、脳みその飲み物ですぞ。脳みそがあればの話じゃが――」男はマグカップを落してよろめき、山になって眠っている子供らの上に倒れかかり、死人のような目つきでじっとマーシャの顔を見据えた。

マーシャは男に駆け寄った。「キニーさんじゃないの」

「いいえ、俺のことなど――俺のことなど」

「あら、私を覚えていないの。ミセス・ハバードよ」

「あいつから――あいつから――聞きおりましたよ。あんたは――のうなったと」わめくようにキニーは言った。

「私が死んだ、とあの男《ひと》が言ったのね」

「一年以上も前《めえ》のことです。最後に会った時。俺がレッドヴィルに行く前《めえ》のこと」

「私が死んだと、あの男《ひと》、あなたに言ったのね」かすれる声でマーシャは繰り返した。「そうなればいい、ときっと思ったのよ」マーシャはつぶやくように言った。「おう嫌だ、嫌、嫌です」言葉を切ると、マーシャは狂ったようにどっと笑った。「いいわ、あの男《ひと》の言ったことが間違いだとわかったでしょう。まだ生きている、とあの男《ひと》のところへ今、教えに行くところなの」

うとうとしているうちに寝入ってしまったハリックは、明け方に目を覚ました。列車は行く手を探りながら線路をゆっくりと這うように進んでいた。乗客たちの話が断片的に耳に飛び込んできた。線路の破損を告げる警報が車掌に入ったというのだ。質問しようとしてハリックが振り向くと、速度が上がり、蒸気機関車のぐいっと引っ張る力が身体に伝わってきた。同時に、がたがたと音を立てて客車が停車した。蒸気機関車はふたたび線路に納まったものの、客車の前二両が転覆した。窓から乗客たちが次々と降りるなか、ハリックは途方に暮れた連れのものたちを地面に降ろした。子供らは泣き叫び、婦人がひとり、割れたガラスで顔を切り血を流して車両の外へ連れ出された。だが、伝えられたところによると、そのほかに怪我人は出なかったとのこと。乗務員はほかに術《すべ》もなく、事故の原因となった腐った枕木を調べていた。乗客の一人が腐食した箇所をブーツで蹴った。「まあね」とその男は言った。「この程度のちょっとした事故であれば、いつだって、一日のうちの早い時間がいい。その日は以後、安全でいられますからな」この気持ちはどうやらよしとされ受け入られたようだった。蒸気機関車がどうなったのかを確かめに、ハリックは群がる人々に交じって前方へと進んでいった。機関車は脱線こそしなかったものの、どうも損傷しているようであった。ハンマーを手に機関士が損傷した部分に取り組みながら、ひとりの乗客とつまらぬ冗談を交わした。その男は尋ねた。テカムセまで急いでいる場合、この辺りで本当に足の速い牛を一組借りられるかね。

列車が立ち往生したところは平らな草原の真ん中であった。立ち木が点在する中を、草原が遙か地平線まで広がっていた。見渡すかぎりの緑に朝日が斜めから差して、光が当る長さだけ金色に変わってい た。足元の草むらには野の花々が咲き乱れ、一行が車両から降りるとすぐに、フレイヴィアは花の上にさっと身を投げた。ハリックが戻ってくると、フレイヴィアは喜びと驚きの歓声を上げながら風車に向かって走り出した。線路から少し離れたところに立ち並ぶごく普通の家の屋根の上には、風車が一基、美しい姿をのぞかせ、内陸の希薄で甘い香りのそよ風を受けて巨大な羽を動かしていた。ぐるりにめぐらされた明るい回廊は、嬉々として日の光を受けていた。

ハリックの眼前に、ぱっとベルギーの平原の光景が浮かんだ。「屋根にはコウノトリがとまっているはずだが」ハリックはうわの空で言った。

「実に不思議ね、ここ、はるか西部に風車があるとは」オリーヴは言った。

「不思議といえば、僕らがここにいることのほうがもっと不思議だ。それに比べれば、風車のことなどどうでもいいじゃないか」ハリックは答えた。

旗を手にブレーキ係がやって来て、フレイヴィアに向かって頷いてみせた。「女の人が朝食の準備に取りかかっているはずです」ブレーキ係は言った。「あの風車小屋には年のいったオランダ人がいて、その細君はお袋譲りの旨いコーヒーを煎れてくれます。時間はたっぷりあります。列車はここで停車しなければなりません——だれかが歩いて五マイル戻って救援の電報を打ってくるまで」

「テカムセまでどのくらいの距離かね」ハリックは尋ねた。

「五十マイルです」ブレーキ係は振り返って肩越しに言った。

「少しも心配はいらん、マーシャ」フレイヴィアのあとを追ってその場を離れながら父親が言った。「向こうに着くのが一週間遅れても、この事故のせいだから大丈夫だぞ」

マーシャはなにも答えなかった。初めて風車を目にした時のベルギーの景色がどうであったか、ハリックはマーシャに話し始めた。その旅の思い出話にぽかんと耳を傾けるマーシャが、ハリックにはおかしかった。差し当たり、これまで苦しめられてきた精神的な圧迫から開放され、風車小屋での朝食がいつまでも続けばよいのにと思った。フレイヴィアと一緒に風車小屋を見てまわったり、製粉業では蒸気の力の方がよいと言う弁護士の気むずかしさを冷やかしたりした。そうやって連れの一行にも自分と同じ気分を抱かせた。絶えず自分を破滅に追いやった悲劇的なうす汚れたともいえる一連の事実。それらが思い浮かぶと、ハリックは遠く意識の外に押しやった。夢見心地のなかでも、本当に死んでしまうほど息を殺している自分に気がついたのだ。

この一時《いっとき》の開放感も長くは続かなかった。機関車が吐く白い蒸気が地平線に見えたかと思うと、しばらくして汽笛が聞こえた。こちらに向けてバックさせてきた空《から》の客車のものであった。足止めされていた乗客は急いでふたたび鉄路の人となり、テカムセに着いた時には昼までわずかな時間しか残っていなかった。

きれいな町であった。オリーヴ・ハリックの想像するところでは、ソドムとゴモラが交じり合った醜悪な町が浮かんでいたが、実際のところ、町はまちがいなくニューイングランドの村にかなり似通っていた。レンガ造りの農家や石炭の煙るオハイオ州中心部の町を目にしてきたあとだけに、道路から戸口までたっぷり奥行きをとった木造の住宅には心に迫るほどの親しみを抱かせた。豊かに葉をつけた楓が木陰をつくっている道を乗り合い馬車で走りながら、オリーヴはふるさとを懐かしみ、あたりの家屋についてマーシャと小声で言葉を交わした。草はニューイングランドよりもっと密で色濃かった。確かに小ぎれいな町ではあったが、正真正銘のニューイングランドの村に比べてどこか気取りも節操もないように感じられた。すでに南部の影響がこの町にも及んでいて、連なる柵があちこちで波打ち、ペンキの塗り方も雑であった。人里離れた静かな村の様子も、進むにつれてすべて消えてなくなり、型どおりのアメリカの都市と変わらぬ区域となった。平屋根のレンガ造りの街区、けばけばしいホテルや店舗、舗装された道路、石を敷きつめた歩道、どれを見ても、今にもテカムセが西部のいずれの町とも同じ運命をたどり、必要とあれば、たった一日で大都市に様変わりするかに見えた。だが中古の乗合馬車は、この町の現実はいかにもこれだと言わんばかりであった。馬車を降りた一行は裁判所の広い階段の下に立った。この建物は街の通りにしてはそれほど人出が多いわけでも活気に満ちているわけでもない大通りに面していた。そぞろ歩きの人々には余裕も興味もあって、よそ者に振り向き、じっと視線を注いだ。出廷を求める不在訴訟当事者ないし証人の名前を呼ぶ保安官の声が、裁判所の上の方の窓から聞こえてきた。その声はほかの騒音にかき消されることなく容易に耳に入ってきた。

自分たちの名前を保安官が呼んでいる、ハリックにはそんなふうに思えた。顔を上げてオリーヴを見たが、姉は目を合わせようとしなかった。手を引かれた幼子は繰り返し聞いた。「ここは、パパが住んでいるおうちなの」子供の残酷さであった。足を引きずりながらハリックはゲイロード弁護士の後について行った。老人とも思えないほど元気に、すでに弁護士は階段を上りきっていた。自分勝手にさっさと執務室に入ると、訴訟事件一覧表を調べて、意気揚々と連れの者たちのところへ戻ってきた。「間に合ったぞ」そう言うと先頭に立って法廷へ入った。

一般席には傍聴人の姿がちらほら見え、一行が通路を進んでいくと、振り返って視線を向けてきた。噛みタバコをのむ輩から、かたじけなくも茶色い唾液をひっきりなしに賜り、通路の敷物は水気を吸い込んでは乾き、乾いてはまた吸い込み、ココア色に染まっていた。そのお陰で足音は立たなかった。こちらを向いた顔は、たいてい考え込むようにゆっくりと顎を動かしていた。顎を落とし、あるいは向こうに向けて、いっせいに噛みタバコの唾液を吐き出して、いかにもこう言っているかのようであった。新参者はだれでも法廷に欠かせない存在として受け入れてやる。ここでは反対しても駄目、あれこれ思いめぐらしても無駄だからな。ゲイロード弁護士が被告席の隣にある一般席に自分たちの座る場所を見つけた時には、すでに傍聴人たちは再度けだるそうに裁判に聞き入っていた。裁判といっても、アメリカではどこであっても形式張ったところがない。西部では東部よりも一層そのような傾向がある。興味をそそられることに区切りがつき、心にかかることがなくなって、すっかり落ちついた雰囲気が法廷内に漂った。決まりきったなんの面白みもない口調で書記官が読み上げる事柄に、だれも気に留めていない様子であった。判事はしきりに訴訟事件一覧表に目をやり、弁護士たちは法廷のそれぞれの小さな机を前にして椅子にくつろぎ、あるいは、歩きまわって笑い、互いにひそひそ話を交わしていた。陽気な顔つきの男の肩に原告代理人が身を預けると、男は椅子を後ろにそらしながら顔を上げて、軽口を叩こうとした。その隣には、かなり太った中年というにはまだ若い男が顔を下に向けたまま座っていた。書記官はさらに読み続けた——

「次に、告訴人の申し立てにより、法廷は以下のごとく命ずる。前述の被告人の名を今ここで三度呼ぶ。これは公開の法廷でなされなければならない。被告人が現われない場合、法廷を欠席したこととする。本申し立ては、法廷に提出されて審議に付され、法廷は証言を聞き終えて、熟慮の上、告訴人に対してこう明らかにする——告訴人の申し立ては事実であり、告訴人は離婚するに値すること。したがって、本法廷は以下のごとく判断する。すなわち、前述の告訴人は離婚してしかるべきであり、これにより離婚は成立し、双方にこれまで存在していた婚姻の絆は解かれ無効とみなされる」

目の前に置いた大きな本を書記官が閉じると、弁護士は喜び、まるで公判録が求めたままに読まれたというかのように、法廷に向かって会釈して言った。「裁判長、判決文の記録は正確だと思われます」

弁護士は前屈みになると、太った男の広い背を手の平で叩いた。「やあ、君、おめでとう」聞こえよがしにささやいた弁護士の声が部屋中に響いた。「よかったな」

笑い声が廷内を駆けめぐると、裁判官が厳しく言い放った。「保安官、法廷内では秩序が保たれるように」

太った男は立ち上がり、別の友人と握手を交わした。その時、ゲイロード弁護士は精一杯背筋を伸ばし、前かがみになって仕切り内の弁護士のひとりの肩に手を触れた。するとバートリー・ハバードと視線が合い、互いに相手がだれであるかがわかった。

バートリーに肉がついたのは横腹だけではなかった。幅広の頬はいっそう際立って肉が垂れ下がり、顎は三つにくびれて胸のところまで伸びていた。顔色はほんのりと赤らみ、ブロンドだった口ひげは白くなっていた。義父の顔、そして傍聴人らの陰に隠れて見えなかった一行の顔すべてを見たとたん、バートリーはほとんど顔色を失い、赤ら顔は真っ青に変わった。椅子にどっと身体をあずけると、手を振り、首をひねり、運命にいかんともしがたい変化が起きた、とバートリーはそれとなく弁護士に知らせた。例の上機嫌の弁護士は振り向いてバートリーに説明を求めた。それと同時に、ゲイロードに肩を触られた弁護士は、この老弁護士に二言三言耳打ちされると、原告代理人を手招きした。それに応えて代理人は、ふたりが立っている方へさっと歩み寄ってきた。少しの間だんまり劇が続くなか、代理人はゲイロード弁護士の手を取って仕切りの中へ招き入れた。もうひとりの代理人が老弁護士のために丁重にテーブルを空け、自らは陪審員席近くの席に戻り、一瞬、立ったままでいた。

「本法廷にお認めいただけましたら」ゲイロードは続けた。なぜか部屋全体が静まり返り、声はその静寂に重く跳ね返って割れた。「こう申し上げたい。すなわち、夫ハバード対妻ハバードの訴訟の被告人が、今ここに、出席しておられます。この町とインディアナポリスとの間で鉄道事故があり、時間内に到着できず抗弁しようにもできませんでした。欠席を無効とするための動議を提出したい、と被告は望んでいます」

原告代理人は数歩引き下がると、勝ち誇ったようにバートリーの弁護士に頷いてみせた。自分にも依頼者にも不利に働く重い言葉ではあったが、この冗談のような話に笑いをこらえきれずにいた。だが、すぐに立ち上がり厳密な法解釈に基づいて反論した。

原告代理人の言葉を最後まで聞き終えると、裁判官はハバード対ハバードの訴訟の裁判記録を開いた。「被告人の名前は、どのように記せばよいのか」と公式に尋ねた。

ゲイロード弁護士は昔流のゆっくりとした堂々たる振る舞いで、それなりの雰囲気を醸し出して振り返り、専門家としてこの状況は満足だと言わんばかりに、相手側の弁護士と傍聴人をちらりと見やった。「法廷の許しが出れば、私自身が被告人のために本裁判に参加したい。ハサウェイ君からその許可を申請させます」

ゲイロードから最初に自己紹介をされた弁護士が直ちに同意した。「裁判長、本法廷で弁護士として、メイン州、エクイティ郡、エクイティのF・J・ゲイロードの弁護活動の許可を申請いたします」

裁判官はゲイロード弁護士にお辞儀をしてから、いつもの宣誓を行うように書記官に指示した。「ゲイロードさん、私はあなたの名を被告人側として記しました。本訴訟において、なにか申し出たい動議がありますか」裁判官は続けた。もともと礼儀正しい男であったが、老いたゲイロード弁護士の姿に哀れを誘われ気分が和らいだのか、裁判官の態度はいっそう礼儀正しいものとなった。

「はい、裁判官、出席不履行を無効にする動議を申し立てます。本動議を裏付けるため、いずれ宣誓書を提出し、訴訟の点呼の際に被告が出廷しなかった理由を明らかにします」

「動議が申し立てられた、と書き留めますか」

「お願いします、裁判長殿」そう答えて、老弁護士は紙を用意しようとしたが無理であった。手が震えてペンが握れなかった。「わしには、書けないな」諦めたように言うと、ほかの者がすぐに手を貸した。隣の机に座っていた若い弁護士がすばやく文書を作成し、老弁護士はそれを法廷の書記官に滞りなく提出した。そして法廷の書類印が押された用紙を受け取ると、声を上げて申し出と宣誓書を読み上げた。裁判通知の受け取りが遅れたために、被告人の抗弁の準備が間に合わなかったこと、事故に遭遇して被告人の出廷が遅れたことなどの事実が宣誓書に述べられていた。そして、原告の起訴状に対して被告人は正しい弁明を有すると明言し、事実に関する釈明を聞くことを求めた。

直ちにバートリーの弁護士は再度、異議を申し出た。主張はこうであった。活字で通知したのであるから、連絡が届いた場合はもちろん、たとえ届かなくても、知らせるという点では、被告人にじゅうぶんな通知がなされたのだ。受け取りはしたが間に合わなかったという訴えは、有効な弁明とはならない。恐らくどの訴訟でもこう言い立てられてしまうだろう。けが人も出ていない、このでっち上げの事故のように、出廷しない理由として、乗り物の遅延がもっともらしく持ち出されるかもしれないからだ。弁護士は最善を尽くしたものの、最悪の事態を招いてしまった。この申し立てが終了するのを立って待っていたゲイロード弁護士に向かって、ふたたび裁判官はこう言った。「法廷を閉会するところでありました」裁判官の言い方は、西部にあってでも地方によっては耳にする南部訛りであった。妙にやわらかく、やさしく、話し手がその気になれば、愛情をこめた敬意に富む響きとなった。「だが、正午までまだ数分ある。あなたの動議を認めて、準備ができていれば話を伺うことにする」

「ん、準備はできている。裁判官殿」裁判官がほとんど言い終わらないのに、老人は鼻にかかった声で裁判官の穏やかな口調を遮った。ぐっとすぼめると唇はゆがみ、その上に高い鷲鼻がおおいかぶさった。落ち窪んだ目は眼球がらんらんと輝き、白髪交じりの髪の毛はとさかのように立っていた。テーブルを前に佇み、身体をわずかに前後に揺すり、憎しみが募るのを待っているかのようであった。

この間、法廷の外に耳の肥えた友を持つ傍聴人の中には、来たるべき調べを聞き逃すとは残念だと思い、自分自身はいくらか旋律を聞き損なってでも好事家たちにこの事態を伝えようと外へ出て行く者がいた。その中の一人が戸口で男に呼び止められた。「今、どうなっているかね」尋ねられた男がもどかしそうに説明した。しかし、質問した男は中に入って滑稽な出し物を楽しもうとせず、さっと向きを変えて階段を駆け下りて行った。大通りを横切り、入り組んだ横丁や裏道を通り抜け、テカムセの郊外に広がる野にこっそり向かい、さらに速度を上げて野原を渡り、ついにその向こうに帯状に広がる森の中へと突っ走って行った。遠くまで疾走する姿はいかにも追跡劇に見えたが、実は、妻の夫遺棄に関して、宣誓のもとバートリーの証言を追認した証人の切羽詰った行動であった。そんな事実をでっちあげることなど、証人にしてみれば、ただ想像力を働かせばよいだけのことで、反証される心配などない場合には、いとも簡単なことであった。反論に合えば新たな小競り合いとなる。それはそれなりに当惑を生み、危険を孕むものであった。

「ん、準備はできている」ゲイロード弁護士は繰り返した。「ん、いつでも事実を証言できる」部屋中に勝ち誇ったような声が響きわたり、弁護団席の隣の椅子に陣取るわずかな一団に、すべての視線が引き寄せられた。バートリーが姿を消してからというもの、マーシャは黒いヴェールをずっと着けていた。そのヴェールを重たげに垂らし、ハリックとオリーヴと一緒に座っていた。幼子は長旅にすっかり疲れ、母親の膝に頭を預けて体を休めていた。震える手で子供の髪の毛をなでながら、母親は子供が悲しげにささやくのを静めようとしていた。「パパはどこなの。パパに会いたい」子供はひっきりなしに繰り返していた。

オリーヴはまっすぐ前を見据え、ハリックは床をじっと見詰めていた。バートリーは一行の姿を最初にちらりと見てからは、座ったままの席で顔を上げずに前かがみになっていた。目にすることができたのは、赤らんだ襟首に襞となってはみ出す一筋の贅肉だけであった。夫が顔を真青にして椅子に深く沈み込む瞬間、ことによると、マーシャはその顔を見たのかもしれなかった。だが、二度と夫に視線を送ることはなかった。

「保安官、法廷を静粛にさせて下さい」証人の姿を見ようと廷内がざわついたのをとがめて裁判官は命じた。

「法廷内では静粛に。みなさん、席を離れないように」保安官は大声で言った。

「早速に機会を与えていただき、本法廷に感謝申し上げる」ゲイロード弁護士は続けた。「これで、極悪非道を正し、傷ついた無実の婦人の嫌疑を晴らすことができます。こう申し上げても、何人《なんぴと》に対しても私どもの主張に偏見を与えるものではありません。すなわち、私どもは弁護士と依頼人としてだけでなく、親子との関係としても、ここにおるのです。しかも、私が本法廷に立つのは、わが娘《こ》への正義を求めるという、特別にして神聖な権限が与えられてのことであります」

「静粛に、静粛に」保安官は大声を上げた。だが、訴えを聞いて法廷に沸き起こった動揺は静まらなかった。問題点が効果的に指摘されたのだ。法廷の外から人が入り始めて騒々しく、しばらくの間、ゲイロード弁護士は弁論を続けられなかった。痩せた手の片方を脇に垂らし、もう片方の手の軽く握った拳を目の前のテーブルに置くと、ふたたび話し出そうと待っていた。そして、まるで握り締めた道具かなにかのように拳を高々と掲げて振った。

「これは偶然の代物なのです。神の御心と申し上げてもよい」――ゲイロードは言葉を切り、だれにしろ主張の真実性に異議を唱えたいのならば唱えるがよい、と挑むように部屋をぐるりと見回した――

「このような裁判で、法律の定めにより、非居住者たる被告人に新聞広告で通知がなされても、通知が被告人の手元に届くのは、万に一つの確率しかないのだ。ほとんど偶然の出来事により当人に届かなければ、法律違反という恐ろしい罪が成立してしまい、取り返しがつかないことになったはずである。娘は、この男のことを死んだものと悲しんでいたのだ――世の中の普遍的な仕組みを顧みない、栄誉、義務、そして妻を顧みないのだから、死んでいるも同然だ。郵便を使って、ほとんど手当たりしだいに送られてくるような新聞がある。何週間も、人の手から人の手へと渡り、どこへ行っても受け取りを拒絶され、それがついに娘のところにまわってきたのだ。それを読んで、夫はきっとまだ生きているに違いない、と娘は思ったわけだ。魂は死んでも、肉体だけは生き延びる姿となって。それゆえ、私どもはここで自分たちの権利を主張している。私どもの権利は神から与えられたものであり、永遠の真理であると証明したい。二日前までは、この権利を行使しようにも千マイルも離れて届かず、わからぬことばかりであった。今ようやく私どもはここにいて、こうお示ししたい。すなわち、被告人は夫遺棄のかどで訴えられ、ひどく名誉を傷つけられている。だが、原告と別れてから一時間もしないうちに家に戻っていたのだ。以後は、昼も夜もずっと家にいた」ゲイロードは言葉を切った。「娘は、この間、留守になどまったくしなかった。そう申し上げましたかね。それは、私の勘違い。せっかちに話しました。忘れておりました」ゲイロードは声を落とした。「娘は、一時、家を空けました――三日間ですがね――故郷に戻って、その間、母親の末期の水を取り、私を手伝って母親を墓に埋葬しました」ゲイロード弁護士はふたたび唇を固く閉じようとしたが、唇は痙攣したように引きつり、わなわなと震えた。「恐らく」ゲイロードはできる限り穏やかな調子で話しを続けた。「この間に、原告は自宅に戻って留守を知り、棄てられたものと固く信じるようになった、と思われます」

ゲイロードは震える手でやみくもにテーブルをあちこち探った。その姿すべてに哀感が漂っていた。だが、それによってむしろ古い燕尾服に押しも押されもせぬ威厳が加わった。傍聴人らは音も立てずに場所を変えて、ゲイロードの近くの長いすに腰掛け、バートリーは弁護士と取り残されて座っていた。東部では、雄弁を耳にしなくなったと言われ始めているが、西部では、今なお、雄弁を求める熱い思いがある。傍聴人たちはゲイロードの弁舌の実力を肌で感じ取ろうとまわりに群がった。通りをぶらついていた人まで聞きつけて集まって来たようで、どしどしと階段を上る足音がずっと響いていた。法廷に居合わせた弁護士、法廷の書記官、裁判官らが耳を傾けようと、昼食をとるのも忘れて再び椅子に腰を下ろした。

疑いもなく、老人の意識に共感と賞賛の念が電流のように流れ込んだ。昔の流行の名残である、黒いサテンの幅広の飾り襟を引きはずすと――親孝行にも娘が繕い、とっておいたものだった――ゲイロードはテーブルに置いた。すると、言葉にこそならないが、なるほどという低いささやき声が聞こえてきて、ゲイロードも聞き違えたはずはなかった。ゲイロードはふたたび声を張り上げた――

「実際にその時、原告が家に戻っていたとしても、夜、盗人のようにだれもいない部屋をのぞくことになる。そして、その壁は――壁に耳ありと言うではないか、壁に舌ありだ――悔恨と恥ずかしさに、この男の心でさえすっかり縮ませるような話を語りかけていたかもしれない。この部屋で、飢えと寒さに震えながらも妻が夫の帰りを待っていた。棄てられるくらいならば、いっそ、飢えて凍えてしまいたいと思いながら――待っていたのである。ところがついに戸口からは、夫にだまされた債権者らが執拗に顔を出す始末。なにも知らない妻は、取り立てのひどさに訳のわからぬまま、法への恐れを感じ、それから逃れようとして、不名誉な言葉や絶望をどうしても口にせざるを得なかった。この二年間のうち最初の二週間、その間、夫はあらゆる努力を払って、妻が自分のところに戻るようにしたという。それも、どうせ嘘で塗り固められた唇での証言だがね。その後の経過をあれやこれや語って話を広げるつもりはない。暗澹《あんたん》と時を過ごすなかでも、妻は身勝手に棄てられたとは信じようとせず、何日も、何週間も、何か月も、自らの心をさいなみ、ほとんど気を狂わせんばかりだった。しかし、われわれには反駁されることのない、きちんとした記録がある。犠牲者の権利を救うだけでなく、あそこにいる偽証者をも処罰するものです」

ゲイロードの言葉には鉄ほどにずしりと重いものがあった。相手にパンチをくらわせるほどの効き目があった。バートリーは身じろぎ一つしなかったが、マーシャは椅子に座ったまま不安げに身体を動かした。顔にかけたヴェールの陰から、哀愁を帯びたなにやら低い呟きが聞こえてきた。父親はふたたび言葉を切り、苦しそうに息をつくと、乾いた唇を何度も開いては閉じてようやく声を出した。しかし、声は悲しみに満ちていたため元の調子にすっかり戻れたわけではなく、続いていても途切れ途切れであった。

「さて、しかるべき理由により、本法廷にお願い申し上げる。被告人に下された不出廷との判決は棚上げにしていただきたい。あわせて、逆にこちらから離婚請求を提出することをお許し下さい」

マーシャは椅子から半ば立ちかけたが、また身を沈めた。助けを求めるかのように振り返り、ハリックをちらりと見ると両手で顔をおおった。父親は自分が進める計画に同意してくれと求めるかのように、娘にちらりと視線を送った。

「願わくば、まずは法廷に裁判欠席に関する当方の訴えを認める判決を下してもらいたい――この訴えの結果は、私自身の存在同様、疑う余地のないものであります――そして直ちに、法律に基づいて、あの男に偽証罪での告発を求めます。重罪人の服を着せ、重罪人の独房に身柄を拘束する判決を間違いなく出しいただけると存じ、待つことに――」

マーシャはさっと身体を投げ出すと、バートリーに向けて広げた父親の腕を遮った。「いけません。いけません。いけません」マーシャは腹の底から息を震わせて恐怖でかすむ声で叫んだ。「だめよ。自由にさせてやって。私はこんなの嫌よ。私には理解できません。夫を痛めつけるつもりはない。自由にさせてやって。私が言いたいことはそれだけ。そう、私が――」

老人は腕をさっと下ろすと、まごつき、すさまじい形相で娘をじっと見つめ、立ったまま目の前のテーブルに倒れこんだ。裁判官は驚いて椅子から立ち上がり、人々は長椅子を飛び超えてゲイロードのまわりに押し寄せた。ゲイロードは発作を起こして喘ぎ、息を震わせた。「さがれ」「空気を」「窓を開けろ」「医者を呼べ」傍らにいた人々が叫んだ。

ゲイロードを囲む輪にバートリーの弁護士も加わった。群衆の中から突然、子供の怯えた泣き声が長く響いた。バートリーにはまたとないチャンスであった。ここにいても、なにもいいことにはならない。いや、ひょっとしたら、いやな目に遭うかもしれない。弁護士はバートリーを探し出して、退散するように忠告しようと振り返った。その時にはもう、察しのよい男の姿は座席から消えていた。

第四十一章

その晩、バートリーの弁護士から一通の手紙がハリックのもとに届いた。きわめて重要な件に関することで少々お目にかかりたい、とそこには書かれてあった。賠償金にせよ、前払い金にせよ、マーシャの利害に係わる申し出があるのかもしれないと思い、マーシャとオリーヴに老人の面倒をしばらくみてもらい、ハリックは手紙を持参した男と共に出かけた。弁護士は事務所の戸口で丁重に出迎え、握手をしながら「始めまして」と言った。そして、ぼんやりと明りが灯る部屋の片隅に引き入れられた嵩《かさ》のあるものを指さした。部屋の日除けは下りていた。ハリックが入ると弁護士は鍵をかけ、「ご存知だと思うが、ハバード氏だ」と言って、さらにつけ加えた。「ご両人、私は隣の部屋におります。呼んでもらえれば、すぐに参ります」

図体の大きな男は身体を持ち上げるようにして立ち上がり、ハリックのほうへ数歩、歩み出た。握手できるものと漠然と期待して片手を上げたものの、相手に応じる気配などまったくないことを見てとると、バートリーは手を振っただけで挨拶し、その手を脇に垂らした。

「元気かい、ハリック。真夜中の暗い密会みたいだな」おどけて言った。「でも、こうするよりほかに、やりようがなくてね。一緒に街を自由に楽しみたいと言える立場にはないからな」

「何の用だ、ハバード」ハリックは無愛想に言った。

「老弁護士の具合はどうだい」

「医者の見立てでは、ショックから立ち直れるだろうとのことだ」

「麻痺かね」

「そうだ」

「ここ西部の仲間から『高い木立ち』と呼ばれている場所があってね。そこで、一日、自然と親しんできた。町に戻ったのは暗くなってからだ。だから詳細はなにも入ってこなかった」バートリーは一息入れた。ハリックからなにか聞き出せると期待しているかのようであったが、相手が黙ったままでいるとすぐに話を続けた。「現状では法律をもってしても、俺をどうしようもできないことくらい、もちろん、よくわかっている。だが、みんながどのように思っているのかわからなかったのだ。ゲイロード弁護士は激しく挑んできたものだ。実に真に迫っていた。本人もそこまでやる気はなかったのだろうが。ここ西部では物に火がつきやすい、ということに気づいていない」神経質そうにバートリーは含み笑いをした。「ハリック、君に会いたかったよ。会って、借りた金のことは忘れていない、いずれ全額返すと言いたかった。最近の出費がなかったならば——医者への支払いなど——俺自身もいたって健康とはいかないからな」——バートリーは思わずハリックの同情を求めるように訴えた——「大金を支払わなければいけなくなった——それがなければ、今、ほぼ全額、払えるんだが、現実は五百ドルだけならば返せる」太って盛り上がったズボンから、バートリーはやっとのことで財布を引き出した。「これで、世渡りするための金が手元にちょうど三百ドル残る。もちろん、この土地を出て行かなければならない。もっとも、二年間、印刷屋で一生懸命に働き、法律を懸命に勉強し、すでに腰を落ちつけて快適に過ごしているがな。まあ、それはそれでよいだろう。今、この金を君に返したい。残りは払えるようになったらいつでも払う。借金は払った、とマーシャに伝えて欲しいんだ。いつでも返すつもりでいた」

「ハバード」ハリックは相手を遮った。「君は僕になんの借金もない。君のお義父さんが二年前に済ませてくれたからな。しかし、だれも肩代わりできないような借金がほかの人にある。もう、これ以上話す必要はないな。妻と子供に犯した悪行をどうやって償うつもりかね――」ハリックは言葉を切った。これだけ話すのも恐らくハリックには耐え難い負担であった。

ハリックの気持ちに気づいたバートリーは、むやみやたらにありがたがってみせた。「ハリック、君はいいやつだな。あまりにいいやつだから、今度のことは理解できまい。だが、すっかり終わったのさ。このことでは、俺自身、気分を悪くしたよ。君が貸してくれた金を、ここに来る途中で盗まれたのがいけなかった。そうでなかったら、俺は二日もしないうちに戻っていたなあ。マーシャにすまないことをした。ちびのことを思うと心が張り裂けそうだった。でも、妻も子も、友人らに支えられているとわかっていた。で、そう思うたびにますます、これでいいのだと納得してしまったんだ。妻にしても俺にしても、抜け出す道はそれしかない。俺たちは三年間なんとかやってみた。だが、うまくはいかなかった。どのようにしても、うまくはやれなかっただろう。ふたりは相容れない存在なのだ。君は俺がマーシャのよさをわかっていると思っているだろう。俺ほどよく知っている、俺ほどそのよさがわかっている人間などいやしないのだから。俺が離婚を申し出たのは、だれかほかに目当ての女がいたからだ、と君は思うかもしれない。目下、そうした女はひとりもいないさ。でも、ふたりはともに自由になるべきだと思ったのだ。もし結婚が鎖になってしまったならば、鎖は断ち切るべきだ」バートリーは言葉を切った。この顛末と理由がハリックの心にじっくりと染み込むように、明らかにバートリーは時間をかけて話していた。「だが、ハリック、一つだけ、マーシャに伝えてもらいたい。あの女のことはマーシャの思い違いだったと。あの娘とはなにも関係はなかったと。マーシャはわかってくれるさ」ハリックはなにも答えなかった。するとバートリーは急に寛大になって、また話し始めた。奈落の底へ落ちたのは、なによりもこの心の広さが仇《あだ》となったからだ、と言わんばかりであった。「いいかね、ハリック。俺は二年間再婚できないのだ。しかし法律を理解する限りでは、その点、マーシャはなににも拘束されていない。マーシャが君のことをかなり高く買っていることは知っている。君を世界一の男だと考えている。君のほうから、マーシャとどうにかできないものかね」

これまで述べてきた離婚訴訟に関する事柄で、事実上、バートリーは社会から追放の身となってしまった。騒動が始まったころの興奮がしだいに収まると、身体にまで危険が及ぶことはなかった。そもそもバートリーにそんな危険が及ぶことなど考えられようか。しかし、個人に係わる見苦しい事実をさらけ出し、実際、偽証罪に汚れた人間として周知の存在になった地域社会で、まともに生活していきたいとバートリーが望んでも、それは無理であった。犯罪の罰を受けずに済んだのは、妻が裁判をこれ以上進めなかったからにほかならない。

移動できるまでに父親の体力が回復すると、すぐにマーシャは父親を伴って東部に戻った。友人であるハリック家の姉弟はたえずそばにいて面倒をみてくれた。マーシャとゲイロードはボストンには行かず直接エクイティに帰った。その年初めて夏が若々しく歓喜に満ちあふれるなか、親子は村の通りのはずれに建つ暗く古びた家を開け、中断していた生活を再開した。半身に麻痺が残る父親は、毎朝、体を揺らしながら事務所へ出向き、一日中そこに座っていた。震える体の影は以前の強い意思の表れのようであった。時には、古くからの友人が何人か会いに来たが、だれもゲイロード弁護士の「よいか、やるぞ」という言葉を耳にできるとは期待していなかった。ゲイロードはもはやなんの話題も取り上げなくなった。幼い子供のようになってしまったのだ――静かな暑い夏の日々、祖父のまわりで戯《たわむ》れ、床の上に法律書を積んで家を作る孫娘となんら変わりがなかった。子供の悪戯を見て老人は弱々しく笑い、何事にも気の毒なほどおとなしく孫の決めごとに従った。マーシャも父と小さな娘をたしなめることはなかった。老人は娘の言うことに素直に応じた。幸せに暮らせるように、マーシャは寝る暇も惜しまず父親の面倒を見て、今やその友だちとなったわが子の動静を知るのと同様、父親の動静をもいっさい承知していた。ふたりに変わりはないかと日に二、三度、事務所へ見に行きはしたが、それ以外は家に閉じこもり、会う必要のない人とは会わなかった。マーシャの様子や振る舞いについて、肉屋と魚屋だけが確かな話として村人に語った。マーシャの態度は素っ気なく、冷たく、打ち解けないものだと周囲の人に伝わった。もともとは情に篤いマーシャであったが、人生で辛い経験を味わい、間違いなくその影響を受けたのだ。仲間から背を向けたのも、恐らくまったく関心が持てなくなったと同時に、病的なまでに感受性が鋭くなったからであった。村の人々の詮索好きというものが広い範囲に及ぶと、かなり常軌を逸したものとなる。母親同様、マーシャも一風変わった女に違いない、と完全に見なされていた。そうなればなったで、母親と同じようにたえず世間を無視し、だれにも邪魔されない生活を古い家で送ることができた。夏の終わりころ、足の悪いハリックとその姉がマーシャを訪ねて来た。ふたりはこれまでも何度かエクイティを訪ねてきたが、今回はほんの一両日の滞在であった。予備の客間の日除けが開閉するのを見れば、滞在日数が正確にわかった。冬にふたたびハリックはやって来たが、その時は一人でホテルに滞在した。日曜日まで留まり、東方正教会の説教壇の前に座った。牧師から仲間として迎え入れられ、始まりの祈りをするように招かれたのだ。一般的にいえば、ハリックの祈りはよいものであったが、若い人の心を惹きつけるようなものはなにもないと批判された。だが、アルーストゥック郡の奥地の教会に赴任する途中だったので、そこでは、ハリックの捧げる祈りもより人々の好みに合って受け入れられるだろうと見なされた。

その冬、ゲイロード弁護士はふたたび発作を起こし、次の春遅くには三度目の発作に見舞われた。ゲイロード夫人が世話になった牧師はすでに亡くなっており、弁護士を埋葬したのは足の不自由なハリックであった。故人がしばしば口にしていた願い通りに埋葬するために、ハリックはエクイティにやって来たのだ。少なくとも、これが一般に広まった噂であり、事実、この青年が葬儀を司《つかさど》ったことは間違いなかった。

牧師職に就いて、ハリックはものも言えない小さなころから教え込まれてきた信仰に戻った。一度は教義への誓いをすべて棄ててしまったのに、この道を選択することに弁解もしなければ、正当化もしなかった。自分にはほかに生きる道はないからと言うだけであった。熟慮の末に昔の信仰に戻ったのではない、そう率直に認めた。「逃れの町」（旧約聖書）に逃げ込むように宗教に逃げ込んだだけなのだ。不信から救われたのであり、もはや、不信に苦しむことはなくなった。真実はここにあるとか、あそこにあるとか、もはや問いはしなかった。真実は自分の力だけでは見つけられない、このことだけがわかっていて、これまで引き継いできた信仰に甘んじていた。なにもかも受け入れ、いささかなりとも聖書から削るものがあれば、不信だと自らを呪った。自身の体験を通して知った法律の恐ろしさを民衆に説き、子供のころから教え込まれた神の慈悲をも民衆に説いた。

ゲイロード弁護士が亡くなって数ヶ月後、別の事件を知らせるニュースが飛び込んできた。州の新聞は事実だと当然認めたが、詳細はじゅうぶんには伝えてこなかった。発砲による死亡事件――以前起きたことの罰、ないしはただの顛末、いずれにも考えられる――アリゾナ州ホワイテッドセパルカーで起きた事件のことであった。テカムセを後にしたのち、バートリー・ハバードはホワイテッドセパルカーに住み、印刷機を据えて日曜紙の発刊を始めた。皮肉をじゅうぶん利かせた新聞は、住民仲間の私事を知りたがるこの土地の人々に欠かせないものになっていたので、日曜紙を日刊紙にしようと楽しみにしていた。そんな折も折、「ホワイテッドセパルカーの一流市民の一人」と題して、バートリーは家庭内でのことを話題に取り上げて論評した。これが不幸な巡り合わせとなった。話題にされ男は即座に戦いを挑んできた。アメリカのジャーナリズムは、悲劇的な出来事の記述を和らげるためにしばしば巧みな見出しを用い、冷笑するような軽い言いまわしをするものである。ある評価の高い同業紙はこう表現してこの難事を報道した。「ハバード氏は（離婚した）妻と子をどこか東部に置きざりにしたまま、この世を旅立った」括弧内の表現はまさしくバートリー本人が用いていたものであった。

このようなことが起こる前から、マーシャはずっと未亡人といえば未亡人であり、外見は変わりようがなかった。内面に変化があるにしても、それは小説では描こうにも描ききれないものの一つである。しかし、バートリーが最期を迎えた時、これまでの愛情ゆえに、マーシャが新たな悲しみに心を痛めたとすれば、そこには自責の念も交じっていたはずだ。だが、その自責の念も、愛情同様、抱いても無駄なことであり、恐らく見当違いなことであった。

それから一年後のある晩、アサトン夫妻は椅子に腰を下ろしてハリックから届いた手紙について語り合っていた。それはアサトン自身がボストンから携えてきたものであった。季節は夏を迎えていた。ふたりはベヴァリー海岸の別荘に滞在していた。ここに来る途中、列車の中でその長い手紙を何箇所か、何回か、目を通していたアサトンは、すでに全文を妻に読んで聞かせていた。「ぞっとするような手紙だね」読み終わると困惑した様子でアサトンは言った。

「そうね」夫人は同意した。「でも、とてもよい手紙だわ。気の毒に」

夫はふたたび手紙を手に取ると、そこここのくだりを拾い読みした。

「しかし、僕は今、あることで君に助けてもらいたい。良心の光を当てても、その光は薄暗くすぐに消えてしまい、僕には良心というものが信じられないのだ。アサトン、君はいいやつだとわかっている。お願いだから、容赦のない判断を聞かせて欲しい。僕が死ぬほど苦しむようになっても、それはそれで仕方がない…マーシャは父親を亡くして以来、子供とふたりきりで生活している。会ったのはたった一度きりだ。それでも手紙のやり取りはしており、ついにその時が来たかと時々思えることがある。妻になってくれ、とマーシャに申し込んでもよいのではないか。こう書きながら、自分でも驚いている。それに、以前は結婚を申し込んでもよい理由だと思えたのに、今ではそれが結婚してはならぬと言ってくる。ほかならぬあいつが結婚を認め、結婚を勧めてくれた。とりわけ、それを思い出すと恐ろしくなる…確かに、言葉にしろ、行動にしろ、マーシャに心の内を知られるようなことはしていない。

でも、知らせようと思えばできた瞬間がこれまでにもあったのではないか。やつが死ぬのを待っていたのは本当のことだ。死ねばよいと望んできたとすれば、僕は潜在的に殺人者ではないだろうか」

「あら、なんと馬鹿げた戯言《ざれごと》でしょう」憤慨してクララは文句を言った。アサトンは読み続けた。「絶望しながら、自らにこう問いただしている。マーシャは今ではもう自由。だが、僕は自由なのか。むしろ過去に縛られ、永遠に沈黙し続けねばならない身ではないのか。この僕でも、時々、こうした苦しみに立ち向かうことがある。マーシャを愛してもよいのだと感じる時がある。マーシャを愛することが正しく立派な行為に違いないという思いが、どこからともなく湧いてくる。だが、そう思っても、また心が沈む。この思いはどこから湧いてくるのか。申し訳ないが――お願いだから、考えを聞かせて欲しい。なにをもってしても償えないほど、僕の罪はひどいものであったのか。マーシャのために生きたいと願っても、その願いすべてを罪の恐怖の犠牲にしなければいけないのか」

アサトンは怒りに眉をひそめて手紙を折りたたみ封筒に戻した。「あの女にのぼせてハリックがいったいどうして判断を狂わせたのか、僕にはわからん。今では、マーシャを愛しているとは思えない。ハリックはマーシャを気の毒に思っているに過ぎないのだ。マーシャはとうていハリックには及ばない女だ。激しやすく、心が狭く、嫉妬深い――ハリックを惨めにするよ。今のままのハリックでいる方がずっといい。あの女をこんなふうに崇めさせてかわいそうでないなら、お笑い草だからね」

「嫉妬深い質《たち》の女よ」視線を落として、クララは言った。「でも、ハリックの家の人たちはみんな、マーシャのことが好きなのよ。いいところがいっぱいあると思っているの。ベンがあの女《ひと》を完璧だと考えているとは思わない。でも――」

「恐らく」夫は妻の話を遮った。「ベンは大真面目で僕に助言を求めている。だが、どう助言して欲しいか、君もお見通しだろう」

「もちろんですわ。ベンはマーシャと結婚したいのよ。結婚で男の人が問題にするのは何を手に入れるべきかではなく、何を手に入れたいかでしょう。最高の男にしてもそうですよ。やかましく気が短い女でも、男の人がよければやっていけます。女にしても、すっかり信用できる夫がいるならば、気を許すことができてうまくやっていけます。でも、いくら女が素晴らしいといっても、悪い男と上手にやれる人などいませんわ。自分のことも小さな娘のことも、だれにも面倒をみてもらえず、哀れにも、あの女があそこにひとりで住んでいる。そう思うだけでも辛いわ。かりに、ベンが――」

「クララ、何が言いたいのかね。君にはわからないかね。あの女が人妻であったころからあの女に惚れていたことは、ベンにすれば――消えないしみのようなものだ」

「マーシャは気づいていなかったのよ。知っていたのはあなただけよ。人はどういう行動をとるか、それによって裁かれる、とあなたはおっしゃったわ。あの女《ひと》に対する思いに気がついた時、ベンは姿を消したのではなかったかしら」

「しかし戻って来た」

「でも、あの哀れにも恥知らずの男を、ベンは手を尽くして捜し出し、離婚を食い止めようとしましたよ。病的なまでに。私たちがそこまでしても、どうにもならないけれど」

「あの女が離婚した場合、ベンだっていい思いをしようと思えば、できたろう」

「でも、けっしてそうはしなかった。意志など問題ではない、とあなたはおっしゃったわ。今はもう、マーシャはひとり身。どなたでも結婚を申し込もうと思えば申し込めますよ」

「だれでもかね。ただし、夫が生きていた間にあの女を愛した男は別だ。ハリックのような男であれば、まさに別だ。もちろん、単純に白黒をつける問題でも、ただ単に善悪を問う問題でもない。程度の差というか、濃淡がある。そうした結婚であっても、ハリックが違うタイプの男であれば、救いもあったかもしれない。だが、ハリックは失うばかりだ――堕落し――理想から遠ざかっていくだけだ。あの女の目にさえ、こうした姿に映るのではないか――」

「あら、実に手厳しいこと。ベンはあなたなどに助言を求めなければよかったのに。あなたはひどい、そう、ベンよりも。そんなこと、まさか手紙に書かないでしょう」

手紙をテーブルの上に放り投げると、アサトンは苦しそうに溜息をついた。「ああ、どう答えたらよいのかわからない。わからないんだ」

解　説

武田千枝子

ハウエルズの生涯と作品

ウィリアム・ディーン・ハウエルズ（William Dean Howells）は一八三七年三月一日、印刷業を営む地方のジャーナリスト、ウィリアム・クーパー・ハウエルズの次男として、オハイオ州マーティンズ・フェリーで生まれた。ウェールズで織物業に従事していた父方の祖父ジョーゼフは、一八〇八年にオハイオ川流域の辺境の地へ移住してきた。ウェールズ出身であることに対するジョーゼフの誇りはその息子と孫にも受け継がれ、周囲に対しては優越感を抱き、辺境の地において疎外感を払拭できずにいた。とりわけ孫は外の世界への脱出を志すようになってゆく。クエーカー教を信奉するジョーゼフは平和主義者・奴隷制廃止論者であり、その息子ウィリアムは神秘哲学者スウェーデンボルグ信奉者で、悪の存在を信じ、利己的な行為を厳しく戒める人であった。父祖から受け継いだこうした資質は、ハウエルズの小説作品にみられる高い道徳性を生む素地となっている。

ハウエルズが三歳の年、一家は州内のハミルトンへ移る。その後も州内各地を転々とする生活が続くなかで、息子は父親の仕事場で文字を覚え、十歳にならぬうちに活字の組み方を体得したという。家庭では夜、父親が読んでくれる物語に兄妹たちは耳を傾けた。幸福な少年時代と正規の学校教育を受けた最後の時期といわれる一八四九年、一家はデイトンへ移る。

一八五一年に『オハイオ・ステート・ジャーナル』の植字工となったハウエルズは、このころ、イギリス十八世紀の詩人ポープやゴールドスミスを真似た詩を書き始める。すでに文学の世界での成功を夢見ていた当時十五歳の少年は、それに備えて外国語の勉強、読書、そして創作に励み、それがもとで憂鬱症に悩まされ、正規の教育を十分に受けられなかったことを嘆いた。一八五七年にはオハイオ州コロンバスに移り住み、『シンシナティ・ガゼット』と『オハイオ・ステート・ジャーナル』の通信員となる。コロンバス行きは、以前から感じていた西部の村の生活に対する嫌悪と、それ故により広い外界を眺めたいという望みに促されたものであった。翌五八年に『オハイオ・ステート・ジャーナル』の記者・報道部長となる。

リンカーンを敬愛し奴隷制に反対の立場をとっていたハウエルズは、一八六〇年に伝記『エイブラハム・リンカーンの生涯と演説』を執筆、その出版社のすすめにより、「西部の情熱の巡礼」としてカナダを巡りボストンへ至る旅に出た。当時のアメリカ文化の中心地ボストンでは、文壇の頂点に立つ作家群――ジェイムズ・ラッセル・ローウェル、オリバー・ウェンデル・ホームズ、ラルフ・ウォルドー・エマソン、ヘンリー・デイヴィッド・ソロー、そして一流文芸雑誌『アトランティック・マンスリー』の編集者ジェイムズ・T・フィールズに会う機会に恵まれた。だが『ニューヨーク・ポスト』へ紹介してくれたフィールズの労も実らず、一八六一年四月には南北戦争が勃発し、『オハイオ・ステート・ジャーナル』は身売り、フィールズもロマンティックなものよりも社会や政治の現実を扱った記事・作品を要求するようになっていった。このような情勢の変化のなかで、その年の秋、ヴェニス駐在のアメリカ領事の職を得て赴任、六二年に米国ヴァーモント州出身の上流階級の娘エリナー・ガートルード・ミードとパリで結婚した。そして一八六五年四月の南北戦争終結後、八月初めに帰国するまでのおよそ四年間にわたるイタリア滞在中、ヴェニスを本拠地として領事の職務と創作活動に従事した。イタリアに魅了されてはいたが、異国に住む空しさを感じてもいたハウエルズは、帰国に際してこの土地に愛着を残しながらも、アメリカに対する率直かつ楽観的な信頼を抱き続けていたという。この間、作家として、歴史と美の宝庫イタリアで対象の観察と描写力の涵養に努め、ロマンティックな作品から写実的な作風へと脱皮していった。

一八六六年、フィールズ編集長のもとで『アトランティック・マンスリー』の副主幹となり、マサチューセッツ州ケンブリッジに移り住む。この年、ヴェニス時代のスケッチ『ヴェニスの生活』(*Venetian Life*) が、続いて六七年には『イタリアの旅』(*Italian Journeys*) が出版される。好評を博したこれら二作に負うところ大きく、七一年にはフィールズの後任として、西部出身者としては初めて東部の権威あるこの文芸雑誌の編集主幹に就任、八一年に辞任するまでの十一年間、その任に当たった。その間、ヘンリー・ジェイムズ、西部の作家マーク・トウェインそして同じくブレット・ハートら若い才能の発掘とアメリカにおけるリアリズム文学の育成に努めた。それと平行して、旅行記の色彩濃い、欧米を舞台にした『二人の新婚旅行』(*Their Wedding Journey*, 1872)、『偶然知り合った人』(*A Chance

Acquaintance, 1873）を経て、性格創造と社会風俗に力点を置く『既定の結末（はじめからわかっていたこと）』（*A Foregone Conclusion*, 1879）、そして『アルーストゥク号の婦人客』（*The Lady of the Aroostook*, 1879）を発表。一八八〇年代前半には、南北戦争後のアメリカ社会における秩序の混乱を日常生活のレベルにおいて描いた『近ごろよくあること』（*A Modern Instance*, 1882）や、この時期の一《いち》実業家が辿った道を追う『サイラス・ラパムの向上』（*The Rise of Silas Lapham*, 1885）などを発表した。

　これより先、一八八一年に、副主幹時代を含めて十五年間にわたる『アトランティック・マンスリー』の編集者の職を退いた。作家としての名声が高まるにつれ、以前からの念願であった創作活動に専念する必要に迫られたこと、編集者・批評家・小説家としての多重な活動の緊張から健康を害したことによると受け取られている。ヘンリー・ジェイムズによれば、この間、『アトランティック・マンスリー』に「新しいアメリカの小説の種子が蒔かれ、ハウエルズによってそれが育てられた」という。それ故にハウエルズは、そのミドル・ネームをもじって「アメリカ文学界の長老（Dean）」とも「アメリカ文学における写実主義の伝統の生みの親（Father）」とも呼ばれている。

　南北戦争後のアメリカ社会の変動と軌を一《いつ》にして、文化の中心地がボストンからニューヨークへ移ったころ、一八八六年にニューヨークへ拠点を移したハウエルズは、『ハーパーズ・マンスリー』のスタッフの一員となった。この雑誌に連載したリアリズム論は、まとめられて『批評と虚構』（*Criticism and Fiction*, 1891）の題名のもとに刊行される。経済恐慌が相次ぐ八十年代後半からは、経済・社会小説を手がけ、トルストイの影響を受けて、拡大する貧富の差および社会正義の問題に関心を抱き、社会的発言が目立つようになる。それとともに、この時期には神経を痛めつけるような出来事が身辺で重なった。病に苦しんだ長女の死、弟の精神障害、執筆中の作品について語り合った妹の死、そしてシカゴの無政府主義者たちへの支援が無に帰したヘイ・マーケット事件（一八八六年五月）等々、いわゆる自身にとっての「暗黒の時代」である。ところがハウエルズの「成功者のイメージを具象化したような『毛皮の裏張りのコート』」をまとった肖像写真が、コートの下の憤怒の形相を秘めた仮面であったにもかかわらず、悪や苦悩とは無縁の作家という印象を植えつけてしまい、この作家に対する評価をゆがめる一因となったことは悔やまれる。（拙著『ハウエルズとジェイムズ』開文社出版　二〇〇四年　一七八—一七九頁　参照）

九十年代以降の代表的な作品には、「金の魅力が富める者をも貧しい者をも一様に惹きつける都会」ニューヨークを舞台にした『新しい運命の浮沈』（*A Hazard of New Fortunes*, 1890）がある。そして九十三年の経済恐慌をきっかけに、資本主義国アメリカの将来を考えるようになり、九十四年に最初のユートピア小説『アルトルーリアからの旅人』（*A Traveler from Altruria*）を著す。同年、建築の勉強をしている息子をパリに訪ねて帰国後、アメリカを浅薄なものと感じ始め、一九〇七年にはその続編『針の穴から』（*Through the Eye of the Needle*）を出版した。

一九〇八年にアメリカ文芸協会初代会長に選出されて就任後も、旅行記、評論、自伝的回想録などの執筆活動は衰えることなく続いた。一九二〇年五月一日、ニューヨーク市で死去。ボストン郊外のケンブリッジ霊園に葬られている。

ハウエルズに対する評価は、作家としての信条・作品の質・文壇における指導者としての役割・功績等々、いくつかの点からなされるべきものであることは言うまでもない。しかし、生存中から死後にかけてその評価に影響を及ぼしたとみられるのが、この作家の代表的なリアリズム論として知られる『批評と虚構』（一八九一）における主張である。その核をなすものは、「動機の蓋然性」、「素朴で自然な、現実に即した」素材、対象とすべきは「人生のより微笑《ほほえ》ましき側面」、そしてアメリカ語法の使用の四点である。これら諸点は、平凡なもの、非英雄的なものを評価するアメリカ民主主義の理念に基づくものであると同時に、東部の貴族的知識階級の権威の失墜という南北戦争がもたらした十九世紀後半のアメリカ社会の地殻変動をそのまま表わすものでもある。特に第三点は、戦後も東部上流階級の読書趣味を支配していた「お上品な伝統（the Genteel Tradition）」に配慮せざるをえなかった一流文芸誌の主筆の立場を考慮しなければならないが、作家が扱うべき対象を制限するものだとして異を唱える者は少なくなかった。また先にも触れたが、この作家は悪徳や罪悪という人生の暗黒面とは無縁の存在であるという一方的かつ根強い見方が、否定的な評価を生んだ見逃せない一因である。しかし我が国においては、一九八一年（昭和五十六年）出版の『文学における悪』（南雲堂）に収録されている大井浩二氏執筆の「ハウエルズにおける悪」には、この点に目を向けることが必要だとの指摘がすでにある。これに関連して付け加えるなら、一九八五年（昭和六十年）に John W. Crowley, *The Black Heart's Truth: The Early Career of W. D. Howells* がノースカロライナ大学出版部より刊行されている。

この作家の生前、一八九〇年代から一九一〇年代までは長老として評価されていた。それでも、一九〇七年末に『ニューヨーク・タイムズ』紙上で西部の作家ガートルード・アサトン（Gertrude Atherton）は、ハウエルズの基準から逸脱するものは切り捨てるという「文芸誌流」と呼ばれる偏狭な姿勢に抗議した。一九二〇年代には、長らく長老として文壇に君臨していたことへの反発が起き、続く一九三〇年代には攻撃すら起きた。一九三〇年にアメリカの作家として初めてノーベル文学賞を受賞したシンクレア・ルイス（Sinclair Lewis）が受賞スピーチのなかで、ハウエルズの「牧師館でお茶を飲むのが最大の楽しみであるような敬虔な老嬢の規律」を批判したことはよく知られている。

一九四〇年代に入って、ハウエルズ・リバイバルとも言うべき機運が生まれ、その小説・評論そして書簡を含む作品選集の刊行、それまで未刊行であった初期の小品群、及び短編選集の出版、さらにハウエルズとジェイムズとの間で取り交わされた書簡のすべてとみられるもの（Michael Anesco, *Letters, Fictions, Lives: Henry James and William Dean Howells*, NY: Oxford UP, 1997）がまとめられるなど、ハウエルズ研究に必須の資料が刊行され始めた。しかし、この作家については未開の領域が依然としてある。十九世紀の作家らしい多作ぶりも容易にその山を崩すことを許さない事情もある。しかし近年では、ハウエルズとジェイムズとの関係にも比すべき、ハウエルズとマーク・トウェインとの交流に関する章を含む書物が刊行された（Peter Messent, *Mark Twain & Male Friendship—The Twitchell, Howells & Rogers Friendships*, New York: Oxford UP, 2009）。伝記の分野では現在における決定版ともされるSusan Goodman & Carl Dawson 共著 *William Dean Howells: A Writer's Life* が二〇〇五年にカリフォルニア大学出版部より公にされている。

『近ごろよくあること』について

ここに訳出した『近ごろよくあること』（一八八二）は、ハウエルズが取り組んだ最初のリアリズム小説である。イタリア滞在中に蒐集した材料を使い尽くした一八八〇年前後から、「金めっき時代」といわれた南北戦争後のアメリカ社会の状況に関心を向け始め、宗教界、政治・経済界、ジャーナリズム業界、道徳、家庭生活等にかかわる諸問題を写実的な手法で描くようになった。『近ごろよくあること』は、当時の混乱するアメリカ社会を背景に、ひと組の若い夫婦の結婚生活が破綻をきたすまでの経緯を詳細に描いた長編小説であり、離婚という問題を扱った恐らくアメリカ最初の小説といわれている。

ハウエルズがこの作品に着手したのは一八七六年九月であったことが、ボストン在住の親しい文筆家チャールズ・エリオット・ノートン宛の書簡（同年九月二十四日付）に記されている。その前後にめぼしい作品の発表がないことから、この長編の執筆に専念したものと思われる。一八八一年十二月に雑誌『センチュリー』誌上で始まった連載は、翌年十月まで続き、同年ボストンのオズグッド社から単行本として出版された。出版者ジェイムズ・R・オズグッド宛書簡（一八八二年二月十八日付）には、「この作品で取り上げられた問題」を説明して、それは「離婚の問題」で、「これまで真面目に取り上げられたことはない」が、「アメリカの社会において無視することのできない大きな事実」となっている、と記している。執筆に着手してから連載開始までに要した年数は五年に及んだ。この間、一八八一年五月にはインディアナ州クローフォーズビルにある郡裁判所へ出向き、離婚裁判の実際について資料を蒐集した。この背景には当時、同州をはじめとして西部では離婚申請に必要な条件が緩和されてきたために、とりわけ他の州からこの州への離婚申請者数が増加してきたことがある（野々山久也著『離婚の社会学――アメリカ家族の研究を軸として』日本評論社　一九八五年　参照）。連載開始直前の同年十一月五日付の父親に宛てた書簡には、執筆に精神的・肉体的緊張を強いられて健康がすぐれないと記され、さらに連載開始直後の翌年一月末には友人マーク・トウェイン宛に、従来の倍の精神的努力を要する仕事であり四分の三を書き終えて病に倒れた、と書き送っている。また三月十八日付の知人ジョン・ヘイ宛の書簡には、数年も年をとった、とまで記されている。執筆はかなり難渋をきわめる作業であったことがうかがえる。

ハウエルズが作品の執筆によって神経疲労に陥ることは、それ以前にもしばしばあったことだが、この作品の場合、とりわけ格別の理由があった。扱われている問題が、熾烈を極める男女の愛憎の念であったことによる。このことは作品の着想のきっかけとして指摘されている次の三点から説明できるであろう。第一点は、一八七五年（あるいは七六年）にボストンでギリシアの詩人エウリピデスの悲劇『メーディア』（*Medea*）の公演を観たことである。自己中心的なイアーソーン（Jason）に対するメーディアの愛と憎悪と復讐を描く戯曲である。『近ごろよくあること』では、イアーソーンはバートリー・ハバード（Bartley Hubbard）であり、メーディアはその妻マーシャ・ゲイロード・ハバード（Marcia Gaylord Hubbard）である。事実、執筆開始当時の表題は『現代のメーディア』（*The New Medea*）であった。第二に、一八七五年、七六年の二回にわたる夏の休暇の際に、マサチューセッツ州シャーリで目撃した宿の主人夫婦の喧嘩、第三にハウエルズ夫人エリナーとの生活である。これについては、『二人の新婚旅行』に描かれた夫婦間の感情・考え方のずれから推察される。いずれも夫婦間の微妙な気持ちの行き違いから生じる心の葛藤である。

執筆開始当時、「お上品な伝統」が依然として支配的であったボストンでは、離婚問題を口にすることすら禁忌《タブー》であった。それ故、敢えてこの問題を取り上げた作家の心労は甚だしいものであったと思われる。この作品に対する当時の評価は、個人的な理由から離婚問題の扱いに同意できなかったロバート・ルイス・スティーヴンソン、そしてイーディス・ウォートンを除いて、マーク・トウェインやヘンリー・ジェイムズら友人からは称賛され、批評家らはこれを攻撃した。ただそのなかで、出版直後の『アトランティック・マンスリー』十一月号には、作者の意図を見抜き「作者の関心は離婚問題だけにあるのではない。これまでの書評はこの作品の本質的な問題を見逃している」とするホレス・E・スカダーによる書評が掲載された。この作品を読み解釈しようとする読者にとって、これは貴重なヒントになるであろう。

ここで作品の背景となっている時代について述べておかなければならない。描かれている時代は、作中に明記されている一八七六年の大統領選挙（共和党候補ヘイズと民主党候補ティルディンの得票数をめぐって紛糾したが、翌七十七年三月ヘイズの当選が確定した）を挟んでおよそ七年余りの歳月にわたる。つまり、作中の出来事は南北戦争終結後十年近くを経過した頃に始まる。特に一八六五年から七七年の期間は再建時代（the Reconstruction）といわれ、政治面では、南部同盟を結成した十一州（アラバマ、アーカンソー、フロリダ、ジョージア、南北カロライナ、テキサス、ヴァージニア、テネシー、ルイジアナそしてミシシッピ）の連邦への再統合による連邦制の確立、社会的には南部農園主の政治力の終焉、経済的には奴隷制廃止による自由労働と工業化をもたらした。そして産業革命の新しい機械が富と権力の獲得を容易にし、道徳の腐敗が進み、低俗な趣味が建築・室内装飾など様々な面で見られるようになった。このような傾向は特に戦後の四半世紀に著しく、一般にこの時期は The Gilded Age（「金めっき時代」、「金ぴか時代」、あるいは「鍍金時代」）といわれている。

文学の面でも変化は当然みられた。戦前の東部の知的貴族の権威は失墜し、代わって新たな科学的人生観、観察、明確さ、そして現代生活、地方色が注目されるようになってきた。こうした傾向の一端は、一六三六年創設のハーバード大学、一七〇一年創設のイェール大学がそれぞれ神学部から発足したのに対して、南北戦争後設立のジョンズ・ホプキンズ大学（一八七六年）やシカゴ大学（一八九〇年）が医学・科学分野の研究を主たる特色としたことに現れている。人間生活の基盤とされるものの変化に伴って、戦前のロマン主義文学はリアリズム文学へと舵を切っていった。

「金めっき時代」は歴史上、南北戦争終結の一八六五年四月から一八七三年の経済恐慌までとされている（*Concise Dic. of Am. Hist.*, Oxford など）。同年九月は、この時代の精神を体現する典型的な人物の一人とされているアメリカ最初の投資信託銀行設立者ジェイ・クック（Jay Cooke）の会社が倒産した月である。しかし一般には、より幅広い期間、すなわち一八六五年から一八九〇年までとされている。一八九〇年はフロンティア・ライン消滅の年ということになっている。またこの時期を一八六五年から一九〇一年までとする見方もある（J. F. Clark, *America's Gilded Age: An Eyewitness History*, New York: Facts On File, Inc., 1992）。アメリカ社会のあらゆる面、あらゆるレベルにおいて、戦前とは異なる状況を生み出した南北戦争は、それ故、第一の革命といわれている独立戦争（The American Revolution）につぐ、合衆国再建と再発見にいたった第二の革命といわれている。

一般に広く用いられている「金めっき時代」という呼称は、金銭に支配され、人びとがドル獲得に狂奔した当時の社会の姿を描いたマーク・トウェインとチャールズ・ダッドリー・ウォーナー（Charles Dudley Warner）との合作『金めっき時代——現代の物語』（*The Gilded Age: A Tale of Today*, 1873）に由来する。表面のきらびやかさの下に隠された薄汚れた現実、通貨インフレ、投機熱、産業の膨張、商業・政治道徳の腐敗、そしてけばけばしい風俗などをこの表題はそれとなく巧みに示している。

この時代の縮図は、トウェインの『金めっき時代』に加えて、ハウエルズ、ヘンリー・ジェイムズ、そしてヘンリー・アダムズら、この時代を生き、同じように、変貌し混乱した社会を描いた作家たちの作品において鮮やかに描かれている。四人の作家の出身地は、東部と西部の違いはあれ、そろって戦前に生まれ、戦中はそれぞれの事情により参戦の機会を逸し、そのことで悩みもし、戦後の社会において自身の居場所を求めてさ迷った人たちである。その作品は、前述のトウェイン『金めっき時代』、ヘンリー・アダムズ『デモクラシー』（*Democracy*, 1880）、ハウエルズ『近ごろよくあること』（一八八二）、そしてヘンリー・ジェイムズ『ボストンの人びと』（*The Bostonians*, 1886）である。トウェインは、一攫千金を夢見て西部の開拓地へ集まる人びとが政界へ進出しようとする姿を活写した。堕落した政治家、そして彼らを足掛かりに出世しようとするヒロインらが描かれている。この作品をマクスウェル・ガイスマーは、アメリカ社会の記録、すなわち「ユニークな年代記」と評価している（Maxwell Geismar, *Mark Twain: An American Prophet*, Boston: Houghton Mifflin, 1970）。ヘンリー・アダムズはアメリカの第二代、第六代大統領を輩出した名門の生まれで、将来は生誕の地ボストンの州会議事堂の中の一員と運命づけられていたはずであった。しかしアダムズは自身が遺した二編の小説のうちの一つ『デモクラシー』において、政治を通してみた社会の変化を描き、ついに自身の居場所を求めて東洋へ、そして中世のイタリアへと、歴史の世界へ歩《ほ》を進めた。ヘンリー・ジェイムズはハウエルズのリアリズム小説と競うことを意図して、チャールズ川沿いに煙突が並び始めて改良の気運に包まれていた当時のボストンを舞台に、女性の男性化や同性愛など揺れ動く男女の姿を『ボストンの人びと』において描いた。

この混乱した社会の秩序を回復する力として頼りになるのは、戦前のアメリカ社会の精神的支柱である宗教であったはずである。しかし工業化による新たな経済体制は思想体系にも変化をもたらした。宗教は科学にその座を譲る事態となったが、宗教自体の内部においても衰退が著しかった。カルヴィニズムの色彩を濃くとどめるピューリタニズムは次第にユニテリアニズム（Unitarianism）へと向かっていった。ユニテリアン派の信条は、信仰の自由を強調し、宗教的見解の相違に対して寛容であり、理性及び道徳意識を重んじる。その姿勢は十九世紀前半のアメリカで力を揮っていた。エマソン、シアドア・パーカー、エラリー・チャニングらはユニテリアン派の牧師であった。彼らは人びとの魂の救済への道を示すことを務めとし、そうすることができていたのである。しかし、ユニテリアニズムもまた魂の救済手段としての力を喪失し、次第に弱体化していった。つまり、次第に混乱の度を増していく戦後の社会において、個人の理性に依存する度合いの強いこの派の信条は、自らを縛る力をも失っていったのである。

ヘンリー・アダムズは三人称で書かれた自伝『ヘンリー・アダムズの教育』（*The Education of Henry*

Adams, 1904）において、自身にとっての宗教について、当時の状況を含めて次のように述べている。

大人の域に達した自分が最も頭を悩ましたことは、この「宗教の消滅」であった。少年の頃は日曜日ごとに二度教会へ行き、聖書を読むように教えられ、宗教詩をそらんじた。だが自分を含め兄妹たちにとって宗教は、なにかまがいものくさかった。兄妹みながこの緩やかなユニテリアン派の戒律にはうんざりで、いち早くこれを捨て、その後は二度と教会に足を踏み入れることはしなかった。（第二章「ボストン、一八四八年―五四年」より）

これより少し時期は早いが、エマソンは一八三二年にユニテリアン教会の牧師を辞し、直観を重んじる超絶主義（Transcendentalism）へ向かう。パーカーも同じ動きをみせた。一方、同様にユニテリアニズムに飽き足らずカトリシズムへ転じる者も少なくなかった。その例として牧師ブラウンソン（Orestes Augustus Brownson）、エマソンの友人でブラウンソンの同僚アイザック・トマス・ヘッカー（Isaac Thomas Hecker）を挙げることができる。こうした転向・改宗の動きは宗教思想の混乱がもたらした、統一と秩序を求める意志の働きを示している。ジェイムズ・ラッセル・ローウェルの一八五一年のヨーロッパ行きが、新世界の流動性に対するヨーロッパの恒久性・不変性を強く印象づけ、（ローマ）カトリック教会の意味について考えさせることになったのは極めて象徴的なことである。それのみならず、当時のボストンの知識階級の間に見られたイタリア讃美の傾向、ハーバード大学におけるイタリア古典研究の隆盛もまた同じ源流から出たものである。このカトリック世界志向の頂点に位置するのがヘンリー・アダムズの『モン・サン・ミシェルとシャルトル』（*Mont-Saint Michel and Chartres*, 1904）である。その副題は「十三世紀の統一の研究」（*A Study of the Thirteenth Century Unity*）である。

宗教・道徳面でのこのような荒廃が市民の家庭・社会生活にいかなる影響を与えるか、そしてそのような社会があるべき姿に復するには何が求められるのか、という問題に対する当時のハウエルズの解答が『近ごろよくあること』だといえよう。

ハウエルズの作品の表題には、日本語でわかり易く、かつ読者の関心をそそるような訳語を見出すことが難しいものがある。一八七四年出版の *The Foregone Conclusion* には『既定の結末（はじめからわかっていたこと）』とこの解説では記したが、このたび訳出を試みた *A Modern Instance* の場合も一《ひと》工夫を要する。筆者自身、文学史などでは『現代の事例』をあててきたのだが、読みものとして提供するにはふさわしくないと考え続けてきた。一九七一年五月出版の南雲堂『講座アメリカの文化』別巻・『総合アメリカ年表』には、邦題として『このごろのありふれたこと』が採られているのを参考に、口調のよさをも考慮して『近ごろよくあること』とした。原題にある'modern'には「現代に属する」あるいは「ありふれた」（common）の意があり、最も古いその使用例として十六世紀中葉のものがOED（オックスフォード・イングリッシュ・ディクショナリー）に記載されている。原語の表題には不定冠詞（a）が用いられており、ここに描かれている状況は当時のアメリカ社会におけるほんの一例であり、これ以外にも存在することを示している。ニューヨーク大学のウィリアム・M・ギブソン氏が、この小説のホートン・ミフリン社廉価版リヴァサイド・エディションの序説において述べているように、劇作家オーガスティン・デイリー（Augastin Daly, 1838–99）の戯曲『離婚』（*Divorce*）は、一八七一年から七二年にわたるシーズンに、ニューヨークの複数の劇場で二百回上演され、その後も短期間ながら国内でしばしば再演された。そしてハウエルズのこの小説が連載されていた期間には、離婚についての記事がアメリカ国内の雑誌に掲載され続けていたという。とりわけ、『センチュリー』誌の一八八二年十一月号に掲載されたワシントン・グラデン（Washington Gladden）の「離婚者数の増加」は代表的な例だとしている（リヴァサイド・エディション、p. xvi）。もっともこの時期、西部においても増加の傾向にはあるものの、その数はニューヨークにはるかに及ばないという（野々山久也著　前掲書参照）。

訳出にあたり底本として用いたのは、前記ウィリアム・M・ギブソン編リヴァサイド・エディション（一九五七）である。編者の説明によると、テクストは三種類あり、第一種は一八八一年十二月より翌一八八二年十月まで『センチュリー・マガジン』に連載されたもの。第二種はその直後の十月七日にオズグッド社から出版されたもの。これは『センチュリー・マガジン』連載のテクストに若干の変更を加えたもので、アメリカ初版本とされている。第三種目は、同年、英国エディンバラで二巻本として出版された英国版である。今回用いたテクストは、これら三種類のうちの第二種目のものである（Textual Note by William M. Gibson, in *A Modern Instance* by William Dean Howells, ed. by William M. Gibson, 1957 参照）。

最後に、「金めっき時代」のアメリカ社会のさまざまな面について知りたいと思われる読者のために、その数は極めて少ないが、この解説でふれた同時代の作家たちの作品の邦訳書を記しておく。数種あるものは最新の訳書のみをあげる。（ハウエルズの作品の邦訳書は、今日まで一作も出版されていない。）

マーク・トウェイン　『金メッキ時代』（上・下）柿沼孝子・錦織裕之訳（マーク・トウェインコレクション全二十巻のうち⑲）彩流社　平成二十二年
ヘンリー・ジェイムズ　『ボストンの人々』（「世界の文学」のうち二十六）谷口陸男訳　中央公論社　昭和四十一年
ヘンリー・アダムズ　『ヘンリー・アダムズの教育』刈田元司訳　八潮出版　昭和四十六年

あとがき

十九世紀後半から二十世紀初めにかけて、一流文芸誌を通じてアメリカのリアリズム文学育成に努めたウィリアム・ディーン・ハウエルズは、日本の一般読者にはなじみの薄い、それどころか、その名を耳にしたことさえないものであろう。事実、ここに訳出した『近ごろよくあること』はもとより、この作家の他の多くの作品の邦訳書は、今日にいたるまで皆無である。海外の文学作品の翻訳紹介には積極的な我が国において、これは珍しいことといえるかもしれない。ハウエルズへの関心の低さは、今日では日米両国において、幾分改善されたようにも思えるが、この状況は今後も続くことが予想される。それはこの作家がジャーナリズムの世界に身を置いていた時間の長さ故に生じた偏見、十九世紀の作家の多くがそうであったように多作家であったこの作家の作品の、特に廉価版すら僅かなものしか入手が難しいという現状によるものと思われる。また、高度に発達した先端技術が人間生活のあらゆる場面を支配する今日のアメリカのみならず他の地域の新しい小説と比較すれば、人びとをひきつける実験的で斬新な要素に乏しいことは明らかである。さらに、人工知能が書く小説（ＡＩ小説）の出現が話題となり得る今日、読者の関心の向う先は、改めて口にするまでもないことであろう。しかし、対象をつぶさに観察して共感を寄せる姿勢、愚かで哀れな隣人たちにも温かい目を等しく注ぐ姿勢などは、単に古くさいとしてしまえない魅力であり、今日の殺伐とした社会状況においては、それ故にむしろ一層求められるものではないか。このたび訳出した作品は、小説家ハウエルズの魅力を十分に味わわせてくれる上に、現代の日本の社会・家庭が抱える無視できない深刻な問題の因ってくるところについても有益な示唆を与えてくれるものと感じている。この作品の訳出に敢えて踏み切ったのは、まさにその思いからであった。

それにもかかわらず、訳者としては、現代社会に生きる読者が、やや冗長とも思えるこの長編小説を最後まで読み通してくれるだろうか、という懸念を抱いてもいる。登場人物は当時のアメリカの、ほぼあらゆる階層を網羅していて数多く、舞台はニューイングランド最北東部のメイン州からマサチューセッツ州を経て、最終局面にいたって西部（今日では中西部と呼ばれる）インディアナ州をも含め、当時の合衆国全土にわたることを示唆する。また、登場人物が際限なく入れ替わり立ち代わり登場するようにみえながら、作者は細かい符号を用いて入念に、人物間の相互関係を暗示している。相対する人物どうしが相互に光を照射することにより、それぞれの人間像がより鮮やかに示されることになり、それによって作品の含意が浮かび上がってくるはずである。

訳出作業の基本として原文に忠実であるべきことは言を俟たないが、訳文を作り上げていく過程で工夫をこらすべき点は数多くあった。なかでも、人物の発言に添えられる伝達動詞の種類が数少なく、同じ訳語を繰り返す愚を避けるために、発言の内容に応じて変化をもたせるよう工夫する必要があった。たとえば‘add’には「一《ひと》呼吸おいてつけ加える」、「言い添える」、「言い足す」、「言葉を継ぐ」などのように。また原文においてふたりの人物の間の対話が半頁から一頁弱続くような場合、発言者と伝達動詞をそれぞれの発言に添えることは（伝達動詞が同じものである場合は特に）、煩わしく、間延びした空気をかもし出すので、（原文にもその例がないわけではないが）適宜省いた。また、切迫した場面においては、原文に即して訳していくと、緊迫感をそぎかねない（そのよい例は、四十章最後のパラグラフ）ので、簡潔な表現により全体を引き締めることにした。それ以外にも工夫の余地はなお残ったままであろうが、それらを含めて読者諸氏のお赦しと御提言をいただければ幸いである。

手がけた作品が原書で三六二頁の長編である上に、訳出に手こずる箇所も多く、英語圏出身の方々にご教示を賜った。なかでも学習院女子大学名誉教授ジーン・フランセス・モア先生、矢作氏が接触してくださった学習院女子中・高等科講師エドワード・トリコ先生には厚く御礼申し上げる。そのほかお名前を記すことを省略するのをお許し願った上で、ご協力下さった方々に対して心より御礼を申し上げる。また、訳稿完成後、その最終点検に学習院大学の後輩・児玉晃二氏（関東学院大学専任講師）をお煩わせした。同氏はすでに数冊の翻訳書を出しておられ、数々の貴重なご指摘を頂戴した。また六年に及ぶ山口氏との共同作業の場を学内に用意して下さった学習院女子大学教授古庄信氏、及び関係学科事務室副手さんの温かいお心遣いに幾重にも感謝申し上げる。最後に、この作品の翻訳出版についての矢作氏よりの依頼を快くお引き受けいただいた上に、延び延びになっていた完成を辛抱強くお待ち下さった開文社出版社長・安居洋一氏、並びに校正の段階でお世話頂いた同社スタッフの方々に厚く御礼申し上げます。

追記

そもそもの出発点は、矢作氏と二人で始めた勉強会でとりあげたこの作品を折半して訳すのではなく、両名とも全編を訳し、それを突き合わせて一つの訳文を作る、という方針であった。その作業が終わらぬうちに矢作氏が突然他界されたことは、ご本人にとり、さぞ無念なことであったろうと思われる。しかし同氏の心積もりでは、訳出完成後、後輩の山口氏による通読を考えておられたので、残りの仕事に手を貸してもらうことにしたのであった。多忙な同氏に時間を都合してもらい、六年もの長きにわたり過重な仕事に誠意をもって対応してくれたお陰でようやく完成にこぎつけることができた。改めて厚く御礼申し上げる。

武田千枝子

平成二十九年　十月

訳者略歴

武田千枝子（たけだ　ちえこ）

1934年東京都に生まれる。1959年学習院大学大学院人文科学研究科修士課程修了。1975年2月より1976年3月まで米国イエール大学大学院客員研究員。学習院大学名誉教授。著書『ハウエルズとジェイムズ』（開文社出版）、共編著『アメリカ文学案内』（朝日出版）など。

矢作三蔵（やはぎ　さんぞう）（1949–2011）

学習院大学大学院人文科学研究科修士課程修了。高知大学助教授、山梨大学教授を経て学習院大学文学部教授。著書『アメリカ・ルネッサンスのペシミズム――ホーソーン、メルヴィル研究――』（開文社出版）、共著『ホーソーンの軌跡』（開文社出版）、共編著『アメリカ文学案内』（朝日出版）、訳書『美の芸術家　ホーソーン』（開文社出版）など。

山口志のぶ（やまぐち　しのぶ）

1960年生まれ。東京都出身。学習院大学大学院人文科学研究科博士後期課程単位取得退学。現在、学習院女子大学ほか複数の大学にて非常勤講師を務める。『アメリカ文学案内』（朝日出版）分担執筆、「孤独なアフロディテ――ヘンリー・ジェイムズのフィランソロピー」［松島正一編『ヘルメスたちの饗宴――英語英米文学論文集』（音羽書房鶴見書店）収録］など。

近ごろよくあること
A Modern Instance　　（検印廃止）

2018年1月11日　初版発行

著　　者　ウィリアム・D・ハウエルズ
訳　　者　武田千枝子
　　　　　矢作三蔵
　　　　　山口志のぶ
発 行 者　安居洋一
印刷・製本　モリモト印刷

〒162-0065　東京都新宿区住吉町 8-9
発行所　開文社出版株式会社
電話 03-3358-6288　FAX 03-3358-6287
www.kaibunsha.co.jp

ISBN 978-4-87571-090-5　C0097